读客

读客外国小说文库

熊猫君激发个人成长

盖普眼中的世界

[美] 约翰·欧文 著　黄贞 译

江苏凤凰文艺出版社
JIANGSU PHOENIX LITERATURE AND
ART PUBLISHING

THE WORLD ACCORDING TO GARP

JOHN IRVING

目　录

第1章

波士顿仁慈医院

1942年，盖普的母亲珍妮·菲尔兹因为在电影院弄伤一名男子被捕。当时正值日本轰炸珍珠港不久，人们对军人十分大度，因为忽然一下子人人皆兵，但珍妮·菲尔兹依然对男性的容忍度有限，对士兵尤其不能忍。她在电影院里已经换了三次座位，但每一次那个兵都跟着换到离她更近的位置，迫使她坐到了长了霉斑的墙角，银幕上播放的新闻片几乎被愚蠢的柱子遮挡住，她决心这回再也不换座位了。谁知那个兵又换了一次座位，挨着她坐了下来。

珍妮那年22岁。一上大学就退了学，但她以优异的成绩念完了卫校，心满意足地当了护士。她年轻健美，双颊总是红扑扑的，她有一头光滑的深色头发，她母亲说她走起路来有种男子气（她走路会甩手臂），她的臀部平坦又结实，从背后看像个年轻男孩儿。珍妮觉得自己的胸部太大了，这张扬的胸部让她显得"容易上手"。

但她才不是那种女孩儿。实际上她之所以会退学，就是因为怀疑父母送她来卫斯理女子学院念书，是为了让她有机会和出身好的男人约会，最终嫁个好人家。这主意是她哥哥们出的，他们向父母保证没人会觉得卫斯理的女孩儿放纵，那里的学生婚姻成功率高。珍妮感到自己接受教育只是在拖时间，好像她其实只是一头奶牛，等着被人人工授精。

她说要念英国文学，但当她发现同班同学只在乎怎样巧妙又优雅地俘获男人，就义无反顾地转去学了护理。她觉得医疗护理知识马上能派上用场，看不出念护理专业还能有什么别的动机（后来珍妮在她著名的自传里写道，在医生面前搔首弄姿的护士多了去了，但那时她的护士生涯已经结束）。

她喜欢简单不繁琐的护士服，护士连衣裙的上衣让她的胸部看上去平了一些。护士鞋走路舒服，和她快捷的步伐十分般配。她值夜班时还可以看书。她并不怀念年轻的男大学生们，要是不听他们的，他们就不乐意不满意；要是太迁就他们，他们又会搭架子摆出清高的嘴脸。在医院里她见到的多是军人和打工仔，没什么大学生，相比之下他们更实诚，没有自命不凡的期望。如果肯吃一点儿亏，他们起码很感激再见到你。那时忽然人人都是士兵，个个像大学生那样自视甚高。于是珍妮·菲尔兹不想再和男人有任何瓜葛。

"我母亲，"盖普写过，"是一匹孤狼。"

菲尔兹家族靠鞋子发家，尽管菲尔兹夫人娘家是波士顿的威克斯家族，她嫁过来的时候带来了一部分名下财产。不过，菲尔兹家族经营有方，多年前就从鞋厂搬出来了。他们住在新罕布夏海岸犬首海湾的一栋木瓦大宅子里，珍妮无论早晚只要放假就会回家，主要是为了让母亲高兴，她想向这位贵妇证明，虽然她如母亲所说"去贫民窟里当了护士"，却并没有因此沾染肮脏的讲话习气，道德也没有因此败坏。

　　珍妮常常在火车北站和哥哥们碰头，再一起乘火车回家。所有菲尔兹家的人，都被交代要在波士顿开往缅因的火车上靠右坐，在从缅因到波士顿的回程火车上靠左坐。这是顺了菲尔兹老爷的意思，虽然他也承认这一侧风景最糟糕，不过他认为，所有菲尔兹的子孙，都必须看一看这脏乱的地方，正是在这里发家，他们才有了如今优渥的生活。坐在离开波士顿的火车右侧和回程火车的左侧，会路过菲尔兹鞋业的黑弗里尔工厂区，还会路过巨型的广告牌，一只巨大的工鞋正稳步踩向人们。广告牌高耸在铁路上方，在鞋厂窗户上投下无数个倒影。在这只气势惊人踏步向前的鞋下面，是一行广告语：

在厂里，在田里。
菲尔兹造福你的脚！

　　菲尔兹鞋业出过一个护士鞋系列。每次珍妮回家，菲尔兹老爷就送给她一双。珍妮一准儿囤了一打。菲尔兹夫人坚持认为，珍妮从卫斯理退学等于自毁前途，所以她每次都会在女儿回家时准备礼物。菲尔兹夫人给过女儿一只热水瓶，起码她是这么告诉珍妮的，不过珍妮从没拆开过包装。她母亲问："亲爱的，我给你的那只热水瓶还在吗？"珍妮想了一分钟，估计落在火车上了，要不就是扔了。她就说："我可能弄丢了，妈妈，不过真的不要再给我了。"然后菲尔兹夫人把藏起来的一包礼物拿到女儿面前，还包着药房包装纸。菲尔兹夫人说："求求你，珍妮，小心点儿。真的用起来，求求你。"

作为一名护士，珍妮一点儿也看不出有什么必要用热水瓶，她觉得热水瓶不过是过时的感人的怪物件儿，顶多给人心理安慰。不过，她还是把母亲给的一些礼物包裹带回了她在波士顿仁慈医院附近的小房间里，然后收进壁橱里。那里堆满了没拆封的护士鞋。

她感到跟家人疏远，而且奇怪的是，明明小时候他们视她为掌上明珠，可到了某个时候，他们似乎就停止了对她的宠爱，开始转而对她提出期待。就好像在一个短暂时期内，孩子应该吸收爱吸收个够，而在之后更漫长更严峻的人生阶段，就应该还债了。但珍妮破坏了这个链条，离开卫斯理转而追求护理这么平常的职业，就等于抛下了家人。而他们好像没别的法子似的，似乎只能抛下她。比如说，在菲尔兹一家的观念里，珍妮如果当医生就得体多了，或者如果她继续念大学然后嫁人也不错。每次她见到哥哥和父母的时候，大家在彼此面前都很不自在。他们正处在那种越来越不理解对方的尴尬阶段。

所谓家庭一定就是这样的，珍妮·菲尔兹想。她觉得如果自己有孩子，无论他们二十岁还是两岁，她都会一样爱他们，或许他们二十岁的时候反而更需要家人呢，珍妮想。两岁的时候，哪里需要什么呢？在医院里，婴儿都是最容易接待的病人。越是年长，需要的就越多，得到的爱却反而更少了。

珍妮觉得，自己好像在一艘大船上长大，却没见过机舱，更别提了解了。她喜欢医院把所有事都简化成病人吃什么、吃了对病情有没有帮助、药和食物放在了哪里。小时候她从没见过脏碗碟，有用人来清理饭桌，她一直以为，他们把碗碟都扔了（那时大人连厨房都不许她去）。很久以来，珍妮一直以为是送奶车每天清晨给他们送来当日的碗碟。牛奶瓶哐啷碰撞的声音，很像用人们在大门紧闭的厨房里刷洗碗碟的声音。

珍妮·菲尔兹直到五岁，才第一次看到父亲的浴室。有一天早上她闻着父亲的古龙香水摸去了那里。她发现那里有蒸汽淋浴套间，在1925年算时髦的，还有一只私人马桶座以及一排瓶瓶罐罐，和她母亲用的那些不同。珍妮觉得，自己发现了一个家里秘密藏了很多年的神秘男子的巢穴。事实也的确如此。

在医院里，珍妮知道每样东西该放在哪里，也在学习绝大多数东西是从哪里来的，这没有任何神奇之处。而在犬首湾，珍妮还小的时候，家里人就都有自己的浴室、自己的房间，自己的房门后面挂着自己的镜子。医院里，隐私少，没秘密。如果想要一面镜子，得问护士要。

珍妮小的时候，被准许独自探究的最神秘的东西，就是地窖，还有每逢周一就装满了蛤蜊的大陶罐。珍妮的母亲，晚上在蛤蜊上撒上玉米粉，地窖里有一根从海里接来的长水管，她每天早晨用新鲜海水冲洗它们。到周末的时候，这些蛤蜊就给养肥了，沙子也吐干净了，它们的肉肥大得溢出了壳，在盐水里奋拉着猥琐的大脖子。星期五珍妮帮厨子筛选蛤蜊：碰它们的脖子，死了的不会缩进壳儿里。

珍妮要来一本讲蛤蜊的书。她读了关于蛤蜊的方方面面：它们如何进食，如何繁衍，如何生长。蛤蜊是她完全了解的第一种生物，她了解蛤蜊的生命、性和死亡。在犬首湾，人类不那么容易亲近。而在医院里，珍妮·菲尔兹感觉自己得到了弥补，她发现跟蛤蜊比，人类并没有更神秘，也没有更迷人。

"我母亲，"盖普写道，"不是那种擅长精细区分事物的人。"

她可能注意到，蛤蜊和人类之间的一个惊人区别在于：大部分人多少有点儿幽默感，但珍妮不是喜欢幽默的人。当时波士顿的护士中流传着一个笑话，但珍妮·菲尔兹觉得一点儿也不好笑。笑话牵涉到波士顿的另外两家医院。珍妮所在的是波士顿仁慈医院，简称为波士顿仁慈；有一家马萨诸塞州总医院，简称为马总；还有一家医院是彼得·班·百翰，被称为彼得·班。

笑话是这么说的：

有一天，一个波士顿出租车司机被一名男子拦住了，这人瘸着腿走下马路牙子朝车走过来，膝盖几乎要跌在马路上了。男子的脸疼得发紫，不是脖子被勒住了就是在憋着气，因此他说话困难。于是司机为他开门扶他上车，男子脸朝下在后座趴着，膝盖蜷在胸前。

"医院！医院！"他叫道。

"彼得·班咯？"司机问。那家最近。

"比弯了还惨，"男子呻吟道，"我想莫利把它咬下来了。[1]"

珍妮·菲尔兹很少觉得笑话好笑，这个尤其不好笑，珍妮不喜欢关于"彼得"的笑话，总是和这类事撇清。她见识过"彼得"惹的麻烦，孩子还不是最差的后果。她当然见过不想要孩子的人，她们听到自己怀了孕总是很难过，她们不该被逼着要个孩子，珍妮想，尽管她主要是为她们生下的孩子难过。她也见过想要孩子的人，因为她们，珍妮也想生一个。珍妮想，有一天她会想要一个孩子，一个就好。不过麻烦的是她几乎不想碰"彼得"，更不想和男人有任何接触。

珍妮所见过的大部分"彼得"疗法，都用在士兵身上。美军在1943年之前，都还没能受益于青霉素的发现，很多军人直到1945年

---

[1] 英文中"彼得"也指男性生殖器。

才用上青霉素。1942年初，波士顿仁慈医院通常用磺胺和砷来治疗"彼得"。用磺胺噻唑来治淋病，建议大量用水。在青霉素出现之前，他们用新胂凡纳明来治疗梅毒。珍妮·菲尔兹认为这象征了性会带来的后果：给人体中的化学反应注入砷，来清洗人们化学反应的恶果。

另一种"彼得"疗法，只有当地的医院才有，同样需要大量使用流质。珍妮经常协助这种消毒法，因为患者在这种时候需要特别照料，实际上有时他们需要有人托着自己的生殖器。消毒过程很简单，注射一百毫升的液体进生殖器，在尿道里循环一圈，不过每个经历过这种疗法的人都觉得有点儿疼。发明这个消毒法的人叫华伦泰，消毒器因此被称为华伦泰冲洗器。在华伦泰医生的冲洗器被改良之后很久，或早已被另一种冲洗器取代，波士顿仁慈医院的护士们仍旧称这种治疗手法为华伦泰疗法，珍妮·菲尔兹认为这是对情人的合适惩罚[1]。

"我母亲她，"盖普写道，"不是生性浪漫的人。"

电影院里的那个兵第一次换座位企图靠近她时，珍妮·菲尔兹想到华伦泰疗法太适合这个人了。但她并没有携带冲洗器，她的包塞不下那个大家伙。再说，要用华伦泰消毒法也需要病人配合。她随身带着的是一柄手术刀，她从来手术刀不离身。不是她从手术室偷出来的，这刀的尖端有一道很深的缺口（准是掉到过地上或水槽里），被医院丢掉了，它已经不适合精细的工作了，不过珍妮又不是要做什么精细活儿。

---

1 华伦泰，英文中也指情人。

起初这刀划破了她小包的丝绸口袋。不过她找来一个旧体温计套子，就像自来水笔的盖子那样，套住手术刀的刀片。那个兵挪到紧挨着她的座位，伸出整条手臂，搁在他们俩之间本应（古怪）共享的座位扶手上时，珍妮的手在包里打开了盖住手术刀的体温计套子。他修长的手越过扶手奋拉着，抽搐着好像马在抖动着一侧的马背赶苍蝇似的。珍妮一只手握住包里的手术刀，另一只手把包紧紧按在白衣覆盖的大腿上。她想象自己的白色护士服像神圣护盾般闪耀，出于某种变态的理由，她身边的歹徒就是被她的圣光吸引。

"我母亲她，"盖普写道，"终其一生都在提防抢包的和劫色的。"

在电影院里，那个兵要的可不是她的包。他碰了碰她的膝盖。珍妮清楚明白地开口喝止。她呵斥道："把你的脏手拿开。"几个观众转过头来。

"哦，得了吧。"那个兵呻吟道，手很快伸进她的制服里面，他发现她的大腿紧紧并拢在一起。他感到自己的整条胳膊——从肩膀到手腕，忽然像软瓜一样被剖开。珍妮的刀利落地割开他的徽章和衬衫，干脆地割开他的皮肉，他手肘关节的骨头露了出来。（"如果我真要杀他，"她后来跟警察说，"我就会割他的手腕。我是护士，知道人哪儿流血最要命。"）

那个兵尖叫起来。他站起来又倒了下去。他没被割到的手挥向珍妮的头，重击她的耳朵，她的头嗡嗡作响。她手握着手术刀扑向他，割下了他上唇一块肉，形状厚度类似大拇指。（"我当时没想割破他的喉咙，"她后来跟警察说，"我是要割掉他的鼻子，不过没割中。"）

士兵大叫着在电影院走道摸爬逃跑，朝亮着灯的安全出口逃命。电影院里有人惊恐地呜咽起来。

珍妮在座位上擦干净手术刀，放回包里，重新用体温计套子盖住刀刃，然后走向大厅。士兵的尖锐哭声震耳欲聋，电影院经理隔着大厅的门对着黑暗中的观众叫道："有没有医生啊？拜托！哪位是医生？"

有人倒是护士，她过去想尽力帮点儿忙。士兵一看是她，立马晕倒，真不是因为失血过多。珍妮知道面部伤口流起血来很吓人，其实不打紧。他手臂上更深的伤口，才应该马上处理，但是这人并不会因此流血而死。除了珍妮似乎没人懂这一点，毕竟他流了那么多血，而且她洁白的护士制服上还沾了那么多血。他们很快意识到动手的就是她，电影院的杂役不让她碰昏倒的士兵，有人把她的包拿走了。这个疯护士！砍人狂！珍妮·菲尔兹非常冷静。她想只要等真正的执法人员来了就能明白来龙去脉。但警察对她也不太友善。

"你和这家伙谈恋爱很久了？"第一个警察在押她去分局的路上这么问她。

后来另一个问她："你怎么知道他要攻击你？他说他只是想认识你。"

"宝贝儿，那可是把恶毒的小凶器，"第三个警察对她说，"你不应该随身带着这种玩意儿，这可是给自己找麻烦。"

于是珍妮等着她哥哥们来把事说清楚。他们可是河对岸剑桥大学法学院的人。一个是法学院学生，一个是法学院老师。

"他们都认为，"盖普写道，"当律师有辱斯文，不过学习法律很崇高。"

他们的到来，并没有给珍妮带来太大安慰。

一个说："母亲可要伤透心了。"

"要是你还在卫斯理读书就好了。"另一个说。

"女孩子一个人出门得保护好自己，"珍妮说，"还有比这更天经地义的事吗？"

但她的一个哥哥问她，是否能证明和这个士兵没有过瓜葛。

"咱们关起门来说，"另一个则小声说，"你和这男人是不是交往很久了？"

终于事情都弄清了，因为警察调查出这名士兵来自纽约，在那里有妻有子。他到波士顿来休假，他比谁都怕这件事传到他妻子耳朵里。所有人都同意要是那样的话就糟了，对谁都不好，因此珍妮被释放，没有被告。珍妮吵着警察没有把手术刀还给她，一个哥哥说："看在上帝的份上，别闹了，珍妮，你还可以再偷一把不是嘛。"

"不是我偷来的。"

"你应该交一些朋友。"一个哥哥说。"在卫斯理的朋友。"两人一起重复道。

"谢谢你们接了我电话就赶过来。"

一个哥哥说："家人不就应该这样吗？"

另一个说："血浓于……"然后他的脸色变得苍白，因为珍妮的护士服满是血污，这个比喻有点儿尴尬。

"我是个好姑娘。"珍妮对他们说。

"珍妮，"年长些的哥哥开了口，他曾是珍妮最早的偶像，她崇拜他的智慧，觉得他做什么都对，他神情严肃，"最好不要和已婚男子纠缠。"

"我们不会告诉母亲的。"另一个说。

年长的哥哥又说："更不会告诉父亲！"他想示好，对珍妮挤了一下眼。这个怪异的表情让他的脸都扭曲了，有那么一瞬珍妮以为她最早的偶像得了面部痉挛。

在两兄弟旁边是一个贴着山姆大叔招贴的信箱。一个一身褐色的小兵正从山姆大叔的两只大手上爬下来。这个兵正要落脚在一张欧洲地图上。招贴底部写着一行字："支持我们的小伙子！"珍妮的大哥看见她看着这张招贴。

"也不要和当兵的搅和在一起。"他补了一句，尽管再过几个月他自己也会成为一名士兵，并且会成为一去不回的牺牲者一员，他会伤透母亲的心，他生前说起这种行为来可是带着不齿的口吻。

珍妮仅剩的另一个哥哥，将会在战后很久扬帆出海时死于船难。他会在离犬首湾的住宅几英里[1]处溺水身亡。珍妮的母亲说起他悲痛不已的妻子："还那么年轻漂亮，孩子也不是很讨人厌。起码还没有开始讨人厌，我肯定她得体地守一阵子寡以后，就能再找到一个人。"珍妮的哥哥溺亡快一年时，寡嫂最终找到珍妮商量。她问珍妮"得体的时间"有没有到，到底可不可以开始"再找一个人"。她害怕得罪珍妮的母亲，她想知道是不是可以不用服丧了。

"如果你不想服丧，又在为谁服丧呢？"珍妮在自传里写道，"可怜的女人，要别人告诉她应该怎么想。"

"我母亲说这是她见过的最蠢的女人，"盖普写道，"而且她还念了卫斯理。"

不过珍妮·菲尔兹和哥哥们道了晚安之后，在波士顿仁慈医院附近的小公寓里，却因为太过困扰而无法好好生气。而且她也浑身酸痛，耳朵被那个兵打得很疼，肩胛骨之间的肌肉也深深抽痛，让

1　英里，英制的长度单位，1英里约等于1.6093公里。

她睡不着。她想道，肯定是被剧院杂工抓住时胳膊被扭到背后扭伤的。她想起用热水瓶热敷能缓解肌肉酸痛，于是起床打开壁橱拿出一个母亲送的礼物盒。

那里面原来不是热水瓶，热水瓶是她母亲用来说她不便直呼其名的东西的代称。包装盒里是一个阴部冲洗袋。珍妮的母亲知道这是用来干吗的，珍妮也知道。珍妮在医院帮助不少病人使用冲洗袋，不过在医院它们大多不是被用来在性交之后防止怀孕的，而是一般被用作妇女保持卫生和治疗性病的工具。对珍妮·菲尔兹来说，冲洗袋就是更大更温和的华伦泰冲洗器。

珍妮拆开母亲送的所有礼物盒，每一个里面都有一只冲洗袋。"求求你用一下吧，亲爱的。"她母亲曾经这么求她。珍妮明白，她母亲认为她的性生活频繁而且不负责任，尽管母亲是为了她好。毫无疑问，就像她母亲说的，"自从离开卫斯理"。自从离开卫斯理，她母亲就认为珍妮的婚前性行为非常频繁（她母亲会用这个说法）。

珍妮·菲尔兹爬回床上，把装满热水的冲洗袋紧贴在肩胛骨之间。她希望冲洗袋上控制不让水流下软管的夹子能一滴不漏，不过保险起见她还是用手提着管子，有点儿像塑料玫瑰念珠，她把袋子的喷嘴放进玻璃水杯。珍妮听了一整晚冲洗袋漏水的声响。

在这个思想污浊的世界上，她想，你要么是哪个人的妻子，要么是哪个人的婊子，要么就快要成为哪个人的妻子或婊子。如果你不属于这两个类别，每个人都会设法让你觉得你不正常。但是，她想，我丝毫没有不正常。

这段话，多年后，当然成了让珍妮一举成名的那本书的开头。无论评论者的说法多粗俗，她的自传据说很好地兼顾了文学价值和人气。尽管盖普声称他母亲的作品的文学价值，只是西尔斯罗巴克百货公司的产品目录水准。

　　然而到底是谁让珍妮变粗俗的？不是她学法律的哥哥们，不是电影院里血溅她制服的男子，不是她母亲的那些冲洗袋，虽然它们和珍妮最终被赶出原来的住处大有关系。她的房东太太（一个忧心忡忡的女人，不知出于什么个人原因，怀疑每个女人都随时会变成淫娃荡妇）发现珍妮的小屋和浴室里有九个冲洗袋。一定是心虚，在焦虑的房东太太看来，这表明珍妮比她还担心被身边人传染。或者更坏的情况是，那么多冲洗袋代表她真的极度需要冲洗，可以想见的冲洗原因引发了房东太太最糟糕的噩梦。

　　房东太太对她房间里的12双护士鞋作何感想，就不得而知了。珍妮觉得整件事太荒谬了，以至于懒得抗议。而且她发现，自己对父母给的东西并没有特别的意见。她搬走了。

　　但是这并没有让她变得粗俗。自从她的父母哥哥还有房东太太都认为她生活放荡，却无视她私底下究竟是怎样的人，珍妮就认定了所有想证明清白的努力都没有用，看起来不过是抵赖。她租了一间小公寓，母亲又因此扔了一堆冲洗袋给她，父亲又给了她一堆护士鞋。珍妮忽然了解了他们的心意，他们盘算着如果她要当放荡的女人，起码要讲卫生、穿好鞋。

　　多少也由于战争，珍妮不会老想着父母怎么错看她，也没空自怨自艾。珍妮不是对过去总是耿耿于怀的人。她是个好护士，而且越来越忙。很多护士都参了军，但珍妮不想换制服，也不想去别的地方，她喜欢独处，不想跟陌生人见面周旋。而且她觉得，波士顿仁慈医院的等级制度已经够讨人厌了，她猜战地医院的等级制度只会更恶劣。

别的不说，她首先就会想念医院里的那些婴儿们。这才是为什么那么多人走了，而她却留在波士顿仁慈医院的真正原因。护士工作最能让她发挥所长，她要照料这些母亲和她们的孩子，一下子医院里有了很多没有父亲的孩子。父亲们要么不在，要么死了，或是失踪了。珍妮最想做的就是鼓励这些母亲。她其实是嫉妒她们。她觉得最理想的情况大概是：母亲独自一人带着新生儿，孩子的爸爸在法国给炸上了天。年轻的母亲和自己的孩子，两人一起过漫长的人生。珍妮·菲尔兹想，不用和别人纠缠不清就有的孩子，简直像是不需要男人就有了孩子。起码，以后不需要采取"彼得"治疗法。

当然了，这些母亲对自己的遭遇，并不全都像珍妮预想的那样快乐。她们大多都在悼念死去的男人，其他很多人则遭到遗弃，一些人仇恨孩子，其他很多人则希望孩子能有个父亲，自己能有个丈夫。但珍妮鼓励她们，赞美独身，告诉她们独身有多幸运。

她问她们："你们难道不相信自己是好女人吗？"大多数人都同意。

"你们的孩子漂亮吗？"大多数人都这么觉得。

"那孩子的爸爸呢？他是个怎样的人？"一个浑蛋，很多人说。猪头、粗人、骗子，一无是处、到处乱跑、到处睡的男人！不过他死了呀，一些人啜泣道。

"那么你们一个人更好，不是吗？"珍妮问。

有些人开始转过念头来像她一样想，但珍妮在医院的名声却因为她的善行受到了影响。医院的政策总体来说并不鼓励未婚妈妈。

"老圣母玛丽·珍妮，"其他护士说，"不想轻松要个孩子，怎么不跟上帝要一个？"

珍妮在自传里写道："我想要一份工作，我想一个人住。因为这，我被怀疑是性生活有问题的人。后来我想要个孩子，但不想为此和别人分享我的身体或人生。这也让我被怀疑是性生活有问题的人。"

这也是让她变粗俗的原因（她也因此得到灵感，给后来著名的自传取名为《珍妮·菲尔兹自传：性生活有问题的人》）。

珍妮·菲尔兹发现，比起努力带着些隐私生活，让别人震惊，更容易受人尊重。珍妮告诉其他护士，有天她要找个男人让自己怀孕，只是这样，没别的。她不会考虑这男人要试几次才会成功，她对她们说。当然了，她们迫不及待地讲给了所有认识的人听。很快就有几个人来珍妮这里毛遂自荐。她得赶快作决定：她可以退缩，羞耻于自己的秘密被捅了出去，或者她也可以厚起脸皮来。

一个年轻的医学院学生说他愿意，条件是在三天周末里起码可以试上六回。珍妮对他说，他明显缺乏自信，她想要一个更有掌控力的孩子。

一个麻醉师对珍妮说，他甚至肯出钱让孩子读完大学。但珍妮对他说，他的两眼离得太近，牙齿又不齐，她是不会让未来的孩子继承这些缺陷的。

有个护士的男朋友对她最坏，他在医院食堂忽然递给她一牛奶杯的黏稠物，吓了她一跳。

"是精液，"他对着杯子点点头说，"一次的量，我不乱射。如果一个人只有一次机会，我就是你要找的男人。"珍妮举起这恶心的杯子，冷静地观察杯中物。天晓得里面盛的到底是什么。那护士的男朋友笑着补充道，"这只是让你有个概念，让你知道我的能耐。这可是很多种子。"珍妮把这杯东西倒进了盆栽。

"我想要个孩子，"她说，"不是要开精子农场。"

　　珍妮知道这心愿不容易达成。她学着接受别人的嘲笑，学着好声好气地应对。

　　于是人们认定珍妮·菲尔兹粗俗、太过离谱。这不过是个笑话，不过看起来珍妮铁了心要这么干。要么是因为她固执己见，为坚持而坚持，要么更糟的情况是她真心想这样做。她医院的同事不能逗她笑，也不能把她搞上床。正如盖普描述的那样，她母亲的两难在于"她的同事觉得她自视清高。没有谁的同事会喜欢这一点"。

　　因此他们想出一种强硬手段来对付珍妮·菲尔兹。这是员工集体的决定，当然是"为了她好"。他们决定不让珍妮接触婴儿和母亲。她满脑子都是小孩儿，他们说，不准她靠近妇产科，不准她靠近育婴房，因为她心太软、脑筋有问题。

　　就这样，他们不准珍妮·菲尔兹再接触母亲们和她们的婴儿。他们都说她是个好护士，让她去重症病房试试。他们凭经验知道，任何在波士顿仁慈医院负责重症病患的护士，都会很快忘记自己的麻烦。珍妮当然知道他们为什么要把自己和婴儿隔离开，她只恨他们低估了自己的自控力。只不过因为他们不能理解她想要的，就认定她的自控力一定很差。人们真是毫无逻辑，珍妮想到。她知道，还有大把机会可以怀孕。她不着急。这只是最终计划的一部分。

　　这会儿正好打着仗。在重症病房她看到的病人比别人更多一些。部队医院把特殊病人转送给他们，大多是没救的病人。他们当中有普通的年老病人、普通的命悬一线，有普通的工伤意外、车祸伤员，还有遭遇可怕的意外事故的儿童。但主要是士兵，发生在他们身上的，可不是意外。

珍妮把这些经历了非意外的士兵和其他病人区分开，给他们归了类。

第一类：烧伤的人。大部分是在军舰上被烧伤（其中最复杂的病患来自切尔西海军医院），但也有在飞机和陆地上出事的。珍妮管他们叫"外伤"。

第二类：致命部位中弹的人。外表看不出，可是里面一塌糊涂，珍妮叫他们"重要器官"。

第三类：在珍妮看来伤得神秘的人。他们已经不在"人世"了——头部或脊柱受损。他们有的瘫痪，有的只是意识模糊。珍妮叫他们"不在场的人"。偶尔"不在场的人"也是"外伤"和"重要器官"，所有医院对这类人都有个专门的称呼。

第四类："死定了的人"。

"我父亲，"盖普写道，"是个'死定了的人'。在我母亲眼里，一定很有吸引力。没有羁绊。"

盖普的父亲，是轰炸机球形炮塔机枪手，在法国上空遭遇非意外事故。

"球形炮塔机枪手，"盖普写道，"是地面防空火力最容易射中的轰炸机部队成员。地面防空火力叫作高射炮。机枪手时常觉得，高射炮对着机枪手，就像飞速将墨汁甩到空中，好像天空是吸墨纸。矮小男子（为了能钻进球形炮塔座，最好挑身材矮小的人）端着机枪，蜷缩在逼仄的像茧一样的小窝里，机枪手有如困在草丛里的昆虫。球形炮塔是一个带有玻璃炮眼的圆形金属空间，像膨胀的肚脐那样被安装于B-17型轰炸机的机身，像轰炸机肚子上长了个乳头。在这个窄小的拱洞里，有两架点50口径机枪。矮小男子的任务，是通过瞄准镜追踪攻击轰炸机的战斗机。炮塔动，机枪手也跟着转动。木制握把上方有按钮，用于发射，抓着这些扳机握把的机枪手，就好像不安的胎儿悬挂在轰炸机露在外面的诡异的羊膜囊里，想要保护母亲。这些手柄也用于把炮塔调转到指定位置，不让机枪手把前面的轰炸机螺旋桨打飞。

"远在高空的时候，机枪手一定感到特别冷，像一个替代品一样附着在飞机身上。着陆的时候，球形炮塔通常会被收回去。着陆的时候，一个没被收回去的炮塔，会摩擦出火花，好像汽车在旧柏油路上擦出的又长又猛的火星。"

空军上士盖普，这位不在人世的机枪手，对惨死再熟悉不过了。他在第八航空队服役，从英格兰飞往欧洲大陆实施轰炸。盖普被任命为球形塔炮机枪手之前，曾在B-17C型轰炸机担任过机头射手，在B-17B型轰炸机上担任过机身中部射手。

盖普讨厌担任机身中部射手。两名机枪手被塞在飞机肋骨处，机身两侧的炮门面对面，背对着的两人同时转动枪的时候，盖普的耳朵总会被对方手臂打到。就因为两名机枪手会互相干扰，后来的轰炸机将两边炮门位置前后错开，不过盖普上士是等不到这项革新了。

他执行的第一项战斗任务，是1942年8月17日跟随B-17E轰炸机对法国鲁昂进行昼间突围，那次战役圆满完成没有伤亡。作为机身中部射手的空军上士盖普，被同伴的手肘打到，左耳挨了一下，右耳挨了两下。一部分原因是对方比盖普高壮，那人的手肘刚好在盖普耳朵的位置。

鲁昂上空的突围首日，在球形炮塔里的是个比盖普还要矮小的男子，叫富勒。富勒战前是赛马骑师。他的枪法比盖普准，但盖普想当球形塔炮机枪手。他是个孤儿，想必他喜欢独处，而且他也不想再和别人挤在一起，被对方手肘搂。盖普当然像很多机枪手一样，希望能在完成第50次任务之后被转到第二空军。那里是轰炸训练部，从那里就可以安全退役成为射击教官。不过直到富勒死之前，盖普都眼红他拥有个人空间，还有他赛马骑师特有的孤立感。

"如果你放屁多的话，那地方可是很臭的。"富勒坚持这么说。他生性爱讽刺，时常发出刺耳的咳嗽声，在战地医院的护士当中名声很不好。

一次，飞机在未铺平的路面着陆时发生撞击，要了富勒的命。着陆支架折断在一个坑里，整个起落架被压塌，轰炸机的机腹硬着陆，以不成比例的力量压住球形炮塔，像一棵树压向一颗葡萄那样。富勒以前总说比起马和人来他更相信机器，飞机压上身的时候，他正蜷缩在来不及缩回的球形炮塔里。机身中部射手包括盖普，眼看着富勒的残骸从机腹下面滑出。中队副官是地面上距离最近的目击者，他呕吐在了吉普车里。中队长用不着等到富勒的死得到确认，就让队中第二矮小的士兵顶替了他。小个子空军上士盖普，总是想当球形炮塔机枪手。1942年9月，他得偿所愿。

"我母亲十分注意细节。"盖普写道。医院每收治一名伤员，珍妮·菲尔兹总是第一个问医生病因的人，然后默默将他们归类："烧伤的""重要器官""不在场的""死定了的"。而且她发现了些帮助记住患者姓名和伤情的小窍门，比如：琼斯伤了骨头[1]，艾斯蒂斯下士丢了睾丸[2]，富林上尉没有皮[3]，少将朗费罗话不多[4]。

1　英文中，琼斯和骨头押韵。
2　英文中，艾斯蒂斯和睾丸押韵。
3　英文中，富林和皮押韵。
4　英文中，朗费罗字面意思为"长家伙"。

盖普上士的伤情是个谜。在他第35次在法国上空作战时，小球形炮塔忽然停止了射击。飞行员注意到球形炮塔不再向外射击，以为盖普中弹了。也许盖普被击中了，可是飞行员却没有感受到飞机下腹遭袭，他希望盖普也没大碍。飞机降落之后，飞行员冲过去，把盖普搬进卫生员的摩托车的边车里。没有救护车了，所有救护车都被派出去了。刚坐进边车，小个子盖普上士就开始玩起自己的那话儿来。边车上方有一个为坏天气准备的帆布遮篷，飞行员很快把遮篷拉开。遮篷上有个透明的窗口，飞行员、卫生员和聚拢过来的人都可以从窗口观察到盖普上士。以盖普的个头来说，他勃起的阴茎出乎意料地大，不过他摸弄它的手法也就比小孩儿专业些，远不如动物园里的猴子。然而，盖普也像猴子似的直白地盯着笼子外面观看自己的人类。

"盖普？"飞行员说。盖普的前额布满了血迹，几乎干了，但他的战斗帽还粘在头顶上在滴着血，他身上看不出一丁点儿伤痕。"盖普！"飞行员冲他叫道。圆形金属空间里点50口径机枪所在的地方有一道口子，看起来某架高射炮打中了枪管，打裂了枪膛，甚至还打松了扳机握把，不过盖普的两只手似乎毫无问题，就是自慰起来挺笨手笨脚的。

"盖普！"飞行员叫道。

"盖普？"盖普说。他像只聪明的鹦鹉或乌鸦一样模仿飞行员。"盖普？"盖普说，仿佛刚刚学了这个词语。飞行员对盖普点点头，鼓励他记住自己的名字。盖普笑了。"盖普！"他说。他似乎以为这是人们打招呼的话。不是你好，你好！而是盖普，盖普！

"天哪，盖普。"飞行员说。球形炮塔的舷窗上还能看到一些枪眼和碎玻璃。卫生员这会儿拉开了边车遮篷上的透明窗拉链，查看盖普的双眼。他的眼睛有点儿不对劲，因为两只眼球互不相干地转着，卫生员猜要是盖普还能看见任何东西的话，他眼里的世界一定一下清晰、一下模糊又再度清晰。当时飞行员和卫生员无法得知的是：高射炮上炸出的一些窄长碎片，已经伤到了盖普脑内的动眼神经和其他一部分脑组织，动眼神经主要由运动神经组成，支配着眼球的大部分肌肉。至于盖普脑部其他部分，他受到的几处割伤，有点儿像脑前额叶切除手术，不过是做得很粗心的手术。

卫生员怕极了，不知道盖普上士的脑部被切成了什么样，因此他没有把粘在盖普头上被血迹浸透的战斗帽摘下来，那顶帽子被盖普前额上一个紧绷的亮亮的瘤向下拽着，这瘤现在看起来正在越长越大。人人都在找卫生员的摩托车驾驶员，但他不知在什么地方呕吐，卫生员想着得找个什么人在边车陪盖普坐着，自己来骑车。

"盖普？"盖普对卫生员说，练习着这个新词语。

"盖普。"卫生员应道。盖普看起来很满意。他的两只小手都握着大得惊人的勃起的阴茎，自慰成功。

"盖普！"他叫道。声音带着愉悦，还有惊讶。他对着观众转着眼球，乞求世界清楚些不要再模糊。他不清楚自己做了什么。"盖普？"他怀疑地问道。

飞行员拍着他的手臂，对其他机组成员和地面人员点点头，好像在说：让我们给盖普上士一点儿支持吧。拜托了，我们一起让他放松下来吧。男子们带着尊敬惊讶地看着盖普射精，都对他喊道："盖普！盖普！盖普！"他们发出有如海豹般的鼓舞振奋的集体合唱声，以求让盖普安下心来。

盖普开心地点头，但卫生员抓着他的手臂紧张地对他低声说："别！头别动，好吗？盖普？求求你头不要动！"盖普涣散的目光从飞行员和卫生员身上溜过，他们等着他再度清醒。"很简单不是吗，盖普，"飞行员低声说，"乖乖坐直了，好吗？"

盖普的脸，散发着纯粹的安宁。这位小个子上士两手握着垂下的阴茎，好像刚刚做完情势所逼不得不做的事。

他们无法在英格兰为盖普进行任何治疗。他很幸运在战争结束前早早就被送回了波士顿。这实际上还多亏了某位参议员。波士顿一家报纸的社论文章，指责美国海军只肯把有钱有势的家庭出身的伤员送回国。为了平息这恶劣的谣传，一位美国参议员声明任何伤势严重的士兵，都能幸运地被送回美国，"哪怕是孤儿也一样能中选，和其他人一样"。于是他们紧锣密鼓要找出一个受伤的孤儿来证明参议员的话，还真让他们找到了这样一个完美人选。

空军上士盖普不仅是孤儿，还伤成了只会说一个词的呆子，他不会对记者抱怨。在所有照片里，机枪手盖普都在微笑。

当这位嘴角流着口水的上士被送来波士顿仁慈医院时，珍妮·菲尔兹不知如何归类他。他显然是"不在场的人"，比小孩子还好摆布，但她不确定他还有其他什么地方不好。

他们推着傻笑着的他进病房时，她问他："嗨，你好吗？"

"盖普！"他吼道。他的动眼神经部分得到了修复，两只眼球现在不转了，而是跳着，但他的双手还包着纱布连指手套，由于运他来的船上医院意外着火，他玩火时弄伤了自己。他看见火焰就伸手去碰，还把火苗抹到脸上，眉毛就这样给烧没了。珍妮觉得他看起来像被剃了毛的猫头鹰。

因为受了烧伤，盖普同时被归到"烧伤的人"和"不在场的人"两类。而且因为两只手被绷带重重缠住，他也丧失了自慰的能力，他的病历上写着自慰是他常常成功执行的行为，并不带任何自我意识。那些近身照看他的人，害怕自从船上的失火意外之后，这个孩子气的机枪手会变抑郁，因为唯一的成人娱乐也没了，起码要等到手好了才行。

当然盖普也有可能是"重要部位受损的人"。很多碎片进入了他的头部，大多因为部位太微妙而无法被移除。盖普上士的脑损伤，可能并没有止步于粗糙的前额叶切除术，内部的损伤可能在恶化。"就算没有高射炮来插一脚，"盖普写道，"一般情况下我们身体的衰败已经够复杂了。"

在盖普上士之前，也有个病人有差不多的脑伤。开头几个月他都好好的，只是自说自话和偶尔尿床。然后他开始掉头发，说不完整一句话。就在死前他的胸部还开始发育。

从X光片来看，那些阴影和白色的针，都说明机枪手盖普一定是个"死定了的人"。但珍妮·菲尔兹觉得他很亲切。这位球形炮塔机枪手是一个小个子的干净男子，欲望单纯直接，像个两岁孩子。饿了他就喊"盖普！"，高兴了也喊"盖普！"。不懂什么或对着陌生人就问"盖普？"，如果他认识你，他就说"盖普"，不带疑问语气。通常叫他做什么，他就做什么。不过不能太信任他，他很容易忘记，前一刻他还听话得像个六岁的孩子，下一刻就什么也不知道，好像只有一岁半。

他的抑郁被完好地记录在交接病历中，似乎哀伤和他的勃起总是同步发生。那种时候，他用缠着露指手套纱布的手夹紧自己成熟的那话儿哭泣。他哭，是因为纱布的触感不如他短时记忆中手的触感那么好，也因为他的手碰到什么东西都疼。这时珍妮·菲尔兹就会坐在他身边。她会揉着他肩胛骨中间的背部，直到他好像猫一样抬起头，她会一直对他说话，她的声音友善，充满令人兴奋的语调变化。大部分护士，都以一种没有变化的声音对病人嗡嗡，好让他们睡着，但珍妮明白盖普要的不是睡眠。她懂得他只不过是个婴儿，而且厌了，想找乐子。于是珍妮就逗他开心。她给他放广播，但有些节目会惹恼盖普，没人知道为什么。另一些节目则让他惊人地勃起，因而导致伤心，循环往复。只有一个节目有一次让盖普做了春梦，这让他太惊讶太高兴了，以至于老想听广播。但珍妮再也找不到那台节目了，她也没法重现那个表演。她知道只要能让可怜的盖普再度听到那个春梦节目，她的工作和他的人生就会愉快很多了。但没那么容易。

她放弃了教他新词语的努力。喂他的时候如果看见他喜欢吃，她会说："好！这真好。"

"盖普！"他同意道。

当他把食物吐在围兜上做出嫌恶的表情，她会说："坏！那是坏东西，对吗？"

"盖普！"他噎了一下。

珍妮察觉到他身体变坏的第一个信号，是他念不全自己的名字。一天早上他向她打招呼："阿普。"

"盖普，"她肯定地对他说，"盖——普。"

"阿普。"他说。她知道他快不行了。

他看起来每天都变得更小了。他睡觉的时候捏着自己扭动的拳头，翻着嘴唇，吸着两颊，眼皮颤动。珍妮之前很长时间都和婴儿相处，她知道这个球形炮塔机枪手在梦里吃奶。有一阵她考虑从妇产科偷个奶嘴过来，但她现在不能靠近那地方了，人们的玩笑让她烦（"圣处女玛丽·珍妮，给她孩子偷假奶头来了。哪个走运的爹啊，珍妮？"）。她看着盖普上士在睡梦中吮吸，努力想象他最终的下坡路能走得平静，想象他能回到胚胎期不再用肺呼吸，想象他的人格重新分离，一半的他变回卵子的梦，另一半变回精子的梦。最后，他就这样不再存在。

现实也差不多如此。盖普的哺乳期症状变得非常明显，他似乎像孩子那样每四小时醒来要人喂奶，他甚至会像婴儿那样哭泣，脸涨得通红，忽然双眼涌出泪水，一会儿又因为广播或珍妮的声音平息下来。有一次她揉他背的时候，他打出了嗝。珍妮喜极而泣。她坐在他床边，祈祷他能快速无痛地重返生命的源头。

要是他的手能痊愈就好了，她想到。那样他就能吮吸自己的大拇指。当他从吮吸的梦中醒来，要人喂奶或者想象自己需要哺乳的时候，珍妮会把自己的手指放进他嘴里让他用嘴唇吸住。尽管他有一副成人的真牙，但在他的脑中，自己还没长牙，因此从来没咬过她。因为观察到这一点，珍妮有一天夜里奉上了自己的胸部，他尽情地吮吸起来，似乎全然不在乎根本吸不出什么来。珍妮想着要是他继续吸奶，她就会分泌乳汁，她感到子宫内实实在在的拉扯力，同时带有母性与情欲。她的感受如此真实，有那么一会儿，她相信只要给这个婴儿球形炮塔机枪手喂奶，就可能受孕。

现实也差不多如此。但机枪手盖普并不完全是个婴儿。有一天晚上，珍妮让他吸奶的时候，她看到他勃起了，撑起了床单，他用缠着绷带不好使的两只手给自己扇风，一边大口吮吸她的乳房一边发出受挫的惊叫。于是一天晚上，她帮了他一把，她用抹了爽身粉的冷手握住了他那里。他不再吸奶，而只是依偎在她胸前。

"啊呀！"他呻吟道。他已经不会说那个"普"字。

以前还能说"盖普"，然后是"阿普"，现在只剩下"啊呀"

了，她知道他时日不多了。他只能吐出一个元音和一个辅音了。

他射精的时候，她感到了手上的湿热。床单下面的气味有如夏日的温室，诡异地肥沃，万物疯长。在那里种下任何东西都会开花。盖普的精子给珍妮·菲尔兹的感觉就是这样：只要洒一点儿在温室里，婴儿就会从尘土里发芽。

珍妮给自己24个小时来思考这件事。

"盖普？"珍妮小声叫他。

她解开了护士连身裙的纽扣，把自己那对老嫌过大的乳房送了过去。"盖普？"她在他耳边轻声叫，他的眼皮颤动，噘起嘴唇去找她的乳头。他们周围围着白色布帐，也就是滑轮轨道挂帘，将他们在病房中隔离起来。盖普的一边躺着个"烧伤的人"，是让火焰喷射器给伤的，浑身涂满了滑溜溜的烧伤膏药，包裹着纱布。他没了眼皮，看起来一直睁着眼在看，但其实已经盲了。珍妮脱下自己厚重的护士鞋，解开白色的丝袜扣，褪去了连身裙。她伸出手指触碰盖普的嘴唇。

盖普那围着白帐子的病床的另一边是个"重要器官受损"病患，即将演变为"不在场的人"。他丢了大部分肠道下半部分以及直肠，这会儿一只肾正难过，肝也让他难过得快疯了。他老做可怕的噩梦，梦到自己被人逼着大小便，尽管排泄对他来说已经是老皇历了。实际上他排泄起来毫无知觉，他通过管道排往橡胶袋里。他叫唤个不停，不像盖普，他能呻吟出完整的词语。

"妈的。"他呻吟道。

"盖普？"珍妮小声叫。她脱下了内衬和内裤，她脱下了胸罩拉开床单。

"老天啊。"那个"烧伤的人"柔声说，他的嘴唇因为烧伤起了疱。

"操你妈的！"那个"重要器官"叫道。

"盖普。"珍妮·菲尔兹说。她握住他勃起的阴茎跨坐在了他身上。

"啊。"盖普说。他现在连"呀"都不会说了。只剩下一个元音来表达欢喜悲哀。珍妮把他拉入自己体内，以全身重量坐在他身上时，他说了声"啊"。

"盖普？"她问他，"可以吗？感觉好吗，盖普？"

"好。"他声音清楚地认同。但这只是他损毁的记忆里的一个词，在她里面射精时暂时清晰地蹦了出来。这是珍妮·菲尔兹听到他说的第一句也是最后一个真正的词语：好。等到他委顿下来，那话儿从她里面溜出来之后，他又变得只会说"啊"了，他闭起眼睛睡去。珍妮塞过去自己的一边乳房时，他并不饿。

"上帝啊！"那个"烧伤的人"叫道，"帝"字说得很轻，他的舌头也烧伤了。

"滚！"那个"重要器官"咆哮道。

珍妮·菲尔兹端来医院的白瓷盆，盛了温水和肥皂，清洗了盖普和自己。她当然不会去用冲洗袋，她毫不怀疑奇迹会发生。她感到比翻过的土、施过肥的泥还能接纳播种，而且她当时感到，盖普在她里面的喷射有如夏日的浇水管（就像可以灌溉整片草坪似的）。

她再也没有和他做过。没理由再做。她不觉得享受。她时不时用手帮他解决，他一叫，她就把一只乳房送过去，但几周之后他不再勃起了。他们把他手上的绷带解开时，发现连伤口的愈合过程都不进反退，于是他们又把绷带缠了回去。他对吸奶的兴趣荡然无存。珍妮想到他的梦境一定和鱼类一样。他已经重回子宫，珍妮知道，他重新成了一个胎儿，被卷成一团放在床中央。他几乎一点儿声音也没有。一天早上珍妮看到他踢着自己小小的虚弱的脚，她想象自己感受到肚子里的胎动。尽管现在还太早，不过她知道真的婴儿就快来了。

不久，盖普不再踢动，他仍旧能用肺来吸氧。但珍妮知道，这不过是一种人类的生存本能。他已经不能进食，必须通过静脉滴管注射喂食，他再次成了和脐带相连的胎儿。珍妮怀着一种焦虑的心情，期待着他的临终时刻。他最终会不会经历像精子那样的狂热的挣扎？受精卵的精子保护盾打开的时候，裸露的卵子会不会充满期待地等待着死亡？小盖普的回归之旅中，他的灵魂最终将如何分解？但珍妮错过了他的临终时刻。有一天她不值班的时候，空军上士盖普死了。

"他还能在什么时候死呢？"盖普写道，"我母亲不值班的时候，是他唯一可以逃走的时候。"

"他死的时候，我当然是有所触动的，"珍妮·菲尔兹在她著名的自传里写道，"但最好的他，已经在我身体里了。这对我们俩来说都是最好的事，是他唯一可以继续活下去的方式，是我唯一愿意有个孩子的方式。世人觉得这件事不道德，只能说明世人不尊重个人权利。"

那是1943年。珍妮的肚子开始显山露水以后，她丢了工作。当然这就和她的父母兄弟料想的一样，他们毫不惊讶。珍妮早就不再努力向他们证明自己的清白了。她在犬首湾父母宅邸的大走廊里，好像一个满足的鬼魂一样穿梭。她的镇静让全家惊讶，于是他们对她放任不管。珍妮暗暗开心，可虽然她为预料中会来的孩子想过很多，竟然从没想过要给他起什么名字。

当珍妮·菲尔兹生下一个九磅重的男婴后，她根本没有想过叫他什么。珍妮的母亲问她婴儿的名字，但珍妮刚生产完，才打过镇静剂，并不配合。

"盖普。"她说。

她的鞋王父亲，以为女儿打了个嗝儿，但珍妮的母亲小声对他说："名字叫盖普。"

"盖普？"他说。他们知道，一问名字就可能问出这孩子的父亲是谁。珍妮当然什么都不承认。

"问明白是那个杂种的姓还是名。"珍妮的父亲悄悄对她母亲说。

"亲爱的，这是姓啊还是名啊？"珍妮的母亲问她。

珍妮困得要死。"是盖普，"她说，"就盖普。全名就叫这个。"

"我觉得是姓。"珍妮的母亲对她父亲说。

"他名叫什么呢？"珍妮的父亲没好气地问。

"我从来不知道。"珍妮咕哝着。这是实话，她真的从来不知道。

"她从来不知道他叫什么名！"她父亲吼道。

"求求你了，亲爱的，"她母亲说，"他总该有个名字啊。"

"空军上士盖普。"珍妮·菲尔兹说。

"他妈的是个兵，我就知道！"她父亲说。

"空军上士？"珍妮的母亲问她。

"T. S.，"珍妮说，"T. S. 盖普，这就是我孩子的名字。"她沉沉睡去。

她父亲大怒。"T. S. 盖普！"他嚷嚷着，"这算哪门子婴儿的名字啊？"

"都是他自己的，"珍妮后来对他说，"他妈的是他自己的名字，全部都是他自己的。"

"带着这个名字上学可真好玩了，"盖普写道，"老师会问这首字母代表什么。一开始我说，只不过是首字母而已没意思，但没人信。于是我就只好说：'打电话问我妈。她会告诉你们的。'他们还真打了。老珍妮就会教训他们一顿。"

一个好护士，带着自己的决心和一个球形炮塔机枪手的种子——也就是他生命的最后一射，将盖普带到了这个世界。

第2章

血与蓝

T. S. 盖普老估摸着自己会早死。"就像我父亲,"盖普写道,"我相信我命该短。我是个一次性发射出生的人。"

盖普差点儿在女子学校长大,他母亲本来得到一个在女子学校当驻校护士的工作机会。但珍妮·菲尔兹预见到如果去了未来可能很悲惨:她的小盖普会被女人围绕(学校提供给他们母子一间宿舍)。她想象儿子的第一次性体验:由在女子洗衣房的所见所感催生出的性幻想,在那里,女孩儿们会捉弄小孩儿,用年轻女性的内衣把小孩儿埋住。珍妮本来会喜欢这份工作,不过为了盖普她谢绝了。她选择去了又大又有名的史第林学校,在那里她只是众多驻校护士中的一个,学校给她和盖普提供的公寓在校医院侧楼,很冷,装着监狱里的那种铁窗。

"无所谓。"她父亲对她说。她出去工作就已经惹他不高兴了,家里有的是钱,要是她能在犬首湾家里的宅邸里等着这私生子长大再搬出去,他还乐意些。"要是这孩子还有点儿智力天分,"

珍妮父亲说，"以后都会被史第林录取，不过现在嘛，我想，也没什么更适合男孩儿长大的环境了。"

"智力天分"是她父亲用来指这孩子可疑的基因的用语之一。珍妮的父亲和兄弟们都念过史第林学校，那时还是所男校。珍妮相信，要是能熬过幽闭在这里的岁月，直到小盖普大学预校毕业，那她也算对儿子尽到责任了。"这样能弥补不给他父亲的缺憾。"她父亲这么说她。

"奇怪的是，"盖普写道，"我母亲这个清楚知道自己不想和任何男人住在一起的人，最后会和800个男孩儿住在一起。"

就这样，小盖普跟着母亲在史第林学校的医务处长大。他并没有完全被当成"校工的小屁孩儿"看待，这是学生们给所有老师教工还没成年的孩子起的称号。驻校护士并不被当成教职员工。更何况，珍妮并没有给自己编一个婚姻故事，没有捏造一个盖普父亲的传说，为儿子的出生自圆其说。她是菲尔兹家族一员，她坚持告诉人们她自己的名字。她的儿子是盖普，她坚持告诉人们他的名字。"这是他自己的名字。"她说。

每个人都懂她的意思。这种高傲，在史第林学校的圈子里被宽容以待，某些类型的高傲甚至还颇受鼓励，但高傲要被接受关乎品位和风格。高傲的原因必须上得了台面，必须意义高尚，而且高傲的方式也必须迷人。珍妮·菲尔兹并非一个天生机智的人。盖普写过他母亲"从没有刻意高傲，不过是被逼无奈"。骄傲在史第林学校的圈子里虽然很受欢迎，不过珍妮·菲尔兹骄傲的原因似乎是有个私生子。她也许不会为任何事抬不起头来，然而，她多少也该表现得有点儿人性。

不过珍妮不仅仅因盖普而自豪，她还特别因为自己得到这个儿子的方式而自豪。别人还不知道她是怎么得到这个儿子的，珍妮那时还没有出自传，事实上她还没有动笔写。她在等着盖普长到能欣赏这个故事的年龄。

盖普所知的故事，也是珍妮告诉任何有胆子问她的人的版本。她的故事，是个三句话就说完了的凄惨故事：盖普的父亲是个兵。他打仗的时候死了。那会儿一边打着仗谁有工夫结婚。

这个故事的缜密和神秘，可能被解读得很有浪漫色彩。毕竟，根据这几个事实，这个父亲可能是个战争英雄。也能据此想象出一场爱情悲剧。菲尔兹护士，很可能当过战地护士。她可能"在前线"坠入爱河。盖普的父亲可能觉得欠"人民"最后一次任务。但珍妮·菲尔兹并没有激发人们去想象这么一出通俗剧。首先她看起来太过享受独身，她丝毫没有对过去表现出泪眼蒙眬的难过之情。她从来不分心，一颗心扑在小盖普身上，只想专心好好当个护士。

当然，菲尔兹家族在史第林学校赫赫有名。这位著名的新英格兰地区的鞋王是著名校友，不管当时是不是遭到别人质疑，他甚至还成了董事会成员，他在新英格兰地区不算是老钱，不过也不是最新的暴发户。他的妻子，珍妮的母亲，娘家是波士顿的维克斯家族，在史第林也许还更有名些。上了年纪的教员当中，有人记得以前每一年都有维克斯家族的人从史第林毕业。饶是如此，对史第林学校的人来说，珍妮似乎没有继承这些高级的凭证。他们承认她好看，但她很普通；她明明可以穿得更漂亮，却只穿护士制服。实际上，由于她是从这样一个家庭走出来的，人们根本对她当护士这件事感到好奇，而且不知为何她还以自己是护士而自豪。医护工作，根本配不上一个菲尔兹或维克斯家的人。

珍妮与人交际带着毫不优雅的严肃，让轻佻的人很不舒服。她读很多书，经常洗劫史第林图书馆，任何人想要什么书，结果都会发现被一个叫菲尔兹的护士借走了。打电话给她，她就会很客气地回答，只要一读完就亲自把书送到需要的人手上。她准时读完这些书，但她并不会发表对书的任何意见。在学校的环境里，不为了讨论而为了某个不为人所知的原因读书非常奇怪。她读那么多书干吗？

她业余上课的行径更为诡异。史第林学校的章程明文规定，校工教员及其配偶可以免费上任何课，只要得到授课教师的同意就行。谁会拒绝一个护士？从"伊丽莎白时代史""维克多利亚时期的小说"到"1917年以前的俄国历史"课，从"基因入门"到"西方文明上下"的老师都没有拒绝她。那些年里珍妮·菲尔兹从恺撒上到艾森豪威尔，中间念了路德和列宁，伊拉斯谟和有丝分裂，渗透作用和弗洛伊德，伦勃朗、染色体和凡·高，从冥河念到泰晤士河，从荷马读到弗吉尼亚·伍尔夫。从雅典到奥斯维辛，她从来不发一言默默上课。她是课堂上唯一的女性。她穿着白色制服听课，安静得男学生和老师最后都忘了她的存在，放松下来，他们继续上他们的课，一团白色的她则锐利地一动不动坐在他们中间。她见证着一切，或许不对任何事加以评判，也许在评判着一切。

珍妮·菲尔兹终于能接受她一直梦寐以求的教育，现在看来时机总算成熟。但她的动机却不纯然为了她自己，她是为了自己的儿子在审查这所学校。到盖普长到入校年龄的时候，她就能给他很多意见：她会知道每一个学科里混饭吃的老师，知道什么课散乱什么课好。

她的书多得要从校医院辅楼的小厢房里溢出来。她在学校待了十年才知道书店给教员校工打九折（从来没给过她折扣）。这让她生气。她对自己的书也很大方，最终在空荡荡的校医院辅楼每个房间的书架上都码上书，但那里的书架也堆不下，就溜进了校医院主楼，进入了候诊室、X光房。一开始书压在报纸和杂志上，后来干脆代替了它们。慢慢地，史第林学校的病人们都意识到史第林是个多正经的地方，不比只有轻松读物和垃圾新闻杂志可读的普通医院。病人等待就诊的时候，可以读《中世纪的衰落》，等待化验结果的时候，可以问护士要来珍贵的基因学说明书《果蝇手册》。要是病情严重，或者必须在诊所待很长一段时间，肯定有一册《魔山》为他们准备着。腿骨折的男孩儿们，或运动伤害的病人，等着他们的是优秀的英雄和他们丰富的冒险故事，是康拉德和梅尔维尔，而非《体育画报》；是狄更斯、海明威和马克·吐温，而不是《时代周刊》和《新闻周刊》。对文学爱好者来说，在史第林生病是个多美的美梦啊！终于医院里有点儿好东西可以读读了。

珍妮·菲尔兹在史第林的12年中，图书馆员已经养成了习惯，一旦有人在图书馆找不到哪本书，他们就会说："兴许在医务室里能找到。"

书店里一旦哪本书脱销或绝版了，他们就会建议人们"去校医院找菲尔兹护士，她大概有"。

珍妮会不屑地说："我肯定那书在辅楼的26号房，但麦卡提在读。他得了流感。他读完也许会愿意给你。"或者她会回答："上一次我看那本书是在浴室里。可能开头几页会有点儿湿。"

无法评断珍妮对史第林教育质量的影响，但她对十年来从未享受过书店的九折优惠一直耿耿于怀。"我母亲一直光顾那家书店，"盖普写道，"相比之下，史第林的其他人什么书也不读。"

盖普两岁时，学校给了珍妮一份三年合同，她是个好护士，每个人都同意这一点，大家对她的那点儿鄙夷也没有在她工作的头两年里增加。这孩子嘛，归根结底和别的孩子没两样，可能夏天时比大部分孩子黑点儿，冬天时皮肤有点儿蜡黄，还有点儿胖。他看着总有点儿圆，哪怕没穿多少，也像穿了很多的因纽特人。那些刚刚经历过二战的年轻教员说，这孩子的体形像钝头炮弹似的。但是私生子终究也是孩子。看不惯珍妮的古怪之处的人，态度也缓和多了。

她签了这份三年合同。她学习，提升自我，但也同时在为她的盖普将来进史第林铺路。史第林学校能提供"高人一等的教育"，她父亲说过。珍妮觉得最好还是亲自确认。

盖普五岁时，珍妮·菲尔兹升为护士长。能忍受这群精力旺盛的野小子的年轻有活力的护士很难找，愿意驻校的护士就更难找。珍妮似乎对栖身校医院辅楼一隅挺满意。某种意义上她成了许多人的母亲：半夜哪个男孩儿吐了，或者按床铃，或是打碎了水杯的时候都需要她，或者当男孩儿们在黑暗的走廊里闹哄，绕着病床追逐，摇着轮椅像角斗士一样决斗，隔着铁栏窗和镇上的姑娘偷偷聊天，攀上攀下校医院旧砖楼外缠绕着的常春藤梯子的时候也需要她。

校医院和辅楼靠地下通道相连，宽度容得下推床通过，一边还能站上一个苗条的护士。坏男孩儿有时会在地道里号叫，声音传到珍妮和盖普住的遥远的辅楼，好像地下实验室里的耗子和兔子一夜间长得巨大，在深深的地下用自己强有力的吻部翻滚着垃圾桶。

但盖普五岁时，他母亲已经成了护士长，史第林学校的人注意到这孩子有点儿奇怪。至于究竟一个五岁的孩子能有多特别没人知道，不过他的头的确有种滑溜溜的感觉，黑乎乎、湿湿的（就像海豹的头），加上他特别小巧结实的身子，让人们又开始猜测起他的基因来。他的气质像母亲，有决心，也许有点儿木愣愣，清高却又永远小心谨慎。尽管他比同龄人长得小，但他似乎在其他方面早熟一些，他带着让人不安的冷静。他尽管矮，不过却像是平衡感很好的动物，手脚特别协调。其他孩子母亲注意到，这孩子能爬上任何东西，有时简直让她们惊讶。那些儿童攀爬架、秋千架、高滑梯、露天看台座、最危险的树，盖普都能爬到顶上。

有一天晚饭之后，珍妮发现他不见了。盖普能够在校医院和辅楼自由走动，和男生们聊天，珍妮想叫他回房间的时候通常会用对讲机呼叫他。她会说"盖普回来"。他们之间约法三章：哪些房间他不应该进去，也就是传染病患的病房，还有真的感觉到自己的身体在腐烂的男孩儿的病房，他们不想被打扰。盖普最喜欢因运动受伤被收治的病人，他喜欢看石膏、吊带和大绷带，他喜欢听他们讲自己是怎么受伤的，一遍又一遍听不腻。和他母亲一样，他的内心或许住着一个护士，他很高兴为病人奔走、传消息、偷吃的。但他五岁的这个晚上，他没有回应母亲"盖普回来"的呼唤。对讲机的声音在校医院和辅楼的每间房间的广播里都能听见，包括盖普严禁进入的实验室、手术室和X光室。如果盖普没有听见"盖普回来"的信息，珍妮知道他要么发生了什么坏事，要么不在楼里。她很快发动了一批较为健康能走动的病人帮忙找人。

那是早春的一个起雾的晚上，有些男生走出校医院在潮湿的连翘树和停车场呼唤盖普。其他人在黑暗里摸进空空的角落和闲人免进的工具间。珍妮一开始着实吓坏了。她检查了四层楼的脏衣物滑槽，这根滑溜的圆管让四楼的人可以直接把衣物扔到地下室（她不准盖普拿衣物去滑槽扔）。但滑槽穿破地下室天花板喷出衣物的管口，只看到待洗的衣物躺在冰冷的水泥地板上。她又查看了烧水房和滚烫巨大的热水炉，但是盖普并没有在那里被煮熟。她检查了楼梯井，她跟盖普说过不允许他在楼梯上玩，她没有看到他摔碎的身子躺在四个楼梯井的任何一个底部。然后她开始担心她之前一直不敢想的情况：也许盖普被史第林学校男生中的强奸犯侵犯了。但是早春校医院有太多男学生出入，珍妮无法一一记住，对他们也没有了解到可以怀疑他们性趣味的程度。他们当中有春色一露就跑去游泳的蠢货，地上的雪都没化。也有最后一批没痊愈的冬日流感病患，他们的种种抵抗力都被消磨了。还有逐渐增多的冬季运动伤患和刚参加春季体育活动就受伤的家伙。

他们当中有一个叫海瑟威的家伙，他这会儿正在辅楼四层的房间按铃叫她。海瑟威是长曲棍球运动员，一条腿的膝盖韧带受了伤，他在下雨的时候出门，拐杖头在海尔楼长长的大理石楼梯上滑了一下，他因此摔断了另一条腿，两天之后他们给他上了石膏，不再让他拄拐杖。现在海瑟威两条长腿都打着石膏，瘫在校医院辅楼四楼的床上，骨节宽大的双手不舍地抓着一根长曲棍球球杆。他被隔离开，几乎一个人独占四楼，因为他习惯把曲棍球扔到房间对面的墙上，等球从墙上弹回来。他就用球杆一端的网子网住那个硬弹球再扔回墙上。珍妮本可以制止他这样干，但毕竟她自己还有个儿子要照顾，而且她也懂得男孩儿喜欢下意识的重复性的肢体活动。这似乎能让他们放松，珍妮早就发现了这一点，无论是五岁的盖普，还是17岁的海瑟威。

但让她愤怒的是海瑟威手法笨拙，老是掉球！她已经费心把他安置在不会有别的病人抱怨击球声的地方了，但一旦海瑟威丢了球，他就会按铃叫人来帮他捡，尽管有电梯，辅楼四层对所有人来说还是一个很远的地方。珍妮看到有人在用电梯，就快步爬上四楼，走进海瑟威房间的时候，因为爬得太快喘不过气来，而且又恼火。

"我懂你的游戏对你来说多要紧，海瑟威！"珍妮说，"但是现在盖普不见了，我没空来给你捡球。"

海瑟威是个脾气好脑子慢的男孩儿，长着一张光滑无毛的脸，前额垂下一缕金红色的头发，遮住了他的半只淡色的眼睛。他习惯仰头，可能为了能从头发底下看东西，加上个子又高，所以每个和海瑟威对视的人都仰望着他的大鼻孔。

"菲尔兹小姐？"他说。珍妮注意到他手上没有拿着长曲棍球球棍。

"到底什么事，海瑟威？"珍妮问，"不好意思我没时间，盖普丢了。我在找盖普。"

"哦。"海瑟威说。他左右张望环顾房间大概是在找盖普，仿佛什么人叫他递个烟灰缸来似的。"对不起，"海瑟威说，"我要是能帮你找他就好了。"他绝望地看着自己两条石膏腿。

珍妮轻轻在他其中一条上了石膏的膝盖上敲了敲，好像在敲一扇房间里有人熟睡的门似的。"请别担心。"她说。她等着听他说有什么事，但海瑟威似乎忘了他为什么按铃。"海瑟威？你要什么，"她问，"你丢了球吗？"

"没，"海瑟威说，"我丢了杆子。"他们俩环顾了一下海瑟威的房间找寻那根不见了的曲棍球球杆。"我在睡觉，"他解释道，"醒来的时候，它就不见了。"

珍妮第一个想到的是梅克勒，辅楼二楼的捣蛋鬼。梅克勒生性爱讽刺又为人聪慧，一个月起码有四天要来校医院报到。16岁的他烟不离手，是学校校刊的编辑，而且两次赢得年度古典文学奖杯。梅克勒讨厌食堂的食物，靠咖啡和巴斯特简餐烧烤店的炒蛋三明治过活，在那里他也确实完成了大多数迟交很久的长篇学期论文，也确实写得出色。他每个月都要来校医院疗养，为了从身体的自毁和过人智慧中恢复过来，梅克勒恶作剧的鬼主意很多，珍妮从来无法真的证明是他干的。一次送下去给化验室化验员的茶壶里有蝌蚪，化验员们抱怨茶里有股鱼腥味儿。还有一次珍妮肯定是梅克勒给避孕套装满蛋清，把紧绷的避孕套套在她房间的门把手上。要不是后来在包里发现了蛋壳，她还不知道里面装的一定是蛋清。珍妮也肯定，几年前在水痘传染期间，准是梅克勒组织校医院三楼的男孩儿轮流打飞机，然后手上捧着热乎乎的精液跑去校医院的化验室，用显微镜观察精子是不是还活跃。

但珍妮觉得按照梅克勒的风格，应该会在曲棍球球网上弄一个洞出来，然后把没用了的球杆放回睡着的海瑟威手里。

"我猜是盖普拿了。"珍妮对海瑟威说，"找到盖普，就能找到你的球杆。"她上百次按捺住想伸手撩开海瑟威眼前那缕头发的冲动，那缕头发几乎挡住了他一只眼睛，她只是捏了捏他露在石膏之外的大脚趾。

如果盖普要玩球杆，他会去哪儿呢？珍妮想着。不会是外面，因为太黑了，他会找不到球。唯一听不到对讲机的地方，就是连接辅楼和校医院的地下通道，那是扔球的完美场所，珍妮知道。以前就有人这么干过，有一次过了午夜珍妮在那里撞见过一场混战。她搭电梯直接去了地下室。海瑟威是个好孩子，她想着，盖普长大了可能还不如他。但他也可能比海瑟威厉害。

无论海瑟威的脑筋转得多慢，他也在竭力想办法。他希望小盖普没事，他真心想站起来帮忙找人。盖普常来海瑟威的病房。因为一个瘸了腿、两条腿裹着石膏的运动员比一般人有趣多了。海瑟威允许他在自己的石膏腿上随便画画，朋友们的签名，覆盖着盖普用蜡笔画的圆圈脸和他想象中的怪兽。海瑟威这会儿看着这孩子留在他石膏腿上的涂鸦开始为盖普担心。他也因此看见了那只球，就在他两腿之间，之前因为绑着石膏他并没有感觉到那里有球。它被夹在那儿好像海瑟威自己下的蛋似的，保持着温暖。盖普没有球怎么玩长曲棍球啊？

　　当海瑟威听到鸽子叫时，他知道盖普没有在玩长曲棍球。鸽子！他想起来了。他曾经对那孩子抱怨过。鸽子令人讨厌的咕咕叫，在屋檐下和斜坡屋顶石板下的雨水槽里发出的愚蠢骚动，让他夜晚难以入眠。这是每个住在四层顶楼的人的睡眠问题，是史第林学校所有顶楼住户的问题：鸽子好像统治了整个校园。维修部的人已经给大部分屋顶和鸽子栖息处包了六角铁丝网，但在天气干燥的日子鸽子仍栖息在雨水槽里，还在屋顶下找空子钻，也会停在老常春藤上。根本不可能把它们从房屋上赶走，而且它们每天叫个不停！海瑟威痛恨它们。他跟盖普说过哪怕他有一条好腿，也要捉住它们。

　　"但是你要怎么捉？"盖普问。

　　"它们天黑了就不爱飞。"海瑟威告诉这男孩儿。他是在生物二课上学到鸽子的习性的，珍妮·菲尔兹上过同一门课。"天黑以后，不下雨的时候，"海瑟威对盖普说，"我会爬上房顶，在雨水槽里抓住它们。不下雨它们只会在雨水槽里整夜咕咕叫和拉屎。"

　　"但是你要怎么抓住它们？"盖普问。

　　海瑟威快速转着长曲棍球杆，轻轻捧着球。他把球滚到两腿之间，把球杆的网子轻轻套在盖普的小脑袋上。"就像这样，"他说，"就用这个，我能轻松捉住它们，就用我的长曲棍球杆。一个接一个，直到抓住所有鸽子为止。"

海瑟威记得盖普对他这个和气的两条腿裹着英勇石膏的大个子男孩儿微笑。海瑟威看看窗外，的确又黑又干燥。海瑟威按了呼叫钮。"盖普！"他叫出声，"哦，天哪！"他用大拇指按着呼叫钮没有松开。

当珍妮·菲尔兹看到四楼的灯亮着并不停闪烁，她能想到的只是盖普把长曲棍球用具还给了海瑟威。多好的孩子啊，她想到，然后乘电梯再次上四楼。她跑到了海瑟威房间，脚上的护士鞋吱吱作响。她看到海瑟威手里捏着长曲棍球。他没有被头发遮住的一只眼睛，露出受惊的眼神。

"他在楼顶。"海瑟威对她说。

"在楼顶！"珍妮说。

"他想用我的长曲棍球杆捉鸽子。"海瑟威说。

一个成年男子如果站在四楼的防火逃生梯口，双手可以够到雨水槽边缘。史第林学校只有在叶子都落了和春季强降雨之前会清洁雨水槽，只有高个子会被派去干这个活儿，因为不够高的人抱怨过把手伸到雨水槽里摸到了他们看不见的东西：死鸽子、腐烂了很久的松鼠和无法辨认的烂乎乎的东西。只有高个子才能站在防火逃生梯口，伸手前就能先看到雨水槽里的情况。雨水槽的宽度及深度和猪饲料槽差不多，但不如饲料槽牢固，又旧。那个年代，史第林学校的东西样样都很旧。

珍妮·菲尔兹出了四楼火灾逃生门站在防火逃生梯上，她的手指尖刚刚能摸到雨水槽边缘，她无法越过雨水槽看到斜石板屋顶的情况，在黑暗的雾中，她根本看不见雨水槽伸到大楼角落的两端。她连盖普的影子也没见着。

"盖普？"她轻声叫。四楼下面的灌木丛和停着的车顶偶尔发出的闪光中，她能听见一些男孩儿也在喊着他的名字。"盖普？"她略微提高音量。

　　"妈妈？"他说，吓了她一跳，尽管他的声音比她轻柔。他的声音从她附近传过来，简直就像在她伸手可及之处，她想，但她看不见他。接着她看见长曲棍球杆有网的一端在雾中月光下的剪影，好像什么奇怪的不明夜行动物被网住的爪子，从雨水槽里伸出来，几乎在她的垂直上方。她伸出手，害怕地摸到了盖普的一条腿，腿从腐坏了的雨槽里伸了出来，雨槽割破了他的裤子割伤了他，让他动弹不得，他的一条腿直到屁股都插在雨槽里，另一条腿又开伸在他身后的雨槽里。盖普趴在这根嘎吱作响的雨水槽里。

　　他的腿戳穿雨槽时，他吓得不敢叫出声，他能感觉整根脆弱的雨槽都腐烂了，马上就要全部裂开。他觉得叫声会让屋顶塌下。他的脸颊埋在雨槽里，从一个锈掉的洞眼里他看着男孩儿们在四层楼下的停车场里找他。他真的用长曲棍球杆逮到一只受惊的鸽子，不过球杆在雨槽上方转了一下，放走了那只鸟。

　　这鸽子尽管重获自由，并没有飞远，而是蹲在雨槽里，发出呜咽的蠢叫。珍妮意识到盖普不可能从逃生梯够到雨水槽，她战栗着想，他是一只手拿着球杆扒着常春藤爬上了楼顶。她紧紧抓着他那条腿，他光着的温暖的小腿因为流血有点儿黏糊糊的，但他还没被生锈的雨槽割得太严重。她想着，打一针破伤风就行了，血已经干得差不多了，应该不需要缝针，尽管在黑暗中她看不清伤势。她努力思考怎么才能把他弄下来。楼下的连翘树丛在底楼窗户发出的灯光中眨着眼，从四楼的高度看来，那黄色的花朵（在她看来）好像煤气的小火苗。

"妈妈？"盖普说。

"在这里，"她小声说，"我抓着你呢。"

"别放手。"他说。

"好。"她对他说。仿佛被她的声音惊动了似的，雨槽又裂开了一点儿。

"妈妈！"盖普说。

"没事。"珍妮说。她在想最好的办法是不是很快拉他下来，用力些拉，她希望可以把他从腐烂的雨槽里直接拉出来。但是整根雨槽可能剥离房顶，然后怎么办？她想到。她看见他俩被力道扫下逃生梯跌落下去的情景。但她也明白没人会真的爬上雨水槽把孩子拉出来，再从屋顶边缘把他放下让她接住。雨水槽连五岁的孩子都险些支撑不住，更加无法容下一个成年人站上去。珍妮知道她得抓着盖普的一条腿不能放手，尽量拖延时间让别人想办法。

是新来的护士格林小姐在楼下看见他们，然后跑进楼去叫教导主任鲍吉尔的。格林护士想到的是绑在教导主任黑色车上的探照灯（每晚，黑车都会在校园巡逻搜寻过了熄灯时间还在外游荡的男生）。尽管底楼的校职工多有怨言，鲍吉尔的车还是会开上人行道开过软草坪，他把探照灯照向楼边幽深的树丛，让找不到室内去处藏来躲去的人或情人们不能安心地在校园里待着。

格林护士还去叫了佩尔医生，因为在危急时刻她总是先想到应该管事的人。她并没有想到报火警，珍妮倒是起过这个念头，但她怕会耗时太久，水管会在他们到达之前完全破裂，更糟的是，她想象他们会要求她让他们来处理，而且叫她放开盖普的腿。

珍妮抬头看到盖普湿透了的小球鞋在鲍吉尔主任的探照灯突然射来的诡异光亮中悬空荡着，吓了一跳。探照灯的光打扰了鸽子，让它们困扰，它们对晨光的感受性也许不是最强的，但现在它们似乎蠢蠢欲动在雨水槽里计划要有所行动，它们的叫声和爪子的抓挠声更加疯狂。

楼下的草坪上，穿着白色病号服的男孩儿们绕着鲍吉尔主任的车跑着，他们因为这特别的体验而闹腾着，或者也由于鲍吉尔命令他们跑来跑去拿这取那。鲍吉尔管所有男生叫"男人们"，比如他叫道："男人们，让我们在防火梯下面垫一排床垫，两倍速度！"鲍吉尔在升任教导主任之前在史第林学校教了20年德语，他的命令听来好像快速吐出一串德语动词变位。

"男人们"垒起床垫，从逃生梯的铁架间窥看探照灯光中珍妮惊人的白制服。一个男生面朝楼房站着脸红，他就站在防火逃生梯正下方看着上面珍妮的裙子和她被照亮的双腿，一定是看得入了迷，因为他似乎浑然忘记情况紧急，站在那里一动不动。"施瓦茨！"鲍吉尔主任对他吼，但他的名字其实是华纳，所以并没有回答。鲍吉尔教导主任不得不猛推他让他不要再盯着看了。"再拿些床垫来，施密特！"鲍吉尔对他说。

一片水管碎片或叶片掉进了珍妮眼睛里，她不得不把双腿张得更开来保持平衡。水管整根从屋顶剥离，盖普先前捉住的那只鸽子从破裂的水槽末端仓皇飞起。珍妮被自己的第一个念头吓得说不出话来，她以为模糊视线中鸽子的身影是她儿子在往下掉，但她很快打消了这个念头，因为手上还紧抓着盖普的腿。她先是被还装着盖普身子的一段沉重水管击打得蹲下，然后一边屁股跌坐在了防火梯出口。当珍妮意识到母子都平安坐在防火梯出口，她才松开了盖普的腿。珍妮印在他小腿上的细节清楚、形状几近完美的指纹过了一个礼拜才消退。

地面上的人看不清楚刚才发生的这一幕。鲍吉尔主任先是看到头顶上忽然一阵快速的身体移动，他听到雨水槽剥离大楼的声音，看到菲尔兹护士跌倒在地。他看到三英尺[1]长的雨水槽坠入黑暗之中，但他并没有看到男孩儿。他看到好像鸽子似的东西飞过他的探照灯光线，但他并没有用探照灯追射过去，强光刺激到鸽子的双眼，它随即迷失在黑暗之中。鸽子撞到防火逃生梯的铁边，折断了脖子。它的翅膀裹住自己，盘旋直坠，好像一只瘪了的橄榄球，刚好要跌在鲍吉尔主任为应付坠楼准备的一排床垫之外。鲍吉尔看见跌下的鸟，误以为是小孩儿的身体在快速下坠。

教导主任鲍吉尔基本上是个勇敢坚毅的人，他的四个孩子都在严厉管教下成长。他之所以对校纪监管如此尽心，倒不是因为不想让人快活，而是源于他的信念，他相信任何校园事故都不应该发生，只要有勇有谋地管理，事故都是可以避免的。因此鲍吉尔相信自己可以接住掉落的孩子，因为他终日焦虑的心，早已让他准备好应对这种在夜幕下接住一个快速坠落的人体的情况了。教导主任留着短发身体强壮，身材比例很奇怪地类似比特斗牛犬，他也和这种狗一样长着对小眼，老是肿着，布满血丝，眼睛眯缝着像猪眼。鲍吉尔主任也和斗牛犬一样擅长伸出前肢扑救和前弓步，这也就是他现在所做的，他两条胳膊猛地向前伸出，猪一样的眼睛一刻不离正在坠落的鸽子，"小子，有我接着你！"鲍吉尔喊道，吓了穿着病号服的男孩儿们一跳，他们对眼前这一幕毫无准备。

鲍吉尔主任一边跑着一边纵身一跃去接鸟，鸟以连他也没有完全预料到的力量摔在他怀里。鸽子的重力让教导主任背朝下滚翻在

---

1 英尺，英式度量制和美式通用测量制的长度单位，1英尺约等于0.3048米。

地，他感到胸中气短，躺着直喘。他手臂里还抱着那只摔扁了的鸽子，它的喙戳着鲍吉尔长着短硬胡茬儿的下巴。有一个在四楼被吓傻了的男生手里的手电筒向下一歪直接照在教导主任身上。鲍吉尔看到自己胸前抱着只鸽子，便把这死鸟扔过目瞪口呆的男生头顶丢进了停车场里。

校医院的收诊室里乱作一团，佩尔医生已经到了，正在处理小盖普的伤腿，皮外伤，伤口不深但是溃烂了，需要清理伤口，不过不需要缝针。格林护士给男孩儿打了一针破伤风，佩尔医生从珍妮眼睛里取出一块小小的生锈物，珍妮因为接住盖普和那段雨槽拉伤了背，别无大碍。收诊室的气氛轻松愉快，大家开着玩笑，除了盖普和珍妮目光交汇的时候，尽管在大家眼里盖普算是英勇救命，但他一定在担心不知道珍妮私底下会怎么教训他。

鲍吉尔主任成了史第林学校里仅有的几个对珍妮友善的人之一。他把珍妮叫到一边儿对她说，如果需要，他愿意来当黑脸教训孩子，要是他的责备更能让盖普听进去的话。珍妮很感激他，他们合计好要给男孩儿一点儿教训。于是鲍吉尔拍掉胸前的羽毛，把从紧绷的马甲下面如奶油内馅般漏出来的衬衫塞好。他很突兀地叫收诊室里聊个不停的所有人行个方便，让他和小盖普单独谈谈。大家都住了嘴，盖普想跟着珍妮离开，她说："不。教导主任有话和你说。"然后房间里只剩下了他们俩。盖普不知道教导主任是什么。

"你母亲对你管教严格，对吧，孩子？"鲍吉尔问道。盖普不理解这个词语，但他点点头。"照我看来她管得很好。"鲍吉尔教导主任说，"她应该有个她可以信任的孩子。你知道什么是信任吗？"

"不知道。"盖普说。

"意思是：她相信，你答应了在哪儿待着，就在哪儿待着。她相信，你永远不会做你不应该做的事。这就是信任，孩子，"鲍吉尔说，"你觉得你妈妈可以信任你吗？"

"可以。"盖普说。

"你喜欢住在这里吗？"鲍吉尔问他。他很清楚这孩子爱这里，珍妮建议他对盖普提到这一点。

"喜欢。"盖普说。

"你听到其他男孩儿们是怎么叫我的？"教导主任问。

"疯狗？"盖普问。他听到过校医院的男孩儿叫某人"疯狗"，而且他觉得鲍吉尔教导主任长得像一条疯狗。但是教导主任很惊讶，他听过很多自己的外号，倒是从来没听过这个。

"我是说男孩儿们叫我老师。"鲍吉尔说，谢天谢地盖普是个敏感的孩子，他感觉到教导主任声音里受伤的语气。

"是的，老师。"盖普说。

"你真的喜欢住在这里？"教导主任再问。

"喜欢，老师。"盖普说。

"那么，如果你再爬到防火梯上，或再靠近屋顶，"鲍吉尔说，"就不允许你住在这儿了。你明白吗？"

"是，老师。"盖普说。

"那么当个你妈妈的好孩子，"鲍吉尔对他说，"不然你就要被送去又奇怪又遥远的地方。"

盖普感到黑暗笼罩住自己，和他躺在雨水槽里时感受到的黑暗和遥远很像，离四楼之下安全的世界很远。他哭了起来，但鲍吉尔用粗短的拇指和威严的食指撑着下巴，摇了摇男孩儿的头。"永远不要让你母亲失望，孩子。"鲍吉尔对他说，"如果你让她失望了，那么你一生都会像现在这样难过。"

"可怜的鲍吉尔心怀好意，"盖普写道，"我一生真的都很难过，我也真的让我母亲失望了。但鲍吉尔对真实世界的感觉，就和其他人对这个世界真相的感觉一样可疑。"

盖普指的是可怜的鲍吉尔晚年坚信的幻觉：他相信他接住的是从辅楼楼顶跌下的盖普，而不是一只鸽子。毫无疑问，在他的风烛残年，对于好心的鲍吉尔而言，接住鸟的瞬间跟接住盖普一样意义重大。

鲍吉尔教导主任对真相的感觉时常扭曲。离开校医院的时候，这位教导主任发现他车上的探照灯被人拿走了。他怒气冲冲地闯进每间病房，连传染病人都没放过。"这盏灯总有一天会照到拿走它的那个人身上！"鲍吉尔宣称，但是没人站出来承认。珍妮肯定是梅克勒拿的，但她没有证据。鲍吉尔教导主任开着没了探照灯的车回了家。两天之后他感染上某个病人的流感，到校医院看门诊。珍妮特别同情他。

四天之后鲍吉尔才有机会查看他车内的杂物箱。这天吸着鼻涕的教导主任夜巡校园，车上装着新的探照灯，被一个新来的校警叫停。

"天哪，我可是教导主任。"鲍吉尔告诉这个发抖的年轻警卫。

"先生，我不是太清楚，"巡警说，"他们告诉我不要让任何人开上人行道。"

"他们应该告诉过你不要和鲍吉尔教导主任纠缠。"鲍吉尔说。

"他们也和我说了，先生，"巡警说，"但我不知道你就是鲍吉尔教导主任。"

"这样啊，"教导主任说，他暗暗为年轻巡警开不得玩笑的恪尽职守开心，"我可以证明我是谁。"然后鲍吉尔教导主任想起自己的驾照过期了，决定给巡警看自己的车辆登记证。鲍吉尔打开杂物箱的时候，就看到那只死鸽子。

梅克勒的名字在他脑中出现了一次又一次，但没有证据。那只鸽子并没有腐烂得太彻底，（还）没有爬满扭动的蛆，不过鲍吉尔教导主任的杂物箱却长了虱子。鸽子死得太久，虱子开始寻找新的宿主。教导主任以最快的速度取出登记证，但年轻巡警却无法把目光从鸽子身上移开。

"有人说这里的人很成问题。"巡警说，"有人告诉我他们什么事都干得出。"

"男孩儿的确什么坏事都干，"鲍吉尔哼唧着，"鸽子还不算恶劣，不过男孩儿受得住看管。"

盖普觉得珍妮看管他太久了，这不公平。之前她也确实严密看管着他，但她也已经开始学着信任他。现在她要盖普再次向她证明他可以被信任。

像史第林这么小的地方，任何消息都传得比癣还快。盖普爬上校医院辅楼的楼顶和他妈妈不知道儿子去了哪儿的事，让他们俩都变得可疑：盖普成了会带坏其他孩子的孩子，珍妮成了个不负责的母亲。当然，盖普很长一段时间之内都不会感到受了歧视，但珍妮很快就感受到了（也很快预感到会这样），她再一次感受到人们会作出不公平的猜想。她五岁的孩子擅自爬到了楼顶上，就说明她从来没有好好照顾她。于是因此他就显然是个古怪的孩子。

一些人说，没有父亲的孩子，脑子里永远盘算着要铤而走险。

"真古怪，"盖普写道，"那些让我觉得自己和别人不同的家庭，从来不得我母亲欢心。我母亲是个实际的人，相信证据和结果。比如她相信鲍吉尔，因为起码教导主任的工作清楚明白。她信任专业人才：历史教师，摔跤教练，当然了还有护士。但是那些要我相信自己和别人不一样的家庭，从来得不到母亲的尊重。母亲相信珀西一家游手好闲。"

珍妮·菲尔兹并不是唯一这么想的人。斯图尔特·珀西尽管有个头衔，却并不担任真正的工作。他被称为史第林学校秘书，但从没人看见过他打字。事实上他还有自己的秘书，不过没人知道她有什么东西好打的。很长一段时间以来，斯图尔特·珀西似乎和史第林校友会有关，这是有钱有势又怀恋过去的史第林毕业生成立的组织，学校管理层对他们相当重视。但是校友会事务主席说斯图尔特·珀西太不讨年轻校友喜欢，因此不堪用。年轻校友记得读书的时候珀西那副样子。

斯图尔特·珀西在学生中不受欢迎，他们怀疑珀西什么事也不干。

他是一个大个子，脸色红润，胸部好像有个酒桶随时都可能暴露，那其实不过是他的肚子，他那勇敢挺立的胸部会忽然下坠绷开包着它的呢子夹克，掀起胸前军服似的史第林学校标志色条纹领带。"血与蓝"，盖普总是这样称呼这种配色。

斯图尔特·珀西的妻子叫他斯图威，尽管一代史第林的男生都叫他"大肚子"，他理着平头，和美军银质勋章颜色一样。男生说斯图尔特理平头像航空母舰，因为他二战时是海军。他对史第林的课程表唯一的贡献，是一门教了15年的课，时间久到让历史组终于鼓起勇气并且积攒了必要的不敬，才禁止他再教下去。15年来这门课对所有人来说都是一种耻辱。只有什么都不懂的史第林一年级生才会被骗去修这门课。这门课叫"我亲历的太平洋战争"，只讲斯图尔特·珀西亲身经历的二战时的海军战役，也就两场战役。这门课并没有教科书，单靠斯图尔特讲课和播放他的私人幻灯片。幻灯片由黑白照片制作而成，有趣的是处理之后它们变模糊了。让人难忘的是，至少有一周课时用于放映斯图尔特在夏威夷休上岸假的幻灯片，他在那里遇到妻子米姬并娶了她。

"小子们，注意了，她不是当地人。"他总是对学生这么说（尽管在灰色的幻灯片上，很难看出她是什么），"她只是去那里旅行，并不是那里的人。"然后他会播放无数米姬灰金色头发的幻灯片。

所有珀西家的孩子都是金发，人们都觉得，他们的头发有一天会像斯图威一样变成银质勋章色，盖普那时的史第林学生都用食堂每周至少做一次的菜"炖肥肉"称呼他。炖肥肉，是用史第林食堂另一道每周必做的菜"神秘肉"回炉重做的。但珍妮·菲尔兹曾经说，斯图尔特·珀西整个人都是用银质勋章色的头发做的。

无论他们叫他"大肚子"还是"炖肥肉"，上过斯图尔特·珀西的"我亲历的太平洋战争"的男生应该知道，米姬不是夏威夷人，不过有些人还得要别人告诉他们才知道。所有聪明些的男生都知道米姬是什么人，史第林教职工圈的每一个人更是几乎生来就知道，并且从此在心底里瞧不起他，因为斯图尔特·珀西娶的是米姬·史第林。她是史第林家族最年轻的一员。是史第林学校的无冕公主，虽然不是校长。斯图尔特·珀西靠婚姻进了这么有钱的家族，他没必要做任何事，除了继续做米姬的丈夫。

珍妮·菲尔兹那位鞋王父亲，一想到米姬·史第林的财富，就怕得脚都要在鞋里抖三抖。

"米姬是个蠢货，"珍妮·菲尔兹在她的自传里写道，"二战中她跑去夏威夷度假。十足是个蠢货，她竟然会真的爱上斯图尔特·珀西，然后马上开始给他生一群脑袋空空、银质勋章色头发的孩子，仗还没打完呢。仗打完以后，她把他和日益壮大的一家人带回了史第林学校。她叫学校给她的斯图威一份工作。"

"我小时候，"盖普写道，"已经有三个还是四个小珀西了，可总好像还会有更多。"

关于米姬·珀西的多次怀孕，珍妮·菲尔兹编出一则糟糕的打油诗：

> 什么又圆颜色又淡。
>
> 躺在米姬·珀西的肚子里？
>
> 其实啊，什么都没有。
>
> 只有一个长着银质勋章头发的球。

"我母亲是个很蹩脚的作家，"盖普写道，指的是珍妮的自传，"但她写起诗来更不行。"盖普当时只有五岁，还太小，珍妮不会对他念这些诗。是什么让珍妮·菲尔兹对斯图尔特和米姬那么不友好？

珍妮知道"炖肥肉"瞧不起她。但她什么都没说，她只是小心提防这种情形。盖普是珀西家孩子们的玩伴，他们家大人不准孩子来校医院辅楼找盖普。"我们的房子更适合让孩子们玩，"米姬有一次在电话里对珍妮说，"我是说！"她大笑起来，"他们在这里就不会给传染上什么。"

除了会传染上愚蠢，珍妮想。但她只是说："我知道校医院里什么人会传染什么人不会，而且没人在楼顶上玩。"

公平点儿说，珍妮知道，珀西的房子也就是史第林的家族大宅很舒服，适合孩子们玩。房子里全铺了地毯，空间大，堆满了各个年代的高级玩具。有钱人的房子。而且因为有用人在整理房子，也不必太小心翼翼，可以轻松玩耍。珍妮坦言，珀西一家能提供的轻松氛围。珍妮觉得，米姬或斯图威都没有聪明到担心孩子的安全，他们有那么多孩子。也许一旦孩子很多，珍妮想到，就不会每一个都那么紧张了。

盖普出门和珀西家孩子玩的时候，珍妮真的为他担心。珍妮也在上等家庭长大，她清楚知道，上等家庭的孩子，并不会因为出生在比较安全的环境，就有更强健的新陈代谢和良好基因，就能神奇地免于危险。在史第林学校，倒是有不少人这么想，因为，表面看起来是这样的。那些贵族家庭的孩子，的确有着什么特别之处：他们的头发纹丝不乱，皮肤不会长满青春痘。或许他们看起来生活没有压力，因为他们什么都有，不想要任何东西，珍妮想。不过这么一来她倒奇怪自己是如何逃避成为他们的命运了。

她对盖普的担心，确实建立在对珀西一家的具体观察之上。他们家的小孩儿可以随便乱跑，好像他们自己的母亲相信他们着了魔似的。珀西家的小孩儿几乎像白化病人，皮肤透明，就算他们不比其他孩子更健康的话，也确实看起来比平常小孩儿带些魔力。而且尽管大部分教员家庭讨厌"炖肥肉"，但他们却觉得珀西的孩子，甚至连米姬都明显"上档次"。他们觉得是强壮的防护基因在起作用。

"我母亲，"盖普写道，"一直在对抗相信基因决定论的人。"

有一天，珍妮看着自己又黑又小的盖普跑过校医院草坪，跑向白色的有着绿色的窗遮且较为典雅的教工大楼。珀西家的房子，好像这座布满教堂的小镇里最老的一座教堂。珍妮看着一帮孩子跑过学校里安全规划好的小径，盖普跑得最快。一串笨手笨脚的珀西孩子在追他，其他孩子则跟着这群一起跑。

他们当中有克拉伦斯·杜嘉，他父亲教法语，带着好像从来没洗过澡的气味，他一整个冬天都不开窗。有塔尔博特·梅耶·琼斯，他父亲对整个美国历史的知识多过斯图尔特·珀西对一小块太平洋的了解。有艾米丽·汉密尔顿，她有八个兄弟，在史第林学校投票决定是否开始招女生的前一年，她会从差劲的女子学校毕业，她母亲会自杀，并非由于投票的结果，不过她的自杀和投票结果公布同时发生（斯图尔特·珀西因此评论道，这就是史第林收女学生会发生的事：造成更多人自杀）。他们当中还有"从城里来"的格罗夫兄弟艾拉和巴迪，他们的父亲在学校维护部工作，是否应该鼓励两兄弟入读史第林，以及他们入校后会表现得如何让人颇费思量。

珍妮看着孩子们在四角形的鲜绿草坪和新铺好的沥青小路上奔跑，四周的砖楼又旧又软，好像粉色的大理石。珍妮很不愿记得和孩子们在一起的是珀西家的狗，在珍妮看来，这头没脑子的蠢动物多年来违抗小镇的锁狗令乱跑，就和珀西一家炫耀他们的行事随便一样。这条大型纽芬兰犬，已经从一只弄翻垃圾桶的幼崽和偷棒球的小傻狗长成了一条坏狗。

有一天孩子们玩耍时，这狗弄坏了一个排球，这通常也不算故意作恶，只不过算笨手笨脚。但是当排球的主人——一个男孩儿想把瘪了的排球从狗嘴里拿走时，却被咬了，狗在他前臂上留下深深的咬痕。护士看得出这不是那种意外造成的伤口，不是米姬·珀西所说的"癫子有点儿激动，因为它太爱和孩子们玩了"，"癫子"

这个名字是她取的。她告诉珍妮，这狗是她生完第四个孩子之后不久弄来的，癫子的意思是"有点儿疯"。米姬说她和斯图威生了头四个孩子之后，依然爱他。"我还是为他感到癫狂，所以我叫这可怜的小狗'癫子'来证明我对斯图威的热情。"

"米姬·珀西是个癫子没错，"珍妮·菲尔兹写道，"这狗是杀手，美国上流社会以不堪一击的那一点无理逻辑出名，这狗就被这种逻辑包庇起来：就是说，贵族的孩子和狗不可能太过放纵，也不可能伤害别人。其他人不应该过多占用这个世界的空间，也不准让他们的狗乱跑，但是有钱人家的狗和孩子有权随意走动。"

"上流社会的野狗。"盖普后来这样叫他们，包括狗还有他家的小孩儿。

他也和母亲一样，觉得珀西家的纽芬兰犬癫子很危险。纽芬兰犬很像全黑的圣伯纳犬，不过皮毛油亮而且脚有蹼，它们总的来说又懒又友善。但是在珀西家的草坪上，癫子闯入了孩子们的触式橄榄球赛，它170磅的身躯扑上五岁的盖普的背，咬掉这孩子的左耳耳垂，还带着一部分耳垂上面的部位。癫子本来可能咬下整个耳朵，但这狗显然欠缺专注力。其他小孩儿都四散逃窜。

"癫伊咬了人。"珀西家一个小孩儿进屋来拉正在讲电话的米姬。珀西一家喜欢在几乎每个家庭成员名字后面加上"伊"的尾音。因此他家的孩子们，小斯图尔特、鲁道夫、威廉、库什曼（一个女孩儿）和班布里奇（另一个女孩儿），在家里分别被叫作：小斯图威、朵皮、咻威力、库西和"噗"，可怜的班布里奇的名字不用转化成"伊"，她是家里最小的，还穿着尿裤，因此为了试图可爱地把她形象地表达出来，她就成了"噗"。

拉住米姬手臂的是库西，是她告诉母亲"癫伊咬了人"的。

"它这次又逮着谁了啊？" "炖肥肉"问，他抓起一个壁球拍好像要去摆平此事，但他根本还赤着膊，倒是米姬把自己的睡袍系好，准备当第一个出门查看伤情的成人。

斯图尔特·珀西在家常常赤膊，没人知道为什么。他平时在史第林校园里穿得太像样，无所事事走来走去，展览"银色勋章"，也许赤膊是一种解脱，而且或许是肩扛重大生育责任，他在家必须常常裸着。

"癞伊咬了盖普。"小库西·珀西说。斯图尔特和米姬，都没看到盖普就站在门口的走廊上，头的一边被啃得全是血。

"珀西太太？"盖普轻声说，声音小得没人听见。

"那么是盖普咯？" "炖肥肉"说。他弯下腰把壁球拍放回衣柜，放了个屁。米姬看了看他。"那么癞伊咬的是盖普咯？"斯图尔特觉得好笑，"这样的话，起码那狗品位不错，是吧？"

"哦，斯图威，"米姬说，她发出轻得像吐痰一样的笑声，"盖普还是个小孩子。"这不他就站在那儿，实际上快要晕了，血滴在很贵的大厅地毯上。一丝不苟的平整地毯，铺通了底楼大到出奇的四间房间。

后来，库西·珀西年轻的生命，会在费力生产她第一个也是唯一一个孩子的时候终结，此时她看见了盖普把血滴在史第林家族祖传的高级地毯上。"啊，恶心！"她叫着跑出了门。

"哦，我得打电话给你妈。"米姬对盖普说，盖普头很晕，半只耳朵里还留着狗的吠叫和口水。

此后很多年，盖普都会错误地理解库西·珀西的那一声"啊，恶心！"他以为她指的不是他被啃烂的耳朵，而是她父亲那占据了整个大厅空间的硕大的灰色裸体。盖普觉得那才恶心，这银发的酒桶肚海军，从珀西家高耸的螺旋楼梯口那里赤身裸体向他靠近。

斯图尔特·珀西跪在盖普面前，好奇地细看这孩子淌着血的脸，"炖肥肉"似乎并没有将注意力集中到被咬伤的耳朵上，盖普想着该不该指给这个硕大的裸男看自己伤在哪里。但斯图尔特·珀西并非看着盖普的伤处。他盯着盖普闪烁的褐色眼睛瞧，观察它们的颜色和形状，好像对自己肯定了什么事，因为他严肃地点了点头，对他金发的蠢米姬说："小日本。"

盖普也还要过很多年才能完全理解他下面的话。斯图威·珀西对米姬说："我在太平洋待得够久了，一看小日本的眼睛就能认出来。我跟你说过这是个小日本。"斯图尔特·珀西话里的"这"指的是盖普的父亲。猜盖普的父亲是谁，是史第林学校的人常常玩的猜谜游戏。斯图尔特·珀西根据他所亲历的太平洋战场经验，断定盖普的父亲是日本人。

"当时，"盖普写道，"我还以为'小日本'这个词的意思是说我的耳朵没了。"

"不用打电话叫他妈了，"斯图威对米姬说，"把他送去校医院就好了。她是护士不是吗？她会知道该怎么办的。"

珍妮当然知道。"为什么不把狗带来？"她一边问米姬，一边小心翼翼地清洗盖普的左边剩耳。

"癫子？"米姬问。

"带它来，"珍妮说，"我给它打一针。"

"注射？"米姬问，她笑起来，"你是说真有一种针可以让它不再咬人？"

"没有，"珍妮说，"我的意思是你可以省下带它去兽医那里的钱。我是说有一种针可以让它死掉，这种注射。这么一来它就不会再咬人了。"

"就那样，"盖普写道，"和珀西家的战争开始了。对我妈妈来说，我想那是场阶级战争，后来她说所有战争都是阶级战争。对我来说，我只知道得防着癫子和珀西家的其他人。"

斯图尔特·珀西寄给珍妮·菲尔兹一张写在史第林学校秘书处信纸上的便条，"我不敢相信你真的想要弄死我们家癫子。"斯图尔特写道。

"我就是这么想的，你个大屁股，"珍妮在电话里对他说，"或者起码要永远把它绑起来。"

"狗不能乱跑养来干吗？"斯图尔特说。

"那么就杀了它。"珍妮说。

"我们已经给癫子打了所有针了，有劳了，"斯图尔特说，"它是条温顺的狗，真的。只不过被激怒了。"

"毫无疑问，"盖普写道，"'炖肥肉'认为癫子被我的日本人属性给激怒了。"

"什么是'好品位'？"小盖普问珍妮。在校医院，佩尔医生缝上了他的耳朵，珍妮提醒医生刚刚给他打过破伤风。

"好品位？"珍妮问。盖普被切过的耳朵看起来很怪，不得不留起长发，他为此常常抱怨。

"'炖肥肉'说癫子有'好品位'。"盖普说。

"因为咬你？"珍妮问。

"应该是。"盖普说，"什么意思？"

珍妮再清楚不过。但她说："意思是癫子知道你是一帮小孩儿当中最好吃的。"

"真的？"盖普问。

"当然了。"珍妮说。

"癫子是怎么知道的？"盖普问。

"我不知道。"珍妮说。

"'小日本'什么意思？"盖普问。

"'炖肥肉'这么说你吗？"珍妮问他。

"不是，"盖普说，"我想他是说我的耳朵。"

"哦对了，你的耳朵，"珍妮说，"意思是说你的耳朵很特别。"但她不知道要不要现在就让他知道她对珀西一家的看法，也不知道他是不是能像她一样在将来某个更重要的时刻从愤怒中得益。也许，她想到，我得为他把这点儿有用的经验保存起来，留到他能利用的时候。在她心里，总是预见日后更多更大的战斗。

"我母亲似乎需要一个敌人，"盖普写道，"无论是真实的还是假想的，敌人帮我母亲看清她应该怎么做，如何指导我。她没有当母亲的本能，事实上，我猜我母亲怀疑没有什么事会自然发生。她一直很清醒，主动到底。"

盖普小时候，"炖肥肉"眼中的世界成了珍妮的敌人。那个阶段也许可以被称为"为盖普进入史第林作准备时期"。

她看着他的头发长长盖过缺了几块的耳朵。她惊讶于他的帅气，因为帅气并不存在于她和空军上士盖普的关系中。即便上士是帅的，珍妮·菲尔兹也没有留意。但是小盖普是帅的，她看得出，哪怕他个子还很小，好像他长得为了塞得进球形炮塔装置似的。

珍妮看着这群孩子（就是跑过史第林的人行道和长满草的四边形游乐场的那帮）越大越怪，他们也越来越对自己的古怪不自在起来。克拉伦斯·杜嘉很快需要佩戴眼镜，眼镜总是被他弄碎，之后几年珍妮给他处理过几次耳部感染、一次断鼻。塔尔博特·梅耶·琼斯讲话开始大舌头，他的身体好像水壶，尽管个性很好，却得了慢性鼻窦炎。艾米丽·汉密尔顿长得高，膝盖和手肘永远有绊倒留下的伤和血，她的小胸部浮出水面，让珍妮皱起眉头，有时她会希望自己生的是个女儿。"从城里来的"艾拉和巴迪·格罗夫的手腕脚腕和脖子都很粗壮，他们的手指因为在父亲的维修部东摸西摸总是很脏。珀西家的孩子们都长大了，金色的头发金属般干净，他们的眼睛的颜色，好像从盐沼下渗出流入不远处大海的黑乎乎的史第林河上的灰冰。

被叫作"斯图威二号"的小斯图尔特，在盖普还不到入学年龄时就从史第林毕业，珍妮给"斯图威二号"治过两回脚踝扭伤、一次淋病。他后来念了哈佛商学院，得过葡萄球菌感染，还离了婚。

鲁道夫·珀西一直到死都被叫作"朵皮"（他死于心脏病突发，年仅35岁，他在生儿育女方面随他的肥父，育有五子）。朵皮从未能从史第林学校毕业，不过成功转入另一所预校，过了很久才从那里毕业。有一个星期天米姬在餐厅大声叫出来："我们的小朵皮死了！"他的小名因为跟"蠢"谐音，听起来很难听，他死之后，终于家里每个人都称呼他"鲁道夫"。

威廉·珀西，"咻威力"，因为自己愚蠢的小名很尴尬。值得称道的是，尽管他年长盖普三岁，在史第林成了高年级生那年盖普才刚刚入学，他还是很友善地和盖普做朋友。珍妮一直喜欢他，她叫他"威廉"，好几次为他治疗支气管炎。他的死讯让她很震动（战时死的，刚刚从耶鲁毕业），她甚至还给米姬和"炖肥肉"写了很长的唁信。

至于珀西家的女孩子们，库西后来也会早逝（盖普还在其中扮演了一个小角色，他们差不多同年）。而可怜的班布里奇，珀西家的老幺，不幸被称为"噗"的那个，她直到盖普壮年之前都有幸不用和他打照面。

珍妮看着所有这些孩子，还有她的盖普长大。就在珍妮等着盖普准备好进入史第林时，黑畜生癫子已经非常老而且行动迟缓了，但珍妮注意到它的牙还没掉光。盖普总是小心防着它，哪怕癫子已经不再跟着小孩子跑了，就算它巨大的身躯躲在珀西家的白色前门柱旁，全身黑毛又缠在一起，恶心得好像黑夜里的荆棘丛，盖普还是会留心它。偶尔会有更小的孩子或刚刚搬来这里的人因为靠得太近而被咬。珍妮牢记着盖普耳朵上因为这条流着口水的大狗造成的针脚和少掉的肉，然而"炖肥肉"顶着珍妮的谴责让癫子活了下去。

"我相信我母亲慢慢喜欢上了这畜生的存在，尽管她不会承认，"盖普写道，"癫子是敌人珀西一家的化身，有肉有皮有口臭。看到这老狗行动变慢而我正在长大，我母亲肯定很高兴。"

盖普准备好进入史第林的时候，黑癫子14岁了。盖普就读史第林学校时，珍妮·菲尔兹自己也长出一些银质勋章色的头发。盖普开始念史第林的时候，珍妮已经修过所有值得上的课，并按照普遍性价值和娱乐性逐一列清。盖普成了史第林学生的时候，珍妮·菲尔兹被授予为校工作15年的传统教职员工奖品：著名的史第林晚餐盘。学校庄严的砖楼包括校医院辅楼，被雕刻在这些餐盘的正面，栩栩如生，以史第林标志色绘制。那悠久美好的血与蓝。

第3章

他的志愿

1781年，埃弗雷特·史第林的遗孀和孩子们创办了史第林，最初叫史第林学院，因为埃弗雷特·史第林在最后一次吃圣诞大餐，切着鹅肉时对家人宣布，他对他的城市最大的意见就是，没能给男孩儿们提供一所有能力帮他们准备好接受高等教育的学院。他没有提到他的女儿们。他原本是镇上造船的，那个镇的生计依靠的是一条通往大海的倒霉的河，埃弗雷特知道这条河注定要完。他是个聪明人，通常不苟言笑，不过吃完圣诞晚餐之后，他和子女们打雪仗，玩得很尽兴。黄昏前他就中风去世。埃弗雷特·史第林死时72岁，哪怕他的儿女们也年纪太大不适合打雪仗了，但他有权把小镇称为他的。

独立战争之后，全城充斥着庆祝独立的兴奋情绪，人们便以他的名字为小镇命名。埃弗雷特·史第林在战争中曾经组织架设过炮台，作为河岸上的战略据点，这些炮是为了防范英国人来袭，本来以为他们会从大海湾沿着河往上游打过来，但他们从来没打过来。这条河当时叫作大河，但战后被称为史第林河。这座小镇本来没有正式的名字，一直以来被叫作"湿草地"，因为它地处盐沼和淡水沼泽之中，离大海湾只有几英里，战后小镇也跟着被称为史第林。

很多史第林家族的人都从事造船业，或者从事从海沿河上来的其他相关行当，因为这里最初叫作"湿草地"，小城曾经作为大海湾的备用港口。除了表达自己想为男孩儿们创办学院的愿望之外，埃弗雷特·史第林还告诉他的家人，史第林很快就不能再充当港口了。他注意到这条河已经给淤泥塞住了。

终其一生，人们知道埃弗雷特·史第林只说过一个笑话，还是对他家人说的。这个笑话是：唯一一条以他名字命名的河，还是条满是污泥的河，而且它还越来越淤塞。从史第林到海边的土地都是沼泽地和湿草地，除非人们决定让史第林继续保有作为港口的价值，给河挖一条深一些的沟，不然埃弗雷特知道即便拖船最终也将无法从史第林驶往大海湾（除非浪很高）。埃弗雷特知道，海浪有一天会注满从他家到大西洋的河床。

之后的一个世纪，史第林家族明智地将家族生计押在纺织厂上，纺织厂建在史第林河淡水区，横跨瀑布。到南北战争时，史第林纺织厂是史第林城唯一的工厂。史第林家族从船业撤出，时机成熟时进入了纺织业。

史第林另一个造船之家就没那么幸运了，这个家族制造的最后一艘船从史第林出发往大海驶去，走到半路就开不动了。它卡在一个臭名昭著的地点，叫作"羊肠小道"，史第林出产的最后一艘船永远地陷入了泥沼，以后很多年在陆地上还能看见它，浪高的时候一半在水面上，浪低时完全露出来。孩子们跑进去玩，直到船向一边栽倒，压扁了某人的狗。一个叫吉尔摩的养猪户捞起船的桅杆来支撑自己的猪棚。到小盖普上史第林学校的时候，校运动队只有在浪高的时候才能在河里划小艇。浪低的时候，史第林河只是从史第林到大海之间的一条潮湿的泥滩。

正因为埃弗雷特·史第林对水的直觉，男子学院才得以在1781年建立。一个多世纪之后，学校逐渐兴隆。

"这么多年来，"盖普写道，"精明过人的史第林家族基因，一定遭到了一定程度的稀释，家族对于水的直觉从很灵到非常坏。"盖普喜欢这样说米姬·史第林·珀西，"史第林家族成员对水的直觉流到头了。"盖普觉得这是个奇妙的讽刺。"史第林家族对水的基因到了米姬这里染色体不够了。她对水的感觉太变态了，"盖普写道，"这种直觉先是把她引去了夏威夷，然后又通过老公'炖肥肉'跟美国海军发生了关系。"

米姬·史第林·珀西处于史第林家族血统的尾端。史第林学校是她身故之后唯一留下的姓史第林的东西，也许老埃弗雷特也曾预见了这一点。很多家族留下的东西更少更差。在盖普的年代，起码史第林学校还是不懈地贯彻"让年轻男子准备好接受高等教育"的原则。以盖普来说，他有个严肃执行这项原则的母亲。盖普自己也对这件事很认真，即便一生只讲过一个笑话的埃弗雷特·史第林也会满意。

盖普很清楚该修什么课、谁的课。这一点，常常是学习成绩好坏的关键。他并不是个有天分的学生，但他有方向，他的很多课在珍妮脑中还历历在目，她是个好教官。盖普或许不像母亲那样生来喜爱追求知识，但他继承了珍妮强大的自律，护士有建立常规的天性，而且盖普很相信母亲。

要说珍妮给盖普的指导有什么疏漏，可能只有一个方面。她从来没留心过史第林的体育活动，她无法告诉盖普该参加什么运动。她可以告诉他，比起兰德尔老师的都铎英格兰课，他会更喜欢上梅里尔老师的东亚文明课。但是，举个例子来说，珍妮不知道橄榄球和足球带来的欢乐与痛苦之间有何区别。她只观察到儿子个子小，强壮，平衡感好，敏捷，喜欢单独行动，她以为他已经知道自己喜欢什么运动了。但他其实并不知道。

他觉得划艇队很蠢。整齐划一地划船，就好像从前犯人船上的奴隶那样把桨插入臭水里，史第林河根本就是臭水河。河上漂浮着工厂垃圾和人类的粪便，泥滩上总是留着退潮后留下的咸水黏液（类似冻培根脂肪质地的秽物）。埃弗雷特·史第林的河流塞满了污泥和垃圾，但即便河水清澈见底，盖普也不是划船的料。他也不是打网球的料。盖普在早年，也就是在史第林念一年级的时候的一篇报告里写过："我不喜欢球类运动。球是运动员和运动之间的障碍。冰上曲棍球和羽毛球是一样的道理，还有溜冰、滑雪，冰鞋介入在身体和地面之间。当人体被身体的延伸物，如球拍、球板或球棍等从竞技中阻隔开来，动作、力量和专注的纯洁性就丢失了。"虽然年仅15岁，盖普的个人美学直觉已经呼之欲出。

因为他个子太小不适合打橄榄球，而足球无疑和球有关，他于是选择了长跑，当时叫作越野，但他踩进了太多水塘，一整个秋天都被久治不愈的感冒折磨。

冬季体育季开始，珍妮被儿子表现出的躁动不安惹得很烦，她责备他把小小一个运动项目选择问题看得太重，为什么他不知道自己喜欢什么运动？但运动对盖普来说并不只是休闲活动。没有什么事对盖普来说是休闲活动。从一开始，他就想努力取得佳绩（"作家读书可不是为了玩。"他后来写道，说的是他自己）。即便在小盖普知道他会成为作家以前，或知道他长大想干什么以前，看起来他就已经不会"为了玩"做任何事。

冬季运动报名当天盖普被关在校医院。珍妮不让他下床。"反正你也不知道要报哪个。"她对他说。盖普只是一味咳嗽。

"真是蠢得惊天地泣鬼神，"珍妮对他说，"你在这个瞧不起人、粗鲁的地方待了15年，竟然会因为不知道玩什么来打发下午就一蹶不振。"

"我还没找到适合我的运动，妈妈，"盖普哇哇叫，"我必须找到我的运动。"

"为什么？"珍妮问。

"不知道。"他咕哝道。咳了又咳。

"老天呀，看看你，"珍妮抱怨道，"我来给你找个运动，"她说，"我这就去体育馆给你报个项目。"

"不要嘛！"盖普求她。

然后珍妮撂下那句盖普在史第林四年一直会听到的老话："我知道得比你多，不是吗？"盖普重新躺回了汗湿的枕头上。

"和这个没关系，妈妈，"他说，"你是上过了所有课，可是你从来没参加过任何运动队。"

珍妮·菲尔兹就算知道这是她准备工作中的百密一疏，也不会承认。那是个典型的史第林十二月天，草地上结着冻冰碴儿，地上的雪因为被800个男生踩过变成灰色。珍妮·菲尔兹裹得严严实实，费力地穿过冬日阴沉的校园，俨然一个心意已决的母亲。她看起来，像个被迫给苦闷的俄军前线捎去渺茫希望的护士。珍妮·菲尔兹以这番形容态度向史第林体育馆进发。她在史第林15年间从未去过那里，她从来不觉得那里有什么重要的。体育馆坐落于史第林校园最远端，四周环绕着几英亩露天运动场、曲棍球场和网球场，看起来像个巨型人类蜂箱的横截面，珍妮看着体育场在肮脏的雪地隐隐现身，将其视为一场自己没有预料到的战役，她的心里愁云惨雾。

西布鲁克体育馆和运动场，还有西布鲁克球场和西布鲁克冰上曲棍球场，均以第一次世界大战时期著名的运动员和王牌飞行员迈尔斯·西布鲁克命名。体育馆巨大的入口走廊摆放的展示柜里供着他的三联照片，照片里他的脸和壮硕的上身正在欢迎珍妮：迈尔斯·西布鲁克，09级的，他头戴皮质橄榄球头盔，肩垫一定毫无必要。这位老32号球员的照片下面，是一件差不多穿烂了的球衣：褪了色，常年被蛀虫啃。球衣堆在上锁的奖杯柜里，奖杯柜摆在迈尔斯·西布鲁克三联照片中第一张的下面。标签上写着："他的球衣实物。"

三联照片中间一张，展示着担任曲棍球守门员的迈尔斯，从前守门员还戴肩垫，但他勇敢的脸部裸露着，双目清晰，富有挑战性，疤痕满面。迈尔斯硕大的身躯，挡在相形之下矮小的球网跟前。面对他快如猫、大如熊的拳击手套，他那高尔夫球杆状的球棒，凹陷的护胸，有如食蚁兽长爪子的冰鞋，谁能从他手里得分？在橄榄球和曲棍球照片下面，是历年校际重大赛事的得分：每一项史第林的体育运动赛季，都以和巴斯学院的传统对决收尾。巴斯学院在历史和名气方面和史第林旗鼓相当，是所有史第林男生都痛恨的对手。照片里讨厌的巴斯男生，穿着他们的金绿色球衣（盖普那时候，这配色被称为呕吐和童子屎）。史第林7，巴斯6，史第林3，巴斯0。没人在迈尔斯身上得分。

三联照片的第三张照片里，迈尔斯·西布鲁克上尉身着珍妮·菲尔兹最熟悉不过的军服看着她。那是一身飞行员戎装，她一看便知，尽管军服在两次大战之间改变了式样，终究没有大改，珍妮还认得出那飞行夹克的羊毛内衬领子，傲慢地竖起，飞行帽上因为自信故意不扣的颚带，翻上去的耳套（迈尔斯·西布鲁克的耳朵永远不会冻着！），还有随意推上额头的眼罩。他的脖子里系着纯白的围巾。这幅肖像下方没有比分，不过如果史第林体育部有人还有点儿幽默感的话，珍妮觉得大可以标注：美国16，德国1。16是迈尔斯·西布鲁克在德军在他身上得分之前击落的敌机数量。

上锁的奖杯柜里，勋章落满了灰尘，好像摆在迈尔斯·西布鲁克祭坛上的供品。还有一件破烂的木质物品，珍妮以为是迈尔斯·西布鲁克击落的飞机碎片，她料想一定又是英雄纪念品的俗套，但这块木头是他最后使用的曲棍球棒残余的部分。为什么不放他的提臀裤？珍妮·菲尔兹不明白。或者，像纪念死去的婴儿一样留下一束他的头发？在三张照片里，他的头发都包裹在头盔、军帽或大条纹袜子里。也许，珍妮带着她特有的鄙夷猜想，因为迈尔斯·西布鲁克是秃头。

珍妮憎恶蒙尘的柜子里躺着的纪念物。这位战斗英雄加运动健儿，只是换了身制服而已。每一套都只是为这具皮囊虚设的保护罩而已：身为史第林学校的护士，珍妮15年来看了多少因为打橄榄球和曲棍球受伤的人，哪怕他们戴了头盔、面罩，系好各种带子、搭扣、铰链，装上肩垫。而且珍妮早就从盖普上士和其他人身上知道，战场上的男子最容易被保护措施的假象蒙蔽。

珍妮沉闷地继续往前走，走过了展柜，她觉得在靠近一架危险机器的引擎。她绕开体育馆竞技场大小的场地，那里她会听到赛场的尖叫和嘘声。她一边沿着晦暗的走廊走去一边想到：我等了15年，就为了把小孩儿输给这个？

她认出一丝味道，是消毒剂。多年来辛勤的擦拭。难怪体育馆是恶性病菌极易躲藏繁殖的场所。这股气味让她想起医院，想起史第林校医院，那股闷罐似的手术之后的气味。但在这栋为纪念迈尔斯·西布鲁克而建的大房子里，还能闻到另一股气味，和性的气味一样让珍妮·菲尔兹讨厌。体育馆和运动场建于1919年，在她出生前不到一年：珍妮闻到的是将近40年以来重压之下的男生们放的响屁和流的臭汗。珍妮闻到的是竞争的味道，穷凶极恶，饱含失望。她对此太陌生了，她的成长过程中从没有经历过这些。

　　在一条似乎和体育馆中心各种能量爆发的中心区域隔离开的走廊里，珍妮一动不动站着竖起耳朵认真听。她旁边是一间重量训练室，她听到铁块重击声，"可怕的疝气在发展"，这是一个护士对这类用力过猛运动的理解。事实上，珍妮觉得整栋楼都在呻吟用力，简直好像每一个史第林的男生都为便秘所苦，来到这可怕的体育馆寻求解放。

　　珍妮·菲尔兹感到幻灭，那种一直小心翼翼的人遇到挫折时会有的感受。

　　就在这时她目击了一个流血的摔跤手。珍妮不清楚这个站不稳还流着血的男孩儿是怎么吓到她的，不过走廊上诸多平平无奇的小房间中的一扇门开了，那个面色无光的摔跤手就在她面前吃了一记老拳，护耳给打歪，颚带滑到嘴上，上嘴唇给勒出好像鱼一样的冷笑。颚带上的小罩杯本来扣着他的下巴，现在盛满了他喷涌而出的鼻血。

　　身为护士，珍妮并不对血感到特别震惊，但她害怕这个身板厚实、流血不止、面露苦色的男孩儿会撞到自己身上，他不知怎么躲开了她，往旁边冲了出去。他精准地大吐在想要搀扶他的另一个摔跤手身上。"不好意思。"他含糊地嘟囔，毕竟大部分史第林的男生家教都很好。

那个摔跤队友帮他把头套摘下来，以免这名不幸的呕吐者被噎住或勒到脖子，他倒是不怎么在意自己身上的污物，冲着大门敞开的摔跤室大声喊："卡莱尔没憋住！"

摔跤室有如隆冬里的热带暖房一样吸引着珍妮，从门里传来男高音般洪亮的回答："卡莱尔！你中午吞了两份食堂做的糊糊，卡莱尔！吃一份就够你吐的了！我不同情你，卡莱尔！"

得不到同情的卡莱尔继续沿着走廊蹒跚着，一路滴血呕吐来到一扇门前，进门消失，只留下污迹。珍妮觉得他的那个同伴对他也没多少同情，他把卡莱尔的头套扔在走廊上他留下的那摊秽物里，然后跟着卡莱尔进了更衣室。珍妮希望他是去换衣服。

她盯着摔跤室开着的门，深吸一口气走了进去。她立马觉得失去平衡。脚下传来软绵绵的肉感，她靠着墙的时候觉得墙在凹陷，她走入了一个四面都是软垫的小房间，地板和墙壁的垫子温暖柔软，空气闷热充满汗臭，让她几乎不敢呼吸。

"关门！"男高音嗓门的人说。珍妮后来了解到因为摔跤手喜欢热，喜欢身上的汗，特别当他们处于急速减重期时，而且只要墙和地板又热辣又乐意给予，像熟睡中的女孩儿屁股那样，他们就会出成绩。

珍妮关上门。连门上都包了垫子，她倒在门上，想象有个人可能从外面开门，好心地解救她。有着男高音嗓门的男子是教练，在闪烁的热气中，珍妮看到他沿着长形的房间的墙边快速走动，步子不停地眯眼看正在对打的摔跤手。"30秒！"他对他们喊。摔跤室里这群两两一组的摔跤手，都各自激烈地纠缠着动弹不得，珍妮眼里每一个摔跤手那种渴望胜利的意志像强奸犯似的。

"15秒！"教练喊道，"拿出全部力气来！"

离珍妮最近的扭成一团的两人忽然分开，他们的四肢不再纠缠，手臂和脖子上都青筋暴起。对手一放开他，另一个男孩儿就发出喘不过气来的叫声，一缕口水从他嘴里流出，他们分开了，重重摔在墙垫上。

"时间到！"教练叫道。他没有用哨子。摔跤手们忽然身子一软，慢慢放开对方。六个人拖着沉重的脚步走向门边的珍妮，他们满脑子想着饮水喷嘴和清新的空气，珍妮却觉得他们都要去大厅大吐一场，不然就是安静地淌会儿血，再不然就是又吐又流血。

留在房间里的人，只有珍妮和教练两个人站着。珍妮注意到教练是个整洁矮小的男子，精干得好像一节弹簧，她也注意到他是个半瞎，因为这会儿他正眯着眼朝她的方向看，从她的一身白衣和身形判断她不是摔跤手。他开始摸索眼镜，他通常把眼镜藏在头一样高的墙垫上方，那里就算摔跤手被摔在墙垫上也不太容易压到。珍妮注意到教练和她差不多大，而且她从来没在史第林校园里或学校附近见过他，无论这人戴没戴眼镜都没看到过。

教练刚来史第林。他叫厄尼·霍尔姆，目前为止他和珍妮一样觉得史第林的人很高傲。厄尼·霍尔姆，在艾奥瓦大学时就已经获得过两届"十校联盟"摔跤赛冠军，但他从未赢得过全国比赛，他在艾奥瓦各所高中担任了15年教练，一边独力抚养自己的孩子，一个女孩儿。他自己说待够了中西部，也说搬来东部是为了保证让孩子受到优质的教育。他总是喜欢说，她是我们家的学问家，而且她继承了她母亲的姣好容貌，这点他倒从来不提。

海伦·霍尔姆，15岁，从小到大每天下午三小时都坐在摔跤室里，从艾奥瓦到史第林，看着大大小小的男孩儿流汗，互相扔来扔去。海伦多年后说，作为唯一一个女孩儿在摔跤室里度过的童年让她爱上了阅读。"我被养成了一个观众，"海伦说，"被养成了一个偷窥者。"

她那么会看书，那么喜爱一刻不停地阅读，实际上厄尼·霍尔姆就是为了她才搬来东部。他之所以会接受史第林的职位，因为合同上写着教职工子女可以免费入读史第林学校，或者他们可以得到一笔和史第林学费相当的资金补助入读其他私立学校。厄尼·霍尔姆自己不喜欢阅读，他不知怎么看漏了史第林只收男生。

他于秋天搬入史第林冷淡的学校社区，发现他那聪明的女儿又一次只能入读一所又小又差的公立学校。实际上，史第林城里的这所公立学校可能比大部分公立学校都要差，因为聪明的男孩儿进了史第林，聪明的女孩儿去了别的地方念书。厄尼·霍尔姆还不知道他得把女儿送离身边，本来他搬来这里就是为了和女儿在一起。因此当厄尼·霍尔姆逐渐习惯史第林的新工作时，海伦·霍尔姆在这所名校的边缘游荡，饥渴地在学校书店和图书馆阅读（她无疑也听说过校园里的另一个爱书人：珍妮·菲尔兹），海伦就和在艾奥瓦时一样心生厌烦——无聊的同学和无聊的公立学校。

厄尼·霍尔姆对心生厌烦的人很敏感。他16年前娶过一名护士，海伦出生时，这名护士辞去了护理工作成了全职母亲。六个月之后她又想出去工作当护士，但那个年代艾奥瓦没有日托班，因此厄尼·霍尔姆的新婚妻子怀着全职母亲的压力和当不成护士的不甘，渐渐和他疏远起来。有一天她离开了他，留给他一个全天候需要人照顾的女儿，没有任何解释。

因此海伦·霍尔姆在摔跤室长大，对小孩儿来说这里很安全，到处都有软垫，还总是很温暖。有了书海伦就不无聊了，不过厄尼·霍尔姆担心女儿的勤奋好学在真空中保存不了多久。他相信他女儿继承了会感到厌烦的基因。

就这样他来到了史第林。就这样在这个珍妮·菲尔兹踏进摔跤室的日子，同样戴着眼镜，和她父亲一样离不开眼镜的海伦也在场。珍妮没注意到海伦，海伦15岁的时候很少有人注意到她。然而海伦却马上注意到了珍妮，她不像父亲那样需要和男孩儿们过招或示范招式锁法，因此眼镜一直没摘下来过。

海伦·霍尔姆总是留意着护士，因为她总是在找自己消失的母亲，厄尼可是没工夫去找。在女人方面，厄尼·霍尔姆有过一些被拒绝就不再纠缠的经验。但是海伦尚且年幼的时候，厄尼·霍尔姆编了一个毫无根据的故事，任由海伦深陷其中，他自己无疑也乐于这么想象，这故事总是能迷住海伦。"有一天，"故事是这样的，"你可能会看见一位美丽的护士，她看起来似乎已经忘了自己身在何方，她看着你，好像不认识你是谁，但是她看起来也许想知道自己在哪里，你是谁。"

"那个人就是我的妈妈？"海伦曾问父亲。

"那个人就是你的妈妈！"厄尼曾经这么说。

因此正在史第林摔跤室看书的海伦·霍尔姆抬头的时候，还以为见到了她的母亲。身着白色护士服的珍妮·菲尔兹，看起来总是和环境格格不入，她站在史第林学校猩红的地板垫子上，显得又黑又健康，骨骼强健，外貌端丽，即便不能说很美，海伦·霍尔姆想不到还有谁敢涉足她父亲工作的这个滚烫的软垫炼狱。海伦的眼镜片上起了雾，她合上了书，她15岁的笨拙身躯，硬屁股和小胸部，包在不起眼的灰色运动服里面。她尴尬地靠着摔跤室墙壁站了起来，等着她父亲示意她们母女相认。

但厄尼·霍尔姆还在摸索着自己的眼镜，他模糊地看到一团白色——大约是个女人，也许还是个护士。他的心跳停止了，他从未相信这真的可能发生，那就是他的妻子回来了，说："哦，我多么想你和我们的女儿啊！"还有哪个护士会来他工作的地方？

海伦看着父亲东摸西摸，她以为这就是那个必要的示意动作。她穿过热血般滚烫的垫子走向珍妮，珍妮想："老天，有个女孩子！戴着眼镜的漂亮姑娘。一个漂亮姑娘在这种地方干吗？"

"妈妈？"女孩儿对珍妮说，"是我，妈妈！我是海伦。"她说着哭了起来，她伸出双手抱住了珍妮的肩膀，把泪湿的脸靠在珍妮的脖子上。

"老天爷！"珍妮·菲尔兹从来不喜欢被人触碰。但她毕竟是个护士，能感受海伦的需要，因此她没有把这女孩儿从自己身上推开，尽管她清楚地知道自己不是海伦的母亲。珍妮·菲尔兹觉得当一次妈就够了。她冷静地拍着哭泣女孩儿的背，向摔跤教练投去恳求的目光，教练刚找到自己的眼镜。"我不是你的母亲。"她客气地对他说，因为他也和那漂亮女孩儿一样脸上掠过一丝放松。

厄尼·霍尔姆想的是，珍妮和他妻子的相似之处，不仅仅在于制服和拳击室出现在两个护士生活中的巧合，还有珍妮不如厄尼那跑了的老婆漂亮，而且就算15年过去了，她也不会平庸得像珍妮这样仅仅算清秀而已。不过厄尼觉得珍妮长得还是不错的，他露出含义不明又抱歉的微笑，摔跤手输了就会露出这种笑容。

"我女儿以为你是她母亲，"厄尼·霍尔姆对珍妮说，"她很久没见到她母亲了。"

可不是吗，珍妮·菲尔兹想。她感到女孩儿身体一紧，手臂从她的肩膀弹开。

"那不是你妈，宝贝。"厄尼·霍尔姆对海伦说，她退到了摔跤室墙边，她是个坚强的女孩儿，并不习惯流露情感，哪怕对她父亲也不会。

"你把我认成你妻子了？"珍妮问厄尼，因为她觉得有一瞬间厄尼也认错了她。她不禁想问霍尔姆太太究竟消失了多久。

"有那么一下子我真给骗到了。"厄尼礼貌地说，他露出少见的害羞笑容。

海伦在摔跤室一角蹲着，狠狠地盯着珍妮，好像怪她故意让自己难堪似的。珍妮被这女孩儿感动了，盖普很多年都没有这样拥抱过她了，就算珍妮是个挑剔的母亲，也会怀念这种感觉。

"你叫什么？"她问海伦，"我的名字是珍妮·菲尔兹。"

海伦·霍尔姆当然知道这个名字。她是史第林学校另一个神秘的阅读爱好者。海伦从未对任何人流露过她只给母亲预留的感情，所以即便她对珍妮真情流露纯属意外，她也觉得很难再把感情完全收回了。她也和父亲一样害羞地微笑，带着感激望向珍妮，很奇怪，海伦想要再次拥抱珍妮，不过她忍住了。摔跤手们拖着步子走回房间，刚喝了自来水的还在喘气，那些在急速减重的只是漱了漱口。

"不练了，"厄尼·霍尔姆对他们说，他挥手赶他们出去，"今天就到这里。去跑圈！"他们表现得很听话，甚至松了口气，快速走到这深红色房间的门口，他们捡起头盔、橡胶运动服和绷带卷。厄尼·霍尔姆在等人走光，而他女儿和珍妮·菲尔兹在等着他把事情说明白，最起码他觉得要有所解释，恐怕没有比摔跤室让他更舒坦的地方了。对他来说，这里是说故事的天然场所，哪怕这个故事很难启齿也没有结尾，哪怕得说给陌生人听。因此当他的摔跤队员出门跑圈以后，厄尼非常耐心地讲起了父女俩的故事，关于一个护士离开他的简短历史，关于他们前不久才离开的中西部。珍妮自然喜欢这个故事，因为她不认识除了她家以外的其他单亲家庭。尽管她也想告诉他们她自己的故事，和他们的故事有一些有趣的共同之处，有些不同之处，不过她还是又说了一次自己的标准版本：盖普的父亲是个军人，战争年代谁有时间办婚礼，等等。尽管这不是全部真相，珍妮的故事明显还是让海伦和厄尼喜欢，他们在史第林内外还没见过像珍妮这样又接受他们又真诚的人。

这温暖的红色摔跤室，地上有软垫，四周还环绕着包了垫子的墙壁，这种环境下，可能人与人之间很快会产生难以解释的亲近感。

海伦当然会记得她人生的第一个拥抱，无论她对珍妮的看法会如何变化，从在摔跤室的这一刻起，对海伦来说，珍妮·菲尔兹就比她从没拥有过的亲妈更亲。珍妮也会记得被人当成母亲抱住是怎样的感觉，她甚至在自传里写下女儿的拥抱和儿子的拥抱大不相同。这多少有点儿讽刺，她仅凭那么一次经验就下了这个论断，仅凭那个发生在这个十二月、在这栋为纪念迈尔斯·西布鲁克而建的体育馆里的拥抱。

厄尼·霍尔姆如果对珍妮有何非分之想的话，那么算他不走运，哪怕他只是略微想象自己能和另一个女人共度人生。因为珍妮·菲尔兹毫无此意，她觉得厄尼人很好，她希望，他们也许可以做朋友。如果他肯的话，他会是她的第一个朋友。

珍妮问可不可以一个人在摔跤室里待会儿，这让厄尼和海伦觉得奇怪。为什么？他们不解。厄尼这才想起来问她为什么到这里来。

"来给我儿子报名参加摔跤队。"珍妮飞快地说。她希望盖普会同意。

"这样啊，当然可以，"厄尼说，"你走的时候不会忘了关灯和暖气吧？门会自动上锁。"

于是房间里只剩下珍妮，她关上灯，听着大吹风暖气的轰鸣声渐稀，归于平静。就在这黑暗的房间，门半掩着，她脱下鞋在垫子上蹚步。她想，尽管这项运动实在暴力，"但为什么我觉得这里那么安全？是因为他吗？"她问自己，但厄尼只在她脑中闪了一下，他只是一个整洁的戴眼镜的小个子肌肉男。珍妮从未真正想要男人，就算她想要，整洁的小个子也比其他男人对她胃口，她也一直比较喜欢有肌肉的男人和女人，强壮的人。她喜欢戴眼镜的人，只有自己不需要戴眼镜的人才喜欢看别人戴，才会觉得他们"亲切"。不过和厄尼无关，主要还是因为这房间本身，她想到，这红色的摔跤室，虽然大但是密闭，她想象着软垫能防止疼痛。"咚"一声！她双膝跪地，只为了听听软垫承接她的声音。她翻了个跟头，撕裂了裙子，然后她坐在垫子上看到一个壮男孩儿在黑灯瞎火的房间门口若隐若现。是卡莱尔，那个白吃了午饭的摔跤手，他换了一套装备回来准备接受更多折磨，他偷看到红色的垫子上蜷缩着一个亮白的护士，好像一头蹲在自己洞里的母熊。

"打扰了，女士，"他说，"我只是来找人一起锻炼。"

"那么别盯着我看，"珍妮说，"去跑圈！"

"是，女士。"卡莱尔说着一溜烟跑了。

她关门离开，门刚锁上，她就意识到她的鞋还在房间里。看门人找不到对的钥匙，不过他借给她一双被人送来失物招领处的大男孩儿的篮球鞋。珍妮踏着冰泥费力地走回了校医院，感到首次运动世界之旅让她改变了不少。

躺在辅楼床上的盖普还在不停咳嗽。"摔跤！"他嚷嚷起来，

"天哪，母亲大人，你想让我死啊？"

"我觉得你会喜欢那个教练的，"珍妮说，"我见了他，是个好人。我还见到了他的女儿。"

"哦，老天，"盖普呻吟着，"他女儿也玩摔跤？"

"不是，她很爱看书。"珍妮赞许道。

"听起来真让人兴奋了啊，妈妈，"盖普说，"你有没有想过，为了让我和摔跤教练的女儿配成一对会让我断脖子的？这是你想要的结果？"

但是珍妮根本没这么打算过。她只是想着摔跤室和厄尼·霍尔姆的好处，她对海伦纯粹只有妈妈对女儿的感情，当她粗野的小儿子提到把他们配成一对，也就是说他会喜欢上小海伦时，珍妮吃惊不小。她以前从没想过她儿子会喜欢上任何人，那种喜欢，至少她觉得要到他大了以后才会有这种念头。这让她十分不安，只好对他说："你才15岁。记住。"

"那么，他女儿多大？"盖普问，"她叫什么名字？"

"海伦，"珍妮回答道，"她也才15岁。而且她戴眼镜。"她假道学地补了一句。毕竟她知道自己对眼镜有好感，也许盖普也喜欢戴眼镜的人。"他们从艾奥瓦来。"她又说，感到自己比史第林学校里混得风生水起招人恨的纨绔子弟还更高傲得让人讨厌。

"天哪，摔跤。"盖普又呻吟了一句，珍妮松了口气，他的话题终于不在海伦身上了。珍妮对自己完全反对他们恋爱的可能性感到尴尬。那女孩儿是漂亮的，她想，尽管不是那种招摇的美，但小伙子不是只爱招摇的女孩儿吗？我难道会更乐意看到盖普喜欢那样的女孩儿吗？

所谓那样的女孩儿，珍妮想到的是库西·珀西，讲话太不庄重，对自己的外表有点儿太随便，而且15岁的库什曼·珀西的家庭教养已经如此显山露水吗？珍妮恨自己竟然会想到教养这个词。

这一天对她来说充满问号。她睡着了，终于不用被儿子的咳嗽声吵到，因为看来他眼前有了更多的烦心事。我刚刚以为大功告成没什么可烦了呢！珍妮想到。她得找个人谈谈男孩儿的心思，也许找厄尼·霍尔姆，她希望自己没看错人。

事实证明，她没看错，摔跤室能给盖普带来强有力的慰藉。这孩子也喜欢厄尼。在史第林的第一个摔跤赛季，盖普努力又快乐地学习招式和锁法。虽然他被同一个重量级别的校队成员们狠揍，他也没半点儿抱怨，他明白自己找到了合适的项目和课余活动，在对写作产生兴趣之前，摔跤占用了他的主要精力。他爱这项对抗运动不需要同别人合作，还有垫子上的圆形刻线所限定的令人生畏的比赛范围，他爱身体素质训练，爱减重所需要的稳定心态。而且在史第林的那第一个体育赛季，盖普绝少提到海伦·霍尔姆，这让珍妮松了口气。海伦一直戴着眼镜，穿着那件灰色运动服坐着看书。偶尔她会因为有人摔在垫子上发出巨响或痛苦的叫声抬起头来看看。

是海伦把珍妮的鞋送回校医院辅楼的，珍妮都没请这女孩儿进门，这让她懊恼。有那么一瞬，她们还曾经很亲近呢。但盖普正在房间里。珍妮不想介绍他们认识。再说了，盖普还在感冒。

有一天在摔跤室里，盖普坐在海伦旁边。他因为脖子上长了一粒痘而且自己臭汗淋漓而感到不自在。她的眼镜上都是雾，盖普怀疑她到底能不能看清书上的字。"你一定读了很多书。"他对她说。

"没你母亲读得多。"海伦说，看也没看他。

两个月后盖普对海伦说："在这么热的地方读书，也许会毁了你的眼睛。"她看着他，这回她的眼镜倒是很干净，镜片把她的眼睛放大，吓着了他。

"我的眼睛已经毁了，"她说，"我一生下来眼睛就毁了。"但是盖普觉得她的眼睛很好看，真的太好看了，让他说不出别的话来。

然后这个摔跤季结束了。盖普收到了低年级校队来函，他报名参加了一些田径比赛，这是他随便挑的春季运动。通过摔跤季的训练，他的身体素质已经好到可以跑一英里比赛了，他在史第林校队的一英里比赛中能跑第三名，但他无法更进一步。跑完一英里，盖普觉得自己才刚开始有点儿感觉。（"我是长篇小说家的命，那个时候就是，即使我当时并不知道。"盖普多年后这么写道。）他也去学标枪，扔得并不远。

史第林的标枪运动员在橄榄球场后面练习，他们大部分时间在刺青蛙。史第林河的表层淡水绕过西布鲁克体育场背面，很多标枪运动员在那里怅然若失，很多青蛙被杀。好动的盖普想到，春季一点儿也不好，他想念摔跤，如果他不能摔跤，起码夏天快点儿来，他想，他可以一路长跑到犬首湾的海滩。

有一天，在空荡荡的西布鲁克球场，他看见海伦·霍尔姆一个人在观众席最高一排看书。他爬上台阶去找她，一路上用标枪敲着水泥地面故意发出声音，这样她就不会因为忽然看见他出现在身旁而惊讶。她并不惊讶。她已经在这里看他和其他标枪手好几个星期了。

"今天弄死的小动物够多了吗？"海伦问他，"这会儿在捕猎其他东西吗？"

"从一开始，"盖普写道，"海伦就知道怎样遣词造句。"

"你看了那么多书，我想你会成为一个作家。"盖普对海伦说，他想表现得一派轻松，但一边愧疚地把标枪尖藏在脚后。

"不可能。"海伦说。她很肯定。

"那么，没准儿你会嫁给一个作家。"盖普对她说。她抬头看他，表情很严肃，她的新眼镜更配她的宽颧骨，以前那副总是滑到她的鼻子上。

"如果我嫁人的话，我会嫁给一个作家，"海伦说，"不过我怀疑我不会嫁人。"

盖普本来只是想开玩笑，海伦的认真劲儿让他紧张。他说："那么，我肯定你不会嫁给一个摔跤手。"

"这你可以非常肯定。"海伦说。也许小盖普不善于掩饰自己的难过，因为海伦又说了一句："除非这个摔跤手也是个作家。"

"但是首先得是个作家。"盖普猜道。

"是的，得是个真正的作家。"海伦带着神秘感说，但是已经准备解释什么是她心目中真正的作家了。盖普不敢再问。他让她继续看她的书，转身走了。

走下体育场台阶的路特别长，标枪拖在他的身后。他想知道，她除了那件灰色运动服还会不会穿别的？盖普日后写道，他在想象海伦·霍尔姆的身体时第一次发现自己有想象力。"她总是穿着那件鬼运动服，"他写道，"我必须得想象她的身体，除了想象没有别的办法看到。"盖普想象海伦有着非常美好的身体，他从没有写过，最后真的见到实物时，他感到失望。

就是那个下午，在空荡荡的体育场，标枪尖上还戳着青蛙，就在海伦·霍尔姆激发起他的想象力时，T. S. 盖普决定成为一个作家。一个真正的作家，像海伦说的那样。

第4章

毕　业

　　T. S. 盖普在史第林念书的时候，每个月都完成一篇短篇故事，从一年级末一直到他毕业，但直到三年级他才给海伦看他写的东西。海伦在史第林当了一年旁观者之后，便被送去塔尔伯特女子学院读书，盖普偶尔在周末才能见到她。她有时会来看史第林的主场摔跤比赛。有一次比赛之后盖普看见她，叫她等他冲完澡，他要从更衣室里拿一样东西给她看。

　　"妈呀，"海伦说，"你的旧护肘吗？"

　　她不再出现在摔跤室，哪怕塔尔伯特女子学院放长假，她也在家里，不来了。她穿着深绿的齐膝长袜和灰色法兰绒百褶短裙，她还是时常穿着运动服，总是某种深的纯色，有时和她的齐膝长袜相配。她的长黑发总是梳起来，在头顶捻成一根辫子，或者用复杂的发夹固定住。她的嘴很大，嘴唇很薄，从来不抹口红。盖普知道她身上很香，但他从没触碰她。他无法想象有谁曾触碰过她，她又瘦又高好像一棵小树，比盖普高两英寸[1]不止，她的脸棱角分明，简直让人不忍直视，不过她眼镜片后面的眼睛却又大又温柔，是蜂蜜般浓郁的褐色。

"是你的旧摔跤鞋吗？"海伦看着那只硕大的鼓鼓囊囊的封口信封问他。

"是给你读的东西。"盖普说。

"我已经有很多东西要读了。"海伦说。

"是我写的东西。"盖普告诉她。

"妈呀。"海伦说。

"你不用现在就读，"盖普对她说，"你可以带回学校看，然后给我写信。"

"我已经要写很多东西了，"海伦说，"我一直有报告要交。"

"那么我们以后可以直接见面谈，"盖普说，"你复活节会回来吗？"

"会，但是我有个约会对象。"

"妈呀。"盖普说。但是当他想拿回自己的故事时，却看到她的细长手把包裹捏得紧紧的，不让他拿回包裹。

三年级的时候，133磅重量级别的盖普以12胜1负的成绩结束赛季，只在新英格兰地区冠军赛决赛中输了。最后一学年，他赢下了全部头衔：校队队长，票选最有价值摔跤手，并赢得了新英格兰地区冠军。他那届摔跤队，代表了厄尼·霍尔姆率领的史第林摔跤队从此称霸新英格兰地区摔跤界将近20年。在这个地区，厄尼有着他

1　英寸，英式度量制和美式通用测量制的长度单位，1英寸约等于2.54厘米。

所谓的"艾奥瓦优势"。他离开后，史第林摔跤队就会走下坡路。也许因为盖普是第一个史第林明星摔跤手，他对厄尼·霍尔姆来说永远是特别的。

海伦对这些毫不关心。她父亲的摔跤手能赢她当然高兴，因为这让她父亲高兴。但是在盖普担任史第林校队队长的四年级，海伦从没来看过一场比赛。她倒是从塔尔伯特寄回了他的故事，还有这封信。

亲爱的盖普：

　　这个故事说明你有前途，虽然我觉得，现在看来，你还主要是个摔跤手而不是个作家。能看出对语言的小心运用和对人的感受，但是情境设置得太刻意，结局很幼稚。不过我还是很感谢你让我阅读。

　　　　　　　　海伦

在盖普的写作生涯中当然还会收到别的拒绝信，但没有一封会像这封对他意义重大。海伦其实还算客气的。盖普给她看的这个故事，说的是两个年轻的爱侣在墓地被女孩儿的父亲给杀了，他以为他们是盗墓人。这个不幸的错误发生之后，两个爱侣被合葬在一起，因为一个无从得知的原因，他们的墓立马被洗劫一空。没人知道那个父亲后来如何了，更别提盗墓人了。

珍妮告诉盖普，他最初的习作实在太难以让人信服，但盖普的语文老师却鼓励他，他是史第林最像驻校作家一样的老师了，这个口吃的瘦弱男子名叫廷池。他有严重的口臭，让盖普想起癫子那狗嘴里的气味，有如门窗紧闭的房间里放满了死掉的天竺葵。但廷池说的话，虽然带着臭气，却很友善。他为盖普的想象力叫好，他毫不保留地传授给盖普正确的传统语法规范和对准确语言的爱。那时候廷池被史第林的男生叫作"挺臭"，老有人提醒他口臭这件事。桌上给人放了漱口水，学校信箱给人塞了牙刷。

在其中一次这种提醒——这次是《英格兰文学》地图上被人用胶带缠上了一包薄荷口气清新剂——之后，廷池问他写作班的学生，他们是不是觉得他有口臭。全班如苔藓般一动不动，但廷池挑了他的最爱最信任的小盖普，直接问："你会怎么说，盖普，我的口……口……口气臭吗？"

在这个四年级的春日，盖普想讲真话，但还是放弃了。盖普以他毫无幽默感的诚实、他的摔跤和文章著称。他的其他成绩要么一般要么很差。盖普后来声称，从很小的时候起，他就求精不求多。他的高中会考成绩显示他哪样也不精，他没有读书的天分。盖普并不意外，他和他母亲一样相信没什么是与生俱来的。但是当盖普出版了第二本小说之后，一个书评人称他为"天生的作家"，盖普有恶作剧的天分。他把评论寄了一份给新泽西州普林斯顿大学的测试人员，附上一张便条建议他们复查当年的评分结果。然后他把考试成绩寄了一份给那个书评人，附上便条："非常感谢你，但是我不是'天生的'任何东西。"盖普看来，他要是"天生的"作家的话，他也是天生的护士，天生的球形塔炮机枪手。

"盖……盖……盖普？"廷池老师口吃地说，他在男孩儿身边弯下腰来——他散发出的气味，提醒盖普关于英语写作荣誉毕业生的要命真相。盖普知道他会赢得年度创意写作奖。唯一的评委一直

是廷池。而且如果他能通过重修的三年级数学的话，他就能光荣毕业，让母亲高兴。"我的口气臭……臭……臭吗，盖普？"廷池问

"'香'和'臭'见仁见智，老师。"盖普说。

"你的意见是什么，盖……盖……盖普？"廷池问。

"我的意见是，"盖普眼都不眨一下，"您的口气是学校老师当中最香的。"他瞪着教室对面从纽约来的本尼·波特，连盖普都觉得他是个天生的自作聪明鬼，他的眼神让本尼不敢再笑，因为他的眼睛告诉本尼他要敢啰唆，盖普就要打断他的脖子。

于是廷池说："谢谢，盖普。"尽管盖普在最后一篇作业里夹了如下一张便条，他还是得了写作奖。

廷池老师：我在班上撒了谎，因为不想让那些浑蛋笑话你。不过你应该知道，你的口气实在很臭。

T. S. 盖普

"你知道不知……知……知道？"他们单独讨论盖普的最后一个故事时廷池问他。

"知道什么？"盖普说。

"我没法对……对……对付我的口气，"廷池说，"我想因为我快死……死……死了。"他说着眨了眨眼，"身体里面都烂……烂……烂了！"但盖普并不觉得好笑，毕业以后很多年他还留意着廷池的消息，听说这位老绅士没患什么绝症才松了口气。

后来在一个冬夜，因为和口臭无关的原因，廷池死在史第林校园的四方院里。他刚从一个教师派对离开回家，在派对上可能喝了太多，他在冰上滑了一跤晕倒在冰冻的小路上。守夜人直到凌晨才

发现他，廷池早已冻死。

很不幸第一个告诉盖普这个消息的，是自作聪明的本尼·波特。盖普在纽约偶遇在一家杂志社工作的本尼。盖普本来就瞧不起本尼，他又在盖普瞧不起的杂志界工作，因此对他的轻视更加深了一层。盖普总觉得波特嫉妒他，因为他的作品更重要。"波特就是那类写了一打小说藏在抽屉里的可怜虫，"盖普说，"他不敢给任何人看。"

然而盖普念史第林的时候，也没有给别人看自己写的东西。只有珍妮和廷池看到他在进步，还有海伦·霍尔姆看过他的一个故事。盖普决定不再给海伦看他的小说，直到有一天写出一篇好得让她挑不出刺儿来。

"你听说了吗？"本尼·波特在纽约问盖普。"听说什么？"盖普说。

"老'挺臭'翘辫子了，"本尼说，"他冻……冻……冻死了。"

"你说什么？"盖普说。

"老'挺臭'，"波特说，盖普一向讨厌这个外号，"他喝醉了，晃回家的路上经过四方院，跌倒摔碎了脑壳，再也没醒过来。"

"你个王八蛋。"盖普说。

"是真的，盖普，"本尼说，"他妈的还零下26摄氏度。不过吧，"他又自找麻烦地说，"我猜他那像老火盆一样的嘴巴能保……保……保暖。"

他们正在公园大道和第三大道之间五十几街一家高级旅馆的酒吧里，在纽约盖普永远搞不清自己究竟在哪儿。盖普本来和另一个人约了吃午饭，但遇到了波特便被他带来了这里。盖普从波特的腋下他拎起来让他坐在了吧台上。

"你个小杂种，波特。"盖普说。

"你一直都讨厌我。"本尼说。

盖普把本尼·波特在吧台上的身体往后推，他敞开的西装口袋浸在了吧台的水槽里。"放开我！"本尼说，"你以前就是老'挺臭'最爱的跟屁虫！"

盖普推了本尼一把，他的屁股掉进了水槽，水槽里放满了浸泡着的玻璃杯，水漫出来流到了吧台上。

"请不要坐在吧台上，先生。"调酒师对本尼说。"老天爷，我被人揍了，白痴！"本尼说。盖普已经转身离开，调酒师不得不把本尼·波特从水槽里拉出来，挪下吧台。"狗娘养的，我的屁股全湿了！"本尼说。

"先生，请您不要说脏话行吗？"调酒师说。"我的钱包他妈的全浸湿了！"本尼从裤子后袋里拉出他湿漉漉的钱包给调酒师看。"盖普！"本尼叫道，但盖普已经不见了，"你的幽默感一直都很差，盖普！"

可以这么说，特别是盖普念史第林的年代，只要事关摔跤和写作，他基本是没有幽默感的，一个是他最爱的课余活动，一个是他未来的职业。

"你怎么就知道自己以后会成为一个作家呢？"库西·珀西有一回问他。

那是在盖普的最后一学年，他俩沿着城外的史第林河走去库西说她知道的某个地方。周末放假，她从迪布斯回了家。迪布斯学校是当时库西·珀西上的排名第五的女子预校，她最开始念的是塔尔伯特，和海伦同班，但库西不守规矩被要求离校。她后来因为同样的问题从三所学校转学，上了迪布斯。在史第林学校的男生当中，迪布斯学校相当有名，也很受欢迎，因为那里的女孩子不守规矩。

那天史第林河水位很高，盖普看到一艘八桨赛艇滑入水中，一只海鸥跟着飞。库西·珀西拉住了盖普的手。库西自有很多套复杂法子，可以测试男孩儿对自己喜爱程度。很多史第林男孩儿和库西单独相处的时候，都乐意对她上下其手，不过大部分男孩儿都不肯被人看见对她有意思。库西发现盖普毫不介意。他紧紧拉着她的手，虽然他们是一起长大的，但她并不觉得他们是非常好非常亲近的朋友。库西想，就算盖普想要的和其他人一样，但他不介意被人看见他要她。库西喜欢他这点。

"我还以为你想要成为一个摔跤手呢。"库西对盖普说。

"我现在就是个摔跤手啊，"盖普说，"我要成为一个作家。"

"而且你会娶海伦·霍尔姆。"库西逗他。

"大概吧。"盖普说，他握着她的手松了松。库西知道，海伦·霍尔姆对他来说又是一个开不得玩笑的话题，她该小心。

一群史第林的男生在河边人行道上朝他们走来，经过他们的时候，其中一个回头叫道："你在打什么主意啊，盖普？"

库西握紧他的手。"别叫他们惹着你。"她说。

"他们惹不着我。"盖普说。

"那你会写些什么呢？"库西问他。

"我不知道。"盖普说。

他甚至不知道自己会不会上大学。中西部的一些大学对他的摔跤特长感兴趣，厄尼·霍尔姆为他写了一些推荐信。其中两所学校提出要面试他，盖普也过去了。在他们的摔跤室里，与其说他感到实力不济，倒不如说他是意愿不济。跟他比起来，大学摔跤手想打败他的欲望更强。但有一所学校向他提供了一份谨慎的录取通知书，提供一丁点儿奖学金，第一年之后还要再看。也算公平，考虑到他是从新英格兰来的。但是厄尼已经告诉过他："摔跤在那里是个完全不同的运动，孩子。我的意思是，你是有实力的，我可以很自豪地说，你受到的训练是好的。你还缺少竞争心。而且你必须要渴望赢，盖普。你得真的一心扑在这上面，你懂吗？"

而当盖普问廷池为了写作该上哪所大学的时候，廷池又表现出他那套不知所措来。"我想总归是一所好……好……好学校，"他说。"但是如果你要写……写……写作的话，"廷池说，"不是在哪里都能写……写……写吗？"

"你身体很棒。"库西·珀西悄声对盖普说，他便又抓紧她的手。

"你的也不错。"他老实告诉她。她的身材的确有点儿诡异。虽然个头小但发育得很完全，满满当当。盖普觉得她应该叫小软垫而不是叫库什曼，小时候在一起玩的时候他有时就这么叫她。"嗨，小软垫，一起散个步吗？"她说她知道一个地方。

"你要带我去哪儿？"盖普问她。

"哈！"她说，"是你带我去。我只是给你指路，还有告诉你那个地方。"

他们在史第林河很久以前被叫作"羊肠小道"的那一段转出人行道。一艘船曾经陷在那儿，不过表面看不出来。只有河岸道出了历史。就是在这个河道拐弯处埃弗雷特·史第林架设了他的土炮，那三只铁炮管锈在了水泥堆的基座里，他想象这样能消灭英国人。有一次它们滚出了基座，但后来的镇长们把它们永久地固定在了原来的位置。炮旁边是一堆永远在那里的炮弹，跟水泥长在一起了。绿色的炮弹带着红色的锈迹，仿佛属于一艘沉在海底很久的船。而架设大炮的水泥基座现在被扔满了年轻人的垃圾：啤酒罐和打碎的玻璃杯。往下通往几乎无船的河流的青草坡被人踩得一塌糊涂，好像被羊啃过似的——但盖普知道，只不过是被数不胜数的史第林男生和他们的约会对象践踏成这样的罢了。库西选的地点没多少创意，就像她本人一样，盖普想到。

盖普喜欢库西，而且威廉·珀西也一直对盖普很好。盖普年纪太小没来得及认识小斯图威，而小朵皮真的蠢。盖普又觉得年幼的"噗"是个奇怪又吓人的小孩儿，但库西动人的无脑直接继承自她母亲——米姬·史第林·珀西。盖普觉得自己不太坦诚，没告诉她他觉得她父亲"炖肥肉"是个彻头彻尾的浑蛋。

"你以前来过这里吗？"库西问盖普。

"也许和我妈来过，"盖普说，"不过很久没来过了。"他当然知道什么是"大炮"了。在史第林这叫作"在大炮那里干了"，比如说"我上周末在大炮那干了"或"你应该看看老范利大干特干的样子"。甚至大炮上面也被人随便刻下了字："保罗干了贝蒂，1958年"和"M.欧文顿，1959年，弹尽粮绝。"

盖普看着毫无生气的河对面史第林乡村俱乐部打高尔夫的人。即便隔得很远，他们可笑的衣服在绿色的球道和一直长到下面河边湿泥地上的沼泽草的映衬下显得做作不堪。他们的马德拉斯条纹和格子衫，出现在棕绿或棕灰色的河边，看起来像小心翼翼、格格不入的陆生动物在跟着跳跃的白点跨湖。"天哪，高尔夫好蠢。"盖普说。又是他那套关于需要用球和球杆的运动的理论，库西以前就听他说过，一点儿都不感兴趣。她在一块软土上坐下，河水在他们下面流着，四周都是灌木丛，他们肩膀上方是大炮打哈欠般大张的嘴。盖普看着离他最近的炮口里面，惊讶地看到一个被摔烂的娃娃头，一只玻璃眼珠瞧着他。

库西解开他的衬衫纽扣，轻轻地咬了他的奶头。

"我喜欢你。"她说。

"我喜欢你，小垫子。"他说。

"我们是老朋友，"库西问他，"这样是不是那件事滋味就不太好了？"

"哦，不会。"他说。他希望他们能赶快进行"那件事"，因为他从来没经历过，他指望库西能传授经验。他们在一块被压烂了的草地上湿吻起来，库西接吻时张着嘴，有技巧地把自己的小硬牙塞进他的牙里。

盖普在那个年纪就很诚实了，他努力对她咕哝说她爸是个白痴。

"他当然是个白痴，"库西很同意，"你妈妈也有点儿古怪，你觉得吗？"

也对，盖普想她是有点儿怪。"但是不管怎样我都喜欢她。"他说，真是个最忠诚的儿子，哪怕在这种时候。

"哦，我也喜欢她。"库西说。说了场面话之后，库西脱光了。盖普也脱光了，但是她忽然问他："快，那玩意儿呢？"

盖普一紧张。什么玩意儿？他以为她正握着那玩意儿。

"你的东西呢？"库西逼问，拽着盖普以为她指的东西。

"什么啦？"盖普问。

"哦哇，你一个也没带？"库西问他。盖普不明白他究竟应该带什么来。

"什么东西？"他说。

"哦，盖普，"库西说，"你没有橡皮套吗？"

他抱歉地看着她。他只是个一直和妈妈住在一起的男孩儿，唯一见过的橡皮套，是一个叫梅克勒的坏男孩儿套在校医院辅楼他们公寓门把上的，梅克勒早就毕业了，继续自我毁灭去了。

不过他应该懂的：盖普当然听过很多关于橡皮套的对话。

"过来。"库西说。她把他带到大炮那里。"你从来没做过，是吧？"她问他。他摇了摇头，诚实又羞愧到骨子里了。"哦，盖普，"她说，"还好你是这么个老朋友。"她冲他微笑，但他知道她现在不肯让他做那件事了。她指着中间那门炮的炮口。"看！"她说。他看了。里面有宝石般闪烁的磨砂玻璃，很像他想象中组成热带海滩的鹅卵石，还有没那么让人舒服的东西。"橡皮套。"库西对他说。

这门炮的炮口里塞满了用过的保险套。几百种避孕用品！俨然被阻断的生殖展览。就像狗在自己的领地撒尿一样，史第林学校的男生们，把自己的秽物留在了保卫史第林河的巨炮炮口里。现代社会又玷污了一处历史丰碑。

库西穿起了衣服。"你什么都不懂，"她逗他，"那要写什么东西呀？"他想到过这在这几年里会是个问题，是他职业大计中的一个障碍。

他正准备穿衣，但她让他躺下来好看看他。"你真帅，"她说，"没关系的。"她吻了他。

"我可以去拿些塑料套来，"他说，"用不了多久的，是吗？然后我们再回来。"

"我的火车五点开。"库西说，但她同情地微笑着。

"我以为你随便什么时候回去都行。"盖普说。

"哎，就算是迪布斯也还是有一些规矩的。"库西说，听起来学校放任自流的名声让她有点儿受伤。"再加上，"她说，"你还和海伦见面。我知道，不是吗？"

"没有像这样。"他承认了。

"盖普，你不该对谁都什么都说。"库西说。

这也是他写作的问题，廷池老师告诉过他。

"你太认真了，每时每刻都这样。"库西说，难得有件事让她能站在教育他的立场。

他们下方的河流上，一艘八桨赛艇滑过"羊肠小道"还可通船的狭窄水道，朝史第林船屋驶去，趁退潮之前河水还够高。

然后盖普和库西看见了那个打高尔夫的人。他从河对面走下来穿过了沼泽草，他把紫色的马德拉斯条纹长裤卷到膝盖上面，蹚进已经退潮的泥滩。他身前更湿的泥滩上有一颗高尔夫球，大约离还没退的河水六英尺远。高尔夫球手小心翼翼地往前踏了一步，但泥水现在高过他的腿肚了，他用高尔夫球杆保持平衡，便把闪亮的球杆头戳进了烂泥里，骂骂咧咧。

"哈利，回来！"有人对他大叫。是他的高尔夫拍档，一个同样穿着鲜亮的人，穿着比草更绿的齐膝短裤和黄色及膝长袜。叫哈利的高尔夫手阴沉地靠近他的球。他看起来像某种珍稀水鸟想从油花中取回自己的蛋。

"哈利，你会沉到那摊屎里的！"他的朋友警告他。就在那时盖普认出了哈利的搭档：那个穿着黄黄绿绿的男人是库西的父亲，"炖肥肉"。

"那是个新球！"哈利嚷道，然后他的左腿看不见了，泥淹到了屁股，他想转回身子，但失去了平衡坐了下去。很快，他的腰部以下就陷进软泥里了，他惊慌失措的脸在比天空更蓝的粉蓝色衬衫上显得特别红。他挥舞着球杆，不过球杆滑出了他的手，漂进了泥里，离球只有几英寸远，球白得不可置信，哈利永远捞不到了。

"救命！"哈利叫道。但他四肢着地还是朝"炖肥肉"和岸边的安全地带爬了几英尺。"像鳗鱼一样滑！"他叫道。他靠身体的躯干往前移动，像海豹在陆地上用蹼挪动一样。一种可怕的咕咕声，在泥地上一路追着他，好像在烂泥下面有张嘴呼吸急促地想要把他吸进去。

盖普和库西在灌木丛里憋着笑。哈利朝岸边最后一次猛冲过去。斯图尔特·珀西想帮他，他一只脚刚踩上软泥，就被吸走了高尔夫鞋和黄袜子。

"嘘！躺着别动。"库西命令道。他们都注意到盖普勃起了。"哦，不太妙啊。"库西小声说，难过地看着他勃起的阴茎。但是当他想把她拉倒在草地上时，"我不想要孩子，盖普。就算是你的孩子也不想要。而且你的孩子可能是小日本的孩子，你懂吗？"库西说，"我可不要日本鬼孩子。"

"什么？"盖普说。不知道橡皮套是一回事，日本孩子又是怎么回事？他不懂。

"嘘，"库西悄声说，"我来给你点儿写作素材。"

愤怒的高尔夫球手，已经披荆斩棘穿越沼泽草回到了一尘不染的球道，此时库西咬住了盖普紧绷的肚脐边缘。盖普永远不知道真实的记忆是不是被小日本这个词动摇了，也不知道那一刻他是不是回忆起了在珀西大宅里血流满面的情景：小库西告诉她父母"癫伊咬了盖普"（以及还是孩子的自己在赤膊的"炖肥肉"面前经历的审问）。也许就在那时，盖普想起了"炖肥肉"说他有着小日本的眼睛，他开始以这种角度看自己的个人史了，不管怎样，盖普就在那一刻决定，要向母亲问出比她迄今为止告诉他的事实更多的细节来。他感到不满足于知道他父亲是个士兵之类的了。但他也同时感受着肚子上库西·珀西柔软的嘴唇，当她忽然把他含进温暖的嘴里时，他吓了一跳，刚下的决心和身体其他部分一起烟消云散了。在史第林家族的三个炮筒下面，T. S. 盖普第一次以比较安全不会致孕的方式享受了性。当然，在库西看来，这种方式也不是相互的。

他们手牵手沿着史第林河走回去。

"我下周末想见你。"盖普对她说。他决心不会再忘记橡皮套了。

"我知道你真的很爱海伦。"库西说。如果她真的认识海伦·霍尔姆的话，她多半会恨她。海伦是多么高傲的一个人，瞧不起脑瓜不灵的人。

"我还是想见你。"盖普说。

"你人真好，"库西对他说，还捏紧他的手，"而且你是我认识最久的朋友。"但是他们都一定知道，可能认识某个人一辈子却永远没法做朋友。

"谁告诉你我爸爸是日本人的？"他问她。

"我不知道，"库西说，"我也不知道他是不是真是日本人。"

"我也不知道。"盖普承认道。

"我不懂你为什么不问你妈妈。"库西说。不过他当然问过，珍妮坚持着最早也是唯一的版本。

盖普打电话到迪布斯找库西时，她说："哇，是你啊！我爸刚打来，叫我不准再见你，不准写信给你，不准和你说话。连读你的信也不行，好像你写过一样。我想某个打高尔夫的人，看见我离开大炮那里了。"她觉得这很好笑，但盖普只想到自己没机会去大炮那里了。"你毕业那个周末我会回家。"库西告诉他。但盖普不知道如果他现在买安全套，到毕业的时候还能用吗？橡胶会不会坏？放几个星期会坏？是不是要放在冰箱里？没人可以问。

　　盖普想过问厄尼·霍尔姆，但他本来就已经害怕海伦会听说他和库西·珀西在一起了，尽管他和海伦之间没有真的交往，用不着对她忠诚，但盖普有想象力和计划。

　　他给海伦写了一封很长的自白书，用他的话说是坦白欲望，他说欲望及不上他对她的感情，他把自己对海伦的感情说成是更高等的感情。海伦很快回信说她不知道他为什么要告诉她这些，但是觉得他写得挺不错的。比如说就比他给她看的故事好，她希望他能继续给她看他写的东西。她也提了对库西·珀西的看法，就她对她仅有的一点儿了解来看，她实在很笨。"但是宜人。"海伦写道。而且如果盖普习惯了，用他的话说欲望的话，那么有个像库西一样的人在身边不是很幸运吗？

　　盖普回信说，在写出一篇足够好的故事之前，他不会给她看自己的故事了。他也和她讨论了自己不想上大学的想法。首先，他想，上大学唯一的理由是去玩摔跤，他觉得他没有那么想在那个地方摔跤。他觉得继续在某所不重视这项运动的不入流大学里摔跤没有意义。"只有我有努力想做得最好的事，"盖普写，"才值得做。"他觉得成为最好的摔跤手并不是他想要的，他也知道自己也不太可能成为最好的。另外，没人听过最好的作家需要去上大学。

那么想成为最好的作家这个念头，究竟是从哪里来的？

海伦回信说他应该去欧洲，盖普和珍妮商量了这件事。

让他惊讶的是，珍妮从来没想过他会去上大学，她不同意这是念预校的意义。"如果史第林学校理应给所有人一流的教育，"珍妮说，"那到底还要接受更多教育干吗？我是说，如果你一直用心学的话，现在应该是受过教育的人了。对吗？"盖普不觉得自己算受过教育了，但他说他应该算是。他觉得自己挺用心的。至于欧洲，珍妮有兴趣。"哎，我肯定想试试，"她说，"比待在这儿好。"

就在那时，盖普意识到母亲要和他"待在一起"。

"我会找到全欧洲最适合作家的地方，"珍妮对他说，"我自己也想过写点儿什么。"

盖普心情糟透了，跑去睡觉。起床后，他写信给海伦说他这辈子都注定有个妈跟着了。"有我妈看着，"他写道，"让我怎么写作？"海伦不知如何回答这个问题，她说她会和她爸爸说说，也许厄尼会给珍妮一些建议。厄尼·霍尔姆喜欢珍妮，他偶尔邀她去看场电影。珍妮甚至成了个准摔跤爱好者，尽管他们的关系不可能超过朋友。厄尼对未婚妈妈的故事很敏感，他听过珍妮的故事版本后全盘接受，在史第林的好事之徒想挖掘更多内情的时候，激动地帮珍妮说话。

但文化方面的问题珍妮去找了廷池。她问他一个妈妈和男孩儿可以去欧洲哪里，哪里有最佳的文艺气氛，最适合写作。廷池老师上一次去欧洲是1913年。只待了一个夏天。他先去了英格兰，那里有几个亲戚，有他的英国祖先，但老家亲戚张口要钱吓坏了他，他们要那么多钱，态度那么粗鲁，廷池因此很快逃到了欧洲大陆。但法国人对他也很粗鲁，德国人嗓门很大。他肠胃不太好怕意大利菜，于是廷池去了奥地利。"维也纳，"廷池告诉珍妮，"我在那里发现了真正的欧洲。深沉又有艺术气质，"廷池说，"你可以感受到哀伤和宏……宏……宏伟。"

一年以后，第一次世界大战爆发。1918年，西班牙流感带走了很多挺过战争的维也纳人。流感带走了克里姆特[1]，也带走了席勒[2]和席勒年轻的妻子。剩下的男性人口百分之四十都在第二次世界大战中丧生。廷池要送珍妮和盖普去的维也纳，已经不在了。它的疲乏气息尚可被误解为深……深……深沉的本性，但维也纳已经很难再现宏……宏……宏伟了。在廷池提供的打了五折的真相中，珍妮和盖普还是可以感受到哀伤的。"而且任何地方都会具有文艺气质，"盖普后来写道，"只要有个艺术家在那里工作。"

"维也纳？"盖普对珍妮说。他说这话的口气，就像三年多前躺在病床上怀疑她会不会选体育项目时，对她说"摔跤？"那样。但他记起那时她选对了，他对欧洲一无所知，对其他地方也所知甚少。盖普在史第林上了三年德语课，算是有点儿帮助，（语言方面不太行的）珍妮则读过一本书，讲奥地利历史的两个奇怪盟友：玛利亚·特蕾西亚和法西斯。书名叫作《从帝国到德奥合并！》。盖普很多年来都能在厕所里看到那书，但是现在反而没人能找到了。也许掉在漩涡浴里给冲走了。

"我看到最后一个在读的人是乌尔菲德。"

1　Gustav Klimt，奥地利画家。
2　Egon Schiele，奥地利画家。

"乌尔菲德三年前就毕业了，妈妈。"盖普提醒她。

珍妮告诉鲍吉尔院长自己要走的时候，鲍吉尔说史第林学校会想念她，欢迎她随时回来。珍妮不想显得没礼貌，但她还是咕哝道，她想要当护士的话几乎在哪里都行，她当然不知道她不会再当护士了。鲍吉尔不理解为什么盖普不上大学。在院长看来，盖普自从五岁那年被救下校医院辅楼楼顶之后，就很好管教，鲍吉尔很满意自己在营救盖普的行动中起的作用，也连带着喜欢盖普。而且，鲍吉尔院长也喜欢摔跤，还是珍妮为数不多的爱慕者之一。因此鲍吉尔对于他口中的这男孩儿相信"写东西这档子事儿"，也就接受了。珍妮当然没告诉鲍吉尔她自己也打算写点儿东西。

珍妮的这个想法是让盖普最不舒服的地方，但是他连海伦都没告诉。一切都发生得很快，盖普只来得及对他的摔跤教练厄尼·霍尔姆吐露自己的担忧。

"你妈妈知道她在做什么，我肯定，"厄尼告诉他，"你自己的心思定下来就行了。"

连老廷池对他们的出国大计都很乐观。"是有点儿不……不寻常，"廷池对盖普说，"但是很多好想法都不寻常。"多年以后盖普回想起廷池可爱的口吃，说那就好像廷池的身体在向廷池传达一个信息。盖普写道："廷池的身体想要告诉廷池，有一天他会冻……冻死。"

珍妮说他们毕业以后不久就要动身，但盖普希望在史第林多待一个夏天。"这究竟又是为了什么？"珍妮问他。

为了海伦，他想告诉她，但他没有足够好的故事给海伦看，他已经这么对她说了。除了出国去写好故事之外别无他法。而且珍妮绝不可能为了让他能赴和库西·珀西的大炮之约再在史第林待一个夏天，也许他们就是无缘。不过他还是希望能在毕业典礼的周末再见到库西。

盖普的毕业典礼那天下了雨。瓢泼大雨冲湿了史第林校园，路边的排水槽汪洋一片，从外州来的汽车费力开过马路，好像风暴中的游艇。穿着夏日连身裙的女人们无助地张望着，大家慌忙可怜地把行李物品搬上旅行车。迈尔斯·西布鲁克体育场馆前竖起一顶深红大帐篷，在马戏团似的腐味中颁发了学位证书，毕业发言被打在深红帆布篷顶的雨声淹没。

没人留下来。都坐大船出了城。海伦没有回来，因为塔尔伯特的毕业典礼在下一个周末。她还在大考。盖普肯定库西·珀西出席了让人失望的毕业典礼，但他没有看到她。他知道她和她可笑的家人在一起，盖普明智地要和"炖肥肉"保持安全距离，因为愤怒的父亲终究还是父亲，即便库什曼·珀西的名声早就坏了。

傍晚的时候太阳才出来，已经不重要了。史第林早已湿气蒸腾，从西布鲁克体育馆到大炮的地面会湿好几天。盖普猜想深沟似的积水会流到大炮那里的软草地，甚至史第林河都会涨水。大炮里面会注满水，炮筒会往上倾斜，一下雨炮嘴里就满是水。这种天气里，大炮里的碎玻璃会跟着水流出来，肮脏的水泥地上会留下滑溜的旧安全套水塘。盖普知道，这周末不可能把库西引去大炮那儿。

然而他口袋里噼啪作响的三只装保险套有如希望的哑炮。

"看，"珍妮说，"我买了啤酒。如果你想喝个烂醉，就喝吧。"

"老天啊，妈妈。"盖普说，但还是和她一起喝了几罐。他们在他毕业典礼的晚上孤零零坐着，校医院里空空荡荡，辅楼里的每一张病床都清空了，床单也撤走了，除了他们俩的床。盖普喝着啤酒怀疑一切都是反高潮，他用读过的几个好故事来安慰自己，但尽管他在史第林受教育，却不是个爱读书的人，比如就无法和海伦或珍妮比。盖普的阅读方式是发现一个好故事然后翻来覆去地读，这会让他很长一段时间里都不想读别的故事。在史第林的时候，他读过34遍约瑟夫·康拉德的《秘密分享者》。他也读过21遍D.H.劳伦斯的《爱岛的男人》，他还准备再读一遍，就在此刻。

校医院辅楼小公寓的窗外，史第林校园又黑又湿，荒无人烟。

"哎，你就这样想好了，"珍妮说，她看得出他的失落，"你只花了四年就从史第林毕业了，我可在这间鬼学校待了18年。"她不胜酒力，第二罐啤酒才喝了一半就想睡了。盖普扶她回了她的卧室，她已经脱了鞋，盖普只是帮她把护士胸针摘下来，这样她就不会在翻身的时候扎到自己了。这是一个暖和的夜晚，因此他没有为她盖被子。

他又喝了罐啤酒，然后出门散步。

他当然知道自己要去哪儿。

原本是史第林祖屋的珀西大宅坐落在离校医院辅楼不远的潮湿草坪上。斯图尔特·珀西家的房子只亮着一盏灯，盖普知道那是谁的房间：小噗·珀西，现在14岁，睡觉一定要开着灯。库西告诉过盖普，班布里奇还喜欢穿纸尿裤，也许，盖普想，是因为她的家人还一直叫她"噗"。

"哎，"库西说，"我没觉得这有什么不对的。要知道她不是真的要用纸尿裤，我是说，她是经过大小便训练之类的。噗只是喜欢穿着纸尿裤，偶尔。"

盖普站在噗·珀西窗下湿漉漉的草地上，试着回想哪间是库西的房间。因为想不起来，他决定把噗弄醒，她肯定认得他，也一定会告诉库西。但是噗像鬼一样飘来窗前，她没有马上认出正用力扒住她窗外常青藤的盖普。班布里奇·珀西的眼神，像车前灯里马上要被撞到的小鹿那样吓傻了。

"老天，噗，是我。"盖普小声对她说。

"你要找库西，是吗？"噗阴沉地问他。

"是！"盖普咕哝道。然后常春藤给扯断，他摔到了下面的树篱里。穿着浴衣睡觉的库西帮他爬出来。

"哇，你要把整栋房子的人都吵醒了，"她说，"你喝多了吗？"

"我摔下来了，"盖普生气地说，"你妹妹真怪。"

"外面到处都是湿的，"库西对他说，"我们能去哪儿？"

盖普早就想好了。他知道校医院里有60张空床。

但盖普和库西还没走过珀西家的门廊，就被癫子袭击了。这头黑兽冲下门廊台阶就已经喘不过气来了，它铁灰色的口套溅满了唾沫，它的呼吸像一块草皮甩在了盖普脸上。癫子发出低吼，不过连它的吼声都慢了下来，不复当年。

"让它滚。"盖普对库西说。

"它聋了，"库西说，"它很老了。"

"我知道它有多老。"盖普说。

癫子叫起来，嘎吱尖锐的叫声，像没打开过的门忽然被推开铰链发出的声音。它更瘦了，但起码还有140磅。它感染了耳螨和疥癣，饱受老狗常有的身体疼痛和带刺铁丝网的折磨，癫子闻着自己的敌人，把盖普逼到了门廊边。

"走开，癫伊！"库西嘘它。

盖普想闪过它，发现癫子反应很慢。

"它是个半瞎。"盖普小声说。

"而且它的鼻子也闻不出什么了。"库西说。

"它该死。"盖普小声对自己说，但他想绕过狗走。视线昏暗的它跟了过来，它的嘴仍旧让盖普想到有力的蒸汽铲，它黑色的胸部上抖着的松肉，提醒盖普这狗猛扑起来有多厉害，不过那已经是很久以前了。

"别理它就好了。"就在癫子冲过来的时候库西建议。

这狗够慢的，盖普还来得及转到它身后，他从狗的身体下面拉住它的前爪，自己胸膛以上的重量都压在了狗背上。癫子的身体往前弯曲，滑倒在地，鼻子先着地，它的后爪还在抓着挠着。盖普现在控制住了它压弯了的前爪，但这条大狗的头，还仅靠盖普胸膛的力量按着。盖普压在了这动物的脊梁骨上，用下巴埋进狗的厚脖子里，狗可怕的咆哮声越来越响。扭打中，一只耳朵出现在盖普的嘴里，是他咬下来的。他尽全力咬了下去，癫子发出嚎叫。他是怀着自己耳朵上缺少的那块肉的记忆咬下癫子的耳朵的。他为在史第林的四年咬了它，也为了他母亲在这里度过的18年光阴。

珀西大宅里的灯亮的时候，盖普才放开癫子。

"快跑！"库西提议。盖普抓起她的手让她跟着。他嘴里一股恶臭。"哇，你非得要咬它不可吗？"库西问。

"它咬过我。"盖普提醒她。

"我记得。"库西说。她捏紧了他的手，他带她去他想去的地方。

"这里他妈的究竟出了什么事？"他们听见斯图尔特·珀西嚷嚷。

"是癫伊，是癫伊！"噗·珀西的叫声刺入黑夜。

"癫子！""炖肥肉"叫道，"到这儿，癫子！到这儿，癫子！"他们都听见这条盲狗震耳欲聋的吼叫。

这阵骚动动静太大，传到了空荡荡的校园这头。珍妮·菲尔兹被吵醒了，她从校医院辅楼的窗口往外探看。算盖普走运，他看见她开了灯。他让库西躲在他身后没人的辅楼走廊上，他去让珍妮帮自己检查伤口。

"你怎么了？"珍妮问他。盖普想知道顺着下巴流下来的血是他自己的还是全部是癫子的。在厨房桌上，珍妮清洗掉粘在盖普脸上的黑色的痂状物。那东西从盖普的脖子掉在了桌上，和银元差不多大小。他们都盯着它看。

"这是什么？"珍妮问。

"一只耳朵，"盖普说，"应该说是一块耳朵。"

白色大理石桌上摆着黑色的剩耳，边缘有点儿卷，开裂得好像又旧又干的手套。

"我遇到癫子了。"盖普说。

"以耳还耳。"珍妮·菲尔兹说。

盖普身上一点儿伤都没有，血全是癫子的。

珍妮回自己房间以后，盖普悄悄把库西带去通往校医院主楼的通道。18年来他一直知道这条路。他把她带去了离他母亲在辅楼的房间最远的侧翼，就在主收诊室楼上，手术室和麻醉室旁边。

因此性在盖普记忆中，便永远和特定的气味和感觉联系在了一起。这份经验会永远隐秘却又放松：是悲惨年代最后的奖励。这气味留在他记忆里，非常私人，不过大致是股医院味儿。周围似乎永远都空无一人。性在盖普脑中留下的印象，是在雨后被遗弃的宇宙中进行的孤独活动。一直是一种极其乐观的行为。

库西当然激发盖普浮想联翩出很多关于大炮的画面。三只装安全套中的第三只耗尽之后，她问他这是不是最后一只了，他是不是只买了一包。一个摔跤手最爱努力之后换来的筋疲力尽，盖普在库西的抱怨声中睡着了。

"第一次你一个都没带，"她说，"这会儿你就用完了？还好我们是这样的老朋友。"

斯图尔特·珀西吵醒他们的时候天还黑着，离天亮还早。"炖肥肉"的声音闯入校医院的旧楼，好像某种不知名的疾病。"开门！"他们听到他叫嚷，便爬到窗口看。

在碧绿碧绿的草地上，库西的父亲穿着浴袍和拖鞋，身边拴着癫子，在校医院辅楼窗前骂骂咧咧。很快珍妮就开了灯。

"你病了吗？"她问斯图尔特。

"我来找我女儿！"斯图尔特嚷道。

"你醉了吗？"珍妮问。

"你让我进去！"斯图尔特吼道。

"医生不在，"珍妮·菲尔兹说，"而且我也没办法帮你治什么病。"

"贱人！"斯图尔特叫道，"你的杂种儿子勾引了我女儿！我知道他们在里面，在操他妈的校医院！"

的确是在校医院操，盖普想，身边的库西在发抖，她的触碰和香味让他高兴。在这凉爽的空气中，他们一言不发颤抖着看着漆黑的窗外。

"你应该来看看我的狗变成什么样了！"斯图尔特冲着珍妮号叫，"浑身是血！狗躲在吊床下面！血流到门廊上！"斯图尔特喊道，"杂种到底他妈的对癫子做了什么？"

他母亲开口的时候，盖普感到库西在他身边缩成一团。珍妮说的话一定让库西·珀西想起13年前她自己的话。珍妮·菲尔兹说的是"盖普咬了癫子"。然后她关了灯，在笼罩校医院和辅楼的黑暗中，只听得到"炖肥肉"的呼吸声和雨后的积水流动声。积水冲洗过整个史第林学校，洗净了一切。

第**5**章

在马可·奥勒留死去的城市

珍妮带盖普去欧洲的时候，比起其他大部分18岁的年轻人，盖普对孤独封闭的作家生活更有心理准备。他已经在自己的想象世界中活得很好：毕竟，养大他的女人，认为孤独封闭是再自然不过的生活方式。过了很多年，盖普才会意识到自己一个朋友也没有，珍妮·菲尔兹从不觉得这有什么奇怪。厄尼·霍尔姆因为懂得理解懂得保持距离，才成了珍妮·菲尔兹第一个朋友。

在珍妮和盖普找到公寓之前，他们住过十几处维也纳的民宿。这是廷池老师出的主意，他觉得要想找到城市里最爱的地方，这是一种理想方式：先在每个地区都住一下再作定夺。在民宿的短暂逗留，对1913年夏天来到维也纳的廷池来说一定更惬意。珍妮和盖普到维也纳的时候，已经是1961年，他们很快就烦透了拖着打字机在民宿之间搬来搬去。然而正是这份经验，成了盖普第一篇重要的短篇小说《格里尔帕策民宿》的素材。盖普到维也纳之前，甚至不知道什么是民宿，但他很快发现民宿不如旅馆：都比较小，不雅致，有时提供早餐，有时不。有时候民宿省钱，有时候更贵。珍妮和盖普找到过干净舒适友好的民宿，不过通常都很破烂。

珍妮和盖普没费多少工夫就决定住在环城大道内或大道附近。这条大道环绕着这座古城中心，城市里的主要活动都在这里。这里，也是不说德语的珍妮稍微应付得来的地区，因为是维也纳最都市化的地方，如果维也纳有称得上都市化的地方的话。

盖普很高兴能指挥母亲，在史第林学的三年德语让他成了一家之主，他很明显享受领导珍妮的滋味。

"点维也纳炸肉排，妈妈。"他对她说。

"我觉得Kalbsnieren听着挺有趣。"珍妮说。

"那是小牛腰子，妈妈，"盖普说，"你喜欢腰子吗？"

"我不知道，"珍妮承认，"应该不喜欢。"

他们终于搬进自己的住处之后，盖普担下了购物大任。珍妮18年来都在史第林食堂吃饭，她从来没学过煮饭，而现在她又看不懂菜谱。盖普是在维也纳发现自己有多爱煮饭的，但他声称最喜欢欧洲的第一样东西是"厕所"，字面意思就是水箱。住民宿的时候，盖普发现所谓水箱是一间小房间，里面除了一个坐便什么都没有，这是让盖普觉得合理的第一件欧洲东西。他写信告诉海伦，这"是最有智慧的系统，在一个地方尿尿大便，在另一个地方刷牙"。厕所在盖普的故事《格里尔帕策民宿》里当然也被重点描写，但盖普很长一段时间里还写不成这故事，也写不出其他东西。

尽管和其他18岁的同龄人相比，盖普具有罕见的自控力，但初来乍到实在有太多东西可看了，再加上他马上必须负责干的活。几个月来盖普都太忙了，唯一让他满意的写作就是给海伦写的信。他太过兴奋于探索新世界，还没空建立起必要的日常写作习惯，尽管他也尝试过。

他想写个一家人的故事，他只知道开头是这一家的生活很有趣，家人很亲密。光是这样还不够。

珍妮和盖普搬进一间奶油色的、天花板很高的公寓，在一栋老房子的二楼，房子位于第四区一条叫施温德路的小路上。从他们的住处，拐个弯就是欧根王子大道、黑山广场和上下美景宫。盖普终于把全城的美术馆都跑了个遍，但珍妮除了上美景宫哪儿都没去。盖普跟她解释了，去美景宫只有19和20世纪的绘画，但珍妮说19和20世纪对她来说就够了。盖普解释说她至少可以经花园走到下美景宫去看看巴洛克时期的收藏，但珍妮摇了摇头，她在史第林上过几门艺术史的课，受的教育够多了，她说。

"还有勃鲁盖尔，妈妈！"盖普说，"你只要搭环城大道方向的有轨电车在玛利亚·希尔费大道下车。车站对面的大博物馆，就是维也纳艺术史博物馆了。"

"但是我可以走去美景宫，"珍妮说，"为什么要乘街车？"

她也可以走去卡尔教堂，而且只要在阿根廷大道上走上一小段，就能看见一些外观有趣的领事馆房子，比利时领事馆就在他们施温德路的公寓马路对面。珍妮说她喜欢在自家附近待着。她有时会去离家一个路口的一家咖啡馆读英语报纸。她从来不自己出去吃饭，除非盖普带她去；除非他在公寓里煮饭，不然她在家就什么都不吃。她全心全意在琢磨要写些什么，写作的欲望胜过那段时间的盖普。

"人生的这个阶段，我没工夫做个游客，"她对儿子说，"不过你自便，尽情吸收这里的文化。这才是你该做的。"

"吸收，吸……吸……吸收。"廷池对他们说过。似乎珍妮觉得这就是盖普该做的，至于她自己，她觉得已经吸收够了，有很多话要说。珍妮·菲尔兹当时41岁。她想象着自己人生精彩的时光已经过去，现在想做的只是写下来。

盖普给她一张纸随身带着。上面写着公寓地址，以防她迷路：施温德路，15/2，维也纳，第四区。盖普不得不教她怎样用德文念自己的地址，教了很久。珍妮吐出一句："施温德路十物豪半维。"

"再说一遍，"盖普说，"你想在迷路的时候一直找不到路吗？"

盖普白天在城里调查好晚上要带珍妮吃晚饭的地方，等傍晚珍妮写完了就带她去，他们会喝罐啤酒或一杯葡萄酒，盖普向她讲述一整天的见闻。珍妮礼貌地听着。葡萄酒和啤酒让她想睡。通常他们在某个好馆子吃完饭，盖普陪珍妮坐有轨电车回家，他很骄傲从来用不着出租车，因为他已经将电车系统摸得门儿清。有时他早上去露天市场买菜早早回家煮饭。珍妮从来不抱怨，在家吃或出去吃她都无所谓。

"这是奥地利白葡萄酒，"盖普给她讲解这种葡萄酒。"配脆皮烤猪吃很好。"

"多有趣的词语。"珍妮评论道。

盖普后来在对珍妮文风的评价中写道："我母亲英语都不怎样，难怪从来没打算学德语。"

尽管珍妮·菲尔兹每天坐在打字机前，但她并不知道怎么写。尽管她的确在埋头苦写，但她不爱读自己写的东西。没过多久，她就开始努力回忆自己读过的好文章，以及为什么它们和自己的初次尝试不同。她就事论事地从起初写起："我出生了"，等等。"我父母想让我待在卫斯理，但是……"当然还有："我决定生个自己的孩子，终于用以下的方法生下来了……"但是珍妮读过足够多的好故事，她知道自己写的读起来不像她记忆里的好故事。她不知道什么地方不对，她经常派盖普去仅有的几家卖英文书的书店。她想更仔细地研究书的开头是怎么写的——她虽然已经洋洋洒洒打了300多页，还是感到自己的书没有开好头。

尽管珍妮一个人默默地受困于写作瓶颈，但和盖普在一起的时候她总是笑盈盈的，即便她极少在认真听。珍妮·菲尔兹一生都觉得，所有事，都是一开始就结束了。比如盖普的学习生涯，比如她自己的学生时代，比如盖普上士。她还爱着儿子，但是感到她养育他的人生阶段结束了，她觉得已经把盖普养到那么大，现在应该让他自己找事做了。她不可能再从各种人生选择中给他报名学摔跤，或报名做别的事了。珍妮喜欢和儿子住在一起，其实，她从没想过他们会分开住。但珍妮希望盖普在维也纳每天自己找乐子，盖普也真的这么做了。

他那个关于亲密又有趣的一家人的故事毫无进展，除了给这一家找到了件有趣的事做。这一家的爸爸是一种调查人员，家人跟着他去工作。工作的内容是调查奥地利所有的餐馆、旅馆和民宿，按照A、B、C三等给它们评分。这是盖普幻想自己肯做的工作。像奥地利这种如此依赖旅游业的国家，对游客吃饭睡觉的场所进行分类和再分类应该极其重要，但盖普想象不出重要在哪里，或对谁来说重要。目前为止关于这一家他只知道这个故事：他们做着好玩的工作。他们曝光错漏，评出等级。那又如何？对海伦来说这很容易写。

夏末初秋的时候，盖普靠双脚和电车逛遍了维也纳，一个人也没认识。他写信给海伦说，"觉得没有像自己一样的人理解自己，是青春期的一部分。"盖普写道，他相信维也纳加强了他心里的这个感觉，"因为在维也纳，真的一个像我的人都没有。"

他的感受从数量上说至少是对的。在维也纳，连像盖普一样大的人都很少。没有多少维也纳人生于1943年，说起这个，应该说从纳粹1938年开始占领维也纳直到1945年战争结束，其间没有多少维也纳人出生。尽管因强暴出生的婴儿数量惊人，但在1955年苏军占领结束之前，想要孩子的维也纳人很少。维也纳在17年间都被外国人占领。可以理解，对大多数维也纳人来说，那17年不是个要孩子的好时候。盖普在这座城市生活的经验，让他对18岁这个年纪感到奇怪。这一定让他长大得更快，也一定让他越来越觉得维也纳更像"一座死城的博物馆"，而不是一座还活着的城市，正如他在给海伦的信中写的那样。

盖普的观察并非批评。盖普喜欢在这座博物馆晃来晃去。"一座更真实的城市，也许并不适合我，"他后来写道，"但维也纳已经死了，一动不动地随便我看，我随便思考它，反复观察。在一座活着的城市，我永远不会注意到那么多事物。活着的城市，不会一动不动。"

因此T. S.盖普花了这暖和的几个月，到处留心看维也纳，并给海伦·霍尔姆写信，料理母亲的生活琐事。他母亲选择的冷清人生，因为写作更与世隔绝了。"我的作家母亲。"盖普在无数封给海伦的信里这么开玩笑地提起她。但他羡慕珍妮，好歹可以写作。他自己的故事停滞不前。他意识到可以给他那个虚构的家庭安排一次又一次冒险，但是他们上哪儿去呢？去另一家甜品不够好永远拿不到A的B级餐厅，去另一家评分从B滑到C的旅馆，因为大厅里的霉味挥之不去。也许让调查员的某个家人在一家A级餐厅中毒，但这样写的意思是？可以写一些疯子，甚至罪犯，藏在某家民宿里，但是他们和情节布局有什么关系？

盖普知道，他还没有整体情节布局。

他在火车站看到过从匈牙利或南斯拉夫来的四名成员的马戏团表演。他想把他们编进故事里。马戏团里有一头在停车场一圈圈骑摩托的熊。一小群人聚集过来，一个用双手走路的男子，在熊表演的时候用一个罐子收钱，罐子搁在他脚底板上，他偶尔会摔倒，熊也会。

终于，摩托车发动不了了。没人知道马戏团的另两个人在干吗，只知道他们应该是要随时准备好替代熊和用手走路的男子的，警察过来，让他们填一大堆表。表演并不好看，人群散去，如果这几个人算人群的话。盖普看得最久，不是因为他想看这个老弱的马戏团接下来还会表演什么，而是因为他很想把他们写进故事里。他想象不出怎么写进去。盖普离开火车站的时候，他可以听见那头熊在呕吐。

好几个星期过去了，盖普唯一的进展，只有故事的标题："奥地利旅游局。"他不喜欢。于是他便继续旅游，不再写作。

但是天冷了之后，盖普就厌倦了旅游，他开始和海伦争吵，说她回信不够多，这说明他给她写了太多。她比他忙多了，她以二年级生的水准被大学录取，修了比平均课量多一倍不止的课。如果说海伦和盖普有相似之处，那就是在他们年轻的时候，他们都表现得好像急着赶路一样。"放过可怜的海伦吧，"珍妮对他说，"我以为你除了写信，还要写点儿别的呢。"但盖普不喜欢和他母亲在同一间房里竞争。她的打字声从来不断，从来不停下来思考。盖普知道，这稳定的敲击键盘声，在他好好开始写之前，就会毁了他的作家之路。"我母亲，从来不知道什么是改稿时的安宁。"盖普有一次评论道。

到了11月，珍妮已经写了600页草稿，但她还是感到没有真正开始。没有一个主题，能让盖普像珍妮这样毫不间断地写。他发现，想象远比回忆难多了。

他的"突破"，如他后来写信告诉海伦时说的，出现在一个寒冷的下雪天，在维也纳城市历史博物馆。那是一个离施温德路几步之遥的博物馆，不知为何他以前没去参观过，因为想着随时可以走过去。是珍妮告诉他这个地方的。那是她真正参观过的两三个地方之一，只是因为它就在卡尔广场对面，就在她所说的自家附近。

她提到这间博物馆里有一间作家的房间，她忘了是谁的了。她觉得，在博物馆里辟出一间作家的房间这个点子很有趣。

"作家的房间，妈妈？"盖普问。

"对，一整个房间，"珍妮说，"他们搬来那个作家的全部家具，也许还有墙和地板。我不知道他们怎么办到的。"

"我不懂他们为什么要这样做，"盖普说，"整个房间都在博物馆里？"

"对，我觉得那是间卧室，"珍妮说，"不过那个作家，也真的在那个房间里写作。"

盖普翻了个白眼。听上去很下流。那作家的牙刷也在吗？夜壶？

那是间特别普通的房间，不过床看上去太小了，好像儿童床。写字桌也太小了。不是个开朗健谈的作家的床和桌子，盖普想。木头是黑的，每件东西都好像很容易断裂，盖普觉得他母亲写作的房间比这好。这位房间被供在维也纳城市历史博物馆里的作家，名叫

116

法兰兹·格里尔帕策，盖普从没听说过他。

法兰兹·格里尔帕策死于1872年，他是奥地利诗人和剧作家，很少有外国人听说过他。他是那些没有在后世留名的19世纪作家的一员。盖普后来说格里尔帕策并不值得流芳百世。盖普对戏剧和诗歌不感兴趣，但他去图书馆读了被认为是格里尔帕策著作的非韵文：一个较长的短篇小说《可怜的提琴手》。盖普想，也许在史第林学的三年德语不足以让他欣赏这篇故事，读了德语版，他很讨厌。然后他在哈布斯堡大道的二手书店，找到了这个故事的英语版。还是讨厌。

盖普觉得，格里尔帕策这个著名的故事，是篇可笑的通俗剧。而且他觉得讲的方式也不好，明显感伤。隐约让他想起19世纪的俄罗斯小说，里面的人物总是无法作决定，爱拖延，现实生活样样都失败。但是在盖普看来，陀思妥耶夫斯基，有本事硬是让读者对一个可怜虫感兴趣，而格里尔帕策却用催泪的枝节闷死人。

在同一家二手书店，盖普买到了英译马可·奥勒留的《沉思录》，史第林的拉丁文课上他被要求读过马可·奥勒留，但他从没读过英语版。他买下这本书，是因为书店老板告诉他马可·奥勒留死在维也纳。

"在人的生活中，时间是瞬息即逝的一个点，实体处在流动之中，知觉是迟钝的，整个身体的结构容易分解，灵魂是一涡流，命运之谜不可解，名声并非根据明智的判断。一言以蔽之，属于身体的一切只是一道激流，属于灵魂的只是一个梦幻。"[1]

盖普想，马可·奥勒留凄楚的观察，无疑是大多数严肃文学

---

1 何怀宏译，中央编译出版社，2008年。

的写作主题，格里尔帕策和陀思妥耶夫斯基之间，并非差在主题。盖普总结出，他们的区别在于智慧和优雅，差在艺术性。不知为什么，这个显而易见的发现让他很高兴。多年之后，盖普读到一篇格里尔帕策作品引介批评，说格里尔帕策"精神敏感、饱受折磨，间歇性偏执狂，时常抑郁，脾气乖戾，因感伤气喘，简而言之，是一个复杂的现代人"。

"也许是这样没错，"盖普写道，"但他也是个特别蹩脚的作家。"

盖普认定，法兰兹·格里尔帕策是个差劲的作家，这似乎第一次真正给了这年轻人身为艺术家的自信，即便他什么都还没写。也许在每个作家的人生中都需要有这样一个时刻，攻击其他某个作家不够格。盖普对可怜的格里尔帕策表现出的杀戮本性，几乎就是摔跤的秘密，就好像盖普在和另一个摔跤手的比赛中观察对手，发现弱点，盖普知道他可以做得更好。他甚至非要珍妮去读《可怜的提琴手》。他很少向她征求文学上的评判。

"垃圾，"珍妮宣判，"头脑简单，婆妈感伤，奶油泡芙一样的东西。"

他们都乐不可支。

"我不喜欢他的房间，真的，"珍妮对盖普说，"那不是一间作家该有的房间。"

"这个嘛，我觉得这不重要，妈妈。"盖普说。

"但那间房间太挤了，"珍妮抱怨道，"太黑，看着东西太多不利索。"

盖普看看他母亲的房间。床和化妆台上方墙上的镜子上，贴着长得不可置信的潦草手稿，几乎要挡住她的脸。盖普觉得母亲的房间，也不像个作家的房间，但他没说出来。

他给海伦写了封狂妄的长信，引用了马可·奥勒留的话，并且攻击了法兰兹·格里尔帕策。在盖普看来，"法兰兹·格里尔帕策在1872年永远死了，就好像便宜的当地产的葡萄酒运不出维也纳，不然就会变味。"这封信有如一种秀肌肉的举动，也许海伦也清楚。这封信就像不用器材的健身操，盖普存了一份这信的复印件，他太喜欢自己写的了，决定留下原稿把复印件寄给海伦。"我觉得自己好像是个图书馆，"海伦写信给他说，"好像你存心把我当成个文件柜。"

海伦真的在抱怨吗？盖普并没有敏感到能察觉海伦自己的生活发生了什么，于是问也没问。他只是回信说他"准备好要写了"。他很自信能写出海伦喜欢的东西来。海伦也许感到有点儿被他吓退，但她并没有流露出不安。她在大学里，以大约三倍于平均速度的效率吞吐课程。第一个学期将近尾声的时候，她就要升入三年级的第二学期了。一个年轻作家的自恋和自负，吓不到她海伦·霍尔姆，她按照自己惊人的步伐走着，也欣赏有决心的人。而且她喜欢盖普给她的信：她也很自负，她反复告诉他，他的信写得太棒了。

珍妮和盖普在维也纳尽情拿格里尔帕策开玩笑。他们开始发现，死去的格里尔帕策留下的小小印迹遍布全城。有格里尔帕策路，有格里尔帕策咖啡馆，有一天他们惊讶地在糕饼店发现一种以他命名的多层蛋糕：格里尔帕策挞！这种挞甜得过分。从此，当盖普为母亲做菜的时候会问：你要吃嫩的煮鸡蛋，还是格里尔帕策式的蛋。有一天在美泉宫动物园，他们看到一头特别瘦高的羚羊，肋腹细长还沾了屎，这只羚羊难过地站在又窄又臭的冬季营房里。盖普认出了它：格里尔帕策羚羊。

珍妮有一天对盖普提到自己的写作，说很是懊恼"写成了格里尔帕策"。她解释说，这指的是她介绍一个场景或人物出场写得"好像拉警报"。她想到的场景，是在那家波士顿的电影院那个士兵靠近他的事。"在电影院，"珍妮·菲尔兹是这么写的，"一个被欲望吞噬的兵靠近了我。"

　　"好糟糕，妈妈。"盖普也同意。"被欲望吞噬"这个词组就是珍妮所说的"写成了格里尔帕策"。

　　"可这就是实情。"珍妮说，"就是欲望没错。"

　　"说他浑身是欲望好听些。"盖普建议道。

　　"好恶心。"珍妮说。另一个格里尔帕策式的写法。总的来说是因为她不喜欢欲望这个词。他们尽力而为，讨论了一下欲望。盖普坦白了自己对库西·珀西的欲望，轻描淡写地描述了结合的场面。珍妮不喜欢。"还有海伦？"珍妮问，"你对海伦也有一样的感觉吗？"

　　盖普承认有。

　　"多可怕。"珍妮说。她无法理解这种感觉，也不懂盖普怎么能把这和快乐扯上关系，更别说和感情联系在一起了。

　　"'属于身体的一切，只是一道激流。'"盖普引用马可·奥勒留的话毫无说服力地说，他母亲只是摇了摇头。他们在布鲁特小巷附近一家大红色的饭馆吃了晚饭。"血街。"盖普高兴地翻译给她听。

　　"不要样样东西都翻译，"珍妮说，"我不想知道每样东西叫什么。"她觉得这饭馆的装潢太红了，菜太贵。服务速度很慢，他们很晚才动身回家。天很冷，卡特纳大街明亮的灯火无法温暖他们。

　　"我们叫辆出租车。"珍妮说。但盖普坚持再走五个路口很容易就能乘上电车。"你和你天杀的有轨电车。"珍妮说。

很明显是"欲望"这个话题，毁了他们的夜晚。

第一个街区闪烁着俗艳的圣诞装饰，在圣史蒂芬斯大教堂的高耸塔尖和庞大的歌剧厅之间的七个街区，店铺、酒吧和旅馆林立，在这七个街区内，他们可以找到世界上所有人们冬天会去的室内场所。"哪天晚上，我们一定得去一趟歌剧院，妈妈。"盖普建议。他们已经在维也纳住了六个月，还没有去过歌剧院，但珍妮不喜欢晚睡。

"你自己去。"珍妮说，她看见前方站着三个穿着长皮草大衣的女人：其中一个戴着配套的毛皮手笼，她把手笼抬起到面前对着里面吹气来温暖双手。她非常优雅，不过站在她旁边的两个女人，却带着圣诞的俗丽气息。珍妮羡慕这个女人的手笼。"我想要的就是那个，"珍妮宣布，"哪里可以弄一个来？"她指着他们前面的女人们，但盖普不知道她什么意思。

这些女人，他知道，是妓女。

看见珍妮和盖普走来时，妓女们对他们的关系很疑惑。他们看见一个帅小伙和一个相貌平平但清俊的女人，老得足够当他妈，但珍妮勾着盖普手臂走路的姿势很正式，而且盖普和珍妮之间的对话，似乎带着紧张和混乱，这让妓女们觉得珍妮不会是盖普的妈妈。然后珍妮用手指着她们，让她们很生气。她们以为珍妮也是个在同一区工作的妓女，抢了一个看起来有钱单纯的男孩儿，一个真有可能付钱给她们的漂亮男孩儿。

在维也纳，嫖妓合法，由复杂的法规制约。有一个类似工会的组织，有健康许可证，定期体检，颁发身份证。只有标致的妓女，被允许在第一区的时髦马路上班。偏僻马路上站的妓女，丑一些或老一些，要么又老又丑，她们当然也比较便宜。每个地区的价格应该是固定的。妓女们看见珍妮，就走下人行道挡住了珍妮和盖普的路。她们很快认定，珍妮并没有达到第一区妓女的水准，而且她一定是个体户，这是非法的，要不然她就是走出了她该待的地区想要捞点儿外快，这样其他妓女会要她好看。

实际上，大多数人都不会把珍妮错认成妓女，但也很难说清她究竟看起来像做什么的。她之前很多年都穿护士服，现在不知道在维也纳应该怎么穿，她和盖普出门总想要穿得体面些，也许为了弥补她写作时常穿旧睡袍。她对给自己买衣服毫无经验，她觉得外国城市里所有衣服都有点儿两样。因为没有特别的品位，她只是买下比较贵的衣服：好歹她有钱，也没耐心和兴趣货比三家。结果，她的新衣闪亮，在盖普旁边看着不像一家人。盖普在史第林常穿的衣服是外套领带和舒服的长裤，这套懒散的城市标准着装，让他在哪里都几乎消失在人群里。

"你去问问那女人那手笼哪里买的好吗？"珍妮对盖普说。让她吃惊的是这些女人在人行道上拦住了他们。

"她们是妓女，妈妈。"盖普悄声对她说。

珍妮·菲尔兹呆住了。那个戴着手笼的女人尖锐地对她说话。珍妮当然一个字也听不懂，她看着盖普等他翻译。这女人对珍妮说了一长串，一眼也没看她儿子。

"我母亲想问你这漂亮的手笼哪里买的。"盖普用他的慢速德语说。

"哦，他们是外国人。"一个说。

"天哪，是他母亲。"另一个说。

有手笼的女人盯着珍妮，珍妮正盯着手笼。一个妓女是年轻姑娘，头发盘得十分高，撒着小金银星星，她一边脸颊有一只绿色的星星文身和一个疤，把她的上唇微微扯歪了些，一开始你看不出她的脸哪里不对，只知道有些不对。她的身体倒是无可挑剔：又高又瘦，让人不忍心多看，尽管珍妮这会儿发现自己正盯着人家看。

"问问她几岁了。"珍妮对盖普说。

"18岁，"这姑娘说，"我会一点儿英语。"

"我儿子也是18岁。"珍妮说，用手肘捅了捅盖普。她不知道她们把她错认成她们中的一员，盖普后来告诉她的时候，她气炸了，不过只是对自己生气。"是我穿的衣服！"她叫道，"我不知道该怎么穿衣打扮！"从那一刻开始，珍妮再也不作护士之外的打扮了，她又走到哪里都穿着护士服，好像永远在上班，尽管她再也没重新做过护士。

"能让我看看你的手笼吗？"珍妮问有手笼的女人。珍妮以为她们都讲英语，但只有那个年轻女孩儿会讲。盖普翻译给那个女人听，她老大不愿意地脱掉手笼，一股香味从她两只手刚握在一起的温暖巢穴飘来，她纤长的双手戴着闪烁的戒指。

第三个妓女的额头有一个麻子坑，像桃子核弄出来的。除了这个缺陷，还有像小胖子那样的小而丰满的嘴之外，她有着二十几岁女人的标准成熟度。盖普猜她应该是二十几岁，她的胸部一定很大，但在她的黑色皮草大衣下面难以看清。

盖普觉得这戴手笼的女人很漂亮。她有一张可能随时悲伤起来的长脸。盖普想象她的身体应该很安宁。她的嘴唇很冷静。只有她的眼睛和露出的手让盖普看出她起码和他母亲差不多大。也许还要更老些。"这是礼物，"她告诉盖普，指这个手笼，"和大衣一起。"都是银黄色的皮草，非常光滑。

"是真货。"那个说英语的年轻妓女说，她显然非常仰慕年纪大的妓女的方方面面。

"当然了，几乎在哪里都可以用比较少的钱买到某样东西。"有着麻子坑的女人对盖普说。"滚去斯特福。"她说着奇怪的黑话，盖普几乎听不懂，她指着卡特纳大街。但珍妮没有看她，盖普只是点了点头，继续盯着比较年长女人露出来的闪着戒指光的长手指看。

"我的手很冷。"她轻柔地对盖普说，盖普把手笼从珍妮那里拿过来还给了这个妓女。珍妮似乎在发呆。

"我们来和她谈谈，"珍妮对盖普说，"我想问问她关于那个的事。"

"关于什么，妈妈？"盖普说，"老天。"

"那个我们刚才在聊的话题，"珍妮说，"我想问问她关于欲望的事。"

两个比较大的妓女看着会英语的那个，但她的英语还没流利到可以跟上珍妮的语速。

"天很冷，妈妈，"盖普抱怨道，"而且很晚了。我们就回家吧。"

"对她说我们想去暖和些的地方，坐下聊聊天，"珍妮说，"她会肯让我们请她干这个的，是吗？"

"应该是的，"盖普嘟囔着，"妈，她一点儿也不知道关于欲望的事。他们应该不是很不喜欢那个。"

"我想知道男性的欲望，"珍妮说，"关于你的欲望。她肯定多少知道些那个。"

"我的老天，妈妈！"盖普说。

"Was macht' s？"那个可爱的妓女问他。"什么事？"她问，"发生了什么？她想买这个手笼吗？"

"不，不，"盖普说，"她想买你。"

年纪较长的妓女吓了一跳，那个长着麻子坑的妓女笑了起来。

"不，不，"盖普解释说，"只是聊聊天。我母亲只想问你几个问题。"

"天很冷。"这个妓女狐疑地对他说。

"找个室内的地方？"盖普提议，"任何你想去的地方。"

"问她收多少。"珍妮说。

"怎么收费？"盖普用德语含糊地说。

"那得要500奥地利先令。"这妓女说，"这是行情。"盖普得给珍妮解释说这相当于20美金。珍妮·菲尔兹后来在奥地利住了一年多，最后还是搞不清德语的数字和货币系统。

"20美金，纯聊天？"珍妮说。

"不，不，妈妈，"盖普说，"那是一般的价格。"珍妮想，一般情况要价20美金算多吗？她不清楚。

"跟她说我们给10块。"珍妮说，但那妓女看着一脸疑惑，好像聊天对她来说就比"一般"服务还难。然而她的迟疑并不完全因为价格，她不信任盖普和珍妮。她问会说英语的年轻妓女他们是英国人还是美国人。美国人，她被告知，这让她看起来有一丁点儿放心。

"英国人多数变态。"她简略地告诉盖普，"美国人多数普通。"

"我们只是想和你聊天。"盖普坚持说，但他看得出，这个妓女坚信这对母子之间有可怕的癖好。

"250先令，"有貂皮手笼的女人最终同意，"而且你们要给我买咖啡。"

于是他们去了所有妓女都会去取暖的一个摆着小桌子的小酒吧，电话铃声一直不断，不过只有几个男人忧郁地躲在衣架旁边，远远看着女人们。这酒吧有某条不能勾搭女人的规矩，这酒吧类似老巢，是女人们休息的地方。

"问问她几岁了。"珍妮对盖普说，但他问她之后，这女人温柔地闭上眼摇了摇头。"好吧，"珍妮说，"问问她为什么觉得男人喜欢她。"盖普翻了个白眼。"那个，你是喜欢她的吧？"珍妮问他。盖普说是的。"那么，她身上的什么让你想要她？"珍妮问他，"我不是单指她的性器官，我是说还有什么地方让你满意的？什么地方让你想象，让你想着她，某种光环吗？"

"你怎么不付给我250先令，不要再问她问题了好吗，妈妈。"盖普疲倦地说。

"不许放肆，"珍妮说，"我想知道她感到被人想要，然后被人得到，会不会觉得自己被贬低，还是她只是觉得这是男人在贬低他们自己？"盖普很困难地翻译了这句话。这个女人看起来很认真地思考这个问题，要不就是没懂这个问题，或没听明白盖普的德语。

"我不知道。"她终于说了。

"我还有别的问题。"珍妮说。

问答持续了一个小时。这妓女说她得回去工作了，珍妮似乎对这个访谈没问出实质结果既不满意也不失望，她只是还满怀好奇。盖普想要这个女人，他还从来没有这样想要一个人。

"你想要她吗？"珍妮问他，这问题太突然让他无法抵赖，"我说，经过了这些，看着她，和她聊过，你真的还想要和她上床？"

"当然了，妈妈。"盖普可怜地说。珍妮看起来还和晚饭前一样对欲望一无所知。她对儿子充满惊讶不解。

"好吧。"她说。她递给他欠那个女人的250奥地利先令，和另外500先令。"你想干吗就干吗吧，"她对他说，"我猜应该是非得干吗就干吗。不过请先把我送回家。"

那个妓女眼看着钱财易手，她看一眼就能认出准确的金额。"听着，"她对盖普说，和戒指一样冰冷的手指触碰着他的手，"你妈妈要帮你买我，我是无所谓的，但她可不能跟着来。我不要她看着我们，绝对不行。我还是个天主教徒，无论你信不信，"她说，"如果你要玩这一套，你得去问蒂娜。"

盖普不知道蒂娜是谁，一想到蒂娜什么都可以玩，他就打了个寒噤。"我要送我母亲回家，"盖普对这美丽的女人说，"而且我不会再回来找你了。"但她冲他微微一笑，他想他勃起的阴茎一定撑起了装了零碎先令和一分不值的格罗申（德国小银币，100格罗申=1先令）的口袋。她只有一颗完美牙齿是全金的，不过是很大的上门牙。

在出租车里（盖普到底同意坐出租车回家了），盖普向他母亲解释维也纳的娼妓系统。珍妮对召妓合法并不意外：她对这在很多地方不合法倒是很奇怪。"为什么不让她们合法？"她问，"为什么一个女人不能随便使用她的身体？要是有人肯付钱，不过是又一桩寒碜的买卖罢了。20美金算多的吗？"

"不多，是个好价，"盖普说，"起码以那种姿色来说，是很低的价格了。"

珍妮扇了他一记耳光。"你全都懂！"她说。然后道了歉，她从来没打过他，她只是不理解这他妈的欲望，欲望！完全不懂。

回到施温德路的公寓，盖普说什么也不出去了——事实上他在自己床上比珍妮还早睡着，珍妮在自己乱糟糟的房间奋笔疾书。一个句子在她脑中沸腾，但她还无法将之看清。

盖普梦到其他几个妓女，他在维也纳光顾过两三个，但他还从没买过第一区的女人。第二天晚上，在施温德路早早吃过晚饭后，盖普就去见了那个戴着滑可见光的貂皮手笼的女人。

她的花名是夏洛特。她见到他并不惊讶。夏洛特年资够长，知道谁被她成功钓上，尽管她从没告诉盖普她究竟几岁了。她保养得很好，只有褪尽衣装，身体各处才看得出年纪。除了她的长手上的血管纹路，她的肚子和胸部都有妊娠纹。她告诉盖普那个孩子很久以前就死了。她并不介意盖普触碰那个剖腹产留的疤痕。

他按固定的第一区价码付账给夏洛特，他们会面四次之后，他偶然在一个周六上午在纳旭市场遇见她。她正在买水果。她的头发应该有点儿脏，她像年轻女孩儿那样用头巾裹住头发，留出刘海和两条短辫。前额上的刘海有点儿油，额头在日光下看更苍白了。她脂粉未施，穿着美国牛仔裤和网球鞋，还有一件圆翻领长毛线大衣。要不是看到她抓着水果的手盖普根本认不出她来，她的手上戴着全部戒指。

一开始他对她说话时她没有回答，但他已经告诉过她自己负责买菜煮饭，她觉得这很有趣。工余遇见客人的一阵气恼过去之后，她看起来心情不错。很久之后盖普才清楚夏洛特的孩子如果还在，就和他一样大。因此，夏洛特对盖普和他母亲的生活产生了间接体验般的兴趣。

"你母亲的写作进行得怎样了？"夏洛特问他。

"她还在千锤百炼，"盖普说，"我觉得她还没能解决欲望的问题。"

但夏洛特不允许盖普乱开他母亲的玩笑。

盖普在夏洛特面前没有足够的安全感，从没告诉过她自己也在尝试写作，他知道她觉得自己还太小。有时他也这么想。他还不想把自己的故事告诉任何人。他所做的最多就是改了标题。他现在给故事取名"格里尔帕策民宿"，这个标题是第一件让他确实满意的东西。它让他集中精神。现在他脑中有了个地点，就在这一个地点几乎所有重要的事即将发生。这也让他更能集中精神构想人物。关于一家子分类检查员，关于某地这家又小又可怜的民宿里的其他住客（民宿必须又小又可怜，必须在维也纳，必须以法兰兹·格里尔帕策命名）。那群"其他住客"包括某个马戏团，也不是很厉害的那种，他想象着，而是没别的去处的马戏团。没有别的地方可以收容他们。

在打分评级界，这家民宿的一切会得个C等。这种想象让盖普觉得缓慢地开始走在正确的方向上，他是对的，但这一切才刚成形，无法写下来，或者说都无从谈论。总之，他给海伦的信写得越多，其他重要的东西就写得越少，而且他也无法和他母亲谈论写作：想象并非她的强项。当然了，他不会傻到和夏洛特谈论任何与写作有关的事。

盖普经常周六在纳旭市场和夏洛特见面。他们买菜，有时一起在离城市公园不远的一家塞尔维亚餐厅吃午饭。这种时候夏洛特总是自己付账。有一次午饭时盖普对她坦白第一区的价格太高，他无法经常花这么多钱而不对珍妮交代钱的去处。夏洛特对他在她不上班的时候提起这个很恼火。要是把真相告诉她的话，她可能会更恼火。他越来越少光顾她，是因为他能在卡尔·施维赫夫大街和玛利亚希尔夫大街的街角，以第六区的价码找到别人，比较容易瞒得住珍妮。

夏洛特瞧不起第一区以外的同行。有一次她告诉盖普她打算一旦在第一区吸引不到什么人就退休。她永远不会在外区工作。她存下了很多钱，她告诉他，而且她打算搬去慕尼黑（那里没人知道她是妓女），无论如何要嫁给一个能在各方面照顾她的年轻医生，直到她离开人世：她用不着向盖普说明自己总是能吸引年轻男人，她觉得长远看来医生是理想对象。但盖普彻底憎恶这个想法。可能就是年轻时对医生魅力的察觉，让盖普在其后的文学生涯中总是在长短篇小说里大写特写不大符合现实的医疗人员。就算如此，盖普也要到后来才发现：在《格里尔帕策民宿》里没有医生。小说开头也很少谈到死，尽管这是这个故事最终的主题。一开始盖普只写到一个关于死的梦，但那是个美梦，他给了故事里一个最老的人——外祖母。盖普猜这说明她会头一个死。

《格里尔帕策民宿》

我父亲在奥地利旅游局上班。我母亲决定我们全家都跟着他以旅游局间谍的身份出差。我母亲、弟弟和我会陪着他秘密访查无礼的态度、肮脏的环境、难吃的食物，奥地利餐馆酒店和民宿走的各种捷径。我们被要求随时制造麻烦，从不完全按照菜单点菜，模仿外国人的奇怪要求，我们想洗澡的时间啦，要求提供阿司匹林和去动物园的路线啦。我们被要求表现文明但又难搞，探访一结束，我们就在轿车里对父亲报告。

我母亲会报告："理发厅早上总是关门。但他们给我推荐了外面不错的理发师。我想这没什么，而且他们也没说自己酒店里有理发师。"

"哎，他们说有的。"我父亲说。他会在一本大本子里记下来。

我总是开车的那个。我说："这车给停在了街边，但在我们把车交给门童和从酒店停车场取走车之间，里程计多了14公里。"

"这类事情要直接向经理投诉。"我父亲说，并写了下来。

"厕所漏水。"我说。

"我打不开厕所的门。"我弟弟罗伯说。"罗伯，"母亲说，"你总是开不了门。"

"是不是该评C等？"我问。

"恐怕不行，"父亲说，"还是得归入B等。"我们安静地开了一会儿车，更改一家酒店或民宿的等级是我们最谨慎的评判。我们不建议大幅变动等级。

"我想应该给经理写封信，"母亲建议道，"不用写得很客气，但也不要骂得太凶。陈述事实就好。"

"好，我挺喜欢他的。"父亲说。他总是坚持要和经理见面。

"不要忘了他们开了我们的车，"我说，"这真的不能原谅。"

"而且鸡蛋很难吃。"罗伯说，他还不满十岁，没人对他的意见认真。

我外祖父死后，我们继承了外祖母，我母亲的母亲，她和我们一起旅行，这样一来我们就变成了更严苛的打分员。乔安娜是皇族贵妇，习惯了A等的旅行，而我父亲职责所在，时常要视察B等和C等的住处。B等和C等的酒店（和民宿）才是最吸引游客的地方。我们访查的餐馆好一点儿。住不起高级酒店的人还是想去最好的馆子。

"我不会试吃来路不明的食物，"乔安娜对我们说，"这个奇怪的职业，也许让你们很高兴能免费旅行，但我可看得出代价有多大：因为不知道晚上会住哪儿而焦虑。美国人看到我们这里还有房间不带私人浴室和厕所，也许会觉得有趣，我可是个老年妇女，要走到公共走廊找沐浴和如厕的地方，我可不会觉得好玩。焦虑还只是代价的一部分。真有可能染上病，还不仅仅是通过食物传染的。如果床有问题，我坚决不会躺上去。而且孩子还都小，容易受人影响，你应该想想有些这种旅馆里有什么客人，好好问问你自己他们会带来什么影响。"我母亲和父亲点着头，什么也没说。"开慢点儿！"外祖母大声对我说，"你就是个爱显摆的小男孩儿。"我慢了下来。"维也纳，"外祖母叹了口气道，"在维也纳我总是住国宾酒店。"

"乔安娜，国宾酒店不需要访查。"父亲说。

"我觉得也不需要，"乔安娜说，"我猜我们根本不是要去一个A等的地方吧？"

"嗯，这一趟是访查B等，"我父亲承认道，"大部分。"

"我肯定，"外祖母说，"你的意思是这一次的行程当中总有一家是A等吧？"

"没有，"父亲坦白道，"有一家C等。"

"没事，"罗伯说，"C等都争着想做好点儿。"

"我想他们也会这样。"乔安娜说。

"是一家C等民宿，非常小。"父亲说，好像小就能被原谅。

"而且他们在申请B等。"母亲说。

"但是他们收到一些投诉。"我补充道。

"我知道一定有的。"乔安娜说。

"还有动物。"我又说。我母亲瞪了我一眼。

"有动物？"乔安娜说。

"有动物。"我肯定地说。

"怀疑可能有动物。"我母亲纠正我。"是的，公平点儿来说。"父亲说。

"哦，这下好了！"外祖母说，"怀疑可能有动物。地毯上看见它们的毛了？角落里它们留下恶心的粪了？你们知道吗？我一进猫刚待过的房间就喘得厉害？"

"投诉的不是猫。"我说。我母亲用手肘大力推我。"狗？"乔安娜说，"疯狗在人去浴室的路上咬人。"

"不是，"我说，"不是狗。"

"是熊！"罗伯叫道。

但我母亲说："我们不能肯定有熊，罗伯。"

"这没什么大碍。"乔安娜说。

"当然没大碍！"父亲说，"民宿里怎么可能有熊？"

"有一封信上这么说的，"我说，"当然旅游局认为肯定是恶作剧。但之后又有人看见了，寄来第二封信说有熊。"

我父亲在后视镜里冲我皱眉，但我想既然我们应该齐心合力一起调查，最好应该提醒外祖母留心。

"没准儿不是真熊。"罗伯显然很失望。

"是穿着熊装的男人！"乔安娜叫道，"那是什么闻所未闻的怪癖？扮成野兽东躲西藏的男人！他打的什么主意？肯定是个穿熊装的男人，我就知道。"她说，"我想先去那家。如果这趟旅行一定要去一家C等的体验一下的话，那么让我们尽快把它了结。"

"但我们还没订今晚的房间。"母亲说。

"是的，我们该给他们个机会拿出最好的表现。"父亲说。尽管他从来没有对受查对象公开自己旅游局工作人员的身份，但父亲相信提前预订就是个通知工作人员尽量有所准备的合理方式。

"我肯定，这种常常有扮成动物的人出入的地方不需要预订，"乔安娜说，"我肯定那里总是有空房间。我肯定经常有客人死在他们的床上，吓死的，要不就是因为穿假熊装的疯子对他们造成什么说不清楚的伤害。"

"没准儿是一头真熊。"罗伯心怀希望地说，因为按照谈话的走向，罗伯明白外祖母想象出的食尸鬼一定更喜欢一头真熊。我想，罗伯并不怕真熊。

我尽量不引人注意地把车开到阴暗低矮的普兰肯路和塞勒路的路口。我们找寻着那家想跻身B等的C等民宿。

"没地方停车。"我对父亲说，他已经开始在记事本上写了起来。

我在路边并排停了车，我们坐在车里偷看格里尔帕策民宿，这栋只有四层高的瘦窄楼房夹在一家糕饼店和一家烟草店之间。

"瞧见没？"父亲说，"没有熊。"

"没有人，我希望。"外祖母说。

"它们天黑了来。"罗伯说，小心地观察街两边。

我们进入民宿见到了经理西奥巴德先生，乔安娜马上对他警觉起来。"三代同堂一起旅行啊！"他嚷道，"就像过去一样，"他又特别对外祖母说，"在离婚潮和年轻人想住自己的公寓之前。我们这是间家庭民宿！你们要是有预订就好了，我就能把你们安排得更近。"

"我们不习惯睡同一间房。"外祖母对他说。

"当然不是同一间房！"西奥巴德嚷嚷着，"我的意思不过是，我本来会把你们的房间安排得更近。"这很明显让外祖母担心。

"我们的房间离得多远？"她问。

"那个，我只有两间房空着，"他说，"只有其中一间够让两个男孩儿和父母睡。"

"那么我的房间离他们的多远？"乔安娜冷酷地问。

"你的房间就在厕所对面！"西奥巴德对她说，好像是种优惠。

但我们被领去我们的房间时，外祖母和父亲待在一块儿，鄙夷地拖在我们这一行人后面，我听到她嘟囔："这可不是我想象的退休生活。住在厕所对面，听着所有住客进进出出。"

"这里没有一间房间是重样的，"西奥巴德对我们说，"家具都是从我家族各处拿来的。"这一点我们可以相信。我和罗伯要和父母住的大房间像半个摆着各种小摆设的博物馆，每个橱柜都有风格迥异的把手。另一边，水槽装有铜质水龙头，床板有刻纹。我可以想见之后父亲在那本大记事本里权衡利弊。

"你可以过会儿再介绍，"乔安娜提醒他，"我住哪儿？"

身为一家人，我们尽责地跟着西奥巴德和我外祖母走过蜿蜒狭长的走道，我父亲数着走到厕所的步数。过道地毯很薄，颜色暗淡。墙面挂着速滑队的老照片，他们脚上穿着奇怪的冰刀鞋，脚尖处勾起好像宫廷小丑的鞋子或古代的雪橇赛跑者。

罗伯跑在最前面，宣布找到了厕所。

外祖母的房间堆满了瓷器、打磨过的木器，和发霉的迹象。窗帘湿漉漉。床中央有块令人不安的隆起，好像狗脊梁上突起的皮毛，好像有具极瘦的尸体在床单下面伸展着四肢。

外祖母什么也没说，然后，等西奥巴德好似一个被告知会活下去的伤者那样转出门之后，外祖母问我父亲："这家格里尔帕策民宿凭什么想得B？"

"十分肯定是C等。"父亲说。

"生来C等，死亦C等。"我说。

"要我说，"外祖母对我们说，"应该评E等或F

等。"

昏暗的茶室里一个没系领带的男子唱着匈牙利歌曲。"并不代表他就是匈牙利人。"父亲肯定地对乔安娜说，但她表示怀疑。

"我觉得机会不小。"她说。她不肯喝茶或咖啡，罗伯吃了块小蛋糕，说挺好吃的。我母亲和我抽了根烟，她想戒而我则试着开始抽。因此，我们合抽了一根烟，其实，我们都保证过永远不会独自抽完一整根。

"他是个好客人，"西奥巴德先生悄声对我父亲说，他指那个歌手，"各地的歌他都会唱。"

一个小个子男子对我外祖母说了什么，他的胡子剃得干净，但是瘦削的脸上永远留着枪蓝色的胡须青印。他穿着干净的白色衬衫（不过因为穿得久反复洗而泛了黄）、西装裤和不相配的外套。

"不好意思，你说什么？"外祖母说。

"我说我能说梦。"这个男子告诉她。

"你会说梦，"外祖母说，"意思是，你做梦？"

"做梦而且说梦。"他神秘地说。那个歌手不唱了。

"任何你想知道的梦，"歌手说，"他都说得出。"

"我很肯定我什么也不想知道。"外祖母说。她怀着厌恶看着歌手敞开的衬衫领子那里冒出了一丛好像宽领巾一样的黑毛。她瞧都不想瞧那个"说"梦的男人一眼。

"我看得出您是位贵夫人，"梦男对外祖母说，"不是每个梦你都有兴趣。"

"当然了。"外祖母说。她甩给父亲一个表情，好像指责怎么能让她碰上这种事。

"但我知道一个。"梦男说，他闭起眼睛。那个歌手把椅子往前拉了拉，我们忽然意识到他坐得离我们非常近。罗伯尽管已经不小了，但还是坐在父亲腿上。"在一座大城堡里，"梦男开始了，"一个女人躺在她丈夫身边。半夜她忽然完全清醒过来。她一点儿也不知道是什么把她弄醒的，而且她清醒得好像已经起床几个小时一样。并且她也清楚地知道她的丈夫也完全醒了，醒得同样突然，她不需要看一眼他、对他说什么或碰一下他就知道。"

"我希望这个故事不会儿童不宜，哈哈。"西奥巴德先生说，但大家看都没看他一眼。我外祖母双手交叠在腿上瞪着他们，她的膝盖并拢，脚跟伸进直背椅下面。我母亲抓着我父亲的手。

我坐在梦男旁边，他的外套有股动物园的味道。他说："这个女人和她丈夫睁眼躺着留神听城堡里传来的声响，他们只是租住在此，对这里并不特别熟悉。他们注意听着庭院里的声音，他们从来都懒得上锁。村里的人总是在城堡周围散步，村里的孩子可以挂在庭院大门上荡来荡去。是什么弄醒了他们？"

"是熊？"罗伯说，但父亲用手指按住了罗伯的嘴。

"他们听到了马匹的声音。"梦男说。老乔安娜闭着眼睛，头向下低着，看来正在硬座椅上发抖。"他们听到了马匹的呼吸声和为了保持在原地发出的跺脚声，"梦男说，"这个丈夫伸出手碰了一下妻子。'马？'他说。这个女人下床走到庭院的窗口。她可以发誓庭院里满是骑着马的士兵，但是他们是什么兵？他们穿着铠甲！他们的面甲紧闭，他们的轻声细语小得听不清，好像声音渐稀的无线电台。他们的铠甲发出"哐当、哐当"的响声，马匹在他们身下不停地动着。

"城堡庭院有一口古老干涸的喷泉，但那女人看见喷泉有水冒出，水从残旧的池边涌出，马喝着水。骑士们很谨慎，他们没有下马，他们抬头张望城堡漆黑的窗户，好像这水槽不是给他们准备的，这是他们向某地进发途中的休息站。

"月光中那女人看见他们的盾牌闪着光。她爬回床上一动不动地靠着她丈夫躺着。

"'看见什么了？'他问她。

"'马。'她告诉他。

"'我就知道，'他说，'它们会把花给吃了！'

"'这城堡是谁建的？'她问他。这是座非常古老的城堡，他们都知道。

"'查理大帝。'他告诉她，然后继续睡觉。

"但那女人睁着眼躺着，听着水声，仿佛这会儿水流遍了整座城堡，所有下水道里都汩汩流着水。仿佛老喷泉在从各处汲水。还传来骑士们扭曲的低语，查理大帝的士兵们讲着他们死去的语言！对那女人来说，士兵们的声音就和八世纪以及法兰克人一样病态。马匹一直在喝水。

"女人睁着眼躺了很久，等着士兵离开，她不怕他们真的来袭，她很肯定他们是去某地的途中来这处他们以前知道的地方歇脚而已。但是只要水还在流，她就觉得还不能打破城堡的宁静和黑暗。她睡着以后，也觉得查理大帝的部下仍旧在那里。

"天亮以后她丈夫问她：'你也听见了流水声吗？'是的，她听到了，当然。但喷泉当然是干的，从窗口看出去他们可以看见花没有被吃掉，人人都知道马会吃花。

"'看，'她丈夫说，他和她一起走进了庭院，'没有蹄印，没有马粪。我们一定是梦到我们听见马了！'她没有告诉他还有士兵，也没有说她觉得两个人不可能做同样一个梦。她没有提醒他，他这个老烟枪从来闻不出炖汤的味道，马在清新空气中的气息对他来说太微弱了。

"在他们待在城堡的日子里，她又两次看见了士兵，或者梦到了他们，但她的丈夫再也没有和她一起醒来。总是发生得很突然。有一次她醒来觉得舌头上有股金属味，好像嘴上碰到了年久生锈的铁器、剑、护胸、锁甲、大腿罩。天更冷了，他们又出现在外面。一团从喷泉水升起的浓雾包围了他们，马身上结了白霜。下一次他们出现时没这么多人了，似乎由于冬天来了或由于战斗他们的人数在减少。最后一次她觉得马显得很憔悴，男子则好像没有身体的铠甲躯壳，颤颤巍巍杵在马鞍上。马的口套上戴着结了冰的长面罩。它们（或男子的）呼吸不畅。"

"她的丈夫，"梦男说，"将会死于呼吸道感染。但那正在做梦的女人并不知道。"

我外祖母抬起头，一巴掌扇在梦男留着灰色胡子的脸上。罗伯在我父亲的腿上吓傻了，我母亲抓住了她母亲的手。那个歌手把他的椅子往回撤，吓得一跃而起，或准备对谁出手，但梦男只是对着外祖母鞠了一躬，离开了这间阴沉的茶室。就好像他对乔安娜说定了，就这么结束吧，但这让两个人都不快活。我父亲在大本子里写下了什么。

"那个，这真是个好故事不是吗？"西奥巴德先生说，"哈，哈。"他捋了下罗伯的头发，罗伯讨厌别人这样。

"西奥巴德先生，"我母亲仍旧抓着乔安娜的手，"我父亲死于呼吸道感染。"

"哦，他妈的，"西奥巴德先生说，"对不起，meine Frau[1]。"他对外祖母说，但老乔安娜什么都没说。

我们带外祖母去一家A等餐厅吃饭，但她一口都没动她的食物。"那人是个吉卜赛人，"她对我们说，"魔鬼，而且是匈牙利人。"

"别这样，母亲，"我母亲说，"他不可能知道父亲的事。"

"他知道得比你多！"外祖母发火了。"炸肉排味道很不错，"父亲说，在记事本上写着，"配奥地利白葡萄酒正合适。"

"小牛腰很好。"我说。

"蛋不赖。"罗伯说。

外祖母什么都没说，直到回到民宿后我们发现厕所的门离地一英尺多，看起来好像美国厕所隔间的下半截，

---

1 德语，我的太太。

或是西部片里酒馆的弹簧门。"还好我在餐厅去过厕所了，"外祖母说，"多么恶心！我会尽量整晚都不出来，以防路人尿上我的脚踝！"

回到我们的房间，父亲说："乔安娜在城堡住过吗？很久以前，我知道她和外祖父租过某座城堡？"

"是的，在我出生前，"母亲说，"他们租下过卡策尔斯多夫宫。我见过照片。"

"哦，这就是为什么那个匈牙利人的梦会惹她生气了。"父亲说。

"有人在走廊里骑车，"罗伯说，"我看到轮子滚过去，从门缝下面。"

"罗伯，去睡觉。"母亲说。

"它发出'吱吱'的声音。"罗伯说。

"晚安，孩子。"父亲说。

"如果你们可以谈话，我们也可以。"我说。

"那你们俩就谈吧，"父亲说，"我在和你母亲说话。"

"我想睡了，"母亲说，"我希望大家都别说话了。"

我们试着闭嘴。或许我们也睡着了。然后罗伯悄声对我说他得去厕所。

"你知道在哪里。"我说。

罗伯出了门，门微微开着，我听到他走过走廊，沿途用一只手刷过墙壁。他很快就回来了。

"有人在厕所里。"他说。

"等他们先用完。"我说。

"没开灯，"罗伯说，"但我可以从门下面看见。有人在里面，黑灯瞎火的。"

"我也喜欢黑灯瞎火。"我说。

但罗伯非要告诉我他究竟看见了什么。他说门下面是一双手。

"手？"我说。

"是的，应该是脚的地方。"罗伯说，他说厕座两边各有一只手，而不是脚。

"别胡说，罗伯！"我说。

"来看嘛，"他恳求道。我和他来到走廊上，但没人在厕所里。"他们走了。"他说。

"不用说是用手走的了，"我说，"去撒尿。我等你。"

他进了厕所，沮丧地在黑暗中撒尿。当我们快要一起回到房间时，一个小个子黝黑的男子，有着和惹恼外祖母的梦男一样的皮肤和衣着。他朝我们眨眼，还微笑。我不得不注意到他用手走路。

"瞧见了吗？"罗伯小声对我说。我们进了房间关上门。

"什么事？"母亲问。

"一个用手走路的男人。"我说。

"一个用手站着尿尿的男人。"罗伯说。

"C等。"父亲在睡梦中咕囔着，父亲经常梦到在大本子上记笔记。

"早上再说。"母亲说。

"他应该只是个练杂技的，向你炫耀，因为你是个小孩儿。"我对罗伯说。

"他在厕所里怎么知道我是个小孩儿？"罗伯问我。

"快睡。"母亲轻声说。

然后我们听到走廊传来外祖母的尖叫。

母亲穿上她那件漂亮的绿色睡袍，父亲穿上睡袍戴起眼镜，我在睡衣外面套上一条裤子。罗伯第一个跑到走廊上。我们看见厕所的灯亮着。外祖母在里面有节奏地尖叫。

"我们来了！"我对她喊。

"母亲，出什么事了？"我母亲问。

我们都来到大块灯光下。从门下方我们可以看见外祖母淡紫色的拖鞋和她瓷白色的脚踝。她不再尖叫了。"我在床上听到低声讲话的声音。"她说。

"是罗伯和我。"我告诉她。

"然后，厕所好像没人了之后，我就进来了。"乔安娜说，"我没开灯。动作很轻，然后我看见也听见了有轮子滚。"

"轮子？"父亲问。

"一个轮子滚过门口好几回。"外祖母说，"它滚过去滚回来又滚过去。"

父亲的手指在脑袋旁边像轮子那样转着，对母亲挤眉弄眼。"有人需要换一副新轮子。"他小声说。但母亲生气地看着他。

"我开了灯，"外祖母说，"轮子就滚走了。"

"我说过走廊里有一辆自行车。"罗伯说。

"闭嘴，罗伯。"父亲说。

"不，不是自行车，"外祖母说，"只有一个轮子。"

父亲的手在脑袋边乱动。"她脑袋少了一个或两个轮子。"他对我母亲嘘道，但她轻轻拍了他一下，把他的眼镜打歪了。

"然后有人过来从门下面往里看，"外祖母说，"就是那时候我大叫了起来。"

"有人？"父亲问。

"我看到他的手，男人的手，指关节还有毛，"外祖母说，"他的手就在门外面的地毯上。他肯定在往上看我。"

"不是，外祖母，"我说，"我想他只是用手站在外面。"

"别胡说！"我母亲说。

"但是我们看到一个用手走路的男人。"罗伯说。

"你看错了。"父亲说。

"我们真的看见了。"我说。

"我们要把大家都吵醒了。"母亲提醒我们。

外祖母冲了马桶，拖着步子走出来，她先前的高傲所剩无几。她穿了严严实实的睡袍，她的脖子很长，脸色和奶油一样白。外祖母像只受困的鹅。"他又邪恶又卑鄙，"她对我们说，"他懂可怕的法术。"

"偷看你的男人吗？"母亲问。

"讲我梦的那个男人。"外祖母说。这会儿一滴泪在她的涂满了脸霜的脸上形成沟渠。"那是我的梦，"她说，"他讲给所有人听。不敢想象他竟然会知道这个梦，我的梦，关于查理大帝的马和士兵，我是唯一知道的人。你出生以前我就做了那个梦。"她对母亲说，"那个卑鄙邪恶的会法术的男人却把我的梦讲给我听，好像是新闻一样。"

"我从来没有告诉过你父亲这个梦的全部。我一直不确定那真是梦。而且现在这里还有用手站立的男人，他们的指关节长满毛，还有神奇的轮子。我要男孩儿们陪我睡。"

于是罗伯和我就这样和外祖母一起睡在远离厕所的这间大屋里，外祖母躺在母亲和父亲的枕头上，她涂满面霜的脸闪着光，好像潮湿的鬼脸。罗伯睁着眼躺着观察她。我觉得乔安娜没睡好，我想象她再一次做了死亡的梦，重新想起最后那个冬天查理大帝寒冷的士兵，他们挂满了霜的奇怪金属衣和他们冰封的铠甲。

我不得不去厕所的时候，罗伯睁着又圆又亮的眼睛看着我走到门口。

有人在厕所里。门下无光，但一辆独轮车靠墙停在外面。是那个骑车人在黑暗的厕所里，抽水马桶响了一次又一次，独轮车手好像个孩子那样不给水箱充满的机会。

我靠近厕所门下的缝看，但那人并没有用手站着。我清楚地看见了脚，正常向下，不过脚没有碰到地上，脚板斜向上，我看见黑乎乎、瘀青色的肉垫。那双巨脚上面

146

是毛茸茸的短小腿。是熊的脚，只是没有爪子。熊的爪子是不能拔出来的，就像猫的爪子，如果熊有爪子，就看得见。出现在此时此地的是穿着熊装的人，或一头被拔了爪子的熊。也许是家养的熊。至少从它在厕所里出现这点来看，是一头经过卫生训练的熊。从气味上我肯定那不是有人穿了熊装。是真的熊。

我退进外祖母之前那间房的门洞，门后躲着我父亲，准备好迎接更多骚扰。他忽然开了门，我摔倒在内，我们俩都吓了一跳。母亲在床上坐起，用羽毛被蒙住头。"抓住它了！"父亲叫道，坐在了我身上。地板颤抖了，熊的独轮车从墙上滑下倒进了厕所的门里，熊忽然蹒跚着走出来，脚绊在独轮车上身体向前一冲，但保持了平衡。它慌张地看着走廊，看到了打开的门里坐在我胸口的父亲。它用前爪拾起独轮车。"瓜夫？"熊说。父亲猛地把门关上。

走廊里传来一个女人的喊声："你在哪里，杜纳？"

"哈夫！"熊说。

父亲和我听到那个女人走近。她说："哦，杜纳，又在练车了？总在练！但还是白天练比较好。"熊什么都没说。父亲开了门。

"别让任何人进来。"母亲说，头还在羽毛被下面。

走廊里一个上了些年纪的漂亮女人站在熊身旁，熊在独轮车上保持着平衡，一只巨爪搭在女人肩上。她头戴鲜红的头巾，穿着一条好像窗帘一样的长裹裙。高耸的胸部上是被熊爪按住的项链，她的耳环直垂到穿着裹裙的肩上，另一边肩膀裸着，我父亲和我盯着上面一颗迷人的痣看。"晚上好，"她对父亲说。"抱歉打扰到你们。我们不准杜纳晚上练车，但它爱它的工作。"

熊咕哝了几声，离开女人骑走了。熊平衡感很好但是很不小心，它一路擦着走廊墙壁，爪子碰到了速滑队的照片。那女人向父亲鞠了一躬就走了，跟在熊后面喊："杜纳，杜纳。"一路跟着把照片弄直。

"杜纳在匈牙利语里是多瑙河的意思，"父亲告诉我，"这熊给命名为我们热爱的多瑙河。"匈牙利人也会爱一条河，这件事有时会让我的家人感到惊讶。

"那熊是真的吗？"母亲问，她的头还埋在羽毛被子下面，但我觉得父亲会向她解释一切。我知道第二天一早西奥巴德先生有太多事需要解释了，到时会听到每件事的复述。

我穿过走廊去了厕所。因为熊遗留的气味我很快方便完，而且我还怀疑到处都是熊毛，不过这只是我的猜测，熊待过的地方很干净，或者起码以熊的标准来看很干净。

"我看见了熊。"回到房间我悄声对罗伯说，但罗伯爬上了外祖母的床在她身边半梦半醒。然而老乔安娜却醒了。

"我看到士兵越来越少，"她说，"最后一次只有九个人在那里。每个人都看起来很饿，他们一定吃了多余的马。天太冷了。我当然想帮他们！但我们不是活在同一个年代的，我还没出生要怎么帮他们？我当然知道他们会死！但这花了那么长时间。

"他们最后一次来，喷泉结了冰。他们用剑和长矛把冰凿成小块。他们生了火把冰化在一个锅里。他们从鞍囊里拿出骨头，各种各样的骨头，扔进那锅汤里。汤一定很稀，因为骨头早就被啃干净了。我不知道那些是什么骨头。兔子，我猜，或许是鹿或野猪，或许是多余的马骨头。我不愿意去想，"外祖母说，"那是烧掉的士兵的骨头。"

"睡吧，外婆。"我说。

"别担心那熊。"她说。

那么然后呢？盖普不知道。接下来该发生什么？他也不能十分肯定之前发生了什么，或者为什么要这样写。盖普天生会讲故事，他可以编故事，一个接一个，而且听着都挺合理。但是它们的意思是什么？这个梦和那群走投无路的表演者，他们会遇到什么事，每件事必须有所关联。什么解释会显得自然呢？什么结尾会让他们归属于同一个世界？盖普明白他还知道得不够。他信赖自己的直觉，直觉让《格里尔帕策民宿》的情节发展至此，现在他必须信赖直觉让他等到知道得够多的时候再写。

让盖普比其他19岁少年成熟睿智的，并非他的经历或课堂学习。他有直觉，有决心，和多于常人的耐心，他热爱努力写作。种种这些，再加上廷池教的语法规则，就是全部了。只有两件事打动盖普：他母亲真的相信她可以写出一本书；他目前人生最有意义的关系是和一个妓女发生的。这些事对这个年轻人幽默感的发展至关重要。

他把《格里尔帕策民宿》像人们说的那样束之高阁。灵感会来的，盖普想。他知道他还得了解得更透彻，他能做的就是观察维也纳，了解它。这座城市为他静止不动。生活似乎为了他静止不动供他观察。他也大量观察着夏洛特，而且他注意着他母亲做的每一件事，但他还太年轻。他需要的是眼力，他知道。对事物的全盘设计，属于他自己的眼力。会来的，他重复对自己说，好像在为下一个摔跤赛季作准备，跳绳、在小跑道上跑圈、举重，某种不用动脑却必须做的训练。

他想，就连夏洛特也有眼力，他母亲肯定也有眼力。盖普无力确凿地了解珍妮·菲尔兹眼中的世界是什么样的。但他知道假以时日他也能想象出自己的世界，再从真实世界得到一些小小帮助。真实世界很快就会同他合作。

第6章

《格里尔帕策民宿》

维也纳的春天来了，盖普仍未完成《格里尔帕策民宿》，当然也没有写信告诉海伦他与夏洛特及其同事们的交往。珍妮的写作进展得更快了，她找到了自那天晚上和盖普以及夏洛特讨论欲望开始在她心中翻滚的句子，实际上，那是一句她很久以前就知道的老话，这句话会成为珍妮这本有名的书的真正开头。

"在这个思想肮脏的世界上，"珍妮写道，"你要么是妻子，要么是情妇，要么就很快会成为两者之一。"这个句子为全书定了调，之前珍妮的书一直缺的就是这个基调。珍妮发现以这句话开始之后，她的自传就有了氛围，她人生不和谐的故事都有了连接，就像雾笼罩在不平的土地上，热气传到凌乱的房子的每一间屋子。这句话带出类似的其他句子，珍妮编织语句就像在一块没有明显图样不断杂乱扩张的挂毯上，编入一条色彩鲜明的绑扎线。

"我想找份工作一个人住，"她写道，"这就让我成了性生活有问题的人。"她的书也因此得名。《珍妮·菲尔兹自传：性生活有问题的人》。这本书会被印成八版精装书，被翻译成六国语言，还不算之后平装版的收入够让珍妮和一批护士穿一百年新制服的。

"然后我想要一个孩子，但我不想因此就得和人分享我的身体和生活，"珍妮写道，"这也让我成了一名性生活有问题的人。"就这样珍妮找到了能串起她这本杂乱的书的缝线。

但维也纳入春之后，盖普却想去旅行，也许去意大利，可以的话，他们可以租一辆车。

"你会开车吗？"珍妮问他。她非常清楚他从来没学过，从来没这需要。"哎，我也不会，"她对他说，"而且，我在写东西，我现在停不下手。你要是想旅行，就自己去。"

盖普和珍妮在美国运通办公室取信，在那里盖普第一次碰到来旅行的美国年轻人：两个念过迪布斯的女孩儿和一个念过巴斯的叫布的男孩儿。"咳，行啊我们？"他们互相认识后其中一个女孩儿对盖普说，"我们都是预校的。"

她名叫弗洛西，盖普觉得她和布正好着。另一个女孩儿叫薇薇安，在施瓦岑贝格广场的小咖啡桌下，薇薇安把盖普的膝盖夹在她两腿之间，露出沉醉的表情啜着葡萄酒说："我刚去过denthisht[1]那里，他妈的往我嘴里打了很多普鲁卡因，我都不知道嘴现在张着还是闭着了。"

"有点儿半张半闭。"盖普告诉她。但他想："啊，你他妈的在干吗？"他想念库西·珀西，他和妓女的来往，开始让他感觉自己像个性生活有问题的人。现在他明白了夏洛特想像妈妈那样对他，尽管他想和她发展另一种关系，但他悲哀地知道他们之间的那种关

---

1 德语：牙医。

系不可能超过金钱交易。

　　弗洛西和薇薇安以及布正要前往希腊，但他们让盖普带他们在维也纳玩了三天。三天里盖普和薇薇安上了两次床，她的普鲁卡因终于消了，布出门兑现旅行支票和给车换油的时候，他也和弗洛西睡了一次。史第林和巴斯的男生之间互相憎恨，盖普知道，不过还是布笑到了最后。

　　无从知晓盖普的淋病是从薇薇安还是弗洛西那里传染来的，但盖普肯定病源是布。盖普认为这是"巴斯淋病"。症状初现时，那三人当然已经去了希腊，盖普独自面对流脓和灼痛。他觉得全欧洲可能染上的淋病没有比这种更恶劣的了。"我染上了布的脓。"他写道，不过是过了很久之后才写的。发病时可不好玩，他不敢向他母亲寻求专业意见。他知道她一定不会相信这不是从妓女那里染上的。他鼓起勇气请夏洛特推荐相熟的这方面的医生，他以为她会知道。他后来想珍妮可能都没她那么生气。

　　"我以为美国人会讲点儿基本卫生！"夏洛特愤怒地说，"你应该想想你母亲！我还以为你品位比较好。那种免费和陌生人上床的，哎，她们应该要让你起疑的不是吗？"盖普又一次被发现没戴安全套。

　　就这样盖普畏畏缩缩地去了夏洛特的私人医生那里，这个姓塔尔哈默的男子精力充沛，缺了左手大拇指。"我以前是左撇子，"塔尔哈默大夫告诉盖普，"但是精力可以战胜任何困难。只要想做什么都能学成！"他实打实地欢欣鼓舞，他演示给盖普看他可以写处方，右手的笔迹漂亮得让人羡慕。治疗过程简单无痛。要搁在以前珍妮在波士顿仁慈医院的日子，会给盖普实施华伦泰疗法，而且他会更明确地了解到不是所有富家子弟都干净。

他也没有写信告诉海伦这个。

他精神萎靡，春日在流逝，城市各处好像花苞那样一点一点开放。但盖普觉得他已经走遍了维也纳。他母亲要写作，几乎没空跟他一起吃晚饭。他去找夏洛特，她的同事告诉他她病了，她已经好几个星期没工作了。连续三个周六，盖普都没有在纳旭市场见到她。一个五月的晚上，他在卡特纳大道拦住她的同事们打听情况，他看出她们都不愿谈及夏洛特。那个额头有个桃子核大的深麻子坑的妓女只肯告诉盖普，夏洛特比她原先想的病得重。那个和盖普一样大，嘴唇畸形会半吊子英语的年轻姑娘努力想解释："她的性生病了。"

这是个奇怪的说法，盖普想。盖普对任何人性生病了并不感到惊奇，但当他因为这句话笑起来时，说英语的小妓女对他皱起眉头走开了。

"你不懂，"那个丰满过头长了麻子的妓女说，"忘了夏洛特吧。"

六月中，夏洛特仍旧没有回来，盖普打电话给塔尔哈默大夫打听哪里可以找到她。"我想她不想见任何人，"塔尔哈默对他说，"但人类对任何事都能适应。"

紧邻格林琴和维也纳森林的偏远19区是妓女们不会去的地方，那里仿佛是维也纳自己的乡村版，在那片郊区，很多街道同样铺着鹅卵石，街两边长着行道树。盖普对城市的这一区并不熟悉，他乘坐38路街车在格林琴林荫道上坐过了站，他还得走回彼尔罗斯大道和鲁道芬纳大道街口上的这家医院。

鲁道芬纳豪斯，是这座有着公费医疗制度的城市里的一家私人医院：医院老石墙的颜色和美泉宫或上下美景宫一样是玛丽亚·特雷西亚黄（也称"美泉黄"）。医院私家庭院里建有私家花园，和美国随便一家医院一样贵。比如说，鲁道芬纳豪斯医院通常并不提供病号服，因为病人们总是想穿自己的睡衣。富裕的维也纳人奢华地在此养病，还有大部分害怕公费医疗的外国人也会来这里，他们被诊费吓得不轻。

六月盖普来的时候，发现医院住满了刚生完孩子的年轻漂亮的母亲。但医院里也满是准备重新康复如初的富人，还有一部分富人，如夏洛特，是来这儿等死的。

夏洛特有自己的私人病房，因为她说现在没有节省的必要了。盖普一见她就知道她日子不多了。她轻了近30磅。盖普看见她食指和中指还戴着剩下的戒指，她的其他手指都变得太细，戒指会滑落。夏洛特的脸色犹如史第林咸水河上的灰冰。她见到盖普并没有太过惊讶，但她被注射了大量麻醉剂，盖普猜夏洛特大概对任何事都没什么反应。盖普带来了一篮水果，因为他们曾经一起购物，他知道夏洛特喜欢吃什么，但她一天有几个小时喉头都插着管子，喉咙变得很酸，无法进食流食以外的食物。夏洛特历数被移除的身体器官时，盖普吃了几颗樱桃。生殖器官，她想，还有大部分消化道，还有和排除疗法有关的什么部位。"哦，我想还有我的胸部。"她说。她的眼白很灰，她的手在胸上得意地比画以前胸部的高度。在盖普看来他们并没有动她的胸部，床单下面还是有东西的。但他后来想夏洛特是那么可爱的女人，她可以将自己的身体摆出玲珑浮凸的假象。

"感谢上帝我还有钱，"夏洛特说，"这算个A等的地方吗？"

盖普点了点头。第二天他带去一瓶酒，医院对酒和访客很宽松，也许这是用钱买来的其中一项奢侈。"就算我出得去，"夏洛特说，"我还能做什么呢？他们把我的荷包给割了。"她努力喝了些酒，然后睡着了。盖普问一个护士助理，什么是夏洛特所说的她的"荷包"，尽管他觉得他知道。这个护士助理和盖普一样大，19岁或更小，她红了脸，翻译这句黑话时偏过头不看他。

妓女把阴道叫作荷包。

"谢谢。"盖普说。

他看望夏洛特时，有一两次遇见了她那两个同事，她们在夏洛特阳光充沛的房间光线下像害羞的小女孩儿。年轻的说英语的那个名叫旺娜，她小时候从店里买回一罐沙拉酱跑回家的路上绊倒在地割伤了嘴唇。"我们在野餐出去，"她用蹩脚的英语解释道，"但我全家却送我医院去。"

那个更成熟、前额有个桃核麻子坑、胸脯像两个装满水的水桶的女人，没有向盖普解释她的疤是怎么留下的。她是那个臭名昭著的"蒂娜"，觉得没什么事特别"好笑"。

偶尔盖普会在那里碰到塔尔哈默大夫，有一次他陪塔尔哈默走去取他的车，他们恰好一起离开医院。"你要搭我的车吗？"塔尔哈默愉快地邀请他。车里有个年轻漂亮的女学生，塔尔哈默介绍说是他女儿。他们轻松地谈论着Die Vereinigten Staaten[1]，塔尔哈默让盖普放心，把他一路送回施温德路的家门口一点儿也不麻烦。塔尔哈默的女儿让盖普想起海伦，但他想也不敢想邀这女孩儿再见面。她父亲最近给他治过淋病，盖普觉得这是不可逾越的尴尬，尽管塔尔哈默乐观地认为人们会适应任何事。盖普还是怀疑塔尔哈默能否接

1　德语，合众国。

受这个。

现在盖普觉得他周围的城市看起来老得快死了。熙熙攘攘的公园和花园对他来说散发着腐朽之气，伟大的美术馆里的伟大的画家所画的人物总是死人。坐38路街车去格林琴林荫道的乘客中总有跛子和老人，而鲁道芬纳豪斯庭院里，修剪过的小路上种的让人心醉的花，只让盖普想到殡仪馆。他想起他和珍妮一年多前刚来时曾经住过的民宿：褪色不搭配的墙纸，染尘的小摆设，有缺口的瓷器，吱吱作响需要加油的门铰链。"在人的生活中，"马可·奥勒留写道："时间是瞬息即逝的一个点……整个身体的结构容易分解……"

那个因为被问了夏洛特的"荷包"而受窘的年轻护士助理，对盖普的态度愈加高傲。有一天他到得早，探病人还不允许入内，她有点儿过于咄咄逼人地质问盖普究竟是夏洛特的谁，亲戚吗？她见过夏洛特的其他访客——她那些俗艳的同事，她以为盖普只是这个老妓女的客人。"她是我妈妈。"盖普说，不知道为什么。不过他对这个年轻护士助理惊讶的表情和随之而来的毕恭毕敬很满意。

"你和他们说了什么？"几天以后夏洛特悄声对他说，"他们以为你是我儿子。"他对她坦白自己说了谎，夏洛特坦白自己也没有纠正他们。"谢谢，"她轻轻地说，"骗这些猪挺好的。他们自以为高人一等。"她重拾渐渐消退的往日的淫荡魅惑说，"我要是还有那器具，就让让你免费干一次。也许让你半价干两次。"

他心里一酸，在她面前哭了起来。

"别像个孩子一样，"她说，"我是你的什么人，说真的？"她睡着后，他在她的住院表上看到她51岁。

她死于一周以后。盖普来的时候，她的房间已经被擦干抹净，床褥被收起，窗户大开。他找人问，有个他不认识的楼层主管护士，她是个面如铁灰不住摇头的老处女。"夏洛特小姐，"盖普说，"她是塔尔哈默大夫的病人。"

"他有很多病人。"铁灰脸老处女说。她查看一张单子，但盖普不知道夏洛特的真名。终于他想不出如何指认她。

"那个妓女，"他说，"她是个妓女。"灰脸女人冷冷地看着他，盖普从她脸上看不到满意，也看不到同情。

"那妓女死了。"老护士说。也许盖普只是想象在她声音中听到一丝得意。

"总有一天，meine Frau[1]，"他对她说，"你也会死的。"他离开鲁道芬纳豪斯的时候想这是地道的维也纳说法。受死吧，你这老旧灰暗的城市，你这死婊子，他想。

那天夜里他第一次去听了场歌剧。令他意外的是，歌剧是用意大利语演唱的，因为一句也不懂，他把整场演出当成某种宗教仪式。他在夜色中朝着圣史蒂芬斯大教堂的细尖顶走去，他在匾额上读到大教堂的南塔始建于14世纪中叶，1439年建成。盖普想，维也纳就是一具古尸，也许整个欧洲就是打开的棺木中穿着光鲜的尸体。"在人的生活中，"马可·奥勒留写道，"时间是瞬息即逝的一个点……命运之谜不可解……"

怀着这样的心情，盖普沿着卡特纳大道走回家，在那里他遇到了臭名昭著的蒂娜。城市的霓虹灯，照进她深陷的麻子坑里，发出青蓝色。

"Guten Abend[2]，盖普先生，"她说，"你猜怎么着？"

---

1 德语，我亲爱的。
2 德语，晚上好。

蒂娜解释说夏洛特给盖普买了个好处。这好处就是盖普可以免费享用蒂娜和旺娜，他可以一次享用一人或同时享用两人，蒂娜说。一起的话，蒂娜觉得，会更有趣，也更快。但也许盖普不喜欢她俩一起上。盖普坦白说自己不喜欢旺娜，她和他年纪太相近，而且是因为她不在不会受伤他才敢说，他并不怜悯她被沙拉酱罐头弄歪的嘴。

"那就和我做两次，"蒂娜愉快地说，"现在先做一次，然后，"她又说，"等你喘上很久之后再做一次。忘了夏洛特吧。"蒂娜说。蒂娜的理由是每个人都会死的。即便如此，盖普还是婉拒了她。

"好吧，好处还有效，"蒂娜说，"等你想要的时候就来找我。"她伸出手真诚地把盖普的手握在自己温暖的手掌里，她的大手犹如一片大护裆，但盖普只是微笑着向她鞠躬，学着维也纳人的样子，然后回家见母亲去了。

他享受这轻微的痛苦。他享受着愚蠢的自我克制，他怀疑是不是想象蒂娜比实际拥有她那庸俗恶心的肉体能给他更多快乐。她额头上银白的圆洞几乎有她的嘴那般大，盖普觉得她的麻子坑像没合上的小坟。

盖普品味着的是作家苦苦追寻的失魂状态的开始，处于这种状态之下，世界归于一种包容一切的声调。"属于身体的一切只是一道激流，"盖普记得，"属于灵魂的只是一个梦幻。"七月盖普继续写作《格里尔帕策民宿》。而他的母亲快要写完那本即将改变他们母子命运的书了。

八月珍妮的书完稿，宣布她准备好去旅行了，终于可以见识见识欧洲了，也许去希腊？她建议。"让我们乘火车去个地方，"她说，"我一直想乘东方快车。它开去哪里？"

"我想是从巴黎到伊斯坦布尔。"盖普说，"不过你去吧，妈妈。我有很多事要做。"

这招以牙还牙，珍妮认了。她烦透了这本自传，都不想再复查一遍。她甚至不知道现在该拿它怎么办，是不是只要去纽约把自己的人生故事交给一个陌生人就行了？她想让盖普读读，但她看到盖普总算全心扑在自己的创作上，她觉得不应该打扰他。另外她不知道该不该让他读，她人生故事的很大一部分也是他的人生，她怕这故事会让他不高兴。

整个八月，盖普都在写他这个短篇故事《格里尔帕策民宿》的结尾。海伦愤然写信给珍妮，"盖普死了吗？"她问，"请告知详情。"海伦·霍尔姆可是个聪明姑娘，珍妮想到。海伦收到了她所期待的答案以外更多的回应。珍妮寄给她一份自传的稿子，还有一张便条解释说这就是她一整年来所做的事，现在盖普也在写作。珍妮说要是海伦能提出对这手稿的真实看法她感激不尽。珍妮说，也许海伦大学里有什么老师知道该怎么处理写完的书？

盖普不写作的时候去动物园休息：动物园是围绕着美泉宫的大块土地和花园的一部分。盖普觉得动物园里的很多建筑都像是战争遗迹，四分之三都被毁了，部分被重新整修起来收容动物。这给了盖普一个怪异的印象，好像动物园还处在维也纳的战争年代，他也对这个年代感兴趣。晚上为了助眠他喜欢读一些专门讲维也纳在被纳粹和苏联占领期间的历史资料。这和他正在写的《格里尔帕策民宿》里挥之不去的死亡主题不无关系。盖普发现写东西的时候，每件事都相互关联。维也纳正在死去，动物园还没有像人的房子那样完全从战争破坏中得到修复，这座城市的历史就像一个家庭的历史，人与人之间很亲近，甚至感情很好，但死亡最终会把每个人分开。只有鲜活的记忆能让死者永生，作家的责任就是以私人的方式想象每件事，让它们鲜活得好像读者私人的回忆。他能感觉施温德路上的公寓房子大厅墙上机枪留下的洞眼。

现在他知道祖母那个梦的意思是什么了。

他写信给海伦说年轻作家急需和某人一块儿生活，他决定和她一起生活，甚至提出娶她，因为性是必要的，但如果一个人要不断计划如何得到性就太费时间了。因此，盖普得出结论，还是一起生活比较好。

海伦把回信改了又改才终于寄来，说他可以滚一边去了。他以为她这样严于律己地在大学念书，就是为了给他提供连计划也嫌多余的性吗？

他的回信却未加修改斟酌，他说他太忙于写作，没花时间解释清楚：她得读读他在写的东西自己判断他有多认真。

"我相信你很认真，"她告诉他，"我现在有太多不必要的东西要读了。"

她没有告诉他，她指的是珍妮的自传手稿，长达1158页。尽管后来海伦不得不同意盖普的看法，虽然这书不是什么文学宝藏，却还是相当扣人心弦的故事。

盖普在对他短得多的故事进行最后润色时，珍妮·菲尔兹在计划她人生的下一步。闲不下来的她，在维也纳一家大书报亭买了一份美国新闻杂志，其中她读到一篇文章，一位纽约有名出版社的编辑勇敢地拒绝了一个臭名昭著的前政府官员的投稿，因那人曾因挪用公款被定过罪。那本书勉强伪装成"小说"，实则讲的是这犯人自己肮脏、可怜的政治交易。"这是本糟糕的小说，"文章引用该编辑的话，"此人不会写作。为什么要让他从自己卑劣的人生中获利？"这本书当然会由其他地方出版，最终还会让那令人不齿的作者和出版社大捞一笔。"有时我感到有责任说'不'，"文章引用该编辑的话，"即使我知道人们的确想读这烂污货。"这烂污货后来收获了几篇严肃评论，好像这是本严肃的书似的，但珍妮十分感动于这位说'不'的编辑，她把文章从新闻杂志里剪了下来。她圈出了编辑的名字，是个普通名字，几乎像个演员的名字，或童书里动物的名字：约翰·沃尔夫。杂志里有一张约翰·沃尔夫的照片，他看来像很善于拾掇自己，穿着考究，就像任何在纽约工作生活的人。在那里好生意和好品位决定了人们最好能好好收拾自己，穿得越考究越好，但珍妮·菲尔兹觉得他看起来像天使。他会成为她的出版人，她很肯定。她确信她的人生一点儿也不卑劣，而且约翰·沃尔夫会相信她值得从中获利。

盖普对《格里尔帕策民宿》另有期待。它不会带给他很多金钱回报，首先它会出现在一份几乎没人阅读的"严肃"杂志上。多年以后，当他比较有名了，这小说会被更为用心地发表，会有一些人写一些赞誉，但终其一生，《格里尔帕策民宿》都不会让盖普挣到够买一辆好车的钱。然而，盖普希望《格里尔帕策民宿》给他带来比金钱和交通工具更多的东西。很简单，他期望能打动海伦·霍尔姆，让她同意和他一起生活，甚至和他结婚。

写完《格里尔帕策民宿》之后，他告知母亲他想回家见海伦，他要给她寄去一份故事的复印件，到他回到美国的时候她就应该已经读完。可怜的海伦，珍妮想，珍妮知道海伦有很多东西要读。珍妮听到盖普把史第林称为"家"，这也让她担心，但她自己也有想见海伦的理由，而且厄尼·霍尔姆不会介意他们打扰几天。如果盖普和珍妮需要一个恢复元气或再作打算的地方的话，还总有犬首湾珍妮父母的大宅可去。

盖普和珍妮是这样罕见的能心无旁骛的人，他们都没停下来想一想：为什么还没怎么游览过欧洲就打道回府了。珍妮把护士服打包。盖普脑中只惦记着夏洛特交给蒂娜执行的好处。

盖普靠想象这好处撑过了写作《格里尔帕策民宿》的日子，但终其一生他会了解到写作所需和现实生活的需求不尽相似。他的想象能支撑他写完小说，现在既然他不写了，他就想要蒂娜了。他回卡特纳大道找她，但那个沙拉酱罐头妓女，也就是讲英语的那个告诉他蒂娜搬出第一区了。

"事情这样就是，"旺娜说，"忘了蒂娜吧。"

盖普发现自己可以忘了她，他母亲口中的欲望很诡异。而且他发现，随着时间过去，他没那么讨厌旺娜那片沙拉酱罐头嘴唇了，他还突如其来地喜欢上了那嘴。就这样他和她做了两次，正如他终其一生会了解到，作家一旦写完了某部作品，就会对几乎所有事都大感失望。

盖普和珍妮度过了他们在维也纳的第15个月。现在是九月。盖普和海伦还只有19岁，海伦的大学很快就要重新开学。飞机从维也纳飞往法兰克福。微微的酥麻感（因为旺娜）静悄悄从盖普的肉体消退。盖普想起夏洛特，他想象着夏洛特曾经应该是幸福的。毕竟，她从未离开第一区。

飞机从法兰克福飞往伦敦时，盖普重读了《格里尔帕策民宿》，希望海伦不会拒绝他。在从伦敦飞往纽约的途中，珍妮读了儿子的故事。和她花了一整年工夫写的书相比，盖普的故事显得特别不真实。但她的文学品位向来不敏锐，而且她惊讶于儿子的想象力。事后她会说，《格里尔帕策民宿》就是那种她期待这个不在传统家庭长大的儿子会写出的故事。

也许如此。海伦后来说从《格里尔帕策民宿》的结尾可以一窥盖普眼中的世界是怎样的。

《格里尔帕策民宿》结尾

在格里尔帕策民宿的早餐室里，我们就其他形形色色的客人打扰我们睡眠一事质问西奥巴德先生。我知道我父亲（前所未有）准备亮出自己是旅游局密探的身份了。

"有人用手走路。"父亲说。

"有人从厕所门下偷看。"祖母说。

"那个男人。"我用手指着靠角落的桌边坐着的一个矮小阴郁的人，他正和他的同伙坐在一起吃早饭，同伙是梦男和那个匈牙利歌手。

"他靠那个为生。"西奥巴德先生告诉我们，好像为了验明正身，用手站立的男子开始用手站立。

"叫他别这样，"父亲说，"我们知道他有真本事。"

"但是你们知道他不能用脚走路吗？"梦男忽然问，"你们知道他的脚没有用处吗？他没有胫骨。他能用手走路多妙啊！不然的话，他根本不能走路。"那个正用手站立的男子明显艰难地点着头。

"请坐下来吧。"母亲说。

"瘸腿一点儿问题都没有，"祖母大胆地说，"但你是个恶魔，"她对梦男说，"你知道你无权知道的事。""他知道我的梦。"她对西奥巴德先生说，好像向他举报小偷光顾了她的房间一样。

"他是有点儿坏，我知道，"西奥巴德承认，"不过不是老这样！而且他越来越守规矩了。他就是知道也没办法啊。"

"我只是试着帮你理清一些事，"梦男对祖母说，"我以为这会对你有好处。你丈夫毕竟早就死了，你也是时候不要再想太多那个梦的意思了。你不是唯一做这个梦的人。"

"住口。"祖母说。

"哎，你应该要知道。"梦男说。

"不要说了，拜托了。"西奥巴德先生对他说。

"我是旅游局的人。"父亲公布，一定因为他想不出别的话可说了。

"啊上帝啊，妈的！"西奥巴德先生说。

"这不是西奥巴德的错，"那个歌手说，"是我们的错。他人好才容忍我们，虽然他因为这样名声扫地。"

"我姐姐嫁给他们了，"西奥巴德告诉我们，"他们是我的家人，你明白了吧。我能怎么办？"

"你姐姐嫁给他们了？"母亲说。

"是这样的，她先嫁给了我。"梦男说。

"然后她听到了我的歌声！"歌手说。

"她可从来没嫁给剩下那个。"西奥巴德说，每个人都同情地看着只能用手走路的男人。

西奥巴德说："他们以前是一个杂技团，但卷入了政治麻烦。"

"我们以前是匈牙利最好的,"歌手说,"你们听说过索尔诺克马戏团吗?"

"没有,不好意思。"父亲严肃地说。

"我们在米什科尔茨、塞格德、德布勒森表演过。"梦男说。

"在赛格德表演过两次。"歌手说。

"要不是苏联人来了,我们还会去布达佩斯。"用手走路的男子说。

"是的,就是苏联人把他的胫骨拿掉的!"梦男说。

"别撒谎,"歌手说,"他生来就没有胫骨,但我们和苏联人处不来是真的。"

"他们想把熊扔到牢里。"梦男说。

"别撒谎。"西奥巴德说。

"我们从苏联人手里救出了他姐姐。"用手走路的男子说。

"因为这样我当然得容忍他们,"西奥巴德先生说,"而且他们拼了老命干活。但是这个国家的人谁有兴趣看他们的表演?那是匈牙利人爱看的。这里没有熊骑独轮车的传统,"西奥巴德对我们说,"而且我们维也纳人关心个屁的梦。"

"别撒谎,"梦男说,"是因为我说错过梦。我们在卡特纳大道的酒吧里表演,但是后来他们不让我们演出了。"

"你不应该说那个梦的。"歌手沉重地说。

"哎，你老婆也要负责的！"梦男说。

"她那时还是你老婆。"歌手说。

"请不要再说了。"西奥巴德求他们。

"我们有机会为儿童疾病办的慈善宴会表演，"梦男说，"在几家国立医院，特别是圣诞节前后。"

"要是你们多管管熊就好了。"西奥巴德先生对他们说。

"这话说给你姐姐听，"歌手说，"是她的熊，是她训练它的，是她让它变得懒懒散散，还染了一身坏毛病。"

"你们当中，只有它从来不开我的玩笑。"只能用手走路的男子说。

"我要走了，"祖母说，"这一切，对我来说，真是糟糕透顶。"

"请别这样，亲爱的女士，"西奥巴德先生说，"我们只是想让您知道，我们没有恶意。现在正是困难的时期。我需要B等评分来吸引更多游客，而且我于心不忍，不能把索尔诺克马戏团扫地出门。"

"于心不忍，撞鬼了！"梦男说，"他是怕他姐。他做梦都不敢把我们扫地出门。"

"如果他梦到过，你就会知道！"用手站的男子叫道。

"我怕熊，"西奥巴德先生说，"她叫那头熊做什么，它就做什么。"

"说'那位'，不要说'那头'，"用手站的男子说，"它是位好熊，而且它从来没伤过人。它没有爪子，你非常清楚这一点，而且也不剩几颗牙了。"

"这可怜的家伙吃东西非常困难，"西奥巴德先生承认道，"它很老了，而且邋遢。"

从我父亲肩膀上方我看到他在大本子上写："一头伤心的熊和一个找不到活儿的马戏团。一家之主是姐姐。"

此时，我们看到她在人行道上照顾那熊。清晨街上还比较空。根据法律，她当然还用绳子拴着熊，但这种控制只是意思意思。这女人戴着耀眼的红头巾，在人行道上跟着懒懒地骑着独轮车的熊来回走。这头动物轻松地在咪表之间骑着，有时要转弯了就用一只熊掌扶一下咪表。可以看得出，它很有骑独轮车的才华，但也看得出独轮车就是它才华的极限了。可以看出熊感到它无法表演比独轮车更高级的才艺。

"她现在就应该把熊带离人行道，"西奥巴德先生有点儿恼，"隔壁糕饼店的人向我投诉过，"他告诉我们，"他们说这熊把他们的客人吓跑了。"

"熊会把客人引来！"用手站立的男子说。

"它会把有些人引来，把有些人吓跑。"梦男说。他脸色忽然阴沉起来，好像这深刻的想法让他难过。

但我们的注意力完全被索尔诺克马戏团的小丑们吸引，没有留意老乔安娜在做什么。当我母亲看到祖母在静静地哭泣时，她让我把车开来。

"她禁不起这么多事。"我父亲小声对西奥巴德说。索尔诺克马戏团看起来为他们自己感到害臊。

外面人行道上的熊朝我骑来递给我钥匙，车停在路沿边。"不是每个人都喜欢别人这样给他钥匙。"西奥巴德先生对他姐姐说。

"啊，我觉得他会很喜欢的。"她说，揉了揉我的头发。她和酒吧女一样魅力十足，也就是说她晚上更有魅力，白天的话我可以看出她比她弟弟苍老，也比她两个丈夫老，很快，我猜，她就不适合，分别做他们的爱人和姐姐了，她会成为他们所有人的妈。她已经是那熊的妈了。

"过来。"她对它说。它无精打采地坐在独轮车上，抓着一根咪表保持平衡。它舔着咪表上小小的玻璃镜面。她拉了下它的绳子。它瞪她。她又拉了一下。那熊傲慢地踩起踏板来，先往前，再往后。就好像它对有观众看自己很高兴。它开始炫技。

"别耍宝。"那姐姐对它说，但这熊越骑越快，往前，往后，急转弯，绕着咪表突然急转弯。那姐姐不得不放掉了绳子。"杜纳，停下来！"那姐姐喊道，但熊失控了。独轮车的轮子太靠近路沿，它重重地摔在一辆停着的车的挡泥板上。它坐在人行道上，身边是独轮车，看得出它没受伤，但它看起来相当丢脸，没人笑。"哦，杜纳。"姐姐说，带着埋怨的语气，但她走到路沿那里蹲在它身旁。"杜纳，杜纳。"她轻轻地嗔怪它。它摇着它的大脑袋，它没有看她。它嘴边的毛上垂着些唾液，她用手帮它擦了。它用手掌挡开了她的手。

"欢迎再次光临！"西奥巴德先生凄楚地高声对上车的我们说。

母亲闭起眼坐在车里，用手指按摩着太阳穴，这样她就似乎能避免听到我们说的任何话。她说这是跟着这群爱吵嘴的家人旅行唯一的防护措施。

我不想公事公办地汇报汽车的保养情况，但我看见父亲试图维持秩序和冷静，他那本大本子摊开在大腿上，就好像我们刚完成了一次常规查访。"里程表读数为？"他问道。

"被人跑了35公里。"我说。

"那头可怕的熊进来过。"祖母说，"后座上有那头野兽身上掉下的毛，而且我闻得出它的气味。"

"我什么都没闻到。"父亲说。

"还有那个裹头巾的吉卜赛女人的香水味，"祖母说，"就在车顶附近盘旋。"父亲和我嗅了嗅。母亲继续按摩太阳穴。

在刹车和离合器踏板旁的地上，我看见几根薄荷绿的牙签，那个匈牙利歌手一直习惯嘴角叼牙签，好像长了个疤似的。我没有作声。已经足以想象他们全部人了，他们开我们的车在城里转。歌手是司机，那个用手站立的男子在他身边，伸出窗外挥脚。后座，把梦男和他前妻隔开的是耷拉着脑袋好像个和善的醉鬼似的老熊，它的大脑袋在车顶蹭着，具有破坏力的手掌搁在它的大粗腿上。

"那些可怜人。"母亲说，仍旧闭着眼睛。

"骗子和罪犯，"祖母说，"妖术师和难民，还有残疾动物。"

"他们尽力了，"父亲说，"但是他们得不到奖赏。"

"在动物园里还好点儿。"祖母说。

"我住得挺开心。"罗伯说。

"很难从C等升级。"我说。

"他们已经跌出Z等了，"老乔安娜说，"他们已经从人类字母表里消失了。"

　　"我觉得必须找一个字母。"母亲说。

　　但父亲抬起手，好像要保佑我们一样，于是我们安静了下来。他在大本子上唰唰写着，希望我们不要吵他。他面色严峻。我知道祖母很相信他的裁定。母亲知道争了也没用。罗伯早就觉得无聊了。我把车开过一条条小路，经斯皮格尔路开往洛布科维茨广场。斯皮格尔路相当窄，可以在沿街店铺的玻璃窗上看到自己车的倒影，我觉得我们穿行在维也纳好像被叠加在城市上的影像（就像在窗上的倒影），就像电影摄影机的花招，仿佛我们在童话故事里在一座玩具城游历。

　　祖母在车里睡着了，母亲说："我想这种情况下，不管怎样变更等级也无关紧要了吧。"

　　"无关紧要，"父亲说，"一点儿也没影响。"他是对的，尽管我要在多年后才会再次见到格里尔帕策民宿。

　　祖母非常突然地在睡梦中离世，母亲说她是厌倦了旅行。然而真正的原因是，她开始觉得被自己的梦所苦。"马太瘦了，"她有一次对我说，"我是说，我一直知道他们会变瘦，但没想到会瘦成这样。还有那些兵，我知道他们很惨，"她说，"没想到惨成那样。"

　　父亲从旅游局辞职后在一家本地侦探社找到份工作，这家侦探社专攻旅馆和百货公司。他挺满意这份工作，尽管他拒绝在圣诞期间工作，他说这段时间应该让某些人小干一票。

我觉得父母越老越放松，而且我真的觉得他们最后十分幸福。我知道现实人生让祖母的梦变模糊了，尤其因为发生在罗伯身上的事。他上了一所私立学校，在那里很受欢迎，但他大学一年级的时候被一枚土制炸弹炸死。他甚至都不算"热衷政治"。他在给我父母的最后一封信中写道："学生激进分子的煞有介事被大大高估了。而且这里的食物糟糕透顶。"寄出信罗伯就去上历史课，接着他的教室被炸了。

我父母去世后，我戒了烟并且重新开始旅游。我带着第二任妻子重回格里尔帕策民宿。我从未和第一任妻子去过维也纳那么远的地方。

格里尔帕策民宿，并没能将父亲给出的B等评分保持很久。我重回那里时，它已经跌到了评分资格以下。西奥巴德的姐姐在此主持大局。她妖艳的魅力不见了踪影，取而代之的，是有些终身未嫁的阿姨身上那股无性别的嘲讽气质。她毫无身材可言，头发染成一种铜黄色，因此整个头都像那种用来擦锅的铜丝清洁球。她不记得我了，而且对我的问题很谨慎。因为我似乎认识太多她的故人，她肯定觉得我是警察派来的。

那位匈牙利歌手走了，因为用歌声打动了另一个女人。梦男被带走，送去了一家精神病院。他自己的梦成了噩梦，每天夜里他在民宿惊醒发出骇人的号叫。西奥巴德的姐姐说，他从这破房子被带走，几乎和格里尔帕策丢失B等评分同时发生。

西奥巴德先生死了。他在走廊里抓着心脏那里倒了下去，那个晚上他冒险探查是否如他所想的那样进了小偷。其实不过是杜纳，那头心怀不满的熊穿着梦男的细条纹西装。西奥巴德的姐姐并未解释为何她要把熊穿成那样，但这头阴郁的动物穿着那个疯子留下的衣服骑着独轮车，这就足够吓死西奥巴德先生了。

那名只能用手走路的男子碰到的麻烦最大。他的手表被一节扶手电梯的尖齿钩住，让他不能马上跳下电梯来，他的领结被拽到电梯底部的下台阶盖板，他就被勒死在了那里。其实他很少戴领结，因为用手走路的时候会拖在地上。人们在他身后排起了长队，大家先往后退一步，电梯带着他们往前，他们就再退一步。过了很久才有人壮着胆子从他身上跨过。这个世界上有着很多无意的残酷装置，并不是给用手走路的人设计的。

此后，西奥巴德的姐姐告诉我，格里尔帕策民宿从C等降到更低。由于她要肩负更多管理重担，照看杜纳的时间更少了，那熊变得更老迈，行为更不雅。有一次它欺负了一个邮差，导致那人以极快的速度从大理石楼梯上滚下来摔伤了屁股。有人举报了熊的攻击，然后一项禁止不受管制的动物在公共场所出现的陈年城市条例被强制执行，杜纳被剥夺了在格里尔帕策民宿居住的权利。

有一阵子，西奥巴德姐姐把熊锁进楼房院子里的笼子，但它遭到了狗和小孩儿的奚落，食物（或更糟的东西）从面对后院的房间里扔出来砸进他的笼子里。它变得不像熊了还学会要诈，只是假装在睡觉，而且它吃了大半只别人的猫。然后它两次食物中毒，从此不敢吃这个危险环境中的任何东西了。没别的办法了，只好把它捐给美泉宫动物园，但连动物园都不太情愿收容它。它牙掉光了，也许还带着传染病，它长期以来被当成一个人对待，无法适应动物园更温和的生活常规。

因为在格里尔帕策后院一隅露天睡觉，它得了风湿，而且连它唯一的才华——骑独轮车都一去不复返。它第一次在动物园试着骑车就摔了下来。有人笑了。西奥巴德的姐姐说，只要有人笑话杜纳的某个行为，它就不会再做那件事。它终于沦为美泉宫因为善心大发才收容的动物，换了新住处之后不到两个月就死了。在西奥巴德的姐姐看来，杜纳死于屈辱，因为红疹长满了它的大胸膛，不得不剃光那里的毛。一位动物园管理人说，被剃了毛的熊会羞愧至死。

在这栋房子寒冷的后院里我看着关过熊的空笼子。没有鸟留下的果籽，但在笼子一角隐约可见一堆熊留下的僵硬粪便，没有了生命，连气味也没有，就像庞贝城浩劫时埋住的尸体。我不由自主想起了罗伯，而这熊，比他留下的遗物还多。

在车里我更为惆怅地注意到里程表连一公里也没多，连一公里都没被人偷偷开过。周围已经没有人会擅自占便宜了。

"等我们开到离你珍爱的格里尔帕策民宿够远的安全地带，"我的第二任妻子对我说，"我希望听你告诉我为什么你要带我来这个破地方。"

"这故事说来话长。"我得承认。

我想我注意到西奥巴德的姐姐讲起这些事的时候，奇怪地既缺乏热情也没有痛苦。她讲起故事来的单调语气让人觉得这讲故事的人已经接受了不幸的结局，就好像她的人生和她的同伴从来不曾让她觉得异常，就好像一直以来他们都在组织一场荒诞的、注定失败的重新评级。

第7章

更多欲望

就这样她嫁给了他，答应了他的请求。海伦觉得这故事对一个新人来说算不错了。老廷池也喜欢。"充满了疯……疯……疯狂和哀伤。"廷池对盖普说。廷池建议盖普把《格里尔帕策民宿》投给廷池最爱的杂志。盖普等了三个月才有回音：

> 这个故事只是略有趣味，而且从语言和形式来说都无创新处。仍然感谢您不吝赐稿。

盖普不解，便把这封拒信拿给廷池看。廷池也不解。

"我猜他们感兴趣的是新……新……新小说。"廷池说。

"什么是新小说？"盖普问。

廷池承认他也不大清楚。"新小说讲究语言和形……形……形式的创新，我猜。"廷池说，"但我不明白新小说究竟写的是什么。有时新小说写的是关于它……它……它本身，我想。"

"关于它本身？"盖普说。

"有点儿像关于小……小……小说的小说。"廷池对他说。

盖普还是不明白，但盖普在意的是海伦喜欢这个故事。

差不多15年之后，盖普发表了第三本小说。同一个廷池最爱的杂志编辑写信给盖普，信中对盖普和他的作品极尽吹捧之能事，并请盖普将任何新写的稿子投给这家廷池最爱的杂志。但盖普记忆力持久，并有着獾一般的愤怒。他挖出说格里尔帕策故事"略有趣味"的旧拒稿信，这信因为沾上了咖啡渍而变硬，而且被折叠太多次，折缝处已经破了，但盖普把它和回信一起寄给廷池最爱的杂志编辑。盖普的信这么写的：

> 我对贵刊只是略感兴趣，而且我对语言和形式仍无创新。仍然感谢您不吝索稿。

盖普有着可笑的自尊，过分牢记对他作品的攻击和拒绝。幸运的是海伦自己极度自尊，因为如果她没有高度的自尊，最终就会恨他。就这样，他们很幸运。很多伴侣住在一起以后发现彼此并不相爱，一些伴侣从来没发现这一点。另外的人结了婚，不爱对方的觉悟总是在他们生命中尴尬的时刻到来。而盖普和海伦的婚姻呢，他们几乎不算了解对方，但他们有直觉，而且在他们结婚后就固执地下定决心爱上对方。

也许因为他们都太忙于追逐各自的事业，这让他们没空对两人的关系详加考察。海伦念了两年大学就毕了业，她才23岁就获得了英语文学的博士头衔，24岁时开始她的第一份工作，在一间女子学院里任助理教授。盖普花了五年工夫才写完第一本长篇小说，但那是本不错的小说，会给他挣得年轻作家的尊敬和声誉，尽管没让他赚到多少钱。到那时为止，都是海伦在赚钱。海伦上学和盖普写作期间，珍妮养活他们。

第一次读珍妮的书时，海伦比盖普更吃惊，盖普毕竟和他母亲一起生活，对她的古怪毫不惊讶，根本视若平常。然而盖普倒是对这书的畅销大为吃惊。他从没想过自己会成为公众人物，成为别人书里的主人公，他还没写出自己的书呢。

这书的编辑，约翰·沃尔夫，不会忘记在办公室第一次见到珍妮·菲尔兹的那个早晨。

"有一个护士找你。"他的秘书翻着白眼说，就好像她老板身上有一桩亲子认定关系官司缠身似的。约翰·沃尔夫和他的秘书怎么也想不到，珍妮的公文包那么沉是因为里面装着1158页手稿打印件。

"这书写的是我自己，"她告诉约翰·沃尔夫，一边打开公文包拿出一大摞手稿放在他桌上，"你什么时候能读一下？"约翰·沃尔夫觉得这架势好像这个女人要待在他办公室里等他读完似的。他瞟了一眼第一句话（在这个思想肮脏的世界上，你要么是妻子，要么是情妇，要么就很快会成为两者之一……）然后想到：啊老天，我如何才能摆脱这人啊？

后来，他当然因为找不到她的电话而焦虑至极，因为他想告诉她："好！这书我们出定了！"他不知道珍妮·菲尔兹是史第林的厄尼·霍尔姆家中的座上宾，珍妮和厄尼彻夜长谈，夜夜谈（出于通常的那种父母发现自己19岁的孩子要结婚的担心）。

"他们每晚能去哪里？"珍妮说，"他们不到两三点不回家，昨天晚上还下雨了。下了一整夜，他们连辆车都没有。"

他们去了摔跤室。海伦当然有钥匙。而且摔跤室的垫子对他们来说比什么床都舒服熟悉不过。还更大。

"他们说他们想要孩子，"厄尼抱怨道，"海伦得先念完书。"

"有了孩子，盖普永远写不完一本书。"珍妮说。毕竟，她想着自己可是等了18年才开始写她的书。

"他们都很用功。"厄尼说，安慰自己和珍妮。

"他们非得用功不可。"珍妮说。

"我不懂他们为什么就不能先一起住住看，"厄尼说，"如果住在一起没问题，那么就让他们结婚吧，然后让他们生孩子吧。"

"我不懂为什么有人会想和另一个人住在一起。"珍妮·菲尔兹说。厄尼看着有点儿受伤。

"可是，你喜欢和盖普住在一起，"他提醒她，"我喜欢海伦和我住一起。她在学校的时候我真想她。"

"是欲望，"珍妮不祥地说，"这个世界充满了病态的欲望。"

厄尼担心她，他不知道她马上就会从此变得有钱有名。"来罐啤酒吗？"他问珍妮。

"不了，谢谢。"珍妮说。

"他们是好孩子。"厄尼提醒她。

"但最终还是都屈从于欲望了。"珍妮闷闷不乐地说，厄尼·霍尔姆小心翼翼走到厨房给自己又开了罐啤酒。

珍妮的自传中关于"欲望"的章节让盖普特别尴尬。成为一个有名的非婚生子是一回事，而成为有名的青春期欲望的病例，是相当不同的另一回事，他私人的性冲动变成了受欢迎的故事。海伦觉得写得很好笑，尽管她承认无法理解他为何会被妓女吸引。

"欲望让举止最得体的人表现得丧失本性。"珍妮·菲尔兹写道，这句话特别惹盖普生气。

"他妈的，她懂个屁？"他尖叫着，"她从没感受过性欲，一次也没有。她是权威！那就跟听一棵植物描绘哺乳动物的动机一样。"

但其他人对珍妮的评价比较客气，尽管较严肃的期刊偶尔会指摘她实际的写作水准，但媒体总的来说对这书都很有好感。有人这么写道："第一本真正的女权主义者自传，充满了对一种活法的赞颂，以及对另一种活法的奚落。"另一个人写："这本勇敢的书提出了一个重要的主张，女人无需任何性牵绊也可以拥有完整的人生。"

"现如今，"约翰·沃尔夫给珍妮的书写的序言这样说，"你要么在一个对的时间被当成对的声音，要么你就被贬为一无是处。"她在一个对的时间被当成了对的声音，但当珍妮·菲尔兹穿着白色护士服坐在约翰·沃尔夫只带最喜欢的作家去的餐厅里时，她却对女权主义这个词很不舒服。她不太确定这是什么意思，但这个词让她想起女性生理卫生和华伦泰疗法。毕竟她是护理专业出身。她不好意思地说，她想她只不过对如何生活作出了正确的选择，而且因为她的选择不热门，她感到非得说些什么来自辩不可。讽刺的是，大批塔拉哈希的佛罗里达州立大学的年轻女性觉得珍妮的选择非常热门，她们因为自己计划怀孕引发了小小争议。有那么一段时间，纽约特立独行的女性被称为"珍妮·菲尔兹实践者"。但盖普总是叫那"格里尔帕策实践者"。而珍妮只是觉得女性和男性一样，起码应该可以有意识地决定自己的人生，如果这样她就成了女权主义者，她说，那么她想她就是一名女权主义者。

约翰·沃尔夫非常喜欢珍妮·菲尔兹，他尽可能给珍妮打预防针，说她可能无法理解她的书招致的攻击和赞誉。但珍妮从来没能完全理解这书的"政治性"，或者说不理解这书如何被人当成政治性很强的书来利用。

"我受的是护理训练，"她后来在一次访谈中坦诚地说，"护理工作是我喜欢的第一件事，也是我想做的第一件事。对我这个健康的人来说，护理工作很实用，我一直很健康，做护士能帮助那些不健康的人或不能照顾自己的人。我想我只是抱着这种心态自己也想写一本书。"

在盖普看来，他母亲一生都是护士。她护理儿子念完了史第林学校，她不厌其烦地催生了自己奇怪的人生故事，最后，她成了有难处的女性的某种护士。她变成有名有力量的人物，女人们向她寻求建议。随着自传爆红，珍妮·菲尔兹发现了一整个国家面临人生选择难题的女性，这些女性从不走寻常路的珍妮那里得到了鼓励。

她本可以在任何报纸上开设建议专栏，但珍妮·菲尔兹现在觉得写够了，就如她当年决定不再念书了一样，也像她决定不再待在欧洲了一样。某种程度上，她从未不想再护理别人。她的父亲，那位受惊的鞋王，在珍妮的自传出版后不久就因心脏病突发离世，尽管珍妮的母亲从未责怪过是珍妮的书导致了这场悲剧，珍妮也从没怪过自己，但珍妮知道她母亲无法独自生活。不像珍妮·菲尔兹，珍妮的母亲习惯和别人一起住，她现在老了，珍妮想到她在犬首湾的大房间之间晃晃颠颠地走来走去，毫无人生目的，没了伴侣之后完全丢失了仅余的神志。

珍妮便跑去看护她，也就是在犬首湾的大宅里，珍妮开始充当女性顾问，用她那直截了当的本事帮她们作决定。

"哪怕是变态的决定！"盖普哀号道，但他很高兴有珍妮负责他的开销。他和海伦很快有了第一个孩子。一个叫邓肯的男孩儿。盖普常常开玩笑说他的第一本长篇小说分成那么多短小的章节就是因为邓肯。盖普在喂奶、哄睡觉和换纸尿裤的间歇写作。"这是短镜头组成的长篇，"他后来宣称，"全亏了邓肯。"海伦每天都要去学校，是因为盖普答应带孩子她才肯生的。盖普喜欢从来不用出门这一点。他边写作边照顾邓肯，他煮饭写作然后再照顾邓肯。海伦回家来，等着她的总是个挺幸福的家庭主夫，只要盖普的小说进展顺利，无论多机械的家务他都甘之如饴。实际上，越不用动脑子的家务还越好。每天有两个小时他把邓肯交给楼下公寓的女人，自己去健身房锻炼。他后来成了海伦任教的这所女子学院的一道奇景，他绕着曲棍球场一圈圈不停地跑，或者在体操选手专用的健身房一角连续跳半小时绳。他怀念摔跤，他怪海伦，说她应该去有摔跤队的地方上班。海伦抱怨说女校的英语系太小了，而且她不喜欢班上一个男生也没有，但这份工作还不错，她会继续干下去，直到有更好的机会出现为止。

新英格兰的任何地方都挨得很近。他们能常常去看望住在海边的珍妮和住在史第林的厄尼。盖普会带邓肯去摔跤室，把他像球那样滚。"这里就是你爸摔跤的地方。"他告诉儿子邓肯。

"这里是你爸做所有事的地方。"海伦告诉邓肯，指的当然是邓肯自己的孕育，还有她和盖普被关在空无一人的西布鲁克体育馆的第一个雨夜，在这地上铺着深红垫子的房间。

"哎，你到底还是逮着我了。"海伦当时含泪小声对他说，但盖普背靠摔跤垫摊开四肢，想着究竟是谁逮着谁了。

珍妮的母亲去世后，珍妮更常来看海伦和盖普，尽管盖普讨厌他母亲所谓的"随从"。珍妮·菲尔兹和一小撮她的核心粉丝一起来，偶尔也有其他自觉身处一场号称女性运动中的人跟着，她们常常向珍妮寻求支持和背书。总是有什么诉讼或社运需要穿着纯白护士服的珍妮站台讲话，哪怕珍妮很少演讲，也讲不长。

　　通常是在其他人的演讲之后，她们便介绍珍妮。穿着护士服的她一下就被认了出来。50多岁的珍妮·菲尔兹是个健美有魅力的女人，爽快又实在。她会站起来说"这很对"，或者有时候说"这不对"，视情况而定。因为她在自己的人生路上作出了困难的抉择，因此人们相信她也能在女性问题上站对边。

　　这一切背后的逻辑，让盖普气闷了好几天。有一次，一个妇女杂志的记者问可否来采访一下他，身为著名女权主义者的儿子是什么滋味？记者挖出了盖普选择的生活方式，她愉悦地称之为"家庭主夫角色"，盖普就冲她发火了。

　　"我想做什么就做什么，"他说，"不要乱编名字。我不过是做我想做的事，我妈一直以来也不过如此。只做她想做的。"

　　记者紧逼不放，她说他口气有点儿酸。当然了，一定很不容易，她提示道，身为一个籍籍无名的作家，却有个享誉全球的作家母亲。盖普说主要是被误解让他难过，他并不嫉妒他母亲的成功，他只是偶尔会不喜欢她的新随从。"那群寄身在她身上的跟屁虫。"他说。

　　这篇发表在妇女杂志上的文章指出，盖普也"寄生"在他母亲身上，还过得很舒服，而且他没有权利敌视女权运动。这是盖普第一次听说"女权运动"。

　　没过几天珍妮来看他。和一个打手一起来，这是盖普给她起的名字：她是个高大、沉默、阴郁的女人，躲在盖普公寓的门口并且不肯脱下大衣。她谨慎地看着邓肯，好像带着极端不快在等着孩子可能触碰她的时刻到来。

"海伦在图书馆。"盖普对珍妮说，"我要带邓肯出去走走。你来吗？"珍妮带着询问的眼神看了看和她一起来的高大女人，那女人耸了耸肩。盖普觉得他母亲自从成名以来最大的弱点，用他的话来说就是"容易被所有老弱病残的女人利用，这些人希望能写出珍妮的自传那样成功的东西来"。

盖普讨厌在自家公寓里被母亲这个不言不语的同伴震慑，这女人高大到足以做他母亲的保镖了。也许她就是保镖，他想。母亲带着这个强壮的男人婆护卫的不愉快的画面掠过盖普心头，这个凶猛的女杀手会挡开所有想要摸珍妮白制服的男人的手。

"妈，这女人的舌头有什么问题吗？"盖普小声问珍妮。这个女人高高在上的沉默惹恼了他，邓肯想要和她说话，但这女人只是飞过来一个叫他安静的眼神。珍妮静悄悄地告诉盖普这女人不说话是因为没有舌头。真的没有。

"是被割下来的。"珍妮说。

"天哪，"盖普轻声说，"怎么会这样？"

珍妮白了他一眼，这习惯是从她儿子那学来的。"你真的不读书看报的，是吗？"珍妮问他，"你总是懒得关心时事。""时事"对盖普来说永远没有他正在编造的东西重要，也就是他在写的东西。他对他母亲的诸多不满之一（自从她参与女性政治运动以来）就是她总是讨论新闻。

"你是说这是新闻？"盖普说，"我错过了什么众所周知的舌头意外伤害事件啊？"

"哦上帝，"珍妮不耐烦地说，"不是众所周知的意外。是故意的。"

"母亲大人，有人把她的舌头割掉了？"

"完全正确。"珍妮说。

"老天。"盖普说。

"你没听说过艾伦·詹姆斯吧？"珍妮问。

"没有。"盖普承认。

"这个嘛，现在有一个女性协会，"珍妮告诉他，"就是因为艾伦·詹姆斯的事而成立的。"

"她发生了什么事？"盖普问。

"她11岁那年被两个男人强奸了，"珍妮说，"然后他们把她舌头割掉，这样她就不能告诉任何人他们是谁、长什么样了。他们太蠢了，不知道11岁的人会写字。艾伦·詹姆斯把男人的情况详细描写了出来，他们被抓了，然后他们受审被定罪。监狱里有个人杀了他们。"

"哇，"盖普说，"所以那位就是艾伦·詹姆斯？"他轻声地开始用尊敬的口吻讲到那个高大的沉默女人。

珍妮又白了他一眼。"不是啦，"她说，"那是艾伦·詹姆斯协会的成员。艾伦·詹姆斯还是个孩子，她是个金发的瘦弱小女孩儿。"

"你是说艾伦·詹姆斯协会的人到哪里都不讲话？"盖普说，"就好像她们没了舌头一样？"

"不是，我是说她们真没有舌头，"珍妮说，"艾伦·詹姆斯协会的人都找人给自己割掉了舌头，来抗议艾伦·詹姆斯的遭遇。"

"哦，天哪。"盖普说，重新以一种厌恶的眼神打量那个大个子女人。

"她们叫自己艾伦·詹姆斯主义者。"珍妮说。

"我不想再听这恶心事了，妈妈。"盖普说。

"嗯，站在那里的女人，就是一个艾伦·詹姆斯主义者，"珍妮说，"是你自己想听的。"

"艾伦·詹姆斯现在几岁了？"盖普问。

"她12岁，"珍妮说，"这事是一年前发生的。"

"那么这些艾伦·詹姆斯主义者，"盖普问，"她们开会吗？选主席和财务主管什么的吗？"

"你怎么不自己问她？"珍妮说，她指站在门口的呆瓜，"你不是说不想再听了吗？"

"她没有舌头拿什么来回答我的问题？"盖普压低嗓音说。

"她会用写的，"珍妮说，"所有艾伦·詹姆斯主义者都随身带着一本小本子，她们会写给你看她们要说的话。你知道写是什么，不是吗？"

还好，这时海伦回来了。

盖普以后还会见到更多的艾伦·詹姆斯主义者。尽管艾伦·詹姆斯的遭遇，给他的触动很大，但他对那些恶心的成人模仿者只有厌恶，她们的习惯是递给别人一张卡片。卡片上写着类似这样的话：

"你好，我是玛莎。我是一名艾伦·詹姆斯主义者。
你知道什么是艾伦·詹姆斯主义者吗？"

如果人家不知道，她们就会递过来另一张卡片。

艾伦·詹姆斯主义者，对盖普来说，代表了那种吹捧她母亲的女人，她们利用她帮助推进自己粗浅的社会诉求。

"我来告诉你那些女人的真相吧，妈妈，"他有一次对珍妮说，"她们肯定本来讲话能力就很差，她们一生当中从来没什么值得一说的，所以她们切掉舌头不算什么伟大牺牲，而且事实上还能为她们避免许多尴尬呢。如果你明白我的意思。"

"你就缺那么点儿同情心。"珍妮说他。

"我有很多同情心，对艾伦·詹姆斯。"盖普说。

"那群女人自己一定也在别的方面受过苦的，"珍妮说，"这就是为什么她们想团结起来。"

"然后给自己施加更多痛苦吗，妈妈？"

"强奸是每个女人的问题。"珍妮说。盖普顶讨厌他母亲这种"每个人"都如何如何的说法。他觉得这是把民主推往愚蠢极端的例子。

"也是每个男人的问题，妈妈。下次再有强奸案，我猜我也应该把我那家伙割下来挂在脖子上。你也会尊重这种行为咯？"

"我们说的是真心的表态。"珍妮说。

"我们说的是真蠢的表态。"盖普说。

但他会一直记得他所见的第一个艾伦·詹姆斯主义者，那个和他母亲来他家的大个子女人，她离开时写了张字条塞在盖普手里好像给他小费那样。

"妈搞了个新保镖。"她们挥手说再见的时候盖普小声对海伦说。然后他读了保镖的便条。

"你母亲有两个你那么值钱。"

便条写道。

但他实在无法说他母亲什么不好，因为盖普和海伦结婚的前五年，珍妮都在养活他们。

盖普开玩笑说他的第一本长篇小说叫作《拖延》是因为他写了太久，但他持续认真地写着，盖普很少犯拖延症。

这部小说被说成是"历史小说"。背景是战争年代的维也纳，从1938年到1945年，一直写到苏联占领期间。主人公是个年轻的无政府主义者，在德奥合并之后他得小心隐藏行踪，只待一个袭击纳粹的合适时机。他等了太久。重点是，他应该在纳粹占领前就袭击，但当时他尚无法确定任何情况，他还太年轻无法看清局势。而且，他母亲，一个寡妇，珍爱自己的私生活，不关心政治，她藏着她死去丈夫的财产。

战争年代，这位年轻的无政府主义者，在美泉宫当动物园管理员。维也纳人民闹起了严重的饥荒，夜袭动物园便成了普遍的偷食方式，这个无政府主义者决定放走剩下的动物，它们当然无须对国家自身的拖延和纳粹的默许负责。不过那时这些动物自己也在挨着饿，无政府主义者一放它们，它们就把他给吃了。"这不过是天性使然。"盖普写道。这些动物，反过来，也很轻易地遭到了游荡在维也纳觅食的暴民的屠宰，就在苏联军队进城以前。那依然是"天性使然"。

无政府主义者的母亲活了下来，住在苏占地区（盖普把她安排在他和母亲住过的施温德路上的公寓里），她现在一次又一次见到苏联人的暴行，他们强奸，军官都不例外，这可怜的寡妇终于无法容忍。她眼见这座城市重现中庸和自满，这让她想到纳粹势力抬头期间自己的不作为，对此悔恨非常。终于，苏联人走了，1956年，维也纳再次重获主权。但这女人哀悼着儿子和她被毁坏的国家。每个周末她都在部分得到重建的美泉宫动物园逛逛，动物园又重现健康。忆起打仗时她偷偷来这里看儿子。是匈牙利革命的爆发促使这位老妇采取了最后的行动。成千上万的新难民涌入维也纳。

为了给这座沾沾自喜的城市敲响警钟，希望人们不要再作壁上观，任凭事态发展，这位母亲想要学她儿子：她放走了美泉宫里的动物。但动物们现在都被喂养得很好很满意，只有几只还能被赶出笼子，而那些走出去的轻而易举就被困在美泉宫的花园小径之间，最终它们还是走回了笼子，毫发无伤。一头老熊为剧烈的腹泻所苦。这位老妇的放生之举虽然出发点是好的，但完全没有意义，完全没有实现。这位老妇被捕了，一名警方医生检查时发现她有癌症，已到了末期。

最终，讽刺的是，她藏着的钱还算有点儿用处。她死得倒风光，在维也纳唯一的私人医院鲁道芬纳豪斯里去世。死前她梦到有些动物逃出了动物园：是一对年轻的亚洲黑熊。她梦到它们活了下来并繁衍得非常成功，以至于它们成了多瑙河山谷中的一个新物种。

但这不过是她的想象。小说结束在这老妇死后，美泉宫动物园里的腹泻熊之死。"现代以来革命太多了。"一名书评人写道，他将《拖延》称为"一部非马克思主义小说"。

小说收获了史料确凿的赞誉，盖普对这一点并不太在意。也有人指出它的原创性，以及如此年轻的作者的第一部长篇小说就能有如此独特的视角。约翰·沃尔夫是盖普的出版人，尽管他答应盖普不会在书衣折边上提到他是女权主义英雄珍妮·菲尔兹的儿子，但鲜有评论者不提这事的。

"现在珍妮·菲尔兹的儿子出了名，"一个评论者写道，"他真的得偿所愿成了作家，了不起。"这类评论，还有其他关于盖普和珍妮母子关系的可爱解读都和作品无关。盖普对人们无法就事论事阅读和讨论书的好坏大为生气，但约翰·沃尔夫向他解释说这个难以接受的事实就是，大多数读者都对他本人比对他亲手写的书更感兴趣。

"年轻的盖普先生还是在写熊，"一个聪明人批评道，他够有精力的，还从不知名的杂志里挖出了那个格里尔帕策故事，"或许，等他真的长大，他才会写人的故事。"

不过总体来说，这本文学处女作引起的反响，还是比大部分更多的籍籍无名之作要大。当然，这书从未畅销，也没有让盖普成为一块金字招牌，不会让他像他母亲那样成为"家喻户晓的商品"，用他说她的话来说。但这书不是那种书，他也不是那种作家，永远不会成为那样的作家，约翰·沃尔夫告诉他。

"你还想怎样？"约翰·沃尔夫写信给他，"如果你想变得有钱出名，你就排错了队。如果你是认真想搞创作，就不要叽叽歪歪。你认真写了本书，书也正式出版了。如果你想靠它吃香喝辣，你说的就是另一回事。而且给我记住：你才24岁。我想你会写出更多的书。"

约翰·沃尔夫是位值得尊敬有智慧的人，但盖普不确定，而且也不满足。他只小赚了一笔，而现在海伦也领薪水了，既然他不需要珍妮的钱了，他觉得她要是给他的话，也不妨拿一点儿。而且他感到自己至少取得了另一种回报：他问海伦可否再生个孩子。邓肯已经四岁，他已经够大了，该懂得喜欢弟弟或妹妹了。海伦同意了，因为有盖普带邓肯，她很轻松。如果他愿意在写作下一本书的章节之间换纸尿裤，那么就听他的吧。

不过盖普并不仅仅是为生而生。他知道他是个过分小心、担心过头的父亲，他感到如果有另一个孩子来吸收他多余的紧张，他对邓肯那种身为父亲的恐惧压力就能减轻。

"我非常幸福，"海伦对他说，"如果你想再要个孩子，我们就生。我只求你能放轻松些，我只求能让你更快乐。你写了本好书，现在要写下一本。这难道不是你一直想要的吗？"

但他对《拖延》收到的评论发牢骚，抱怨销量。他对他母亲吹毛求疵，还大笑她的"马屁精朋友"。终于海伦对他说："你要的太多了。太多名不副实的赞誉，或爱，或什么东西，反正都是名不副实的。你希望这个世界对你说：'我爱你写的东西，我爱你！'这就要的太多了。实际上很病态。"

"这就是你对我说的话，"他提醒她，"'我爱你写的东西，我爱你！'你说的一模一样。"

"可是世界上只有一个我。"海伦提醒他。

事实上，世界上真的只有一个她，他非常爱她。他总是说她是"我人生中最明智的选择"。他作过一些不明智的选择，他承认，但在和海伦的头五年婚姻中，他只出过一次轨，而且还很短暂。

那是在海伦任教的学院念书的打工保姆，她是海伦教的一年级英语课上的新生，她对邓肯很好，尽管海伦说这女生并不突出。她名叫辛蒂，她读过盖普的《拖延》，而且对他的敬仰恰到好处。他开车送她回家时，她一个接一个地问他关于写作的问题：你怎么想到那个的？什么让你这样写的？她个头儿很小，坐不定话不停，和史第林的鸽子一样相信人、衷心一片以及愚蠢。海伦叫她"乳鸽骨头"，但盖普被她吸引住了，他没给她取外号。珀西家族让他一生都讨厌绰号。而且他喜欢辛蒂的提问。

辛蒂退学了。因为她觉得女子学院不适合她，她想和大人住在一起，和男人相处。她说，二期尽管学校允许她住出去，第一学年第二个学期允许她住进了自己的公寓，但她还是觉得学院太"拘谨"，她想在"更真实的环境"生活。她幻想盖普的维也纳一定是"更真实的环境"，任凭盖普再怎么解释也无法让她相信事实并非如此。盖普想，乳鸽骨头有个小狗似的脑袋，跟香蕉似的既没成形又容易受影响，就像卡特纳大道上的妓女，他指哪里她就去哪里。只不过费事说几个谎而已。

海伦读给他听一本著名的新闻杂志上的评论，评论称《拖延》是"一本丰富感人的小说，带有锐利的历史共鸣……由青春的欲望和痛苦包围着的戏剧"。

"啊，操他妈的'青春的欲望和痛苦'。"盖普说。青春的欲望之一现在让他羞愧。

至于"戏剧"：在和海伦结婚的头五年，盖普只经历过一场真实的戏剧事件，还和他没什么关系。

盖普是在城市公园跑步的时候发现这个女孩儿的，一个裸体的十岁女孩儿在他前方的马道上跑着。当她注意到他慢慢靠近时，就倒在了地上，遮住了脸，然后遮住了胯部，还想要藏起不怎么大的乳房。那是个深秋的冷天，盖普看到这孩子大腿上有血，凹陷的双眼充满了恐惧。她不停地冲他尖叫。

"你怎么了？"他问，尽管他知道得很清楚。他看了看周围，一个人也没有。她把赤裸的膝盖抱到胸前大叫。"我不会伤害你，"盖普说，"我想帮你。"但这孩子哭得更响了。我的上帝，当然了！盖普想，那个可恶的猥亵犯不久前一定也对她说过一样的话。"他跑哪里去了？"盖普问她。然后他换了个口气，想向她证明自己是站在她这边的。"我要替你杀了他。"他对她说。她沉默地盯着他，不住摇着头，她的手指在紧绷的手臂上不停拧着。"求你了，"盖普说，"能告诉我你的衣服在哪吗？"他除了自己这身汗津津的T恤没什么可以给她的。他穿着跑步短裤和跑鞋。他一把T恤从头上脱下马上就觉得冷了，这女孩儿喊起来，叫得实在响，她埋起了脸。"不是，不要害怕，这是给你穿的。"盖普对她说。他让T恤掉落在她身上，但她在T恤下面扭动着身子一脚踢掉了它，然后她张大了嘴咬住了自己的拳头。

"她年纪太小，看不出是男孩儿还是女孩儿，"盖普写道，"只有乳头附近肉肉的，让她有那么些女孩子气。她没长毛的阴部一点儿明显的性别特征都没有，而且她有一双小孩子那种没有性别的手。也许她的嘴还有点儿性感，嘴唇肿着，但这肿不是她自己搞出来的。"

盖普哭了起来。天是灰的，他们周围满是枯叶，盖普开始放声哭泣时，那女孩儿捡起他的T恤盖住了自己。他们两人的姿势很诡异，孩子蹲在盖普的T恤下面，在他脚下缩成一团，盖普站在她上方哭泣，当两人搭档的公园骑警骑上马道时，很难不注意到这个猥亵儿童犯和受害者。盖普写道，其中一个警察为了分开女孩儿和盖普把马骑到了他们中间，"差点儿踏到女孩儿身上"。另一个警察伸出警棍抵住盖普的锁骨，他写道，他的一边身体感到麻痹，"但另一边没感觉"。就凭着这"另一边"，盖普把警察从马上弄了下来，他从马鞍上摔倒在地。"不是我干的，狗娘养的！"盖普喊叫着，"我只不过发现了她，就在这里，就一分钟前。"

那警察趴在落叶上，拔出枪抓着不动。另一个还在马上的警察对女孩儿喊道："是不是他？"这孩子似乎被马吓傻了。她来回瞪着马和盖普。她一定不知道发生了什么，盖普想，倒不是不知道谁干的。但这女孩儿猛地摇了摇头。"那人跑哪儿去了？"马背上的警察说。但这女孩儿仍旧看着盖普。她收紧下巴揉着脸颊，她想要用手势告诉他什么。很显然，她不能说话了，或者她的舌头没了，盖普想起了艾伦·詹姆斯。

"是某个留着胡子的人吗？"落叶上的警察说，他已经站起身，但还没把枪收回皮套里，"她在告诉我们那人留着胡子。"盖普当时留着络腮胡。

"某个留着胡子的人，"盖普问那女孩儿，"像我这样的胡子吗？"一边摸着自己深色的修剪成圆形的闪着汗珠的胡子。但她摇了摇头，手指划过她肿胀的上唇。

"是八字胡！"盖普喊道，女孩儿点了点头。

她指着盖普跑过来的那条路，但盖普不记得在公园门口看见过谁。那警察躬身在马上穿过飞舞的落叶骑走了。另一个警察叫马冷静下来，但他没有重新上马。"用衣服把她包起来，或者找回她的衣服。"盖普对他说，他自己开始沿着马道追着第一个警察跑去，他知道有一些东西只能在地上看到，骑在马上看不到。而且，盖普对自己的奔跑能力充满愚蠢的自信，觉得就算不能超过马，也能跑得比马久。

"喂，你最好在这儿等着！"警察在他身后喊，但盖普大步流星完全不停。

他追着马留在地上的大蹄印跑着。他还没跑出半英里，就看见离马道大概二十多米的地方有一个男子猫在树后。盖普对着这个身影大喝一声,是一个留着白色八字胡的老绅士。他回头看着盖普,眼神里充满了惊慌羞耻,盖普肯定自己找到了猥亵儿童犯。他扒开藤蔓和小鞭子一样的树丛接近男子,他刚才在尿尿,正慌忙地把裤子套回去。他看起来非常像做了坏事被抓了个正着的人。

"我只是……"男子刚开口,盖普就扑了上去,他刚修剪过的坚硬胡子扎在男子脸上。盖普像猎犬那样嗅着他。

"如果真是你的话,你个狗娘养的,我可以在你身上闻出来!"盖普说。男子躲开了这个半裸的粗汉,但盖普抓住了男子的两只手腕,把他的手折起来固定在他鼻子下。盖普再次嗅着他,男子大叫着,好像害怕盖普要会咬他。"不许动!"盖普说,"是你做的吗?那孩子的衣服在哪儿?"

"求求你了!"男子尖叫着,"我只不过是来上厕所。"他还来不及把裤裆拉链拉上,盖普狐疑地看着他的裆部。

"没有性的气味,"盖普写道,"这是藏不住的。那是一股很浓很清楚的味道,就像洒出来的啤酒。"

因此盖普跪在树林里,解开男子的皮带,撕开裤子,把男子的短裤一把拉到脚踝处,他盯着男子吓坏了的那话儿猛瞧。

"救命啊!"老年绅士大叫起来。盖普深深嗅了一下,男子在嫩树丛里倒了下去,他晃着身体好像手臂下面牵了线的木偶,他在一丛细瘦的灌木丛里乱拍乱打,树枝很密让他摔不到地上。"救命啊,上帝!"他叫道,但盖普已经朝马道跑了回去,他的腿穿过厚厚的落叶,手臂在空中挥打,被警棍敲到的锁骨阵阵作痛。

那个骑在马上的警察的马蹄声,在公园入口的停车场嘚嘚作响。他检查着停的每一辆车,绕过砖砌的矮房,那里是厕所。几个人看着他，揣测他是否尿急。"没看到八字胡吗？"这警察对盖普喊。

"如果他在你之前回到这里的话，就可能已经开车走了。"盖普说。

"去男厕看看。"警察说，他向一个推着婴儿车的女人骑去，那婴儿车里的毯子叠得很高。

任何男人的房间都让盖普想起厕所，在这个酸臭厕所的门口，盖普和一个正要离开的年轻男子擦肩而过。他的胡子剃得很干净，上唇太平滑了简直发光，他看起来像个大学生。盖普像狗一样走进男厕，头发竖起，后颈的毛发卷起。他检查厕格门下是否有脚，如果看到一双手或一头熊，他是不会感到惊讶的。他查看长便池那里有没有人回头看他，或肮脏的棕黄洗手台那里会不会有什么人从凹陷的镜子里看他。但男厕里没人。盖普嗅了一下。他留着这副完整但修过的胡子有一段日子了，因此并没有马上闻出剃须霜的味道。他只是闻出了什么不属于这个阴暗潮湿之地的气味。然后他看向离他最近的洗手池：有肥皂沫，池边还有胡须。

那个大学生模样胡子刮净的年轻人正穿过停车场，步子很快但冷静，盖普冲出男厕的门大叫："就是他！"那个骑警看着这个年轻的猥亵儿童犯，一脸茫然。

"他没有八字胡呀。"警察说。

"他刚才剃掉了！"盖普叫道，他穿过停车场直奔那小子而去，那人开始向公园周围交叉的小径跑去。他跑的时候一件件东西从他的夹克衫里掉出来，盖普看见有剪子、刮胡刀、剃须霜罐，然后一件件衣服也跟着掉在地上，当然是女孩儿的衣服。一条屁股后面绣着瓢虫图案的牛仔裤，一件胸前印着青蛙笑脸的上衣。当然没有胸罩，女孩儿还不需要穿。她的内裤引起了盖普的注意。只是简单的棉布材料，简单的蓝色，腰带处绣着一朵蓝色的花，一只蓝兔子在闻着花。

骑马的警察策马追赶那个逃走的小子。马的胸部重重撞到那小子的脸上，把他往前推到了公园入口的煤渣路上，马的一只后蹄在这小子的小腿上留下一记U形蹄印，他像胎儿一样蜷曲在地上，抱着自己的腿。盖普跑上前去，手里是女孩儿的蓝兔子内裤，他把它交给骑马的警察。其他人走向了他们，他们是那个推着盖了毯子的婴儿车的女人、两个骑车的男孩儿、一个拿着报纸的瘦削男子。他们交给警察这小子掉在地上的其他东西：剃须刀还有其他女孩儿的衣物。没有人说话，盖普后来写道，那一刻他看见这个年轻的儿童猥亵犯摊在马蹄下的简短作案史：剪刀和剃须霜罐。一定是这样！这小子留出八字胡，就袭击一个孩子，再把胡子剃掉（大部分小孩儿都会记住胡子）。

"你以前做过这事吗？"盖普问这小子。

"你不应该问他任何问题。"警察说。但这小子对着盖普傻笑。"我从来没被抓住过。"他傲慢地对盖普说。他微笑的时候，盖普看见这年轻人没有上门牙：被马给踢掉了。只剩下流着血的牙龈。盖普意识到这小子身上一定发生了什么事，让他的感觉麻木了，感觉不到多少疼痛，也感觉不到多少别的。

第二个警察，牵着马从马道一端的树林里走了出来。那小孩儿坐在马鞍上，包在警察的大衣里。她手里紧抓着盖普的T恤。她看起来像认不出任何人。警察把她领到躺在地上的猥亵犯那里，但她没有真的朝他看。第一个警察下了马，他走向猥亵犯，把他流着血的脸抬起来面向那小孩儿。"是他吗？"他问她。她两眼无神地盯着这个年轻男子。猥亵犯发出短促的笑声，吐出一口血，这孩子没有任何反应。然后盖普轻轻用手指碰了一下猥亵犯的嘴，盖普用手指上沾到的血轻轻在年轻人的上唇画了一道八字胡，那女孩儿儿开始不停尖叫。马受惊了，需要人让它们安静下来。那女孩儿儿继续叫个不停，直到第二个警察把猥亵犯带走。然后她不再叫了，把盖普的T恤还给了他。她不停轻轻拍着马脖子后面厚厚隆起的黑鬃毛，就好像从来没骑过马。

盖普觉得她坐在马背上一定会疼，但她忽然问道："我可以骑一会儿吗？"盖普很高兴，起码她的舌头还在。

就在那时，盖普看见了那个穿戴整齐、留着无辜八字胡的老绅士，他怯弱地走出公园，小心走进停车场，紧张地四顾着，怕那个疯子又来野蛮地拉下他的裤子，像某种危险的杂食动物那样闻他。当他看到盖普站在警察旁边时，就看起来放下了心，他以为盖普被逮捕了，于是更大胆地走向了他们。盖普想过逃跑来避免误解和解释，但就在那时，警察笑着说："你得告诉我你的名字，还有你在做什么。除了在公园跑步以外。"

"我是个作家。"盖普告诉他。警察抱歉地说从没听说过盖普，但那时盖普唯一发表的作品就只有《格里尔帕策民宿》而已，几乎没有警察可能读过那个。警察看起来很困惑。

"没出过书的作家？"他问。盖普的脸拉了下来。"那你靠什么维生？"警察说。

"我老婆和我妈养活我。"盖普承认道。

"那么，我就不得不问你她们是做什么的了。"警察说，"为了备个案，我们得知道每个人的职业。"

那位受到了侵犯的白色八字胡绅士，只听到了问话的最后一点点，他说："就跟我想的一样！无赖，卑鄙的烂货！"

警察盯着他看。盖普早年尚未出书时，每每逼不得已承认自己靠人养活时就会生气，他觉得这会儿他更想做的是让事情变复杂，而不是把事说清。

　　"总而言之我很高兴你们抓住了他，"老绅士说，"这公园本来很好的，但现在三教九流都进来了，你们可得加强巡逻。"他对警察说，警察以为这老头指的是那个儿童猥亵犯。这警察不想当着那孩子的面讨论这件事，因此他抬头看她，她在马鞍上坐着一动不动，他对老绅士暗示为什么他不应该再说下去。

　　"啊不是吧，他没有对那个孩子做这种事吧！"老先生叫道，就好像他才看见骑在他身旁马上的女孩儿，要不就是刚发现她在警察的大衣下面没穿衣服，她的臂弯里抱着自己小小的衣服。"多可耻啊！"他叫嚷道，怒瞪了盖普一眼，"多恶心！你也肯定要记下我的名字吧？"他问警察。

　　"要你的名字干什么？"警察说。盖普不得不微笑。

　　"看看他还在那得意洋洋的！"老人喊道，"干什么，当然是作人证了，如果可以把这种人治罪的话，我愿意去我国任何法庭讲我的故事！"

　　警察看了看盖普，盖普翻了个白眼。警察还是理解为这老绅士指的是那个猥亵犯，但他不明白为什么盖普被骂成这样。"那么好吧。"警察说，为了哄住这脑袋不清楚的老人。他记下了老人的姓名和住址。

　　几个月过后，盖普在药房买一包三只装避孕套时，那个老绅士正巧走进来。

　　"什么？！是你！"老人叫道，"他们已经放你出来了，是吧？我还以为他们要把你关好几年呢！"

盖普过了一会儿才认出这人。药剂师以为这怪老头一定疯了。这留着修剪得宜的白色八字胡的绅士小心逼近盖普。

"法律到底怎么搞的？"他问，"我猜你是因为表现良好被放出来的咯？牢里没有老头和小姑娘让你闻了是吧，我猜！要不就是哪个律师使了什么诡计帮你金蝉脱壳了是吧？那可怜的孩子终生精神都要受到创伤，而你倒自由自在地在公园晃悠！"

"你弄错了。"盖普对他说。

"对啊，这位是盖普先生。"药剂师说。他没有加上"他是作家"。如果他还要补充什么的话，盖普知道，一定是"英雄"二字，因为药剂师看到了那可笑的报纸头条新闻，报道了公园里的案件和捕捉罪犯过程。

不成作家成英雄！
市民抓住公园变态
著名女权主义者之子救助女孩儿有一套

就因为这个，盖普有好几个月都无法写作，但这篇报道让所有只是在超市、健身房和药房认识盖普的当地居民印象深刻。与此同时，《拖延》已经出版了，但好像几乎没人知道。好几个星期之内，职员和店员都会对其他客人这样介绍他："这位是盖普先生，在公园里逮着猥亵犯的人。"

"什么猥亵犯？"

"城市公园里那个。一个长着八字胡的小子。他专对小女孩儿下手。"

"小孩儿？"

"嗯，抓住他的就是这位盖普先生。"

"这个嘛，其实，"盖普说，"是骑警的功劳。"

"还把他的牙全打落喉咙呢！"各处的药剂师、职员、店员都会兴奋地夸口。

"这个嘛，其实是马的功劳。"盖普谦虚地说。

有的时候，有人会问："那你的工作是什么，盖普先生？"

紧接着的沉默会让盖普难过，他站着思考是不是最好说跑步是他的工作。他绕着公园跑，是职业的猥亵犯捕手。他在电话亭附近溜达，就像那穿斗篷的超人，等待惨案的发生。对他们来说，这些都比他后来说的话更合理。

"我写作。"盖普最后说了实话。这些一度崇拜他的人脸上满是失望，甚至怀疑。

在药房那天情况更糟，盖普不小心把那包三只装避孕套给掉在了地上。

"啊哈！"老人叫道，"看啊！他要拿这些东西干什么？"

盖普想，这东西还能干什么。

"他是个逍遥法外的变态，"老人要说服药剂师，"他在找无辜的人侵犯玷污！"

怪老头的自以为是实在太讨厌了，以至于盖普已经不想消除误会了，其实，他还挺享受这种"在公园剥掉这老鸟的裤子，而且对这场意外全然不感到抱歉"的感觉。

过了一阵，盖普才意识到自以为是并非老绅士独有。盖普带邓肯去一所高中看篮球比赛，惊讶地看到检票的不是别人，就是那个八字胡小子，那个在城市公园里袭击无助孩子的真正猥亵犯。

"你出来了。"盖普惊讶地说。这变态张口对着邓肯微笑。

"一张成人票，一张儿童票。"他边说边撕票根。

"你怎么会被放出来的？"盖普问。他感到自己因为暴力而浑身颤抖。

"没人能证明，"这小子趾高气扬地说，"那傻妞一句话都不说。"盖普又一次想到了11岁时被割去舌头的艾伦·詹姆斯。

他忽然同情起那个不满被他扒了裤子的老头表现出的疯狂来。他为正义不彰难过非常，他甚至可以想象一个非常不快的女人会绝望到割掉自己的舌头。他知道他当场就很想揍这个八字胡小子，就当着邓肯的面。他希望可以安排一顿胖揍来进行道德教育。

但是很多人想要篮球票，盖普碍着他们了。

"走起来啊，浑蛋。"这小子对盖普说。从他的用词中，盖普看出这世界的恶意。这小子的上唇，有他正在留另一条八字胡的乏味证据。

多年以后他才遇见了那个女孩儿，她已经长大，是她先认出他的，他才认出了她。他正走出另一座小镇的电影院，她排在队伍里等着进场。她和一些朋友在一起。

"嗨，你好吗？"盖普问。他很高兴看到她还有朋友。对盖普来说，这说明她还正常。

"电影好看吗？"女孩儿问。

"你真是长大成人了啊！"盖普说，这女孩儿脸红了，盖普意识到自己说了蠢话，"那个，我是说很久不见了，能忘掉从前太好了。"他真心诚意地补上一句。她的朋友正往电影院里走，女孩儿快速看了他们的背影一眼，确定真的只有盖普和她两人留在原处。

"是的，我这个月就要毕业了。"她说。

"高中？"盖普大声问。竟然这么久了吗？

"哦，不是，初中。"女孩儿说，紧张地笑了。

"太好了！"盖普说。不知道为什么，他说："我尽量来参加毕业典礼。"

但女孩儿似乎忽然受到了惊吓。"别，拜托，"她说，"请别来。"

"好吧，我不来。"盖普很快同意了。

这次见面以后，他又看见过她几次，但她再也没有认出过他，因为他剃掉了胡子。"你为什么不再留胡子了？"偶尔海伦问他，"要不留八字胡也好。"但每当盖普路遇那个被猥亵过的女孩儿，并且因为没被认出来顺利逃脱，他就决定要继续把胡子剃得精光。

"我感到不安，"盖普写道，"因为我的人生中碰到过这么多强奸事件。"很显然，他指的是城市公园里那个十岁的孩子，还有11岁的艾伦·詹姆斯，还有以她为名的那个糟糕的协会，由他母亲的那些受伤的女追随者组成，她们带着自己动手造成的象征性的哑口无言。而且不久之后他就写了本小说，让盖普成了个更"家喻户晓的商品"，那小说和强奸有着莫大关系。也许强奸的侵略性让盖普厌恶自己，厌恶自己身为男性的本能，这种本能是那样无法撬动。盖普想，虽然他从没想要强奸任何人，但男性对强奸案人人有责，人人自愧。

就盖普自身的情况而言，他将自己因为被"乳鸽骨头"诱惑而产生的愧疚比作类似强奸的情况。但这根本不能算强奸。倒是自愿的。他甚至好几个星期前就买好了避孕套，知道是做什么用的。而且最恶劣的罪行难道不都是事先策划的吗？盖普并非突然在对保姆的激情面前投降，他是计划好的，准备好等着辛蒂在她对他的激情面前投降。他对这些橡皮套用来做什么心知肚明，因此当它们在城市公园那个绅士面前掉落出来，听到那绅士说他在"找无辜的人侵犯玷污！"时，他一定感到一阵刺痛。说得多对。

不过，他还是在对女孩儿的欲望之路上设置了障碍，他两次藏起了避孕套，但他也记得藏在了哪里。而且在辛蒂为他们做保姆的最后一天晚上到来之前的傍晚，盖普疯狂地和海伦做爱。就在他们应该要穿好衣服吃晚饭或给邓肯做晚饭时，盖普锁上了卧室门，把海伦拽出她的衣帽间。

"你疯了吗？"她问他，"我们就要出门了。"

"可怕的欲望，"他乞求道，"不要拒绝我。"

她逗他说："请别这样，先生。我说过，吃餐前点心之前从来不做的。"

"你就是餐前点心。"盖普说。

"啊，多谢。"海伦说。

"喂，门锁住了。"邓肯敲着门说。"邓肯，"盖普叫道，"出去帮我们看看天气怎么样。"

"天气？"邓肯说，用力想撞开卧室门。

"我觉得后院在下雪！"盖普叫道，"去看看。"

海伦在他的硬肩膀上憋着笑，也不敢发出别的声音，他很快就射精了，让她意外。邓肯快步跑回卧室门口，报告说后院里是春天，到处都是。既然盖普已经完事了，便开门让邓肯进了卧室。

但他还没完。和海伦离开派对开车回家的路上他就知道，他知道得很清楚橡皮套在哪里：就在他的打字机下面，自从《拖延》发表之后无所事事的几个月里，它们都一直静静躺在那儿。

"你看起来很累，"海伦说，"要我送辛蒂回家吗？"

"不，没事，"他嘟囔着，"我来。"

海伦对他笑笑，把脸颊靠在他嘴唇上。"我狂野的午后爱人，"她呻吟道，"你可以一直这样带我出去吃晚餐，如果你想的话。"

他和"乳鸽骨头"在她黑灯瞎火的公寓外的车里坐了很久。他挑了个好时机，学院刚准许她退学，辛蒂正要离开这座小城。她要和最喜欢的作家道别已经不开心了，他好歹也算她亲眼见过的唯一一个作家。

"我肯定你接下来的一年，明年，会过得很好的，辛蒂，"他说，"而且你要是回来见谁的话，请一定要来我家见见我们，邓肯会想你的。"这女孩儿看着仪表盘发出的冷光，然后抬起头楚楚可怜地看着盖普，脸色通红布满深情和泪水。

"我会想你的。"她哀怨地说。

"别，别，"盖普说，"别想我。"

"我爱你。"她小声说，瘦小的头笨拙地撞在他的肩上。

"别，别这么说。"他说，没有碰她。暂时还没。

三只装安全套耐心地藏在他的口袋里，像蛇一样盘着。

在她散发着霉味的公寓里，他只用掉了一只。他惊讶地发现她的家具都被搬走了，他们把她高低不平的行李箱堆成一张不太舒服的床。他留心着没有多待一秒，怕海伦怀疑就算是作家和粉丝的道别也用了太久。

一条很宽的涨满水的小溪流经女子学院的土地，盖普将剩下的两只避孕套丢了进去，偷偷地一边开车一边从车窗扔了出去。他想象会有什么警觉的校警看见了他，已经冲下河岸去抢回证据了——从急流中快速捞起的橡皮套！这被发现的证据会追回用它犯下的罪行。

然而没人看见他，没人发现他做了什么。甚至海伦，她已经睡着了，也不会发现他身上特别的性的气味——毕竟，才几个小时以前，他名正言顺地染上了这股味道。尽管如此，盖普还是冲了澡，干净地滑入他自己安全的床上，他蜷在海伦身边，她咕哝着一些情话，本能地把一条长大腿伸到他的屁股上。他没有反应，她便用屁股贴向他。盖普因为她的信任和对她的爱而哽咽。他充满爱意地摸着海伦微微凸起的孕腹。

　　邓肯是个健康聪明的孩子。盖普的第一本长篇小说，至少让他圆了小时候的理想。欲望仍旧是年轻的盖普生命中的心头大患，但他很幸运，他的妻子对他还有欲望，他对她也是一样。现在第二个孩子会加入他们小心有序的冒险了。他紧张地摸着海伦的肚子，等着婴儿踢他，生命的迹象。尽管他和海伦一样觉得能生个女儿就好了，但盖普希望再生个儿子。

　　为什么？他想。他回想起公园里的女孩儿，想象着没了舌头的艾伦·詹姆斯，还有他自己母亲的艰难抉择。他感到能和海伦在一起很幸运，她有着自己的雄心，而且他不能随便左右她的意愿。但他也想起了卡特纳大道上的妓女，和库西·珀西（她会死于难产）。而现在，那个被他掠夺过的"乳鸽骨头"的香气还萦绕在他身体里，起码在他脑子里，尽管他洗过了澡。辛蒂在他身体下面哭过，她弓着背靠在行李箱上。她额头上有一条青筋凸起，她的额头透明、皮肤白皙，好像个孩子。而且尽管辛蒂舌头健在，在他离开她的时候，她还是什么话都说不出来。

　　盖普不想要女儿，因为世上有男人。因为有坏男人，甚至，他想到，因为世上有像我这样的男人。

第8章

第二个孩子，第二本小说，第二个爱人

是个男孩儿，他们的第二个儿子。邓肯的弟弟被取名为沃特，不是沃特尔，也不是德文里的瓦特，只是沃特：就好像拍着水的水獭尾巴，又好像打得很好的壁球。他就这样掉进他们的生活中，这下他们有了两个男孩儿。

盖普努力写第二本小说。海伦开始了第二份工作，她成了州立大学的英语系副教授，就在紧邻女子学院的小镇上。盖普和男孩儿们，有了一个男生体育馆可以去。海伦偶然能在千人一面的年轻人中碰到一个聪明学生，不至于太闷，她还遇到了很多很有趣的同事。

海伦的同事中有个叫哈里森·弗莱彻的，研究维多利亚时期小说，但海伦喜欢他是因为别的原因，因为他的另一半也是个作家。她名叫爱丽丝，她也在写她的第二本小说，尽管她从未写完第一本。盖普夫妻俩刚见到她的时候，觉得她很容易会被误认成是艾伦·詹姆斯主义者，她就是一言不发。盖普管哈里森叫哈利，从来没人这么叫他，但他喜欢盖普，而且也挺喜欢被称为哈利的，仿佛

这是盖普给他的礼物。海伦继续叫他哈里森，但和盖普说起他时就叫他哈利·弗莱彻。他是盖普的第一个朋友，尽管盖普和哈里森都能感觉出他更喜欢和海伦在一起。

海伦和盖普都不知该如何看待"沉默的爱丽丝"，他们就这样叫她。"她一定在他妈的狂写，"盖普经常说，"把话都说光了。"

弗莱彻夫妇有一个孩子，女孩儿，年龄尴尬地介于邓肯和沃特之间；他们暗示想再要一个孩子。但爱丽丝的第二本小说优先，等书写完了，他们就会生第二个孩子，他们说。

他们两家人偶尔会一起吃晚饭，但弗莱彻不是露天烧烤派对就坚决不动手，也就是说，他们都不做饭，而盖普那段时间自己动手烤面包，厨房炉子上还总是煨着一锅汤。主要是因为海伦和哈里森经常讨论书、教学以及他们的同事，他们在大学食堂一起吃午饭，晚上还打电话聊天，聊很久。盖普和哈利会一起去看橄榄球赛、篮球赛和摔跤比赛，他们每星期一起打三次壁球，这是哈利玩的项目，他就会玩这个。但盖普都能和他打个平手，因为他运动方面更在行，还有长期跑步锻炼出了好体格。因为打球很开心，盖普也就能克制对球类运动的厌恶了。

他们成为朋友的第二年，哈利对盖普说爱丽丝喜欢看电影。"我不喜欢，"哈利坦白说，"但是你要是喜欢看的话，海伦说你喜欢，为什么不带爱丽丝去呢？"

爱丽丝·弗莱彻看电影时咯咯笑，特别是看严肃电影的时候，她摇着头不相信几乎所有她看到的东西。过了几个月盖普才明白过来爱丽丝讲话方面有点儿障碍或神经缺陷，也许是精神上的。一开始盖普还以为是爆米花的问题。

"爱丽丝，你讲话有点儿毛病，我觉得。"一天晚上开车送她回家时他说。

"四的。"她点了点头。她通常只是口齿不清，有时则和口齿不清完全不同。偶尔又一点儿毛病没有。似乎一兴奋，状况就会加剧。

"书写得怎么样了？"他问她。

"不错。"她说。有一次看电影时，她曾脱口而出她喜欢《拖延》。

"你是不是想让我看看你写的东西呀？"盖普问她。

"四。"她说，她小小的脑袋快速点着。她坐在那里，粗短的手指紧紧压着腿上的裙子。盖普也看到过她女儿爱弄皱衣服，那孩子有时会像卷窗帘那样把裙子卷到内裤上面（不过爱丽丝及时制止了她）。

"是因为意外吗？"盖普问她，"你讲话的毛病，还是一出生就这样？"

"天生的。"爱丽丝说。车停在了弗莱彻家门口，爱丽丝拉了下盖普的手臂。她张开嘴指了指嘴里面，似乎这样能解释清楚。盖普看到一排小小的完美牙齿和一条胖胖的清洁如儿童般的舌头。他看不出有什么特别的，但车里很暗，就算有什么异样他也看不见。爱丽丝闭起嘴巴的时候，他看到她哭了，同时也在微笑，就好像刚才那个自我暴露的行为，需要极大的信任。盖普点了点头，仿佛什么都了解。

"我懂了。"他咕哝道。她用一只手的手背擦干了眼泪，另一只手紧紧捏了下他的手。

"哈里森有外遇。"她说。

盖普知道哈利的外遇对象不会是海伦，但他不知道可怜的爱丽丝想到了什么。

"不是和海伦。"盖普说。

"不，不，"爱丽丝摇着头说，"西蒙娜·艾尔斯。"

"谁？"盖普问。

"一个学森！"爱丽丝哀号着，"一个乡村蠢娘们儿。"

距离盖普猥亵"乳鸽骨头"已经过去了几年，但有段时间里他放纵自己和另一个小保姆乱搞过，他很羞愧，连她的名字也不记得了。他真心觉得这辈子都不会再好保姆这一口了。然而他还是同情哈利，哈利是他的朋友，也是海伦重要的朋友。他也同情爱丽丝。爱丽丝可爱得要命，她很显然带着一种致命的脆弱，而且她还把这层脆弱像紧身套头衫一样穿在她紧实的身子上。

"这真太坏了，"盖普说，"我能做什么吗？"

"叫他皮耶搞了。"爱丽丝说。

盖普自己从来不觉得别搞很难，但他从没做过老师，没打过"学森"的主意，也没泡过。也许哈利卷入的情况和他不一样。盖普想到，唯一能让爱丽丝好受点儿的招，就是坦白自己的过错。

"爱丽丝，这种事常发生。"他说。

"你就没有。"爱丽丝说。

"我出过两次轨。"盖普说。她惊讶地看着他。

"说实话。"她坚持道。

"实话就是，"他说，"真的发生了两次。都是和保姆。"

"老千啊。"爱丽丝说。

"但她们都不重要，"盖普说，"我爱海伦。"

"界很重要，"爱丽丝说，"他伤盖了我，而且我无法薛作了。"

盖普知道作家无法"辍作"是什么感受，这让盖普当场就爱上了爱丽丝。

　　"他妈的，哈利搞外遇。"盖普回家后对海伦说。

　　"我知道，"海伦说，"我叫他别这样，但他还是继续越搞越大。她都不算是个好学生。"

　　"我们能怎么办？"盖普问她。

　　"操他妈的欲望，"海伦说，"你母亲是对的。这是男人的毛病。你去和他谈谈。"

　　"爱丽丝把你和保姆的事告诉我了，"哈利对前来找他的盖普说，"我不一样。她是个特别的女人。"

　　"她是个学生，哈利，"盖普说，"老天。"

　　"是特别的学生，"哈利说，"我不像你。我一直很坦白的，头一个告诉爱丽丝。她必须得适应。我跟她说她也可以这样。"

　　"她不认识什么学生。"盖普说。

　　"她认识你，"哈利对他说，"而且她爱上你了。"

　　"我们能怎么办？"盖普回家后问海伦，"他要把我和爱丽丝凑成一对，这样他就不会内疚了。"

　　"起码他对她很坦白。"海伦对盖普说。一个家庭总有这样的沉默片刻，可以从夜晚每个人的呼吸声分别认出每个人来。打开楼上走廊上的门，就可以听到邓肯懒懒地呼吸着，他快八岁了，生命还长着，沃特的呼吸则带着两岁孩童的犹豫不决，短促又兴奋。海伦的呼吸均匀冷静。盖普憋着气，他知道海伦知道保姆的事了。

　　"哈利说的？"他问。

　　"你在讲给爱丽丝听之前可以告诉我的，"海伦说，"第二个保姆是谁？"

"我忘了她的名字。"盖普承认道。

"我觉得这很低级,"海伦说,"实在不是我做得出的事,也不是你该做的事。我希望你现在比较成熟了。"

"是,我成熟了。"盖普说。他的意思是已经对保姆没兴趣了。但欲望本身呢?啊,这个嘛。珍妮·菲尔兹一针见血地指出过他儿子那点儿小心思的核心。

"我们一定得帮弗莱彻两口子,"海伦说,"我们太喜欢他们了,不能坐视不理。"

盖普惊讶于海伦过日子好像在建构论文一样,先写简介,跟着点明基本要点,然后是论述。

"哈利觉得那学生很特别。"盖普指出。

"操他妈的男人,"海伦说,"你负责爱丽丝。我来让哈里森知道知道什么是特别。"

于是有一天晚上,盖普为四人晚餐煮了一盘不错的德国辣鸡面疙瘩,海伦对盖普说:"我和哈里森洗盘子。你送爱丽丝回家。"

"送她回家?"盖普说,"现在?"

"给他看看你的小说,"海伦对爱丽丝说,"想给他看什么就给他看什么。我来让你丈夫知道知道他有多混账。"

"喂,别这样,"哈里森说,"我们都是朋友,还都想继续做朋友不是?"

"你就是个狗娘养的,"海伦对他说,"你操了个学生还说她特别,这是对你老婆的侮辱,也是对我的侮辱。我来让你瞧瞧什么叫特别。"

"海伦,别太狠。"盖普说。

"快带爱丽丝走,"海伦说,"然后让爱丽丝自己开车送她的保姆回家。"

"喂，这是干什么！"哈里森·弗莱彻说。

"屁嘴，哈里深！"爱丽丝说。她拉过盖普的手在饭桌边站了起来。

"操他妈的男人。"海伦说。盖普一言不发，像个艾伦·詹姆斯主义者，他送爱丽丝回家了。

"爱丽丝，我可以送你的保姆回家。"他说。"尽怪回来就好。"爱丽丝说。

"很快的，爱丽丝。"盖普说。

她让他朗读她小说的第一章。"我想轻，"她对他说，"我治己不能练。"于是盖普就念给她听，读出来很优美，他松了口气。爱丽丝写得流畅细致，让盖普觉得，她的词句如果唱出来，也会很好听的。

"爱丽丝，你有很可爱的声音。"他对她说，她便哭了。然后，他们当然做爱了，而且不管别人怎么看这种事，这感觉是特别的。

"难道不特别吗？"爱丽丝问。

"真特别。"盖普同意。

这下，他想到，我这可有麻烦了。

"我们能怎么办？"海伦问盖普。她已经让哈里森·弗莱彻忘记了他那个"特别的"学生，哈里森现在觉得，海伦才是他生命中最特别的人。

"你先挑的头，"盖普对她说，"要停也得你先停，我觉得。"

"这话说得轻巧，"海伦说，"我喜欢哈里森，他是我最好的朋友，我不想失去他。我只是不太想和他上床。"

"可他想啊。"盖普说。

"天哪，我知道。"海伦说。"他觉得你是他见过的人里面最好的。"盖普对她说。"啊，这下可好，"海伦说，"爱丽丝一定觉得好极了。"

"爱丽丝可不会这么觉得。"盖普说。爱丽丝满脑子都是盖普，盖普知道，而且盖普生怕这档子事会结束。有时候盖普觉得，爱丽丝是他拥有过的人里面最好的。"那你呢？"海伦问他。（"没有什么事是平等的。"盖普后来会这样写道。）

"我还好，"盖普说，"我喜欢爱丽丝，我喜欢你，我喜欢哈利。"

"那爱丽丝呢？"海伦问。

"爱丽丝喜欢我。"盖普说。

"啊，老天，"海伦说，"就是说我们互相喜欢，除了我不是很想和哈里森上床。"

"那么就这么结束吧。"盖普说，努力掩盖声音里的难过。爱丽丝曾经对他哭喊过永远不想这么结束。（"行吗，行吗？"她嚷道，"我可不能就介么结素！"）

"不管怎么说，现在总比之前好吧？"海伦问盖普。

"你说了你要说的话，"盖普说，"你让哈利忘了他那倒霉催的学生。现在你得让他对你小心轻放。"

"那你和爱丽丝呢？"海伦问。

"要是我俩当中一个人收手了，那另一个也得收手，"盖普说，"这样才公平。"

"我知道什么是公平，"海伦说，"我也知道什么是人性。"

盖普想象中和爱丽丝的告别场景，是种种激情桥段，充满了爱

214

丽丝断断续续的话语，总是以不要命的做爱收尾，又一个失败的决心，汗湿又带着爱液的甜蜜，哦，是的。

"我觉得爱丽丝有点儿疯疯癫癫的。"海伦说。

"爱丽丝是个很不错的作家，"盖普说，"她可不是徒有其名。"

"操他妈的作家。"海伦咕哝着。

"哈利不欣赏爱丽丝的才华。"盖普听见自己说。

"啊，老天，"海伦咕哝道，"我以后再也不拯救别人的婚姻了，除了我自己的。"

海伦花了六个月工夫才让哈利对她平静地死了心，这段时间里盖普一有机会就和爱丽丝见面，不过也提前警告她他们这四人关系长不了。他也努力警告自己，因为他担心他不得不放弃爱丽丝。

"我们四个人感觉都不一样，"他对爱丽丝说，"必须得结束，而且很快。"

"辣又怎样？"爱丽丝说，"这不还没结素，不是吗？"

"暂时还没。"盖普也同意。他朗读给她听她写的句子，他们那么频繁地做爱，他冲澡的时候都觉得疼，跑步都没法穿提裆短裤。

"我们得做了又做，"爱丽丝狂热地说，"趁我们还能做，尽量做。"

"你知道的，不能这样下去的。"盖普和哈利打壁球的时候想警告他。

"我知道，我知道，"哈利说，"不过能这样的时候挺好的，不是吗？"

"不是吗？"爱丽丝问。盖普爱爱丽丝吗？哦，是的。

"是的，是的。"盖普说，摇了摇头。他想他是爱的。

但海伦是他们当中享受最少、痛苦最多的那个，当她终于决心让一切结束的时候，她无法掩盖自己的欢乐。其他三个人无法掩盖气恼：因为她那么轻松而他们却陷入忧郁。没有正式强行规定，但他们这两对有六个月没有见面，除了偶遇。很自然地，海伦和哈利会在英语系相遇。盖普会在超市偶遇爱丽丝。有一次她故意把自己的购物车撞向他的车，购物车里的小沃特在果菜和果汁罐头当中吓了一跳，而爱丽丝的女儿也一样被撞击惊动。

　　"我觉得有必要接触一恰。"爱丽丝说。而且她有一天很晚了还打电话到盖普家，盖普和海伦已经睡了。海伦接的电话。

　　"哈里深在那儿吗？"她问海伦。

　　"不在，爱丽丝，"海伦说，"出了什么事吗？"

　　"他不在家，"爱丽丝说，"我一个晚上都没倩到哈里深了！"

　　"我过去陪你，"海伦建议，"盖普去找哈里森。"

　　"盖普不能过来倍我吗？"爱丽丝问，"你去找哈里深。"

　　"不行，我过去陪你，"海伦说，"我想这样比较好。盖普去找哈里森。"

　　"我要盖普。"爱丽丝说。

　　"不好意思你不能要他。"海伦说。

　　"不好意系，海伦。"爱丽丝说。她在电话里哭了起来，说了一串海伦听不懂的话。海伦把电话交给盖普。

　　盖普和爱丽丝谈话，听她倾诉，弄了差不多一个小时。没人去找"哈里深"。海伦觉得，她让一切照旧的那六个月，自己控制得挺好的。她只希望，他们所有人能有足够的自控力，既然现在一切都结束了。

"如果哈里森在外面搞学生，我就真要跟他断交，"海伦说，"那个浑蛋！如果爱丽丝自认是个作家，她为什么不写作呢？如果她有那么多要说的，为什么要浪费在讲电话上呢？"

盖普知道，时间会平息所有事。时间会证明他对爱丽丝作品的观感是错的。她的文字也许真的有优美的声音，但她无法完成任何作品，她从未完成她的第二本小说，在盖普和弗莱彻一家来往的这些年里都没有写完，之后也没有。她可以把样样事情都写得很美，但，正如盖普终于被爱丽丝惹恼之后，他对海伦评论道，她无法给任何事画上句点。她无法结束。

哈里森也同样打得一手烂牌。大学拒绝颁给他终身教授头衔，对海伦来说是很难过的损失，因为她真心喜欢哈里森当她的朋友。但哈里森为了海伦抛弃的那个学生可没那么容易放下，她像泼妇骂街那样捅出了勾引她的事，尽管，当然是因为被甩了，她才变成泼妇。这让哈里森的同事一片哗然。而且，当然，没人认真听海伦为哈里森·弗莱彻拿终身教授说的好话，她和哈里森的关系，也让那个被甩了的学生昭告天下了。

哪怕是盖普的母亲，那么热衷于站出来为女性说话的珍妮·菲尔兹，也和盖普一样觉得，海伦比可怜的哈利年轻，之所以能那么容易得到大学终身教授头衔，是因为英语系象征性要作姿态。有人一定提出过他们系上需要一个副教授级别的女性，而海伦适时出现了。尽管海伦毫不怀疑自己够资格，但她也知道并非因为自己的能力才获得终身教授的。

不过海伦从未和任何学生上过床，暂时还没。而哈里森·弗莱彻则不可原谅地将性生活排到了工作前面。不管怎么说，他另外找了份工作。也许因为弗莱彻一家不得不搬走，盖普一家和他们仅剩的交情才复苏过来。就这样，这两对夫妻大约一年会见两次面，距离缓和了曾经的不愉快。爱丽丝可以给盖普大写词句无可挑剔的信。他们不再想要触碰对方，连互撞购物车也不想了，他们都习惯地成为了那种老朋友：也就是说，他们联络时还是朋友，或者，偶尔碰面的时候是朋友。但没有联系时，也不会想起对方。

盖普扔了他的第二本小说，另起炉灶写起第二本小说。不像爱丽丝，盖普是真正的作家，并非由于他比她写得更美，而是因为，用盖普的话来说，他知道每个艺术家都应该知晓的宗旨。"只有完成一样事，并且开始做另一样事，才会成长。"即便这些所谓的完成和开始只是假象。盖普并不比别人写得更快，或更多，他只不过一直带着要完成的念头在写着。

他知道，他的第二本书被吞噬了，被爱丽丝残存在他身上的能量吞噬了。

这书充满了伤人的对话和让对方疼痛的性爱，这书里的性爱也让双方惭愧，他们还总是想要更多性。一些评论者指出了这个矛盾，有说"聪明"的，也有说"愚蠢"的。一个评论者说这小说"痛苦地真实"，但他很快指出这种痛苦让这小说注定沦为"次等经典"。如果能"精巧地处理掉"更多痛苦，这位评论者推测道，"更纯粹的真相就会浮现"。

更多关于这小说"立意"的胡说八道被罗织出来。一个评论者拼命说，这小说似乎说的是只有性关系才能让人们深刻地暴露自己，然而在性关系中，人们看起来又会丢失他们的深刻。盖普说他从没想过立意，而且他拉着脸对一个采访者说他写了"一本严肃的关于婚姻的喜剧，不过是性闹剧"。其后他写道："人类的性欲，让我们最严肃的意愿，都变成了闹剧一场。"

但无论盖普说什么，或者评论者说什么，这书还是销量不好。小说叫作《戴绿帽者的第二春》，每个人几乎都不太懂，连相关评论都难读。它比《拖延》少卖了几千本，但尽管约翰·沃尔夫让盖普放心，说第二本小说通常遭到冷遇，但盖普还是生平第一次感到自己失败了。

好编辑约翰·沃尔夫一直不让盖普看某篇评论，直到他怕盖普会不巧自己发现，于是沃尔夫老大不愿意地寄给他这份西岸报纸上的剪报，附上便条说他听说这评论者为荷尔蒙不平衡所苦。这篇简短的评论说，T. S. 盖普身为"著名女权主义者珍妮·菲尔兹毫无才华的儿子，写了一本沉溺于性描写的性别歧视小说，性描写还没什么指导意义，实在龌龊又可悲。"如此云云。

被珍妮·菲尔兹带大的盖普不那么容易被其他人的意见左右，但连海伦也不喜欢《戴绿帽者的第二春》。甚至连爱丽丝·弗莱彻，在她所有爱意满满的信中一次也没提过这本小说。

《戴绿帽者的第二春》写的是两对已婚夫妇的外遇。

海伦第一次听说这本书的内容时说："啊，老天。"

"写的不是我们，"盖普说，"和那个一点儿没关系。只是利用了那个。"

"你总是这么对我说的，"海伦说，"自传性的小说最差了。"

"这不是自传性的，"盖普说，"你看了就知道。"

她看了也不知道。尽管这小说不是关于海伦、盖普、哈里森和爱丽丝，它讲的也是四个人之间最终不平等又岌岌可危的性爱关系流产了。

四人中的每一个都有点儿生理残疾。一个男的是盲人。另一个男人，口吃严重到他说的话在书里写出来让人看不懂以至于感到愤怒。珍妮批评盖普廉价地向作古的廷池老师开了一枪，但盖普难过地知道，作家都只是观察者，是人类行为尽职又冷漠的模仿者。盖普无意冒犯廷池，他只是利用了廷池的一个习惯。

"我不懂你怎么能对爱丽丝做这种事。"海伦绝望了。

海伦指的是残疾，特别是女性的残疾。两个女性角色中一个右手臂肌肉痉挛，她的手总是猛打出去，打中酒杯、花瓶、孩子们的脸，还有一次差点儿（不小心）用一柄修枝钩把她丈夫给阉割了。只有她的爱人，也就是另一个女人的丈夫，才能纾解这可怕又无法控制的痉挛，因此这女人也人生第一回拥有了无瑕的身体，完全活动自如，真正能控制管住自己了。

另一个女人为不可预测、停不下来的胀气所苦。老放屁的女人嫁给了那个口吃，盲人和有着危险右手的女人是夫妻。

多亏了盖普，四人中没有一个是作家。（"我们还应该感激你略施小惠咯？"海伦问。）两对中有一对没有孩子，也情愿这样。另一对努力想生孩子，女人怀孕了，但她的高兴劲被大家对孩子父亲是谁的担心浇熄。到底是谁的呢？这两对夫妻观察着新生儿的习惯找线索。是口吃呢，老放屁呢，手会乱打呢，还是看不见？（盖普将此视作他本人且代表他母亲对基因这个问题的终极评论。）

如果仅从这两对夫妻为了友谊斩断奸情这点来看的话，这还算是本乐观的小说。无子的那对夫妻后来分开了，他们对彼此失望透顶，倒不一定是这项情感实验的结果。而有孩子的那对继续在一起，这孩子没有任何明显问题地成长。小说的最后一幕是两个女人的巧遇，圣诞期间她们在一家百货公司的扶手电梯和对方面对面交错而过，老放屁的那个正在上行，右手危险的女人正在下行。两人都背着大包小包。就在她们交错的时刻，那个因胀气不受控制的女人，放出了一记响亮锐利的屁。另一个手痉挛的，伸直了右手，把站在她前面的老头从行动中的电梯上推了下去，一大群人都因此站立不稳。但这可是圣诞，扶手电梯上针插不入、吵吵嚷嚷，反正也没人受伤，正值节日，这是可以被原谅的。这两个女人在各自的机械运送装置上渐行渐远，似乎都很安宁地对各自的负担表示了理解，她们朝对方肃穆地笑了一下。

"这是喜剧！"盖普一次又一次叫出来，"就是没人懂。应该是非常搞笑的。拍成电影该多好看！"

但连这书的平装本版权都无人问津。[1]

就像那个只能用手走路的人的命运一样，盖普对扶手电梯有种情结。

海伦说没有一个英语系的人和她谈起过《戴绿帽者的第二春》，《拖延》出版的时候，她很多同事起码还出于好意试着讨论过。海伦说这书侵犯她的隐私，她希望这件事很快把盖普踢出文坛。

"老天啊，他们觉得写的是你们吗？"盖普问她，"你那帮蠢货同事到底他妈的怎么回事？你在学校大堂里放屁吗？系里开会的时候你的胳膊脱臼了吗？可怜的哈利在教室里结巴了？"盖普嚷嚷着，"我是瞎子吗？"

"对，你就是瞎子，"海伦说，"你自有一套什么是虚构小说，什么是事实的想法，但是你以为别人懂你那套吗？这些都是你的经历，不管怎么说，不管你编造了多少，哪怕这只是一种想象出来的经历。大家都觉得写的是我，他们觉得写的是你。而且有时候

---

1 美国图书出版业通常先出硬封面精装本，销量够好才会再版软面平装本。

我也这么想。"

小说里的盲人男子是地质学家。"你看到过我玩石头吗？"盖普大喊。

那个胀气的女人在医院做志愿者，她是护士助理。"你看到我妈抱怨了吗？"盖普问，"她有没有写信给我指出她从来没在医院放过屁，说她只在家放，总是控制好了才放的？"

不过珍妮·菲尔兹的确对他儿子抱怨过《戴绿帽者的第二春》。她对他说他选了一个让人失望的狭隘主题，对大众没多少价值。"她指的是性，"盖普说，"这是经典的主题。一个从来没性欲的女人来教训我什么是大众化的主题。而且发誓当童男子的教皇在决定几百万人的避孕问题。这个世界真疯了！"盖普叫道。

珍妮最新的同僚，是六英尺四英寸高、名叫萝贝塔·马尔登的变性人。她原名为罗伯特·马尔登，以前是费城老鹰队表现抢眼的近端锋，自从接受了变性手术，萝贝塔的体重从235磅跌到了180磅。雌激素药物削弱了她原来强大的力量，耐力也磨损了些。盖普猜罗伯特·马尔登原来著名的"快手"也没那么快了，但萝贝塔·马尔登是珍妮·菲尔兹强有力的陪伴者。是珍妮的自传给了罗伯特·马尔登变性的勇气，一年冬天，他躺在费城一家医院里养膝伤的时候读了这本书。

珍妮·菲尔兹现在为了支持萝贝塔和电视台闹，萝贝塔称这些电视台私底下合谋不让她担任橄榄球赛季的体育播报员。珍妮争辩道，萝贝塔对橄榄球的知识并未因服用雌激素药物减少一分一毫，来自全国大学校园的声援，让六英尺四英寸高的萝贝塔·马尔登成了焦点争议人物。萝贝塔聪慧又口齿伶俐，而且当然很懂橄榄球，她比通常评球的那帮蠢货好多了。

盖普喜欢她。他们一起聊橄榄球,一起打壁球。萝贝塔开始几回合总能赢盖普,她比他有力气,而且更有运动细胞,但她没有他的后劲,而且她比壁球场上的人高大得多,耗体力。萝贝塔也厌倦了和电视台的拉锯战,但她在其他更重要的事情上发挥出极强的耐力。

"萝贝塔,你实在比艾伦·詹姆斯协会的人强多了。"盖普对她说。珍妮和萝贝塔一起来的话,他就很欢迎母亲的来访了。而且萝贝塔会和邓肯玩几小时扔橄榄球。萝贝塔保证过要带邓肯去看老鹰队比赛,但盖普有点儿担心。萝贝塔是众矢之的,她让有些人很生气。盖普想象着各种攻击和炸弹威胁冲着萝贝塔而来,然后邓肯就消失在了人声鼎沸的费城橄榄球场,他会在那里被一个猥亵儿童犯玷污。

盖普的想象来自于萝贝塔·马尔登收到的一些狂热的恶意信件,但珍妮给他看她自己收到的恶意信件之后,他也对她紧张起来。他没有考虑过他母亲的公众形象这一面:有些人真心恨她。他们写信给珍妮说希望她患癌症。他们写信给萝贝塔·马尔登说他们希望他或她的父母双亡。一对夫妻写信给珍妮·菲尔兹说他们要用大象的精子给她人工授精,把她从体内爆破。这封信的署名是"合法夫妻"。

一名男子写信给萝贝塔·马尔登说,他本来打小就是老鹰的球迷,甚至他祖父母都生在费城,但现在他要转而支持巨人队或红皮队了,要开车去纽约或华盛顿看球,"或者甚至去巴尔的摩,如果必要的话",因为萝贝塔的娘娘腔让整个老鹰队的进攻线堕落。

一名女子写信给萝贝塔·马尔登说,她希望萝贝塔被奥克兰突袭者队群奸。这女人觉得突袭者队是最恶心的橄榄球队,也许他们可以让萝贝塔知道做女人有多开心。

一名怀俄明州的高中生近端锋写信给萝贝塔·马尔登,说她让他对近端锋这个位置感到羞耻，他要换位置，换成线卫。目前为止，还没有变性线卫。

一名密歇根州的大学生哨锋写信给萝贝塔说，如果她哪天来伊普西兰蒂的话，他要戴着肩垫干她。

"这不算什么，"萝贝塔对盖普说，"你母亲被骂得更凶，恨她的人更多。"

"妈，"盖普说，"你为什么不避一避风头呢？度个假。再写一本书。"他从没想过会建议她做这种事，但他忽然发现珍妮可能成为受害者，通过其他受害者让她自己暴露在这满是憎恨、残酷和暴力的世界面前。

被记者采访的时候，珍妮总是说她在写下一本书，只有盖普、海伦和约翰·沃尔夫知道她在撒谎。珍妮·菲尔兹一个字也没动。

"我已经做了所有我想为自己做的，"珍妮对她儿子说，"现在我关心的是别人。你只知道担心你自己。"她语气沉重，好像在她看来，儿子的内向，他沉迷想象的生活，才是更危险的生活方式。

海伦也真心害怕，特别是当盖普在《戴绿帽者的第二春》之后停笔的一年多里。然后他写了一年又全部推翻。他给编辑写信，这些信是约翰·沃尔夫不得不读的信里最难以卒读的，更别说非得回信了，有一些有10到12页长，大部分都在抱怨约翰·沃尔夫没有尽力"推"《戴绿帽者的第二春》。

"人人都恨这书，"约翰·沃尔夫提醒盖普，"我们怎么推？"

"你从没支持过这书。"盖普写道。

海伦写信给约翰·沃尔夫，请他对盖普耐心担待，但约翰·沃尔夫太了解作家了，而且他已经尽最大努力表现得和气、耐心了。

到后来，盖普开始写信给其他人。他回了一些他母亲收到的恶意信件，罕有的几个留下回邮地址的人。他写长信想说服这些人不要恨他母亲。"你要变成社工了。"海伦对他说。但盖普甚至还主动要回信给几个恨萝贝塔·马尔登的人，然而萝贝塔有了新欢，恶意信对她来说水过无痕。

"老天，"盖普对她抱怨道，"先是变性，这会儿你又恋爱了。萝贝塔，作为一个有胸部的近端锋，你太无聊了。"他们是非常好的朋友，萝贝塔和珍妮一进城他们就猛打壁球，但这不足以填满盖普坐不住的时光。他和邓肯玩好几个小时游戏，期待沃特长大到也能一起玩。他没日没夜地做饭。

"第三本小说会是本重要的书。"约翰·沃尔夫对海伦说，因为他看出她很烦坐立不安的盖普，她需要鼓励。"给他时间，会写出来的。"

"他怎么知道第三本小说会重要？"盖普生气了，"我的第三本小说还没什么头绪呢。而且因为他们这种出版法，我的第二本小说还不如不出呢。编辑都是满嘴谎言又自满的预言家！如果他那么懂第三本小说，他怎么不写他自己的第三本小说？怎么不写第一本小说？"

但海伦笑了笑，吻了他，并开始和他去看电影，哪怕她恨电影。她对自己的工作很满意，孩子也都幸福快乐。盖普是个好父亲，好厨子，而且比起他埋头书稿的时候，他不写作的时候做爱更精心。会写出来的，海伦想。

她父亲，老好人厄尼·霍尔姆，有了些早期心脏问题的迹象，但她父亲在史第林过得挺开心。他和盖普每年冬天都一起旅行一趟，去艾奥瓦看一场大型摔跤比赛。海伦肯定盖普的写作瓶颈只是可以忍过去的小事。

"会写出来的，"爱丽丝·弗莱彻在电话里对盖普说，"你不可以翔迫的。"

"我没有想翔迫什么东西，"他让她放心，"只不过空空如也。"但他想这可爱的爱丽丝，无法给任何事画上句号，连对他的爱都不行，听了他这话该多难过。

然后盖普也收到一些写给他自己的恶意信件。有人被他的《戴绿帽者的第二春》冒犯了，给他写了封措辞活泼的信。这人并不是人们所想的眼睛看不见、口吃、肌肉痉挛或老放屁，而是刚好盖普需要的那种能把他从萎靡不振里拎起来的人。

【被冒犯的一方写道】

亲爱的脑残：

我读了你的小说，你似乎觉得别人的毛病很好笑。我见过你的照片，你头发很厚，所以我猜你就可以笑话秃子了。而且在这本残忍的书里，你笑话了无法高潮的人、婚姻不幸的人，还有另一半对自己不忠的人。你必须知道有这些问题的人不觉得好笑。睁眼看看世界吧，脑残，世界充满了痛苦，人人都在受苦，没人相信上帝，也没人好好管教下一代。你这个混账脑残，你自己什么问题都没有，就可以笑话有问题的可怜人！

此致
敬礼

I. B. 普尔（太太)
俄亥俄州，芬德利市

226

这封信有如扇了盖普一记耳光，他很少觉得这样严重地被误解了。为什么人们坚持认为不可以在"好笑"的同时"严肃"呢？盖普觉得大部分人都把深沉和不苟言笑搞混了，把端庄理解成深刻。很显然，如果你讲的话严肃，你这人就严肃。其他动物想必不会自嘲，盖普相信人类的笑和同情是联系在一起的，我们应该需要更多的笑和同情。他小时候毕竟是个毫无幽默感的人，也从来没有信仰，因此也许他现在把喜剧感看得比别人重。

但盖普看着自己的理想被解读成嘲笑他人，这让他痛苦，而意识到自己的艺术让他显得残酷，这让盖普强烈感到失败了。盖普给这位在俄亥俄州芬德利市的读者小心翼翼地写了回信，小心翼翼得好像在劝一个站在国外陌生旅馆楼顶企图自杀的人。

亲爱的普尔太太：

这世界充满了痛苦，人们都受着很大的苦，我们很少人相信上帝或好好带大孩子，你是对的。而且有问题的人一定不会觉得他们的问题好笑，你也是对的。

作家霍勒斯·沃波尔曾经说过，这世界对思考者来说是喜剧，对感受者来说是悲剧。我希望你也同意霍勒斯·沃波尔这么说有点儿简化了这个世界。我们两个肯定同时思考又感受，至于什么是喜剧什么是悲剧，普尔太太，这个世界是悲喜交织的。因此我从来不懂为什么"严肃"和"好笑"被认为是对立的。我觉得这只是真实的矛盾，人们的问题常是好笑的，但人们也常常仍旧是悲哀的。

然而你觉得我在嘲笑他人或开他们玩笑，这让我脸红。我对人很看重，实际上我只看重人。因此，我对人的行为只有同情，唯有笑声能安慰他们。

普尔太太，笑是我的信仰。在大部分宗教习惯里，我承认我的笑很要命。我想给你讲个小故事来说明我的意思。这故事发生在印度孟买，那里每天有很多人饿死，但并不是每个在孟买的人都挨饿。

在印度孟买不挨饿的人口中，有人办了场婚礼，还为新郎新娘办了宴会。有些婚礼客人带大象来参加宴会。他们并无意炫富，大象不过是交通工具。虽然我们会觉得这样来去也太大阵仗了，但我觉得这些参加婚礼的客人自己可不这么看。他们中的大多数一定并不是造成周围广大印度同胞挨饿的罪魁祸首：大多数人都只是对自己的麻烦和世界的麻烦喊声"暂停"，来庆祝一个朋友的婚礼而已。但如果你是挨饿的印度人之一，而且你刚好蹒跚路过这场喜宴，看见所有这些等在外面的大象，你一定会多少不太高兴。

再加上，有些婚礼宾客喝得酩酊大醉，开始喂他们的大象啤酒。他们倒空了一个冰桶用它装满啤酒，然后傻笑着走到停车场喂给闷热的大象一整桶酒。大象喜欢喝。于是寻欢作乐的人又多给了他几桶。

谁知道啤酒会给大象造成什么影响？这些人并没坏心，他们只是在寻开心，而且很有可能他们平常的生活可不是百分之百开心。他们一定需要来场宴会，但这些人也太蠢太不负责了。

如果那么多饥饿的印度人中有一个人拖着步子穿过停

车场，目睹了宾客给大象灌酒，我打赌他会感到愤怒。但我希望你明白我并不是在开谁的玩笑。

接着这些喝醉的宾客被要求离场，因为他们给大象灌酒的行为惹到了其他客人。不能怪其他客人会觉得烦，他们当中一些人真觉得他们在防止事情"失控"，尽管人们对防止失控从来不在行。

这些宾客酒壮怒胆，挣扎着翻身上了大象，掉头离开停车场，想必是欢乐的大型展览，他们撞到其他一些大象和东西，因为他们的大象醉醺醺左摇右晃地费力走着，视线蒙眬，肚子里装着几桶啤酒。它的四肢前后摆动，好像随便装起来的义肢。它硕大的胸脯晃得太厉害，撞上了一根电线杆，将它连根拔起，把它的大头顶上的大片通电的电线扯了下来，它因此丧命，骑着它的婚宴宾客也立马一命呜呼。

普尔太太，请相信我，我不觉得这"好笑"。但走来了一个饿着肚子的印度人，他眼看着所有婚礼客人都在哀悼他们死去的朋友，和朋友的大象，人们号啕大哭，互相撕扯着华服，呕吐着好酒好菜。他第一件想到的事就是趁客人分神时溜进喜宴，给他挨饿的家人偷些好吃好喝的。他做的第二件事是对那些宾客干掉自己和大象的方式大笑特笑。在营养不良的印度人看来，在有人饿死的时候，这种大型的死法一定非常可笑，起码很迅速。但婚宴的客人可不这么看。这已然是场悲剧，他们已经在说着"这悲剧事件"，而且尽管他们或许可以原谅出现在宴会上的那个"臭要饭的"，甚至容忍他偷吃的，但他们无法容忍他嘲笑他们死去的朋友和死去朋友的大象。

被乞丐的行为惹恼（被他的笑，不是偷窃或衣衫褴褛）的婚礼客人把他的头按进死去的宾客用来给大象解渴的啤酒桶里，淹死了他。他们将之理解为"正义"。我们将这个故事看成阶级间的矛盾，而且不用说是"严肃"的。但我想将它看成关于天灾的喜剧：他们只是愚蠢地想"掌控"状况的人，而事情的复杂性超过了他们的能力，这个状况由永恒的部分和微不足道的部分组成。毕竟，像大象那么大的动物，可能会造成更坏的后果。

普尔太太，我希望我把我的意思解释得较为清楚了。无论如何，我都感谢你花时间写信给我，因为我对来自读者的意见心怀感激，哪怕是批评。

此致

敬礼

"脑残"

盖普是个用力过猛的人。他以巴洛克风格做每件事，他相信夸张，他的小说也走极端路线。盖普从未忘记他未能说服普尔太太，她的话常常让他担心，她对他那封浮华的信的回信一定让他更不好受了。

【普尔太太回复道】
亲爱的盖普先生：

我从来没想过您会受累给我回信。你一定是脑子有病。

我可以从你的信中看出你有自信，我猜这很好。但我觉得你说的东西大多是废话和胡说，而且我不希望你再向我解释什么了，因为这很无聊，而且对我的智商是种侮辱。

　　此致

艾琳·普尔

　　盖普就像他笃信的人性那样是自相矛盾的。他对其他人很大方，但又完全没耐心。他对每个人值得他花多少时间精力有自己的标准。他可以煞费苦心温柔待人，直到他决定他已经温柔够了。然后他就翻脸用截然不同的方式叫嚣回去。

【盖普写信给普尔太太】
亲爱的艾琳：

　　你干脆别再读书了，或者干脆多读一些书。

【艾琳·普尔写道】
亲爱的脑残：

　　我丈夫说如果你再写来，他就要把你的脑袋揍出脑浆。

　　此致
非常敬礼

费滋·普尔太太

【盖普马上回击】

亲爱的费滋和艾琳：

操你大爷。

他就这样丧失了幽默感，同情也被世界没收。

在《格里尔帕策民宿》里，盖普多少还写出了那么些喜剧味道和同情。这小说没有贬低故事中人，没有刻意卖乖，也没有夸张化，并认为非夸张不足以点明主旨。这故事也没有把人物处理得过分感伤，没有让他们的悲哀显得廉价。

但盖普现在丢了这种说故事的力量平衡。在他看来，他的第一部长篇小说《拖延》不好的地方在于他并未亲历，而是矫揉造作出那种法西斯故事的历史重量。他的第二本小说不足在于他想象不足，意思是，他觉得他的想象没有超越他自己比较平凡的人生经历。他对《戴绿帽者的第二春》感情冷淡，似乎只是另一段"真实"但实在乏善可陈的经历。

实际上，盖普现在觉得他自己的人生太过幸运（有海伦和他们的孩子们）。他感到正面临通常限制作家能力的那种危险：主要围着自己的经历打转。然而当他看着远离自身的外部世界时，盖普只看到矫揉造作、虚张声势。他的想象力不行了，"知觉是迟钝的"。当有人问他写作进行得怎么样的时候，他只能说出短短一句话，残酷地模仿了爱丽丝·弗莱彻。

"我的写作生涯已经结束了。"盖普说。

第9章

永久的丈夫

在盖普的电话簿黄页里，"婚姻服务"列在"木材场"附近。"木材场"后面跟着"机械工厂""邮购商场""窨井维修""枫树糖浆厂"和"航海器具"[1]，然后是"婚姻和家庭顾问"。盖普在找"木材厂"的时候发现了"婚姻服务"，他本来想问些关于二乘四英尺木材的无伤大雅的问题，然而"婚姻服务"吸引了他的注意，他产生了更有趣也更让人不安的问题。

盖普从未意识到，比如说，婚姻顾问比木材场还多。但这得取决于你住哪儿，他想。在这个国家，人们难道不是更用得着木材吗？盖普已经结婚快满11年，这些年来他很少需要木材，也很少需要咨询。盖普并非出于个人原因对黄页里一长串名单感兴趣，而是因为盖普很长时间以来，一直在努力想象有份工作是什么感觉。

黄页上有基督徒咨询中心和社区牧师咨询服务，盖普想象着热

---

1 英文中，这些词均以字母"M"开头。

情的牧师们两只干燥的胖手总是相互摩擦的样子。他们说的话圆滑湿润，好像肥皂泡，诸如"我们不会骗自己说教会能为个人问题提供太多帮助，比如说你的问题。个体需要寻求个体的解决之道，必须保持个性化，然而，经验告诉我们，很多人都能在教会找到和自己的独特个性化问题的关联"。

一对迷惘的夫妇，希望讨论一下同时高潮的问题，究竟是迷思还是现实？

盖普留意到神职人员也在开展咨询服务，有"路德教社会服务"，有德韦恩·孔茨牧师（此人受过"认证"）和一个叫露易斯·内格尔的，她是一名"诸灵神职人员"，和某个叫作"美国婚姻和家庭顾问协会"有关（就是他们给她颁的"证"）。盖普拿出铅笔在有宗教关联的婚姻顾问名字旁边画了小零。他们都会给出比较乐观的指导，盖普这么相信。

他对受过更多"科学化"训练的顾问的观点没那么肯定，他对这种训练也比较怀疑。有个所谓的"注册临床心理咨询师"，还有的只是名字后面加缀"M.A.，临床"，盖普知道这种字眼代表什么都行，也什么意义都没有。可以是一个社会学的毕业生，一个前商科学生。有人说自己是"B.S."，谁知道指的是"园艺"领域还是理学学士。有一个说是博士，难不成是婚姻方面的？有人自称"Doctor"，但究竟是医生还是博士？在婚姻咨询领域，究竟谁更强？有一个专长是"集体治疗"，还有个野心没那么大的只保证提供"心理评估"。

盖普选了两个最喜欢的。第一个是O.罗斯洛克医生——"自尊培养工作室，接受各类银行卡"。

第二个是M.奈夫，"必须预约"。M.奈夫名字后面只有个电话号码。没有资格证明吗，还是由于高傲？或许两者兼有。如果我需要找人问的话，盖普想，我会先找M. 奈夫试试。O. 罗斯洛克医生和他的各类银行卡和什么自尊培养工作室明显是江湖骗子。但M. 奈夫很严肃，盖普看得出M. 奈夫有远见。

盖普翻了翻黄页上"婚姻服务"后面的内容。他看到"砖瓦匠""孕妇服"和"垫子修补"（其下只有一家公司，还在城外，史第林的电话号码：是盖普的丈人，厄尼·霍尔姆，靠修补拳击垫的爱好赚些小钱。盖普没想到是他的老教练，他没认出厄尼的名字，掠过"垫子修补"翻到了"床垫公司"）。然后是"坟墓"和"肉类切割器具""跷跷板锯子"。够了。这世界太复杂了。盖普翻回了"婚姻服务"。

然后邓肯从学校回家来了。盖普的这个大儿子如今十岁，他个子高，有海伦·盖普棱角分明、精致的脸，还有她椭圆形黄棕色的眼睛。海伦的皮肤是淡淡的橡树色，邓肯也继承了她的好皮肤。他从盖普那继承了他的神经质、固执，还有他黑色的自怜情绪。

"爸，"他说，"我能在拉尔夫家过夜吗？有要紧的事。"

"什么？"盖普说，"不行。什么时候？"

"你又在读电话簿了？"邓肯问他父亲。邓肯知道，只要盖普一读过电话簿，就得努力像把他从瞌睡中叫醒似的。他常常为了找名字读电话簿。盖普从电话簿里挑小说人物的名字，只要写作遇上瓶颈，他就读电话簿找更多名字，他把人物的名字改了又改。盖普旅行的时候，在旅馆里做的第一件事就是找电话簿，他还总是把簿子偷走。

"爸？"邓肯说，他觉得他父亲正在看着电话簿发呆，正活在他虚构的人物世界里。盖普实际上也忘了现实世界中今天为什么要打开电话簿了，他已经忘了木材场，只一心思量着无畏的M. 奈夫和身为一名婚姻顾问是什么滋味。"爸！"邓肯说，"如果我不在晚饭之前回个电话给拉尔夫的话，他母亲就不会让我过去了。"

"拉尔夫？"盖普说，"拉尔夫不在这儿。"邓肯抬起他俊美的下巴翻了个白眼，海伦也有这个习惯动作，邓肯继承了她的可爱喉咙。

"拉尔夫在他家，"邓肯说，"我在我家，我想晚上去拉尔夫家，和拉尔夫一起过夜。"

"不是周末的晚上可不行。"盖普说。

"今天星期五，"邓肯说，"老天啊。"

"邓肯，不许骂骂咧咧，"盖普说，"等你母亲下班回家，你可以问问她。"他在拖时间，他知道，盖普怀疑拉尔夫，更糟的是，他害怕让邓肯在拉尔夫家过夜，尽管这不是第一次。拉尔夫是一个盖普不信任的年纪稍大的孩子，而且，盖普不喜欢拉尔夫的母亲，她晚上会出门，让男孩儿们自己在家（邓肯承认过这件事）。海伦有一次说拉尔夫的母亲"邋里邋遢"，这个词总是激起盖普的好奇心（还有女人的那种样子对他有种吸引力）。拉尔夫的父亲不住在家里，所以拉尔夫母亲因为独居女子的身份而"浪荡"倍增。

"我等不了妈妈回家了，"邓肯说，"拉尔夫的母亲说她晚饭前得知道行不行，不然我就不能过去住了。"晚饭是盖普的责任，一想到晚饭他就无法专心了，他不知道现在几点了。邓肯好像每天回家的时间都不一定。"为什么不叫拉尔夫过来住一晚？"盖普说。一个老策略。拉尔夫通常来和邓肯一起过夜，这样盖普就不用因为拉尔夫太太的粗枝大叶担心了（他永远不记得拉尔夫姓什么）。

"拉尔夫总是在这儿过夜，"邓肯说，"我想去他那儿待一晚。"去他那儿做什么？盖普想问。喝酒、吸毒、虐待宠物、偷看拉尔夫太太马马虎虎地做爱？但盖普知道，邓肯才十岁而且很有理智，很小心。这两个男孩儿，一定只是想单独在没有盖普的房子里待着，没有盖普微笑地看着他们，问他们想要什么。

"为什么不打电话给拉尔夫太太，问问她是不是可以等你母亲回来再告诉她你是不是能去？"盖普问。

"老天，'拉尔夫太太！'"邓肯哼哼着，"妈妈一定只会说'我觉得可以，问你爸。'她总是这么说。"

机灵鬼，盖普想。他中计了，差点儿就脱口而出说怕拉尔夫太太晚上拿着香烟睡，烧着了自己的头发，然后把他们都给烧死。盖普没什么可说的了。"好吧，去吧。"他郁闷地说。他甚至不知道拉尔夫的母亲是不是抽烟。他只是一见她就讨厌，他不信任拉尔夫，没什么特别好的原因，只因为他比邓肯大，所以，盖普想他就有本事带坏邓肯。

盖普不信任大多数他的妻子和孩子喜欢的人，他感到亟须保护他爱的仅有的几个人，不让他想象中的"其他所有人"伤害。可怜的拉尔夫太太并非他偏执假设的唯一受害人。我得多出门，盖普想。如果有份工作的话，他想到，他每天都这样想，天天反复地想，反正他没在写作。

世上几乎没有盖普感兴趣的工作，他也肯定不够格从事任何工作。他知道，他只够格做非常有限的事。他能写，他写作的时候，他相信他写得特别好。但其中一个他想找份工作的理由是他觉得需要增强对别人的了解，他想克服对他们的不信任。一份工作至少会迫使他接触一下别人，盖普如果不被逼着和别人相处的话，他宁可在家待着。

一开始，为了要写作，他从来没真的想过要去上班。现在为了帮助写作他觉得需要工作了。我快用完我能想象的人了，他想到，但也许他从来都没喜欢过多少人，而且他很久没有写出过什么他喜欢的东西了。

"我现在就出门！"邓肯对他叫道，盖普从白日梦里醒了过来。这孩子背上背着一只亮橘色的背包，背包下面捆着一只卷起来的黄色睡袋。两样都是盖普给挑的，因为显眼。

"我开车送你。"盖普说，但邓肯又翻了个白眼。

"车在妈妈那儿，爸，"他说，"她还在上班呢。"

当然，盖普傻笑起来。然后他看着邓肯去取自行车，就在门口对他喊："邓肯，你怎么不走过去呢？"

"为什么要走？"邓肯恼火地说。

这样你就不会被疯狂的青少年开的车轧断你的脊梁骨了呀，也不会被心脏病发的醉鬼从马路上扫飞了呀，盖普想着，那样的话，你完好温暖的胸膛就会摔碎在路牙子上，你别致的头骨会在人行道上摔开，某个浑球会把你当作在臭水沟里发现的什么人的宠物那样用旧地毯包起来。然后什么郊区的蠢货跳出来猜这一包东西是谁家的（"我想，是榆木路和道奇路口那个绿白相间的房子家的。"）然后有人把你开车送回来，按门铃对我说："呃，不好意思。"然后指着血染的后座上滴着血的物体，开口问："是你家的吗？"但盖普只是说："哦，去吧，邓肯，去骑车吧。就是要当心！"

他看着邓肯穿过马路，骑往下一个路口，在转弯之前注意看路（好孩子，他小心的手势值得记上一笔，但也许这只是做给我看的）。这里是安全的小城里的安全郊区，有着舒适的绿草地，每家每户都有独栋房子，大部分是大学教职工家庭，偶然有一栋大房子分割成公寓供研究生住。比如说，尽管拉尔夫的母亲独占一整座房子，而且她比盖普大，但她表面上永远是在读研究生。她的前夫在一个科学系任教，想必付了她的学费。盖普记得海伦听说那个男人和一个学生住在了一起。

盖普觉得，拉尔夫太太一定是个特别好的人，她有个孩子，而且她毫无疑问是爱他的。她毫无疑问想为自己的人生奋斗。如果她能小心点儿就好了！必须得万事小心，人们没有意识到这一点。因为太容易就能把样样事情搞砸了。

"你好！"有人说，或者他觉得有人在说话。他看看周围，但那个对他说话的人已经走了，或者根本没人路过。他意识到自己鞋都没穿（他觉得脚冷，还是早春），他站在自家房门前的人行道上，手里捧着电话号码簿。他很愿意继续想象M. 奈夫和婚姻咨询行业，但他知道天不早了，他得准备晚饭了，而且连菜都还没买。他能听到一个街口以外给超市冰箱供电的引擎轰鸣声（因为离超市近，他们才搬来这个社区，这样海伦把车开走去上班的时候，盖普能走路去买东西。而且，他们也离一个公园比较近，他可以在里面跑步）。超市后面有风扇，盖普可以听到它们吸走超市货架走道上静止的空气，并把微弱的食物气味吹到街上。盖普喜欢这个。他有一颗厨子的心。

他白天写作（或者说努力去写），跑步和做饭。他早早起床给自己和孩子们弄早饭。没人回家吃午饭，盖普从来不吃午饭，他每天晚上给全家做晚饭。这是他热爱的一项仪式，但他做饭的野心取决于白天他写得如何、跑得怎样。要是写作进展不顺，他就用漫长艰苦的跑步来发泄。或者，有时写作太耗费心力，他连跑满一英里的精力都不够了，他就会用丰盛的晚饭来弥补。

海伦从来无法从盖普做的饭揣摩他一天过得如何，特别的小菜也许表示庆祝，也可能代表食物是今天唯一的好事，做饭是唯一让盖普摆脱绝望的劳动。"如果你细心，"盖普写道，"如果你准备好了食材，不投机取巧，通常可以烧出好菜来。有时候，这道菜就是一整天里唯一没白费力气的东西。而写作，我发现，即使你找对了材料，花了大量时间和心思，还是会一无所获。爱情也一样。因此，煮饭能让努力的人不至于因为一无所获而发疯。"

他走进房子找双鞋。他拥有的唯一鞋款就是跑步鞋，有很多双，它们磨损程度不一。盖普和孩子们穿着干净但起皱的衣服，海伦讲究穿着，不过尽管盖普帮她洗衣服，但他一件衣服也不肯熨。海伦的衣服都是自己熨的，偶尔帮盖普熨件衬衫，熨衣服是盖普唯一拒绝履行的传统家庭主妇职责。烧饭、带孩子、简单洗衣和打扫，他都做。做饭是专家级的，带孩子方面有点儿过于紧张过于一丝不苟，打扫方面则有点儿强迫症。他咒骂被乱放的衣服、碗碟和玩具，但他绝不会听之任之，他捡东西成魔。有一些早晨，他坐下写东西以前会操起吸尘器快速把房子吸个遍，或者会清洁烤箱。这房子从来都没有不整洁过，但总有种不抓紧打扫就会清洁不保的感觉。盖普扔了很多东西，于是房子里总是缺这少那。有一回他任凭大多数灯泡烧坏，一直没换，直到海伦发现他们几乎生活在黑暗之中，仅靠两台还能用的灯过活。要不就是他记得灯，就忘了买肥皂和牙膏。

海伦也给房子进行某些装饰，但这不在盖普职责之内。比如说植物，海伦如果忘了它们的话，它们就会死。盖普只要看见它们好像奄拉着，或者有那么一丁点儿褪色，就会把它们扫地出门扔进垃圾桶里。几天以后，海伦会问："那盆红色阿伦佐呢？"

"那臭玩意儿，"盖普会说，"生了什么病，我看见上面生蛆了，还看见它那些小刺掉得满地板都是。"

就这样，盖普承担着家务活。

回到房子里，盖普找出他那双黄色跑鞋穿上。他把电话号码簿放进他放置重厨具的柜子里（房子里被他藏满了电话号码簿，然后他会为了找一本想要的把房子给拆了）。他在铸铁锅里倒上点儿橄榄油，他边切洋葱边等着橄榄油烧热。这会儿才烧晚饭已经晚了，他还没去买菜。菜单是基本款番茄酱、一点儿意大利面、一点儿新鲜绿色蔬菜沙拉、一条他烤好的面包。这样他可以在酱汁浇上以后去超市，只需要买些蔬菜就行了。他赶着切菜（这会儿在切新鲜罗勒）但不能把所有材料都一股脑儿扔进锅里，得等油温高了又没冒烟的当儿，这很重要。盖普知道，做饭有些地方像写作，急不得，他从来不催着赶着。

电话响起来，他太生气了，将一把洋葱扔进锅里的时候被溅出的油烫着了。"操！"他叫道，他踢开烤箱边的橱柜，橱柜门上的小插销啪地松开来，一本电话号码簿滑了出来，他盯着它看。他把所有洋葱和新鲜罗勒叶扔进油里关小了火。他把手放在冷水下冲，然后一边眯眼看着疼痛的烫伤处，一边用另一只手去够电话，几乎失去平衡。

那些骗子，盖普想。婚姻顾问能需要什么资格？不用说，他想到，又是一种把什么事都简单化处理的心理医生号称在行的领域。

"你他妈的正好在我做事的时候打来。"他冲着电话发火，他眼看着洋葱在热油里软掉。不会有什么他害怕得罪的人打电话来，这是无业的几项优势之一。他的编辑，约翰·沃尔夫，只会说盖普接电话的态度只是证明了，他觉得盖普粗鲁是对的。海伦对他接电话的口气早习惯了。如果电话是找海伦的也无妨，她的同事朋友已经把盖普想得一副粗人样。如果是厄尼·霍尔姆打来的，盖普会一时心里一紧，教练太爱道歉，让盖普难为情。如果是他母亲，盖普知道，她会冲他吼回去："又说谎，你从来没在做什么正事。你总是要做什么事还没做。"（盖普希望不是珍妮。）这个点，不可能有别的女人打电话给他。除非只有日托班来报告小沃特出了什么意外，要么是邓肯，打来说睡袋上的拉链坏了，或者他的腿伤了，这类情况的话盖普才会对自己粗暴的话感到内疚。孩子当然有权在父母做事的时候打电话来，他们也常常这样。

"正好在做什么？亲爱的？"海伦问他，"正好在和谁做？我希望她人不错。"

海伦在电话里的声音有种调情的味道，她的声音总是让盖普惊讶，因为海伦不是那种人，她甚至从来都不算会调情。尽管他私下觉得她可性感了，但她平时在外面的穿着打扮和言行举止可没有这股风骚。然而在电话里她听起来很浪，他以前也一直这么觉得。

"我烫到自己了，"他戏剧化地说，"油太烫了，洋葱都要烧焦了。到底他妈的什么事？"

"我可怜的男人，"她仍旧在逗他，"你没有给帕姆留言。"帕姆是英语系的秘书。盖普努力想着他应该留什么言给她。"你烫得厉害吗？"海伦问他。

"不厉害。"他不乐意了，"留什么言？"

"二乘四。"海伦说。木材，盖普想起来了。他原本是要打电话给木材场问切割成二乘四英尺的木材价钱，海伦好在从学校回家的路上捎回来。他现在想起来婚姻顾问让他忘了木材场了。

"我忘了。"他说。他知道，海伦会有一套别的办法，她打电话前一定都想到了。

"现在就打过去问，"海伦说，"我到日托班以后再打给你。然后我带沃特一起去把二乘四运回来。他喜欢木材场。"沃特这时五岁了，盖普的这位二公子上日托班或叫作学前教育班，不管是什么地方，都大体有种不负责任的气味，给了盖普更刺激的噩梦。

"这样啊，好吧。"盖普说，"我现在就打电话。"他担心着番茄酱，也讨厌在满怀心事又无聊的情况下挂掉海伦的电话。"我发现一个有趣的工作。"他告诉她，享受着她的沉默。但她并没有沉默很久。

"亲爱的，你是个作家，"海伦对他说，"你已经有个有趣的工作了。"有时候盖普怕海伦好像就想让他待在家"只管写"，因为这是让她最舒服的家庭生活模式。但是这也是他挺舒服的模式，是他以为自己想要的生活。

"我得去翻一下洋葱，"他打断了她的话，"而且我的伤口很疼。"他又补上一句。

"我会尽量在你做事的时候再打来的。"海伦活泼地逗他，轻佻的声音满溢着浪荡，让他又兴奋又气恼。

他翻着洋葱并把半打番茄在热油里压烂，然后放入胡椒、盐、牛至。他只给离沃特的日托班最近的木材场打了电话，海伦对某些事仔细过了头，每样东西都货比三家，尽管他挺欣赏她这一点的。但盖普的理由是，木头还不都是木头，最近的又买得到二乘四英寸木材的地方就是最好的地方。

婚姻顾问！盖普又想开了，一边在一杯温水里化开一勺番茄酱倒进他正在制作的面酱里。为什么最重要的工作都是江湖郎中在做？还有什么比婚姻咨询更严肃的事？然而他觉得婚姻顾问的可信度还不如脊椎指压治疗师。就像很多医生瞧不起脊椎指压治疗师，心理医生会不会鄙视婚姻顾问？盖普非常鄙视心理医生，他们都危险地把事情简单化，他们是偷走人的复杂性的人。盖普看来，心理医生是医者不自医的家伙当中最卑鄙的。

心理医生处理问题时缺乏对混乱问题的尊重，盖普觉得。心理医生的目标是让头脑清醒，到头来总是以扔掉脑袋里所有杂乱的东西而宣告成功（就算成功的时候）。这是最简单的打扫方式，盖普知道。秘诀其实在于利用混乱，让混乱为己所用。"作家说这话站着不腰疼，"海伦曾经对他说，"艺术家可以'利用'混乱，大多数人都不能，他们只是不想要混乱。我知道我就不想。你要是做心理医生的话该成什么样子啊！要是一个不想要混乱的可怜人来找你问意见，他只是想清除混乱，你会怎么说？我猜你会建议他写下来？"盖普记得他们之间关于精神病学的这场对话，他为此难过，他知道他把让他愤怒的事过分简单化了，但他也肯定精神病学对所有事都过分简单化了。

电话响了，他说："春田大道上的木材场。离你不远。"

"我知道在哪儿，"海伦说，"你是不是只打了那家的电话？"

"木头还不都是木头，"盖普说，"二乘四还不是二乘四。去春田大道吧，他们会备好货的。"

"你发现了什么有趣的工作？"海伦问他，他就知道她一准在想这个。

"婚姻咨询。"盖普说，他的番茄面酱咕咕冒泡，浓郁的气味弥漫到整个厨房。海伦在电话另一端保持着礼貌的沉默。盖普知道这回

244

她会觉得很难问出口，关于他觉得他有什么资格来做这个工作。

"你是个作家。"她对他说。

"作家太有资格做这行了，"盖普说，"我花了那么多年工夫思索人类情感关系的泥沼，那么多时间都用在揣测人类有什么共通之处。那就是爱的徒劳，"盖普絮叨个不停，"还有妥协的复杂性，以及对同情的需要。"

"那么就写写这个，"海伦说，"你还想要什么？"她很清楚他接下来要说什么。

"但艺术不能帮助任何人，"盖普说，"人们不能真的使用它——不能吃，不能住，不能穿，而且如果生病了，艺术也不能治病。"这一套，海伦知道，是盖普的艺术基本无用论。他否认艺术有社会价值或其他什么价值的看法，说它可以怎样，应该怎样云云。有两件事情不可以混淆，他想：艺术是艺术，助人是助人。这就是他，同时摸索着这两件事，毕竟有其母必有其子。但是，和他的理论一脉相承的是，他把艺术和社会责任看作两样截然不同的行动。有种蠢货想要将两者结合在一起，麻烦、混乱就来了。盖普一生都被他对文学是一种奢侈品的理念所困，他想让它变得更日常，然而如果它是日常的，他又不喜欢。

"我这就去取二乘四。"海伦说。

"再者说如果我的艺术特质还不够格的话，"盖普说，"你知道的，我自己也结过婚。"他停顿了一下，"也有孩子。"他又顿了一下，"我经历过各种各样的婚姻状况，我们都经历过。"

"春田大道对吗？"海伦说，"我很快就回来。"

"做这份工作我太有经验了，"他坚持说，"我知道经济上依赖另一方的感觉，我还有出轨经历。"

"行啊，你。"海伦说。她挂了电话。

但盖普想着：说不定婚姻咨询就是个江湖骗子的领域，哪怕再有天才和够格的人来给意见都改变不了。他把电话挂回。他知道他有本事写最成功的黄页广告，甚至都不带撒谎的。

提供婚姻哲学及家庭问题建议
T. S. 盖普
《拖延》和《戴绿帽者的第二春》作者

为什么不说明它们是小说？盖普意识到，它们听上去像婚姻指南。

但是在家里还是办公室见那些可怜的病人好呢？

盖普拿过一只青椒把它架在煤气灶上，他要开大火烤焦青椒。等它完全变黑以后，盖普就会把它晾在一旁冷却，然后剥掉焦黑的皮。里面会剩下烤好的青椒，非常甜，他再切开用油和醋加一点儿马郁兰腌好。这就是蔬菜沙拉的拌酱。但他喜欢这样制作拌酱的主要原因是厨房里烤辣椒的气味太好闻了。

他用一把钳子转着青椒。青椒变黑时，盖普用钳子抓起它快速转移到水槽里。青椒对着他咝咝叫。"有什么快说吧，"盖普对它说，"你没多少时间了。"

他心不在焉。通常他烧饭时不会再想别的事，实际上是他强迫自己这样的。但他这会儿正被自己能否有信心胜任婚姻顾问而苦恼。

"你因为是否有信心写作而苦恼。"海伦走进厨房对他说，她比平日还威严三分，她连夹带扛刚切割好的二乘四木材好像配套的霰弹枪一样。

沃特说："爸爸把什么东西烧焦了。"

"是青椒，是爸爸故意烧焦的。"盖普说。"你只要不写作就做傻事，"海伦说，"可是我得说这主意比上一件让你分心的事好。"

盖普原本预料到她做好了准备，但没想到她太有准备了。海伦所说的上一件让他从停滞的写作中"分心"的事就是小保姆。

盖普将一把木勺子深深插入他的番茄酱汁里。忽然某个蠢货的车开到房子边停了一下，发出换低速挡的巨响，擦出被撞的猫的尖厉声音，盖普抖了抖。他本能地看向沃特，他就安全地站在厨房里。

海伦说："邓肯在哪儿？"她走向门口，但盖普抢到了她身前。

"邓肯去拉尔夫家了。"他说，这次，他不担心有车超速意味着邓肯被撞了，但盖普有追踪超速车的习惯。他一定骂过社区里每个开快车的人。盖普家房子周围的马路分割成小方块，每个街口都有停车标志，盖普总能跑着追上车，如果那车按规矩在停车标志前停一下的话。

他跟着车的声音追车。有时候，如果车开得特别快，盖普要跑过三四个停车标志才能追上。有一次他狂奔五个街口，追上那超速车的时候完全喘不过气来，那司机想附近一定发生谋杀案了，盖普要么是想举报，要么就是自己杀了人。

大部分司机都被盖普的举动震惊，哪怕事后他们会咒骂他，当着面他们还是有礼貌并满怀歉意，向他保证他们不会再在这附近超速行驶了。他们很清楚盖普很强壮。大部分都是读高中的小屁孩，脸皮很薄，开着改装老爷车带着女朋友兜风，要不就是在女朋友家门口留下了烟黑的轮胎印。盖普不会傻到相信自己能改变他们，他只希望他们去别处开快车。

现在这个犯事的是个女人（盖普跟着车跑的时候看到她的耳环闪烁，手臂上还戴着镯子）。她在停车标志前准备停车时，盖普用木勺子敲她的车窗，把她吓了一跳。这把勺子滴着番茄酱汁，第一眼看以为在滴血。

盖普等着她摇下车窗，准备好了开场白（"不好意思吓你一跳，但是我想求你帮帮忙……"），这时他认出这女人是拉尔夫的母亲，大名鼎鼎的拉尔夫太太。邓肯和拉尔夫并没有和她在一起，她一个人，很明显刚哭过。

"嗯，什么事？"她说。盖普看不出她是否认出了他是邓肯的父亲。

"不好意思吓你一跳。"盖普开腔了。又闭了嘴。还能对她说什么？她拉着脸，刚刚和前夫或情人吵过架，这个可怜的女人看起来像被流感折磨一样慢慢走向中年，她的身体因为哀愁皱巴巴的，她的眼睛又红又模糊。"不好意思。"盖普咕哝着，他对她的整个人生感到抱歉。该如何跟她说他只不过想叫她开慢点儿？

"什么事？"她问他。

"我是邓肯的父亲。"盖普说。

"我知道，"她说，"我是拉尔夫的母亲。"

"我知道。"他说，微微一笑。

"盖普的父亲，在下就是拉尔夫的母亲。"她讽刺地说。然后一下子哭了出来。她的脸往前靠上了喇叭。她坐直了身子，忽然打了一下撑在摇下来的车窗上的盖普的手，他手一松把那根长柄勺子掉在了她的腿上。他们都盯着勺子看，她皱巴巴的米白色连衣裙上留下了番茄酱汁印。

"你一定觉得我这个母亲糟透了。"拉尔夫太太说。时刻注意安全的盖普，伸手越过她的膝盖熄了火。他决定就让勺子留在她的腿上。盖普的弱点就是无法隐藏情绪，哪怕对陌生人都不行，如果他看不起谁，那人不知怎么总会知道。

"我不知道你是什么样的母亲，"盖普对她说，"我觉得拉尔夫是个好孩子。"

"他有时候是个浑球。"她说。

"你大概还是不要让邓肯今晚住你家了吧？"盖普问，他但愿如此。盖普觉得她看上去并不像知道邓肯今晚和拉尔夫住一块儿的样子。她看着腿上的勺子。"是番茄酱汁。"盖普说。让他惊讶的是，拉尔夫太太捡起勺子舔了起来。

"你做饭？"她问。

"是，我喜欢做饭。"盖普说。

"味道很好，"拉尔夫太太说着递给他勺子，"我应该有个像你一样的男人，有肌肉又爱做饭的小蠢货。"

盖普在心里数到五，然后说："我很乐意去接孩子们。如果你想一个人待着的话，他们今晚就和我们住。"

"一个人待着！"她叫道，"我一直是一个人待着。我喜欢和孩子们在一起。而且他们也喜欢，"她说，"你知道为什么吗？"拉尔夫太太居心叵测地看着他。

"为什么？"盖普道。

"他们喜欢看我洗澡，"她说，"门上有道缝。拉尔夫多懂事啊，向他朋友炫耀他老妈？"

"是。"盖普说。

"你不赞成，是吗？盖普先生？"她问他，"你根本不认可我。"

"很抱歉你那么不开心。"盖普说。车里乱七八糟,她身边的座位上放着一本陀思妥耶夫斯基的平装本《永久的丈夫》。盖普想起来拉尔夫太太正要去学校。"你的专业是什么?"他很傻地问她。他想起她是一直研究生在读,她的问题一定是写不出毕业论文。

拉尔夫太太摇了摇头。"你真的挺守规矩的,是吗?"她问盖普,"你结婚多久了?"

"快11年了。"盖普说。拉尔夫太太多少有点儿无动于衷,拉尔夫太太结婚12年了。

"你孩子和我在一起很安全。"她好像忽然被他惹烦了,也好像无比精确地读出他的心思,"别担心,我很安全,和孩子在一起的时候,"她又说,"而且我不在床上抽烟。"

"我肯定让男孩儿们看你洗澡挺不错的。"盖普对她说,刚说出口就难为情了,尽管这是他对她说的少有的真心话。

"不知道,"她说,"好像对我丈夫没什么用,他可看了很多年。"她抬头看盖普,盖普因为假笑嘴巴开始疼。就碰她脸颊一下,要不就拍拍她的手,他想到,起码说些什么。但盖普在表现亲切方面笨手笨脚,而且他也不调情。

"那什么,丈夫是挺可笑的,"他咕哝着,盖普这位婚姻顾问全心全意地服务,"我想大部分丈夫都不知道自己想要什么。"

拉尔夫太太苦笑着说:"我丈夫找到一个19岁的贱人,"她说,"他想要的是她。"

"对不起。"盖普对她说。婚姻顾问是常常道歉的人,就像运气不好的医生,总是诊断出末期病症的那种。

"你是个作家,"拉尔夫太太语带责备地对他说,她对他晃着那本《永久的丈夫》,"你觉得这本怎么样?"

"这是个很棒的故事。"盖普说。真幸运他记得这书，干脆地复杂，充满了古怪和人性矛盾。

"我觉得这是个变态的故事，"拉尔夫太太对他说，"我倒是很想知道陀思妥耶夫斯基有什么特别的。"

"这样啊，"盖普说，"他的人物精神和情感层次都特别丰富，故事情境特别模糊。"

"他写的女人连物件都不如，"拉尔夫太太说，"她们连形体都没有。她们只是男人讨论和玩弄的各种思想。"她把书朝窗外的盖普扔去，书砸中了他的胸膛，掉在了路牙边。她放在腿上的手握紧了拳头，她盯着连衣裙上的污迹看，她的裆部留下番茄酱汁画的靶心。"老天，我这人全身都这样。"她看着那个点说。

"对不起，"盖普又说，"可能会留下永久的污迹。"

"每件事都留下污迹！"拉尔夫太太叫道。她发出一声痴笑吓了盖普一跳，他什么也没说，然后她对他说，"我打赌你觉得我需要的只是好好做一场爱。"

公平地说，盖普很少这样想别人，但拉尔夫太太提出了这点之后，他的确觉得就她的情况看来，这过分简单化的解决之道，可能奏效。

"而且我打赌你觉得我会让你来。"她瞪着他。实话实说，盖普也的确这么想。

"没有，我觉得你不会的。"他说。

"错了，你觉得我肯。"拉尔夫太太说。

盖普垂着脑袋说："没有。"

"其实，就你吧，"她说，"我也就可能会愿意。"他看着她，她对他坏笑了一下。"这大概能让你少得意些。"她对他说。

"你根本不够了解我，不能这么说我。"盖普说。

"我知道你是个自鸣得意的人，"拉尔夫太太说，"你觉得你高出别人一大截。"全中，盖普知道，他的确高人一等。他当婚姻顾问准会很差劲，他现在知道了。

"请您小心驾驶，"盖普说，他从她的车边弹开，"要是需要我帮忙，请给我打电话。"

"比如我需要一个好情人？"拉尔夫太太淫邪地问他。

"不，不是这种事。"盖普说。

"你为什么拦住我的车？"她问他。

"因为我觉得你开得太快了。"他说。

"我觉得你是个自负的狗屁东西。"她对他说。

"我觉得你是个不负责任的懒鬼。"盖普对她说。她好像被人扎了一刀那样大哭起来。

"别这样，对不起。"他又道歉了，"我去把邓肯接回来就好了。"

"别，拜托了，"她说，"我可以照顾他们，我真心想照顾他们。他会好好的，我会把他当我亲生的一样照顾的！"这话不能真的让盖普放心。"我没那么懒，和孩子在一起的时候。"她补充说，强装出一个特别好看的微笑。

"对不起。"盖普不停地道歉。

"我也很抱歉。"拉尔夫太太说。他俩之间的事看起来解决了，她发动引擎开过停车标志，看也没看左右就穿过了路口。她慢慢开走了，但总有点儿开在路中间的样子，盖普在后面挥舞着那柄木勺。

然后他捡起那本《永久的丈夫》走回了家。

第10章

狗在巷子里，孩子在空中

"我们必须得把邓肯从那疯女人家里接走。"盖普对海伦说。

"那你去吧，"海伦说，"担心的人是你。"

"你该看看她是怎么开车的。"盖普说。

"就算这样，"海伦说，"我猜邓肯应该不会坐她的车兜风。"

"她可能带孩子们去吃比萨，"盖普说，"我肯定她不会做饭。"

海伦看着《永久的丈夫》。她说："一个女人把这本书给另一个女人的丈夫挺奇怪的。"

"海伦，她没有给我。她用书砸我。"

"是个很不错的故事。"海伦说。

"她说只是个恶心的故事，"盖普绝望地说，"她觉得这故事没有公平对待女性。"

海伦面露疑惑。"我觉得这根本不算是问题。"她说。

"当然不算，"盖普嚷嚷道，"那女人是个蠢货！我妈会喜欢她的。"

"啊，可怜的珍妮，"海伦说，"别说她了。"

"沃特，把意大利面吃完。"盖普说。

"面多到你屁眼儿了。"沃特说。

"说得好，"盖普说，"沃特，我没有屁眼儿。"

"你有的。"沃特说。

"他不知道那什么意思，"海伦说，"我也不知道那什么意思。"

"才五岁，"盖普对沃特说，"这样说话可不好。"

"他从邓肯那里学来的，我肯定。"海伦说。

"这样的话，邓肯就是从拉尔夫那里学来的，"盖普说，"不用说他肯定是从他天杀的妈那里学来的！"

"你自己不要说脏字，"海伦说，"沃特很容易就能从你那儿学会'屁眼儿'。"

"不会是我，不可能，"盖普澄清道，"我也不知道那字什么意思。我从来不说的。"

"你说过很多类似的字眼儿。"海伦说。

"沃特，给我吃完你的意大利面。"盖普说。

"冷静一点儿。"海伦说。

盖普看着沃特没动过的面条好像是种人身攻击。"我还费什么劲？"他说，"这孩子什么也不吃。"

他们在沉默中吃完了饭。海伦知道，盖普在编故事，准备晚饭后讲给沃特听。她知道盖普一担心孩子，就会这样让自己平静下来，就好像编一个好故事就能让孩子永远安全。

盖普对孩子本能地宽容，忠诚得好像动物，是最关爱孩子的父亲，他非常了解邓肯和沃特。然而，海伦很肯定他看不出孩子们因为他的焦虑而焦虑，哪怕还没长大，他们已经神经紧绷。一方面他把他们当大人看待，但另一方面他又对他们过分保护，不让他们长大。他不接受邓肯已经十岁，沃特已经五岁，有时孩子们在他心里似乎永远三岁。

海伦带着常有的兴趣和担心听着盖普给沃特编的故事。像盖普给孩子们说的很多故事一样，这故事开头挺像给孩子听的，结尾却似乎是给他自己编的。人们可能会觉得作家的孩子会比别的孩子听到更多故事，但盖普只愿意让孩子听他的故事。

"从前有条狗。"盖普说。

"什么样的狗？"沃特说。

"德国牧羊犬。"盖普说。

"它叫什么？"沃特问。

"它没有名字，"盖普说，"它住在德国一座城市里，仗打完了。"

"什么仗？"沃特说。

"第二次世界大战。"盖普说。

"啊，当然了。"沃特说。

"狗打过仗，"盖普说，"它当过护卫犬，所以很强壮很聪明。"

"很坏。"沃特说。

"不，"盖普说，"它不坏但也不亲切，有时候它又坏又亲切。它主人把它训练成什么样，它就是什么样，因为它被训练成主人叫它做什么，就做什么。"

"它怎么知道主人是谁？"沃特问。

"我不知道，"盖普说，"打完了仗，它有了个新主人。这个主人在城里开了一家咖啡馆，你可以在那儿买到咖啡、茶和酒，可以在那儿看报纸。晚上这主人会在咖啡馆里留一盏灯，这样从窗户里看进去，可以看到擦过的桌子上放着倒放的椅子。地板打扫得干净，那条大狗每晚快步在地板上来回走着。它好像动物园笼子里的狮子，一直卧立不安。有时人们看到它在里面，会敲敲窗户引起它注意。这狗会瞪着他们，它不会吠叫，甚至也不低吼。它只是停下脚步瞪着人，直到那人走开为止。人们觉得要是再待久一点儿，这狗可能会越过窗子扑过来。但它从来没这样过，其实因为从来没人晚上闯进过咖啡馆里来，它从来没做任何事。有这狗在就够了，这狗什么都不必做。"

"这狗看起来很坏。"沃特说。

"现在你有画面了，"盖普对他说，"每天晚上对狗来说都一样，白天被拴在咖啡馆附近的巷子里。拴它的是条长锁链，系在一辆旧军用卡车的前轮轴上，那辆车倒车进这巷子以后，就永远留在那儿了。卡车一个轮子都没有了。"

"你知道什么是煤砖吗？"盖普说，"那辆卡车被煤砖垫好，这样它的轮轴就不会往前滚了。车下面的空间，刚刚够这狗趴着或者躺着避雨、避太阳。锁链的长度，足够让狗走到巷子尽头，看着人行道上的人和街上的车。如果从人行道上走过，有时可以看到狗鼻子从小巷里探出来，那是锁链能够到的最远距离了，再远就不行了。

"要是向狗伸出手，它会闻你，但它不喜欢人摸它，也从来不像有些狗那样舔人的手。如果想拍拍它，它就会头一缩悄悄跑回巷子里。它盯着人看的样子，让人觉得不应该跟着它走进巷子或强行要拍它。"

"它会咬人。"沃特说。

"这个嘛，不能肯定，"盖普说，"它其实从没咬过人，或者就算咬过，我也从没听说过。"

"你在那儿？"沃特说。

"是的。"盖普说，他知道说故事的人总是在"那儿"的。

"沃特！"海伦叫道，她偷听他讲给孩子的故事，让他觉得很烦。"这就是他们说的'狗的生活'。"海伦叫道。

但沃特还有他父亲，都不欢迎她插嘴。沃特说："说下去。狗发生了什么事？"

每次盖普都觉得自己身负重任。人们到底出于什么本能期待有事发生？如果一个故事以一个人或一条狗开头，他们身上就会发生什么事。"说下去！"沃特不耐烦地叫道。盖普一沉浸在关于写作技艺的思索里，就常常忘了听众。

他继续说下去。"如果太多人伸出手来给狗闻，狗就会走回巷子蜷在卡车下面。可以看见它黑色的鼻尖从卡车下面探出。它不在卡车下面，就在巷子一头的人行道上，它从来不在中间停下来。它有自己的习惯，没什么事可以打扰它。"

"没什么事吗？"沃特语带不满地问，心里有些担心没有事会发生。

"这个嘛，是几乎没有什么事。"盖普承认道，沃特重新提起兴趣。"有件事打扰了它——只有这一件事。就这一件事会让这狗生气。这是唯一会让狗吠叫的事。真的会让它发疯。"

"啊，当然了，一只猫！"沃特叫道。

"一只可怕的猫。"盖普的声音让海伦停下重新阅读《永久的丈夫》，屏住了呼吸。可怜的沃特，她想。

"为什么这猫很可怕？"沃特问。

"因为它作弄狗。"盖普说。海伦松了口气，因为显然，这就是全部"可怕"之处了。

"作弄人不好。"沃特很懂道理地说，沃特老被邓肯作弄。邓肯应该听听这故事，海伦想。对沃特上一节教育他不要作弄别人的课，实在是浪费。

"作弄别人很可怕，"盖普说，"但这猫本身就很可怕。它是只老猫，从街上来的，又脏又坏。"

"它叫什么？"沃特问。

"它没有名字，"盖普说，"它没有主人，它总是很饿，所以就偷吃的。没人能因此怪它。而且它常常和别的猫打架，我猜也没人可以怪它。它只有一只眼睛，另一只眼睛很久以前就没了，以至于那个洞都合上了，皮毛长在了原来眼睛在的地方。它一只耳朵都没有。它一定随时都得打架了。"

"可怜的东西！"海伦叫道。

"没人可以指责猫的行为，"盖普说，"除了它作弄狗这回事。这是不对的，它并不是非得如此。它很饿，因此不得不小偷小摸，而且没人照顾它，所以不得不打架。但它并不是不得不作弄那狗不可。"

"作弄人不好。"沃特又说。肯定是适合邓肯听的故事，海伦想。

"每天，"盖普说，"这猫都会沿着人行道走到小巷尽头，停下来舔自己。这狗从卡车底下出来，跑得太猛，身后的锁链摇晃得好像路上被撞了的蛇一样。你见过吗？"

"哦，那当然。"沃特说。

"这狗跑到链条能伸到的最远端时，链条会把狗脖子往后拽，狗就被拉得站不住脚，跌在小巷的人行道上，有时它摔得无法呼吸，或者会敲到头。这猫永远不动。猫知道锁链有多长，而且它一边舔自己，一边用那一只眼盯着狗看。狗气疯了。它叫着，咬着，拼命反抗锁链，直到咖啡馆老板，也就是它的主人不得不出来把猫嘘走为止。然后这狗会蜷缩回卡车底下。

"有时这猫马上会回来，这狗在车底下躺到他不能再忍才出来，总是要不了多久。它躺在车下面，看着人行道上的猫把自己舔了个遍，很快狗就开始发出低吼声，这猫就只是看着小巷里的它继续洗自己。然后很快狗就会在卡车下面嚎叫而且浑身乱摇，好像身上满是蜜蜂，但这猫只是继续舔着自己。最终狗就从卡车下面猛扑出来，冲到小巷里，又被身后的链条拉住，尽管它知道会发生什么，还是要这样做。它知道链条会把它拉倒并让它喘不过气来，把它摔在人行道上，等它站起来时那猫还会坐在那儿，就离它几英寸远，舔着自己。而且它会叫到喉咙沙哑，直到它的主人或别的什么人，把猫嘘走。

"这狗恨这猫。"盖普说。

"我也恨它。"沃特说。

"我也恨。"盖普说。海伦开始讨厌起这个故事来，这故事的结论太明显了。她什么也没说。

"说下去。"沃特说。盖普知道，讲故事给孩子听的部分要义，就是说一个（或假装说一个）有着明显结局的故事。

"有一天，"盖普说，"人人都觉得这狗终于疯了。一整天它都跑出卡车，一直跑到巷子尽头，直到被锁链拉倒为止，然后它会再来一次。即使那猫并不在那儿，这狗也是不停地在巷子里狂奔，用整个身体的力量抗争着锁链，扑向人行道。人行道上有些人被它吓着了，特别是那些看到狗冲过来不知道有锁链拴着它的人。

"那天晚上狗太累了，没有在咖啡馆里快走，它像病了一样睡在地板上。那天晚上任何人都可以闯入咖啡馆。我都以为这狗不会醒来了。第二天它做着同样的事，尽管看得出它的脖子很酸，每次被链条拉倒的时候，它都会大叫。晚上，它像被杀了一样睡在咖啡馆的地上。

"它的主人找来一个兽医，"盖普说，"兽医给狗打了几针，我猜是要让它平静下来。有两天晚上，狗躺在咖啡馆地上，白天躺在卡车下面，即便那猫在人行道上走过，或在巷子尽头坐着洗澡，狗都一动不动。可怜的狗。"盖普又说。

"它很难过。"沃特说。

"但你觉得它聪明吗？"盖普问。

沃特被难住了，但他说："我觉得它是聪明的。"

"它是聪明的，"盖普说，"因为那么多次它跑着拉锁链，已经把拴着它的卡车挪动了，就那么一丁点儿。即便卡车在那儿很多年了，即便煤砖上的锈已经硬到哪怕房子倒在卡车旁边、车才会移动的地步，即便如此，"盖普说，"狗还是让卡车动了。就那么一丁点儿。"

"你觉得狗把车拉动得够多了吗？"盖普问沃特。

"我觉得够。"沃特说。海伦也这么想。

"它只要几英寸就可以够到那猫了。"盖普说。沃特点点头。海伦很肯定，这故事有个血腥暴力的结果，于是重新专心读起《永久的丈夫》来。

"有一天啊，"盖普慢悠悠地说，"那猫来了，坐在小巷尽头开始舔自己的爪子。它用湿爪子揉进它以前耳朵在的耳朵眼里，然后揉着它本来长着另一只眼的眼洞，现在已经长起来了，然后它盯着小巷里卡车下的狗。既然狗不再出来了，那猫就开始无聊了。然后这狗就出来了。"

"我觉得卡车已经挪得够远了。"沃特说。

"这狗跑到小巷头，比以往更快，因此它身后的锁链从地上跳了起来，猫也一动不动，但是这次狗也许可以够到猫。""只是，"盖普说，"锁链还不够长。"海伦发出低吟。"这狗已经张嘴咬上猫的头了，但锁链勒得他太紧了让它无法合嘴，狗作呕了，被拽了回去，就像以前一样，而那猫发现事情有了变化，一跃而起逃走了。"

"上帝啊！"海伦叫道。

"啊，不要。"沃特说。

"当然了，不可能像这样再骗猫一次，"盖普说，"这狗只有一次机会，它搞砸了。那猫再也不会让它靠那么近了。"

"多么糟糕的故事！"海伦叫道。

沃特什么也没说，似乎也同意。

"但是发生了别的事。"盖普说。沃特谨慎地抬起头。海伦已经有点儿恼了，重新屏住呼吸。"那猫太害怕了，看也没看就跑到街上去了。无论发生什么，"盖普说，"你都不能看也不看就跑上街，你会这样吗，沃特？"

"不会。"沃特说。

"哪怕有狗要咬你也不行，"盖普说，"永远不能这样。你永远不能看也不看就跑到街上。"

"啊，当然了，我知道，"沃特说，"那猫怎么了？"

盖普两手忽然一拍，孩子吓得跳了起来。"它就像这样死了！"盖普叫道，"啪！它就死了。没人能救活它。要是被狗抓到了，活下来的可能还大一些呢。"

"它被车给撞了？"沃特问。

"一辆卡车，"盖普说，"直接从它脑袋上碾过去。脑浆从它以前耳朵在的耳朵眼里飙出来。"

"把它给压扁了？"沃特问。

"压得平平的。"盖普说，然后他抬起手，摊平手掌，伸到沃特严肃的小脸面前。天啊，海伦想，说到底还是个专门讲给沃特听的故事。不要看也不看走到街上！

"故事完了。"盖普说。

"晚安。"沃特说。

"晚安。"盖普对他说。海伦听到他们互相亲了一下。

"这狗为什么没有个名字？"沃特问。

"不知道。"盖普说。

"不要看也不看走到街上哦。"

沃特睡着以后，海伦和盖普做爱了。海伦忽然对盖普的故事有了新的理解。

"那狗永远不可能动得了卡车，"她说，"哪怕一英寸都不行。"

"对。"盖普说。海伦肯定他真的见过这件事。

"那么你是怎么让它动的？"她问他。

"我也不能让它动，"盖普说，"根本推不动。所以我就取走了狗链条上一节链环，晚上他在咖啡馆巡逻的时候，我在五金店量了量链环的长度。第二天晚上，我给链条加了几节链环，差不多六英寸。"

"猫没有往街上跑？"海伦问。

"对，是为了沃特才这么说的。"盖普承认。

"当然了。"海伦说。

"链条长多了，"盖普说，"猫根本逃不掉。"

"狗咬死了猫？"海伦问。

"它把它咬成两半了。"盖普说。

"在德国的一座城市？"海伦说。

"不是，在奥地利。"盖普说，"维也纳。我从来没在德国住过。"

"但那狗怎么可能参加过二战？"海伦问，"你到那儿的时候，它得有二十岁了。"

"狗没打过仗，"盖普说，"它就是普通的狗。它的主人打过仗，咖啡馆的老板。这就是为什么他知道怎么训练狗。他训练它咬死所有天黑以后进咖啡馆的人。只要外面天亮着，谁都可以走进来，外面天黑了，就连主人自己也不能进来。"

"这倒好！"海伦说，"要是有火灾呢？我怎么觉得这方法有很多缺点啊。"

"很显然是战时的策略。"盖普说。

"这么说来，"海伦说，"这个说法也比说狗打过仗好。"

"你真的这么觉得？"盖普问她。她觉得聊了这么多，他这才打起精神来。"有趣，"他说，"因为是我刚刚编出来的。"

"主人打过仗的事？"海伦问。

"嗯，还不止。"盖普承认。

"故事的哪个部分是你编出来的？"海伦问他。

"全部。"他说。

他们一起睡在床上，海伦静静地躺着，知道这就是他那种要诈的时刻了。

"嗯，几乎全部。"他又说。

盖普从来乐此不疲地玩这个游戏，哪怕海伦肯定厌了。他会等她问：哪部分？哪部分是真的，哪部分是编出来的？然后他会对她说这不重要，她只要告诉他不相信哪部分就行了，然后他会修改那个部分。她相信的每个部分都是真的，她不相信的部分都需要重新想。如果她全部相信，那么所有都是真的。他是个无情的说故事的人，海伦知道。如果事实适合放进故事，他会一点儿也不害羞地写出来，但如果事实写不成好故事，他想也不想就会改。

"等你玩够了，"她说，"再告诉我究竟真的发生了什么。"

"这样啊，说真的话，"盖普说，"那狗是一条猎兔犬。"

"猎兔犬！"

"嗯，实际上，是雪纳瑞。它整天被绑在巷子里，也不是被绑在军用卡车上。"

"绑在一辆'大众'上？"海伦猜。

"绑在一架垃圾橇上，"盖普说，"这橇冬天用来把垃圾箱拖到人行道上，但雪纳瑞当然因为太弱小无法拉动它，一年四季都拉不动。"

"那么咖啡馆主人呢？"海伦问，"他也没打过仗咯？"

"是个女人，"盖普说，"一个寡妇。"

"她丈夫打仗死了？"海伦猜道。

"她是个年轻寡妇，"盖普说，"她丈夫过马路的时候被撞死了。她对狗感情很深，那是她丈夫在他们第一个结婚周年纪念日送给她的。但她的新房东老板娘不许她在公寓里养狗，所以这寡妇就让狗晚上在咖啡馆放风。

"那是个气氛诡异又空无一人的地方，狗在那里总是很紧张，实际上，它一整晚都在拉屎。人们会停下来，偷看窗户里狗拉的屎嘲笑它。笑声让狗更紧张了，所以就拉得更多。早上寡妇来得很早，来让这地方透气并清洁狗粪，她用报纸揍狗，把它拉出来，让它在小巷里瑟缩着，一整天都拴在垃圾橇上。"

"那么没有猫咯？"海伦问。

"哦，有很多猫，"盖普说，"它们到小巷里来，因为咖啡馆有垃圾箱。这狗从来不碰垃圾，因为它怕寡妇，而且狗怕猫，只要有一只猫在小巷里抢劫垃圾箱，这狗就缩在垃圾橇下面躲着，等猫走了才出来。"

"我的上帝，"海伦说，"所以也没有谁作弄狗咯？"

"总是有人作弄狗的，"盖普严肃地说，"有一个小姑娘会走到巷子口，把狗叫到人行道上，狗的锁链够不到人行道，所以狗就只是对着小姑娘叫、叫、叫。她站在人行道叫着：'快来，快来。'直到有人卷下窗户对她吼，叫她放过那条可怜的蠢狗为止。"

"你当时在那儿？"海伦说。

"我们在那里，"盖普说，"每天，我母亲在一间房间里写作，唯一的窗户就对着小巷。狗叫让她烦透了。"

"所以珍妮就移动了垃圾橇，"海伦说，"然后狗就吃了那小姑娘，她的父母去找来警察，把狗安乐死了。然后你，当然，就成了哀伤的寡妇的安慰，她大概才四十出头吧。"

"快四十了，"盖普说，"不过没有发生这些事。"

"发生了什么？"海伦问。

"有一天晚上，在咖啡馆里，"盖普说，"这狗中风了。不少人都说怪他们自己吓狗吓得太过分，狗才会中风的。左邻右里间好像比赛一样。他们总是悄悄走进咖啡馆里，用力撞门窗，学大猫发出尖叫，种种这一切都吓得狗大便失禁。"

"狗因为中风死了，我希望。"海伦说。

"还没，"盖普说，"狗的后肢瘫痪了，于是它只有前肢和头可以动。然而，那寡妇抓紧这条惨狗的生命，就像抓紧对她亡夫的回忆一样，而且她当时和一个木匠好着，木匠给狗的后肢装了辆小车。小车上有轮子，狗就可以用前肢走路，下肢拖在小车上。"

"我的上帝。"海伦说。

"你不会相信这小轮子有多吵。"盖普说。

"应该无法相信。"海伦说。

"妈妈说她听不见，"盖普说，"但轮子滚动的声音太可怜了，比狗对那傻姑娘发出的叫声还糟。而且狗转弯不太灵，老打滑。它会一跳一跳的，然后转弯，它的后轮会往旁边快速滑出去，让它来不及跳，它就会打滚。它侧身躺倒在地，又无法站起来。好像我是唯一目睹它身处这种窘境的人，起码，我总是跑到巷子里帮它翻身起来。只要它一在轮子上站稳，就会咬我，"盖普说，"不过很轻松就可以跑得让它追不上。"

"所以有一天，"海伦说，"你给这雪纳瑞松了绑，然后它看也不看跑上了街。不，不好意思，它看也不看滚上了街。然后所有人都不必再头痛。寡妇和木匠结了婚。"

"不是这样的。"盖普说。

"我想听真相，"海伦困倦地说，"到底那他妈的雪纳瑞怎么

266

了？"

"我不知道，"盖普说，"妈妈和我回了国，你知道接下来的事啦。"

海伦撑不住去睡了，知道只有保持沉默，才能让盖普自己说出实情。她知道这故事可能和其他版本一样是编出来的，或者其他版本可能才大多属实，甚至这个故事才大多属实。所有组合，在盖普来说都是可能的。

盖普问海伦"你更喜欢哪个故事？"的时候她已经睡着了。做爱让海伦困倦，而且她觉得盖普嗡嗡不断的声音加重了她的睡意。这是她最喜欢的入睡方式：做完爱，听着盖普讲话。

盖普感觉被浇了冷水。到了睡觉的时间，他的引擎差不多凉了。做爱似乎让他又快速转动起来，提振了他的情绪，让他可以长篇大论、大吃、彻夜阅读，不做什么就走来走去。这段时间他很少努力写作，尽管有时他会写一些给自己的笔记，记下以后准备写什么。

但今晚不想写。他拉开被子看着海伦睡觉，然后又帮她把被子盖好。他去沃特房间看看他。邓肯在拉尔夫太太那里睡，盖普一合上眼就看见郊区地平线上的光亮，他想象那是可怕的拉尔夫家的房子着了火。

盖普看着沃特，这让他平静。盖普喜欢近距离观察这孩子，他躺在沃特身旁闻着孩子清新的呼吸，想起邓肯睡觉时的呼吸已经像成人一样变酸了。盖普曾经觉得这感觉很不好，邓肯才刚过六岁，就闻到他睡觉时的呼吸不新鲜了，还微微带些臭味儿。就好像腐朽的过程，缓慢地死亡，已然在他身上开始了。这是盖普第一次察觉到自己的儿子会死。随着这气味和邓肯完美的牙齿上出现的第一道变色牙渍。也许只是因为邓肯是盖普的第一个孩子，但比起沃特来盖普更担心邓肯，哪怕五岁的孩子似乎（比起十岁的孩子来）更容易受到通常的儿童意外伤害。而那都是些什么意外？盖普不知道。被车撞？吃花生噎死？被不速之客拐走？比如说，癌症这位不速之客。

要担心起孩子来就有太多可担心的了，而盖普本来已经事事担心过头了，有时候，尤其是在失眠的痛苦中，盖普会觉得自己精神上不适合成为一名家长。然后他又开始担心起这个来，觉得更紧张孩子了。要是他们最危险的敌人结果是他自己怎么办？

他很快在沃特身旁睡着了，但盖普做梦的时候很可怕，他没有熟睡太久。很快他就开始发出呻吟，他的胳肢窝疼。他忽然醒了过来，沃特的小脸戳在他的腋毛里，沃特也在呻吟。盖普把手从呜咽着的孩子头上拿开，他好像和盖普做着同一个噩梦，好像盖普颤抖的身体把梦传给沃特了。但沃特做着自己的噩梦。

盖普想不到自己那个关于军犬、作弄狗的猫，和无可避免的杀人卡车的教育性故事会吓到沃特。但沃特在梦里看见了巨大的废军卡，大小和形状更像是坦克，全身都是枪和不知做什么用的工具以及看着瘆人的部件，挡风玻璃和投信口差不多大。这卡车当然是全黑的。

那狗给拴在卡车上，和小马驹一样大，更瘦也更凶。他以慢动作大步朝着小巷尽头跑去，他身后盘旋着那根看起来很脆弱的锁链。锁链看起来根本拉不住狗。小巷尽头，小沃特的脚发软自己绊着自己，毫无希望地笨手笨脚无法逃脱，他绕着小圈圈但似乎无法让自己走起来，无法让自己远离这条可怕的狗。锁链拉紧了，大卡车猛地往前一动好像有人开动它一样，然后狗就扑了上来。沃特抓着狗的毛皮，湿湿的都是汗还很粗糙（是他爸的胳肢窝），但不知怎么他没抓牢。这狗在他喉咙边了，但沃特又跑了起来，跑上了街，街上都是和废军卡一样的卡车，沉重地滚过巨型后轮，两边的后轮叠起来像甜甜圈似的。而且因为枪眼儿（挡风玻璃）太小司机当然看不见，他们看不见小沃特。

然后他父亲就吻了他，沃特的梦，暂时溜走了。他又回到了安全的地方，他可以闻到他父亲的气味，感觉到他的手，他听到他父亲说："沃特，只是个梦而已。"

在盖普的梦中，他和邓肯在坐飞机。邓肯得去上厕所，盖普向他指指过道底，那里有门、一个小厨房、飞行员舱、盥洗室。邓肯想要人带他去那儿，指给他看哪扇门，但盖普生气了。

"邓肯，你已经十岁了，"盖普说，"你认得字。不然就问问空姐。"邓肯两膝交叉，面露难色。盖普把孩子推到过道上。"邓肯，像个大人样，"他说，"就是前面其中一扇门。快去。"

这孩子惴惴不安地走向门。一位空姐在他经过的时候，对他笑笑抚弄了下他的头发，但邓肯跟往常一样什么也没问。他走到过道底回头瞪着盖普，盖普不耐烦地朝他挥挥手。邓肯无助地耸了耸肩。是哪扇门？

被惹急了的盖普站了起来。"随便开一扇！"他朝过道那头的邓肯吼道，人们看着站在那儿的邓肯。邓肯很难为情马上开了一扇门，离他最近的那扇。他飞快地惊讶又不带责备地看了他父亲一眼，随即便似乎被拉入他打开的那扇门里。那扇门在邓肯身后自己关上了。空姐尖叫起来。飞机下坠了一点儿，然后又恢复了原来高度。每个人都往窗外看去，有些人晕了，有些人吐了。盖普跑到过道底，但飞行员和另一个像是执法人员的人不让盖普打开那扇门。

"这门应该一直保持关闭的，你这个蠢贱人！"飞行员对哭泣不止的空姐叫道。

"我以为是关着的！"她哭道。

"这门后面是哪里？"盖普嚷道，"上帝啊，是哪里？"他没看到任何一扇门上有字。

"对不起，先生，"飞行员说，"无法挽回了。"但盖普推开他，他把一个便衣揍得弯腰趴在椅背上，他赏了那个空姐一记耳光，把她从过道打开。盖普打开门，看到门后是飞机外面，急速移动的天空，他还来不及大声呼唤邓肯，就被吸过了那扇开启的门，吸入了苍穹，他向着自己的儿子猛冲而去。

第11章

拉尔夫太太

如果盖普被批准实现一个天真的重要愿望的话，他希望能让世界安全，对孩子和大人都安全。盖普觉得这个世界对孩子、对大人都充满危险。

盖普和海伦做完爱，等海伦睡着了，他的梦也做过了之后，盖普穿起衣服。他坐在床上系跑鞋鞋带时，坐到了海伦的腿，把她弄醒了。她伸出手摸他，然后摸到了他的跑步短裤。

"你去哪儿？"她问他。

"去看看邓肯怎样。"他说。海伦枕着胳膊肘抬起身子，她看看表。过了凌晨一点，她知道邓肯在拉尔夫家。

"你要怎么去看看邓肯怎么样了？"她问盖普。

"我不知道。"盖普说。

就像一个杀手追受害者，就像家长避之不及的儿童猥亵犯，盖普在春天又绿又黑的郊区地带潜行，人们正在打鼾、祈愿和做梦，他们的除草机闲置着，还不至于热到需要开空调。有些窗户开着，有些人家的冰箱发出轰鸣。有些人家电视里的《晚间秀》传出闷闷的模糊歌声，灰蓝的显像管光从几家人家房子里跳出。盖普觉得这光线像癌，潜伏又让人麻木，让世界陷入睡眠。也许电视会致癌，盖普想，但他实际上是站在作家立场嫌电视烦。他知道，只要有一台电视亮着，就有一个人没在看书。

盖普蹑手蹑脚地走过街道，他不想撞见任何人。他的跑鞋鞋带绑得很松，他的跑步短裤啪啪作响，他没有穿提裆内裤，因为没打算跑步。即便春天的空气清冷，他也没有穿衬衫。黑灯瞎火的房子有狗在盖普走过的时候鼻子里发出哼哼。因为刚刚做完爱，盖普想象着自己的气味一定跟切开的草莓一样强烈，他知道狗可以闻到他。

这一带郊区警力充足，有那么一刻盖普担心自己被抓，因为违反了什么不成文的穿着规定，至少也因为没带身份证获罪。他快步走着，相信他这是赶去救邓肯，把他从撩人的拉尔夫太太那里解救出来。

一个骑着没灯的自行车的年轻女子差点儿撞上他，她的头发飘在脑后，她光着的膝盖闪着光，她的呼吸让盖普惊讶地闻到刚割好的草坪和烟草的混合气味。盖普蹲下身，她叫了出来，自行车在他周围摇来晃去，她站在踏板上快速把车骑走了，没有回头看。也许她以为他可能是露体狂，他的上身和腿露在外面，正准备脱下短裤。盖普想她正从哪个她不该去的地方回来，她有麻烦了，他想象着。然而，一想到邓肯和拉尔夫太太，盖普此刻脑子里就只想到麻烦。

盖普一看到拉尔夫家的房子，他就觉得应该颁个"本区最佳灯光"奖给他们，每扇窗都大亮着，前门开着，像癌一样的电视声震耳欲聋。盖普怀疑拉尔夫太太在办派对，但当他慢慢靠近了些，才看到草坪上装饰着狗屎和损坏的运动器材，他觉得这是间空屋。电视致命的光线在整间客厅跳动，被成堆的鞋和衣服阻挡，凹陷的沙发上随便挤着邓肯和拉尔夫两条身体，一半在睡袋里，他们（当然）睡熟了，但看起来就像被电视谋杀了似的。在病态的电视光里，他们的脸毫无血色。

但拉尔夫太太哪儿去了？一晚上在外面玩？灯全开着，门也不关就去睡了，还让孩子们沐浴在电视光里？盖普怀疑她是不是忘记关了烤箱。客厅布满了烟灰，盖普怕有香烟还没熄掉。他藏在灌木丛后面朝厨房桌溜过去，闻闻是不是有煤气味。

水池里有几只盘子，厨房桌上放着一瓶琴酒，他闻到切开的柠檬发出的酸味。天花板灯的开关拉绳一度因为太短，被女人极薄的连裤丝袜的一条腿和屁股部分大大加长了，丝袜是从中间剪断的，至于另一半去哪儿了没人知道。这只尼龙丝袜脚部有透明的油斑，正在琴酒上方的微风中一摇一摇。盖普闻不到任何东西在烧的味道，除非灵巧地躺在灶台上的猫身下烧着文火，猫很有技巧地在灶口之间伸展着身子，它的下巴枕在一只很沉的锅子把手上，毛茸茸的肚子搁在点火器上暖着。盖普和猫面面相觑。猫眨了眨眼。

但盖普相信，拉尔夫太太的念力，还不足以让她变成一只猫。她的家，她的人生，完全一团糟，这女人似乎放弃自己了，或者也许晕倒在楼上。她在床上吗？还是在澡盆里，淹死了？还有那头拉满危险的粪便、让草坪变成矿地的畜生跑哪儿去了？

就在此时，有人从后楼梯下来，这人沉重的身躯发出震耳欲聋的响声，猛地推开了楼梯口通往厨房的门，吓得猫一跃而起，油腻的铸铁锅滑到了地上。拉尔夫太太光着屁股坐下，缩在漆布地板上。身穿一件和服式样的长袍，前襟大敞，大略束在她的粗腰上，她一手托着酒杯，因为小心翼翼一滴都没洒出来。她看看酒杯，有点儿惊讶，啜饮起来。她丰满下坠的乳房闪着光，她身子朝后靠，用手肘撑着自己打酒嗝儿的时候，那乳房就在她长着雀斑的胸前耷拉着。厨房角落的猫对她嚎叫，发着牢骚。

"啊，闭嘴，缇西。"拉尔夫太太对猫说。但当她努力站起来时，却发出一声咕哝又仰天倒了下去。她濡湿的阴毛对着盖普发光，她的肚子布满一道道妊娠纹，白得跟半熟的似的，好像拉尔夫太太在水里泡了很久。"我就算还剩下一口气也要把你赶出去。"拉尔夫太太对着厨房天花板说，盖普猜她是对猫说的。也许她已经伤到一只脚踝了，醉得太厉害以至于没有感觉到，盖普想，不然她也许伤着了腰。

盖普贴着房子溜到了敞开的前门那里。他对着里面喊："有人在家吗？"那猫从他两腿间蹿到外面去了。盖普等着。他听到厨房传来哼哼声，是奇怪的肉体滑动的声音。

"哎，我还活着能喘气。"拉尔夫太太说着转向门口，她那布满褪色花朵图案的长袍多少被拉上了点儿，酒杯也被她扔在了某处。

"我看到灯都亮着，以为你们出了什么事。"盖普低声说。

"你来得太晚了，"拉尔夫太太对他说，"两个孩子都死了。我真不该让他们玩炸弹的。"她细细观察着盖普无动于衷的脸找寻幽默感的迹象，但她发现他对这个话题完全笑不出来。"好啦，你想看尸体吗？"她问。她拉着他跑步短裤的松紧带把他拽向自己。盖普知道自己没穿提裆内裤，随着被拉的裤子很快往前一冲，撞到了拉尔夫太太，她一下推开他，然后走进了客厅。她的气味让他困惑，就好像一只潮湿的深口袋底部洒了香草。

拉尔夫太太从邓肯肋下用惊人的力量提起在睡袋里的他，把他放到高高低低堆了东西的沙发上。盖普帮她提起了比较重的拉尔夫。他们安排好孩子的睡姿，让他们脚对脚躺在沙发上，帮他们盖好睡袋，在他们头下垫上枕头。盖普关掉了电视，拉尔夫太太在房间里脚步不稳地走着，关灯，收烟灰缸。他们就像一对夫妇，宴会以后在收拾屋子。"晚安！"拉尔夫太太对着瞬间黑下来的房间小声说，盖普在厚垫座凳上绊了一下，摸黑走向亮着灯的客厅。"你还不能走，"拉尔夫太太低着嗓子对他厉声说，"你得帮我把某个人弄出去。"她抓住他的手臂，一只烟灰缸掉在了地上，她的和服袍子又大敞开来。盖普弯腰捡起烟灰缸的时候，头发擦过她的一只乳房。"我房间里有个蠢货，"她对盖普说，"他不肯走。我没办法让他走。"

"蠢货？"盖普说。

"他实在是个白痴，"拉尔夫太太说，"一个疯子。"

"疯子？"盖普说。

"是的，把他弄走。"她请求盖普。她又拉住他短裤的松紧带，这次她明目张胆往里面看了一下。"上帝，你穿得不多，是吗？"她问他，"你冷吗？"她的手贴在他袒露的肚子上，"不，你不冷。"她说着耸了耸肩。

盖普闪过身，"他是谁？"他问，害怕要参与赶拉尔夫太太前夫出门。

"快来，我带你去看。"她细声说。她拖着他经过一条两边堆满了待洗的衣物和巨型狗粮口袋的狭窄过道，上了后楼梯。难怪她会在这里摔跤了，他想。

到了拉尔夫太太的卧室，盖普一眼看到，一条黑色的拉布拉多猎犬，躺在拉尔夫太太起伏的水床上。这狗懒洋洋地侧身翻滚，重重地拍着它的尾巴。拉尔夫太太和她的狗交配了，盖普想，然后她无法把它弄下床了。"快点儿，哥们儿，"盖普说，"下床。"这狗更重地甩着尾巴，还尿出了一点儿尿。

"不是它。"拉尔夫太太说，狠狠地推了盖普一把，他栽倒在床，床在溅水。那条大狗舔着他的脸。拉尔夫太太指了指床脚边的一张安乐椅，但盖普先在拉尔夫太太的化妆台镜子里看到了这个年轻男子。他全裸着坐在那椅子上，正在梳着自己那根细马尾的金黄末梢，他把马尾末梢拉到肩膀前，用拉尔夫太太的一瓶发胶罐喷着。他的肚子和大腿，和拉尔夫太太的皮肉一样油光水滑。他的嫩屁和惠比特犬的脊梁骨一样瘦瘦地拱起。

"喂，你好吗？"这小子对盖普说。

"还不赖，谢谢。"盖普说。

"让他滚。"拉尔夫太太说。

"我只是想让她放松，你懂吗？"这小子对盖普说，"我只是想叫她顺其自然，你懂吗？"

"不要听他说话，"拉尔夫太太说，"他能让你无聊死。"

"每个人都太紧张了。"这小子对盖普说，他在椅子上转过身去，头往后仰着，把脚搁在水床上，那狗舔着他的长脚趾。拉尔夫太太把他的腿踢下了床。"你懂我的意思了吧？"小子对盖普说。

"她想让你走。"盖普说。

"你是她老公？"这小子问。

"是，"拉尔夫太太说，"你再不滚出去他就要把你的小细屁拉下来。"

"你最好还是走吧，"盖普对他说，"我帮你找你的衣服。"

这小子闭上眼睛，似乎在冥想。"他真的特别会要赖，"拉尔夫太太对盖普说，"这小子最会的一招，就是他妈的闭眼睛。"

"你的衣服呢？"盖普问这小伙子。他17岁左右，盖普估摸着。也许他到了上大学的年龄，或者去打仗了。这小伙还在继续做白日梦，盖普轻轻晃了晃他的肩膀。

"别碰我，哥们儿。"小伙说，眼睛仍旧闭着。他的声音说不上为什么有种威慑力，盖普退回来看着拉尔夫太太。她耸了耸肩。

"他也是这么对我说的。"她说。盖普发现，拉尔夫太太的耸肩动作和她的微笑一样，发自本能又真心实意。盖普抓住这男孩儿的马尾，绕到他的脖子后面，一把拉紧，他把男孩儿的头一下压到他用手臂环成的圈里，让他动弹不得。这小子把眼睛开了。

"去穿衣服，听到了吗？"盖普对他说。

"别碰我。"这男孩儿又说。

"我就碰你了。"盖普说。

"好，好。"这男孩儿说。盖普让他站起来。这男孩儿比盖普高几英寸，但起码轻了十磅。他寻找着衣服，但拉尔夫太太已经先找到了他紫色宽长袍，上面奇怪地绣满了刺绣，很重。这男孩儿钻进袍子里，好像在穿盔甲。

"和你搞挺开心的，"他对拉尔夫太太说，"不过你应该学着放轻松些。"拉尔夫太太笑得太凄厉，狗似乎都不敢摇尾巴了。

"你应该从头开始，"她对这小子说，"重新学习，从头开始。"她舒展手脚躺在水床上的拉布拉多旁边，狗懒洋洋地把头枕上她的肚子。"啊，死开，比尔！"她生气地对狗说。

"她真的非常不放松。"那小子告知盖普。

"你知道个屁怎么让别人放松。"拉尔夫太太说。盖普领着那小子走出房间，走下陡峭的后楼梯，穿过厨房走向前门。

"你懂吗，是她叫我进来的，"这男孩儿解释道，"是她的主意。"

"她也叫你走了呢。"盖普说。

"你知道吗？你和他一样不放松。"男孩儿对他说。

"孩子们知道楼上发生的事吗？"盖普问他，"你们上楼的时候他们睡着了吗？"

"别担心孩子，"男孩儿说，"哥们儿，孩子是美丽的。而且他们比大人以为的知道得多。孩子本来就是完人，大人一管就完了。孩子挺好。孩子总是挺好。"

"你有孩子吗？"盖普忍不住咕哝道，盖普先前对这年轻人一直很有耐心，但一碰到孩子的话题，他就无法耐心了。他不接受任何别人的意见。"再见。"盖普对男孩儿说，"不要回来了。"他推他出门，不过用了一点点力。

"别推我！"这小子叫道，但盖普往下一蹲躲过了他的拳头，然后站起来用手臂抱紧了这小子的腰，盖普觉得这小子才75磅，也许80磅，不过当然他没那么轻。他熊抱住这男孩儿，把他的手臂紧紧箍在背后，然后把他拎上了人行道。这小子不再挣扎之后，盖普就放他下了地。

"你知道怎么走吗？"盖普问他，"需要指路吗？"这小子在深呼吸，摸着自己的肋骨。"还有别让你的朋友来问三问四，"盖普说，"连电话都别打来。"

"我连她的名字都不知道，哥们儿。"这小子哀叫着说。

"还有不要叫我'哥们儿'。"盖普说。

"好，哥们儿。"这小子说。盖普感到喉咙里一阵舒服的干燥，他知道，这代表他想揍某个家伙了，但他让这个感觉过去，什么也没做。

"请离开吧。"盖普说。

这男孩儿走出了一个街口，喊道："再见了，哥们儿！"盖普知道自己可以跑多快把他按倒，制造这出喜剧的念头让他激动，但要是这男孩儿不害怕就不好笑了，盖普并不觉得特别想伤害他。盖普挥手道别。男孩儿竖起中指，然后走了，他的蠢袍子拖在后面，有如在郊野迷失的早期基督徒。

小心狮子，孩子，盖普想，在男孩儿身后祝他好运。再过几年，他知道，邓肯就像他一样大了，盖普只希望和邓肯的交流能轻松些。

盖普回到房子里，拉尔夫太太正在哭泣。盖普听到她在跟狗说话。"啊，比尔，"她啜泣着，"对不起我虐待你了，比尔。你是这么乖。"

"再见！"盖普对楼上喊，"你那朋友走了，我也要走了。"

"臭鸡屎！"拉尔夫太太叫道，"你怎么忍心就这样走了？"她哭得更大声了，很快，盖普想，狗就会叫起来。

"我能做什么？"盖普对楼上喊。

"你起码可以留下来和我说说话！"拉尔夫太太叫道，"你这老好人臭鸡屎疯子。"

到底怎样算是疯子？盖普不懂，他上了楼。

"你肯定觉得我老碰上这种事。"拉尔夫太太彻底皱巴巴地在水床上坐着。她两脚交叉坐着，和服袍子紧紧裹住身子，比尔的大头枕在她大腿上。

盖普还真是这么想的，但他摇了摇头。

"我又不是靠丢脸来高潮的，你懂吧，"拉尔夫太太说，"看在上帝份上，坐下来吧。"她把盖普拉到摇摇晃晃的床上，"这鬼东西里水不够了，"拉尔夫太太解释道，"我老公以前一直充水的，因为它漏水。"

"我很抱歉。"盖普说。一副婚姻顾问的嘴脸。

"我希望你永远不要离开你老婆。"拉尔夫太太对盖普说。她抓起他的手放在她腿上，狗舔着他的手指。"这是男人做得出的最恶心的事，"拉尔夫太太说，"他刚刚跟我说他以前是假装对我有兴趣，'这么多年来都是！'他说。然后他说几乎所有其他女人，不管老的嫩的，他觉得都比我好看。这不是什么好话，是吗？"拉尔夫太太问盖普。

"对，不是好话。"盖普同意。

"请你相信我，他离开我以前，我可从来没和别人乱搞过。"拉尔夫太太对他说。

"我相信。"盖普说。

"这太伤女人自信了，"拉尔夫太太说，"我干吗不去找点儿乐子？"

"应该的。"盖普说。

"但是我水平太烂了！"拉尔夫太太老实说，用手盖住了眼睛，在床上晃着身子。狗想舔她脸蛋，但被盖普推走了，狗以为盖普在和他玩，便猛地跳过拉尔夫太太的腿。盖普重拳打在狗鼻子上，打得太狠了些，这可怜的动物哀叫着溜走了。"你不许伤害比尔！"拉尔夫太太叫道。

"我不过想帮你。"盖普说。

"你不能因为帮我就伤害比尔，"拉尔夫太太说，"老天啊，每个人都疯了吗？"

盖普重重地躺回了水床，眼睛紧紧闭起来，床像一片小海摇摇晃晃，盖普呻吟起来。"我不知道怎么帮你，"他坦白道，"我很同情你碰到的麻烦，但我真的什么也做不了，是不是？如果你想说出来，就说吧，"他的眼睛仍旧紧紧闭着，"但没人能帮你感觉好受一些。"

　　"这可真是安慰人的话。"拉尔夫太太说。比尔在盖普的头发里呼吸。大概要舔他的耳朵。盖普不知道，是比尔呢，还是拉尔夫太太？然后他感觉出，她的手伸到他短裤下面握住了他。他冷静地想，要是我并没有真的想让她这样，我为什么要躺下来呢？

　　"请别这样。"他说。她能肯定地感觉到他没兴趣，于是松了手。她在他身边躺着，然后翻了个身，背对着他。狗拼命想挤到他们中间，床大量溅水，但拉尔夫太太用手肘重重敲在它粗肋骨上，狗咳起来，从床上跑到地上去了。

　　"可怜的比尔。对不起。"拉尔夫太太说着轻轻地哭了起来。比尔的硬尾巴敲着地板。拉尔夫太太就好像为了演完一整套丢脸的戏码，还放了个屁。她的啜泣声很均匀，像某种雨，盖普知道可以下一整天。盖普，这位婚姻顾问，不知道怎么样才能给这位女士一点儿自信。

　　"拉尔夫太太？"盖普说，然后就想吞回说出口的话。

　　"什么？"她说，"你刚说什么？"她勉强用手肘支起上身，头转过来看着他。她听清楚了，他知道。"你叫我'拉尔夫太太'？"她问他。"老天啊，'拉尔夫太太'！"她叫道，"你连我的名字都不知道！"

　　盖普在床边坐起身，他真想和比尔一样到地上去。"我觉得你很有魅力，"他对拉尔夫太太咕哝道，但他脸对着比尔，"真的！"

"那证明给我看啊，"拉尔夫太太说，"你这天杀的骗子。给我看呀。"

"无法证明给你看，"盖普说，"但并不是因为我觉得你没有魅力。"

"我都不能让你勃起！"拉尔夫太太叫道，"我在这都半裸了，你躺在我旁边，在我天杀的床上，你都不能硬起来表示下尊敬。"

"我努力不想让你看出来。"盖普说。

"那你成功了，"拉尔夫太太说，"我的名字叫什么？"

盖普觉得他从没意识到自己有个可怕的弱点：他多么需要别人喜欢他，多么想被人欣赏。他知道，每说一个字，惹上的麻烦就越大，谎就越扯越大。现在他知道温丁的意思了。

"你丈夫肯定疯了，"盖普说，"我觉得你比大多数女人都漂亮。"

"啊，请别说了，"拉尔夫太太说，"你肯定有毛病。"

我一准有毛病，盖普同意，但他说："你应该对你的性感有信心，信我。而且更重要的是，你应该在别的方面建立自信。"

"从来没有什么别的方面，"拉尔夫太太承认道，"我除了性感，别的都不行，现在我连性感都没了。"

"但你还上学呢。"盖普试探地说。

"我肯定我不知道为什么要去上学，"拉尔夫太太说，"还是这就是你所说的在别的方面建立自信？"盖普紧紧眯眼，希望失去知觉，当他听到水床发出海浪一样的声音时，他察觉到了危险，便睁开了眼睛。拉尔夫太太已经脱光了，裸身摊开在床。她粗糙健硕的身体下还有小浪拍打，盖普觉得就像一艘坚固的小艇停泊在波涛起伏的水里。"让我看你硬起来，然后你就可以走了，"她说，"给我看到你硬，我就相信你喜欢我。"

盖普试着专心勃起，为了能办到，他闭上眼睛想着别人。

"你这个浑蛋。"拉尔夫太太说。但盖普发现他已然硬了，一点儿都没他想的困难。他睁开眼睛，不得不承认拉尔夫太太并非毫无魅力，他拉下跑步短裤秀给她看。这个动作本身就让他更硬了，他发现自己喜欢她那头潮湿卷曲的头发。但拉尔夫太太似乎对他的表现既没有不满意也没有太感动，她勉强接受了失望。她耸了耸肩，翻过身去把大圆屁股对着盖普。

"好了，算你真的可以让它硬起来了，"她对他说，"谢谢。你现在可以回家了。"

盖普想碰碰她。但他被尴尬感恶心坏了，盖普觉得只要看着她就能射了。他磕磕绊绊走出门，走下要命的楼梯。今晚，这女人的自我蹂躏戏码算是完了吗？他想，邓肯安全了吗？

他考虑要不要继续守夜直到让人安慰的曙光出现再走。他踩到了跌在地上的锅子，锅子"哐"一声敲到了炉子，拉尔夫太太一点儿声响都没有，他只听到比尔发出的一声哼哼。要是孩子们醒过来要什么东西，他害怕拉尔夫太太会听不见。

已经凌晨三点半了。盖普在拉尔夫太太终于安静下来的房子里，决定打扫厨房来打发时间等天亮。盖普对家务活熟门熟路，他给水池接满水开始洗盘子。

电话一响，盖普就知道是海伦。他忽然想到，她脑子里该浮现出了多少糟糕情节啊。

"喂。"盖普说。

"请你告诉我发生什么事了,可以吗?"海伦问。盖普知道她醒了很久了。现在是早晨四点了。

"没事,海伦,"盖普说,"之前发生了些小问题,我不想让邓肯一个人留在这儿。"

"那女人在哪儿?"海伦问。

"在床上,"盖普说了实话,"她昏过去了。"

"怎么会昏过去的?"海伦问。

"她喝了酒,"盖普说,"之前有个年轻男人在这里,和她在一起,她让我把他弄走。"

"那么之后就你们俩单独在那儿咯?"海伦问。

"就一会儿,"盖普说,"她睡着了。"

"我想也用不了太久的,"海伦说,"和她在一块儿。"

盖普故意保持沉默。他有日子没见海伦吃醋了,但他记得很清楚这股醋劲儿有着惊人的锐利。

"没事,海伦。"盖普说。

"给我说说,此刻,你具体在干吗。"海伦说。

"我在洗盘子。"盖普告诉她。他听到她深深吸了口气,控制着自己。

"我不懂你怎么还在那儿。"海伦说。

"我不想把邓肯留在这儿。"盖普对她说。

"我觉得你应该把邓肯带回来,"海伦说,"马上。"

"海伦,"盖普说,"我乖着呢。"连盖普都觉得这话听着有点儿心虚,而且,他心里知道自己不够乖。"什么事都没发生。"他又说,更确信了一点儿这就是事实。

"我不会问你，为什么你在洗她的脏盘子。"海伦说。

"为了打发时间。"盖普说。

但实际上他直到现在才认真思考他在做什么，等天亮毫无意义，就好像意外只有在天黑的时候才发生似的。"我在等邓肯睡醒。"他说，但一说出口就知道这也说不过去。

"干吗不直接把他叫醒？"海伦问。

"我很会洗盘子。"盖普想活跃下气氛。

"我知道你都会些什么。"海伦对他说，这话太尖酸了让人笑不出。

"你这样想的话，会让自己不舒服的，"盖普说，"海伦，真的，拜托别这样。我什么错都还没犯。"但盖普如清教徒一般地无法忘记拉尔夫太太让他硬了。

"你已经让我不舒服了。"海伦说，但她的声音软了下来，"请马上回来。"她对他说。

"那就把邓肯扔在这儿咯？"

"老天啊，把他叫醒！"她说，"或者扛上他。"

"我马上回来，"盖普对她说，"请别担心，别想你在想的事。我会告诉你每件事的。你一定会喜欢这个故事的。"但他知道自己无法把事情全部告诉她，他得仔细想清楚要隐瞒哪部分。

"我好点儿了，"海伦说，"马上见。拜托别再洗盘子了。"然后她挂断了电话，盖普检查了一遍厨房。他想刚才那半小时的劳动还不足以让拉尔夫太太发现残骸清理行动已经展开了。

盖普在客厅里扔得到处都是的衣服堆里找邓肯的衣服。他知道邓肯穿了什么衣服，但他哪儿都找不着，然后他想起邓肯，跟仓鼠一样，把所有东西藏在他的睡袋底部和他一起睡。邓肯差不多有80

磅，还要加上睡袋，加上他的垃圾，但盖普相信他能把这孩子扛回家，邓肯可以改天再回来拿他的自行车。至少，盖普决定，他不会在拉尔夫的房子里把邓肯叫醒。可能会起争执，邓肯会不肯走。甚至拉尔夫太太也会醒过来。

然后盖普想到了拉尔夫太太。他恨自己，但他知道自己想最后看看她，突如其来的再次勃起，提醒他想再看看她丰腴粗野的肉体。他快步走上后楼梯。他可以闻着味摸去她恶臭的房间。

他直愣愣地盯着她的胯间，她奇怪地扭曲的肚脐，她特别小的乳头（就硕大的乳房来说）。他应该先看看她的眼睛的，那么他就会发现她完全醒了，也在瞪着他。

"盘子都洗好了？"拉尔夫太太问，"来跟我告别吗？"

"我想看看你还好吗。"他对她说。

"胡说，"她说，"你还想再看看我。"

"对。"他承认了，他把眼睛看向别的地方，"对不起。"

"别，"她说，"我很高兴。"盖普努力微笑。

"你说了太多'对不起'，"拉尔夫太太说，"多爱抱歉的男人啊。除了对你老婆，"拉尔夫太太说，"你一次也没对她说过对不起。"

水床边有一台电话。盖普觉得，他从没像错估拉尔夫太太的情况这样错估过别人。她忽然清醒过比尔了，她如果不是神奇地醒了酒，就是处于大醉和醉后之间的半小时清醒间隙，盖普在哪儿读到过这半小时的说法，但一直觉得是假的。另一个幻象。

"我要带邓肯回家。"盖普对她说。她点了点头。

"我要是你的话，"她说，"也会带他回家。"

经过短暂严峻的斗争，盖普硬把又一句"对不起"吞了回去。

"再帮我一个忙好吗？"拉尔夫太太说。盖普看着她，她不介意他的目光。"别告诉你老婆我的所有事，好吗？别把我说得好像头猪一样。也许你描述我的时候可以带点儿同情心？"

"我挺有同情心的。"盖普咕哝道。

"你那棍子也挺不错。"拉尔夫太太说，她盯着盖普突出的跑步短裤看，"你最好别把那也带回去了。"盖普什么也没说。盖普这位清教徒感到自己活该挨几记拳头。"你老婆真关心你，是吗？"拉尔夫太太说，"我猜你可不是一直都那么乖的。你知道我老公会怎么说你吗？"她问，"我老公会说你怕老婆。"

"你丈夫肯定是个浑蛋。"盖普说。能还击很舒心，哪怕是弱弱的回击，但盖普觉得，自己很蠢才会误以为这女人傻。

拉尔夫太太爬下床站在盖普前面。她的乳头碰着了他的胸膛。盖普怕自己的勃起会戳到她。"你还会回来的，"拉尔夫太太说，"赌吗？"盖普一言不发地离开了她。

一路上邓肯给塞在睡袋里，在盖普肩上扭着，盖普还没走出离拉尔夫太太家两个街口远，一辆警车停在了路边，警车的蓝灯对他闪烁，他站定给逮了个正着。他看起来就是个鬼鬼祟祟的半裸劫匪，正扛着一袋亮色的赃物逃跑，看着就是偷的东西，一个偷来的孩子。

"喂，你肩上扛的是什么？"一个警察问他。警车里坐着两个警察，还有第三个坐在后座看不太清。

"我儿子。"盖普说。两个警察都下了车。

"你要带他去哪儿？"一个警察问盖普，"他还好吗？"他用手电筒照邓肯的脸。邓肯还想继续睡，他眯起眼躲着光。

"他本来要在朋友家过夜，"盖普说，"但待不成了。我带他回家。"这警察用手电照遍盖普全身，看到他一身跑步打扮，短裤、条纹跑鞋，没穿上衣。

"你有身份证吗？"这警察问。盖普把邓肯和睡袋轻轻放在别人家的草坪上。

"当然没带，"盖普说，"如果你开车送我回家，我可以拿给你看。"警察互相看看。他们几小时前接到报警，一名年轻女子说，这一带有一名露体狂试图接近她，就算不是露体狂，也是裸奔的人。估计是意图强奸。她骑车逃离了魔掌，她说。

"你在外面很久了吗？"一个警察问盖普。

第三个坐在警车后座的人，把头探出车窗看看发生了什么。他看到盖普，说："喂，兄弟，你好啊？"邓肯开始转醒。

"拉尔夫？"邓肯说。

一个警察跪在孩子身边，用手电筒往上照着盖普。"这是你爸？"警察问邓肯。孩子十分惊讶地睁大了眼睛，他的目光很快从他父亲扫到警察，再扫到警车的蓝色顶灯。

另一个警察走向车后座的人。是那个穿着紫色宽袍子的男孩儿。警察是在这一区巡逻抓露体狂的时候逮住他的。男孩儿说不出他住哪儿，因为他确实也没个固定住处。"你认识这个带着孩子的人？"这警察问男孩儿。

"认识，他可是个狠角色。"这小子说。

"没事，邓肯，"盖普说，"别怕。我只不过要带你回家。"

"儿子？"警察问邓肯，"这是你父亲？"

"你吓到他了。"盖普对警察说。

"我没被吓到，"邓肯说，"你为什么要带我回家？"他问父亲。似乎这是每个人都想知道的事。

"拉尔夫的母亲生气了。"盖普说。他希望这样说就够了,但警车里那个被扫地出门的小情人开始大笑起来。拿着手电筒的警察照着那小情郎,问盖普认不认识他。盖普想,这事暂时是完不了了。

"我叫盖普,"盖普不耐烦地说,"T. S. 盖普,已婚。我有两个孩子。其中一个,就这个,叫邓肯,他是哥哥,本来他要住在朋友家。但我确定那个朋友的母亲不适合照顾我儿子。我就跑去她家把儿子带回家了。应该说,正要把他弄回家。"

"那小子,"盖普指着警车说,"正好在我儿子朋友的母亲那里。那位母亲想叫这小子走,就是那个小子,"盖普再一次指指警车里那小子,"然后他就走了。"

"那位母亲叫什么名字?"警察问,他准备在一本巨型笔记本上记录下来。沉默礼貌地等了一会儿之后,警察抬头望着盖普。

"邓肯?"盖普问他儿子,"拉尔夫姓什么?"

"正要改,"邓肯说,"本来跟他爸爸姓,但他母亲想帮他改掉。"

"哦,那他父亲的姓是什么?"盖普问。"拉尔夫。"邓肯说。盖普闭起了眼睛。

"拉尔夫·拉尔夫?"拿着本子的警察说。

"不是,邓肯,拜托好好想想,"盖普说,"拉尔夫姓什么?"

"哦,我想他就是要改姓嘛。"邓肯说。

"邓肯,改之前是什么?"盖普问。

"你可以去问拉尔夫。"邓肯建议。盖普真想大叫。

"你说你姓盖普?"一个警察问。

"是。"盖普点头。

"名字缩写是T. S. ？"这警察问。盖普知道接下来会发生什么，他累极了。

"是，T. S.，"他说，"就T. S.。"

"哇，放你的屁！"那小子在车里号叫，他倒在座位上咯咯乱笑。

"这缩写是什么意思，盖普先生？"这警察问。"什么意思都没有。"盖普说。

"一点儿没有？"警察说。

"就是首字母缩写，"盖普说，"我妈就给我取这个名。"

"那么你的名字是T？"警察问。

"大家都叫我盖普。"盖普说。

"多好一个故事啊，哥们儿！"穿宽袍的男孩儿叫道，但离警车最近的警察在他头上的车顶敲了敲。

"你再把你那脏脚放在椅子上试试，臭小子，"他说，"我就要你把脏东西给我舔干净。"

"盖普？"问盖普话的警察说，"我知道你是谁了！"他忽然叫出声。盖普感到很紧张，"你是在公园里抓住猥亵犯的那人！"

"是！"盖普说，"就是我。但不在这里，而且那是很多年以前了。"

"就像昨天发生的一样。"这警察说。

"怎么回事？"另一个警察问。

"你还太年轻，"这警察对他说，"这位叫盖普的先生，以前在公园里抓到过猥亵犯，是在哪儿来着？儿童猥亵犯，那人是谁来着。你怎么抓住他来着？"他好奇地问盖普，"好像还有什么奇怪的地方，是不是？"

"奇怪？"盖普说。

"你的工作，"这警察说，"你的工作是什么来着？"

"我是作家。"盖普说。

"啊，对了，"这警察想起来了，"你还是作家吗？"

"是啊。"盖普坦白道。他知道，至少他不是个婚姻顾问。

"哇。"这警察说，但还有什么事困扰着他，盖普看得出有什么不对劲。

"我当时留着络腮胡。"盖普主动说。

"就是了！"这警察叫出来，"你把胡子剃了。"

"对。"盖普说。

警察聚在警车红色的尾灯那儿，开了个会。他们决定用车送盖普和邓肯回家，但他们说盖普还是得给他们看证件。

"我愣是没认出你，和照片里不一样，胡子没了。"那位年长的警察说。

"没事，是很多年以前了，"盖普哀伤地说，"在另一个城市。"

穿宽袍子的年轻人就要看到盖普的家，这让他不安。盖普想象着年轻人某一天会出现，问他要什么东西。

"你记得我吗？"这小子问邓肯。

"不记得。"邓肯礼貌地说。

"也是，你那时候就快睡熟了。"男孩儿说。他对盖普说："你对孩子太紧张了，哥们儿。孩子过得挺好的。你就这一个孩子？"

"不是，还有一个。"盖普说。

"哥们儿，你应该另外再去生一打孩子，"男孩儿说，"然后大概你就不会这么紧张这一个了，你懂吗？"盖普觉得这套说法就跟他母亲说的"珀西育儿理论"一样。

"下一个路口左转，"盖普对开车的警察说，"然后右转，就在路口。"另一个警察递给邓肯一根棒棒糖。

"谢谢。"邓肯说。

"我呢？"穿宽袍子的小子问，"我喜欢棒棒糖。"那警察瞪了他一眼，他转回身以后，邓肯把棒棒糖给了那小子。邓肯不喜欢棒棒糖，从来没喜欢过。

"谢谢。"男孩儿小声说。"看到没，哥们儿？"他对盖普说，"孩子就是美好。"

海伦也一样美好，盖普想，她正站在门口，身后亮着灯。她的蓝色及地睡袍的高领子可以卷起来。海伦把领子卷了起来，好像很冷。她也戴了眼镜，这样盖普就知道她一直在等他们。

"哥们儿，"穿宽袍子的小子小声说，他用手肘捅了捅正在下车的盖普，"那位可爱的女士拿下眼镜是什么样啊？"

"妈妈！我们被捕了。"邓肯对海伦叫道。警车停在路牙边，等盖普拿身份证。

"我们没有被捕，"盖普说，"我们搭了顺风车，邓肯。一切顺利。"他生气地对海伦说。他跑上楼找到了衣服里的钱包。

"你就这样出门的？"海伦在他背后喊，"穿成这样？"

"警察以为他绑架我。"邓肯说。

"他们去那房子了吗？"海伦问他。

"没有，爸爸扛着我回家呢，"邓肯说，"老天啊，爸爸脑子是不是坏了。"

盖普飞奔下楼冲出门。"搞错了，"盖普对海伦咕哝，"他们肯定在抓别人。看在上帝的份上，别生气。"

"我没生气。"海伦断然说。

盖普给警察看了证件。

"哇，"老警察说，"名字还真就是T. S.，对吧？我猜这个名字方便些。"

"有时候不方便。"盖普说。

警车开走的时候，那小子对盖普喊："哥们儿，你不是坏人，你要是学着放松就好了。"

海伦的身体瘦削紧绷，在蓝睡袍里颤抖，这画面无法让盖普放松。邓肯完全醒透了，叽里咕噜地说自己也饿了。盖普也饿。黎明前的厨房里，海伦冷淡地看着他们吃东西。邓肯讲着一部长篇电视电影的剧情，盖普怀疑其实是两部电影，邓肯还没看完第一部片就睡着了，第二部开始之后又醒了过来。他努力想象，拉尔夫太太的所作所为，是何时何地在邓肯的电影中出场的。

海伦什么问题也没问。盖普知道，一方面是因为在邓肯面前不好说什么。但另一方面，和盖普一样，她在狠狠地组织要说的话。他们都感激有邓肯在场，等到他们能自由说话的时候，可能因为等了太久口气会变软，说话会谨慎些。

太阳出来以后，他们等不了了，开始通过邓肯谈话。

"告诉妈妈他家厨房什么样的，"盖普说，"跟她说说那狗。"

"比尔？"

"对，"盖普说，"跟她说说老狗比尔。"

"你在那儿的时候拉尔夫的妈妈穿什么？"海伦问邓肯，她对盖普笑笑，"我希望她比爸爸穿得多。"

"你们晚饭吃了什么？"盖普问邓肯。

"卧室在楼上还是楼下？"海伦问，"还是两层都有卧室？"盖普想对她使眼色，拜托别起头。他可以察觉出，她正在把用旧了的武器挪到就手的地方。她手上有以前那一两个小保姆的事，可以甩出来给他听，他察觉到她让小保姆就位，准备发射了。如果她旧事重提，说出一两个伤人的老名字，盖普却没有可回击的名字。海伦没有小保姆这个把柄，目前还没有。在盖普心里，哈里森·弗莱彻不算。

"他家有几台电话？"海伦问邓肯，"厨房和卧室都有电话吗，还是只有卧室里有？"

邓肯终于回房以后，海伦和盖普只有半小时不到可以谈话了，然后沃特就该醒了。但海伦已经准备好了她敌人的名字。只要知道伤疤在哪儿，就有足够时间可以造成伤害。

"我那么爱你，而且我太了解你了。"海伦开腔了。

第12章

这回轮到了海伦

深夜电话铃响，有如心灵响起防盗警报，盖普终其一生只要听到就会吓个半死。我到底爱谁？第一声铃响，盖普的心喊着，卡车喇叭对谁按响了，谁喝啤酒喝得酩酊大醉，谁在可怕的黑暗中被大象擦撞了？

盖普害怕接到午夜之后打来的电话，但他以前也在意识不清的时候打过一个午夜电话。那晚珍妮来看他们，他母亲不小心说出库西·珀西难产死了。盖普之前并不知情，尽管他偶尔和海伦开玩笑，讲起以前和库西有一腿，海伦因此嘲笑他，但是库西的死讯让他几近崩溃。库西·珀西一直是个精力旺盛的人，总是活泼有趣，看来根本不可能就这样死掉。要是发生意外的是爱丽丝·弗莱彻，盖普还不会难过至此，他觉得对她发生意外还比较有准备。虽然这样想很让人难过，但"沉默的爱丽丝"老是碰上倒霉事。

盖普徘徊走进厨房，并没有真的留意时间，也不记得自己什么时候又开了一罐啤酒，他发现自己在拨打珀西家的号码，电话通了。盖普能够想象"炖肥肉"要从多深的睡梦中醒过来接电话。

"上帝啊，你在打给谁？"海伦走进厨房问，"已经两点一刻了。"

盖普还来不及挂断，斯图尔特·珀西就接了。

"哪位？""炖肥肉"担心地问，盖普可以想象得到，他旁边脆弱无脑的米姬从床上坐起来，紧张担心得像被逼到角落里的母鸡。

"很抱歉吵醒您，"盖普说，"我没注意已经很晚了。"海伦摇着头快速出了厨房。珍妮出现在厨房门口，她脸上是唯有母亲会对儿子做出的批评表情。比通常的气恼多了更多失望。

"他妈的到底是谁？"斯图尔特·珀西说。

"是盖普，先生。"盖普说，他又重新变回一个小男孩儿，为自己的基因感到抱歉。

"操你妈，""炖肥肉"说，"你想怎样？"

珍妮先前忘了，没告诉盖普，库西·珀西好几个月前就死了，盖普以为他在为刚发生的不幸送上慰问。于是他结巴起来。

"对不起，非常对不起。"盖普说。

"你嘴上说得好听，你嘴上说得好听。"斯图尔特说。

"我刚刚听说，"盖普说，"我想对您和珀西太太说我有多难过。我可能没有对先生——您——表达过，但我以前真的很喜欢——"

"你这头猪！"斯图尔特·珀西说，"你这狗娘养的，你这日本杂种！"他挂断了电话。

即便是盖普也对这么多谩骂全无准备。但他误会了情况。很多年之后他才了解到自己那个电话打过去时的状况。可怜的"噗"，也就是不太正常的班布里奇后来会解释给珍妮听。盖普打电话的时候，库西已经过世太久了，斯图尔特没想到，盖普是来慰问他丧女之痛的。盖普打来的那个午夜之前的晚上，刚好那头黑畜生，癫子，终于翘辫子了。斯图尔特·珀西以为盖普的电话是个残酷的玩笑，以为盖普假惺惺来慰问他一向憎恨的狗。

而现在，盖普自家的电话响了起来，他感觉到海伦下意识地在梦中抓住他。他拿起听筒时，海伦的膝盖紧紧夹着他的腿，就好像她紧紧抓住他的身体给她带来的生活和安全感。盖普脑子里跑着各种可能性。沃特在家睡着。邓肯也是，他也不在拉尔夫家。

海伦想：是我爸，他的心脏。有时她则想：有人终于确认她母亲的身份了，在太平间里。

盖普想：有人谋杀了妈妈。要不就是抓住她当筹码，抓她的男子要求，起码公开强奸40个处女，才肯放这位著名女权主义者毫发无伤地回去。而且他们还会要我孩子的命，等等。

是萝贝塔·马尔登打来的，更让盖普相信珍妮·菲尔兹出事了。但出事的是萝贝塔。

"他离开我了，"萝贝塔说，她大声吞泪，"他甩了我。我！你相信吗？"

"老天啊，萝贝塔。"盖普说。

"啊，不做女人不知道男人是什么臭东西。"萝贝塔说。

"是萝贝塔，"盖普小声告诉海伦，这样她就可以休息了，"她情人跑了。"海伦叹了口气，放开盖普的腿，翻了个身。

"你根本不在乎，是吗？"萝贝塔试探地问盖普。"别这样，萝贝塔。"盖普说。

"不好意思，"萝贝塔说，"但是我想这会儿打给你妈妈太晚了。"盖普发现这个逻辑很惊人，因为他知道珍妮睡得比他晚，但他也喜欢萝贝塔，非常喜欢，而且她一定难过极了。

"他说我够不上是个女人，我让他困惑，性方面，他说我在性方面不清不楚！"萝贝塔叫道，"啊，上帝，那个浑蛋。他就想尝鲜。他就想跟他的哥们儿炫耀。"

"我赌你打得过他的，萝贝塔，"盖普说，"你干吗不把他揍个屁滚尿流？"

"你不懂，"萝贝塔，"我现在不想把谁揍得屁滚尿流了，我是女人了！……"

"女人就不会想把谁揍得屁滚尿流了吗？"盖普问。海伦把手伸过来拉了拉他的阴茎。

"我可不知道女人是怎么想的，"萝贝塔哭泣着说，"不管怎么说，我都不知道她们应该怎么想。我只知道我怎么想。"

"你怎么想的？"盖普问，知道她想告诉他。

"我现在想把他揍得屁滚尿流了，"萝贝塔坦白道，"但他甩我的时候，我就这么坐在那儿傻听着。我还哭了。我一天都在哭！"她喊着，"他还打电话给我说，要是我还在哭，就说明我在演戏。"

"去死吧他。"盖普说。

"他想要的就是狠狠做个爱，"萝贝塔说，"男人怎么这样？"

"这个嘛……"盖普说。

"哦，我知道你就不会这样，"萝贝塔说，"你一定压根儿就瞧不上我。"

"你当然很迷人啦，萝贝塔。"盖普说。

"但是你不觉得，"萝贝塔说，"别撒谎。我不性感，是吗？"

"倒真的不吸引我啦，"盖普承认了，"但是对很多其他男人来说你是很性感的，你当然很性感。"

"这样啊，你是我的好朋友，这个更要紧，"萝贝塔说，"你也没有特别吸引我。"

"完全没关系。"盖普说。

"你太矮了，"萝贝塔说，"我喜欢看起来长一些的人，我是说，性方面。别难过。"

"我不难过，"盖普说，"你也别难过。"

"当然不会。"萝贝塔说。

"不然你早上再打给我，"盖普说，"等你好点儿的时候。"

"不会的，"萝贝塔哀哀地说，"我会更难过的。而且我会因为打过电话找你而难为情。"

"不然和你的医生聊聊？"盖普说，"那泌尿科医生？给你做手术那人，他是你朋友，不是吗？"

"我觉得他想上我，"萝贝塔严肃地说，"我觉得他一直想上我。我觉得他建议我做这个手术，只是为了勾引我，但他想先把我变成女人。他们都这样胡搞，人尽皆知，一个朋友告诉我的。"

"你朋友疯了，萝贝塔，"盖普说，"谁都这样胡搞得人尽皆知？"

"泌尿科医生，"萝贝塔说，"哦，我不知道，你不觉得泌尿科有点儿古怪吗？"是，但盖普不想让萝贝塔更难过了。

"打电话给我妈，"他听见自己说，"她会让你开心点儿的，她会想出什么话来说的。"

"啊，她太了不起了，"萝贝塔呜咽道，"她总是能想出什么话，但我觉得我老是烦她。"

"她乐意帮忙，萝贝塔。"盖普说，他知道，起码，这是真的。珍妮·菲尔兹充满同情心和耐心，而盖普一心只想睡觉。"好好打场壁球可能有用，萝贝塔。"盖普弱弱地建议道，"过来住几天，我们好好打球。"海伦滚到他身上，对他皱眉头，咬他的乳头，海伦喜欢萝贝塔，但萝贝塔刚接受变性手术早期，说来说去都是自己的事。

"我就是觉得整个人给抽干了，"萝贝塔说，"没精力，什么都没了。我不知道还能不能打。"

"就算这样，你也应该试试，萝贝塔，"盖普说，"你得逼自己做点儿什么。"海伦生气了，又翻了个身，离开了他的身体。

不过海伦喜欢让盖普去接这些深夜来电，她说她太害怕了不想去看是谁打来的。因此很奇怪，萝贝塔·马尔登几周以后再度打来时，是海伦接的。这让盖普惊讶，因为电话靠他这边的床，海伦还得越过他才接得到。实际上，这回，她突然跨过他，小声快速地对电话里说："喂，哪位？"当她听到是萝贝塔，就很快把电话交给了盖普，并不像本来她是为了能让盖普好好睡觉似的。

萝贝塔第三次打来时，盖普接电话时感到一阵空虚。什么东西没了。"啊，喂，萝贝塔。"盖普说。海伦没有像往常那样抓着他的腿了——是这个没了。他注意到，海伦不在了。他在电话里反复安慰萝贝塔，感到床上没人睡的一边冷冷的，他注意到现在是凌晨两点，萝贝塔最爱的煲电话粥时间。萝贝塔终于挂断以后，盖普下楼找海伦，发现她一个人在客厅沙发上，拿着一杯酒坐着，腿上放着一叠手稿。

"我睡不着。"她说，但她脸上有一种表情，盖普还不能马上明白那是什么表情。尽管他认得那表情，不过好像从来没在海伦脸上看到过。

"在看论文吗？"他问，她点了点头，但她面前只有一份东西。盖普拿起来看。

"就一个学生的作业。"她说着伸手来拿。

这学生名叫迈克·米尔顿。盖普读了这作业的一段。"看起来像小说。"盖普说，"我怎么不知道你给学生布置小说作业啊。"

"我没有，"海伦说，"但是他们有时候不管怎么样都会给我看他们写的东西。"

盖普又读了一段。他觉得这作者的风格忸怩作态，用力过猛，但这页上没错误，起码，是有写作能力的。

"他是我的一个研究生，"海伦说，"人很聪明，但是……"她耸了耸肩，但她的这个姿势，带着小孩子那种忽然假装出来的尴尬的轻松感。

"但是什么？"盖普说。他笑了，因为海伦在这深夜时分看起来那么女孩子气。

但海伦摘下眼镜，又露出了那个表情，他刚才看到时无法想起在哪里见过这个表情。她紧张地说："嗯，不知道。嫩，也许。他就是太年轻了，你懂吗。很聪明，但是青涩。"

盖普翻过一页，读了另外半段，把手稿还给了她。他耸了耸肩，"我觉得写的都是狗屁。"他说。

"不是，不是狗屁。"海伦严肃地说。哦，海伦这个明智的老师，盖普想，宣布他要回去睡觉了。"我马上就上来。"海伦对他说。

然后，盖普在楼上浴室的镜子里看到自己。终于认出那个奇怪错位地出现在海伦脸上的表情了。盖普见过那个表情，所以才认得出，那是时不时在自己的脸上出现的表情，不过海伦从来没有露出过这种表情。盖普认出那表情是愧疚，他满心疑惑。他睁眼躺了很久，但海伦没有上床睡觉。早晨，盖普惊讶地发现，尽管他只不过瞄了一眼那个研究生的作业，但迈克·米尔顿这个名字，是第一个出现在他脑子里的事。他小心地看看海伦，这会儿正醒着躺在他身边。

"迈克·米尔顿。"盖普轻轻地自言自语，但是故意让海伦听到。他看着她不置可否的脸。要么她在白日做梦，脑子还在远方，要不就只是没听到他的话。再不然，他想，就是她已经在想迈克·米尔顿这个名字了，于是当盖普说出来的时候，只不过是她已经在对她自己说的名字了，而且她没注意到盖普把这名字说出口了。

迈克·米尔顿，比较文学三年级研究生，之前在耶鲁念法语专业，以不咸不淡的成绩毕业，之前他念的是史第林学校，不过他对自己的预校经历很低调。一旦他知道人家知道他念过耶鲁，他也会表示谦虚，但他从来不对自己大学三年级的海外留学经历谦虚，他去的是法国。听听迈克·米尔顿说起他的欧游经历，没人会想到他只在那儿待了一年，因为他能说得好像整个青年时代都在法国度过似的。他25岁。

尽管他在欧洲只是短暂居住过，但他看起来像是从那里买回了能穿一辈子的衣服：几件宽翻领喇叭袖宽粗呢外套。外套和裤子的剪裁，让臀部和腰部都显得好看，盖普还在史第林念书的时候，他们美国人就说这种样式是欧陆风。迈克·米尔顿穿衬衫时，领口总是敞开到喉咙这里，总留两粒扣子不扣，领子垮垮的，带点儿文艺复兴风情，潇洒随便又极度完美的作派。

他和盖普完全不同，就像一个是鸵鸟，一个是海豹。迈克·米尔顿穿戴整齐的时候，看上去很优雅；脱掉衣服，他最像苍鹭。他又瘦又高的，身上那件剪裁得体的粗呢外套，遮掩起他的佝偻。他有副模特身材，最适合穿衣服那种。要是脱光了，他的身体便没什么可看的。

　　迈克·米尔顿在几乎所有方面，都是盖普的反面，除了他们都极为自信，他和盖普一样自负，不知这算不算优点。像盖普一样，他那咄咄逼人的气势，是完全相信自己的人才会表现出来的。最初就是这些特质，在很多年前让海伦喜欢上了盖普。

　　现在这些特质再度出现，换了身新衣服，尽管这些特质体现在那么不同的一个人身上，但海伦还是认得出。她通常对讲究穿着的年轻男子不感冒，这些人的衣着谈吐，就好像欧洲让他们变得厌世并且懂得睿智地哀愁，但是实际上，他们年轻生命的大部分时间，都在康涅狄格州的汽车后座度过。不过，海伦少女时代也通常不喜欢摔跤手的。海伦喜欢自信的男人，而且不是古怪地盲目自信。

　　迈克·米尔顿吸引海伦之处，是很多男人和少数女人吸引她的地方。30多岁的她，是个迷人的女人，并不仅仅因为外表美，还因为她简直完美。必须指出一个重要的区别，她看起来不仅保养有道，而且她有很好的理由来保养自己。海伦这种惊人但迷人的外表，并没有误导别人的意思。她是个成功的女人。她看起来能全盘掌控自己的生活，只有最自信的男人，敢在她回看的时候，继续盯着她看。哪怕在公车站，她都是那种一回看别人，别人就不敢盯着她看的女人。

　　海伦不习惯在环绕英语系的走廊上被人盯着看，虽然人人一有机会就看她，但都是偷偷看。因此这一天，她对迈克·米尔顿投来的长长的真诚目光毫无准备。他就这么站在大厅里，看着她走向自己。反而是海伦移开了目光，他转过身看着她走过自己身边，往大厅另一头走去。他用海伦能听到的音量问旁边的人："她在这儿教书还是读书？她到底是在这干吗的？"

那一年的第二个学期，海伦教一门名为"叙事视角"的课，这是开给研究生的讨论课，只收几个程度高的本科生。海伦对发展和深化叙事技巧感兴趣，特别是对现代小说里的。第一节课上，她就注意到一个长相比较成熟的学生，留着稀疏的淡色八字胡，穿一件高级衬衫，开着两粒纽扣，她把目光从他身上移开，发下去一份问卷。其中一题问学生为什么对这门课感兴趣。一个叫迈克·米尔顿的学生写道："因为，我第一次看见你，就想做你的情人。"

下课以后，海伦一个人在办公室阅读问卷。她觉得知道班上哪个人是迈克·米尔顿了，如果是哪个她没注意到的男生写的，她就会把这份问卷给盖普看。盖普可能会说："给我看看那浑球是谁！"或者"我来把他介绍给萝贝塔·马尔登"。他们会一起呵呵笑，盖普会笑她勾引学生。因为只要一告诉盖普，不管那男孩儿是谁，他的意图就会在他们俩之间公开，不可能让海伦和他真的联系上，海伦清楚这一点。她没有把问卷给盖普看的时候，就已经感到愧疚了，但她想如果迈克·米尔顿是她想的那个人的话，她乐意让这事再往前发展那么一点儿。此刻，在她的办公室，海伦真没预见到事情会不止发展那么一点儿，就发展那么一丁点儿能有什么坏处呢？

如果哈里森·弗莱彻仍是她的同事，她就会给他看那问卷。无论如何，不管那迈克·米尔顿是谁，哪怕就是那个打扮出奇的男生，她都会告诉哈里森这件事。哈里森和海伦之间，从前有过一些此类秘密，他们不让盖普和爱丽丝知道，都是永久无害的秘密。海伦知道，把迈克·米尔顿喜欢自己这件事告诉哈里森，是另一种防止什么事发生的好法子。

但她没有跟盖普提迈克·米尔顿，当然也没告诉哈里森，哈里森正在别的地方找人讨要终身教职呢。填写问卷的笔迹是黑色的18世纪的字体，那种只有特殊的钢笔能写出来的字体。迈克·米尔顿的留言，比印出来的看起来还永久，海伦读了一遍又一遍。她记住了其他问题的回答：生日、年级、之前在英语系或比较文学系修过的课。她查看了他的成绩单，他的成绩不错。她打电话给上学期教过迈克·米尔顿的两个同事，她从他们那里打听出迈克·米尔顿是个好学生，有上进心，骄傲到了虚荣的地步。尽管两个同事没说出口，但从他们那里得到的印象是，迈克·米尔顿有天赋，但是不讨人喜欢。她想到他衬衫上那故意不扣的纽扣，她现在很肯定就是他，想象着自己帮他扣好。她想到那淡淡的八字胡——他嘴唇上一条细线。盖普后来评论迈克·米尔顿的胡子，说是对毛发界和嘴唇界的侮辱。盖普觉得，他那道毛，顶多是对八字胡的模仿，迈克·米尔顿要想对得起他的脸，还是把它剃掉为好。

但海伦喜欢迈克·米尔顿嘴唇上那条奇怪的胡子。

"你本来就什么胡子都不喜欢。"海伦对盖普说。

"我就不喜欢那条胡子，总的来说我跟胡子没仇。"盖普坚持这么说，哪怕海伦其实是对的——自从盖普遇见那八字胡小子以后，他就讨厌所有胡子。八字胡小子，永远毁了盖普对胡子的印象。

海伦也喜欢迈克·米尔顿鬓角的长度，有点儿金色的卷发，盖普的鬓角剪到和他深色的眼睛一个高度，差不多到耳朵上方，尽管他的头发厚而且蓬松，还总是留到能遮住被疯子咬掉的耳朵的长度。

海伦还注意到，她丈夫的怪癖开始让她生厌了。既然现在他安于写作低潮了，也许她只是对他的古怪比以前更留意了，他写作时，也许就没那么多时间用来搞怪了？无论是什么原因，她觉得烦。比如，他在家门口车道上搞的把戏，就让她火大，他的行为甚至还自相矛盾。盖普这么大惊小怪紧张儿童安全的人，平常担心莽撞的司机、煤气漏气之类的，但他天黑以后把车开上他们家车道和车库的方式，让海伦害怕。

他们家的车道，是从一条下坡路上伸出来的一条往上的陡坡。盖普如果知道孩子已经睡着了，他在车里就会熄火关灯，让车滑上漆黑的车道，他会在离开下坡路时候，预留足够的动力开上车道顶端，然后往下开进他们漆黑的车库。他说这么做引擎声和车头灯就不会把孩子吵醒了。但不管怎样，他还得重新点火掉头送保姆回家，海伦说他搞这套把戏只是为了找刺激，又孩子气又危险。他的车总是压到扔在漆黑车道上的玩具，或者撞上车库后面放得不够远的自行车。

一次有个保姆对海伦抱怨，她讨厌车熄火而且车顶灯熄灭的时候滑下车道。另一个把戏是：他会在车就要开上大路之前，快速松开离合并开灯。

会不会我才是躁动不安的那个？海伦怀疑。她在想到盖普的躁动之前，还没想过自己也躁动不安。盖普的习惯和常规作派，究竟真的让她烦了多久？她不知道。她只知道，自从读了迈克·米尔顿的问卷回答，才注意到自己烦盖普的。

海伦开车去办公室的路上，想着该对那粗鲁自负的男生说什么，车子的变速杆把手在她手里脱落下来，光着的变速杆划到了她的手腕。她边骂脏话边把车停到边上，检查伤势以及变速杆的受损情况。

变速杆把手已经脱落好几个星期了，螺纹已经光了，盖普好几次试图用胶带将把手固定在变速杆上。海伦抱怨过他这种半吊子的修理法，但盖普从来没说过自己手巧，而且车辆养护是海伦的家务责任之一。

虽然他们大致同意两人的家务分工，但有的家务说不清楚该谁做。盖普虽然主内，但海伦烫衣服（"因为，"盖普说，"你是在乎衣服要烫平的人。"），海伦还负责把车送去修（"因为，"盖普说，"你是每天开车的人，你最清楚哪里要修。"）。海伦愿意烫衣服，但她觉得盖普应该负责车。她不喜欢被修车厂的人从车库送去办公室，要和开车不够小心的年轻技工坐在油腻的车里。海伦觉得修车行还算友好，但她讨厌待在那儿，而且技工们关于她交车以后由谁送她上班的玩笑开得太多，最后变得一点儿也不好玩了。"谁有空带盖普太太去大学？"技工头头总是对着潮湿油腻又黑暗的修车坑里吼。然后三四个虽然热心但是全身脏兮兮的小子，会扔下扳手和尖嘴钳，从修车坑里把自己拖出来，他们猛冲过来，愿意和清瘦的盖普教授同乘一辆车去上班，享受这短暂的兴奋时刻，哪怕车上哐啷哐啷堆着汽车配件。

盖普对海伦指出，他去修车的时候，可没人这么踊跃要送他，他得在车库等一个小时，才能哄一个拖着脚不情愿的人开车送他回家。他早上的工作就算毁了，他于是裁定，修护车是海伦的责任。

他们都一直拖着不去处理变速杆把手的问题。"你只要打个电话订一副新的来，"海伦对他说，"我就能开去那里，等他们给我拧上去。但是我不想把车留在他们那里一天，让他们浪费时间来修这根变速杆。"她把把手扔给他，但他出门用胶带把它给绑回了车上，小心地绑在了变速杆后面。

不知怎的，她觉得，把手总是在她开的时候脱落，不过，当然了，她开车的时候比他多。

　　"妈的。"她说了声，开着带着毫无遮盖的丑陋变速杆的车去办公室。每次不得不变速的时候，手都疼，她的手腕被擦出了一点儿血，蹭到了她的西装裙上。她把车停好，拿着那只变速杆把手穿过停车场，朝她办公楼走去。她考虑过把它扔进排水沟里，但把手上印有一小串编号，她可以在办公室打电话给修车厂，告诉他们编号。然后就可以扔了它，随便扔哪儿都行，或者，她想，我可以把它寄给盖普。

　　就是带着这种被小事困扰的心情，海伦撞见了那个自鸣得意的年轻人，他穿着头两粒纽扣敞开的高级衬衫，闲闲站在她办公室门边的走廊上。她注意到，他的粗呢外套有垫肩，他的头发有点儿太直了，而且太长，他那细如小刀的八字胡一头太往下靠近嘴角了。她不是很确定，自己想爱上这年轻人，还是想帮他理发剃须？

　　"你起得可真早。"她对他说，一边把变速杆把手递给他拿着，好腾出手来开门。

　　"你伤到自己了吗？"他问，"你在出血。"海伦后来想到，他的鼻子对血真敏感，因为她手腕的小伤几乎已经不流血了。

　　"你要做医生吗？"她问他，把他让进办公室。

　　"本来想的。"他说。

　　"什么让你没做成？"她问，眼睛仍旧不看他，但手里不停地整理桌子，把本来就整齐的东西拾掇整齐，然后动手调整软百叶窗，本来百叶窗就在她想要的位置上。她摘下眼镜，这样他在她眼里就变得柔和模糊。

　　"有机化学，"他说，"我退了那门课。而且，我当时想住到

如果你不知道读什么书
就关注书单来了微信号

关注后，回复数字，
即可查看相关书单！

微信号：shudanlaile

1. 这5本小说将中国文学拔到了世界高度
2. 5本适合零碎时间阅读的书，有趣又长知识
3. 等孩子长大，一定会感谢你给他看这5本书
4. 这5本书，都是各自领域的经典之作
5. 我要读什么书，能够让我内心强大

6. 情绪低落的时候，就看这5本书
7. 这5本小书，我打赌你一本都没看过
8. 十个心灵成熟的人，九个读过这本书
9. 5位大师的巅峰之作，好看得让你灵魂震颤
10. 这5本书启发你思考，怎样度过你的一生

11. 这5本文学经典，看完仿佛度过了一生
12. 如果你对人生感到迷茫，就看这5本书
13. 这5本书，教你如何安放矛盾中的自我
14. 5本烧其脑的推理经典，令人拍案叫绝
15. 文学史上五个绝世无双的男人，你选谁？
......

如果你不知道读什么书

就关注书单来了微信号

别犹豫了！
快点扫吧！
我抱不动了！

微信号：shudanlaile

法国去。"

"哟，你还在法国住过？"海伦问他，她明白应该问他这个，也明白他觉得这是他身上的一项特别之处，而且他不会迟疑就会溜出口。他之前也在问卷里故意透露过留法经历。他非常肤浅，她立即就看出来了，她希望他还有点儿智慧，但她奇怪地因为他的肤浅放下心来，似乎这样一来，他就不那么危险了，让她有了点儿自由。

他们谈起法国，这是让海伦高兴的话题，因为她能和迈克·米尔顿一样谈得天花乱坠，虽然她从没去过欧洲。她也告诉他，她觉得他修这门课的理由很弱。

"理由很弱？"他微笑着追问她。

"首先，"海伦说，"对这门课有这种期待是完全不现实的。"

"啊，你已经有个情人了？"迈克·米尔顿仍旧笑着问她。

不知怎么，他那么轻浮，反而让她不觉得这是种骚扰了，她没有教训他自己有个丈夫就够了，没有冲他发火说这不关他的事，也没有说他高攀不上她。她只是说，为了这个目的，起码他应该修独立研究才对。他说他很乐意换课。她说，自己从不在第二学期收任何独立研究的学生。

她知道，她没有完全拒绝他，但也不算鼓励他。迈克·米尔顿认真地和她聊了一个小时，聊她这门叙事课。他让人印象深刻地讨论了弗吉尼亚·伍尔夫的《海浪》和《雅各的房间》，尽管他对《向灯塔去》的见地没那么好，而且海伦也知道，他只是假装读过《达洛维夫人》。他走了以后，她不得不同意那两位同事对他的看法：他能说会道、自鸣得意、肤浅轻率。这一切都不讨人喜欢，但他肯定有一种脆弱的聪明，无论这种聪明多闪亮稀薄，不知为什么，这一点也同样不讨人喜欢。她的同事忽略了他放肆的微笑和他的着装，就好像他目中无人没穿衣服一样。但海伦的同事都是男人，不能期待他们能像海伦这样定义迈克·米尔顿微笑中准确的放肆含义。海伦觉得这笑容在说：我已经了解你了，而且我知道你喜欢的每样东西。这是种惹人生气的微笑，但这笑引诱了她，她想把这笑从他脸上抹去。海伦知道，抹去这种笑的其中一个方法，就是让迈克·米尔顿知道，他压根儿不了解她，也不了解她真正喜欢什么。

她也明白，能让他知道这点的途径并不多。

她开车回家第一次换挡的时候，变速杆的秃头深深刺入她的手掌根。她知道得很清楚，迈克·米尔顿把变速杆把手留在哪儿了，就在垃圾桶上方的窗台上，警卫看到的话一定会扔了。它就是一副应该被扔掉的样子，但海伦想起来，她还没把那一小串编号告诉修车行。这意味着，她或者盖普，不得不在没有他妈的编号的情况下，打电话给修车行订一个新的把手，还得告诉他们车的年份和型号等信息，无可避免地会订到一个不合适的把手。

但海伦决定不回办公室了，就算不用努力记得要打电话给警卫让他别扔了把手，她脑子里塞的东西也已经够多了。再者说，可能已经晚了。

而且不管怎么说，海伦想，又不全是我的错，也是盖普的错。或者，她想，谁都没错，有的事就是这样的。

但她并非全然心安理得，目前为止不行。迈克·米尔顿给了她自己以前其他课的论文，她收下来读了，因为至少论文还是没事的，他的学业，还是他们可以讨论的无伤大雅的话题。然后他变得更大胆，黏得更紧，连自己的创作——那些他的短篇小说和写法国

310

的感伤诗歌，也拿给她看。海伦仍旧觉得，他们的漫长聊天，没有偏离师生之间批评帮助的关系。

一起吃午饭也没什么，他们有他的作品可以讨论。大概他们都知道，所谓的作品没什么特别的。对迈克·米尔顿来说，聊什么都好，只要能正当地和海伦在一起。对海伦来说，她仍旧害怕明显的结论，当他没有作品可聊的时候，当他们谈完了他以前写的所有论文，当他们聊过了每一本都看过的书。然后海伦明白他们就需要新的话题了。她也知道这只是她的问题，迈克·米尔顿老早就知道他们之间不可避免的话题是什么了。她知道他在沾沾自喜、令人讨厌地等她下定决心。她偶尔想，他会不会再次大胆提及问卷上那个问题的回答，但她知道不会。也许他们俩都知道他不必再提，下一个行动的会是她。他向她展示自己有着成年人的耐心。海伦最想做的，是让他意外。

但在众多新鲜的感觉中，有一种感觉让她讨厌，她最不习惯愧疚感，因为海伦·霍尔姆总是觉得，自己做的每件事都是对的，所以她也要对这件事感到无愧于心。她觉得马上就能心安理得了，但还不能做到，目前为止不行。

是盖普让她必不可少地感到愧疚的。也许他察觉出有对手了，盖普一开始写作就出于竞争心态，他也终于因为类似的竞争情绪走出了写作低潮。

他知道，海伦在读别人的东西。盖普没想到她盘算的事超越了文学，但他仅以作家特有的嫉妒心看到别人写的东西让她秉烛夜读。盖普最早就是用《格里尔帕策民宿》追求海伦的。他的本能告诉他要再次向她求爱。

如果求欢让一个年轻作家开始写作是可以接受的，那他现在还以这个作为写作动力，就不伦不类了，特别是在他停笔那么久以后。他也许处于一个必要的阶段，让他重新思考一切，让干涸的井充满水，适当安静一段时间，为将来的书作准备。他给海伦看的新故事，总有点儿反映出迫不得已和不自然的创作初衷。这故事并非出于对人生发自内心的真实反应，而是为了宣泄作家的焦虑。

也许这对很久没写作的作家来说，是必要的练习，但海伦不喜欢盖普丢给她这个故事的急迫性。"我终于写完一样东西了。"他说。他们刚吃过晚饭，孩子们睡了，海伦想和他上床，她想要能让她安心的持久的性爱，因为她已经快读完迈克·米尔顿写的所有东西，没有更多东西可读了，也没什么可以跟他聊的了。她知道，她一丝一毫都不能表露出对盖普文章的不满，但她太累了，她盯着躺在脏碗碟之间的稿子看。

"我来洗盘子。"盖普主动说，好让她腾出时间读他的小说。她心里一凉，她已经读得太多了。性，或者起码浪漫，是她最终得出的主题，盖普最好能给她，不然迈克·米尔顿就要提供这些了。

"我想被爱。"海伦对盖普说，他像个自信能得到大笔小费的服务员一样收着盘子。他对她笑了。

"读小说，海伦，"他说，"然后我们做爱。"

她讨厌他的先后顺序。盖普的写作和迈克·米尔顿的学生习作根本没什么可比的，尽管迈克·米尔顿在学生当中算是有才华的，但海伦知道，他终生都只能是在学习写作。问题不是写作，是我，海伦想，我想要有人关注我。盖普求爱的方式忽然冒犯了她。盖普的主题不知怎么就变成了写作。这不是我们之间的主题，海伦想。拜迈克·米尔顿所赐，海伦远比盖普更懂得，人们之间说出口和没说出口的主题。"要是人人都说出心里话，就好了。"珍妮·菲尔兹写过，这种想法是天真但可以原谅的疏忽，盖普和珍妮都知道，要人们这样有多难。

盖普小心地洗着碗碟，等着海伦读他的小说。海伦这位受过训练的教师本能地掏出红色铅笔开始读。她不应该这样读我的故事，盖普想，我又不是她的学生。但他继续安静地洗盘子。他觉得无法阻止她了。

居安思危

——T.S.盖普

每天跑五英里的时候，我时常遇见一些很会说话的司机，他们会在我身边停车（坐在驾驶座上保持安全距离）问我："你要参加什么比赛？"

呼吸均匀是个绝技，我很少上气不接下气，我答话的时候从来没有大喘气。"我想保持身材，好追车。"我说。

此刻司机的反应各不相同，就像愚蠢各不相同，其他反应也大相径庭。当然了，从来没人意识到，我指的不是他们，我不是要保持身材追他们的车，起码不是在公路上。他们要是开上公路，我就让他们去了，尽管有时我相信能追上他们。而且我并不像有些司机想的那样，在公路上跑步是为了引人注意。

我家附近没地方让我跑。必须跑出郊区地带才勉强算个中距离长跑者。我家附近每个交叉路口四面都有停车标志，路口与路口之间很短，那些直角转弯也对脚掌不利。另外，人行道上又容易受到狗的威胁，又装点着孩子的玩具，隔三岔五还会被草坪洒水喷嘴喷到水。就算有地方跑，总会有那么个老人占据了整个人行道，颤颤巍巍拄着拐杖或者咣啷咣啷拄着拐杖。任何有良心的人都不会对他们吼："让路！"就算我保持一定安全距离超越老人，但以我平常的速度，很可能吓到他们，我可不想引发心脏病。

于是我去公路上跑，但我训练是为了在郊区追车。以我的身体状况来说，对付在我家附近超速的车绰绰有余。加上他们在停车标志前也会装装样子停一下，他们还开不到50迈就要在下一个路口停下来了，我总是能追上他们。我还可以穿过草坪、门廊、秋千架和孩子的游戏池，抄近道，我可以跑过树丛，或跨过它们。而且因为我的引擎，不发出那种车引擎的持续单调的声音，我可以听清是否有别的车开过来了，我又不用在停车标志前停下来。

最后我总是跑得比他们快，我对他们挥手，他们总是会停下来。尽管我追车的姿态显然很瘆人，但这样吓不着超速者。不是这样的，他们总是被我为人父母的态度吓到，因为他们总是年轻人。是的，我作为父亲的形象总是让他们清醒过来，屡试不爽。我开始只是说："你没看见我的孩子在那里吗？"我嗓门又大又紧张地问他们。老超速的人一听到这个问题，马上会吓一跳，以为撞到了我的孩子。他们会马上生起防御心。

"我有两个岁数很小的孩子。"我对他们说。我故意用戏剧化的语气说，说这句话的时候声音微微颤抖。就好像我在忍着泪似的，或者怀着说不出话来的愤怒，或者又难过又愤怒。也许他们以为我在追捕绑架犯，或者我怀疑他们猥亵儿童。

"发生什么事了？"他们都会这样问。

"你没看见我的孩子，是吧？"我重复道，"一个小男孩儿拉着坐在红色拖车里的小女孩儿？"这当然是胡诌。我有两个儿子，他们也没那么小了，他们都没有拖车。这会儿他们说不定在看电视，或者在公园骑车，那里很安全，没有汽车。

"没看见，"被搞糊涂了的超速者说，"我看见孩子了，好几个。但不知道是不是看见你说的孩子了。为什么问我？"

"因为你差点儿撞死他们了。"我说。

"但是我没看见他们！"超速者抗议道。

"你刚才开得太快才没看见他们！"我说。冷不防出现的这句话，就好像是他们的罪证，我总是把这句话说得好像手握铁证似的。而他们永远无法肯定是不是这样，这一段我事先排练得很好。此刻我因为狂奔流的汗从嘴唇上的胡须流到下巴尖，滴到司机的车窗上。他们知道，只有一个真的怕孩子出事的父亲才会这样不要命地跑，会像个疯子一样瞪着他们，会留这么一抹残酷的小胡子。

"对不起。"他们通常会这么说。

"这一带都是小孩儿，"我总是这样对他们说，"你可以到别的地方开快车，不是吗？拜托了，为了孩子的安全，别再在这里超速了。"我的声音直到目前为止还算客气，带着恳求的语气。但他们看得出，我老实含泪的眼神后面被压抑的疯狂。

通常对方只是个小屁孩。那些小子总想漏点儿油，他们想要疯狂的速度来配合收音机里的音乐。我可不指望改变他们。我只是希望他们去别的地方开快车。我同意在大马路上随便他们开，我在那里锻炼的时候，绝不越界。我沿着硌脚的路边低洼地带跑，在发烫的沙石上跑，在啤酒瓶碎玻璃里跑。那里还有血肉模糊的猫、缺胳膊少腿的鸟和稀烂的避孕套。但是在我家附近，车就不是皇帝，暂时还不是。

通常司机都会乖乖吸取教训。

跑完五英里之后，我会做55个俯卧撑，接着来五个百码冲刺，跟着55个仰卧起坐，接着55个肩桥。我不是特别喜欢数字五，只是因为不用记住太多不同数字的话，这种不需要动脑子又累的费劲事，会轻松点儿。冲过澡后差不多五点，从傍晚到晚上，我允许自己喝五罐啤酒。

我晚上不追车。孩子们晚上不应该在外面玩，在我家附近不行，在别的居民区也不行。我相信，晚上，车是整个摩登世界的皇帝，甚至在郊区也是。

其实晚上我很少出门，也不让我的家人冒险出门。但有一次，我出门调查一桩明显的意外，因为黑暗中忽然出现一道道朝天空照射的车头灯灯光，而且还越来越亮，宁静被尖厉的金属声和玻璃粉碎声刺破。就在离我家不到半个路口的地方，正巧在我家门口漆黑的路上，一辆路虎底朝天躺着，漏出的汽油深得都能看见月亮的倒影了。只能听到热管和熄火的引擎里发出的热爆声。这辆路虎就像被地雷炸翻的坦克似的。大量凸起物和划痕，说明这车一定是翻了好几个跟头才停在那儿的。

司机一侧的车门只能开一条小缝，但足够我小心地伸手进去把车门灯打开了。在这辆亮着灯的车里，一个胖男人仍旧头朝下卡在方向盘后面，还活着。他看起来毫发无伤。他的头小心翼翼地靠着车顶，当然现在在地上，但这男人看起来只是轻微有点儿察觉到自己的视线变了。他看起来，主要是对出现在他头旁边的棕色大保龄球感到困惑，就像另一个头，他其实和保龄球脸贴脸，他大概觉得，球的触感就像靠在他肩头的爱人的头被砍了下来。

"是你吗，罗杰？"男人问。我不知道他在问我呢，还是问保龄球。

"我不是罗杰。"我代表自己和球说。

"那罗杰是个白痴，"男人解释道，"我们搞错了蛋蛋。"

这胖男人在说的古怪性经验看起来不可能。于是我想这胖男人说的是保龄球。

"这是罗杰的球，"他解释道，指的是他脸颊旁的棕色圆球，"我要是早些认出不是我的球就好了，因为我的包装不下。我的球谁的包都装得下，但是罗杰的球真是奇怪。路虎掉下桥的时候我正在用力把它塞进我的包里。"

尽管我知道整个小区之内都没有桥，但还是努力想象事件的画面。但漏出的汽油发出的汩汩声，让我无法专心，就像啤酒灌入饥渴的男人喉咙一样。

"你应该出来。"我对这个脚朝天的打保龄球的人说。

"我要等罗杰，"他回答，"罗杰马上就来了。"

果不其然，另一辆路虎开了过来，它们就像一队正在行军的两人组一样。罗杰的路虎没开车头灯也没有及时停下来，撞上了保龄球胖子的车，两辆车就像接在一起的货车车厢，又挤在一起在街上冲出十码远。

罗杰果真是个白痴，但我只是问了该问的问题："是你吗，罗杰？"

"是咯。"这男人说，震动着的路虎里一团漆黑，嘎吱作响，车的挡风玻璃、车头灯和散热器护栏的小碎片，像嘈杂的彩屑那样落在街上。

"只可能是罗杰！"保龄球胖子咕哝道，他仍旧脚朝天，仍旧活着，坐在亮着灯的车里。我看见他流了点儿鼻血，好像被保龄球撞到了。

"你个白痴，罗杰！"他嚷嚷着，"你拿了我的球！"

"不管，那么有人拿了我的球。"罗杰应声。

"我拿了你的球，你个白痴。"保龄球胖子声明。

"哎，这可不算完，"罗杰说，"你还开了我的路虎。"罗杰在黑暗的车里点了根烟，他似乎并不想从撞坏了的车里爬出来。

"你应该开个灯，"我建议道，"那个胖男人应该从你的路虎里出来。汽油流得到处都是。我觉得你不应该抽烟了。"但罗杰仍旧在山洞一样安静的第二辆路虎里继续抽烟，对我视而不见。保龄球胖子又一次叫唤："是你吗，罗杰？"就好像他又做了个从头开始的梦一样。

我回家打电话报警。要是在白天，我决不允许我家附近发生这种闹剧，但通常的郊区超速犯，并不会开对方的路虎去打保龄球，我确定他们是真的迷失了。

"喂，是警察吗？"我说。

我已经知道警察什么帮得上、什么帮不上。我知道他们不爱公民自告奋勇逮捕嫌犯，我以前报警有人超速，结果让我失望。他们看起来对细节没兴趣。有人告诉我警察喜欢拘捕某些人，但我相信，他们基本上是同情超速犯的，而且他们并不感激代他们逮人的市民。

我报告了保龄球男子出事地点的大致方位，当警察循例问是谁打来的时候，我告诉他们："罗杰。"

我因为了解警察，知道这会很好玩。警察总是更有兴趣麻烦报警的人，而不是罪犯。果不其然，他们一到，就直接去找了罗杰。我能看见他们在路灯下吵来吵去，但我只能听清他们的部分谈话。

"他是罗杰，"保龄球胖子不停地说，"他是货真价实的罗杰。"

"我可不是打电话给你们这帮杂种的罗杰。"罗杰对警察说。

"这是实话，"保龄球胖子宣称，"这个罗杰无论什么事，都不会打电话给警察的。"

过了好一阵，他们才开始对着我们这漆黑的郊区呼喊另一个罗杰。"这里还有人叫罗杰吗？"一个警察喊道。

"罗杰！"保龄球胖子叫道，但我家和邻居家都黑灯瞎火，恰如其分的一片静寂。天一亮，我知道，他们就都会走了。只会留下油渍和碎玻璃。

我松了口气，而且和往常一样，也乐见机动车给大卸八块，我看着他们一直到天亮，直到这一双笨重的路虎终于被分开拖走为止。它们就好像两头累极的犀牛，在郊外私通的时候被活捉。罗杰和保龄球胖子站着吵架，晃着他们的保龄球，直到我们这个街口的路灯都熄灭了为止，然后，就好像收到信号似的，两个保龄球友握了握手，朝不同方向走开了，好像他们知道要去哪儿似的。

警察早晨来调查问话，他们仍旧担心有另一个罗杰。但他们从我这儿什么也没问到，就像我举报超速时他们显然也什么信息都没听进去一样。"这样的话，如果再次发生这类事，"他们对我说，"一定要报警。"

幸运的是，我很少需要警察出马，我通常对初犯很有一套。只有一次我不得不拦停同一个司机，也不过才两次而已。他是个自负的小伙子，开一辆血红的水管工货车。车身上涂着骇人的黄色广告语说，该水管工处理管道疏通需求以及所有水管问题。

欧·费克特、老板以及主水管工

对惯犯我就不兜圈子了。

"我现在就报警。"我对这小伙子说，"而且我还要打电话给你老板——老欧·费克特，上一次我就应该打给他的。"

"我就是我的老板，"小伙子说，"这是我的水管公司。滚开。"

于是我意识到，我眼前的就是欧·费克特本人，一个身材矮小但是事业有成的年轻人，对基本权力机关毫无畏惧。

"这一带有很多小孩儿的，"我说，"包括我的两个孩子。"

"知道，你说过了。"水管工说，他加速引擎就好像在清喉咙似的。他的态度带着些威胁，就好像他年轻的下巴上有一丝阴毛的痕迹。我两手放在车门上，一只手在门把上，一只手放在摇下来的车窗上。

"请不要在这里超速。"我说。

"知道，我尽量。"欧·费克特说。我本来可以就这样算了，但这水管工点了根香烟对我微笑。我想，在他那张朋克脸上，我看见了这个世界的坏笑。

"要是再让我抓住你像这样开车，"我说，"我就把你的管道疏通器插进你屁眼儿里。"

我们互相瞪着对方，欧·费克特和我。然后这水管工发动了引擎，松开了离合器，我不得不跳回路边。我看见排水沟里有一辆小小的金属翻斗车，是个儿童玩具，前轮都没了。我捡起它追欧·费克特。跑了五个街口，我已经够接近他的车，就把废弃的玩具车砸在了他的水管工货车上，玩具车碰出一声巨响弹开了，他的车毫发无伤。尽管如此，欧·费克特还是猛踩了刹车，大约五根水管跳出了皮卡的货箱，一只金属抽屉弹出，吐出一把螺丝刀，几卷粗钢丝。那水管工跳下车，猛地关了车门，他抄了柄管道扳手在手。看得出他很介意血红色的货车被砸出坑。我抓起一根掉在地上的水管，差不多有五英尺长。我快速用它砸了货车的左边尾灯。很久以来，事情都很自然地以五的形式发生在我身上。比如：我的胸围，扩胸的时候，是55英尺。

"你的尾灯碎了，"我指给水管工看，"你不应该再开车了。"

"我这就报警抓你，你个疯子浑蛋！"欧·费克特说。

"这是公民逮捕，"我说，"你违反了限速，威胁到了我孩子的生命。我们一起去找警察。"然后我用这根长水管撬起了货车后面的牌照，像一封信一样把它折起。

"你要敢再碰我的车一下，"水管工说，"你就吃不了兜着走。"但我觉得，水管在手里轻得好像羽毛球拍，我轻松挥着水管，砸碎了另一盏尾灯。

"你已经吃不了兜着走了，"我对欧·费克特挑明了，"你要敢再开来这儿附近，最好给我挂一挡开闪光灯。"首先，此刻挥着水管的我知道，他得修好他的闪光灯。

此刻，有个老妇走出家门，看外面在吵什么。她立马就认出了我。我在她家转角处抓住过很多人。"啊，行啊你！"她叫道。我对她笑笑，她步履蹒跚地朝我走来，停下脚步，瞟着自家修剪完美的草坪，那辆玩具翻斗车引起了她的注意。她捡起来握在手里，带着明显的厌恶，把车拿给我。我把这玩具和碎玻璃还有尾灯和闪光灯的塑料碎片放回车后。这是个干净的居民区，我讨厌乱扔垃圾。而在公路上练习跑步时，我只看见满地垃圾。我也把其他水管放回了车上，除了手上还握着那根长水管（就像武士的标枪），我轻轻推着掉在路边的螺丝刀和钢丝圈。欧·费克特把它们集中起来，放回了金属抽屉里。他修水管一定比开车在行，我想，他抓着管道扳手的样子驾轻就熟。

"你应该感到惭愧。"老妇对欧·费克特说。水管工对她怒目而视。

"他是那种非常糟糕的人。"我告诉她。

"真想不到，"老妇说，"你是个大人了，"她对水管工说，"应该懂事点儿。"

欧·费克特慢慢挪回了车那里，看起来他会用扳手抢我，然后他跳进货车，倒车超过了老妇。

"小心开车。"我对他说。他坐进车里以后，安全了，我才把那根长水管放回皮卡。然后我挽着老妇的手臂，送她走上人行道。

货车从路边疾速而去，留下轮胎的焦味和有如骨头脱白般生脆的杂音，我感到老妇脆弱的手肘在颤抖，她的恐惧传给了我，我意识到，像我刚才对欧·费克特那样激怒任何人有多危险。我可以听到他在大概五个街口开外愤怒地疾驶，我祈祷所有可能出现在路边的猫、狗和孩子。当然，我想，现代生活比以前艰难五倍。

我应该停止这种针对超速犯的圣战，我想。我对待他们太过分了，但是他们让我太生气了，因为他们不小心，他们危险马虎的行事作风，在我眼里是对我自己的生命和我孩子生命的直接威胁。我总是讨厌车，讨厌乱开车的蠢货。我对拿别人生命开玩笑的人怀有巨大的愤怒。他们大可以随便飙车，但是跑到沙漠里飙去！我们可不允许在郊区地带形成一个户外靶场！如果他们想的话，他们大可以跳飞机，不过跳进海里就好了！可不能在我孩子住的地方胡来。

"要是我们这儿没有你的话，会变成什么样啊？"老妇问出声。我忘了她的名字。没有我的话，我想，这里多半会很安宁。也许死亡率会上去，不过会安宁。"他们都开得那么快，"老妇说，"要是没有你的话，有时我觉得他们会车毁人亡地冲进我家客厅里。"但我觉得很尴尬，自己和一个80岁的老人操着同样的心，我的恐惧更接近他们这些紧张的老人，而不像和我一样刚刚迈入中年的人。

我的生活多无聊啊！我一边想，一边送这位老妇往她家前门走去，领着她跨过人行道上的缝。

然后那个水管工又回来了。我觉得老妇会死在我怀里。

这水管工把车开上了路边，在我们身边猛冲过去，开过老妇的草坪，压平了鞭子般的小树，他让货车掉头的时候，差点儿都要翻车了，拔起了一棵不算小的灌木，还掀起了一块五磅牛排大小的草皮。然后把车开到了人行道上，逃走了，后轮磕到路牙，大量工具从皮卡上爆炸一样飞出来。欧·费克特再次把车开到路上，再次对我家附近造成威胁。我看见，这暴力的水管工的车，在道奇路和弗隆路交叉口，再次在路边弹起，他擦到了一辆停着的车，撞开了车的后备箱，后备箱盖上下晃着。

我扶着吓坏了的老妇进屋，打电话给警察，也打给了我妻子，告诉她不要让孩子出门。那水管工发疯了。我就是这样为居民区作贡献的，我想，我让疯子更疯。

那位老妇人在她凌乱的客厅里，坐在她佩斯利花纹的椅子上，小心得像一株盆栽。欧·费克特回来了，这回他把车开到了离客厅飘窗只有几英寸的地方，喇叭隔着长在砾石土里的树苗尖锐地响着，老妇人一动不动。我站在门口，等着最后一击，但我想还是不要露面的好。我知道如果欧·费克特看见我，会把车开进房子来的。

警察到的时候，水管工已经因为避开一辆旅行车在冷山路和北路的交叉口翻了车。他撞断了锁骨，在车里坐得笔直，尽管货车是侧面倒在地上，他无法从头顶的车门爬出去，大概他试过。欧·费克特显得很平静，还在听收音机。

从那以后，我没那么频繁地激怒违章司机了，如果我察觉到他们对我拦停并指责他们的坏习惯很抵触，我就会告诉他们，我这就去报警，然后快速离开。

后来虽然得知了欧·费克特有着多年在社交场合反应过度的暴力历史，我也不能原谅自己。"看，这就是你把那个水管工从马路上赶走的好结果。"我妻子对我说，她总是批评我对别人的行为指手画脚。但我只是想着，自己把一个工人搞疯了，而且在欧·费克特发狂期间，要是他撞死了一个孩子呢？算谁的责任？我要负一半责任吧，我想。

现代社会，在我看来，要么每件事都是道德问题，要么就不再有道德问题。现如今，不是毫不妥协，就是只有妥协。我从来不受影响，保持着警觉。不肯放松。

什么都不要说，海伦对自己说。去吻他，揉揉他，尽快把他搞上楼，以后再谈这篇他妈的小说。一定要等很久才谈，她警告自己。但她知道，他不让她不发表意见。

碗碟洗好了，他在她对面的桌边坐了下来。

她挤出最和蔼的微笑对他说："我想和你上床。"

"你不喜欢？"他问。

"我们到床上去说。"她说。

"妈的，海伦，"他说，"这是我这么久以来写完的第一篇东西。我想知道你怎么看的。"

她咬了咬嘴唇摘下眼镜，她的红笔一个记号都没留下。"我爱你。"她说。

"好了，好了，"他不耐烦地说，"我也爱你，但我们随时可以做爱。这故事怎么样？"于是她终于放松下来，她觉得他到底让她放松了。我尽力了，她想，她感到大松一口气。

"狗屁故事，"她说，"对，我不喜欢。而且我也不想谈它。你很明显不关心我想干什么。你像个孩子一样往餐桌边一坐，先盛自己的饭。"

"你不喜欢？"盖普说。

"哎，不算差，"她说，"只是没说什么。琐事，小曲。如果你在为写什么东西热身，我很有兴趣知道是什么，等你真正开始写的时候。但这篇东西什么都不是，你必须得知道。是你想也没想很快写出来的，是吗？你左手就可以写这种东西，不是吗？"

"是好笑的，不是吗？"盖普问。

"啊，是好笑的，"她说，"不过是像笑话那种好笑。都是一两句笑点。我是说，这算什么？自我嘲讽？你还不够老，写得不够多，还不够格开始自嘲。这是自私，这是自我辩解，说来说去只有自己，真的。不过是可爱的。"

"妈的，"盖普说，"可爱？"

"你老是谈论那些写得好但是没写什么实质内容的人，"海伦说，"那么，你说说看，这篇东西是什么？当然不能和'格里尔帕策'比，连'格里尔帕策'一半都及不上。连十分之一都不及。"

"《格里尔帕策民宿》是我写的第一篇正经东西，"盖普说，"完全不一样的，完全是另一种小说。"

"是啊，一篇有内容，另一篇什么也没讲，"海伦说，"一篇写的是人物，另一篇写的只有你自己。一篇神秘又精准，另一篇只有小聪明。"海伦一旦火力全开动用文学批评的本事，谁都拦不住。

"这样比较它们不公平，"盖普说，"我知道，这篇的格局是小了点儿。"

"那么我们不要再讨论它了好吗？"海伦说。

盖普脸色难看了一分钟。

"你也不喜欢《戴绿帽者的第二春》，"他说，"我觉得，你也不会更喜欢我下一部小说。"

"什么下一部？"海伦问他，"你在写别的小说吗？"

他脸色更难看了。她恨他，逼她这样对他，但她想要他，而且她也知道自己爱他。

"求你了，"她说，"上床吧。"

但是现在他看出，他有机会小小残忍一下，而且或许可以问出点儿实话来，于是他两眼放光看着她。

"我们不要再说了吧，"她求他，"上床吧。"

"你是不是觉得《格里尔帕策民宿》是我写得最好的东西，对吗？"他问她。盖普已经知道，她怎么看自己的第二本小说了，而且他知道，尽管海伦喜欢《拖延》，处女作到底是处女作。是的，她真的觉得"格里尔帕策"是他最好的作品。

"目前为止，是的，"她轻柔地说，"你是个可爱的作者，你知道的，我真这样觉得。"

"我猜，我只是还没发挥出我的全部潜力。"盖普怪里怪气地说。

"你会发挥出来的。"她声音里对他的同情和爱正在消散。

他们互相瞪着，海伦避开了眼。他往楼上走去。"你上床吗？"他问。他背对着她，让她看不到他的意图，也看不到对她的爱意，那爱意不是不想让她看出来，就是埋葬在了他糟糕透顶的作品里了。

"过一会儿。"她说。

他在楼梯上等着。"要读什么东西吗？"他问。

"没有，我读够了。"她说。

盖普上了楼。她上来的时候，他已经睡着了，让她绝望。如果他心里有她，怎么可以睡着？但实际上，他有太多心事，太多问号，他睡着是因为脑子太乱了。要是他能把感受集中在一件事情上，他就会在她上楼时醒了。那时，他们也许就能挽救很多事了。

就这样，她坐在他身边，带着比原本以为的更多爱意看着他。她看见他勃起了，硬得就好像他一直在等着她似的，她把他含进嘴巴，轻柔地吮吸直到他射精。

他惊醒过来，当他意识到自己在哪儿，和谁在一起时，露出了大为惭愧的表情。而海伦一点儿也没有愧意，她只是看起来很悲伤。盖普后来想，就好像海伦已经知道他梦到了拉尔夫太太一样。

当他从浴室回来，她已经睡了。海伦很快陷入熟睡。终于毫无愧意，她感到可以自由做梦了。盖普在她身边睁眼躺着，看着她无辜的脸，直到孩子们把她吵醒。

第13章

沃特感冒了

沃特一感冒，盖普就不能好好睡了。就好像他努力同时为这孩子和自己呼吸一样。盖普晚上爬起来亲吻这孩子，用鼻子蹭他，看见盖普这样的人都会想他可以靠自己染上感冒，来让沃特好起来。

"啊，上帝，"海伦说，"不过是感冒。五岁那年，邓肯一整个冬天都在感冒。"邓肯快11岁了，好像已经不大会感冒了，但沃特才五岁，深陷一场接一场的感冒病痛中，要不就是一场历时很久的感冒去了又来。三月化雪的"泥浆季"来的时候，盖普觉得沃特完全丧失了抵抗力，孩子每晚带痰的痛苦咳嗽声，都把他自己和盖普惊醒。盖普有时候听着沃特的胸腔就睡着了，然后在惊吓中醒来，发现听不到孩子的心跳了，但这孩子只是把他父亲沉重的头从自己胸前推开，好翻身睡得更舒服点儿。

医生和海伦都对盖普说："只不过是咳嗽而已。"

但沃特晚上不完美的呼吸，把盖普吓得夜不能寐。于是当萝贝塔打电话来的时候，他总是醒着，盖普不再害怕健壮的马尔登女士的深夜诉苦了，他还开始期待起她的来电，但盖普的焦躁不眠让海伦火大。

"如果你重新开始工作，写一本书的话，你就不会这样有精神大半夜不睡觉了。"她说。是他总胡思乱想才睡不着的，海伦对他说，盖普知道，他写得不够多的信号之一，就是他还有大把剩余想象力花在别的事情上。比如，被噩梦狂轰滥炸：他现在只做孩子发生惨剧的梦了。

其中一个梦里，惨剧是在盖普读色情杂志的时候发生的。他正在反复看着同一张图片，非常色情的图片。盖普偶尔和大学摔跤队队员一起锻炼，那些人有一套特别的暗号来描述这类图片。盖普发现这套暗号和他念史第林的时候没有差别，盖普以前摔跤队的成员也这样说这种图片。现在这种图片，倒是比以前容易看到了，但暗语没变。

在梦里盖普看的图片，是被归为色情图片里最露骨的那种。在裸女图片的世界，按照能看见多少来分类。可以看到阴毛但是看不见性器官的，叫作灌木丛照片，或者简称灌木。看得见性器官但部分被毛发遮挡的，叫作水獭，水獭比灌木强，水獭指全部东西：毛发和身体部位。性器官敞开的，叫作裂开的水獭。所有重点部位晶莹发光的，就是色情界的最高一级，叫作潮湿裂开的水獭。潮湿暗示女人不仅仅裸着、暴露、张开，而且还准备好了。

在梦里，盖普正看着这张摔跤手口中潮湿裂开的水獭照时，听到了孩子的哭声。他不知道是谁家的孩子，但海伦和他母亲珍妮·菲尔兹在一起，她们一起下楼依次经过他，他努力想藏起在看的杂志。她们刚才在楼上，有什么恐怖的事把她们吓醒了，她们在朝楼下走，走向地下室就好像地下室是防空洞似的。盖普这样想着，就听到了炸弹的闷爆声，他注意到粉碎的墙灰和闪烁的光，他明白即将发生恐怖事件。孩子们两个两个跟在海伦和珍妮后面，边走边呜咽，她们带着护士的冷静，领着孩子们走去防空洞。如果她们看了盖普一眼的话，她们的目光一定是带着哀伤和责备的，就好像他让她们失望了，这种时候不能帮助他们。

也许是因为他一直在看那张潮湿裂开的水獭图，而不是观察敌机？梦就是如此，永远晦暗不明，他究竟为什么感到愧疚，为什么她们看他的眼神好像在说她们遭到了虐待。

走在最后的孩子是沃特和邓肯，他们手牵着手，这种在夏令营中采取的所谓伙伴制度，在盖普的梦里是儿童遇到灾难时的自然反应。小沃特在哭泣，那种盖普听过的他身处无法醒来的噩梦里发出的哭声。"我在做噩梦。"他啜泣着。他看着他父亲几乎尖叫着说："我在做噩梦！"

但在盖普的梦里，他无法把这孩子从这个梦里弄醒。邓肯回头递给盖普一个坚忍的眼神，他年轻俊俏的脸上，有种沉默勇敢准备接受厄运的表情。邓肯看起来最近长得很快。他的表情是他和盖普之间的秘密：他们都知道这不是梦，没人帮得了沃特。

"叫醒我！"沃特喊着，但长长的儿童队列鱼贯进入了防空洞。邓肯抓着沃特，他扭着身子（他的身高到邓肯的手肘），他看着他父亲。"我在做梦！"沃特尖叫着，就好像在说服自己。盖普什么也做不了，他什么也没说，他没有跟着他们走下这最后几级台阶。而且掉落的墙灰，给所有东西覆盖上了一层白色。炸弹不停地掉。

"你在做梦！"盖普在沃特身后喊，"只不过是场噩梦！"尽管他知道这是假话。

然后海伦把他踢醒了。

也许海伦害怕，盖普失控的想象力会从沃特身上移到她自己身上。因为只要盖普把对沃特的担心移一半到海伦身上，他就会意识到有什么不对劲。

海伦以为控制得了事情的发展，起码她控制了事情如何开始（照常打开办公室的门，请佝偻着的迈克·米尔顿进门）。一进门，她就锁上了门，很快吻上了他的嘴，同时抓着他的细脖子让他不能躲开喘气，她的膝盖在他两腿之间磨着，他踢翻了垃圾桶，笔记本掉在地上。

"没什么可讨论的了。"海伦喘了口气说。她的舌头在他的上唇快速舔过。她想知道，自己是否喜欢他的小胡子。她觉得挺喜欢的，或者说起码此刻挺喜欢的。"我们去你公寓。不去别的地方。"她对他说。

"我公寓在河对面。"他说。

"我知道在哪儿，"她说，"干净吗？"

"当然干净，"他说，"而且能看到很棒的河景。"

"我才不在乎河景，"海伦说，"我要干净。"

"很干净的，"他说，"我还能打扫得更干净。"

"我们只能开你的车。"她说。

"我没有车。"他说。

"我知道你没有，"海伦说，"你得去搞一辆。"

他这会儿微笑起来，他刚才很惊讶，但现在感到有把握了。"那，我不必立马搞一辆来吧？"他问道，用小胡子蹭着她的脖子，他抚摸她的乳房。海伦从他的怀抱中挣脱。

"随便你什么时候搞来，"她说，"我们不能开我的车，我也不会跟你在城里走路或者坐公车。要是有人知道了，我们之间就玩儿完了。你懂吗？"她在办公桌边坐下，他觉得，她并没有在等他走过去碰她，他坐在了学生通常坐的椅子上。

"当然，我懂。"他说。

"我爱我丈夫，绝不会伤害他。"海伦对他说。迈克·米尔顿收起了笑容。

"我这就去搞车。"他说。

"还有打扫你的公寓，或者找人打扫。"她说。

"没问题，"他现在敢稍微笑一下了，"你想让我弄什么样的车？"他问她。

"我无所谓，"她对他说，"搞一辆能开的就行，不要一直在车库里没跑过的，也不要桶式座椅的。找一辆前排有长椅的。"他看起来从未如此惊讶困惑，于是她解释道："我想舒服地躺在前排椅子上，"她说，"头枕在你的腿上，这样就没人看见我坐在你旁边了。你懂吗？"

"别担心。"他重新笑了起来。

"这里是个小镇，"海伦说，"不可以让任何人知道。"

"这里也没那么小啦。"迈克·米尔顿信心十足地说。

"每个镇都很小，"海伦说，"这个镇子比你想的小。你想听听我知道些什么吗？"

"什么？"他问她。

"你在睡玛姬·托尔沃斯，"海伦说，"她在我'比较文学205'班上，她大三，你还和另一个非常年轻的本科生在约会，她上德克森的'英语150'，我想她一年级，但我不知道你是不是和她睡过。就算你没有，也不代表没试过，"海伦又说，"据我所知，你还没碰过你的研究生同学，暂时还没有。不过当然了，我肯定漏掉了什么人，或者你以前睡过。"

迈克·米尔顿又害羞又自豪，以往对表情的掌控没了，海伦不喜欢他现在的表情，于是转开了脸。

"这个地方就是这么小，每个地方也都是如此，"海伦说，"要是你有了我，你就必须和其他人断了。我知道年轻姑娘会注意到什么，也知道她们多想说出去。"

"好。"迈克·米尔顿说。他好像准备好要记笔记一样。

海伦忽然想起什么，她看起来忽然吓了一跳。"你有驾照的吧？"她问。

"啊，有！"迈克·米尔顿说。他们都大笑起来，之后海伦重新放松下来，但当他走到她身边吻她时，她摇了摇头把他推开。

"还有你不能在这里碰我，"她说，"办公室里不能有亲密举动。我也不会锁门。我连关门也不喜欢。现在请把门打开。"她指挥道，他乖乖听命。

他搞了辆车来，一辆巨大的别克路霸，那种旧型号的旅行车，一边车身有实木板。是1951年产的别克的自动变速器，又重又闪，有着朝鲜战争前的特有的镀铬和真橡木。重达5550磅，也就是差不多三吨。能装七夸脱机油和19加仑汽油。原价2850美金，不过迈克·米尔顿不到600美金就拿下了。

"这台是直列八缸发动机，排气量320立方英寸，动力转向，单腔卡特化油器。"卖车的告诉迈克，"生锈不算太严重。"

其实，这车是平凡不显眼的凝结血块色，6英尺宽17英尺长不止。前座长得海伦可以伸直膝盖横躺着，也不用把头枕在迈克·米尔顿的腿上，不过她照枕不误。

她这么做不是因为非枕不可，而是因为喜欢看着仪表盘，还能靠近散发出的古旧气味的光滑棕皮大座椅。她枕着迈克的腿，因为喜欢感受他的腿时紧时松，他的大腿在刹车和油门踏板之间轻轻移动。腿不需要动得很厉害，适合让头枕着，因为这车没有离合器，只需要偶然移动一条腿就行了。迈克·米尔顿有心地把零钱放在裤子左边的前口袋里，这样，他的灯芯绒宽松裤在海伦脸颊上只会留下微微的压痕，有时，他的勃起会碰到她的耳朵，或者插进她后脑勺脖子那里的头发里。

有时，她想象在这辆大车横穿小城时，用嘴含住他勃起的阴茎，大车张开的镀铬进气格栅就像等着喂食的鱼嘴，牙齿里头是汽车配置里说的别克八缸发动机。但海伦知道这么做不安全。

整件事可能不安全的第一个信号，是玛姬·托尔沃斯退了她的"比较文学205"课，没有解释她为什么不喜欢这门课。海伦害怕玛姬不喜欢的不是这门课，于是她把年轻的托尔沃斯叫来办公室，请她说明原因。

三年级的玛姬·托尔沃斯对学校的规章制度足够了解，知道退课不需要理由，任何一个学期某一个时间点之前，学生可以不需要导师允许自由退课。"我一定要说个理由吗？"这姑娘面色难看地问海伦。

"不是非说不可，"海伦说，"但如果你有理由的话，我想了解一下。"

"我又不是非要有理由。"玛姬·托尔沃斯说。她比其他学生能承受海伦的目光更久一些，然后她起身离开了。她漂亮小巧，在学生里穿得算不错的，海伦想。要说迈克·米尔顿的品位在前任和现任身上有什么一致性的话，可能是他喜欢穿得考究的女人。

"好吧，太遗憾了你不能继续上下去。"海伦在玛姬走的时候诚实地说，她在刺探这姑娘到底知道什么。

她知道了，海伦想，于是一转手就去骂迈克。

"你已经搞砸了，"她冷酷地对他说，因为在电话里她大可以对他冷酷，"你到底怎么甩了玛姬·托尔沃斯的？"

"我说得很委婉的，"迈克·米尔顿信心满满地说，"不过被甩就是被甩，无论是怎么被甩的。"海伦不喜欢他指点她，除了上床的时候，在床上她纵容这小伙子，因为他似乎需要主导。这对她来说很新鲜，并不介意。他有时很粗暴，但从不会伤害她，她想，要是她强烈抗拒，他就会作罢。有一次她对他说："不要这样！我不喜欢，我不做。"但她也加上了"请"字，因为她对他还拿捏不太准。他也真的停了下来，他对她手段强硬，不过是另一种强硬，是她可以接受的强硬。而且因为不能百分之百信任他，还有点儿兴奋。但信不过他能对他们的关系保持沉默，是另一码事，要是她知道他讲出去了，他们就算完了。

"我什么也没对她说，"迈克坚称，"我说'玛姬，我们就算了吧'之类的。我都没告诉她我另外有人了，而且我肯定一点儿也没提到你。"

"不过她以前一定听到过你提起我，"海伦说，"我是说我们开始之前。"

"不管怎么样，她从来就不喜欢你的课，"迈克说，"我们有一次是谈起过。"

"她从来就不喜欢这门课？"海伦说。这倒让她大吃一惊。

"这个嘛，她又不是很聪明。"迈克不耐烦地说。

"她最好什么都不知道，"海伦说，"我是认真的，你最好给我去弄清楚。"

但他什么也没查到。玛姬·托尔沃斯不肯再和他说话。他想打电话告诉她，都是因为前女友又回来找他了，她从外地来，没地方住，这样事情就一件接一件发生了。但在他把这个故事润色好之前，玛姬·托尔沃斯就挂断了。

　　海伦抽烟比以往凶了一些。有好几天她担忧地观察着盖普，有一次她在和盖普做爱的时候，真心感到内疚。她内疚的是，她和他做爱不是因为想，是为了让他放心，以防他觉得有什么不对劲。

　　他还没想那么多，或者说，他的确心生疑窦过，不过就那么一次，因为看到海伦小巧紧致的大腿背面有瘀青。尽管他很强壮，但他对孩子和妻子很温柔。他也知道那是手指压出来的，因为他以前是个摔跤手。差不多一天之后他发现，邓肯手臂后面也有类似的小手指印，正好就是盖普和他玩摔跤时抓着他的部位，于是他得出结论，自己对爱的人抓得过分紧了。他觉得，海伦身上的手印，也是他弄的。

　　他这人太虚荣了，不会轻易妒忌。而且他也忘了那个早晨一醒来就说出口的名字。家里再也没出现过迈克·米尔顿的文章，海伦也不再熬夜阅读。她其实还越来越早上床了，她需要休息。

　　在海伦这边，她开始喜欢上沃尔沃那根光秃锐利的转向杠了，每晚她开车从办公室回家的路上，手掌根部的刺痛很舒服，她经常按得更紧，直到觉得再按下去皮就要破了为止。她疼出了眼泪，这让她再度清醒，到家时，两个孩子会从有电视的房间窗口冲她挥手喊她。海伦走进厨房时，盖普会宣布准备了什么晚餐。

　　玛姬·托尔沃斯可能知情，这让海伦害怕。因为尽管她对迈克和自己说过一旦被人发现就掰，但海伦现在知道这会比一开始想的难。她在厨房拥抱盖普，并祈祷玛姬·托尔沃斯蒙在鼓里。

玛姬·托尔沃斯的确是个无知的人，但她却知道迈克·米尔顿和海伦的事。很多事她都不懂，可是她知道这个。她的无知在于，她以为自己对迈克·米尔顿肤浅的迷恋，按照她的话来说"超越"了"性"的层面，而她认为，海伦只不过是拿迈克取乐。其实，玛姬·托尔沃斯完全沉溺于，按照她的话来说"性"当中。其实也很难明白，除了这个，她和迈克·米尔顿的关系还剩下什么。但她，对海伦和迈克·米尔顿只有肉体关系的认识，倒是不算全错。玛姬·托尔沃斯的无知在于她臆想过头，想太多，但在这件事上她猜对了。

　　早在迈克·米尔顿和海伦还在正经谈迈克的"文章"的时候，玛姬就已经猜测他们上床了。玛姬·托尔沃斯不相信和迈克·米尔顿之间还能有什么别的关系。这方面来说，她可不无知。她可能在海伦明白她和迈克之间的关系之前，就知晓了。

　　而且透过英语文学系四楼女厕所的单向玻璃窗，玛姬·托尔沃斯可以看到，三吨别克像个装着皇帝的棺材溜出停车场，还可以看到车的有色挡风玻璃里面，盖普太太的瘦腿横跨前座长椅。除了最好的朋友，这样坐在别人的车里很古怪。

　　玛姬对他们行为知道得比自己的事还清楚，她长时间散步，为了忘记迈克·米尔顿，也为了熟悉海伦家附近的环境。她很快也摸清了海伦丈夫的作息，因为盖普的作息比任何人都更雷打不动。每天一早，他轻手轻脚快步走来走去，从一个房间走到另一个房间，可能失业了。这很符合玛姬·托尔沃斯对于戴绿帽者的人物设定——一个失业男子。每天中午，他都会穿着跑步装冲出门，跑个几英里之后，他回家读信，送信的几乎都是在他不在家的时候来。然后，他又在房子里轻手轻脚快步走来走去，他一边走去浴室冲凉，一边一件件脱掉衣服，洗完澡穿衣服却很慢。有一点不符合她对戴绿帽者的想象，那就是盖普身材很棒。还有为什么他花那么多时间在厨房？玛姬·托尔沃斯怀疑，他也许是失业的厨子。

然后他的孩子回家来，此情此景让玛姬·托尔沃斯心软。他和孩子们玩耍的时候，看起来那么亲切，这也符合玛姬对戴绿帽男子的想象，老婆在外面给人揍的时候，自己傻傻地和孩子玩。"揍"也是盖普知道的摔跤手词汇，早在血与蓝的史第林时期，他们就这么说。有人就炫耀自己揍了一个潮湿分裂的水獭。

于是这一天，盖普穿着跑步装冲出门之后，玛姬·托尔沃斯等他一跑远就走上盖普家门廊，准备往信箱里丢一张飘着香水味的字条。她本来精心策划好，要让他有足够时间读字条，然后（希望）在他孩子回家之间就能恢复情绪。她觉得，这类消息能立马就被消化！然后要一段时间平复情绪，准备面对孩子。这是玛姬·托尔沃斯无知的另一个证据。

写这张字条让她煞费苦心，因为她不是很会遣词造句。字条带着香味并非有意为之，只不过是玛姬·托尔沃斯的每张纸都有香味，要是她事先想到这点，就会意识到留香水味在字条上不妥当，不过这是她无知的另一个证据。连她交的作业都有香味，海伦拿到玛姬·托尔沃斯的第一篇"比较文学205"论文时，对它的味道很是讨厌。

玛姬给盖普的字条这么写道：

"你妻子和迈克·米尔顿有染。"

玛姬·托尔沃斯长大后，是那种会说"作古"而不说死的人。因此她用了个婉转的词，说海伦和迈克·米尔顿有染。她手握着散发着香甜味的字条，站在盖普家的门廊前，此时下起雨来。

一下雨，盖普就会马上跑回家。他讨厌弄湿跑鞋。他不介意冷天、雪天出门跑步，但一旦下雨，他就往家跑，一边骂骂咧咧，一边在糟糕的天气中烧一小时的饭。然后，他穿上雨披坐公车，赶去体育馆参加摔跤训练。路上，他还会去日托中心接上沃特带去体育馆，一到体育馆他就打电话回家，看看邓肯是不是放学回家了。有时，如果家里烧着菜的话，他就指点邓肯看着锅，但通常他只是提醒邓肯小心骑车，再考他几个紧急电话号码，问他知不知道在火灾、爆炸、持枪抢劫、外面马路上有骚动等情况下该打什么号码。

　　之后他练摔跤，练完带沃特一起淋浴，到他再次打电话回家的时候，海伦就已经回家准备来接他们了。

　　就是这样，盖普讨厌下雨，尽管他喜欢摔跤，下雨还是会搅和他原来的简单计划。玛姬·托尔沃斯没想到，他会突然喘着气恼火地出现在她身后的门廊上。

　　"啊啊啊啊啊！"她叫出了声，手里紧紧抓着带香味的字条，好像在掐断什么动物的大动脉。

　　"你好。"盖普说。他觉得她看起来像个小保姆。他早就教育自己远离保姆了。他对她露出真诚的好奇的微笑，没别的。

　　玛姬·托尔沃斯发出一声"啊"，说不出话。盖普看到她手里捏着的字条，她闭上眼把字条递给他，就好像把手伸进火里。

　　盖普一开始以为，她是来找海伦要什么东西的学生，现在他想到了别的。他看见她话又不说，递给他字条的样子又特别扭捏。盖普只认识一种不说话又扭捏地递字条的女人——艾伦·詹姆斯主义者，他暂时按下怒火，因为又碰到一个来自我介绍的艾伦·詹姆斯主义者。要不她就是来故意戏弄他，哟，爱抛头露面的珍妮·菲尔兹，有个宅在家里的儿子？

"嗨！我叫玛姬。我是艾伦·詹姆斯主义者。"

她愚蠢的字条会这样写。

"你知道什么是艾伦·詹姆斯主义吗？"

再这样下去，盖普想，她们就会组织起来，像那种传教白痴一样，把讲基督的正义手册送到人家家门口了。让他恶心的就是这种情况，比如说艾伦·詹姆斯主义者现在连这么年轻的姑娘都要纳入旗下了，他想，她还太小了，怎么会知道人生中还要不要舌头。他摇了摇头，摆着手不肯收下字条。

"是了，是了，我知道，我知道，"盖普说，"那又怎么样？"可怜的玛姬·托尔沃斯对此毫无准备。她是以复仇天使的姿态来的，带着可怕的任务，这对她是多大的负担！她本来准备好带来对方必须知道的坏消息。但他竟然已经知道了！而且还不在意。

她两只手握着字条，在漂亮颤抖的胸前握得那么紧，于是字条或者她本人，散发出了更多香味。这股年轻姑娘的气味，传到站在那儿瞪着她的盖普那里。

"我说了，'那又怎么样？'"盖普说，"你还真期待我会尊重割掉舌头的人？"

玛姬憋出一个词："什么？"她现在吓傻了。现在她猜，这个没工作、又整天在房子里蹑手蹑脚走来走去的可怜人，是个疯子。

盖普好像听到她说话了，不是张嘴发出的"啊啊啊啊啊"，甚至不是短一点儿的"啊"，不是被割过的舌头能说出的话，而是一个完整的词语。

"什么？"他说。

"什么？"她又说。

他盯着她抓着的字条，说："你能说话？"

"当然了。"她哑着嗓子说。

"那玩意儿是什么？"他指着她的字条问。但现在她怕他了，这是个疯了的戴绿帽的人。天知道他会做出什么事来。杀孩子或者杀她，他看起来壮得单手就能干掉迈克·米尔顿。而且任何男人，一问话就显得像坏人。她往后退，走下了门廊。

"等等！"盖普叫道，"这字条是给我的吗？是什么？是给海伦的吗？你是谁？"

玛姬·托尔沃斯摇着头。"我不该来。"她低声说，她转身要逃的时候，撞上了浑身湿透的邮差，他包里的东西撒了一地，她则被撞回了盖普身上。盖普仿佛看到了杜纳——那头老熊，把邮差撞下维也纳的一座楼梯，从此亡命天涯。但玛姬·托尔沃斯不过是摔在了门廊地上，她的长筒袜扯破了，一只膝盖擦破了皮。

邮差以为自己来得不是时候，在撒了一地的信里摸盖普的信，但盖普现在只对这哭泣的女孩儿要给他的字条感兴趣。"是什么东西？"他轻柔地问她，他想帮她站起来，但她只想原地坐着，还哭个不停。

"对不起。"玛姬·托尔沃斯说。她早就没了胆子，她在盖普家附近待得久了那么一些，现在她想，她是很喜欢他的，无法再向他告密了。

"你的膝盖没什么大碍，"盖普说，"不过你等我去拿点儿东西给你擦擦。"他进屋给她拿涂伤口的杀菌药和绷带，但她趁机一瘸一拐走了。她无法面对面对他告密，但她也无法隐瞒。她把字条留下了。邮差看着她蹒跚地走上街，走到转弯处的公车站牌那儿，他快速推测了一下盖普家的人是干吗的。他们一家的信，也总是比别家多。

都是因为盖普写的那些信，他可怜的编辑约翰·沃尔夫回信回得艰难。也有请盖普写评论的书稿，盖普把它们给海伦，她起码还会读一下。还有海伦的杂志，盖普觉得也太多了。寄来的盖普的两份杂志，他唯一订阅的两份：《美食家》与《业余摔跤手新闻》。当然还有账单。还有珍妮常常写来的信，现如今她也就写写信了。时不时厄尼·霍尔姆会写来简短甜蜜的信。

　　有时，哈利·弗莱彻写信给他们两人，而爱丽丝仍旧写信给盖普，文笔精致流畅，内容空无一物。

　　这会儿，在这堆通常的邮件里夹了张字条，散发着浓烈的香水味还被泪水沾湿。盖普放下杀菌药瓶和绷带。他没费劲儿去找那女孩儿回来。他拿着皱成一团的字条，觉得多少知道是关于什么事。

　　他不懂为什么早没想到这个，因为明明有太多征兆了，现在他回想起来，觉得他早就想到了，只是还没有特别清醒地意识到。他轻轻摊平字条，这样就不会撕坏，字条发出秋天叶子的脆声，尽管盖普周围是寒冷的三月天，受伤的大地融雪成泥。小小的字条，在他打开的时候，像骨头一样折断。盖普闻着流散的香气，似乎还能听到那个女孩儿尖锐的小声叫道"什么？"。

　　他知道"什么"，他不知道的是"和谁"，那个早晨留在他脑中的名字已经消失。当然了这字条给出了这个名字——迈克·米尔顿。盖普觉得，这名字听着，就像他带孩子们去的冰激凌店的新品。"草莓冰旋风""巧克力巧嘴棒""疯狂摩卡冰"和迈克·米尔顿。这是个恶心的名字，盖普一想就知道这股味道，盖普脚踏雨水沟，把这难闻的字条卷成一条塞进了下水道里。然后他走进房子，在电话号码簿上读这个名字，一遍又一遍。

　　现在他想起来，海伦和某个人"有染"已经很长时间了，他好像也知情好一阵了。但这个名字——迈克·米尔顿！盖普之前在一个派对上，当着海伦的面把他归类过，就是在那里，她介绍他们认识。盖普对海伦说，迈克·米尔顿是窝囊废，他们还讨论了他的小胡子。迈克·米尔顿！盖普读了太多遍这名字，邓肯放学回家的时候，盖普的眼睛还一动不动注视着电话簿，邓肯以为他父亲又在黄页里搜寻小说人物的名字。

"你去接沃特了吗？"邓肯问。

盖普忘了。而且沃特还感冒呢，盖普想。那孩子不能一边感冒一边等我。

"我们一起去接他。"盖普对邓肯说。让邓肯惊讶的是，盖普把电话簿扔进了垃圾桶里。然后他们走去公车站。

盖普仍旧一身跑步装，也还在下雨，邓肯觉得这点也很古怪，但他什么也没说。他说："我今天进了两个球。"不知为何，邓肯他们学校就踢足球，无论秋冬还是春季，只踢足球。他的学校小，但只踢足球是因为别的原因，盖普忘了什么原因。他本来就讨厌那个理由。"两个球。"邓肯又说。

"不错。"盖普说。

"一个是头球。"邓肯说。

"用头？"盖普说，"太棒了。"

"拉尔夫传给我一个完美的球。"邓肯说。

"还是很棒，"盖普说，"拉尔夫好样的。"他用手臂环绕着邓肯，但他知道，要是亲他的话，邓肯会难为情，盖普想，沃特肯让他亲。然后他想到吻海伦，差点儿走到公车前面去了。

"爸爸！"邓肯说，在车上他问他父亲，"你还好吗？"

"当然很好。"盖普说。

"我以为你去了摔跤室呢，"邓肯说，"因为下着雨。"

从沃特的日托中心，可以看到河对岸，盖普努力辨认迈克·米尔顿住处的具体位置，他把他电话簿上的地址背下来了。

"你去哪儿了？"沃特生气地说。他在咳嗽，流鼻涕，浑身发烫。一下雨他就准备好去摔跤。

"我们为什么不一起去摔跤室呢，只要是往下城、家的方向走就行了？"邓肯说。他越来越有逻辑感了，但盖普说不，他今天不想摔跤。"为什么不？"邓肯想知道。

"因为他穿了跑步装了，傻子。"沃特说。

"啊，闭嘴，沃特。"邓肯。他们在车上差不多都在打架，直到盖普制止他们。沃特病了，盖普解释道，打架对他的感冒没好处。

"我没病。"沃特说。

"不，你病了。"盖普说。

"不，你病了。"邓肯惹沃特。

"闭嘴，邓肯。"盖普说。

"哥们儿，你心情很好啊。"邓肯说，盖普想亲他一口，盖普希望向邓肯证明自己心情不坏，但一亲邓肯，他就难为情，于是盖普亲了沃特。

"老爸！"沃特抱怨道，"你全身都湿了，还都是汗。"

"因为他穿了跑步装，傻子。"邓肯说。

"他叫我傻子。"沃特对盖普说。

"我听到了。"盖普说。

"我不是傻子。"沃特说。

"不，你是傻子。"邓肯说。

"你们两个都给我闭嘴。"盖普说。

"老爸心情很好嘛，不是吗，沃特？"邓肯问他弟弟。

"肯定是。"沃特说，于是他们决定惹他们的父亲，而不是打来打去了，直到公车把他们放在离家几个街口的地方，雨越下越大。他们三个走到离家一个路口的时候，都淋得湿透。一辆开得过快的车，忽然在他们身边慢了下来，车窗艰难地被摇下，盖普看到，热气蒸腾的车里坐着疲惫的拉尔夫太太，脸上闪着汗珠。她朝他笑笑。

"你看到过拉尔夫吗？"她问邓肯。

"没。"邓肯说。

"这蠢小子笨死了，下雨还跑出门，"她甜甜地对盖普说，"我猜你也笨。"她仍旧笑意盈盈，盖普报以微笑，不过想不出说什么。他怀疑自己一定脸色难看，不然拉尔夫太太通常不会错过继续在雨中逗他开心的机会。然而，她却被盖普可怕的微笑吓着了，于是又把车窗摇上去。

"回见。"她大声说，然后慢慢开走了。

"回见。"盖普跟着小声嘟囔，他喜欢这女人，但想到也许这种恐惧最终会过去，他恐惧的是他会和拉尔夫太太开始约会。

回到家，他帮沃特洗了个热水澡，和他一起坐在浴缸里，他常用一起洗澡为借口和这个小人儿玩摔跤。邓肯已经太大了，无法和他一起挤在浴缸里。

"晚饭吃什么？"邓肯从楼上大声问。

盖普才意识到忘了做晚饭。

"我忘了烧晚饭。"盖普大声回答。

"你忘了？"沃特问。但盖普把他泡进浴缸，挠他痒痒，沃特就玩起来，忘了晚饭的事。

"你忘了晚饭？"邓肯在楼下嚷嚷道。

盖普不打算从浴缸出来了。他继续放热水，他相信蒸汽对沃特的肺有好处。只要沃特玩得开心，他就让这孩子在浴缸里待得越久越好。

海伦回家时，他俩还在浴缸里。

"爸忘了烧晚饭了。"邓肯立刻报告海伦。

"他忘了烧晚饭？"海伦说。

"他忘得一干二净。"邓肯说。

"他人在哪儿？"海伦问。

"他在和沃特洗澡。"邓肯说，"他们洗了好几个小时的澡。"

"老天啊，"海伦说，"他们大概要淹死了吧。"

"那样你不是就称心如意了吗？"盖普在楼上的浴缸里叫道。邓肯笑了。

"他心情可好了。"邓肯对他母亲说。

"我看出来了。"海伦说。她把手温柔地放在邓肯肩上，小心不让他发现其实她是靠在他身上。她忽然觉得站立不稳。她在楼梯口勉强站稳，对着楼上的盖普说："今天过得不好吗？"

但盖普滑入了水中，这是一个努力控制自己的姿势，因为他太恨她了，又不想让沃特看见或听出来。

没有回答声，海伦抓紧了邓肯的肩膀。拜托，不要当着孩子的面，她想。这种情况从未发生过，她和盖普争执时从来没有不是防守的一方，她怕了。

"要我上来吗？"她问。

仍旧没有声音，盖普可以在水里憋气很久。

沃特对着楼下喊："爸在水里！"

"爸太怪了。"邓肯说。

盖普把头露出来呼吸，正好沃特又叫了一声："他在憋气！"

但愿如此，海伦想。她不知所措，一动也不能动。

过了一分钟左右，盖普小声对沃特说："沃特，对她说我还在水下，好吗？"

沃特似乎以为这是个聪明的恶作剧，于是对楼下的海伦喊："爸还在水里。"

"哇，"邓肯说，"我们应该帮他计时，肯定能破纪录了。"

但现在海伦吓怕了。邓肯从她手下溜走，准备上楼去看憋气表演了，海伦觉得自己的腿像灌了铅似的。

"他还在水里！"沃特尖叫着，其实盖普已经在用毛巾擦干沃特了，并且开始放掉浴缸里的水了，他们一起赤膊站在镜子边的浴室垫子上。邓肯跑进浴室时，盖普把一根手指放在嘴边，叫他不要说话。

"现在，一起说，"盖普小声说，"数到三，就说'他还在水里！'一，二，三。"

"他还在水里！"邓肯和沃特齐声嚷嚷，海伦觉得自己的肺都要爆炸了。她觉得自己发出了无声的尖叫，然后她跑上楼，知道只有她丈夫会想出这种报复桥段：在孩子面前淹死自己，留下她来解释原因。

她哭着跑进浴室，吓了邓肯和沃特一大跳，她几乎不得不马上假装没事，为了不让他们害怕。盖普正赤膊站在镜子前，慢慢擦干自己的脚趾缝，他看她的眼神，是她印象中厄尼·霍尔姆教摔跤手在比赛开始时用眼神杀人的那种。

"你来得太晚了，"他对她说，"我已经死了。不过看到你关心我的死活，还是挺感人的，还有点儿意外。"

"我们过会儿再说好吗？"她带着希望问他，还微笑着，就好像这个玩笑很不错。

"我们骗到你了！"沃特戳着海伦屁股上方凸出的骨头说。

"哥们儿，要是我们用这招来骗你，"邓肯对他父亲说，"你肯定会对我们发火的。"

"孩子们还没吃饭。"海伦说。

"没人吃过饭，"盖普说，"除非你在外面吃过了。"

"我可以等。"她对他说。

"我也可以。"盖普对她说。

"我去给孩子们弄点儿东西吃。"海伦主动说，推着沃特出了浴室，"肯定还有鸡蛋和早餐谷物。"

"晚饭吃这些？"邓肯说，"听上去是一顿美妙的晚饭。""邓肯，我就忘了呀。"盖普说。

"我想吃烤吐司。"沃特说。

"你也可以吃烤吐司。"海伦说。

"你确定你搞得定吗？"盖普问海伦。

她就只是对他笑笑。

"老天啊，连我都搞得定烤吐司。"邓肯说，"我觉得连沃特也能弄早餐谷物。"

"鸡蛋难一点儿。"海伦说。她挤出笑容。

盖普继续擦着脚趾缝。孩子们走出浴室以后，海伦又把头伸回浴室，说："对不起，还有我爱你。"但他头也没抬，继续仔细地用毛巾擦脚。"我从来不想伤害你的，"她继续说，"你怎么发现的？我从来没有一秒不在想你。是不是那个女生？"海伦小声问，但盖普全部注意力都集中在他的脚趾。

她摆出给孩子们的食物（她后来想，就好像他们是宠物似的)，然后上楼找他。他仍旧在镜子前面，仍旧光着身子坐在浴缸边儿上。

"他什么都不是，他从来没有拿走属于你的东西，"她对他说，"现在都结束了，真的。"

"你什么时候开始想结束的？"他问她。

"现在，"她对盖普说，"就是还得跟他说一下。"

"别说，"盖普说，"让他去猜。"

"我不能这么做。"海伦说。

"我的鸡蛋里有壳！"沃特在楼下喊。

"我的吐司焦了！"邓肯说。无论有意无意，他们合伙要让父母不能好好谈话。盖普想，父母应该分开的时候，孩子就有某种分开他们的直觉。

"给我吃了吧！"海伦对他们喊道，"没那么糟糕。"

她的手伸向盖普，被他躲开了，他走出了浴室，开始穿衣服。

"吃完，我带你们去看电影！"他对孩子们喊。

"你这是干吗？"海伦问他。"我不要和你待在这儿，"他说，"我们出去，你打电话给那个窝囊废人渣再见。"

"他会想见我的。"海伦麻木地说，既然现在盖普已经知道了，必须结束地下情的现实，就像一针麻醉剂打在她身上。一开始，她站在盖普的角度感受自己把他伤得多深；现在，她对他的同情减弱了些，又开始为自己感到难过。

"让他滚去伤心欲绝吧，"盖普说，"说你不会再见他了。没什么分手前最后操个够这种事，海伦。电话里跟他说再见就完了。"

"我没说过要'最后操个够'。"海伦说。

"电话里说，"盖普说，"我带孩子们出去，我们去看电影。在我们回来前，请你务必了结。你不会再见他了。"

"不会了，我发誓，"海伦说，"但是我应该要见见他，就一次，当面跟他说。"

"我猜，你觉得到目前为止，你把这事处理得非常得体。"盖普说。

海伦到目前为止倒真是这么想的，于是一声不吭。她自认这些日子虽然放纵，但从来没有忽视过盖普和孩子，现在她觉得要坚持用自己的方式处理。

"我们应该以后再谈，"她对他说，"过些时间，会有新的看法。"

要不是孩子们正好冲进房间来，他就会对她动手。

"一，二，三！"邓肯有节奏地对沃特数数。

"谷物馊了！"邓肯和沃特齐声大喊。

"别这样，小子们，"海伦说，"你们爸爸和我在吵架。下楼去。"

他们盯着她看。

"拜托了。"盖普对他们说。他转过身去，不让他们看见自己哭，但邓肯大概知道，海伦也一定知道。沃特大概没有发现。

"吵架？"沃特说。

"走。"邓肯对他说，他拉着沃特的手，把他拽出了卧室。"快走，沃特，"邓肯说，"不然我们就看不成电影了。"

"呔，看电影喽！"沃特叫道。

盖普惊恐地认出了他们离开的姿态，邓肯带路，沃特跟着，他们就这样走下了楼。弟弟回头看，沃特挥手，但邓肯继续拽着他走。他们就这样，走下楼消失不见，走进了防空洞里。盖普把脸埋进衣服里，哭了起来。

　　海伦用手摸他，他说："别碰我。"然后继续哭。海伦关上了卧室的门。

　　"哎，别这样，"她乞求道，"他不值得你这样，他什么都不是。我只不过享受了他一把。"她想解释，但盖普剧烈地摇了摇头，把裤子朝她扔去。他仍旧半裸着，海伦觉得，半裸可能是男子最丢脸的姿态了：是种两头不着边的模样。一个半裸的女人，还看起来有种气势，男人半裸既没有全裸帅，又没有衣服穿好的时候给人安全感。"求求你把衣服穿好吧。"她细声细气对他说，把裤子还给他。他接过裤子，套了进去，然后接着哭。

　　"我就照你说的做。"她说。

　　"你不会再见他了？"他对她说。

　　"不会，一次都不会了，"她说，"永远都不会见他了。"

　　"沃特还在感冒呢，"盖普说，"他不应该出门的，但在电影院里应该不算太坏，而且我们也不会看很久，"他又说，"去看看他衣服穿得够不够。"她去了。

　　他打开她放内衣的上层抽屉，把抽屉拉出了衣柜，然后把脸埋进这堆香香的丝滑衣物中，好像一头熊用前肢抱着个大食物槽，在尽情享用。海伦回到房间里，撞见这一幕，几乎好像撞见他自慰一样。他难为情地把抽屉横放在膝盖上，折裂了它，她的内衣撒得到处都是。他把开裂的抽屉举过头顶，砸在衣柜的边缘，好像砸断了衣柜大的某个动物的脊梁骨似的。海伦跑出了房间，他穿戴整齐。

他看见，邓肯晚餐盘里的食物吃得还算干净，沃特没吃完的除了剩在盘里，桌上地上弄得到处都是。"沃特，你要是不乖乖吃饭，"盖普说，"你长大就会变成个窝囊废。"

"我不会长大的。"沃特说。

这话让盖普浑身发抖，他瞪着沃特训道："永远不许说这种话。"

"我不想长大。"沃特说。

"啊，是这样，"盖普语气缓和下来，"你是说，你喜欢当小孩子？"

"嗯。"沃特说。

"沃特太怪了。"邓肯说。

"我才不怪！"沃特叫道。

"你就怪。"邓肯说。

"上车去，"盖普说，"不许吵架。"

"你们刚才就在吵架。"邓肯小心翼翼地说，看没人回答，邓肯就把沃特拖出了厨房。"快。"他说。

"吧，看电影喽！"沃特说。他们出了门。

盖普对海伦说："无论如何，他都不准到这里来。要是你让他进家门，他就别想活着出去。还有你也不能出去，无论如何都不行。求你了。"他补上一句，还得背过身去，才说得出口。

"啊，亲爱的。"海伦说。

"他这个人渣！"盖普呻吟道。

"我永远不会找个像你一样的人，你不明白吗？"海伦说，"只能是和你完全不同的人。"

他想到小保姆和爱丽丝·弗莱彻，还有拉尔夫太太对他莫名的吸引力，他当然懂她的意思，他走出厨房。外面在下雨，天已经黑了，也许雨会结冰。车道上的泥，虽然湿，但是很硬。他掉转车头，然后，习惯性地慢慢把车开到车道最高处，关掉引擎和灯。车子便往下滑去，但他对黑暗中的车道弯心里有数。孩子们则因为在慢慢变黑的车里听到的石子和滑溜的泥地发出的声音，感到兴奋。当他在车道最下面松开离合，快速开灯时，沃特和邓肯都欢呼起来。

"我们去看什么电影？"邓肯问。

"你们想看什么，就看什么。"盖普说。他们往市中心开去的路上浏览电影海报。

车里又冷又湿，沃特咳嗽起来，挡风玻璃上不断起雾，看不清电影院在放什么。沃特和邓肯，继续为了谁站在前排座位之间的缝里争来争去，不知为什么，那里总是坐在后排的他们的必争之地，而且他们总是为了谁能站或蹲在那里而吵，盖普用变速把杆时他们推搡着撞到了他的手肘。

"你们两个都不许站在这里。"盖普说。

"只有这里看得见。"邓肯说。

"我是唯一需要看的人，"盖普说，"还有这除霜器实在是垃圾货，"他又说，"反正也没人可以看见挡风玻璃外面的东西。"

"你为什么不写信给沃尔沃的人？"邓肯建议。

盖普想象自己写一封信到瑞典，抱怨除霜系统的不足，但他想不了多久。后排地上，邓肯跪在沃特的脚上，把他推出了前排座位中间的缝，现在沃特哭了起来，还咳嗽着。

"我先在这里的。"邓肯说。

盖普猛地调到低速挡，光秃秃的变速杆切进了他的手。

"看到没，邓肯？"盖普生气地问，"看到变速杆了吗？像矛一样。我要是忽然停车，你想倒在上面吗？"

"你干吗不找人修好它？"邓肯问。

"邓肯，从他妈的椅子缝当中走开！"盖普说。

"变速杆坏了几个月了。"邓肯说。

"几个星期，大概。"盖普说。

"要是那么危险，你应该找人修好它。"邓肯说。

"这是你妈妈的责任。"盖普说。

"她说是你的责任，爸。"沃特说。

"沃特，你咳嗽好点儿了吗？"盖普问。

沃特咳起来。他小小的胸腔里发出的痰湿的震颤，对一个孩子来说，有点儿太剧烈了。

"耶稣基督。"邓肯说。

"好极了，沃特。"盖普说。

"又不是我的错。"沃特不高兴地说。

"当然不是。"盖普说。

"不，就是你的错，"邓肯说，"沃特半辈子都在水坑里玩。"

"我才没有！"沃特说。

"邓肯，看看什么电影有趣。"盖普说。

"我要跪在椅子中间才看得见。"邓肯说。

他们开车转着。电影院都在同一个街区，但他们得来回开好几次才能决定要看哪部电影，然后又得开过电影院好几次，才能找到地方停车。

孩子们挑选了唯一一部大排长龙的电影，队伍排到了电影院外人行道上的遮檐下，遮檐正流下一条条冰冷的雨水。盖普用自己的外套盖住沃特的头，这么一来，沃特很快变身衣衫褴褛的街头乞丐，这个湿湿的乞丐在坏天气里乞人可怜，还踩进一个水塘浸湿了脚。于是盖普把他拉起来，听他的胸腔，盖普觉得，简直就像沃特鞋里的水，会马上滴进他小小的肺里一样。

"你太怪了，爸。"邓肯说。

沃特指给他们看一辆奇怪的车。这车快速地开过这条湿漉漉的马路，开过亮闪闪的水塘溅起水花，反射着霓虹灯的水甩在车身上，这辆暗色的大车是凝结的血色，车身两边有木板，金黄的原木在街灯下闪闪发光。那木板，就像被照亮脊梁骨的大鱼的长长的肋骨，大鱼正在月光中穿行。"看那辆车！"沃特大叫。

"哇，是辆灵车。"邓肯说。

"不是的，邓肯，"盖普说，"是部老别克。我出生以前的老款了。"

这辆邓肯以为是灵车的别克，正在赶往盖普家的路上，尽管海伦已经尽可能劝迈克·米尔顿不要来了。

"我不能见你，"海伦在电话里说，"就这么简单。我们完了，我早说过，一旦被发现我们就结束了。我不会再伤害他了。"

"那我呢？"迈克·米尔顿说。

"对不起，"海伦对他说，"但你早就懂的。我们都早就懂的。"

"我想见你，"他说，"明天好吗？"

但她对他说，盖普带孩子去看电影唯一的目的，就是让她今晚断干净。

"我这就过来。"他对她说。

"这里不行，不行。"她说。

"我们开车出去。"他对她说。

"我也不能出门。"她说。

"那我过来。"迈克·米尔顿说，然后就挂断了电话。海伦看了看时间。她想应该没事，只要能让他快点儿走就行了。电影起码要一个半小时。她决定不让他进门，无论如何都不让。她等着有从车道上开上来的车前灯，别克停在了车库前，像一艘大船靠上了漆黑的码头，她跑出门，在迈克·米尔顿开门下车之前，就扑上去，抵住了驾驶座边的车门。

她脚边的雨水，变成了烂泥，雨一落下就冻成了冰珠，她弯下腰隔着摇下的车窗，对里面的他说话，雨水打在脖子上有点儿疼。

他马上吻了她。她想轻啄他的脸颊，但他掰过她的脸，逼她把舌头伸进他嘴里。又一次，她看到了他公寓里那间毫无新意的卧室，床上方贴着海报大小的印刷画，是保罗·克利的《水手辛巴德》。她想，他一定就是这样看待他自己的：一个精彩的冒险家，敏感于欧洲之美。

海伦往后退，感到冷雨浸湿了她的上衣。

"我们不能结束。"他可怜地说。海伦说不清，他脸上流的究竟是从窗户打进去的雨，还是他的泪。让她惊讶的是，他把小胡子剃光了，他的上唇有点儿像孩子那种还没长开皱起来的嘴，就像沃特的小嘴唇，长在沃特脸上倒是挺可爱的，海伦想，但不是她觉得一个情人该有的嘴唇。

"你的胡子呢？"她问他。

"我以为你不喜欢，"他说，"我为你剃的。"

"可是我以前是喜欢的。"她在冰雨中颤抖着说。

"求你了，上车吧。"他说。

她摇了摇头，她的上衣贴在冰冷的皮肤上，灯芯绒长裙重得像铠甲，高筒靴在慢慢变硬的烂泥里打滑。

　　"我不开车，"他保证道，"我们就在车里坐一会儿。我们不能就这样结束。"他又说了一遍。

　　"我们都知道，必须得结束，"海伦说，"我们都知道，我们不过是在一起一阵子。"

　　迈克·米尔顿的头，敲在闪烁的喇叭圈上，但没有发出声音，大别克熄火了。雨水开始黏在车窗上，车慢慢结冰。

　　"求你上来吧，"迈克·米尔顿呻吟道，"我不走。"他尖锐地说，"我可不怕他。又不是非得听他的。"

　　"这也是我的想法，"海伦说，"你必须走。"

　　"我不走，"迈克·米尔顿说，"我了解你丈夫。我知道得清清楚楚。"

　　他们从来没有谈论过盖普，海伦之前坚决不谈。她不知道迈克·米尔顿什么意思。

　　"他是个不入流的作家。"迈克大胆地说。海伦惊呆了，据她所知，迈克·米尔顿从没读过盖普的书。他有一回对她说，他从来不读在世作家的作品，他声称，作家只有死了一段日子，人们才能获得有价值的视角。真幸运盖普不知道他的这种论调，不然盖普一定对这年轻人更为鄙视。这也让海伦对可怜的迈克更为不满。

　　"我丈夫是一个非常优秀的作家。"她轻柔地说，她打了个冷战，颤抖得太厉害了，本来抱胸的手臂都弹开了，她重新抬起两只手臂，紧紧交叉在胸前。

　　"他不是个重要的作家，"迈克说，"希金斯说的。你一定知道系里的人是怎么看你丈夫的。"

海伦知道，希金斯是个特别古怪麻烦的同事，有本事又无聊又愚蠢到让人想打盹儿的地步。海伦倒是不知道希金斯能代表整个系，除了他和很多更没安全感的同事一样，习惯对研究生讲其他同事的闲话。希金斯用这种穷凶极恶的方式，觉得赢得了一些学生的信任。

"我不知道系里的人评价过盖普，无论好坏，"海伦冷淡地说，"他们大多数人都不读当代的作品。"

"读过的人说他不入流。"迈克·米尔顿说。这种好斗又可怜的立场，不能让海伦回心转意，她转身回屋。

"我不会走的！"迈克·米尔顿尖叫着，"我要和他当面说说我们的事！就现在。他不能命令我们。"

"迈克，听我的。"海伦说。

他又把头垂到车喇叭上开始哭了。她走过去把手伸进车窗碰了碰他的肩。

"我就和你坐着谈一分钟，"海伦对他说，"但你必须保证你会走。我不会让他或我的孩子看到这个。"

他保证会走。

"给我车钥匙。"海伦说。他因为受伤而面色不善，再次让海伦不忍心，她怕他会开车把她带走。她把钥匙放进自己长裙的深口袋里，然后绕去副驾驶座一边上了车。他摇上了车窗。他们就这么坐着，没有触碰对方，四周的车窗都起了雾，车被覆盖了一层冰，咯吱作响。

然后他完全崩溃了，对她说她对自己的意义比全法国都重要，她当然知道法国对他的意义。她抱着他，然后非常害怕，不知道过了多少时间，也不知道要在这辆冰冻的车上待多久。即便电影不长，他们也还得再看个半小时或45分钟，然而迈克·米尔顿根本不像要走的意思。她重重吻了他，希望这样有帮助，但他只是开始爱抚她潮湿冰冷的胸部。她觉得对他毫无感觉，就像刚才在外面身处结冰中的雨夹雪时一样感觉冰冷，但她任他摸。

"亲爱的迈克。"她一直在思考。

"我们怎么能结束？"他只说了这么一句。

但海伦这里已经结束了，她只是在想如何让他也结束。她把他扶直在驾驶座，自己横躺在长椅上，把裙子拉下来盖住膝盖，将头枕在他的腿上。

"求求你记住，"她说，"求求你尽量这么做。这是最好的我，在我知道要去哪儿的时候，让你开车带我走。你就不能开心点儿吗，你就不能只记住这个，然后翻片儿吗？"

他在方向盘后面坐得笔直，两只手努力抓牢方向盘，被她的头枕着的两条大腿发紧，他勃起的阴茎压着她的耳朵。

"求求你，尽量让它就这样结束吧，迈克。"她温柔地说。他们保持了一会儿这个姿势，想象着老别克再一次载着他们去迈克的公寓。但迈克·米尔顿光靠想象并不满足。他的一只手溜到海伦的脖子后头，紧紧抓住她的脖子，另一只手拉开了裤子拉链。

"迈克！"她尖叫道。

"你说过你总是想这么干的。"他提醒她。

"我们结束了，迈克。"

"还没有。"他说。他的阴茎擦过她的额头，压弯了她的睫毛，她认出了这个熟悉的迈克，在公寓里的迈克，偶尔喜欢对她用点儿暴力的迈克。她现在一点儿也不享受这个。但如果我拒绝，她想，就会发生一场闹剧。她只得想象盖普如果身处其中，一定会劝她应该避免任何大吵大闹的场面，无论代价是什么。

"迈克，别像个浑蛋似的，别那么下流，"她说，"别毁了我对你的印象。"

"你以前总说你想的，"他说，"但以前你说不安全。那么，现在安全了。车没动。现在万无一失了。"

很奇怪，她意识到他让一切变得简单了。她不再担心如何将他小心轻放了，她感谢他如此有力地帮助她理清了什么是最重要的事。她感到大松一口气，因为意识到，盖普和孩子对她来说才是最重要的。沃特不应该在这种天气还在外面，她边发抖边想。还有盖普对她来说更为重要，她知道，比她那些不入流的同事和研究生加起来都重要。

迈克·米尔顿用他的下流，让她看清了他。吸够他，她直白地想，把他的那玩意儿放进嘴里，然后他就会走了。她苦涩地想，男人，一旦射了精，就会很快不再提要求了。以她在迈克·米尔顿公寓里短暂的经验来看，海伦知道那用不了多久。

她这么决定也是由于时间还多，他们就算看了个最短的电影，也至少还要20分钟才能看完。她下定了决心，仿佛她将要做的事是了结这场混乱的最后任务，可能结束得比较好，但也可能让事情更糟，她至少向自己证明了，家庭才是她的重心，她对此有点儿骄傲。连盖普可能都要感激她，不过不是此刻，是以后的某一天。

她一心一意要顺从迈克·米尔顿，没注意到迈克掐着她脑后的手松开了，他把两只手放回了方向盘上，仿佛他才是主导。她想，就让他想清楚好了。她想着自己的家庭，没有注意到雨夹雪越下越大，几乎演变成冰雹了，有如无数把锤子啪啪往大别克上钉着小钉子。她也没有留意这辆被厚冰包覆的冰冷的车嘎吱作响。

她也没有听见温暖的家里传来的电话铃声。她在的地方和家之间隔着太多干扰，天气状况以及其他的事。

电影很蠢。盖普觉得是典型的儿童电影，是这座大学城的典型口味，整个国家的典型口味，这个世界的典型口味！盖普心里很气，更加留意起沃特艰难的呼吸着。他的小鼻子流着鼻涕。

"小心别被爆米花噎着。"他小声对沃特说。

"不会的。"沃特说，眼睛一刻不离大银幕。

"喂，你呼吸不是很顺，"盖普生气了，"所以不要放很多东西在嘴巴里。你可能会吸进去。你根本不能用鼻子呼吸，再明显不过了。"他又一次替这孩子擦鼻涕。"擤鼻涕。"他小声说。沃特擤了鼻涕。

"这多棒啊？"邓肯小声说。盖普能感觉到沃特的鼻涕有多烫，这孩子的体温得有39摄氏度了！他想。盖普对邓肯翻了个白眼。

"哦，是很棒，邓肯。"盖普说。邓肯其实指的是电影。

"爸，你应该放轻松。"邓肯摇着头建议他。哦，我是应该放轻松，盖普知道，但就是做不到。他想到沃特，小屁股多好看，小腿多强壮，他跑得头发湿了贴在耳朵后面时，散发出的汗味多甜。这样完美的身体不应该生病的，他想。应该让海伦在这种坏天气晚上出门的，我应该让她去办公室打电话给那个废物的，叫他把那话儿塞进自己耳朵里，盖普想，或者插进灯泡插座里，然后打开电源！

我应该自己打电话给那个软蛋的，盖普想，应该半夜去找他。盖普走上放映厅过道，去看看大厅里有没有电话，他听到沃特还在咳。

要是她还没联络上他，盖普想，我就叫她别继续打了，我就对她说，现在轮到我了。此刻他虽然感到被海伦背叛了，但也感到她对自己的爱是诚实的，自己对她很重要，他还没时间深究，他遭到背叛的程度有多深，或者之前他在她心里占多少分量。此刻很微妙，处于恨她和深爱她之间，而且他对她的欲望也不是毫无同情，毕竟，他知道，半斤八两（他以前的行为更恶劣）。盖普甚至觉得很不公平，海伦这么个好心的人却被这样逮住，她是个好女人，应该运气好一点儿的。但海伦没有接电话，盖普心里那个微妙的时刻很快消失了。他现在只感到愤怒，只感到遭到背叛。

贱人！他想。电话铃响了又响。

她出门去见他了。甚至他们也许正在我们家做！他想，他都可以听到他们说"最后再做一次"。那个小杂种写的矫揉造作的短篇小说，就是关于脆弱的感情关系，几乎都发生在灯光昏暗的欧洲饭馆里（也许有个人戴了不对的手套，那一刻就永远遗失了，还有一个故事里面一个女人说不，因为男人的衬衫领口太紧了）。

海伦怎么读得下去这种垃圾货！她怎么会去摸那种浮夸的身体？

"电影还没演到一半，"邓肯抗议道，"接下来还会有决斗呢。"

"我要看决斗，"沃特说，"什么是决斗？"

"我们现在就走。"盖普对他们说。

"不！"邓肯发出嗖嗖声。

"沃特病了，"盖普嘟囔着，"他不应该来这儿的。"

"我没有病。"沃特说。

"他没有病得多严重。"邓肯说。

"起来。"盖普对他们说，他不得不抓住邓肯的前襟，沃特不得不先站起来，脚绊了一下，走上了过道。邓肯一边抱怨，一边磨蹭。

"什么是决斗？"沃特问邓肯。

"可帅呆了，"邓肯说，"这下你永远都看不成了。"

"不要说了，邓肯，"盖普说，"别这么坏。"

"你才坏。"邓肯说。

"就是，爸爸。"沃特说。

车子被冰覆盖，挡风玻璃上结了厚冰，盖普想，后备箱不知道哪里总有各种刮刀和除雪刷之类的。但到了三月，一个冬天开下来，这些工具大部分都用坏了，要不就是让孩子拿去玩没了。盖普反正也没时间清理干净挡风玻璃。

"你怎么看得见？"邓肯问。

"我住这儿，"盖普说，"不需看就知道路。"

不过，其实他不得不摇下司机座边的车窗，把头伸到外面，雨夹雪就像冰雹一样硬，他就这样往家开。

"冷，"沃特发抖了，"关窗！"

"开着我才看得见。"盖普说。

"我以为你不用看呢。"邓肯说。

"我太冷了！"沃特叫道。他戏剧化地咳嗽了。

盖普觉得这一切都是海伦的错。沃特感冒是她的错，越来越严重也是她的错。邓肯对父亲的不满要怪她，盖普在电影院里把他抓起来站好，这种不可原谅的行为也要怪她。这个贱人和她的贱人小情人！

不过此刻，他在冷风和雨雪中两眼含泪，他知道自己有多爱海伦，以后再也不对她不忠了，再也不像这样伤害她了，他要向她发誓。

与此同时，海伦觉得自己问心无愧。她对盖普的爱很牢固。她感到迈克·米尔顿就快射了，他已经表现出熟悉的征兆。他腰部弯曲的角度和撅起屁股的特有姿态，他没使用到的大腿内侧肌肉拉紧。就快结束了，海伦想。她的鼻子，碰到他皮带上的冰冷铜搭扣，她的后脑勺敲着方向盘的基座，迈克·米尔顿紧紧抓着方向盘，就好像预料到这三吨重的别克会忽然飞起来似的。

盖普以40英里的时速开到他家车道口。他以三挡速度从下坡路开过来，就在离开马路开上车道的当儿加速，他瞥到车道上闪烁着冰泥，有那么一瞬，他担心自己的车会在这段短短的上坡路打滑。他让车挂着挡，直到感觉车稳了，够稳了，他便把那根锐利的变速器把杆推到空挡，紧接着他就熄火，关掉了车灯。

他们向上，在黑暗的雨中滑行。就好像飞机起飞的时刻，孩子们都兴奋地尖叫。盖普可以感到，孩子们在他的手肘处争抢前排座椅之间那个宝缝。

"现在你可怎么看得见？"邓肯问。

"他不看也行。"沃特说。他的声音高亢震颤，盖普知道这说明沃特想让自己放心。

"我心里有数。"盖普让他们放心。

"就好像在水底一样！"邓肯叫道，他屏住了呼吸。

"就像做梦一样！"沃特说，他伸手去拉他哥哥的手。

第14章

马可・奥勒留眼中的世界

在多年来担任白衣天使，以及看护女权运动成长之后，就这样珍妮・菲尔兹再次当起护士来，她穿着一身合适的装束走马上任了。珍妮提议盖普一家搬进犬首湾的菲尔兹家族大宅。那里有很多房间，好让珍妮照顾他们，还能听到具有疗愈作用的海潮声，潮来潮去，将一切冲刷干净。

邓肯・盖普终其一生，只要听到海浪的声音，就想起自己养伤的那段日子。他的祖母帮他解开绷带，邓肯的右眼处有点儿像潮汐灌溉。他的父母不忍心看这个空空的洞，但珍妮习惯了瞪着伤口看，直到它们消失不见。邓肯是和祖母珍妮在一起的时候，看见了自己的第一只玻璃义眼。"看见了吗？"珍妮说，"棕色的大眼睛，没你的左眼漂亮，但是你只要确保让女孩子先看到你的左眼就好了。"这可不是非常女权主义的说法，她猜，但珍妮总是说，她最主要的身份还是护士。

邓肯的眼睛，是被甩到前排座椅缝隙间时，被捅出来的，他一头栽向那根光秃的变速杆。盖普的右手伸进缝里的时候，已经太迟了，邓肯已经倒在地上，右眼被插出，右手三根手指折断，因为塞进了安全带卡扣里。

没人觉得那辆沃尔沃当时的速度会超过25英里，最多也就35英里，但撞车的力度很惊人。三吨的别克，一寸也没让盖普那辆正在滑行的车。撞击发生的一瞬，沃尔沃里的孩子们，就像滚出盒子的鸡蛋一样散落在购物袋里。即便在别克里，震动也很猛烈。

海伦的头被甩到前面，险些撞到转向柱，但转向柱撞到了她的后脖子。很多摔跤手的孩子脖子都很硬，海伦的脖子就没断，不过她戴了差不多六个星期的颈托，而且她的余生都被背痛折磨。她的右锁骨断了，也许是被迈克·米尔顿抬起的膝盖骨撞的，她的鼻梁可能是被迈克·米尔顿的安全带扣撞裂的，缝了九针。海伦的嘴因为巨大的冲力闭了起来，断了两颗牙，舌头也结结实实地缝了两针。

起初，她以为自己把舌头咬下来了，因为能感觉到嘴里一口血当中有小肉在游移，她的头太痛了，不敢张嘴，直到不得不张口呼吸，而且她发现自己的右胳膊动不了了。她把以为是舌头的肉块吐在左手掌上。当然不是她的舌头，是迈克·米尔顿四分之三的阴茎。

海伦觉得脸上的热血感觉像汽油，她开始大叫，不是为自己，是因为担心盖普和孩子的安全。她知道是什么撞上了别克。她挣扎着从迈克·米尔顿的腿上爬出来，想看清楚她的家人怎么样了。她把原本以为是舌头的东西扔在了别克的地板上，她用没事的左手捶了迈克·米尔顿，他的大腿把她顶在转向柱那里动弹不得。就在此时，她听到了自己的叫声之外的叫声。迈克·米尔顿当然在尖叫，但海伦听到了沃尔沃那里传来的声音。是邓肯在叫，她很肯定。海伦依靠左胳膊，爬过迈克·米尔顿流着血的大腿，爬到了车门把手那里。门开了，她就把迈克推出了别克车，她觉得力大无比。迈克仍旧保持着他弯腰坐着的姿势，他就以坐在司机座上的姿势侧身倒在冰泥上，他咆哮着流血不止，好像一头阉牛。

大别克的车门灯光照过来，盖普只能隐约看见车里一摊血，邓肯脸上的血被他的泪水弄花。盖普也开始咆哮，但他的声音轻如呜咽，他被自己奇怪的声音吓了一大跳，他努力轻声对邓肯说话。就在那时盖普意识到他无法说话了。

盖普伸出手去接邓肯时，他几乎在驾驶座上完全转成侧身，脸重重地撞在了方向盘上，敲断了下巴压伤了舌头（12针）。盖普在犬首湾养了好几个星期的伤，还好珍妮和艾伦·詹姆斯主义者沟通有方，因为盖普的嘴被针线缝了起来，只能靠文字和母亲交流。有时他用打字机写了一页又一页，然后由珍妮来读给邓肯听，因为尽管邓肯可以看，但医生让他不到万不得已不用那只眼睛。不用过多久，剩下的眼睛就能弥补丢掉的那只了。但盖普有太多话想马上说出来，然而却无法说出来。他察觉到，他母亲改了他写给邓肯和海伦的话（他也给海伦写了一页又一页），于是盖普就硬起他疼痛的舌头，从缝起来的嘴里发出抗议的咕哝声。然后，珍妮这位好护士，就会明智地把他送到单人间里。

"这里是'犬首湾医院'。"海伦有一次对珍妮说。尽管海伦可以说话，她却说得很少，她没有一页又一页的话要说。她养伤期间，大部分时间都在邓肯房里，念书给他听，因为海伦念得比珍妮好得多，而且她的舌头只缝了两针。在养伤期间，珍妮比海伦更能对付盖普。

海伦和邓肯时常肩挨着肩，坐在邓肯房里。邓肯只能看见一只眼睛力所及的范围，他一整天都睁着，好像一台相机。习惯以一只眼看世界，就好像习惯通过相机镜头看世界一样，有着同样的景深，也有类似的对焦问题。等到邓肯似乎准备好探索摄影时，海伦买给他一台单眼反光镜相机，对邓肯来说，这种相机再合适不过了。

邓肯·盖普后来回忆道，他就是在这段时间里，第一次想成为艺术家、画家和摄影师，当时他快11岁了。尽管事故前，他一直很热衷体育，但失去了一只眼，让他终生都对球类运动不抱好感（就像他父亲一样）。他说，即便是跑步，也会被有限的视线影响。邓肯宣称运动让他笨手笨脚。不过最终让盖普更为伤心的是，邓肯也不爱摔跤。邓肯用照相机来打比方，他告诉他父亲，他眼睛的景深问题之一，就是看不清楚垫子离自己多远。"摔跤的时候，"他对盖普说，"我感觉就像在黑暗中走下楼梯一样，我不知道是不是踩到底了，只能靠感觉。"盖普的结论当然是，因为意外，邓肯才对体育运动丧失安全感的。但海伦指出，邓肯以前就算运动很在行，运动神经好，也总是有些胆小和拘谨的感觉，总是宁可不玩。他完全不像沃特那样精力旺盛，沃特什么都不怕，总是带着信任、优雅和鲁莽冲进各种新状况里。海伦说，沃特才是他们当中真正的体育健将。过了很久，盖普才觉得她是对的。

"海伦常常是对的，你知道的。"珍妮有一天晚上在犬首湾对盖普说。珍妮在各种情况下都可能说出这句话，不过那天是发生意外不久，邓肯在自己的房间，海伦在她的房间，盖普有属于他的房间。

海伦常常是对的，她母亲这么对他说过，但盖普看起来很生气，写给珍妮一张字条。字条这么写道：

"这次她不对，妈妈。"

也许指迈克·米尔顿，也许指所有这一切。

海伦从学校辞职，并非由于迈克·米尔顿。盖普和海伦后来想，搬去珍妮在海边的大医院，是让他们远离不想再看见的熟悉的家和车道的一个办法。

在教职员工道德规范当中，"有伤风化"被列为会让人丢掉终身教职的理由。虽然从来没有正式经过讨论，但和学生发生关系，总的来说不会被处置得太严厉。这可能会成为某人无法取得终身教职的隐藏原因，不过很少会让人被撤销终身教职。海伦也许猜测过，咬掉学生四分之三的阴茎，在虐待学生罪当中算相当严重的。和学生睡觉只不过时有发生，尽管学校从未鼓励这种行为，虽然还有很多更恶劣的法子惩罚学生、给他们今后的人生分类。但咬掉他们的生殖器，绝对是太过严厉了，哪怕是针对坏学生，海伦可能想自我惩罚。于是她剥夺了自己继续从事多年来做得很好的工作的乐趣，她不让自己享受书籍和与学生讨论带来的兴奋。在她后来的人生里，海伦拒绝感到悔恨，省掉了很多不愉快。在她此后的人生里，和迈克·米尔顿之间发生的一切，都让她愤怒多于伤心，因为她足够坚强到相信自己是个好人，她也真的是好人，只不过因为微不足道的轻率行为，受到了不合比例的痛苦。

但起码有那么一段时间，海伦疗着自己和家人的伤。她从未有过母亲，以前也没机会让珍妮像母亲一样照顾自己，海伦全身心在犬首湾养病。她通过照顾邓肯来让自己平静，她希望珍妮能照顾盖普。

医院的氛围盖普并不陌生，他早年那些充满了害怕、梦境和性的人生经验，都发生在老史第林学校的校医院里。他调整自己适应新环境。这有利于他写下想说的话，因为书写让他变得小心，让他重新考虑他本来以为要说的很多话。当他看到原始的想法被写下来，就意识到，他不能或不应该这么说，当他修改这些话时，他已经改变了想法，于是扔掉了写的话。这里有一张字条是写给海伦的：

"四分之三不够多。"

他扔了。

然后他写了另一张，也真的交给了海伦。

"我不怪你。"

之后，他又写了一张。给他母亲：

"我也不怪自己，只有这样我们才能再次合二为一。"

一身白衣的珍妮·菲尔兹，轻手轻脚地穿梭在这栋盐湿的房子的各个房间，带着她护士的姿态和盖普的字条。这是他唯一能写的东西。

当然了，犬首湾的这所房子一直被用作疗伤处。珍妮那些受到伤害的女性朋友们以前在此找回自我，散发着海水味的房间充满了过去了的伤心史。其中就有萝贝塔·马尔登的伤心史，她在珍妮的陪伴下，在这里度过了变性手术后最艰难的时光。事实上，萝贝塔也无法一个人住，和好几个男人生活在一起无果之后，她又在盖普一家搬进来的时候，重回犬首湾。

春天渐渐温暖起来，邓肯右眼那个洞慢慢愈合，不再怕有沙子进来了，萝贝塔就带邓肯去海滩。在海滩上，邓肯发现自己看飞起的球会出现景深问题，萝贝塔·马尔登正试着和他玩接球，但很快就用橄榄球打中了他的脸。他们就再也不玩球了，萝贝塔满足于和邓肯在沙地上纸上谈兵，回忆她在费城老鹰队当近端锋时打过的所有比赛，那时她仍叫罗伯特·马尔登，90号，她对着邓肯重温自己偶尔的达阵传球，她掉球，她越位犯规，她最阴险的撞击。"那是在打'牛仔'的时候。"她对邓肯说，"我们在达拉斯打，那个隐形杀手，八球，人人都这么叫他，走到我的盲区的时候……"然后萝贝塔看了看沉默的孩子，他终生都有盲区了，于是她巧妙地换了话题。

萝贝塔和盖普的话题是变性手术的敏感细节，因为盖普看起来感兴趣，而且萝贝塔知道，盖普一定想听完全与自身无关的麻烦。

"我一直都知道，我应该是个女孩儿，"她对盖普说，"我梦到有人和我做爱，男人。但在梦里，我总是女人，我从来不是一个和男人做爱的男人。"萝贝塔提起同性恋，不止一点儿鄙夷，盖普觉得这很奇怪，决定改变自己不惜从今往后都被归入少数派的人，可能对其他少数派比想象中更缺少同情。萝贝塔抱怨起其他跑来犬首湾找珍妮疗伤的女人时，还很不客气。"那群天杀的女同志，"萝贝塔对盖普说，"她们想让你母亲变成她们想要的人，她根本不是那样。"

"我有时候觉得，妈就是做这种事的，"盖普故意逗萝贝塔，"她靠让别人以为她是某种她不是的人，来让他们开心。"

"哎，她们想给我灌迷汤，"萝贝塔说，"我准备接受手术的时候，她们不停劝我别做。'做个同性恋吧，'她们说，'你想要男人，就要好了。要是你变成了女人，就要给他们占便宜。'她们都胆小如鼠。"萝贝塔总结道，尽管令人伤心的是，盖普眼看着萝贝塔确实一次又一次被男人占便宜。

萝贝塔的坏脾气并不特别，盖普想到其他在他母亲宅子住着，受她照顾的女人们，都是不宽容的社会的受害者，然而他见过的她们中的大多数，都特别不能容忍彼此。盖普无法理解这种内讧，他惊讶于他母亲能对付她们所有人，让她们每个都开心，互不冒犯。盖普知道，罗伯特·马尔登在真的接受手术之前好几个月都穿女装，他早上以罗伯特·马尔登的样子出门，然后采购女装，而且几乎没人知道，他用来支付变性手术的钱，都是他去男生俱乐部和男子俱乐部的宴会演讲的车马费。晚上回到犬首湾，罗伯特·马尔登会穿上新衣服，走秀给珍妮和同住的挑剔女人看。之后雌激素让他的胸部变大，从前的近端锋的身材也出现变化，罗伯特不再出席宴会，而是穿着男性化的女式西服，戴着比较保守的假发，从犬首湾的家大胆走出去，他在手术之前很久，就已经开始试着当萝贝塔了。从生理上说，萝贝塔现在已经和大多数其他女人一样，有同样的生殖器和泌尿系统了。

"不过我当然不能怀孕，"她对盖普说，"我无法排卵，没有月经。"珍妮曾经安慰她说，几百万其他妇女也不行。"我从医院回家的时候，"萝贝塔对盖普说，"你知道你母亲还对我说了什么吗？"

盖普摇了摇头，他知道萝贝塔所说的"家"指的是犬首湾。

"她告诉我，我比她认识的大多数人都更不会让人搞错性别。"萝贝塔说，"我真的很需要这句话，因为我一直得用可怕的扩张器，不然我的阴道就要合起来，我觉得自己像台机器。"

"妈妈这个老好人。"

盖普胡乱地写道。

"你写的东西，对人有很大的同情。"萝贝塔忽然对他说，"但现实生活里，我看不出你对别人有什么同情心。"珍妮以前也老这么批评他。

但现在，他觉得，他对他人更为同情了。他的下巴被缝起来，他的妻子手臂整天吊着石膏，邓肯漂亮的脸蛋只剩下半边是完好的了，盖普对来到犬首湾的别的可怜人更为宽容了。

这是座夏日度假城。淡季时，灰绿色的沙丘和白色海滩边，海洋道尽头的这座带门廊和阁楼的褪色的木瓦房，是唯一有人住的房屋。偶然会跑来一条狗嗅遍骨头色的浮木，退休的人住在离海几英里远的他们以前的度假屋里，他们偶尔来到海岸边散步，仔细观察贝壳。夏天海滩上，满是狗和孩子，还有帮妈妈们带孩子的人，海湾总是停靠着一两艘颜色鲜亮的船。但盖普一家搬来和珍妮一起住时，岸边一派荒废的样子。海滩上，尽是被冬天高涨的潮水带上岸来的垃圾，没有人迹。大西洋一直到四五月，都还是伤口般的铁青色，也就是海伦鼻梁的颜色。

淡季来这座小城的人，很明显是来向著名的护士珍妮·菲尔兹寻求救助的迷失女人。夏天，这些女人经常在犬首湾待上一整天，努力寻找知道珍妮住处的人。但犬首湾的居民人尽皆知。"海洋道走到底的那栋房子，"他们告诉来问路的受伤的女孩儿和女人，"亲爱的，那房子就跟酒店一样大，你一准儿能看见。"

有时这些访客长途跋涉先到了海滩，盯着大房子看了很久以后，才终于鼓起勇气来问珍妮是否在家；有时盖普看见，她们独自一人或三三两两蹲在风很大的沙丘上观察着房子，好像试图揣摩出这房子里有多少同情。要是她们是结伴来的，就会在海滩上商量，其中一个人被推举来敲门，其他人则挤在沙丘上，就像狗被人命令不许动！直到有人来叫她们过去。

海伦给邓肯买了一架望远镜，邓肯从他的海景房侦察着畏畏缩缩的访客，经常在听到敲门声之前几个小时就宣布有人来了。"有人来找奶奶。"他说。对焦，总是在对焦。"她大概24岁，或者大概14岁。她背着蓝色背包。她带着一只橙子，但我觉得她不会吃掉它。有人和她一起来，不过我看不见她的脸。她躺下来了，不，她病了。不，她戴着一种面具。她大概是另一个人的妈妈，不，姐妹。要不就是朋友。"

"现在她在吃橙子。橙子看起来不太好吃。"邓肯如此汇报。萝贝塔也会往外看，有时海伦也会看。总是盖普去开门。

"是的，她是我母亲，"他说，"但这会儿她出门买东西去了。要是你愿意等她的话，就请进来吧。"然后他对来人微笑，尽管他一刻不停地仔细打量对方，就像退休老人在海边看贝壳那样仔细。在他的下巴痊愈、裂开的舌头长好之前，盖普用一大叠事先准备好的字条应门。很多访客，拿到字条一点儿也不惊讶，因为这也是她们唯一的交流方式。

"你好，我的名字叫贝丝。我是个艾伦·詹姆斯主义者。"

盖普会递给她这个：

"你好，我的名字叫盖普。我的下巴坏了。"

他冲她们微笑，再递过去第二张字条，视情况而定。其中一张写道：

"厨房的壁炉火生得很好，左转就是。"

另一张写着：

"别难过。我母亲就快回来了。这里还有其他女子。你想见她们吗？"

在这段时期里，盖普重新穿起运动夹克，并非因为怀念在史第林或维也纳的旧时光，当然也不是因为在犬首湾必须穿着得体，这里只有萝贝塔一人在意自己的穿着，而是纯粹由于他需要口袋，他随身带着的字条太多了。

他试过在沙滩上跑步，但不得不放弃，他的下巴会震动，舌头会打到牙齿。但他在沙滩上步行好几英里，警车把一个年轻男子带来珍妮家的这天，他刚散完步回来，警察手挽手把这个男子扶上很大的前门廊。

"盖普先生吗？"一个警察问。

盖普散步也穿着一身跑步装，他没带字条，但他点点头，表示是的，他就是盖普先生。

"你认识这小子吗？"一个警察问。

"他当然认识了，"年轻男子说，"你们警察从来不相信任何人。你们不懂怎样放松。"

是那个穿紫色宽袍的小子，被盖普护送出拉尔夫太太闺房的那位，盖普觉得好像是很多年前的事了。他本想不认他，但还是点了点头。

"这小子一分钱也没有，"警察解释道，"他不住在这附近，也没工作。他也没在任何地方上学，我们打电话给他家里人，他们说连他在哪儿都不知道，也不像想知道的样子。但他说，他和你住在一块儿，你会帮他说话。"

盖普当然无法说话。他指了指下巴的缝线，做了个在手掌上写字的动作。

"你什么时候戴起牙套来的？"这小子问，"大多数人都小时候戴牙套的。你的牙套，是我见过的最可怕的。"

盖普在警察给的交通违章表背面写了字。

"是的，我来对他负责。但我不能帮他说话，因为我弄断了下巴。"

那小子从警察身后读了字条。

"哇，"他咧开嘴笑着说，"把你弄成这样的另一个家伙怎么样了啊？"

他丢了四分之三的阴茎，盖普在心里说，但他没有把这话写在交通违章表或其他什么东西上。从来没有。

原来，这男孩儿在监狱里读了盖普的所有小说。

"要是我早知道你写了那些书，"这小子说，"我才不会那样不礼貌。"他名叫兰迪，他已经成了盖普的狂热粉丝。盖普很肯定，他的大部分欣赏者一定有流浪儿、孤独的孩子、脑子不行的成年人、怪人，只有极个别没什么变态口味的正常人。但兰迪来找盖普，就好像盖普是他唯一肯追随的领袖人物。因为他母亲犬首湾房子的功能，盖普不是很好拒绝这男孩儿。

萝贝塔·马尔登自告奋勇，对兰迪简要说明了盖普和家人的意外。

"那个人高马大的漂亮妞是谁？"兰迪以一种敬畏的口气小声问盖普。

"你认不出她？"盖普写道，"她以前是费城老鹰队的近端锋。"

但连盖普的酸楚，也没法消减兰迪讨人喜欢的热情，起码不是马上让他冷下来。这男孩儿能逗邓肯玩上好几个小时。

"天晓得他是怎么办到的，"盖普对海伦抱怨，"一定是对邓肯说了他所有的嗑药经历。"

"这孩子没有嗑药，"海伦叫盖普放心，"你母亲问过他。"

"那么他就是讲给邓肯听他刺激的犯罪史。"盖普写道。

"兰迪想当作家。"海伦说。

"人人都想当作家！"盖普写道。但这话不对。他就不想当作家了，不再想当了。他想写作的时候，只有最骇人的死寂的主题跳出来欢迎他。他知道，必须忘了发生过的事，而不是抱着回忆不放、用艺术的形式夸大苦难。这很疯狂，但无论何时，他只要一想写，那个唯一的主题就跳出来，勾引他，新鲜的牵动肺腑的水塘，带着死亡的臭气。于是他不写了，连试也不想试。

最后兰迪走了。尽管邓肯舍不得他走，但盖普觉得松了口气，他没有给任何人看兰迪留给他的字条。

"我永远不可能像你一样优秀，在任何方面都不行。就算这是真的，你也可以在揭人疮疤的时候不那么狠。"

所以我不是个亲切的人，盖普想。还有什么是我不知道的新发现吗？他把兰迪的字条扔了。

盖普下巴上的线拆掉，舌头长好之后，他又开始跑步。天气暖和起来，海伦开始游泳。她被告知这对恢复肌肉线条、强健锁骨有好处，尽管她还是感到疼痛，特别是蛙泳的时候。盖普觉得，她大概游了好几英里，直接游向大海深处，然后再沿着海岸游。她说，她之所以游出岸边那么远，因为那里的水比较平静，越靠近海岸，浪就越会影响她的动作。但盖普很担心。他和邓肯有时用望远镜看她。要是有什么事发生，我要怎么办？盖普不知道。他游泳不行。

"妈妈游泳很厉害的。"邓肯让他放心。邓肯自己也很会游。

"她游得太远了。"盖普说。

夏日游人来了以后，盖普一家不再在众目睽睽之下锻炼了，他们在海滩上玩，或者只有清晨才会下海。夏日人潮汹涌的时候和傍晚时分，他们在珍妮家有遮篷的门廊上看着这个世界，他们退回到了这栋凉爽的大屋里。

盖普稍微好了些。他开始写作了，一开始还有点儿诚惶诚恐，他写下很长的情节大纲和对人物的想法。他避开主要人物不写，起码他觉得，他们是主要人物——丈夫、妻子、一个孩子。相反他专注于侦探，一个和这一家没关系的人。盖普知道，这本书的中心隐藏着什么恐怖，也许因为这个原因，他通过一个和罪案无关的警方调查人员切入这个故事，避开自己个人的焦虑。我有什么必要写这个探员呢？他思考着，于是他将这个探员写成一个连他自己也能理解的人。然后盖普站到离死亡的臭味本身更近的位置开始写。邓肯眼睛上的绷带拆了，这孩子戴着一片黑布，在他夏天晒得黑黑的皮肤映衬下，几乎可以说很帅。盖普深吸一口气，开始写作这部小说。

《本森哈沃眼中的世界》，就开始于盖普疗伤期间的这个夏末。大约在那个时候，迈克·米尔顿出院，手术之后走路还弯着腰苦着脸。由于引流不当，造成了感染，因为常见的泌尿问题变得更为严重，他不得不接受手术把剩下的阴茎也去除了。盖普对此一无所知，而且在那个时刻，恐怕连这个消息也不能让他开心点儿。

海伦知道盖普又重新开始写作了。

"我不会读的，"她对他说，"一个字也不会读。我知道你不得不写，但是我永远不想看。我不想伤你的心，但你要理解我。我必须得忘记那件事，如果你不得不写那件事的话，希望老天助你一臂之力。每个人有不同的方式来埋葬过去。"

"严格说起来，不是关于'那个'的，"他对她说，"我不写自传体小说。"

"我也知道这点，"她说，"不过我还是同样不会读的。"

"当然，我理解。"他说。

他始终明白，写作是一项孤独的事业。别人不读，让孤独的事变得更孤独了。他知道，珍妮会读的，她像钉子一样硬。珍妮看着他们好转，她看着新病人来了又走。

其中有个年轻姑娘叫劳蕾尔，有一天早上吃早餐的时候，她犯了个错，她口无遮拦说邓肯的坏话。"我能睡在房子的另一边吗？"她问珍妮，"这里有个怪小孩儿，拿着个望远镜和照相机，戴着块眼罩的？他像个操他妈的海盗一样偷看我。连那么小的孩子，都想用眼睛扒光我，哪怕他只有一只眼。"

之前盖普趁着天亮以前的微光，在海滩跑步的时候，摔了一跤，又伤到下巴了，嘴又一次用线缝起来。他身边没了以前的老字条，但他很快在餐巾上涂了几个字。

"操你妈。"他潦草地写好，然后把餐巾扔向那个吃惊的女孩儿。

"看吧，"女孩儿对珍妮说，"这还只是我想逃开的其中一件常发生的事。有的男人总要欺负我，有的蠢货用他们的暴力大阴茎来威胁我。谁想要碰上这种事啊？我是说，特别是在这儿，谁要啊？我到这儿来是为了受同样的罪吗？"

"操你大爷。"盖普的下一张字条这么写道。但珍妮领着女孩儿出了门，告诉她邓肯的眼罩、望远镜、相机的故事，然后这女孩儿煞费苦心，在接下来住这里的日子，避开盖普。她只在这儿住了几天，就有人来接她走，开着辆纽约牌照的跑车，开车的是个看着像蠢货的男人，也就是老用"暴力大阴茎"威胁劳蕾尔的那位。

"喂，你们这些假屌！"他冲着盖普和萝贝塔嚷嚷，他们正像一对老派的情侣那样坐在大前门廊的秋千上，"这就是你们关劳蕾尔的妓院吗？"

"我们并不是真的'关'她。"萝贝塔说。

"闭嘴，你这个玩女人的大个子妞。"纽约男说，他走上了门廊。他任凭跑车的发动机转着，它空转着充电然后静下来，充电然后静下来，又再次充电。这男人穿着牛仔靴和绿色的麂皮喇叭裤。他很高，胸肌发达，虽然没有萝贝塔·马尔登高，也没她肌肉发达。

"我不是玩女人的女人。"萝贝塔说。

"就算这样，你也不是什么圣处女，"男子说，"操他妈的劳蕾尔在哪儿？"他穿着件橘色的T恤，乳头中间的位置印着鲜绿色的字："变强！"

盖普翻遍口袋找铅笔来写字条，但只找到以前的旧字条，所有旧的备用字条，都不适合这个粗鲁的人。

"劳蕾尔在等你吗？"萝贝塔·马尔登问男子，盖普知道，萝贝塔又被人踩到冒犯性别认同的地雷了，她在刺激这个白痴，希望可以名正言顺地狂殴他一通。但盖普觉得，这个男人和萝贝塔旗鼓相当。激素改变的，不仅是萝贝塔的外形，盖普觉得，从前那个罗伯特·马尔登的肌肉消失了，萝贝塔都不想记得从前的自己了。

"我说，宝贝儿，"这男人同时对盖普和萝贝塔说，"要是劳蕾尔不给我滚出来，我就要来个大扫荡，这里到底是哪门子同性恋老窝啊？人人都听说过这里。我一点儿工夫都没费就找到她了。纽约每个有毛病的婊子，都知道这个贱人来的地方。"

萝贝塔微笑着。她开始前后摇晃门廊的秋千，盖普都想吐了。他快速掏口袋，翻看一张张没用的字条。

"给我瞧好了，你们这些小丑，"男子说，"我知道那种变态会来这里玩。这是个女同性恋圈子，对吗？"他用牛仔靴蹬了一下门廊的秋千的边缘，秋千开始奇怪地晃起来。"你又是个什么玩意儿？"他问盖普，"这房子的男主人？还是无能的男人？"

盖普递给这个男人一张字条。

"厨房的壁炉火生得很好，左转就是。"

但现在是八月，他拿错了字条。

"这是什么鬼玩意儿？"男子说。盖普又递给他一张字条，是从他口袋里飞出来的第一张。

"别难过。我母亲就快回来了。这里还有其他女子。你想见她们吗？"

"操你妈！"男人说。他开始向那扇大纱门走去。"劳蕾尔！"他叫道，"你在里面吗？你这个贱人！"

然而，来到门口见他的是珍妮·菲尔兹。

"你好。"她说。

"我知道你是谁，"男子说，"我认得这件傻制服。我们劳蕾尔和你不是一类人，宝贝，她喜欢做爱。"

"也许不是和你。"珍妮·菲尔兹说。

穿着"变强！"T恤的男子，无论本来准备对珍妮·菲尔兹喷出什么污言秽语，他都没能说出口。因为萝贝塔·马尔登一个侧倒阻挡，扑向了这个惊讶的男子，她从背后撞向有点儿偏向他一边膝盖后面的地方。这种恶意背后绊人，在萝贝塔还在费城老鹰队打球的年代，可是要被罚退后15码的。被撞的男子，摔倒在灰色石板门廊平台上，冲力太大让吊着的花盆都摇晃起来。他用力想站起来，但是没起来。他好像受了橄榄球运动员常受的膝伤，其实这也就是为什么绊人犯规要被罚退后15码的原因。背朝天的男子，没有胆大到再骂任何人一句，他带着一种月亮般平静的表情躺着，因为疼痛，脸有点儿发白。

"这太猛了，萝贝塔。"珍妮说。

"我去找劳蕾尔。"萝贝塔不好意思地说，然后走进屋里。盖普和珍妮知道，在萝贝塔的内心，她比谁都女性化，但是她的外在，可是块训练有素的石头。

盖普找出另一张字条，他把它丢在纽约男的胸口正好写着"变强!"的地方。同样的字条盖普有很多张。

"你好，我的名字叫盖普。我的下巴坏了。"

"我叫哈罗德，"男子说，"你那下巴可真惨。"

盖普找出一支铅笔写了另一张字条。

"哈罗德，你的膝盖可真惨。"

劳蕾尔被人找来了。

"啊，宝贝儿，"她说，"你可找着我了！"

"我他妈的不能开车了。"哈罗德说。男子的那辆跑车，还在海洋道上突突作响，好像想吃沙子的动物。

"宝贝儿，我可以开，"劳蕾尔说，"你就是从来不让我开。"

"现在我让你开，"哈罗德咕哝道，"相信我。"

"哦，宝贝儿。"劳蕾尔说。

萝贝塔和盖普把男子扶到车上。"我觉得我真离不开劳蕾尔。"男子对他们说出心里话。他们小心地把他塞进副驾驶座时，男子抱怨道："操他妈的单人座。"哈罗德个头太大，座位有点儿紧。盖普觉得，上一次他这么靠近一台机动车，是几年前的事了。萝贝塔一只手搭在盖普肩膀上，但盖普转身走了。

"我猜哈罗德离不开我。"劳蕾尔对珍妮说，然后耸了耸肩。

"但是为什么她离不开他呢？"珍妮看着小车开走，一边自言自语。盖普已经走开了。萝贝塔因为刚才临时丢了女性的姿态，罚自己跑去照顾邓肯了。

海伦正在和弗莱彻一家讲电话，哈里森和爱丽丝想来看他们。这也许会对我们有帮助，海伦想。她是对的，发现自己又能正确地看待一件事，肯定让海伦自信大增。

弗莱彻一家，来住了一个星期。总算有个孩子来和邓肯玩了，哪怕不是男孩儿，也和他不一样大。至少，有个孩子知道他眼睛出的事了，邓肯总算不再为眼罩尴尬了。弗莱彻一家走了以后，他更愿意一个人去海滩了，哪怕一天当中，总有些时候会碰到其他孩子，他们会问他眼睛怎么了，当然，也会打趣他。

哈里森给了海伦一个吐露心事的机会，就像以前一样，她能告诉哈里森关于迈克·米尔顿的事，这些事对盖普来说太受伤了，然而她需要说出来。她需要说出来现在对婚姻的焦虑，而且她处理这场意外的方式和盖普迥然不同。哈里森建议她再生个孩子。他建议怀孕。海伦坦白，她没有再吃避孕药了，但她没有告诉哈里森，盖普自从意外以来，就没有和她同床了。她其实不需要告诉哈里森，哈里森已经注意到他们分房睡了。

爱丽丝鼓励盖普不要写这些傻字条。要是他不介意声音不好听的话，他可以努力说出话来。爱丽丝的理由是，要是连她都可以讲话，他当然能吐出话来，虽然他的牙齿给缝在一起，舌头又很柔弱什么的，起码可以试试。

"爱丽诗。"盖普说。

"四的，"爱丽丝说，"这就四我的名字。你叫森么名字？"

"阿普。"盖普说了出来。

珍妮正一身白衣走去另一间房，听到盖普的话像鬼一样发抖，然后继续往前走。

"我诗念他。"盖普对爱丽丝说出心事。

"你四念他，四的，当然了。"爱丽丝说，然后抱住了哭泣的他。

弗莱彻一家走了一阵子之后，有一天晚上海伦来到盖普的房间。她惊讶地发现他睁眼躺着，因为他在听着她也听到的声音。这也是为什么她没法入睡。

珍妮的一个新客人在洗澡。一开始，盖普夫妇听到拖澡盆的声音，然后他们听到在水里的扑通声，现在则是水花和抹肥皂的声音。还有一缕歌声，要不这个人就是在哼哼唧唧。

他们当然记得，那些年听着沃特自己洗澡发出的声音，他们留意着任何滑倒的声音，或最可怕的情况，那就是没有声音。然后他们就会喊："沃特？"沃特会说："什么？"他们会说："没事，就问问！"为了确保他没有滑倒或淹死。

沃特喜欢让耳朵浸在水下，听着自己的手指在澡盆的墙上爬，常常听不见盖普或海伦叫他。他会抬起头，惊讶地发现他们俩紧张的脸出现在澡盆上面，从澡盆边缘偷看他。"我没事。"他会坐起来说。

"倒是应一声啊，老天啊，沃特，"盖普会对他说，"我们叫你，你就要回答。"

"我没听见。"沃特说。

"不要把头浸在水里。"海伦说。"那我怎么洗头呢？"沃特问。

"这样洗头很差劲，沃特，"盖普说，"你就叫我，我来给你洗头。"

"好吧。"沃特说。他们走了以后，他又会把头埋进水里，这样听着这个世界。

海伦挨着盖普，躺在犬首湾一个阁楼里的一间客房的窄床上。这座房子有太多间浴室了，他们甚至都不知道，声音是从哪一间传

386

来的，但他们竖起耳朵听着。

"我觉得是个女人。"海伦说。

"这里吗？"盖普说，"当然是个女人。"

"一开始，我以为是个孩子。"海伦说。

"我明白。"盖普说。

"我猜是因为哼哼声，"海伦说，"你知道吗，他以前总是自言自语？"

"我明白。"盖普说。

他们在床上拥抱彼此，房子那么多窗整天开着，离海又那么近，纱门被吹开又"砰"的一声关上，屋子里总是有点儿潮湿。

"我想再要个孩子。"海伦说。

"好。"盖普说。

"尽快。"海伦说。

"马上就要，"盖普说，"当然。"

"如果是女孩儿，"海伦说，"我们就叫她珍妮，你母亲的名字。"

"很好。"盖普说。

"如果是男孩儿，我不知道。"海伦说。

"不要叫沃特。"盖普说。

"好。"海伦说。

"永远不要另一个沃特，"盖普说，"虽然我知道，有的人会这样做。"

"我不想这样。"海伦说。

"如果是男孩儿的话，就叫别的名字。"盖普说。

"我希望是个女孩儿。"海伦说。

"我都不介意。"盖普说。

"当然了。我也男女都行，真的。"海伦说。

"对不起。"盖普说，他抱紧她。

"不不，我才对不起。"她说。

"不不，我才对不起。"盖普说。

"我的错。"海伦说。

"我的错。"他说。

他们小心地做爱。海伦想象着，她是刚做完手术的萝贝塔·马尔登，第一次用崭新的阴道。盖普努力不要想象任何事。

盖普只要一开始想象，唯一可见的就是血红的车子。邓肯在尖叫，车外传来海伦的呼唤和另一个人的叫声。他从方向盘后扭动出来，跪在驾驶座上，他用手捧着邓肯的脸，但他血流如注，盖普看不清任何伤处。

"没事的，"他小声对邓肯说，"别叫，我们会没事的。"但由于他的舌头受了伤，他什么声音也发不出，只是柔弱地喷着气。邓肯继续尖叫，海伦也是，另一个人也在发出低吼，好像睡梦中的狗。但盖普还听到了什么可怕的东西？还有什么？

"没事的，邓肯，相信我。"他小声地咿咿呀呀，"我们马上就没事了。"他用手抹掉这孩子喉咙处的血，他可以看到这孩子的喉咙没有破。他又抹掉孩子太阳穴的血，看到也没有被刺穿。他踢开驾驶座一边的车门看个清楚，车灯打开了他可以看见邓肯有一只眼睛在快速转动。这只眼睛在求救，但盖普看得出这只眼还能看。他用手擦掉更多血，但他找不到邓肯的另一只眼。"没事的。"他轻声对邓肯说，但邓肯叫得更响了。

邓肯看到，他母亲出现在他父亲肩膀上方开着的车门边。鲜血从她裂开的鼻子和划开的舌头涌出，她还扶着自己的右胳膊，好像靠近肩膀的地方断了。但邓肯是被她脸上的惊吓表情吓到的。盖普转身看到了她。还有什么事，也吓到了他。

不是海伦的尖叫，不是邓肯的尖叫。而且就算低吼着的迈克·米尔顿要死了，盖普也不会在意。是别的什么。不是什么声音，而是没有声音。该发出声音的没有发出声音。

"沃特呢？"海伦说，她努力往车里看。她不叫了。

"沃特！"盖普喊道。他大气不敢出。邓肯也不哭了。

他们什么也没听到。沃特之前感冒，盖普都能在两个房间以外，听到这孩子胸腔里因为痰液发出的震颤。

"沃特！"他们叫起来。

后来，海伦和盖普小声对对方说，那一刻，他们想象沃特把耳朵浸在水下，一心一意听着手指在澡盆里玩的声音。

"我还可以看见他。"后来海伦小声说。

"我一直能看见他，"盖普说，"我明白。"

"我只要闭起眼就能看到他。"海伦说。

"对，"盖普说，"我明白。"

但还是邓肯说得最好。邓肯说有时觉得，他的右眼并没有完全失去。"就好像，我还能用右眼看出去，有时候，"邓肯说，"但是这就像是回忆，不是真的，我看的东西不是真的。"

"也许，它变成了你用来看梦的眼睛。"盖普对他说。

"差不多，"邓肯说，"但看起来很真。"

"是你想象中的眼睛，"盖普说，"可以非常真的。"

"是我还可以用来看见沃特的眼睛，"邓肯说，"你明白吗？"

"我明白。"盖普说。

很多摔跤手的孩子，脖子都很硬，但并非所有摔跤手的孩子，脖子都够硬。

现在对邓肯和海伦来说，盖普成了温柔的源泉。有一整年，他都对他们温柔地说话；有一整年，他一次都没有对他们不耐烦。他们一定对他的柔弱不耐烦起来了。珍妮·菲尔兹注意到，这三个人需要那么一年时间来看护彼此。

在那一年里，珍妮想知道，他们是怎么处理人类的其他感觉的？海伦把它们隐藏起来，她是个非常坚强的人。邓肯只能用失去的眼睛看见那些感觉。而盖普呢？他也坚强，但没有那么坚强。他写了部小说叫《本森哈沃眼中的世界》，将自己的所有其他感觉都流泻于其中。

盖普的编辑约翰·沃尔夫读了《本森哈沃眼中的世界》第一章后，他写信给珍妮。"到底他妈的在那里发生了什么？"沃尔夫写道，"好像悲痛让盖普的心扭曲变态了一样。"

但T. S. 盖普，就好像被和马可·奥勒留一样古老的冲动指引着，奥勒留因其智慧与去日苦多的急迫，写下了"在人的生活中，时间是瞬息即逝的一个点……知觉是迟钝的"。

第15章

本森哈沃眼中的世界

奥伦·拉斯走进厨房的时候，荷普·斯坦迪什和她儿子尼基正好在家。她在擦碗碟，一眼就看见那把又长又薄的渔夫刀，有着光滑的刀锋和特别的锯齿边，人称鱼钩除脱器加去鳞刀二合一。尼基还不满三岁，吃饭还要坐在婴儿椅上，奥伦·拉斯走到他身后，用剖鱼刀的尖齿抵着他喉咙的时候，他正在吃早饭。

"放下碗。"他对荷普说。斯坦迪什太太照做了。尼基对这个陌生人发出咕咕声，刀就在他下巴下面，他觉得有点儿痒。

"你想怎样？"荷普问，"你要什么，我都给你。"

"你肯定会的，"奥伦·拉斯说，"你叫什么？"

"荷普。"

"我叫奥伦。"

"是个好名字。"荷普对他说。

尼基无法在高椅子上转身看到这个在他脖子呵痒的陌生人。他手指上粘了浸湿的早餐谷物，他伸手去拉奥伦·拉斯的手，拉斯躲到了高椅子旁边，用渔夫刀的精细的刀锋，在这男孩儿鼓鼓的小脸上快速划了一道口子，就好像粗略地画出他颊骨的轮廓一样。然后他往后退了一步，观察尼基惊讶的表情，看着他简单地哭起来，一条很细的血迹，像口袋缝线一样，出现在这孩子的脸上，就好像他忽然长出了鳃。

"我是来真的。"奥伦·拉斯说。荷普朝尼基走去，但拉斯挥手叫她别动，"他不需要你。他只不过不喜欢他的谷物早饭，他想吃曲奇。"尼基叫了起来。

"他哭的时候，会噎着的。"荷普说。

"你想和我吵吗？"奥伦·拉斯说，"你想和我谈吃饭噎着？你要是再跟我说什么噎着不噎着，我就把他的嘴割下来，塞进他喉咙里。"

荷普给了尼基一片烤面包干，他就不哭了。

"看到了没？"奥伦·拉斯说。他连同尼基一起抬起了高椅子，抱在胸前，说，"现在我们就去卧室，"他冲荷普点头示意，"你走在前面。"

他们一起走上了走廊。斯坦迪什一家那时住在农场，因为刚生了孩子，夫妻俩都觉得，火灾的时候农场房子比较安全。荷普走进卧室，奥伦·拉斯把高椅子连同尼基放在卧室外面的地上。尼基几乎不流血了，他脸颊上只有一点点血印，奥伦·拉斯用手把血迹擦掉，然后在裤子上擦手。之后他跟着荷普进了房。他一关门，尼基就开始哭。

"求求你，"荷普说，"他真的可能会噎着，而且他知道怎么从高椅子上下来，可能会摔倒。他不喜欢一个人待着。"

奥伦·拉斯走到床头柜那里，用渔夫刀割断了电话线，轻巧得就像把熟透了的梨切成两半一样。"你不应该和我讨价还价。"他说。

荷普坐在床上。尼基在哭，但并非歇斯底里，听着好像他可能会停下来。荷普也开始哭了起来。

"给我把衣服脱了。"奥伦说，他动手帮她脱。他很高，一头带点儿红色的金发，稀疏的头发紧贴着头皮，就好像被洪水冲倒的蒿草一般。他身上有股青贮饲料味，荷普记得，就在他出现在厨房之前，她看到车道上有一辆青绿色的小卡车。"你们家卧室竟然还有地毯。"他对她说。他很瘦但是精壮，他的手很大又笨拙，就像正在长成大狗的小狗崽的脚。他的身体几乎没有毛，不过他皮肤很白，全身金黄色，毛发在皮肤上不明显。

"你认识我丈夫吗？"荷普问他。

"我知道他几时在家，几时不在，"拉斯说，"听，"他忽然说，荷普屏住呼吸，"听到了吗？你的孩子根本不理你。"尼基在卧室门外小声发着元音，嘴里唾液很多地对着他的烤面包干讲话。荷普哭得更厉害了。奥伦·拉斯有点儿笨拙快速地摸她，她觉得自己很干燥，根本连他可怕的手指都容纳不了。

"求你等一等。"她说。

"不许和我讨价还价。"

"不是的，我的意思是我可以帮你。"她说。她希望让他尽快进出自己的身体，她想着走廊的高椅子上的尼基。"我是说，我可以让这件事舒服点儿。"她没什么说服力地说，她不知道怎么解释想说的话。奥伦·拉斯握着荷普的一只乳房，荷普一看就知道，他从没有碰过乳房，他的手那么冷，她往后闪。他古怪地用龟头顶住了她的嘴。

"不许吵。"他咕哝道。

"荷普！"有人叫。他们听到都吓得呆住了。奥伦·拉斯目瞪口呆地看着被切断的电话线。

"荷普？"

是玛戈，荷普的一个邻居和朋友。奥伦·拉斯用又冷又平的刀片抵住荷普的乳头。

"她会直接走进来的，"荷普小声说，"她是个熟朋友。"

"我的老天，尼基，"他们可以听见玛戈的声音，"你怎么随地乱吃啊。你妈妈穿好衣服了没啊？"

"我要操你们俩，然后杀掉所有人。"奥伦·拉斯小声说。荷普用两条美丽的腿夹住他的腰，连同刀一起抱住了他。"玛戈！"她尖叫道，"快带尼基逃！求你了！"她发出锐叫，"这里有个疯子，要杀了我们所有人！快带走尼基，带走尼基！"

奥伦·拉斯一动不动靠着她，就好像是平生第一次被拥抱。他没有挣扎，没有用刀。他们都一动不动，听着玛戈拖着尼基沿着走廊出了厨房门。高椅子的一条腿撞到了冰箱，但玛戈没有停下来把尼基从椅子上抱下来，直到跑了半个街口之远踢开自家大门，才抱起他。"别杀我，"荷普小声说，"就快点儿走吧，你会没事的。她现在在报警了。"

"穿上衣服，"奥伦·拉斯说，"我还没到手，我会搞到你的。"他刚才用龟头冠顶她，撑破了她嘴唇抵着她的牙，让她出血了。"我是来真的。"他又说，不过口气不太肯定。他骨架很粗，动作粗鲁好像一头小阉牛。他让她只穿连衣裙别穿内衣，他把光着脚的她推到走廊上，自己胳膊下面夹着他的靴子。荷普上了皮卡坐在他身边时，才发现他穿上了她丈夫的一件法兰绒衬衣。

"玛戈说不定记下车牌号了。"她对他说。她把后视镜转过来照自己，她用连衣裙的大塌领擦着裂开的嘴唇。奥伦·拉斯伸手推她耳朵那里，把她头的另一侧敲在了副驾驶车门上。

"我要反光镜看路，"他说，"别给我乱弄，不然我就揍你。"他把她的胸罩带出来了，他用胸罩把她的两只手腕绑在打开的杂物箱生锈的大插销上。

他不慌不忙开着车，好像并不特别着急要开出城去。车被堵在大学附近间隔很长的交通灯前，他也没有显得不耐烦。他看着所有这些行人穿马路，看到有些学生的衣着，他摇了摇头咂吧咂吧嘴。荷普从自己坐的位置可以看到她丈夫的办公室窗户，但她不知道他是不是在，要不就是他这会儿在教室上课。

其实，他那时就在四楼办公室里。多西·斯坦迪什看着窗外的交通灯变化，车辆可以走了，一群往前走的学生暂时被拦在十字路口。多西·斯坦迪什喜欢看车流人流。大学城里总有很多进口豪车，但在这里，这些车和本地的车辆格格不入，本地多见农民的货车、边上有挡板的载猪载牛的运输车、奇形怪状的收割机，每一辆都布满农场和乡村马路的尘土。斯坦迪什对农事一窍不通，不过他喜欢动物和机器，特别是那些危险又阻碍车流的车辆。现在这就来了一辆带斜槽的，是干吗用的？还带着电缆做的网格笼子，拖着还是吊着什么很重的货。斯坦迪什喜欢想象每样东西是如何运作的。

他脚下有一辆浓艳的青绿色小卡车随着车流前进，挡泥板上溅满了泥点，进气隔栅被撞瘪进去，黑乎乎的都是摔烂的苍蝇，斯坦迪什想象着，还有钻进去的鸟头。多西·斯坦迪什看见车里司机旁边坐着个很漂亮的女人，她的头发和侧影让他想起荷普，一闪而过的女人的连衣裙，让他想起他妻子喜欢这种颜色。但他身处四层楼高，卡车开了过去，车后窗积了太厚的泥灰，让他不能再多看她一眼。另外，他也应该去上九点半的课了。罗西·斯坦迪什认定，这么丑陋的卡车里，不可能坐着这么漂亮的女人。

"我打赌，你老公一直在搞他学生。"奥伦·拉斯说。他一只拿着刀的大手放在荷普的腿上。

"不，我想不会。"荷普说。

"屁，你知道什么，"他说，"我要操你，操得你不想停。"

"我不在乎你做什么，"荷普对他说，"你现在伤不了我孩子就好。"

"我可以对你做很多事，"奥伦·拉斯说，"很多很多事。"

"是，你是来真的嘛。"荷普学他说话。

他们开进了乡村农场。拉斯很长一段时间都没说话。然后他说："我不像你想的那么疯。"

"我根本不觉得你疯，"荷普撒了谎，"我觉得你只是蠢，只是从来没搞过的色鬼。"

奥伦·拉斯此刻一定觉得，他的恐怖优势在快速溜走。荷普在寻找一切机会占上风，但她不知道奥伦·拉斯是否理智尚存，还能不能被她羞辱。

他们转弯出了乡村马路，开上了一条遍布灰尘的长车道，通往一座农舍，农舍的窗户装了塑料隔热层，看不见里面，脏乱的草坪上散落着拖拉机零部件和其他金属垃圾。邮箱上写着：R，R，W，E和O. 拉斯。

这些姓拉斯的都和著名的拉斯香肠无关，但他们看上去倒真是养猪户。荷普看见一排盖着生锈的斜屋顶的灰色储物仓。棕色牲口棚旁的斜坡上，一只母猪侧躺着，正在困难地呼吸，猪旁边有两个男人，他们看着荷普的样子就好像两个变种人，同样由制造出奥伦·拉斯的变种物质制造出来。

"我要用黑卡车，马上。"奥伦对他们说，"外面有人在找这辆车。"他面无表情地用刀切断了把荷普的手腕绑在杂物箱上的胸罩。

"操。"其中一个男人说。

另一个男人耸了耸肩，他脸上有块红斑，是某种胎记，跟覆盆子有一样的颜色和瘤状质地。事实上，他家里人就叫他覆盆子·拉斯。幸运的是，荷普不知道这点。

他们都没有看奥伦或荷普。呼吸困难的母猪，放了个波动起伏的屁，毁了牲口棚的宁静。"操，它又来了。"没有胎记的男人说，除了眼睛，他的脸还算正常，他名叫韦尔登。

覆盆子·拉斯念着棕色药瓶上的标签，他把药瓶伸过去给猪，好像敬酒似的："说是'可能导致胃胀气'。"

"别把生小猪说成这样。"韦尔登说。

"我要用黑卡车。"奥伦说。

"钥匙在屋里，奥伦，"韦尔登·拉斯说，"只要你觉得你自己能开。"

奥伦·拉斯推着荷普，走向黑色卡车。覆盆子拿着猪的药瓶，盯着荷普看，她对他说："他绑架了我，要强奸我。警察已经在找他了。"

覆盆子继续盯着荷普看，但韦尔登转过来对奥伦说："我希望你没在干这种傻事。"

"才没有。"奥伦说。现在两个男人都转回去，全心全意看猪了。

"再等一个小时，我再给它喷点儿，"覆盆子说，"我们这个礼拜可不是见够了兽医了吗？"他用靴子的脚尖挠了挠母猪沾着泥的脖子，母猪放了个屁。

奥伦把荷普领到牲口棚后面，简仓里的玉米撒出来的地方。那里有一些只比小猫大一点儿的小猪在里面玩。奥伦发动黑色卡车时，它们四散逃跑。荷普开始哭了起来。

"你不放我走吗？"她问奥伦。

"我还没搞你呢。"他说。

荷普赤裸的双脚踩在春天的污泥上，又冷又黑。"我脚疼，"她说，"我们要去哪儿？"

她看见卡车后面有一条旧毯子，失去了光泽，还满是稻草。那就是她想象中将要去的地方，走进玉米田，然后在春天柔软的土地上张开双腿，完事以后，她的喉咙会被割断，然后被渔夫刀掏出内脏，他会用毯子把她裹起来，裹成很紧的一块，放在卡车地板上，好像抱着什么胎死腹中的牲口一样。

"我得找个好地方来搞你，"奥伦·拉斯说，"我本来想把你藏在家里，不过我怕得和别人分享你。"

荷普·斯坦迪什努力搞懂奥伦·拉斯奇怪的组织结构。他和她熟悉的其他人类的运作方式不同。"你在犯错。"她说。

"不，不是，"他说，"不是个错。"

"你要强奸我，"荷普说，"这是不对的。"

"我只是想搞。"他说。他这回没费工夫把她拴在杂物箱上。她无处可逃。他们只在乡间马路那种边长一英里的狭窄的田间开，一小格一小格慢慢往西开，就像棋盘上的马那样走。往前一格，往旁边两格，往旁边一格，往前两格。荷普觉得他开得毫无目的，然后她怀疑，他是不是对路线太熟了，所以他知道如何开很多路，但还是连一个镇都开不出去。他们只看见很多小镇的路标，尽管他们不可能开出离大学30英里远，不过她对路标上的任何名字都毫无印象：冷水、山丘、田野、平原景。也许它们不是镇名，她想，而只不过是给住在这里的本地人看的原始记号，为他们标记土地，就好像他们不认识这些每天看到的事物的简单名字似的。

"你没有权力对我做这种事。"荷普说。

"操。"他说着猛踩了一下刹车，把她甩到了卡车前面坚固的仪表盘上。她的前额撞上了挡风玻璃，她的手背撞上了鼻子。她感到就好像胸口一块小肌肉或很轻的骨头断了。然后他大力踩在油门上让她又被甩回了座位。"我讨厌别人和我吵。"他说。

她的鼻子流血了，她坐着用手捧着往前伸的头，血滴在大腿上。她吸了吸鼻子，血从嘴唇流出来，流得牙齿上都是。她把头朝后仰，这样就可以尝到血味。不知为何，血味让她冷静下来，帮助她思考。她知道平滑的前额皮肤下会很快鼓起一个青色的包。她抬起手摸那个包，奥伦·拉斯看着她笑了起来。她冲他吐痰，很淡的痰液带着点儿粉红的血丝。痰液挂上了他的脸颊，流到了她丈夫的法兰绒衬衫领子上。他伸出像靴子底一样又大又平的手，来抓她头发。她两只手抓住他的上臂，她把他的手腕猛地拉到嘴边，对着能看见蓝色血管通常不长毛的地方咬了下去。

她本打算用这种不可能的方式杀了他的，但她都来不及咬破皮肤。他的手臂太强壮了，一把将她身体掰直，拉到他的大腿上来。他把她的后脖子撞向方向盘，喇叭在她头后面响起来，他还用左手手掌根打破了她的鼻子。然后他把左手放回方向盘。他的右手轻轻抱着她，把她的脸贴在自己的肚子上，感到她不再挣扎之后，他就让她把头枕在自己的大腿上。他的手紧紧捂着她的耳朵，好像要让喇叭声留在她身体里。她忍着鼻子的疼痛闭紧眼睛。

他连续好几个左转，接着更多右转。每转一次，她就知道，他们又开了一英里。他的手现在捂着她的后脖子。她可以再次听到声音了，她感到他的手指移向她的头发。她的脸一片麻木。

"我不想杀了你。"他说。

"那么就不要杀我。"荷普说。

"不能不杀，"奥伦·拉斯对她说，"我们搞了以后，我非杀了你不可。"

这句话就像她自己的血一样，让她清醒过来。她知道，他不喜欢别人跟他吵。她知道，她已经输了一步，强奸是跑不了的了。他就要对她施暴。她必须得把这当成事实。现在，活下去才是最重要的，她知道这意味着比他活得久一些。她知道这意味着让他被捕，或者让他被杀，或者杀了他。

她的脸能感到他口袋起了变化，他的蓝牛仔裤又软又黏，沾着农场灰和机械油。他的皮带搭扣戳到她的额头，她的嘴唇触碰到他油腻的皮带。渔夫刀收在刀鞘里，她知道。但刀鞘在哪儿？她看不见，也不敢摸索。忽然，她感到硬挺的阴茎戳着她一只眼睛。她当时第一次有几乎麻痹的感觉，吓得忘了自救，不再能够理清轻重缓急。奥伦·拉斯又一次帮她恢复理智。

"就这样想嘛，"他说，"你保住了孩子。你知道的，我本来要杀了那小孩的。"

奥伦·拉斯独特的思考逻辑，让荷普觉得每件事都清楚起来，她听到其他车的声音，不是很多，但每隔几分钟总有一辆车经过。她希望能看见就好了，但她明白，他们已经不像刚才那样隔绝了。就趁现在，她想，在他开到他想去的地方之前，要是他知道要去哪儿的话。她觉得他是知道的。起码，要在他开出大马路前动手，在我被运到某个没人的地方以前。

奥伦·拉斯在椅子上挪动身子。他的勃起让他不太舒服。他的一只手插在枕着他大腿的荷普头发里，她温暖的脸贴着他的勃起。就趁现在，荷普想。她枕着他大腿的头稍稍移动了一下，他没有阻止。她在他大腿上挪动着头，就好像为了在枕头上躺得更舒服点儿似的，她枕着他的阴茎，她知道。她挪到他臭裤子里面的勃起碰不到她脸的位置。但他的阴茎还是在她呼吸可及的范围之内，在他大腿上突出来，就在她嘴边，她开始对着它呼吸。用鼻子呼吸太疼了。她把嘴张成〇形，专注于自己的呼吸，非常轻柔地开始对着他的阴茎吹气。

啊，尼基，她想着。还有多西，她的丈夫。会再见到他们的，她希望。她给奥伦·拉斯吹送这温暖小心的气息。她只专注于一个冰冷的念头：我要逮住你，你这个狗娘养的。

很明显奥伦·拉斯之前的性体验，从来没有像荷普引导的呼吸那么丰富微妙。他想挪动她枕在他大腿上的头，这样他就能再一次感受她滚烫的脸，但同时他又不想打扰她温柔的呼吸。她这样做，让他渴望更多的接触，不过一想到会失去现在享受着的诱惑，他就特别难过。他开始扭动身子。荷普不急。他终于将勃起的发酸牛仔裤贴上了她的嘴唇。她闭起嘴，但没有挪开。奥伦·拉斯感到一阵热风透过他粗糙的衣服纤维传来，他呻吟起来。一辆车靠近，然后驶过了他，他调整了卡车。他意识到，车已经开始往马路中间溜过去了。

"你在干吗？"他问荷普。她非常轻地用牙齿咬了咬他隆起的裤子。他抬起腿一下子踩了刹车，撞到了她的脸，弄痛了她的鼻子。他硬把手放在她的脸和他的大腿之间。她以为他要动真格揍她，但他艰难地想拉开裤链。"我看过这种照片。"他对她说。

"让我来。"她说。她必须得坐起来一些，好把他的拉链拉开。她想看一眼他们到了哪里，他们当然还在郊区，但已经可以看到路上有虚线路标了。她看也没看他，就把阴茎从他裤子里拿出来放进了嘴里。

"操。"他说。她以为会作呕，她怕自己会犯恶心。于是她把它含入嘴深处，心想这样耗时久。他坐得僵直，但身体在颤抖，她知道这已经远远超越他能想象的了。这让荷普稳定下来，给了她信心，觉得掌握了时间。她继续缓慢地含着，留心听其他车的声音。她可以感觉出他开得慢了。一感到他驶离马路，她就得变计。我能把这死东西咬下来吗？她不知道。但她想应该不行，至少，无法够快地咬下来。

然后两辆卡车经过，互相追得很紧，在这个距离内她觉得听到了另一辆车的喇叭声。她开始快速动嘴，他把大腿抬得更高了。她觉得他们的卡车加快了速度。一辆车经过，她觉得和他们的车擦身而过，喇叭对着他们响。"操你！"奥伦·拉斯在那辆车后喊，他开始上下颠，弄痛了荷普的鼻子。荷普现在不得不小心才能不伤到他，她实在很想伤他。她鼓励自己，就让他丧失理智。

　　忽然，从卡车下传来一阵碎石子飞溅的声音。她很快含着他那话儿闭起嘴。但他们并没有撞车，也没有开出马路，他忽然靠边停下车。卡车熄了火。他伸出两只手捧着她的脸，他夹紧的大腿打着她的下巴。我马上就会噎住，她想，但他只是把她的脸从他大腿上抬起来。"别！别！"他叫道。一辆飞射着碎石子的卡车飞快地开过他们，打断了他的话。"我没戴那玩意儿，"他对她说，"你要是带着什么细菌，它们就会直接游进来。"

　　荷普跪坐着，嘴唇又热又酸，鼻子一阵阵地疼。他准备戴上安全套，但当他撕开小小的锡箔包装后，却死死盯着它看，就好像和他预料的完全不同似的，就好像他以为它们应该是鲜绿的！就好像他不知道怎么戴。"脱掉裙子。"他说，他不想让她看着自己，很尴尬。她可以看到路两边都是玉米田，几码之外可见广告牌的背面。但这里没有房屋，没有路标，没有交叉路。没有轿车和卡车开过来。她觉得心跳简直要停了。

　　奥伦·拉斯撕扯开她丈夫的衬衣，把它扔出了车窗，荷普看见衬衣飞扑到地上。他用刹车踏板把靴子刮下来，瘦削的金色膝盖敲在方向盘上。"让开！"他说。她挤在副驾驶座的车门边。她知道，就算她可以跑出去，一定也还是跑不过他的。她没穿鞋，而他的脚板好像狗脚掌一样粗实。

他艰难地扯开裤子，牙齿紧紧咬着还卷着的保险套。然后他就赤身裸体了，不知把裤子甩哪儿去了，他一把将保险套推到底，好像自己的阴茎比皮厚的乌龟尾巴没敏感多少似的。她正在脱连衣裙，但他忽然开始把她的裙子拉过头顶，她的泪水又涌了上来，哪怕她已经在强忍了，裙子钩住了她的手臂。他把她的手肘往背后猛拉过去，拉得她很痛。

他身子太长车厢里躺不下，只得把一扇门打开。她伸手去抓门把手，但他咬了她的脖子，大叫："别！"他的脚到处乱扭，她看到他的小腿在流血，是在喇叭边缘撞破的，他的硬脚跟敲在驾驶座车门的把手上。他用两只脚蹬开了车门。她看见他肩膀上方出现的一团灰色的马路，他长长的脚踝伸在车道上，但现在一辆车也没有。她头疼，她紧贴着门缩着。她不得不挪回座位，在他身子下面埋得更深，她的动作让他叫出什么听不清的话来。她感到他包着胶套的阴茎滑上了她的肚子。然后他整个身子蜷起来，他狠狠咬在她肩膀上。高潮了！

"操！"他叫道，"我已经做完了！"

"没有，"她抱着他说，"没有，你还可以做更多。"她知道，要是他以为玩完了，就会杀掉她。

"更多更多。"她对着他耳朵说，他的耳朵闻着有股尘土味。她舔湿自己的手指让自己下面更湿。上帝啊，我永远也不能把他弄进我身体里，她这么想着，但当她的手抓到他下面时，就知道他的保险套是那种润滑型的。

"噢。"他说。他在她身上一动不动地躺着，似乎对她要把他放进哪里感到惊讶，就好像他根本不知道那里是哪里似的。"噢。"他又说。

噢，现在要怎么做？荷普不知道。她屏住呼吸。一辆闪着红光的车，哼哼叽叽开过他们开着的车门边，喇叭先响了，然后渐渐嘲弄似的发出两声闷响就开远了。当然了，她想，我们看起来就像两个在路边做爱的农民，一定一直有人这样干。没人会停下来的，她想，除非是警察。她想象一脸胡子的警察出现在拉斯倾斜着的肩膀上方，开着罚单。"哥们儿，在这条路上可不行。"他会说。然后当她对他尖叫："强奸！他在强奸我。"这个警察会对奥伦·拉斯眨眨眼。

陷入狂乱的拉斯，似乎在小心地感受着她体内的什么。要是他刚刚高潮了，荷普想，在他再次高潮之前我还有多少时间？但她觉得他更像头羊，喉咙里发出婴儿一样的汩汩声，贴着她耳朵发烫，好像她想象中临死前会听到的声音。

她看着能看到的所有东西。车钥匙挂在方向盘上，离她太远了够不到，她能拿这串钥匙做什么呢？她的背很疼，她用手撑在仪表盘上，努力卸去他压在她身上的重量，她的动作让他兴奋。"别动。"他说，她尽量照他的话做。"噢，"他赞许地说，"真棒。我杀你的时候，下手会很快的。你都不会有感觉。你就这样做，我就会给你个好死。"

她的一只手擦到了一只金属按钮，又滑又圆，她的手指触碰到它，不用转头她也知道那是什么。她按了按钮打开了杂物箱，她的手里忽然感受到弹簧门的重量。她发出一声又长又响的"啊"来掩盖杂物箱里东西碰撞发出的声音。她摸到布、沙砾。里面有卷金属线圈，还有尖利的东西，但太小了，像是螺丝、钉子、一个螺栓，也许是别的东西上面的插销。什么都不能为她所用。手够到那里面掏来掏去，让她手臂酸痛，她任由手垂在车厢地板上，当另一辆车经过他们，除了按喇叭嘘他们，都没有放慢速度一探究竟的迹象，她哭了起来。

"我得杀了你。"拉斯呻吟道。

"你以前做过吗？"她问他。

"当然了。"他说，然后猛地刺入她，很愚蠢地以为俯身运动能镇住她。

"那么你也杀了她们吗？"荷普问他，她的手这会儿漫无目的地在车厢地板上摆弄着什么东西。

"它们是动物，"拉斯坦白说，"但我也得杀了它们。"荷普感到一阵恶心，她的手指抓紧了地板上的东西，是件旧夹克之类的。

"是猪？"她问他。

"猪！"他叫道，"操，没人操猪。"荷普想一定有人这样干的。"是羊，"拉斯说，"还有一头小牛。"但这也一样无可救药，她知道。她感到他在她里面委顿了，被她干扰的。她被泪水噎了一下，觉得要是让泪流出来的话，脑袋会裂开。

"求求你，行行好吧。"荷普说。

"别说话，"他说，"像刚刚那样动。"

她动了，但很显然不像刚才那样。"不对！"他吼道。他的手指箍紧她的脊柱。她试着用另一种方式动。"对了。"他说。他现在坚定目标清醒地动着，机械又麻木。

啊，上帝，荷普想。啊，尼基。还有多西。然后她察觉到手上抓的是什么了：他的裤子。她的手指忽然变得跟盲文读者一样灵敏了，摸到了拉链然后继续摸索，她的手略过口袋里的零钱，它们在宽腰带处掉了出来。

"对了，对了，对了。"奥伦·拉斯说。

羊，荷普自忖，和一头小牛。"啊，拜托一定要集中精神！"她对自己大叫。

"别说话。"奥伦·拉斯说。

但现在她的手里抓着的是一根又长又硬的皮刀鞘。她的手指告诉她：就是这小钩，这就是那小金属钩。啊，对了！这小钩就是那玩意儿的头，她摸到了那柄他用来割伤她儿子的渔夫刀骨柄。

尼基的伤口问题不大。其实，每个人都在努力弄明白，他是怎么受伤的。尼基还不会说话。他高兴地看着镜子里那条已经愈合了的细细的半月形划伤。

"一定是给什么很利的东西给划的。"医生告诉警察。那个邻居玛戈觉得，也把医生叫来为好。她发现孩子的围兜上有血迹。警察在卧室发现了更多血，奶油白的床单上就留下了那么一滴血迹，他们对此很疑惑，没有打斗痕迹，玛戈是看着斯坦迪什太太离开的。她看起来很好。其实当时荷普嘴唇裂开正出血，因为之前被奥伦·拉斯撞的，但其他人不可能知道。玛戈觉得他们可能做爱了，但她不会这样说。多西·斯坦迪什受惊过度无法思考。警察觉得发生性爱的时间不够。医生知道，尼基的划伤不是打出来的，甚至也不是摔伤。"要么是刮胡刀？"他提议，"或者是非常锋利的刀子。"

警探身形敦实圆润，面泛红光，还有一年就要退休，他发现了卧室里被割掉的电话线。"是刀，"他说，"有点儿分量的锋利的刀。"他名叫阿登·本森哈沃。曾是托莱多市的警长，但他的办案方式被视为偏离正统。

他指着尼基的脸蛋说："是弹簧折刀弄的。"他演示了一下合理的手腕动作，"但在这附近很少见到弹簧折刀，"本森哈沃对他们说，"是类似折刀的刀弄伤的，但一定是某种打猎或剖鱼用的刀。"

玛戈描述奥伦·拉斯是个农场小伙子，开一辆农场卡车，只不过卡车是青绿色。这体现出这座小镇和大学对农民的影响不小。多西·斯坦迪什都没有想起他见过的那辆青绿色卡车，也没有想起车里那个他觉得像荷普的女人。他仍旧一无所知。

"他们留下字条了吗？"他问。阿登·本森哈沃盯着他看。医生低头看地板。"就是你知道的，关于赎金？"斯坦迪什说。他是个简单的人，拼命想找出简单的解释。

他想，有人提到过绑架，绑架不是该提赎金吗？

"没有字条，斯坦迪什先生，"本森哈沃对他说，
"看起来不像那种事。"

"我看到尼基在门外的时候，他们在卧室里，"玛戈
说，"但她从家出来的时候没事，多西。我看到她了。"

他们没有告诉斯坦迪什，荷普的内裤给扔在卧室地
板上，他们没能找到与之相配的胸罩。玛戈告诉阿登·本
森哈沃，斯坦迪什太太是一直穿着胸罩的。她是光着脚走
的，他们也知道这个。玛戈认出那农民小伙子身上穿的
是多西的衬衫。她只看见了车牌的一部分，是一辆本州
商牌，前两个字母说明车属于该县，但她没能记下全部车
牌。车后的牌照上满是泥巴，前面的车牌掉了。

"我们会找到他们的，"阿登·本森哈沃说，"这里
附近路上没那么多青绿色的卡车。县警长手下的小子们没
准儿知道。"

"尼基，发生了什么？"多西·斯坦迪什问孩子。
他坐在他大腿上。"妈妈发生了什么？"孩子指着窗外，
"他要强奸她吗？"多西·斯坦迪什问他们所有人。

玛戈说："多西，等我们确定了再说。"

"等？"斯坦迪什说。

"不好意思我们得问你一下，"阿登·本森哈沃说，
"你妻子没有在和什么人约会，是吧？你懂的。"

斯坦迪什没有回答这个问题，但看来他正在严肃地思
考。"没有，"玛戈对本森哈沃说，"绝对没有。"

"我得问斯坦迪什先生。"本森哈沃说。

"老天啊。"玛戈说。

"我觉得没有。"斯坦迪什对警探说。

"当然没有啦，多西，"玛戈说，"我们来带尼基出去散散步。"她是个停不下来的高效的女人，荷普很喜欢她。她一天要出门五次，总是在忙于要做完什么事。每年有两次她会电话停机，然后又重新接通，就好像有些人努力戒烟一样。玛戈自己有孩子，但都比较大了，成天在学校里，于是她常常照看尼基，让荷普腾出手来做自己的事。多西·斯坦迪什对玛戈的帮忙感觉理所当然，尽管他知道她很好，很大方，但这些品质并不特别引他注意。他这会儿发现，玛戈也不漂亮。她并不性感，他想，然后一个苦涩的想法在斯坦迪什心里升起：他觉得都没人会想强奸玛戈，而荷普是个漂亮的女人，人人都看得出，人人都想要她。

多西·斯坦迪什全错了，他不懂强奸的要点在于，这和受害者是什么样的人完全没关系。曾几何时，人们强行施加性行为于任何能想得到的对象，很小的孩子、很老的老人，甚至是死人，还有动物。

阿登·本森哈沃探长对强奸太了解了，他宣布马上就去继续调查。

本森哈沃比较喜欢身处开阔地带。他的第一份差事是开警车夜巡辖区，他在桑达斯基和托莱多之间的2号公路巡逻。夏天这是一条遍布啤酒屋的马路，那些小小的自制店招号称供应"保龄球！游泳池！烟熏鱼！还有活饵！"。

阿登·本森哈沃缓缓开过桑达斯基湾，再沿着伊利湖开到托莱多，恭候满车烂醉的青少年和渔夫在这条没有路灯的双车道路上挑衅他。后来，本森哈沃当上了托莱多的警长，白天有人载着他开过这条平常无事的马路。鱼饵店、啤酒官和快餐店在日光下看起来很赤裸，有如看着一个曾经让人害怕的暴徒脱光了准备打架一样：先看见他的粗脖子、硬胸膛、粗得看不出手腕的手臂，然后，他脱下了最后一件衣服，露出悲哀无助的肚腩。

阿登·本森哈沃讨厌夜晚。他向托莱多市政府提出过的最大请求，就是改善周六夜晚的路灯照明。托莱多是座工薪阶级城市，本森哈沃相信，市政府可以负担得起更好的路灯系统，周六晚上路上更亮的话，能少一半砍伤、断肢之类的肉体伤害。但托莱多市政府觉得这个想法很蠢，对阿登·本森哈沃的提议无动于衷，对他的办案方式也充满质疑。

现在本森哈沃在开阔的乡间觉得浑身放松。他拥有了他一直想要的观察这个危险世界的视角，坐在直升机里，高高在上地巡视这片平整的开阔地带，他是一个超脱的观察者，监督着在他掌控之中照明良好的王国。县警对他说："这里只有一辆卡车是青绿色的。是他妈的拉斯一家子的。"

"拉斯一家子？"本森哈沃问。

"他们一大家子，"这警员说，"我讨厌去他们那儿。"

"为什么？"本森哈沃问，他看着直升机的影子在他之下跨过一条小溪，跨过一条马路，沿着一块玉米田和黄豆田移动。

"他们都是怪胎。"警员说。本森哈沃看着他，他是个年轻人，脸鼓鼓的，长着对小眼，但看着挺舒服，他的一些长头发从很紧的帽子下面拖下来，都快垂到肩膀了。本森哈沃想起所有那些头盔下面拖着长发的橄榄球员。他们当中有些人，可以把头发编起来，他觉得。这年头，就算是执法人员也流行这发型了。他很高兴自己快退休了，他不懂，为什么那么多人想把自己搞成这样？

"怪胎？"本森哈沃说。他们这帮年轻人讲话也都一个样，他想。说几乎任何事，都只用那四五个词语。

"是这样的，就上个礼拜，我还收到一起投诉他们家小儿子。"警员说。本森哈沃注意到，他随便使用"我"，比如在"我收到了一起投诉"这句话里。其实本森哈沃知道，是警长或他办公室收到的投诉，然后觉得没什么大不了的，就交给这个年轻警员去处理。但为什么他们给我派来这么个年轻人来办这件案子？本森哈沃不明白。

"他家最小的兄弟叫奥伦，"这警员说，"他们的名字都很怪胎。"

"什么投诉？"本森哈沃问，他的眼睛顺着长长的尘土车道，看向似乎是随意搭建的谷仓和牲口棚，他知道其中一栋是主农舍，人住的地方。但阿登·本森哈沃分不出哪一栋才是。在他看来，所有这些房子让动物住都有点儿不合适。

"是这样的，"警员说，"这拉斯小子要搞哪家的狗。"

"'搞'？"本森哈沃耐心地问。这词可以指所有事，他想。

"是这样的，"警员说，"狗的主人觉得奥伦想操它。"

"真的吗？"本森哈沃问。

"没准儿是真的，"警员说，"不过我不能肯定。我到的时候，奥伦不在，狗看起来挺好的。我说，我怎么看得出狗有没有被操过？"

"你应该问问它嘛！"直升机飞行员说，本森哈沃发现，他也是个小毛孩，比警员还年轻。连警员都朝他投去鄙夷的眼光。

"他是国民警卫队丢给我们的低能当中的一个。"警员小声对本森哈沃说，但本森哈沃发现了那辆青绿色卡车。它停在开阔地，挨着一座矮棚。没有任何遮掩。

一条长猪舍里，一群猪跑到东跑到西，被徘徊着的直升机弄疯了。两个穿着背带裤的瘦削男子，蹲着看一头在谷仓斜坡脚下瘫着的猪。他们抬起头看直升机，遮着脸不让刺人的灰尘沾上来。

"别靠那么近。到草坪上降落，"本森哈沃对飞行员说，"你吓着那些动物了。"

"我没看到奥伦，也没看到他家老子，"警员说，"他们家除了这两个还有别人。"

"你去问那两个人奥伦哪儿去了，"本森哈沃说，"我想去看看那辆卡车。"

男子显然认识警员，他们都没有抬眼看他走近。但他们盯着身穿暗褐色西装领带的本森哈沃，看着他走过谷仓前的空地，走向那辆青绿色的装货车。阿登·本森哈沃没有朝他们看，但也一样知道他们什么样。他觉得他们是低能。本森哈沃在托莱多见过各式各样的坏人，有邪恶的人、无端发怒的人、危险的人、胆小和胆大的小偷、为钱杀人的和为性杀人的。但本森哈沃从没见过韦尔登和覆盆子·拉斯脸上这种良性的衰败。这让他背脊一凉。他想自己得赶快找到斯坦迪什太太为妙。

他打开那辆青绿色货车车门时，并不知道要找什么，但阿登·本森哈沃知道如何寻找未知的事物。他很轻松地一眼就看到了：那只被扯破了的胸罩，一片布还系在杂物箱门的插销上，还有两片落在地板上。没有血迹，胸罩是软的，天然米色，阿登·本森哈沃觉得非常高级。他自己没什么时尚感可言，但他见过各种死人，能够从一个人的衣物式样判断出什么来。他一手捏起这条丝绸胸罩的碎片，然后两只手都伸进西装外套的松垮被撑大的口袋里，开始走过空地去找正和拉斯兄弟谈话的警员。

"他们一整天都没见到那小子，"警员对本森哈沃说，"他们说奥伦有时在外面待整晚。"

"问他们谁最后开过那辆卡车。"本森哈沃对警员说，他没有看拉斯兄弟，他对待他们的方式，就好像他们不可能直接理解他一样。

"我已经问了，"警员说，"他们说不记得了。"

"问问他们最后一次看到一个漂亮的年轻女人坐那卡

车是什么时候。"本森哈沃说，但警员还来不及问，韦尔登·拉斯就大笑起来。本森哈沃感激那个脸上有个像红酒渍般疙瘩的没说话。

"操，"韦尔登说，"这里没有什么'漂亮的年轻女人'，没有什么漂亮的年轻女人坐上过那卡车。"

"对他说，"本森哈沃对警员说，"他说谎。"

"韦尔登，你说谎。"警员说。

覆盆子·拉斯对警员说："操，这人是谁，跑来告诉我们该做什么？"

阿登·本森哈沃从兜里掏出那三片胸罩碎片。他看着躺在男子身边的母猪，它有一只惊恐的眼睛，似乎在同时看着他们所有人，看不出它的另一只眼睛在看哪里。

"这是公的还是母的？"本森哈沃问。拉斯兄弟笑了起来。"谁都看得出是母的。"覆盆子说。"你有没有阉过公猪？"本森哈沃问，"你自己动手还是叫别人帮你？"

"我们自己阉割的。"韦尔登说。他自己看着有点儿像没阉过的公猪，杂毛从耳朵里抽出来。"我们很懂阉猪。没什么大不了的。"

"这样的话，"本森哈沃举起胸罩给他们和警员看，"这样的话，这就正好是新法律对这种性犯罪的制裁了。"警员和拉斯兄弟都没说话。"任何性犯罪，"本森哈沃说，"现在都要处以阉刑。要是操了不应该操的任何人，或者给操别人的人提供帮助，也就是不协助我们制止犯罪，那我们就有权阉割你们。"

416

韦尔登·拉斯看着他弟覆盆子，覆盆子看着有点儿困惑。但韦尔登睥睨着本森哈沃说："自己动手还是叫别人帮你？"他用手肘碰了碰他弟。覆盆子想笑，脸上的胎记都歪了。

但本森哈沃面无表情，手上一遍遍转着那条胸罩。"我们当然是不动手的，"他说，"现在有新设备了。国民警卫队动手。这就是为什么我们拿到了国民警卫队的直升机。我们只要把你们直接送到国民警卫队医院，然后再马上送你们飞回来。没什么大不了的，"他说，"你们也知道的。"

"我们家人很多，"覆盆子·拉斯说，"兄弟很多。我们不知道哪天都有谁开过哪辆卡车。"

"还有一辆卡车？"本森哈沃问警员，"你没告诉我还有一辆卡车。"

"对，是黑色的，我忘了，"警员说，"他们还有一辆黑色的车。"拉斯兄弟点了点头。

"在哪儿？"本森哈沃问。他克制但紧绷。拉斯兄弟互相看了看。韦尔登说："有一阵没看到那车了。"

"可能是奥伦开着的那辆。"覆盆子说。

"可能是我们父亲开走的。"韦尔登说。

"我们没空听他们胡扯，"本森哈沃断然对警员说，"我们来弄清楚他们多重，然后看看飞行员是不是能带上他们。"本森哈沃觉这警员几乎和这两兄弟一样蠢。

"快去！"他对警员说。然后，他不耐烦地转过身对韦尔登·拉斯问："叫什么？"

"韦尔登。"韦尔登说。

"体重？"本森哈沃问。

"体重？"韦尔登说。

"你多重？"本森哈沃问他，"我们要把你拖上直升机的话，得知道你多重。"

"180多。"韦尔登说。

"你？"本森哈沃问那小一点儿的。

"190多，"他说，"我叫覆盆子。"本森哈沃闭起了眼睛听下去。

"那就是370多磅，"他对警员说，"去问问飞行员带不带得动。"

"你不是现在就要带我们走，是吧？"韦尔登问。"我们只不过带你们去国民警卫队医院，"本森哈沃说，"然后我们去找那个女人，要是她没事的话，我们就带你们回家。"

"但是如果她有事，我们会有个律师的，对吧？"覆盆子问本森哈沃，"那种法庭上的人，对吧？"

"如果谁有事？"本森哈沃问他。

"嗯，那个你们在找的女人。"覆盆子说。

"这样的话，如果她有事，"本森哈沃说，"那么我们已经把你们弄了医院，就可以动手阉割你们，然后当天送你们回来。这方面你们小伙子比我在行，"他承认道，"我从来没见过阉割，但不用很久的，对吧？也不会流很多血，对吧？"

"但我们要上庭，还会有个律师！"覆盆子说。

"当然有，"韦尔登说，"住口。"

"没有了，这种事不用上法庭了，新法说不需要了，"本森哈沃说，"性犯罪是特例，有了新机器，阉割起来太方便了，这样处理最合理了。"

"行的！"警员从直升机里喊，"重量可以。我们能带他们走。"

"操！"覆盆子说。

"住口。"韦尔登说。

"他们可不能把我的蛋给割了！"覆盆子对他嚷道，"我都还没搞她呢！"韦尔登重重揍在覆盆子肚子上，这弟弟侧身倒下，跌在趴着的猪身上。它尖叫着，短腿抽搐，忽然排泄了，不过仍旧没挪动身子。覆盆子躺在母猪恶臭的排泄物旁边喘气，阿登·本森哈沃想。但韦尔登动作太快了，他抓住了本森哈沃的膝盖把这老人往后扔了出去，越过了覆盆子和那可怜的猪。

"他妈的。"本森哈沃说。

警员拔枪朝空中开了一枪。韦尔登跪了下来，护住耳朵。"你没事吧，探长？"警员问。

"没事，当然没事。"本森哈沃说。他坐在猪和覆盆子旁边。他意识到，自己不带一丝愧疚地觉得，猪和覆盆子没什么两样。"覆盆子，"他说（光是这个名字就让本森哈沃想闭上眼睛），"你要是想留住你的蛋，你就要告诉我们那女人在哪儿。"这男子脸上的胎记对着本森哈沃闪着光，好像霓虹灯店招。

"覆盆子，你别动。"韦尔登说。

本森哈沃对警员说:"他要是再开口你就把他的蛋就地打掉。省得我们跑一趟了。"然后他祈祷这警员不会蠢到真的这样做。

"她在奥伦手里,"覆盆子对本森哈沃说,"他把黑卡开走了。"

"他带她去哪儿?"本森哈沃问。

"不知道,"覆盆子说,"带她去兜风。"

"她离开这里的时候还好吗?"本森哈沃问。

"嗯,她好好的,我猜,"覆盆子说,"我是说,我觉得奥伦还没伤到她。我觉得他还没到手。"

"为什么?"本森哈沃问。

"那个,要是他已经搞过她了,"覆盆子说,"为什么还留着她?"本森哈沃再次闭起了眼。他站了起来。

"去弄清楚他们走了多久了,"他对警员说,"然后搞坏那部青绿卡车让他们没法开。再给我滚回直升机来。"

"就这样把他们留在这里?"警员问。

"当然了,"本森哈沃说,"以后还有的是时间把他们的蛋割下来。"

阿登·本森哈沃让飞行员传信说绑架的叫奥伦·拉斯,开着一辆黑色的皮卡,不是青绿色。有趣的是,这条警讯和另一条警讯吻合了:一名州警接到报告,说一男子独自危险驾驶一辆黑色皮卡,时不时开出正确的车道,"好像喝醉了,或嗑了药,或别的原因。"该州警接报时并没有追,因为那时他以为更应该留意青绿色的皮卡。

阿登·本森哈沃当然无从知晓，那个黑车里的男子并非真的独自一人，荷普·斯坦迪什正躺着，头枕在他大腿上。这条消息让本森哈沃脊背再度一凉：要是拉斯独自一人，那他就已经对那女人做了什么了。本森哈沃嚷嚷着，叫警员快点儿去跟直升机飞行员说，他们要找的是一辆黑色皮卡，最后一次出现在横切小镇公路系统的马路上，靠近甜井镇。

"你知道那地方吗？"本森哈沃问。

"哦，知道。"警员说。

他们又上天了，飞机下的猪群再次陷入恐慌。那只被喂了药的猪还跟他们来的时候一样躺着。但拉斯兄弟似乎在打架，打得挺凶的，直升机飞得越高越远，这世界就重回阿登·本森哈沃喜欢的理智水准。飞机下方东面两个小小的扭打着的人形在他眼中，不过是两个微小的模型，他离他们的血和恐惧那么远。直到此时警员才说，要是覆盆子不那么胆小的话，完全可以打趴下韦尔登，本森哈沃报之以托莱多人独有的面部僵硬的笑。

"他们是动物。"他对警员说，警员尽管带着年轻人的无情和犬儒，也被这话吓了一跳。"要是他们杀了对方就好了，"本森哈沃说，"想想他们一生要吃多少东西，要是死了，其他人就可以吃他们那份了。"警员意识到本森哈沃所说的立即对性罪犯处以阉刑的新法是骗人的，根本是弥天大谎。对本森哈沃来说，尽管他清楚知道这不是条法律，但他觉得应该有这条法律。这就是阿登·本森哈沃的托莱多办案方式之一。

"那个可怜的女人，"本森哈沃说，他血管很粗的手里拧着她胸罩的碎片，"奥伦多大了？"他问警员。

"16，也许17，"警员说，"还只是个孩子。"他自己最少也有24岁了。

"只要他大到可以硬起来了，"阿登·本森哈沃说，"就大到可以被割下来了。"

但我要割什么呢？啊，在哪里割下这刀？荷普想知道，现在这柄又长又细的渔夫刀被她紧紧握着。她手掌上的脉搏突突地颤动，但荷普觉得好像刀自己有心跳似的。她慢慢把刀举到她的屁股处，往上举过猛烈摇动的座椅边缘，她可以瞥见刀刃。我应该用有齿的这边呢，还是用看起来非常锋利的一边？她想着。怎么用这种刀杀人？在奥伦·拉斯大汗淋漓扭动着的屁股旁边，这把刀是冷静抽离的奇迹。我到底是划他还是插他？她多希望自己知道。他两只热手都在她臀部下面，把她抬起来，拉上来。他的下巴像块重石头那样嵌在她锁骨旁的坑里。然后她感到一只手从她下面抽了出来，他的手指伸向地板，擦到了她抓着刀的手。

"动！"他咕哝道，"现在给我动。"她想弓起背但不行，她想扭动屁股，但办不到。她感到他在摸索自己特有的节奏，想找到刚才那个让他高潮的速度。他那只在她身子下面的手在她窄小的背后摊开，他的另一只手抓着地板。

然后她知道了，他在找刀子。他的手指要是发现刀鞘空了，她就有麻烦了。

"啊啊啊！"他叫道。

快！她想到。插在他肋骨中间？插在他侧面，然后把刀往上滑，还是就尽全力朝他的肩胛骨中间直直插下去，一直插到他的肺，直到她能感觉到那东西的尖端戳到她自己被压着的胸为止？她在他弓起的背上挥着手臂。她看见刀刃闪的油光，然后他的手忽然抬起来把空空的裤子朝方向盘扔了过去。

他想从她身上起来，但他的下体还紧紧锁在他找了好久的节奏中，他的屁股微微痉挛，似乎无法控制，他抬起胸膛与她的前胸分开时，两只手重重推在她的肩膀上。他的拇指爬向她的喉咙。"我的刀呢？"他问。他的头快速地前后摇动，他回头看，往上看，用拇指把她的下巴扳起，她正竭力躲避他的喉结。

然后她两条腿夹住了他苍白的屁股。他无法不继续在下面抽送，尽管他的理智告诉他，此刻有别的更要紧的情况。"我的刀呢？"他说。然后她的手越过他的肩膀（比自己想象的速度快），用刀锋的刀刃划开了他的喉咙。有那么一瞬，一点儿伤痕也看不见。她只知道他在掐自己。然后他一只手放了她的脖子，去摸自己的脖子。他不让她看见她想看见的划痕。但她终于还是看见了，深色的血从他按紧的手指缝里涌出来。他抬起手去抓她握着刀的那只手，他被划开的喉咙里一个大血泡在她头上破裂。她听见好像用堵住的吸管猛吸饮料底部的声音。她又可以呼吸了。她想，他的手到哪儿去了？突然，他的一只手垂在了她身边的椅子上，另一只手像受惊的鸟一样飞甩到了他的背后。

她将长刀刃插进他的身体，就在腰上面一点儿，她想也许那里是一个肾，因为刀子很轻松地进去又出来。奥伦·拉斯的脸贴着她的脸像个孩子。他那时当然理应尖叫，但她的第一刀利落地划开了他的气管和声带。

　　此时荷普把刀挪到上面一点儿的位置，但刀碰到了一根肋骨或什么硬的东西，她不得不摸索摸索怎么回事，不太满意地把刀往后抽了仅仅几英寸。他这会儿在她身上艰难地挪动，好像想从她身上爬起来似的。他的身体传递着给自己求救的信号，但这些信号无法传到大脑。他撑着椅背想抬起身子，但他的头一抬就垂下，而且他的阴茎还在动着，仍旧把他和荷普连在一起。她趁此机会再次插刀。刀从他侧面顺畅地插入了他的肚子，直接插到离肚脐一英寸不到的地方才遇到了什么大阻碍划不下去，他的身子又重重压在她的身上，让她的手腕无法动弹。但这倒容易，她转了转手，就可以控制那把滑溜的刀了。因为他的肠子已松。荷普淹没在他排出的液体和气味之中。她任由刀掉落在地。

　　奥伦·拉斯的体液排得到处都是，压在她身上的重量感觉真的轻了。他们的身体变得太滑，她觉得可以很容易就从他下面滑出来了。她把他推翻了个身，蹲在他身边满是液体的车地板上。荷普的头发上尽是血，因为他的喉咙对着她喷血。她一眨眼，睫毛就沾在了脸上。他的一只手痉挛起来。她拍了一下那只手。"不要动。"她说。他的膝盖抬起来，又再落下。"不要动，现在就给我不要动。"荷普说。她说的是他的心脏，他的生命。

424

她不去看他的脸。他那被深色黏液包裹住的身体上，那只白色透明的安全套包着他委顿的阴茎，好像团凝液，和人类的血和肠之类的大为不同。荷普想起动物园里一头骆驼吐在她鲜红绒线衫上的唾液。

他的睾丸收缩。这让她光火。"不要动。"她粗声说。睾丸又小又圆又紧，然后它们松了下来。"求求你不要动了，"她小声说，"求求你死吧。"他叹出一口细气，好像有的人因为吐出的气太小就没有再吸气。但荷普还是在他身旁蹲了一会儿，心怦怦跳，不知道是自己的脉搏还是他的。她后来意识到，他其实很快就死了。

奥伦·拉斯伸在皮卡打开的车门外的脚刷白，脚趾血色全无，冲着阳光朝上。在阳光笼罩的车内，血渐渐凝结。所有东西都凝固住了。荷普·斯坦迪什感到手臂上的汗毛变硬了，刚才还湿滑的东西都变黏了。

我应该把衣服穿好，荷普想着。但天气有点儿不对劲。

荷普看到卡车窗外的阳光闪烁，好像灯光照过快速转动的风扇叶片。然后路边的碎石子跳动起来转着小圈，去年玉米留下的干碎片和残枝败叶被吹拂过这片光秃秃的平地，好像起了一阵大风，不过风不是从通常的方向吹来的：这阵风似乎在向下吹。还传来了噪音！好像一辆卡车疾驰而过，但路上并没有车。

是龙卷风！荷普想到。她痛恨中西部诡异的天气，她生长在东部，只能理解飓风。但龙卷风她虽然还从没见过，但天气预报老提"龙卷风警报"。警报什么？她一直想知道。她猜就是警报这个，包围她的天旋地转的嘈杂。

田野的土地翻飞。太阳变成褐色。

她气愤极了，敲打着奥伦·拉斯冰冷黏稠的大腿。她挺过了这个，现在还刮起他妈的龙卷风来了！嘈杂的声音好像一辆火车从上面开过这辆遭袭的卡车。荷普想象漏斗形的风涡从天而降，其他卡车和轿车已经被卷入。不知为何她还是可以听到它们的引擎在响。沙子飞进开着的车门，黏在她油光水滑的身体上，她摸到了自己的连衣裙，发现袖子没了只剩空空的袖孔，就算这样也得穿上了。

但她必须得到车外才能穿，她在拉斯和他的血污旁边施展不开手脚，他流出的血污现在斑斑驳驳沾满路边的沙砾。而且她相信一站到车外，手里的连衣裙就会被风卷走，然后她就会赤裸着被吹上天。"我没错，"她小声说，"我没错！"她大叫着，又捶打起拉斯的尸首来。

接着传来一声可怕的叫声，响得只有音量最高的扩音器才发得出，吓得在车里的她一激灵。"你要是在里面，就出来！把两只手举过头。走出来。爬到卡车后面，你他妈的给我躺好。"

我一定是死了，荷普想。我已经在天上了，这是上帝的声音。她不是教徒，觉得上帝会是这种颐指气使的样子，说起话来像扩音器没什么不对劲的。

"现在就给我出来，"上帝说，"现在就照我的话做。"

啊，为什么不照办呢？她想。你这个大王八蛋。接下来你还能对我做什么？强奸是上帝都无法理解的暴行。

阿登·本森哈沃在黑卡车上面的直升机里打着寒战，一边对着扩音器大喊。他肯定斯坦迪什太太已经遇难。他说不准伸出车门的脚是男的还是女的，但这双脚在直升机下降的过程中一动也没动，而且它们看着那么赤裸，在阳光下毫无血色，本森哈沃肯定它们是一对死人脚。而他和警员想也没想过奥伦·拉斯会是死掉的那个。

　　但他们无法理解为什么拉斯在犯下恶行后会弃车而逃，于是本森哈沃叫飞行员把飞机悬停在卡车上方。"要是他还和她一块儿在车里，"本森哈沃对警员说，"没准儿我们可以把这浑蛋吓死。"

　　荷普·斯坦迪什身体擦着那对僵硬的脚，蜷缩在车旁边，遮着眼睛不让飞沙进入，阿登·本森哈沃觉得放在扩音器开关上的手指动弹不得了。荷普想把脸包在飞扬的裙子里，但裙子在她身边啪啪作响，好像破掉的风帆，她摸着卡车边走向后挡板，顶着刺人的风沙瑟缩着走路，沙粒沾在她身上血迹还没干的地方。

　　"是个女的。"警员说。

　　"后退！"本森哈沃对飞行员说。

　　"老天，她怎么了？"警员害怕地问。本森哈沃粗暴地把扬声器交给他。

　　"开走，"他对飞行员说，"把这玩意儿停到马路对面。"荷普感到风向变了，龙卷风的漏斗漩涡发出的喧嚣仿佛好像经过了她。她跪在了路边。手里乱飞的连衣裙静止下来。她用裙子按住嘴，因为尘土让她无法呼吸。

　　一辆车开过来，但荷普没有留意。那司机行驶在正确的车道上，黑色皮卡在他右边的路上停着，直升机降落在他左边的路上。他看见一个浑身是血的女人在祈祷，她赤裸的身体上积着厚厚的沙层，没有注意到他开过来。司机仿佛看见了一位从地狱回来的天使。他反应太慢，直到开过他眼前的一切一百码开外，才吃惊地想起来要掉转车头。因为没有减速，他的前轮陷入了软路肩，车子溜过了路边的沟，滑进了一片犁过的豆田春泥里，车往下陷到了保险杠的位置，让他没法开车门。他摇下车窗看着污泥外的马路，好像平静地坐在码头上眼看着码头从岸边断开，自己正漂向大海。

"救命啊！"他嚷道。那个女人的样子让他太过惊恐，害怕周围还有更多像她一样的女人，要不就是把她变成那样的人在找下一个对象下手。

"耶稣基督，"阿登·本森哈沃对飞行员说，"你得去看看那个蠢货还好吗。他们怎么让什么人都开车上路啊？"本森哈沃和警员跳出直升机，跳进那司机深陷其中的厚淤泥里。"操他妈。"本森哈沃说。

"妈的。"警员说。

马路那边，荷普·斯坦迪什第一次抬头看他们。她看见两个骂骂咧咧的男人在泥地里艰难地朝她走来。直升机桨慢了下来。还有一个男子呆滞地从他的车窗往外瞥，不过那辆车似乎很远。荷普穿起连衣裙。一只袖管上的袖子被扯没了，她不得不用手肘把飞起来的裙子压在侧边，不然她的胸部就要暴露出来。就在此时她发现肩膀和脖子酸得不得了。

气喘吁吁的阿登·本森哈沃膝盖以下浸满了泥，忽然来到了她面前。污泥让他的裤子紧贴双腿，荷普觉得他好像穿着老人的那种灯笼裤。"斯坦迪什太太吗？"他问。她转过身藏起自己的脸，点了点头。"流了那么多血啊，"他无助地说，"对不起，我们来晚了。你受伤了吗？"

　　她转过来盯着他看。他看见她两只眼周围都肿了起来，鼻子被打破了，额头上有突起的乌青。"主要是他的血，"她说，"但是我被强奸了。是他干的。"她对本森哈沃说。

　　本森哈沃掏出手帕，作势要来擦她脸上的血，就好像给小孩子抹嘴那样，不过他看出要清理她可是件大工程，于是只好放弃，把手帕放了回去。"抱歉，"他说，"太抱歉了。我们已经尽量快点儿赶来了。我们看见了你的孩子，他很好。"

　　"我逼不得已要用嘴含住它。"荷普对他说。本森哈沃闭起了眼睛，"然后他把我操了又操，"她说，"后来他还要杀我，他说会杀的。我逼不得已要杀掉他。而且我不后悔。"

　　"你当然不后悔，"本森哈沃说，"而且你不应该后悔的，斯坦迪什太太。我肯定你做了最最好的事情。"她对他点点头，然后低头看着自己的脚。她伸出一只手扶住本森哈沃的肩膀，她让她靠着他，哪怕她比他略高些，还得弯腰才能把头枕在他肩上。

　　本森哈沃此时才想到警员也在场，他已经看过车里的奥伦·拉斯了，还吐得卡车前保险杠上都是，本森哈沃看见飞行员扶着车陷在泥里的受惊司机走过马路。警员的脸色就跟奥伦·拉斯在阳光下的脚一样血色全无，他哀求本森哈沃过去亲眼看看。但本森哈沃想让斯坦迪什太太尽可能安下心来。

"那么你是在他强奸完你以后，趁他放松没注意的时候杀的他吗？"他问她。

"不是，在强奸的时候。"她对着他脖子小声说。她嘴里发出的臭气，几乎传到本森哈沃鼻子里，但他还是把脸紧靠着她想听清楚。

"你的意思是，当他在强奸你的时候吗，斯坦迪什太太？"

"对，"她小声说，"我拿到他的刀的时候他还在我里面。刀在他的裤子里，在地上，他本来完事了就要用刀杀掉我的，所以我逼不得已。"她说。

"当然你得这么做，"本森哈沃说，"这没关系。"他是说就算他没想杀她，她都应该杀掉他的。对阿登·本森哈沃来说，没有什么被强奸更罪大恶极了，谋杀都比不上，除非也许谋杀的是儿童。但他对此了解较少，他自己没有孩子。

他结婚七个月的时候，怀孕的妻子在洗衣房遭到强暴，他当时正在外面的车里等她。是三个小子干的。他们打开一台烘干机的大弹簧门，把她按坐在打开的门上，把她的头推进热烘干机里，这样她只能对着发烫吸音的被单枕套尖叫，听着自己的声音回荡在这大金属鼓里。她的手臂也给塞进了烘干机，这样她就无计可施。她的脚甚至都不能碰到地。弹簧门让她在他们三个人的重量下上下颠簸，哪怕她一定努力不让自己动。这些小子当然不知道自己在强奸警察署长的老婆。周六夜晚的托莱多下城就算灯火通明，也救不了她。

本森哈沃夫妇俩都习惯早起。他们都还年轻，星期一早餐之前一起去洗衣房洗衣服，他们等洗衣的时候一起看报纸。然后他们把衣物放进烘干机回家吃早饭。本森哈沃太太在和本森哈沃一起去下城警察局的路上顺便收衣物。他在外面的车里等她在里面拿衣服，有时候，他们吃早饭的时候有人就把他们的衣物拿出了烘干机，本森哈沃太太不得不再把衣服放回去花几分钟烘干。本森哈沃就等着。但他们喜欢清晨来洗衣服，因为洗衣房几乎没人。

本森哈沃看到那三个小子走出来，才开始担心他妻子是不是收衣服收得太久了。但其实强奸用不着很久，哪怕是轮奸三次。本森哈沃走进了洗衣房，看到妻子两腿荡在烘干机外面，她的鞋掉了。这不是本森哈沃第一次看见死人脚，但这双脚是他爱人的。她被闷死在自己洗干净了的衣物里，要不然她就是先吐然后被呛死了，但他们并不是故意弄死她的。死亡纯属意外，审讯时，本森哈沃太太计划外死亡的事实被重点提及。那帮人的律师说他们本想"单单强奸她就完了，没打算弄死她"。"单单强奸"这个词，用在"她单单被强奸而已，算走运的，没被做掉简直太神奇了"这种句子里，这样的说法让阿登·本森哈沃惊恐。

"你杀了他是好事，"本森哈沃轻声对荷普·斯坦迪什说，"我们不可能判他重罪，"他对她实话实说，"不可能让他罪有应得。你这么做真好，真好。"

荷普本来准备接受的警方问话不是这样的，她以为调查会比较审慎，起码警察会对她有所怀疑，肯定和阿登·本森哈沃全然不同。她很庆幸，首先本森哈沃年纪很大，看得出来60多岁了，好像个叔叔，或者更没有性的联想的话，像个爷爷。她说感觉好点儿了，她没事，她站直了身子不再靠着本森哈沃，才发现已经把血渍弄在了他的衬衫衣领和脸上，但他似乎没注意，或者毫不在意。

"行了，带我去看看。"本森哈沃对警员说，但还是对荷普亲切地微笑。警员把他带到了打开的车门那里。

"啊，上帝，"那辆陷在泥里的轿车司机正在说，"老天，看看这个，那是什么呀？妈呀，看啊，我觉得那个是他的肝。肝不就长那样吗？"飞行员正一言不发地呆看着。本森哈沃粗暴地抓住这两个男人的外套肩膀把他们推开。他们开始朝卡车尾部走去，荷普正在那里让自己冷静下来，本森哈沃对他俩粗声粗气地说："别靠近斯坦迪什太太。别靠近卡车。快去广播报告我们的方位，"他对飞行员说，"叫他们派辆救护车什么的过来。我们带斯坦迪什太太一起走。"

"他们得带个塑料袋来装他，"警员指着奥伦·拉斯说，"他弄得到处都是。"

"我自己看得见。"阿登·本森哈沃说。他往车里看了看发出赞美的口哨声。

警员开始发问："他正在做吗？当……"

"没错。"本森哈沃说。他把一只手伸到油门踏板旁边可怕的血污里，不过他根本不介意。他在够副驾驶座那边地板上的刀。他用手帕捡起了刀，仔细从头到尾端详着它，然后用手帕把它包好，放进了口袋里。

"看啊，"警员小声狐疑地说，"你听说过有哪个强奸犯戴套的吗？"

"是不寻常，"本森哈沃说，"不过不是没听说过。"

"我觉得挺怪的。"警员说。当他看到本森哈沃夹起那个避孕用品时露出了惊讶的表情，本森哈沃的手指夹紧安全套凸起部分下面一些的位置，猛地把它取了下来拿在手里，一滴不漏地举到亮处。这包东西大得像个网球，还没有漏。都是血。

本森哈沃看起来很满意，他给安全套打了个结，好像给气球打结那样，然后把它朝远处甩了出去，扔进了豆田里，看不见了。

"我不想有人说这可能不是强奸。"本森哈沃轻轻对警员说，"明白吗？"

不等警员应声，本森哈沃就走到卡车后面，去陪斯坦迪什太太了。

"他多大了，那男孩儿？"荷普问本森哈沃。

"够大了，"本森哈沃对她说，"25或是26岁的样子。"他又说。他不想让任何事缩小她的存活概率，特别是不想让她觉得无望。他对飞行员挥挥手，让他帮斯坦迪什太太爬上直升机。然后他跑去交代警员："你待在尸体和这个差劲的司机这里。"

"我不是个差劲的司机，"那司机哀怨道，"老天啊，要是你自己看到这位女士在路上的话……"

"然后不准任何人靠近卡车。"本森哈沃说。

马路上躺着那件斯坦迪什太太丈夫的衬衣，本森哈沃把它捡了起来，朝直升机一路小跑，因为身材过胖，那摇摇摆摆的奔跑模样很滑稽。那两个男人看着本森哈沃爬上了直升机飞远了。淡薄的春日阳光似乎随着直升机离开了，他们忽然觉得很冷，不知道该去哪儿。当然不是进卡车，但要坐回那司机的车意味着要穿过泥地。他们于是走向了皮卡，放下后挡板，坐了上去。

"他会给我叫拖车来吊我的车吗？"司机问。

"他一准儿会忘记。"警员说。他想着本森哈沃，他景仰他，但又怕他，而且他也觉得本森哈沃不是个可以完全信赖的人。有人质疑他办事手段不太正统，如果这就是问题所在的话，警员以前倒是没想过。主要是，警员这一刻有太多事要思考了。

那司机在卡车上来回快走，让后挡板上的警员一颠一颠的，他觉得很烦。司机避开靠近驾驶室的角落堆着的臭毯子，他把能看见司机座的小窗上积着的尘土擦掉，这样他偶然可以瞥见开肠破肚的奥伦·拉斯那僵硬的尸身。这会儿所有血都干了，透过这扇斑驳的后窗，司机觉得这尸体的色泽光感像茄子似的。他走到后挡板那里坐在警员旁边，警员站了起来，在卡车上走来走去，还从后窗窥看被剖开的尸体。

"你知道吗？"司机说，"哪怕她浑身脏成那个样子，还是看得出她真是个很漂亮的女人。"

"是，是看得出。"警员也同意。司机这会儿和他一起在卡车后面快步走来走去，于是警员又走回了后挡板坐下。

"别生气。"司机说。

"我没生气。"警员说

"我的意思不是说我同情想强奸她的人，你懂吗？"司机说。

"我知道你没那个意思。"警员说。

警员知道这种事不是他可以理解的，但这头脑简单的司机让警员不得不鄙视起他来，他在学本森哈沃，他想象本森哈沃就是这样鄙视他的。

"这种事情你见多了，是吧？"司机问道，"你懂的，就是强奸和谋杀。"

"够了。"警员带着拿腔捏调的严肃语气说。他从没见过强奸或谋杀，即使是现在，他也觉得不算是真的通过自己的眼睛见识的，而是通过阿登·本森哈沃的眼睛经历着这一切。他觉得他是在看着本森哈沃眼中的强奸和谋杀。警员觉得非常困扰，他在寻找自己的观点。

"哎，"司机说着再次往后窗里窥看，"我在部队里见过这种事，不过没有像这样的。"

警员没应声。

本森哈沃眼中的世界。

"这就跟打仗似的，我猜，"司机说，"这就像一家条件很差的医院。"

警员在想是不是应该让这个蠢货看拉斯的尸体，到底让他看要不要紧，谁会介意？反正拉斯肯定是不介意的。但是他那没有真实感的家人会介意吗？警员自己介意吗？他不知道。还有本森哈沃会不会不同意让拉斯的尸体给别人看到？

"嘿，别介意我问个私人问题，"司机说，"别生气，行吗？"

"好吧。"警员说。

"我说，"司机说，"那保险套哪儿去了？"

"什么保险套？"警员问，他自己也许对本森哈沃的理智有所质疑，但他毫不怀疑在这个案子上，本森哈沃是对的。在本森哈沃眼中的世界里，不可以让任何无足轻重的细节减轻强奸的恶劣程度。

此刻，荷普·斯坦迪什终于身处本森哈沃的安全世界。她在他身边一起在农田上空飘着下坠着，努力不要晕机。她的身体开始恢复知觉，可以闻到自己的味道，感觉到每一处酸痛。她感到太恶心了，不过身边坐着这么个愉悦的警察，他欣赏她，她成功地以暴制暴，触动了他的心。

"本森哈沃先生，您结婚了吗？"她问他。

"结了，斯坦迪什太太，"他说，"我结婚了。"

"您实在太好了，"荷普对他说，"不过我想我现在要吐了。"

"啊，当然。"本森哈沃说，他从脚边捡起一个蜡纸袋。是飞行员的午餐袋，袋子底部还有一些没吃完的炸薯条，油渍让蜡纸变透明了。本森哈沃透过炸薯条和袋子底部可以看见自己的手。"给，"他说，"您请便。"

她已经在干呕了，她接过纸袋偏过头去。袋子不够大，装不下她的秽物，她肯定自己体内憋了很多脏东西。她感到本森哈沃又硬又重的手在拍着她的背。他的另一只手帮她提着掉在脸上的一缕缠结的头发。"这就对了，"他鼓励她，"再吐，都吐出来就好多了。"

荷普想起只要尼基一吐，她就会对他说一样的话。她惊讶于本森哈沃连她的呕吐都能说得好像一种胜利似的，不过她的确感到好多了，有节奏的呕吐给了她安慰，他冷静干燥的双手扶着她的头，拍着她的背。秽物撑破纸袋洒出来时，本森哈沃说："谢天谢地，斯坦迪什太太！你不需要袋子了。这是国民警卫队的直升机。我们就留给国民警卫队清理好了！归根结底，国民警卫队不就是为了派这种用场的？"

飞行员一脸严肃地继续飞，他的表情没变过。

"斯坦迪什太太，今天您过得可真不容易啊！"本森哈沃继续说，"您丈夫会为您自豪的。"但他想，最好还是得确认一下这一点，他最好和这男人谈谈。就阿登·本森哈沃的经验来说，丈夫和其他人总是无法正确对待强奸。

第16章

第一次谋杀

　　"你说'这是第一章'是什么意思？"盖普的编辑约翰·沃尔夫写信问他，"这种小说怎么还能有下文？现在这部分就写得完全过头了！你怎么可能还要继续写下去？"

　　"写得下去，"盖普回信道，"你看了就知道了。"

　　"我不想看，"约翰·沃尔夫在电话里对盖普说，"拜托你放弃吧。至少暂时不要去写这个了。要不然你去旅行吧？对你有好处，对海伦也一样，我敢打包票。邓肯现在也可以旅游了，不是吗？"

　　但盖普不仅坚持要把《本森哈沃眼中的世界》这小说写完，还坚持要约翰·沃尔夫把第一章卖给杂志。盖普从来没有经纪人，约翰·沃尔夫是第一个处理盖普写作事宜的人，他为盖普打点所有事，就像他为珍妮·菲尔兹处理大小所有事一样。

　　"卖？"约翰·沃尔夫说。

　　"对啊，卖掉它，"盖普说，"算是提前给小说做广告。"

盖普前两部小说发表之前就是这样提前宣传的，先把部分章节卖给杂志。但约翰·沃尔夫努力告知盖普这一章不行。首先，这章不够发表的水准，其次，就算有哪家杂志蠢到发表的话，这也是最糟糕的宣传。他说盖普"虽然名气不大却是重要作家"，他的前两本长篇小说口碑都不错，给他赢得了颇有分量的支持者和"数量不多但是至关重要"的读者。盖普说他恨这种"虽然名气不大却是重要作家"的名气，尽管他看得出约翰·沃尔夫喜欢。

　　"我宁可变得很有钱，而且完全不用关心这群'严肃'的白痴怎么想。"他对约翰·沃尔夫说。但究竟有谁能够不用关心严肃文学圈的看法？

　　其实盖普觉得他可以用这本小说买来与世隔绝，钱能让他远离这糟糕的世界。他想象着一座堡垒，能让邓肯和海伦（还有新生的小婴儿）免于凌虐，甚至不被他所说的"生活的其他方面"打扰。

　　"你在胡说什么？"约翰·沃尔夫问他。

　　海伦也这么问他。珍妮也不懂。但珍妮·菲尔兹喜欢《本森哈沃眼中的世界》第一章。她觉得这小说把谁正谁邪、孰轻孰重搞对了，知道在这种情境下应该英雄化哪些人物，也表达出了必要的愤慨，还得体地写出了欲望的恐怖和邪恶。其实，珍妮对第一章的喜爱，比约翰·沃尔夫的批评更让盖普担心。他比什么都怀疑他母亲的文学判断力。

　　"上帝啊，看看她自己的书吧。"他不停地对海伦说，但海伦已经发誓不会让自己被扯进来，她不肯读盖普的新小说，一个字也不会读。

　　"他为什么忽然想变有钱？"约翰·沃尔夫问海伦，"这一切到底是为什么？"

"不知道，"海伦说，"我觉得他相信钱能保护他，也能保护我们大家。"

"什么会伤害他？"约翰·沃尔夫说，"谁想害他？"

"你得等到读完整本书以后就知道了，"盖普对他的编辑说，"所有生意都是烂污生意。我想在商言商地处理这本书，我希望你也能这样看待它。我不在乎你是不是喜欢，我只想让你把它卖掉。"

"我可不是出通俗小说的，"约翰·沃尔夫说，"你也不是写通俗小说的。真遗憾还要我来提醒你这个。"约翰·沃尔夫感到受了伤，而且他对盖普竟然想班门弄斧跟他谈在商言商大为恼火。但他知道盖普之前过得很不好，他知道盖普有能力写出更多（他觉得）更好的书来，而且他也愿意继续出版他的书。

"所有生意都是烂污生意，"盖普又说了一遍，"要是你觉得这书通俗，那你要卖得动它应该小菜一碟。"

"这不是我们这行唯一办事的手段，"沃尔夫悲哀地说，"没人知道到底什么能让书畅销。"

"我以前听人说过的。"盖普说。

"你没必要这么跟我说话，"约翰·沃尔夫说，"我是你的朋友。"盖普知道他说得对，于是他挂掉了电话不再回信，写完了《本森哈沃眼中的世界》。两周之后，海伦在珍妮的独力帮助下产下他们的第三个孩子，是一个女儿，这样海伦和盖普，就不用为取一个和沃特截然不同的名字伤脑筋了。这女孩儿被命名为珍妮·盖普，要是珍妮·菲尔兹愿意按照传统冠夫姓的话，也会叫这个名字。

珍妮很高兴，起码有人用了她的部分名字。"可是如果我们两个都在的话，"她警告他们，"就会有点儿搞不清。"

"我一直叫你'妈妈'。"盖普提醒她。他没有提醒她已经有个时装设计师用她的名字给一款裙子命名了。这连衣裙在纽约火了大约一年，那是一件白色的护士服，左胸绣着一只亮红色的丝绒心形图案，心上写："珍妮·菲尔兹原创"。

珍妮·盖普出生时，海伦什么都没说。她感恩上苍，自从意外发生以来，她第一次从痛失沃特的疯狂中得到了救赎。

《本森哈沃眼中的世界》就是把盖普从同样的疯狂中解救出来的救赎，这部小说来到了纽约，约翰·沃尔夫读了又读。他之前已经安排第一章发表在一家色情杂志上了，那杂志恶心粗俗，他觉得就算盖普也会相信，这书不会有好下场的。那杂志叫作《胯下风光》，充斥着杂志名所示的内容，就是盖普小时候他们说的那些湿润、分开的水獭，这样的照片夹杂在他关于暴力强奸和直白复仇的故事之间。起初盖普抗议约翰·沃尔夫故意把小说发在那种地方，觉得他没有努力去找好一点儿的杂志。但沃尔夫请盖普相信，他已经敲过每一家的门了，这本杂志是杂志界的底线，正好盖普这个故事也应该被当成小说界的底线：只有可怕耸动的暴力与毫无救赎力量之类的性爱。

"这小说写的不是这些，"盖普说，"你等着瞧吧。"

但盖普常常惦记发表在《胯下风光》上的《本森哈沃眼中的世界》第一章，到底有没有人读过，到底买这种杂志的人看不看文字。

"也许他们对着照片手淫以后，还是会读读故事的。"盖普写信给约翰·沃尔夫说。他不知道自慰之后阅读心境是否比较好，读者起码很放松，可能也很孤独。（"正是适合阅读的好状态。"盖普对约翰·沃尔夫说。）但也许读者也感到惭愧，被羞辱，责任感空前强烈，那可不是什么适合读书的好状态了，盖普想。其实他知道，这不是适合写作的好状态。

《本森哈沃眼中的世界》说的是多西·斯坦迪什这个丈夫，非常想保护妻子和孩子远离残酷的世界，但这愿望无法成真，因此阿登·本森哈沃就被雇来，像个持枪的叔叔那样和斯坦迪什一家住在一起（他因为多次采用非正统方式逮捕罪犯被警队强行要求退休），他成了一名可爱的家庭保镖，但最终荷普必须得把他辞退。尽管真实世界最可怕的一面已经光临过荷普，但最害怕这个世界的是她丈夫。荷普坚持不让本森哈沃和他们住在一起以后，斯坦迪什还是继续好像守护天使一样给这位老警察提供生活保障。他付钱让他盯着儿子尼基，但本森哈沃这条看门狗又清高，好奇心又重，臣服于自己糟糕的记忆力，他渐渐不像是斯坦迪什一家的保护人，而成了他们的祸害，他被描写成"在光亮边缘躲着的人，一个退休的执法者，在黑暗的边缘勉强活着"。

荷普坚持要生第二个孩子来对付丈夫的焦虑。孩子出生了，但斯坦迪什似乎注定要不断制造出一个又一个妄想症的恶魔，现在既然不再那么担心他妻儿的安危了，他开始怀疑荷普有外遇。他慢慢意识到这会比荷普（再次）遭到强奸更让他受伤。于是他怀疑起对她的爱来，怀疑起自己来，他带着羞愧央求本森哈沃监视荷普，看看她是不是忠贞。但阿登·本森哈沃不肯再为多西的操心奔走了。老警察争辩道他是给雇来保护斯坦迪什一家免受外界侵害的，可不是来限制家人人身自由的。没有了本森哈沃的帮助，多西·斯坦迪什紧张起来。一天晚上他出门跟踪妻子，没人看家（和孩子）。多西走了以后，小一点儿的孩子被尼基的一片口香糖噎死了。

愧疚于是满溢纸页。盖普的小说里总是充满了愧疚。荷普也一样，因为她那晚的确在和某个人约会（尽管谁能怪她）。本森哈沃因为病态的责任心作祟，中了风。偏瘫之后，他又搬回来和斯坦迪什一家住在了一起，多西觉得该对他负责。荷普坚持他们再生个孩子，但斯坦迪什因为频发的意外不育了，药石罔效。

他同意荷普应该鼓励她的情人，用他的话说，就是不带感情地单纯"让她怀孕"。（讽刺的是，这个桥段是珍妮·菲尔兹唯一觉得"脱离现实"的部分。）

多西·斯坦迪什又一次追求"一种对照组状态，比生活本身更像拿生活做实验"。盖普这么写道。荷普无法适应这种临床安排，情感上来说，她要么有个情人，要么就没有情人。但多西坚持，让这两人只为了"单纯怀孕"做爱，他要控制地点和他们会面的次数及时长。他怀疑荷普在计划之外还私会情人，于是他提醒老糊涂的本森哈沃，留意扒手和可能出现的劫匪与强奸犯，附近已经发现有强奸犯作案了。

这样多西·斯坦迪什还不满意，他开始突袭自己的家，他从来没抓住过荷普背着他偷偷干什么，但糊里糊涂离死不远的本森哈沃倒是带枪抓住了他。尽管本森哈沃已经成了个狡猾的残废，不过他摇起轮椅来令人意外地行动自如又一声不响，他这回又实施了一次非正统的拘捕。事实便是，本森哈沃在离多西·斯坦迪什不到6英尺的地方，用12号口径霰弹枪射中了他。当时多西正藏在楼上的杉木衣柜里，在他妻子的鞋子中间跟跟跄跄，只待她在卧室里给谁打电话，他就能在衣柜里偷听。当然，他活该被子弹射中。

枪伤是致命的。彻底疯了的本森哈沃被带走。荷普怀上了情人的孩子。孩子出生的时候，尼基已经12岁了，他感到终于卸去了来自家庭的紧张感。多西·斯坦迪什可怕的焦虑，让身边的所有人都遍体鳞伤，他们终于从中解放。荷普和孩子们继续过日子，甚至也不介意听老本森哈沃乱吼乱叫，他命太硬还死不掉，于是坐在轮椅上的他，带着对世界噩梦般的感受，继续活在一家收容失智罪犯的养老院里。人人都觉得，他最终去了该去的地方。荷普和孩子们常常去看望他，虽然他们是好人，但去看他也并非仅仅出于好心，而是为了提醒自己理智清醒得来不易。荷普有着忍辱负重的毅力，而且两个孩子也活得好好的，这让她觉得这位老人的愤怒变得可以忍受了，最后还觉得好笑。

顺便说一句，那家收容失智罪犯的养老院，和珍妮·菲尔兹收容受伤女子的犬首湾家庭医院惊人地雷同。

与其说本森哈沃眼中的世界是错的，或遭人误解，不如说他的世界不符合这个世界对感官享受的需求，也不符合这个世界对温情的需求和接受力。多西·斯坦迪什也不属于这个世界，他太脆弱，无法精细小心地爱护妻儿，他和本森哈沃一样都被视作"适应不良不宜居住在这个星球"的人。在这个星球上，免疫力是很重要的。

而荷普或许更有希望好好活下去，读者也希望她的孩子和她一样[1]。小说里没有明说的是，不知何故，女性天然比男性更能忍受残暴，即便感到自身脆弱，也更会在所爱的人面前收起焦虑。荷普被视为这个羸弱的男性世界里坚强的幸存者。

端坐纽约的约翰·沃尔夫，希望盖普直捣人心的语言和紧张兮兮的人物让这书千万不要沦为浅薄的肥皂剧。但沃尔夫想，这玩意儿也可以叫作《生命的焦虑》，要是顺应行动不便的老年观众和学

1　荷普，英文中是"希望"的意思。

龄前儿童的口味来剪辑的话，完全可以制作成一部精彩的日间电视剧，他想。约翰·沃尔夫的结论是，《本森哈沃眼中的世界》虽然有着"盖普直捣人心的语言"等优点，但还是一部限制级肥皂剧。

当然很久之后，盖普自己也同意，这是他最差的作品。"但这个操蛋的世界，也从来没认真对待过我的前两部小说，"盖普在信中对约翰·沃尔夫说，"所以说世界欠我的。"他觉得世界大部分时候都是如此运行的。

约翰·沃尔夫的担心更加直白：那就是，他不知道能不能出版这书。对于自己不是那么喜欢的书，约翰·沃尔夫有着一套万试万灵的办法。在他所在的出版社，他对畅销书的预测正确率让人羡慕。他要是说一本书会畅销，不是好不好或讨喜与否，而是畅销，那书就几乎一定能红。当然有很多书他不用说都会畅销，但没有一本他说会畅销的结果卖得不好。

没人知道他是怎么办到的。

他首先就看对了珍妮·菲尔兹，此后每一两年总能出版特定的意外畅销书。

有一次，一个在出版社工作的女人告诉约翰·沃尔夫，从来没有哪本书不会让她想立马合上书去睡的。她成了约翰·沃尔夫的难题，他本人爱书，多年来，他给这个女人读各种好的坏的书，这些书都一样让她犯困。她对约翰·沃尔夫说，她就是不爱读书，但他就是不肯放弃。出版社没有别人让这女人读过任何东西。其实他们也从来没问这女人关于任何事的意见。这女人在到处都是书堆的出版社里活动，却好像书是烟灰缸，而她偏偏不吸烟似的。她是一名清洁工。每天都清倒垃圾桶，晚上等大家回家之后打扫每间办公室。每周一她为走廊的地毯吸尘，每周二为展示柜除尘，每周三整理秘书的办公桌，周四她擦洗厕所，周五给每样东西喷洒空气清新剂，她告诉约翰·沃尔夫，这样的话整个出版社就能趁周末换个新鲜气息来迎接新的一周。约翰·沃尔夫以前就看着她忙进忙出好多年，从来没有花过比瞄一眼书更多的时间。

他一问她对书的看法，她就告诉他它们有多讨厌，他一直利用她来测试不太有把握的书，也给她看他十拿九稳的书。她一直都毫不动摇地不爱书，约翰·沃尔夫几乎要作罢了，直到给她看了珍妮·菲尔兹的《珍妮·菲尔兹自传：性生活有问题的人》手稿。

这清洁女工一晚上就读完了，她问约翰·沃尔夫等书出版了是不是可以拿一本，她想反复读。

从那以后，约翰·沃尔夫就开始郑重其事地征询她的看法。她没有让他失望。大部分书她都不喜欢，但只要她喜欢什么，约翰·沃尔夫就肯定，几乎所有人都能读得下去。

几乎是习惯使然，约翰·沃尔夫把《本森哈沃眼中的世界》拿给了这个清洁女工看。然后周末在家里想了起来，他想找到她家电话，打电话叫她看也不要看。他想起了那书的第一章来，不想冒犯她，因为她是已经做了祖母的人了，（当然）也是一位母亲，而且毕竟她从不知道读这些约翰·沃尔夫给她看的书是有偿的。只有约翰·沃尔夫一个人知道她的薪水比别的清洁工要多得多。这女人以为所有好的清洁女工都赚得不少，也应该如此。

她名叫吉尔西·斯洛珀，约翰·沃尔夫惊讶于纽约地区电话号码簿里找不到一个姓斯洛珀，名字叫吉什么的人。显然比起书来，吉尔西也并没有更喜欢电话簿。约翰·沃尔夫写了张便条提醒自己星期一一大早就要向她道歉。剩下的周末时光他都在费神组织语言，琢磨着如何告诉T. S. 盖普，为了他自己好，当然也为了出版社好，还是不要出版《本森哈沃眼中的世界》为妙。

这个周末他过得很不好，因为约翰·沃尔夫喜欢并且相信盖普，也知道他没有别的朋友能引导他不要做让自己难堪的事，这是朋友应该起的作用之一。倒是有个爱丽丝·弗莱彻，但她太爱盖普了，会对他所有写出来的东西照单全收，要不然就是保持缄默。至于萝贝塔·马尔登，约翰·沃尔夫觉得她的文学鉴赏力比她选择的性别更新奇尴尬（如果她有文学鉴赏力的话）。而海伦又不肯读。尽管约翰·沃尔夫知道珍妮·菲尔兹，不像别的母亲一样偏袒自己儿子的作品，但她不喜欢她儿子以前写的较好的作品，品位可疑。约翰·沃尔夫知道，珍妮·菲尔兹的问题在于主题。一本书讲的主题重要的话，珍妮·菲尔兹就觉得这是本重要的书。珍妮·菲尔兹觉得，盖普的新书讲的都是愚蠢的男性焦虑，而女性则被要求承受和忍耐。珍妮从来不关心书写得怎样。

珍妮的看法，也是让约翰·沃尔夫想发表这书的原因。珍妮·菲尔兹喜欢《本森哈沃眼中的世界》的话，说明起码这书还有可能引发争议。但约翰·沃尔夫知道，珍妮之所以取得了社运领袖的地位，主要由于他人对珍妮不求甚解的模糊误解。

沃尔夫整个周末都在思前想后，把周一一大早要向吉尔西道歉的事忘了个一干二净。忽然吉尔西就出现在他面前，眼睛红红的，像只松鼠般抽搐着，她那双粗糙的褐色手掌里紧紧捏着蓬乱的《本森哈沃眼中的世界》手稿。

"上帝啊。"吉尔西说。她翻着白眼，摇晃着手中的手稿。

"啊，吉尔西，"约翰·沃尔夫说，"实在不好意思。"

"主啊！"吉尔西哇哇叫道，"这个周末我过得再糟糕不过了。我没睡觉，没吃饭，也没去墓地看家人朋友。"

约翰·沃尔夫觉得吉尔西·斯洛珀周末的安排挺奇怪的，但他什么都没说，他只是听着，像之前十多年来一样听她说。

"这个男人是疯子，"吉尔西说，"任何一个正常人都不会写这种书的。"

"吉尔西，我不应该给你看的，"约翰·沃尔夫说，"我不应该忘记那第一章的。"

"第一章不算坏的，"吉尔西说，"第一章压根儿不算回事。是第19章让我受不了，"她说，"主啊，主啊！"她又哇哇叫起来。

"你都读了19章了啊？"约翰·沃尔夫问。

"你只给了我19章啊，"吉尔西说，"主啊基督，还有另一章吗？没完没了？"

"没了，没了，"约翰·沃尔夫说，"这就完了。全部都在这儿了。"

"但愿如此，"吉尔西说，"下面没什么好写的了。那个老疯警察可算是去了该去的地方，那个疯丈夫的头给打爆了。要我说，这个丈夫唯一合适的下场就是脑袋被打爆了。"

"你读完了？"约翰·沃尔夫说。

"主啊！"吉尔西尖叫道，"我简直要以为是他自己给人强奸过呢，写个没完没了的。要我说，男人就是这样：上一分钟把女人强奸个半死，下一分钟像个疯子一样问女人自愿把自己给了谁！不管怎么样都不关他们鸟事，是吧？"吉尔西问。

"不太清楚，"约翰·沃尔夫茫然地坐在办公桌前，"你不喜欢这书。"

"喜欢？"吉尔西叫道，"这书没什么好让人喜欢的。"

"但是你读完了，"约翰·沃尔夫说，"你为什么读它？"

"主啊，"吉尔西的语气好像在可怜约翰·沃尔夫，觉得他蠢得无可救药，"有的时候我怀疑你一点儿也不明白你在做的这些书。"她摇了摇头，"有的时候我不懂凭什么你是做书的，我是扫厕所的。不过我宁可扫厕所也不要读大多数这种东西，"吉尔西说，"主啊，主啊。"

"要是你恨这书，为什么要读呢，吉尔西？"约翰·沃尔夫问她。

"就和我为什么读任何东西一样啊，"吉尔西说，"为了看看下面发生了什么。"

约翰·沃尔夫盯着她看。

"大部分书我一看就知道不会发生什么事，"吉尔西说，"主啊，你知道的。其他书的话，一看就知道接下来会发生什么，所以也就不用读了。但这本书呢，这本书太有毛病了，一看就知道下面肯定有事发生，但是又想不出会发生什么。自己也有毛病的人才能想得到接下去会发生什么。"

"于是你就读下去看会发生什么。"约翰·沃尔夫说。

"肯定不会因为别的理由读这本书，不是吗？"吉尔西·斯洛珀说。她重重地把手稿放在约翰·沃尔夫的桌上（因为手稿很大一份），然后猛然拉起一根延长线（来插吸尘器），每周一吉尔西都把延长线像腰带那样绑在她粗壮的腰间。"等这玩意儿成了书，"她指着手稿说，"我挺乐意拿一本的，要是可以的话。"

"你想要一本？"约翰·沃尔夫问。

"要是不麻烦的话。"吉尔西说。

"既然你知道发生了什么，"约翰·沃尔夫说，"那你再读一遍干吗呢？"

"这个嘛。"吉尔西说。她看起来有点儿困惑，约翰·沃尔夫从没见过吉尔西·斯洛珀面露难色，只见过倦容。"这个嘛，我也许会借给别人看，"她说，"说不准哪个熟人需要这书来提醒一下世上的男人都是什么样的。"

"那你自己会再读一遍吗？"约翰·沃尔夫问。

"这个嘛，"吉尔西说，"我觉得不会全部都读。起码不会一次性马上再读一次。"她再度面露难色。"哎，"她有点儿羞愧地说，"我的意思是有些部分我不介意再读一遍。"

"为什么？"约翰·沃尔夫问。

"主啊，"吉尔西很累地说，她终于对他不耐烦了，"因为这书感觉太真实了。"她轻轻地说，把"真"字说得好像潜鸟飞过夜晚的湖面。

"因为感觉很真。"约翰·沃尔夫重复道。

"主啊，你不知道吗？"吉尔西问他，"要是你都看不出一本书真不真的话，"吉尔西唱歌似的对他说，"我们真应该对调下工作咯。"她这会儿大笑起来，拳头里捏着给吸尘器准备的延长线，巨型三插头好像把枪。"不过沃尔夫先生啊，我真的怀疑，"她口气甜蜜地说，"你知不知道哪间厕所是干净的？"她走过来瞄了一眼他的垃圾桶。"或者哪个垃圾桶是空的？"她说，"一本书感觉真的时候就是真的，"她不耐烦地对他说，"写得很真的书会让人说：'对！妈的，人就是这样说话做事的。'然后你就知道这书写得很真。"

她弯下腰，抓起孤零零躺在垃圾桶底的一张废纸，然后把它塞进了她的清洁围裙里。那皱巴巴的纸，是约翰·沃尔夫本来写给盖普的信的第一页。

几个月以后，《本森哈沃眼中的世界》即将付印，盖普向约翰·沃尔夫抱怨，不知道把这本书献给谁。他不想用它来纪念沃特，因为盖普憎恨这种事，说那是"廉价地利用自己碰到的意外，来骗读者相信这个作家比实际上要严肃"。而且他也不想把这书献给他母亲，因为他也恨这个，说是"和其他人一样搭珍妮·菲尔兹这个招牌的顺风车"。而海伦，当然不在盖普的考虑之内，出于一种内疚心理，他也不想把这书献给邓肯，因为不会让他读这书。这孩子还不够大。他讨厌自己作为一个父亲却写了一本不准孩子读的书。

而他也知道，要是献给弗莱彻一家的话，这两口子会觉得不舒服。只献给爱丽丝一个人呢，可能是对哈里森的侮辱。

"可别献给我，"约翰·沃尔夫说，"这本不行。"

"没想到你。"盖普撒了个谎。

"萝贝塔·马尔登如何？"约翰·沃尔夫说。

"这本书和萝贝塔一点儿关系都没有。"盖普说。尽管他知道萝贝塔起码不会拒绝。多可笑啊，居然写了本没人愿意献给自己的书！

"不然我就献给艾伦·詹姆斯主义者好了。"盖普讽刺地说。

"就别给自己找麻烦了，"约翰·沃尔夫说，"这简直愚蠢。"

盖普不开心了。

献给拉尔夫太太？

他想道。但他仍旧不知道她的真名。还有海伦的父亲，老好人摔跤教练厄尼·霍尔姆，但厄尼不会理解献给他是什么意思，厄尼也不会喜欢这书。其实盖普希望厄尼不要读它。多可笑居然写了本希望别人不要读的书！

献给"炖肥肉"?

他想道。

献给迈克·米尔顿?

纪念癫子?

他陷入了泥沼。一个人也想不出来。

"我知道一个人，"约翰·沃尔夫说，"我可以问问她肯不肯。"

"你真幽默。"盖普说。

但约翰·沃尔夫想到的是吉尔西·斯洛珀，他清楚，要不是这个人，盖普的书根本不会出版。

"她是个非常特别的女人，她爱这本书，"约翰·沃尔夫对盖普说，"她说这书写得太'真'了。"

盖普喜欢这个说法。

"我把书稿借给了她一个周末，"约翰·沃尔夫说，"她读得爱不释手。"

"你为什么给她手稿?"盖普问。

"她看着是个合适人选。"约翰·沃尔夫说。好编辑是不会对任何人吐露秘密的。

"成，好吧，"盖普说，"要是一个人也不写，看着像没穿衣服。跟她说谢谢她。她是你的好朋友?"盖普问。他的编辑朝他眨眨眼。盖普点了点头。

"这到底什么意思?"吉尔西·斯洛珀狐疑地问约翰·沃尔夫，"什么意思啊，他想要把这种糟糕的书'献给'我?"

"意思就是，你的读后感对他很重要，"约翰·沃尔夫说，"他觉得简直好像是为你写的。"

"主啊，"吉尔西说，"为我写的？那算什么意思？"

"我跟他说了你的反应，"约翰·沃尔夫说，"我猜，他觉得你是个完美的读者。"

"完美的读者？"吉尔西说，"主啊，他是个疯子不是？"

"他没别的人可以献书了。"约翰·沃尔夫老实说。

"就是婚礼要找个见证人的意思咯？"吉尔西·斯洛珀问。

"有点儿那意思。"约翰·沃尔夫猜。

"这不代表说我同意这书里写的东西对吧？"吉尔西问。

"老天啊，不是的。"约翰·沃尔夫说。

"主啊，不是的咯？"吉尔西说。

"没人会因为这书里写的任何东西说是你的错，你是这个意思吧。"约翰·沃尔夫说。

"这样啊。"吉尔西说。

约翰·沃尔夫给吉尔西看献书字样会出现在哪里，他给她看其他书里的献书字样。吉尔西·斯洛珀觉得它们看起来很漂亮，于是她点了头，慢慢还变得挺高兴的。

"就一件事，"她说，"我不必见他，或怎样吧，是吗？"

"老天啊，不用。"约翰·沃尔夫说。于是吉尔西同意了。

余下仅需要神来一笔，把《本森哈沃眼中的世界》送入那个吊诡又半明半暗的领地，那里"严肃"书籍偶尔能发光一段时间，"通俗畅销"书也得以闪耀。约翰·沃尔夫聪明也犬儒。他太清楚那些小说的自传性质虽然恶心，但偶尔能把疯狂嗜好八卦的读者吸引来读虚构小说。

多年以后，海伦说《本森哈沃眼中的世界》的成功完全都是因为书封。约翰·沃尔夫照惯例让盖普自己写书封折页，但盖普对自己书的描述太过沉重忧愁，约翰·沃尔夫于是大包大揽，他拨开云雾直捣黄龙。

"《本森哈沃眼中的世界》，"书封写道，"讲的是一个男人过于害怕他所爱之人碰上坏事，于是他创造了一个极其紧张的环境，让坏事几乎无可避免。而惨事也真的发生了。"

"T. S. 盖普，"书封上继续提到，"是著名女权主义者珍妮·菲尔兹的独生子。"约翰·沃尔夫看到这句话被印出来，还是轻微颤抖了一下，尽管是他亲笔写的，他也太清楚为什么要写这句话，不过他还是明白这是盖普永远不想和自己的作品扯上关系的信息。"T. S. 盖普也是一名父亲。"书封上写道。约翰·沃尔夫摇着头愧对自己写的垃圾，"他是一位刚刚痛失五岁稚子的父亲。这位父亲承受着意外后的沉痛打击，这部折磨中诞生的小说……"

盖普觉得，再也没有比这个读小说的理由更廉价的了。盖普总说他最讨厌被问到的关于作品的问题是，这小说有多"真"，有多少是来自于"个人经验"。这种真不是吉尔西·斯洛珀所说的那种褒义的"真"，而是指"真实生活"。通常，盖普会怀着极大的耐心和自制力说，就算小说有自传背景，抱着探究作家生活的目的读小说，也是最无趣的阅读层次。他总是说小说的艺术是真实地想象的行为，像任何其他艺术一样，是筛选的过程。记忆和个人历史，也就是"重拾所有这些不值得记住的生活创痛"是小说可疑的模型，盖普说。"小说必须高于生活。"他写道。而且他坚持不懈地抵制他口中所谓"个人痛苦的虚假里程数"，意思是作家生活里要是发生了什么了不得的大事，他的作品就是"了不得"的了。他写过，把任何事写进小说最糟糕的理由就是那事确实发生过。"小说里的每件事确实在某个时刻都发生过！"他怒道，"某件事之所以在小说里发生，唯一的理由只能是当情节发展到当下，那件事是最该发生的事件。"

"随便告诉我一件你碰到过的事，"盖普有次对一个访问者说，"我都可以把这个故事加工得更好，我都可以把细节编造得比实际上好。"这位访问者是个带着四个幼儿的离婚女性，其中一个孩子还因为癌症快死了，她的脸上露出坚定的不可置信的表情。盖普看见她铁了心要不开心，而且她铁了心觉得保持不开心特别重要，于是他轻柔地对她说："就算你碰到的事让你难过，哪怕非常难过，我都有本事把这故事编得更难过。"但他看见她脸上露出永远不会相信他的表情，她甚至没有把他的话记下来。这段对话根本不会出现在访谈里。

约翰·沃尔夫对这点很清楚：大部分读者最先想知道的事情之一就是作家的生活。约翰·沃尔夫写信给盖普说："对大部分想象力有限的人而言，小说是对现实的加工这种说法纯属胡说。"在《本森哈沃眼中的世界》书封折页上，约翰·沃尔夫营造了虚假的盖普其人的重要性（"著名女权主义者珍妮·菲尔兹的独生子"）以及假惺惺对盖普的个人遭遇表达了煽情的同情（"痛失五岁稚子"），这两条信息和盖普小说的艺术彻底无关这点，倒并没有让约翰·沃尔夫深为担忧。盖普提到，自己宁可大赚一票也不要当严肃作家这点，倒是让他觉得难过。

"这不是你最好的书，"约翰·沃尔夫把样稿寄去给盖普校对时写道，"有一天你也会明白。但这将是你卖得最好的书，你等着瞧。你还无法想象，自己会多恨诸多让你成功的原因，所以我建议你出国几个月。我建议你只读我寄给你的评论。等风平浪静了，所有事都会风平浪静，你再回来数你可观的银行账户收入。而且你大可希望，《本森哈沃眼中的世界》的畅销足以让人们回头去读你的头两本长篇小说，那两本才更应该广为人知。

"替我向海伦说对不起，盖普，但我想你得知道：我永远把你的利益摆在心头。你想卖掉这本书，我们就卖掉它，'任何生意都是烂污生意。'盖普，我引用你的话。"

盖普看不懂这封信，约翰·沃尔夫当然没把书封折页给他看。

"你为什么要对不起？"盖普回信道，"别哭了，把书卖掉就好了。"

"任何生意都是烂污生意。"沃尔夫又说。

"我懂，我懂。"盖普说。

"听我的。"沃尔夫说。

"可我喜欢读评论。"盖普抗议道。

"这些不行，你不会喜欢的，"约翰·沃尔夫说，"拜托了，去旅游吧。"然后约翰·沃尔夫把书封折页副本寄给了珍妮·菲尔兹。他要她帮忙让盖普出国。

"出国吧，"珍妮对她儿子说，"这是你能为自己和家人做的最好的事。"海伦倒喜欢这主意，她还从来没出过国。邓肯读过了他父亲的第一篇故事《格里尔帕策民宿》，他想去维也纳。

"维也纳其实不是那样的。"盖普对邓肯说，不过这孩子喜欢这个很久以前写的故事，这让他非常感动。盖普也喜欢那个故事。实际上，他希望自己要是能有喜欢这个故事一半喜欢他写过的其他故事就好了。

"带着个小娃娃呢，为什么要去欧洲？"盖普抱怨道，"不知道。很麻烦。要办护照，婴儿需要打很多预防针之类的事。"

"你自己倒要打几针，"珍妮·菲尔兹说，"婴儿安全得很。"

"你难道不想再看看维也纳吗？"海伦问盖普。

"啊，想想看吧，你从前的作案现场！"约翰·沃尔夫热心地说。

"从前，作案？"盖普咕哝着，"不知道。"

"求求你了，爸爸。"邓肯说。邓肯想要什么盖普都很难拒绝，他答应了下来。

海伦开心起来，甚至还看了两眼《本森哈沃眼中的世界》校样，尽管看得很快，带着紧张，而且她也没打算认真读下去。第一件引起她注意的是题献。

献给吉尔西·斯洛珀

"究竟谁是吉尔西·斯洛珀？"她问盖普。

"我还真不知道。"盖普说。海伦对他皱了皱眉。"没骗你，真不知道，"盖普说，"是约翰的某个女性朋友，他说她喜欢这书，爱不释手。沃尔夫觉得那是一个好兆头，我猜，不管怎样，他提议的，"盖普说，"我觉得挺好的。"

"嗯。"海伦说，她把校样搁下了。

他们都在沉默地想象约翰·沃尔夫的女性朋友。约翰·沃尔夫在认识他们以前就离婚了，尽管盖普夫妇见过他几个成年的孩子，他们还从没见过他第一任也是唯一一任妻子。他倒是交过那么几个女朋友，都是聪明瘦削有吸引力的女子，也都比约翰·沃尔夫年轻。在出版业工作的女孩儿，但大部分都是自己也离过婚的年轻女性，有钱，总是有钱，或者总是看起来有钱。盖普会记得她们中的大多数，是因为她们好闻的香味和唇膏的味道，还有油光水滑触感高级的衣裳。

盖普和海伦从没能想象出吉尔西·斯洛珀的形象来。她是白人和四分之一白人的后代，吉尔西也就有八分之一黑人血统。她的皮肤是蜡棕黄色，好像松木板上薄薄沾了层灰。她留着一头打过蜡似的黑直短发，开始变灰白的刘海儿，粗略地剪短到她光亮的长着皱纹的额头以上。她身材矮小，手臂很长，左手缺了无名指。她的右脸上有一道深深的疤痕，大致可以想象出她的无名指是在同一场殴斗中被同一种武器切掉的，可能发生于一场糟糕的婚姻，因为她肯定有过一场糟糕的婚姻。对此她从来没提起过。

她45岁但看起来有60岁。她的身子好像一条即将产崽的拉布拉多猎犬，而且她无论何时何地，走路的时候总是拖着步子，因为脚疼得要命。她的胸部能摸到肿块，除了她没人摸到过，再过几年，她就会由于长久以来忽略的这肿块而死于癌症。

她没有把电话号码列入黄页（正如约翰发现的那样），只不过是因为她前夫每几个月就威胁要杀了她，而她接他的电话接烦了，她之所以还保留着这电话号码，是为了让她的孩子们能打对方付费电话来问她要钱。

但海伦和盖普想象出的吉尔西·斯洛珀，和这个悲哀又勤奋的八分之一黑人血统女性一点儿也不相近。"约翰·沃尔夫几乎包办了这书的一切，就差亲笔写了。"海伦说。

"我倒希望是他写的呢。"盖普忽然说。他重新读过了书，感到满腹怀疑。他觉得，在《格里尔帕策民宿》里，还有种关于这个世界行为模式的确定性。但在《本森哈沃眼中的世界》里，盖普没那么确定了，这当然表示他变老了，但他想，艺术家也应该更上层楼才是。

盖普和海伦带着小婴儿珍妮和独眼的邓肯，在新英格兰地区凉爽的八月动身欧游，此时大部分跨大西洋的旅行者，走的是相反的路线。

"为什么不等到过了感恩节？"厄尼·霍尔姆问他们。但《本森哈沃眼中的世界》十月就会出版。夏天的时候约翰·沃尔夫把未加校订的样稿传阅出去了一些，已经收到的各种反应都很激烈，要么是激情洋溢地赞扬这本书，要么就是情绪激动地贬低它。

他无法不让盖普看到真书的先行本，比如那书封。但盖普本人对这书的热情不高，总的来说兴趣不大，约翰·沃尔夫还可以搪塞。

盖普现在很期待这趟旅行，还谈起了其他想写的书。（"是个好兆头。"约翰·沃尔夫对海伦说。）

珍妮和萝贝塔开车送盖普一家去波士顿，他们从那里坐飞机去纽约。"别怕飞机，"珍妮说，"不会掉的。"

"老天啊，妈，"盖普说，"你懂飞机吗？它们一天到晚掉的。"

"不停动胳膊就好了，就像翅膀一样。"萝贝塔对邓肯说。

"别吓他，萝贝塔。"海伦说。

"吓不着我。"邓肯说。

"要是你爸爸一直不停说话，你就不会掉下来的。"珍妮说。

"要是你爸不停说话，"海伦说，"我们就永远没法降落了。"她们看得出盖普很紧张。

"要是你们再烦我，我就要放一路屁，"盖普说，"来个大爆炸。”

"你最好写得勤一点儿。"珍妮说。

盖普想起了亲爱的老廷池和自己上一回欧游，他对母亲说："这回我可要好好吸——收，妈。我一个字——也不会写的。"他们都笑了起来，珍妮·菲尔兹甚至还笑出了一点儿眼泪，尽管只有盖普注意到了，他亲吻了母亲和她道别。萝贝塔因为变性手术而变成了个亲吻狂，每个人都要亲好几口。

"老天啊，萝贝塔。"盖普说。

"你们不在我会照顾好这老姑娘的。"萝贝塔说，她硕大的手臂旁，珍妮显得那么小，而且忽然很灰暗。

"我可不要人照顾。"珍妮·菲尔兹说。

"妈妈才是照顾大家的人。"盖普说。

海伦拥抱了珍妮，因为她知道盖普的话多么真。在飞机上，盖普和邓肯可以看到珍妮和萝贝塔在观景台上挥手。因为邓肯想坐在飞机左侧，他们换了座位。空姐说："右边也一样好的。"

"你要没了右眼就不觉得好了。"邓肯愉快地对空姐说，盖普欣赏这孩子的勇气。

海伦和宝宝和他们隔着一条过道。"你看得见奶奶吗？"她问邓肯。

"看得见。"邓肯说。

尽管观景台很快充斥了等着看飞机起飞的人，珍妮·菲尔兹还是一如往常因为她那身白制服而鹤立鸡群，哪怕她并不高。"为什么奶奶看起来那么高？"邓肯问盖普，他说得没错：珍妮·菲尔兹比人群高。盖普发现萝贝塔托起了自己的母亲，好像抱着孩子那样。"哦，萝贝塔抓着她呢！"邓肯叫道。盖普看着母亲被举在空中对他们挥手道别，她在萝贝塔的胳膊里很安全，珍妮害羞又自信的笑容触动了他，他在窗户里对她挥手，尽管他知道珍妮看不见机舱内部。第一次他觉得母亲老了，他别过脸去，看向了过道对面的海伦和他们的新生儿。

"出发啰！"海伦说。飞机起飞的时候她和盖普隔着过道手拉手，盖普知道，海伦害怕飞行。

到了纽约，约翰·沃尔夫在自己的公寓招待他们，他把自己的卧室让出来给盖普、海伦还有小宝宝珍妮，还乐意和邓肯共睡一间客房。

大人们很晚才吃晚饭并喝了太多干邑。盖普对约翰·沃尔夫说了他接下来要写的三部小说。

"第一本叫作《我父亲的幻觉》，"盖普说，"说的是一个理想的父亲有很多子女。他不停建造小小的乌托邦世界，让孩子们在其中长大，等他们长大之后，他就创办小小的大学。但是大学和孩子都破产了。这父亲不停地想要去联合国演讲，但他们不停地把他赶出来，同一份演讲稿，他不停地改来改去。然后他想管理一家免费医院，以失败收场。接着他又想创办全国范围的免费交通系统。与此同时，他的妻子和他离了婚，孩子不断长大，不是不幸福，就是人生一团糟，或者就只是平平无奇，你知道的。孩子们唯一的共通之处，就是对他们的父亲营造的乌托邦的可怕回忆。终于，这父亲成了佛蒙特州长。"

"佛蒙特？"约翰·沃尔夫问。

"是的，佛蒙特，"盖普说，"他成了佛蒙特的州长，但他觉得自己真成了皇帝。能建更多乌托邦了，你懂的。"

"《佛蒙特的皇帝》！"约翰·沃尔夫说，"这个书名更好。"

"不，不，"盖普说，"这是另一本书。两本没关系。《我父亲的幻觉》之后的第二本，叫作《佛蒙特之死》。"

"同一批人物吗？"海伦问。

"不，不，"盖普说，"是另一个故事。讲的是佛蒙特之死。"

"这样啊，我就喜欢文如其名的东西。"约翰·沃尔夫说。

"有一年，春天没有来。"盖普说。

"佛蒙特本来就没有春天。"海伦说。

"不，不，"盖普皱起了眉头，"这一年，夏天也没来，一直是冬天。就暖和了一天，所有花都结了花骨朵。也许是个五月。五月的一天树上长出花苞，第二天长出了叶子，之后一天叶子都变了色。已经是秋天了。叶子落了下来。"

"短暂的树叶生长季。"海伦说。

"你真幽默，"盖普说，"不过事情其实是这样的。冬天又来了，永远会是冬天。"

"死人了吗？"约翰·沃尔夫问。

"不太确定人的情况，"盖普说，"肯定有些人离开了佛蒙特。"

"这构思不赖。"海伦说。

"有些人留了下来，有些人死了。也许他们全都死了。"盖普说。

"这算什么意思？"约翰·沃尔夫问。

"等我写到那里就知道了。"盖普说。海伦笑了起来。

"这本之后还有第三本小说？"约翰·沃尔夫问。

"叫作《对抗巨人的计谋》。"盖普说。

"那是华莱士·史蒂文斯的一首诗。"海伦说。

"对，当然。"盖普说，然后为他们背诵了这首诗。

对抗巨人的计谋

第一个女孩子。

当这个庄稼汉唠叨着走来。

磨着他的钩耙。

我要跑到他前面。

散发出最文明的气息。

它们来自天竺葵和没被嗅过的花。

这会让他止步。

第二个女孩子。

我要跑到他前面。

扯起弧状的洒满了色彩的布。

那色彩小如鱼子。

而那丝线。

会让他羞惭。

第三个女孩子。

噢，在那里……那个可怜虫！

我要跑在他前面。

带着奇怪的喘息。

他就会侧耳倾听。

我要轻轻发出天国般美妙的唇音。

在一个喉音的世界上。

这会让他毁灭。[1]

"多好的诗啊。"海伦说。

"小说分为三部分。"盖普说。

"女孩儿一号，女孩儿二号，女孩儿三号？"约翰·沃尔夫问。

"还有个被毁灭的巨人？"海伦问。

"巨人真被毁灭了吗？"盖普说。

"小说里真有巨人？"约翰·沃尔夫问。

"我还不知道。"盖普说。

"巨人是你本人吗？"海伦问。

"希望不是。"盖普说。

"我也希望不是。"海伦说。

"第一本写这个吧。"约翰·沃尔夫说。

"不，最后写那本。"海伦说。

"最后写《佛蒙特之死》才符合逻辑。"约翰·沃尔夫说。

"不，我觉得会最后写《对抗巨人的计谋》。"盖普说。

"等我死了再写这本。"海伦说。

所有人都哈哈大笑起来。

"不过只有三本，"约翰·沃尔夫说，"跟着呢？这三本以后呢？"

1　王敖译。

"我就死了，"盖普说，"这样总共我就写了六本书，够了。"

所有人又哈哈大笑起来。

"你也知道你会怎么死吗？"约翰·沃尔夫问他。

"不要再说了。"海伦说。然后，她对盖普说："要是你说什么'会死在飞机上'，我不会原谅你的。"约翰察觉到，她微醺的幽默声音之下是严肃的，他伸了伸腿。"你们俩最好还是上床歇着吧，"他说，"为了旅行好好休息。"

"你们不想知道我会怎么死吗？"盖普问他们。

他们一声不吭。

"我会自杀，"盖普乐呵呵地说，"为了能完全树立起作家的名声，看起来几乎免不了要自杀。我认真的，真的。"盖普说，"照如今的潮流来看，你们得同意，这是一种认可作家严肃性的方式吧？既然，写作艺术本身并不总能表现作家的严肃性，那么有时必须得用别的方式来体现作家本人苦闷的深度。自杀似乎说明了这人到底是严肃的。真的。"盖普说，但他的讽刺让人不快，海伦叹了口气，约翰·沃尔夫再次伸了伸腿。"自杀之后，"盖普说，"作品的严肃性陡然大增，而以前可没人注意。"

盖普以前也时常愤愤地说，他最终的责任是当好父亲和养家，他喜欢用一些中流作家作为例子，说人们现在热情地爱戴他们，嗜读他们的书，是因为他们自杀了。至于有些盖普自己也真心欣赏的自杀作家，他只希望自杀成功的时刻，他们当中起码还有几个人，对这不幸的决定带来的幸运心中有数。他非常了解，自杀的人根本不会将自杀浪漫化，他们不会尊重这个行为理应带给他们作品的"严肃性"，盖普觉得，这是图书世界的恶心惯例，由读者和评论家组成。

盖普也知道他不会自杀，尽管沃特遭遇意外之后，他多少没那么确信了，不过他还是明白这一点。他不可能自杀，就像他不可能强奸一样，他无法想象真的这么做。但他爱想象自杀作家面对着自己成功的恶作剧的苦笑，同时把要留下的最后一张便条再读一遍，作出修改，字条带着绝望的痛苦，也合乎情境地毫无幽默感。盖普爱带着苦涩想象那一刻：自杀字条修缮完美之后，作家拿起枪、毒药或者纵身一跃，他疯狂大笑，觉得终于打败了读者和评论家。他想象其中一张字条写着："这是我最后一次被你们这帮白痴误解了。"

"多么病态的想法。"海伦说。

"这是作家最完美的死法。"盖普说。

"天不早了，"约翰·沃尔夫说，"别忘了你们还要搭飞机。"

约翰·沃尔夫到客房里准备就寝，却发现邓肯·盖普完全醒着。

"因为旅行太兴奋了吗，邓肯？"沃尔夫问男孩儿。

"我爸爸以前去过欧洲，"邓肯说，"但是我还没。"

"我知道。"约翰·沃尔夫说。

"我爸爸会赚很多钱吗？"邓肯问。

"但愿如此。"约翰·沃尔夫说。

"我们真的不需要，因为我奶奶赚了那么多钱。"邓肯说。

"不过自己有钱还是好的。"约翰·沃尔夫说。

"为什么？"邓肯问。

"这个嘛，出名总是好的。"约翰·沃尔夫说。

"你觉得我爸爸会出名吗？"邓肯问。

"我觉得会。"约翰·沃尔夫说。

"奶奶已经很有名了。"邓肯说。

"我知道。"约翰·沃尔夫说。

"我觉得她不喜欢出名。"邓肯说。

"为什么?"约翰·沃尔夫问。

"太多陌生人来找她了,"邓肯说,"奶奶说的,我听到她说过,'这家里太多陌生人了。'"

"这样啊,你爸爸应该不会像你奶奶这种红法。"约翰·沃尔夫说。

"有多少不同的红法啊?"邓肯问。约翰·沃尔夫憋着吐出一口长气。然后,他开始告诉邓肯非常畅销的书和还算成功的书之间的区别。他谈了政治理念类书籍和有争议的书籍以及小说。他告诉邓肯图书出版业的精细行规,他对邓肯全盘相授对出版业的个人意见,其实他从没告诉过盖普这么多。盖普并不真正感兴趣。邓肯也不感兴趣。邓肯一条精妙行规也没记住,约翰·沃尔夫刚开始解释没多久,他就快速睡着了。

邓肯不过是喜欢约翰·沃尔夫讲话的调子。悠长的故事,缓慢的说明。这是萝贝塔·马尔登、珍妮·菲尔兹、他母亲,还有盖普在犬首湾宅子里晚上给他讲故事的声音,让他沉沉入眠,不会做噩梦。邓肯已经习惯了这种声音,在纽约听不到这种声音他就睡不着。

早晨,盖普和海伦觉得约翰·沃尔夫的衣柜很有意思。里面有一件漂亮的睡衣,无疑属于约翰·沃尔夫最近交往的某个瘦长女人的,他肯定叫她昨晚别住在这儿。里面还有30套黑西服,都是细条纹的,都很优雅,裤子都比盖普的腿长出3英寸来。盖普穿了一套他喜欢的来吃早饭，把裤管卷了起来。

"老天，你有好多西服。"他对约翰·沃尔夫说。

"拿一套走，"约翰·沃尔夫说，"拿两三套。拿你穿着的这套。"

"太长了。"盖普说着抬起一只脚。

"拿给人家改短。"约翰·沃尔夫说。

"你一套西服也没有。"海伦对盖普说。

盖普觉得太喜欢这身西服了，想穿去机场，他用别针固定住裤管。

"老天啊。"海伦说。

"和你站在一起我有点儿尴尬。"约翰·沃尔夫说了实话，他开车送他们去了机场。他要完全确认把盖普一家送出国。

"哦，你的书，"他在车上对盖普说，"我老忘记给你一本。"

"我知道。"盖普说。

"我给你寄过去。"约翰·沃尔夫说。

"我还从来没看见书封上印了什么呢。"盖普说。

"封底是你的照片，"约翰·沃尔夫说，"老照片，你见过的，我肯定。"

"封面呢？"盖普说。

"这个嘛，就是书名。"约翰·沃尔夫说。

"哦，是吗？"盖普说，"我还以为你或许不会印书名呢。"

"就是书名而已，"约翰·沃尔夫说，"在一张那种照片上面。"

"'那种照片'，"盖普说，"哪种照片？"

"也许我公文包里有一张，"沃尔夫说，"到了机场我找找。"

沃尔夫很谨慎，之前他已经不小心把《本森哈沃眼中的世界》是"限制级肥皂剧"这句话溜出嘴了。盖普似乎并不为其所扰。"听好了，书写得特别好，"沃尔夫是这么说的，"不过不管怎么说还是个肥皂剧，不知怎地，就是太过头了。"盖普叹了口气。"生命，"他说，"不知怎地，就是过头的。生命就是限制级肥皂剧啊，约翰。"

约翰·沃尔夫的公文包里有一张剪下来的《本森哈沃眼中的世界》封面，没有盖普的照片，当然也没有书封折页。约翰·沃尔夫打算趁他们说再见的时候，把封面给盖普。这剪下的封面，密封在一只信封里，这只信封又装在另一只信封里。约翰·沃尔夫很肯定，盖普直到安稳坐上飞机之前，都无法拆开来看。

盖普一到欧洲，约翰·沃尔夫就会寄给他《本森哈沃眼中的世界》剩下的书皮。沃尔夫很肯定，这会让盖普大为光火想马上飞回来。

"这架飞机比别的大。"邓肯在机翼前边的左侧靠窗座位上说。

"必须得大一些，因为这架飞机要飞过整片海洋。"盖普说。

"求求你别再提这个了。"海伦说。邓肯和盖普的座位隔条走道，一个空姐正在给小珍妮扎一根奇妙的背带，她给挂在海伦面前的椅背上，好像别人家的孩子或是印第安人的孩子。

"约翰·沃尔夫说你会有钱会出名。"邓肯对他父亲说。

"嗯。"盖普说。他在费工夫拆约翰·沃尔夫给他的两个信封，信封麻烦得很，让他困扰。

"真的吗？"邓肯问。

"但愿如此。"盖普说。他终于见到了《本森哈沃眼中的世界》封面。他说不好是因为这架大型飞机离地造成的突然失重感，还是因为封面这张照片，他觉得背脊一凉。

这张被放大的黑白照片，颗粒粗糙得有雪花那么大，上面有一辆救护车在医院门口放病人下车。医护人员们阴沉的灰色的脸，写着无济于事，流露出用不着着急的实情。床单下的尸体很小，完全被盖住，一点儿看不见。这张照片像任何医院写着"急诊"字样的门口一样马上让人觉得可怕。这可以是任何医院，任何救护车，以及任何来不及救的小小尸体。

照片用了一种湿润的光面印刷，加上粗糙的颗粒，还有照片中的事故应该发生在雨夜，种种因素都让这图片好像是从任何低级报纸上剪下来的，可以是任何灾祸。任何小孩儿的死亡，任何地点，任何年代。不过这图片当然只让盖普想到，当他们乍见沃特支离破碎地躺在那儿，灰色的绝望表情，浮上了所有人的脸。

《本森哈沃眼中的世界》这限制级肥皂剧的封面，旗帜鲜明地警告读者：这是一个悲伤的故事。这故事呼唤读者廉价但即时的注意力，很成功。封面向读者保证了马上就能经历病态的哀伤，盖普知道这本书的内容也能办到。要是当时他就读到封面折页上关于这小说和他人生的描写，那他很可能前脚刚到欧洲，后脚就搭下一班飞机回纽约了。但正如约翰·沃尔夫所安排的那样，他还有时间来屈服于这种宣传手法。等盖普读到书封折页的时候，他就会已经能消化了这可怕的封面照片了。

海伦永远消化不了，而且她永远无法原谅约翰·沃尔夫。她也不能原谅他用在封底上的盖普照片。那是事故几年前拍的盖普和邓肯还有沃特的合照。是海伦照的这张照片，盖普把它当圣诞卡寄给了约翰·沃尔夫。照片是在缅因州的码头拍的。盖普除了一条泳裤什么都没穿，看起来身材很棒。他当时的身材的确很棒。邓肯站在他身后，他瘦削的胳膊搁在他父亲的肩上。邓肯也穿着泳裤，皮肤晒得很黑，头上时髦地斜挂着一顶白色的水手帽。他冲相机咧着嘴笑，漂亮的眼睛朝下看着镜头。

沃特坐在盖普的大腿上。他刚从水里出来，浑身湿滑得像小海豹似的，盖普正想用一条毛巾温暖地包住他，不过沃特在扭着身子挣扎。他那张小丑似的特别欢乐的圆脸，冲着相机和拍照的妈妈哈哈大笑。

盖普看到这张照片时，他可以感到沃特湿冷的尸体在他怀中变暖变干。

照片下面，一行说明文字直击人类最不高尚的本能。

T. S. 盖普和他的孩子们（事故之前）

这句话暗示如果去读这本书的话，就能知道究竟发生什么意外了。当然了，读了也不会知道。《本森哈沃眼中的世界》不会真的告诉读者任何关于这场意外的情况，虽然说句公道话，意外事件在这部小说里唱了主角。唯一能让读者了解照片说明提及的意外的，是书封折页上约翰·沃尔夫写的垃圾文字。不过，尽管如此，一个父亲和他在劫难逃的孩子们的照片，还是能骗读者上钩。

人们蜂拥而至，来买珍妮·菲尔兹可怜儿子的这本书。

在去欧洲的飞机上，盖普只有这张救护车照片来让他施展想象力。即便在这样的高度，他还是能想象得到人们蜂拥而至来买这书。他端坐在飞机上，对想象中来买书的人感到恶心，他还对自己写出这种把人潮吸引来的书感到恶心。

"蜂拥而至"的任何东西都让盖普感到不安，特别是人。坐在飞机上的他希望自己和家人能拥有更多隔绝和隐私，拥有比他所知的更多私人空间。

"这么多钱我们怎么花？"邓肯忽然问他。

"这么多钱？"盖普说。

"等你变得又有钱又出名之后，"邓肯说，"我们要做什么？"

"我们就开心地大玩特玩。"盖普对他说，但他儿子那只漂亮的眼睛带着怀疑看穿了他。

"我们现在正飞行在35,000英尺的高度。"飞行员说。

"哇。"邓肯说。然后盖普想把手伸过走廊去拉妻子的手。一个胖男子正不太肯定地走向厕所，盖普和海伦只能互相看着对方，用眼神交汇代替手牵手。

在盖普脑中，他看见了一身白的母亲珍妮被高大的萝贝塔举在空中。他不知道这意味着什么，但珍妮高过人群的那一幕，让他背脊发凉，就好像《本森哈沃眼中的世界》封面上那张救护车的照片给他的感觉一样。他开始和邓肯聊天，说些什么都好。

邓肯开始聊起沃特和底流来，那是件有名的家庭轶事。打从邓肯记事起，每年夏天，盖普一家都去新罕布夏的犬首湾度假，珍妮祖宅前长达数英里的海滩为可怕的底流蹂躏。沃特大到可以冒险靠近海水时，邓肯就让他"小心底流"，海伦和盖普好几年来也这样对他说过。沃特敬畏地退了回来。之后的三个夏天，沃特都被警告小心底流。邓肯记得所有用词。

"底流今天很糟。"

"底流今天很强。"

"底流今天很邪。""邪"这个词在新罕布夏很流行，并不限于形容底流。

那几年沃特都小心留意着底流。第一次被警告时，他问它会把人怎么样，他们只是告诉他，它会把人拖下海去。说它会从下面把人吸住，把人淹没拖走。

邓肯记得，那年是沃特在犬首湾度过的第四个夏天，盖普、海伦和邓肯观察到沃特在望着大海。海浪溅起的浮沫到他脚踝那里，他盯着海浪看，很久很久都没有跨出一步。他们便走下来到海水边和他说话。

"沃特，你在干吗？"海伦问。

"你在找什么，蠢蛋？"邓肯问他。

"我想看'底蛤蟆'。"沃特说。

"什么？"盖普说。

"'底蛤蟆'，"沃特说，"我想看。它有多大？"

盖普、海伦和邓肯屏住了呼吸，他们意识到，这些年来沃特想象着有一只巨大的蛤蟆，潜伏在海岸边，伺机把他往下吸，拖进海里。这可怕的"底蛤蟆"。[1]

盖普努力和他一同想象。它会不会浮出水面？会不会漂流？它是不是总住在水下，它皮肤很薄又鼓胀着，不停寻找它那粘舌头能拉下水的脚踝？这恶魔"底蛤蟆"。

"底蛤蟆"成了海伦和盖普之间用来指代焦虑的暗号。在他们跟沃特讲清楚怪物其实是不存在的（"是底流，蠢蛋，不是'底蛤蟆'！"邓肯对他号叫。）之后很久，盖普和海伦自己一感到危险

---

1 沃特将底流听成了"底蛤蟆"，"底蛤蟆"是他自己想象出来的名词。

就会想起这个怪物来。比如路况拥堵严重，或者路面结冰，或者忧郁一夜之间袭来，他们就会对对方说："今天'底蛤蟆'很强。"

"记得吗，"邓肯在飞机上问，"沃特问它是绿色还是棕色的？"

盖普和邓肯都笑了起来。但它既不绿也不棕，盖普想。它是我。它是海伦。它和坏天气一个颜色。它和轿车一样大。

在维也纳，盖普感到"底蛤蟆"很强。海伦似乎没感觉到，邓肯则和其他11岁的孩子一样，感受瞬息万变。盖普觉得回到这座城市有如重回史第林学校。街道、房屋甚或是美术馆里的画，都好像他从前那些老师，变得更老了，他几乎无法认出它们，它们则根本不认识他。海伦和邓肯到处观览。盖普则满足于陪小珍妮散步，长长温暖的秋天，他推着一辆和这座城市本身一样充满巴洛克风情的婴儿车穿行，他对每一个往推车里看并咂舌赞美小婴儿的老人微笑点头。维也纳人看起来都吃好的穿好的，这也让盖普觉得新鲜，这座城市已经距离苏联占领时期很多年了，战争的记忆和残骸遗迹也早已远离。如果说在他和他母亲来的时候，维也纳正处于垂死边缘或已然死去，那么现在盖普觉得，有什么崭新但普通的东西，已经在这座老城里长了出来。

与此同时，盖普也乐意带邓肯和海伦到处玩。他喜欢渗透了自己个人历史并掺杂了维也纳旅游书的导览路线。"这是希特勒第一次在此发表讲话时，站的地方。这是我以前礼拜六早上买菜的地方。这里是第四区，苏占区，是著名的卡尔教堂所在地，还有上下美景宫。你们左侧，欧根亲王大道和阿根廷大道之间的那条小路就是我和妈……"

他们在第四区一家不错的民宿租了几间房间。他们商量着要送邓肯进一家英语学校，但开车去那所学校很远，要不然每天早上就得搭很久的有轨电车，而他们根本连半年都没打算停留在这里。他们大致计划着圣诞节就会在犬首湾和珍妮、萝贝塔还有厄尼·霍尔姆一起过节。

约翰·沃尔夫终于把书寄来了，书封什么都一样不缺，盖普对"底蛤蟆"的感觉有那么几天变得无法忍受，然后那种感觉就被内化，吸收到表面以下。似乎不见了。盖普到底还是写了封措辞克制的信给他的编辑，信中表达了个人所受的伤害，公事公办地说，他理解编辑这么做的意图是最好的，但……他又能多气沃尔夫呢？盖普自己提供了这个产品，沃尔夫只不过是帮忙宣传罢了。

盖普听他母亲说第一批评论"不太友善"，但珍妮在约翰·沃尔夫的建议下，没有在信中附上这些评论。约翰·沃尔夫剪了第一篇出现在重要的纽约评论报刊上的赞誉文字："女权主义运动，终于在一位重要的男作家身上产生了重要影响。"一位评论家这样写道，她是某处的女性研究副教授。她继而说《本森哈沃眼中的世界》是"第一本由男性撰写的，对众多女性遭受的异常的男性神经质压力的深入研究"。

"老天，"盖普说，"说得好像我写了本论文似的。这他妈的可是小说，是故事，是我编出来的！"

"不过嘛，听上去她挺喜欢的。"海伦说。

"她喜欢的不是这个，"盖普说，"她喜欢的是别的东西。"

但这篇评论帮助奠定了《本森哈沃眼中的世界》是本"女权主义小说"的谣言基础。

"你就像我一样，"珍妮·菲尔兹写信给儿子说，"眼看着就要从我们这个时代很多流行的误解中得益了。"

其他评论说这书"偏执、疯狂，充斥着毫无必要的暴力和性"。盖普没有看到大部分这类评论，但它们肯定也对销量毫无影响。

一个评论家肯定了盖普是个严肃作家，"巴洛克式的夸张倾向失去控制"。约翰·沃尔夫倒是没拦下这篇评论，一准儿是因为他自己很同意。

珍妮写信说，她越来越多地"涉身"新罕布夏的政治中了。

"新罕布夏的州长竞选，占据了我们全部时间。"萝贝塔·马尔登的信里说。

"怎么可能有人会把所有时间花在一个新罕布夏的州长身上？"盖普回信道。

很明显，有什么女性主义议题受到了威胁，散播了保守派胡言乱语，还发生了某些罪案，现任州长其实还为此自豪。政府部门吹嘘一个被强奸的14岁少女要堕胎遭拒，因此遏制了全国范围的堕落风潮。这位州长的确是个自命不凡的反动保守的蠢货。其他事且不提，但说他似乎相信穷人不应该受到州政府或联邦政府的救济，很大程度上是因为在这位新罕布夏州长眼里，这些穷人是自作自受罪有应得，是"上帝"对他们公正的道德裁判。这位现任州长又可恶又狡猾，比如说，他能成功激起人们的恐惧：说新罕布夏有遭到纽约来的离婚女子团体破坏的危险。

纽约来的离婚女人据说成群地搬来新罕布夏。她们的目的是把新罕布夏的女人变成女同性恋，不然最起码也要煽动她们对新罕布夏的丈夫们不忠，她们的目标包括勾引新罕布夏的人夫们，以及新罕布夏的高中男生。纽约来的离婚女人，很明显代表了广泛存在的滥交、赡养费以及新罕布夏媒体口中不祥的"女子群居"情况。

这种传说中的"女子群居"中心之一，自然是犬首湾，乃是"激进女权主义者珍妮·菲尔兹的老巢"。

州长说，性病感染率普遍上升，这是"这群思想解放人士中出了名的问题"。他说得一手好谎。而同这个被广为爱戴的蠢货竞争州长的显然是个女人。珍妮、萝贝塔和（珍妮信中所提的）"纽约离婚女子团体"在为她助选。

不知何故，新罕布夏唯一的州报上，盖普的"堕落"小说被誉为"新女性主义《圣经》"。

"一首唱给我们这个时代道德沦丧和性犯罪危险的暴力之歌。"一位西海岸的评论家写道。

"是对我们这个摸索中的时代的暴力和性斗争的痛苦抗议。"另一个地方的另一份报纸写道。

无论人们喜不喜欢这部小说，它都被普遍看作新闻。小说成功的一条途径，就是让故事看起来类似某人在叙述新闻。这就发生在了《本森哈沃眼中的世界》身上，就像那个新罕布夏的蠢州长那样，盖普的书成了新闻。

"新罕布夏是一个鸟不拉屎的地方，人们政治意识薄弱，"盖普写信给母亲，"看在上帝的份上，别被卷进去。"

"你老这么说，"珍妮写道，"你回来的时候，就会出名了。到那时候让我瞧瞧你怎么能不被卷进去。"

"瞧我的吧，"盖普写道，"没有比这更简单的事了。"

因为要写这些跨洋信件，盖普暂时没工夫体会那让人畏惧又致命的"底蛤蟆"了，但这会儿海伦告诉他，她也体察到这头野兽了。"我们回家吧，"她说，"我们玩得够开心了。"

他们接到约翰·沃尔夫的电报。"哪儿也别去，"电报说，

"人们蜂拥而至抢购你的书。"

萝贝塔给盖普寄去一件T恤。

上面写着："纽约离婚女子，对新罕布夏有益"。

"上帝啊，"盖普对海伦说，"我们还是至少等到这场无脑的选举结束以后，再回去吧。"

于是他幸运地错过了关于《本森哈沃眼中的世界》的"女性主义意见分歧"，那是发表在一本轻浮的流行杂志上的文章。评论者认为，这部小说"牢牢秉持着这样的歧视女性观念，认为女人主要是一堆洞眼的组合，是男性猎食者合适的猎物……盖普延续了这种让人愤慨的男性神话：也就是好男人保卫家庭，而好女人永远不会让另一个男人进入她字面上或比喻意义上的门"。

连珍妮·菲尔兹也被哄来，写她儿子的小说的"书评"，幸运的是盖普从来没看到珍妮的文章。珍妮说尽管这是她儿子最好的小说，因为题材是最严肃的，但"重复出现的男性幻想伤害了作品，女读者会觉得太冗长"。然而，珍妮说，她的儿子是个好作家，还年轻，会进步的。"他的心，"她继续写道，"摆在正确的位置。"

要是盖普读了这个，他可能会在维也纳待上更久。但他们已经计划好要离开了。像往常一样，是紧张焦虑加快了盖普一家的计划。一天晚上，邓肯没有从公园回来，他天黑以前就去了，盖普跑出去找他，对身后的海伦大喊说这就是最后的提示，他们应该越快走越好。总的来说，城市生活让盖普太过害怕邓肯会出事了。

盖普沿着欧根亲王大道，朝黑山广场的苏联英雄纪念碑跑去。那里附近有家糕饼铺，邓肯很喜欢糕点，尽管盖普已经不断警告过这孩子，吃点心的话就会没胃口吃晚饭。"邓肯！"他边跑边喊，他的声音落在坚固的石建筑上，弹回到他自己身上，好像"底蛤蟆"打出的蛙类特有的嗝儿，他能感觉到这头又丑又浑身长瘤的动物黏黏的呼吸近在咫尺。

但邓肯不过是在糕饼铺欢乐地嚼着一块格里尔帕策巧克力蛋糕。

"天黑得越来越早了，"他分辩道，"我也不算晚太多。"

盖普不得不同意。他们一起走回家。"底蛤蟆"消失在了一条又小又黑的马路尽头，要不然就是它对邓肯没有兴趣，盖普想。他想象海浪拉扯自己脚踝的感觉，不过这种感觉很快就消失了。

电话声，古老的警报呼喊，有如守卫时遇刺的战士，受惊尖叫，吓得他们的民宿老板娘颤抖得像个鬼魂一样出现在他们房间里。

"Bitte，Bitte[1]。"她走过来邀请他们。带着一点儿兴奋的颤抖告诉他们电话是从美国打来的。

那时差不多凌晨两点，暑热已散，盖普颤抖着跟着老妇，走到民宿的走廊上。"走廊的地毯很薄，"他回忆起来，"是影子的颜色。"很多年以前他这么写过。然后他看见了其他人物：匈牙利歌手、只能用手走路的男子、命运多舛的熊和他想象出来的悲惨的死亡马戏团的全部成员。

但是他们不见了，只剩下老妇瘦弱直立的身躯在前面引路，她的身子不自然而严肃地挺得笔直，好像她本来驼背，要矫枉过正似的。墙上没有速滑队的照片，厕所门口也没有停着的独轮车。他们走下楼进入一间屋子，顶灯发出刺眼的光，好像被占领的城市里草

---

1 德语，请。

率搭起的一间手术室，盖普觉得自己在跟着死亡天使走，她是"底蛤蟆"的接生婆，他在电话话筒上能闻到它那沼泽般的气息。

"喂？"他小声说。

此刻听到萝贝塔·马尔登的声音，他松了口气，一定又是来抱怨拒绝她的情人，也许她打电话来没别的事。要不然就是报告一下新罕布夏州长竞选的新情况。盖普抬头看着老板娘老迈的脸上写着的问号，注意到她都没来得及装上假牙，她的两颊干瘪，松弛的肉掉到她的下巴下面，她整张脸像骷髅一样松垮。房间充满了"底蛤蟆"的味道。

"我不想让你看到新闻才知道，"萝贝塔说，"我不是很肯定，你们那里的电视会不会播这个新闻，或者报纸上会不会登。我只不过不希望你从新闻里知道这个消息。"

"谁赢了？"盖普轻松地问，尽管他知道，这个电话和新的或旧的新罕布夏州长都没关系。

"她被枪射中了，你母亲，"萝贝塔说，"他们杀了她，盖普。一个浑蛋用猎鹿的来复枪射中了她。"

"谁？"盖普呻吟道。

"一个男人！"萝贝塔哭号着。这是她能想到最坏的词：一个男人。"一个恨女人的男人，"萝贝塔说，"他是个猎人，"她啜泣着，"刚好是狩猎季，要不然就是狩猎季快到了，没人觉得扛着来复枪的男人有什么不对劲的。他朝她开的枪。"

"死了？"盖普说。

"我在她倒下以前接住了她，"萝贝塔哭着说，"没让她跌在地上，盖普。她一个字也没说。她不知道发生了什么，盖普。我肯定。"

“他们抓住那个男人了吗？”盖普问。

“有人朝他开了枪，要不然就是他朝自己开了枪。”萝贝塔说。

“死了？”盖普问。

“是的，那个浑蛋，”萝贝塔说，“他也死了。”

“你现在一个人吗，萝贝塔？”盖普问她。

“不是，”萝贝塔哭泣着，“我们很多人在这里。在你家。”
盖普能想象得到她们所有人，在犬首湾哀号的女人们，她们的领袖
被刺杀了。

“她想把遗体捐给医学院的，”盖普说，“萝贝塔？”

“我听到了，”萝贝塔说，“这简直可怕。”

“这是她的愿望。”盖普说。

“我知道，”萝贝塔说，“你得回家来。”

“这就回来。”盖普说。

“我们不知道该做什么。”萝贝塔说。

“还有什么可做的？”盖普问，“什么都做不了。”

“应该要做些什么的，”萝贝塔说，“但她说过，她不想要办
葬礼。”

“当然不，”盖普说，“她希望把遗体捐给医学院，萝贝塔，
你要达成她的这个心愿，这是妈妈想要的。”

“但总还是应该要做些什么的，”萝贝塔分辩道，“就算不是
宗教葬礼的话，也应该要做些什么。”

“在我到之前你千万别做任何事。”盖普对她说。

“我们很多人都在商量，”萝贝塔说，“大家都想搞个集会之
类的。”

“萝贝塔，我是她唯一的亲人，”盖普说，“你把这话带给她

们。"

"她对我们很多人都很重要，你知道的。"萝贝塔断然说道。

是的，就是这样她才会遇害！盖普想，但他什么都没说。

"我尽力照顾她了！"萝贝塔哭道，"我叫她别进那个停车场的。"

"不怪任何人，萝贝塔。"盖普温柔地说。

"盖普，你觉得有人要负责的，"萝贝塔说，"你总这样。"

"别这样，萝贝塔，"盖普说，"你是我最好的朋友。"

"我来告诉你谁该负责，"萝贝塔说，"是男人，盖普。是你们这种肮脏的杀人犯性别！要是你们不能为所欲为地操我们，你们就会变出一百种方法弄死我们。"

"我可不算，萝贝塔，别这样。"盖普说。

"你也算，"萝贝塔小声说，"没有男人是女人的朋友。"

"我是你的朋友，萝贝塔。"盖普说，然后萝贝塔哭了好一会儿，盖普觉得，她的哭声像雨水落在深深的湖面般自然。

"对不起，"萝贝塔小声说，"要是我看见那个带枪的男人的话，哪怕早一秒，我也会挡住子弹的。我会这样做，你知道的。"

"我知道你会这么做，萝贝塔。"盖普说，他不知道自己会不会这么做。当然他爱母亲，现在也感到丧亲的痛楚。但他是不是能像同为女人的珍妮·菲尔兹的追随者们那样对她忠心耿耿呢？

他为深夜来电向老板娘道歉。他告诉她他母亲死了，这老妇便在自己胸前画着十字，她凹陷的双颊和空无一物的牙龈虽然没有吐出一个字，但它们清楚地暗示着她经历过许多亲人离世。

海伦哭得最久，她不让沿袭了珍妮名字的小婴儿珍妮·盖普离开自己的怀抱。邓肯和盖普翻寻着报纸，但新闻要等一天才会传到奥地利，除了神奇的电视。

盖普在老板娘家的电视上看着自己母亲遇刺。

那是在新罕布夏一个商场里办的什么鬼选举活动。周围环境看起来约摸是在海边，盖普认出这个地方离犬首湾几英里。

现任州长一直以来都偏爱所有雷同、卑鄙、愚蠢的事物。和他竞争的女人看起来教育程度很好，是那种理想主义的人，她也几乎无法控制自己对州长代表的雷同、卑鄙、愚蠢的事物的怒火。

有皮卡绕着商场停车场转来转去。皮卡上载满穿着猎装外套和帽子的男子，很显然他们代表了新罕布夏的利益所在，与纽约离婚女子在新罕布夏的利益针锋相对。

那个竞选州长的亲切女人，也是一位纽约来的离婚女性。虽然她在新罕布夏住了15年，孩子们也在这里上学，不过现任州长以及绕着停车场开来开去的皮卡上的支持者们，或多或少都无视这个事实。

现场有很多标语，讪笑声不绝于耳。

还有一支身着队服的高中橄榄球队，他们的橄榄球鞋在停车场的水泥地板上敲击有声。女候选人的一个孩子是队员之一，他把球员召集来停车场，希望能证明在新罕布夏投票给他母亲，是完全男子气概的行为。

皮卡上的猎手则认为投票给这个女人，无异于投票给娘娘腔、女同性恋、社会主义、离婚赡养费，还有纽约，如此种种。盖普看电视转播的时候有种感觉，那些事物在新罕布夏都得不到容许。

盖普、海伦、邓肯和婴儿珍妮，坐在维也纳的民宿，准备观看珍妮·菲尔兹遇袭身亡。不知所措的老板娘，给他们奉上了咖啡和小蛋糕，只有邓肯稍微吃了点儿。

然后轮到了珍妮·菲尔兹对停车场上聚集的人们讲话。她站在一辆皮卡后面讲话，萝贝塔·马尔登把她举起来放上后挡板，帮她调整好麦克风。盖普的母亲在皮卡上看起来特别小，尤其是站在萝贝塔旁边，但珍妮的制服那么白，一眼就能看到她，又亮又清楚。

"我是珍妮·菲尔兹。"她说，有人欢呼，有人吹口哨，有人大叫。绕停车场开的皮卡喇叭声大作。警察让他们把皮卡开走，他们照办了，但又开了回来，再开走。"你们大多数人都知道我是谁。"珍妮·菲尔兹说。现场发出更多叫声，更多欢呼，更多喇叭声，随即一声清脆的枪响，确凿得好像浪拍碎在沙滩上。

没人看见子弹从哪儿射出。萝贝塔·马尔登从盖普母亲的腋下接住了她。珍妮白色的护士服上，好像被溅上一些深色水渍。然后萝贝塔抱着珍妮从后挡板上下来，切入松动的人群，好像一个老近端锋想要持球强行首攻。人群分开了，珍妮白色的护士服几乎为萝贝塔的手臂遮挡。一辆警车开来接萝贝塔，他们靠近时，萝贝塔把珍妮·菲尔兹的尸体朝巡逻车递了过去。有那么一瞬间，盖普看见母亲那纹丝不动的白色护士服被举到空中，越过人群交到了警察怀里，警察帮她和萝贝塔上了车。

那车如人们常说的，疾驰而去。摄像机镜头转向兜着圈的皮卡和更多警车，他们当中发生了明显的交火。之后，一具穿着猎装外套的男性尸体一动不动躺在看来好像一摊油的暗色血泊中。再之后，一个特写镜头拍到了一样东西，新闻记者只说那是"猎鹿步枪"。

记者指出猎鹿季还未正式开始。

这场电视转播除了没有裸体画面之外，从头到尾都是一场限制级肥皂剧。

盖普感谢老板娘让他们看新闻。不到两个小时，他们就到了法兰克福，从那里转机去纽约。"底蛤蟆"不在他们的飞机上，连那么怕坐飞机的海伦都感觉不到它的存在。他们知道，这段时间，"底蛤蟆"在别处。

在太平洋上空，盖普唯一能想到的就是她母亲说出了堪称"遗言"的话。珍妮·菲尔兹用"你们大多数人都知道我是谁"来结束生命。在飞机上，盖普哭着说出了这句话。

"你们大多数人都知道我是谁。"他轻声说。邓肯睡着了，但海伦听见了，她把手伸过走道抓住了盖普的手。

在海平面以上几千英尺处，T. S. 盖普在把他带回家的飞机上放声大哭，他将回到让他成名的暴力国家。

第17章

第一场女权主义葬礼及其他葬礼

"自从沃特死后，"T. S. 盖普写道，"我的人生好像进入了尾声。"

珍妮·菲尔兹死时，盖普一定感到更为迷惘，好像时间按照计划流走。但那计划是什么？

盖普坐在约翰·沃尔夫的纽约办公室里，努力理解围绕着他母亲的死而产生的众多计划。

"我没批准谁办葬礼，"盖普说，"怎么能办葬礼呢？都没有遗体，萝贝塔你说是吗？"

萝贝塔·马尔登耐心地说，遗体按照珍妮的意思处理了。遗体不重要，萝贝塔说。只不过要办场纪念会，还是不要把它想成"葬礼"比较好。

报纸报道过，这将会是纽约的第一场女权主义者葬礼。

警察也说可能会出现暴力行为。

"第一场女权主义者葬礼？"盖普说。

"她对那么多女性都那么重要，"萝贝塔说，"别生气。你并不拥有她，你知道的。"

约翰·沃尔夫翻了个白眼。

邓肯·盖普从约翰·沃尔夫的办公室窗前，往外看曼哈顿的40层楼高处，让他觉得很像他刚坐过的飞机。

海伦在另一间办公室打电话。她想联系上在史第林老城的父亲，她想让厄尼在波士顿机场接他们从纽约过去的飞机。

"好吧，"盖普慢悠悠地说，他抱着坐在他大腿上的小婴儿珍妮·盖普，"好吧。你知道我不同意的，萝贝塔，不过我会去。"

"你会去?"约翰·沃尔夫说。

"不!"萝贝塔说，"我的意思是，你不必去。"

"我明白，"盖普说，"不过你是对的。她应该会喜欢这种事，所以我会去。有些什么内容?"

"会有很多很多演讲，"萝贝塔说，"你不会想去的。"

"你们会从她的书里挑段落朗读吗?"约翰·沃尔夫说，"我们已经捐了一些书。"

"不过你不会想去的，盖普，"萝贝塔紧张地说，"就别去了吧。"

"我想去，"盖普说，"我向你保证不会发出嘘声，不论什么浑蛋怎么说。我想读读她写的东西呢，要是有人感兴趣的话，"他说，"你们读过她写的被人叫作女性主义者的感想吗?"萝贝塔和约翰·沃尔夫面面相觑，他们如受重击，面如土色。"她说'我讨厌被人这么叫，因为我在表达对男性的感觉以及写作的时候，并没有选择这个标签'"。

"我不想和你争，盖普，"萝贝塔说，"现在不是时候。你非常清楚她也写过说过其他东西。她就是个女权主义者，无论她喜欢这个标签还是不喜欢。她干脆地指出了女人面对的所有不公平，她干脆地叫女人去过自己想要的生活，自己作决定。"

"哦？"盖普说，"她是不是相信所有发生在女人身上的事，都是因为她们是女人？"

"白痴才这样相信呢，盖普，"萝贝塔说，"你把我们说得好像艾伦·詹姆斯主义者。"

"你们俩都别说了。"约翰·沃尔夫说。

珍妮·盖普小声抱怨了一下，打了盖普的大腿，他惊讶地看看她，好像忘了腿上还坐着个活人。

"怎么了？"他问她。但婴儿又静了下来，她直愣愣盯着约翰·沃尔夫办公室里其他人都看不到的花纹。

"狂欢大会什么时候？"盖普问萝贝塔。

"下午五点。"萝贝塔说。

"我相信这是经过精心选择的，"约翰·沃尔夫说，"这样纽约一半的秘书，都能早一个小时翘班了。"

"并不是每个纽约的女性上班族，都是秘书。"萝贝塔说。

"秘书，"约翰·沃尔夫说，"是唯一在四点到五点之间会给人惦记的。"

"哦，老天啊。"盖普说。

海伦进来说她无法打通她父亲的电话。

"他在带摔跤训练。"盖普说。

"摔跤季还没开始呢。"海伦说。盖普看了看表上的日历，时间还和美国时间相差几个小时，他上一次调表还是在维也纳。但盖普知道，史第林的摔跤季要到感恩节之后才开始。海伦是对的。

"我打到他体育馆的办公室，他们说他在家，"海伦对盖普说，"我打到家里，又没有人接。"

"我们到机场租车，"盖普说，"无论如何，我们今晚才会走，我还得去那倒霉的葬礼。"

"不，你不必去。"萝贝塔坚持道。

"其实，"海伦说，"你不能去。"

萝贝塔和约翰·沃尔夫再次如受重击，面如土色，盖普只是一片茫然。

"什么意思，我不能去？"他问。

"那是女权主义者的葬礼，"海伦说，"你没读报纸吗？还是只读了个标题？"

盖普带着责备看着萝贝塔·马尔登，但她在看着朝窗外看的邓肯。邓肯拿出自己的望远镜，侦查着曼哈顿。

"你不能去，盖普，"萝贝塔坦白道，"是真的。我没告诉你因为我觉得你会不爽。反正我也没想到你想去。"

"不许我去？"盖普说。

"这是为女性办的葬礼，"萝贝塔说，"女人热爱她，女人要哀悼她。这是我们想要的形式。"

盖普瞪着萝贝塔·马尔登。"我爱她，"他说，"我是她唯一的孩子。你是说我不能去这场狂欢大会就因为我是男的？"

"我希望你不要叫它狂欢大会。"萝贝塔说。

"什么是狂欢大会？"邓肯问。

珍妮·盖普再次发出抗议，但盖普没理她。海伦从他怀里把她接了过来。

"你的意思是没有男人可以参加我母亲的葬礼？"盖普问萝

贝塔。

"严格说起来不算葬礼，我告诉过你的，"萝贝塔说，"比较像是集会，虔诚的示威。"

"我去定了，萝贝塔，"盖普说，"我不管你叫它什么。"

"哦老天。"海伦说，她带着小珍妮离开了办公室，"我再去打电话找找我父亲。"

"我看见一个男人只有一条胳膊。"邓肯说。

"求你别去了，盖普。"萝贝塔声音软了下来。

"她说得对，"约翰·沃尔夫说，"我本来也想去。说到底我还是她的编辑。但就放手让她们去吧，盖普。我觉得珍妮要是知道，也会同意的。"

"我可不管她要是知道会不会同意呢。"盖普说。

"这八成是真心话，"萝贝塔说，"这也是你不应该去的一条理由。"

"盖普，你不知道有些女权主义运动的人是怎么看待你的书的。"约翰·沃尔夫告知他。

萝贝塔·马尔登翻了个白眼。以前就有人说盖普靠他母亲的名声和女权运动发财。萝贝塔看见了《本森哈沃眼中的世界》的广告，那是事件发生后，约翰·沃尔夫立马利用珍妮遇刺给书做宣传。盖普的书，看起来也利用了这场悲剧，那广告传递出一种恶心的感觉，一个可怜的作家刚刚没了儿子，"现在又没了母亲"。

幸好盖普从没看见过那广告，连约翰·沃尔夫自己也感到后悔。

《本森哈沃眼中的世界》大卖又大卖。有那么几年，这书充满争议，后来大学里还会教这本书。幸运的是，盖普其他的作品也偶尔会在大学里被讲授。有一门课把珍妮的自传，盖普的三部长篇小说，还有斯图尔特·珀西的《埃弗雷特·史第林学院校史》放在一起讲。那门课，显然是通过一些看起来纪实的书，来理清盖普的人生。

幸好盖普也从不知道有那门课。

"我看见一个男人只有一条腿。"邓肯·盖普宣布，他在曼哈顿大街和窗户里搜索所有缺胳膊少腿和精神错乱的人，这个任务可得花好几年工夫。

"邓肯，请别这样。"盖普对他说。

"要是你真想去，盖普，"萝贝塔·马尔登小声对他说，"你得穿女装去。"

"要是男的真的那么难进去，"盖普对萝贝塔发火道，"最好希望门口没有染色体测试。"话刚出口他就后悔了，他看见萝贝塔往后一缩好像被他扇了耳光似的，于是他抓起她的两只大手捧着，直到感觉到她回握了他的手。"对不起，"他细声细气地说，"要是我非得扮成女的，有你在这儿帮我装扮就好了。我是说，你是老手了，不是吗？"

"是。"萝贝塔说。

"真荒唐。"约翰·沃尔夫说。

"要是有女人认出了你，"萝贝塔对盖普说，"她们会把你大卸八块的。最起码，她们也不会让你进门。"

海伦又回到了办公室，怀里的珍妮·盖普在挣扎。

"我给鲍吉尔主任打了电话，"她对盖普说，"请他试试看打给爸爸。这真一点儿也不像他，哪儿都找不到。"

盖普摇了摇头。

"我们就应该马上去机场，"海伦对他说，"在波士顿租辆车，开到史第林去。把孩子放下休息，然后要是你想跑回纽约参加什么圣战，随便你。"

"你先去，"盖普说，"之后我再坐飞机自己租辆车。"

"这多傻。"海伦说。

"还贵，没必要。"萝贝塔说。

"我现在有的是钱。"盖普说，他冲约翰·沃尔夫嘲弄地一笑，没有得到回应。

约翰·沃尔夫提出自己送海伦和孩子去机场。

"一个男人只有一条胳膊，一个男人只有一条腿，两个瘸子，"邓肯说，"还有一个没有鼻子。"

"你应该再多留一会儿，看看你爸变什么样。"萝贝塔·马尔登说。

盖普想到自己：这个丧亲的前摔跤手，化装成女人参加他母亲的纪念会。他吻了吻海伦和孩子们，连约翰·沃尔夫也吻了。"别担心你爸。"盖普对海伦说。

"也别担心盖普，"萝贝塔对海伦说，"我会把他打扮得谁都认不出，不会有人来烦他。"

"我希望你别去烦任何人。"海伦对盖普说。

忽然，约翰·沃尔夫的办公室出现了另一个女人，没人留意，她试着引起约翰·沃尔夫的注意。当她开口时，刚巧这一刻没人说话，于是所有人都朝她看过来。

"沃尔夫先生？"这女人说。她很老，皮肤是棕黑灰色，而且她的脚似乎疼得要命，她身上绑着一根延长电线，在她的粗腰上绕了两圈。

"什么事，吉尔西？"约翰·沃尔夫说，盖普盯着这个女人看。当然，那是吉尔西·斯洛珀。约翰·沃尔夫应该知道，作家对名字的记性很好。

"我想问问，"吉尔西说，"今天下午能不能早下班，你能不能帮我说句话，因为我想去那个葬礼。"她讲话的时候低着头，艰难地吐出字句，尽可能说得简短。她不喜欢在陌生人面前开口，而且她认出了盖普，不想沃尔夫向他介绍自己，永远都不想。

"可以，当然可以。"约翰·沃尔夫很快说。他比她还更不想对盖普介绍吉尔西·斯洛珀。

"等一等。"盖普说。吉尔西·斯洛珀和约翰·沃尔夫都僵住了。"你是吉尔西·斯洛珀吗？"盖普问她。

"不是！"约翰·沃尔夫脱口而出。盖普瞪了他一眼。

"您好。"吉尔西对盖普说，她正眼不敢瞧他。

"您好。"盖普说。他一眼就看出，这个哀愁的女人并不如约翰·沃尔夫所说的那样"爱"他的书。

"我对你妈妈的事深表遗憾。"吉尔西说。

"非常感谢。"盖普说，但他和所有人都看得出，这个女人心里在为什么事憋着一团火。

"她可抵得上两三个你！"吉尔西忽然对盖普嚷道。她浊黄的眼睛含泪。"她可抵得上你的四五本烂书！"她哼哼着，"上帝啊，"她喃喃自语，撇下约翰·沃尔夫办公室里的众人走了，"上帝啊，上帝啊！"

又有个跛子，邓肯·盖普想，但他看得出他父亲不想听他数人头。

在纽约城的第一场女权主义葬礼上，前来哀悼的人都不知道该做什么。也许因为这场集会不是在教堂举行的，而是在城市大学系统神秘的建筑物之一的一座礼堂里举行，古老的礼堂回荡着以前没人认真听过的讲话声。巨大的空间有些乱糟糟的，残留着从前摇滚乐队和偶尔著名诗人来此表演激起的喝彩。但礼堂也很严肃，留着从前这里举办过的大型讲座的书卷气，几百号人曾在此记过笔记。

这地方的名字叫作"护理学校礼堂"，于是歪打正着成了纪念珍妮·菲尔兹的好地方。很难分辨出谁穿着胸前绣着小红心的"珍妮·菲尔兹原创"牌服装，谁又穿了真的护士服，真的护士服永远那么白，一点儿不时髦。她们来护理学校礼堂附近是有别的事，办事之前先在此驻足，偷看这里的仪式，或出于好奇，或出于同情，或两种心情兼有。

涌动的人山人海，喃喃地轻声说话，她们当中站了许多穿白色制服的人，盖普立马咒骂起萝贝塔来。"我和你说过，我可以穿护士服的，我本来可以没那么显眼的。"

"我本来觉得，你要是扮成个护士才显眼呢，"萝贝塔说，"没想到有这么多人这么穿。"

"护士服马上就他妈的要风靡全国了，"盖普咕哝道，"等着瞧好了。"但他没再说下去了，他打扮亮眼，在萝贝塔身边缩着身子，觉得所有人都在看自己，不知怎么就能感觉到他的男子气息，或者好像萝贝塔警告过的那样，起码能感到他的敌意。

他们坐在硕大的礼堂正中间，离舞台和演讲台有三排座位，一大群女人一排又一排地坐进了他们后排的座位，礼堂后方的空地上（那里没有座椅），没打算坐下参加完整场仪式但想前来致敬的女人慢慢排成单列，从一扇门进来再从另一扇门出去。就座的人比较多，她们就好像珍妮·菲尔兹敞开的棺木似的，而那些慢慢走动的女人前来瞻仰这口棺木。

盖普当然感到自己是口敞开的棺木，所有这些女人是来瞻仰自己的，她们看着他那苍白的脸，可笑的彩色着装。

萝贝塔这么装扮他，或许是为了报复他逼自己带他来，要不就是报复他针对她的染色体开过的残酷玩笑。萝贝塔给盖普穿了一条青绿色的廉价连体裤，就是奥伦·拉斯那辆皮卡的颜色。连体裤上有一条金色的拉链从盖普的裆部拉到喉咙口。盖普的臀部那里撑不起连体裤，但他的胸部，因为有萝贝塔给他垫上的胸垫，倒是把胸口的翻盖口袋拉得紧紧的，不太坚固的拉链也给拉弯了。

"你这对胸可厉害啊！"萝贝塔对他说。

"你不是人，萝贝塔。"盖普对她低吼。

硕大丑陋的胸罩肩带深深嵌进他的肩膀。但一旦盖普感到有人盯着自己看，似乎在怀疑他的性别，他就侧过身来，秀出自己的胸部。这样就能打消一切怀疑，起码他希望如此。

他对假发就没那么有信心了，是妓女那种披散的蜜黄色假发，他的头皮痒得不得了。

他的脖子上系着一条美丽的绿丝巾。

他深色肤色的脸给扑了粉，变成恶心的灰色，但萝贝塔说，这能遮住他的胡茬。他那薄薄的嘴唇给涂成了樱桃红，但他不停舔嘴唇，弄得嘴角上都是口红。

"你看着好像刚接过吻似的。"萝贝塔让他放心。

尽管盖普觉得冷，萝贝塔就是不让他穿上那件滑雪外套，因为会让肩膀看起来太厚。盖普脚蹬一双及膝高筒靴，靴子的料子是一种樱桃红色的漆皮材料，萝贝塔说，和他的口红很配。盖普看到自己在商店橱窗上的倒影，对萝贝塔说觉得自己像个十几岁的妓女。

"像个在变老的小妓女。"

"像个娘娘腔伞兵。"

"不像，你看起来是个女人，盖普，"萝贝塔向他保证，"虽然不是个品位不错的女人，不过肯定是女人。"

于是盖普浑身不自在地坐进了护理学校礼堂里。他拧着可笑的手提包上摸起来痒痒的编织绳，这凹凸不平的麻制提包上是东方色彩的图案，小得只够塞进他的钱包。萝贝塔·马尔登把盖普真正的衣服，也就是他的另一重身份藏在自己鼓囊囊的大挎包里。

"这位是曼达·霍顿琼斯。"萝贝塔小声说，她指的是一个瘦削的女人，这长着鹰勾鼻的女人讲话鼻音很重，类似啮齿类动物的头低垂着。她读了事先写好的呆板的演讲稿。

盖普不知道谁是曼达·霍顿琼斯，他耸了耸肩，忍耐着她的发言。人们逐一发言，从政治性的团结呼吁，到激动而悲伤地追忆珍妮·菲尔兹。听众不知道应该鼓掌还是祷告，应该出声赞同还是肃穆地点头。现场同时带有追悼的气氛和团结的紧迫感，有种前进的强烈意识。盖普觉得这种气氛对他母亲来说既自然又合适，也和他对女权主义运动的感觉相符。

"这是莎莉·德夫林。"萝贝塔小声说。这个正攀上演讲台的女人看起来聪慧可人，隐约有点儿面熟。盖普马上感到有必要离她远点儿保护自己。盖普小声说："她的腿挺好看。"他这么说不是出于真心，只是想要刺激萝贝塔。

"比你的腿好看。"萝贝塔说着用她那有力的拇指和长长的传接球的食指捏痛了他的大腿，盖普觉得，她有一根手指一定在费城老鹰队断过很多回。

莎莉·德夫林用她柔软哀伤的双眼，看向台下的观众，好像在沉默地批评教室里开着小差、甚至还坐没坐相的孩子一样。

496

"这场无谓的谋杀，并不值得我们隆重纪念，"她冷静地说，"但珍妮·菲尔兹就是帮过那么多人，她就是对遭受不幸的女性如此耐心大方。任何得到过他人帮助的人，都应该对她的遭遇感到难过。"

盖普此刻真心难过，他听到几百个女人混合着叹息和啜泣的声音。就在他身旁，萝贝塔紧靠着他宽大的肩膀颤动着。他感到一边肩膀被一只手抓住，也许是坐在他正后方的女人，那手抓紧了他那可怕的青绿色连体裤。他怀疑是否会因为穿着不得体被扇耳光，但那手只是抓着他的肩。也许这女人需要安慰。此刻，盖普知道，她们都好像姐妹似的，不是吗？

他抬头想听莎莉·德夫林在说什么，但他自己也双眼含泪，看不清德夫林女士。不过他听得到她发出的声音：她在啜泣。她痛彻心扉地抽噎着！她努力继续演讲，但泪眼模糊无法看清稿子讲到了哪里，翻动的纸页擦着麦克风哗哗作响。一个健壮的女子想扶莎莉·德夫林下台，盖普觉得以前见过这女人，就是经常跟着她母亲的其中一个保镖似的人物，但德夫林女士不肯走。

"我本来不想这样的，"意思是本来不想哭得失控，她还在哭，"我还有很多话要说，"她抗议道，但她控制不住自己的声音，"妈的。"她语带自尊，让盖普感动。

那个大个子的壮汉人发现自己独自一人站在麦克风前。观众静默地等着。盖普感到肩上的手颤抖了，或者拉了他一下。盖普看着萝贝塔放在大腿上的两只大手，他知道自己肩上的手一定很小。那女人想说点儿什么，观众也想听。萝贝塔认识她。她在盖普身边站起来，开始为这位大个子女人在麦克风前让人恼火的沉默鼓掌。其他人也和萝贝塔一起鼓掌，连盖普也拍起手来，尽管他压根儿不知道为什么。

"她是个艾伦·詹姆斯主义者，"萝贝塔小声告诉他，"她什么都讲不出。"然而这女人痛苦又抱歉的表情融化了观众。她开口好像要唱歌，但没有声音。盖普想象自己能看见她被切剩下的舌头。他想起母亲支持过她们，这些疯子，珍妮对每一个来找她的人都好得没话说。但珍妮终于还是承认过并不认同她们的做法，也许她只对盖普说过。"她们把自己弄成受害者，"珍妮说过，"但这和让她们愤怒的男性做的事一模一样。她们为什么不宣示沉默，或者永远不在男人面前开口不就好了？弄哑自己来表明立场，这不合理。"

但盖普现在为眼前的女子感动，感到世界上自残的历史尽管暴力无理，也许比别的做法更能表达可怕的伤害。"我被伤得很深。"这个女子的大脸在说，她的面容在他的泪眼中模糊。

然后他肩上的小手弄痛了他，他想起自己是个女性仪式上的男子，于是转头去看身后的年轻女子，她看起来非常累。很面熟，但认不出是谁。

"我认得你。"年轻女子轻声对他说。她的声音听起来也没有因为认识他而高兴的意思。

萝贝塔之前警告过他不要对任何人开口，想都不要想。他做好了处理这个麻烦的准备。他摇了摇头。从翻盖口袋里取出一本簿子，这簿子本来抵着他硕大的假胸，然后从可笑的提包里抓出一支铅笔。女子的手指按进他的肩膀，好像生怕他跑了。

你好！我是个艾伦·詹姆斯主义者。

盖普在簿子上草草写道，他撕下这页纸交给那年轻女子。她没有接。

"你是就见鬼了，"她说，"你是T. S.盖普。"

"盖普"这个词好像未知动物打出的嗝儿，弹在安静伤心的观众席上，台上静默的艾伦·詹姆斯主义者仍旧主持着大局。萝贝塔·马尔登惊恐万分地转过头来，她从来没见过这个年轻女子。

"我不知道你那个大个子同伙是谁，"年轻女子对盖普说，"但你就是T. S.盖普。我不知道你从哪儿弄来这头蠢假发和假胸，但我到哪儿都能认出你来。你还跟搞我姐姐、把她搞死的那时候一模一样，一点儿没变。"盖普于是知道敌人是谁了：珀西大家族里的老幺儿，"噗"·珀西，快十几岁了还穿着纸尿裤，据盖普所知，现在还穿着。

盖普看着她，自己的胸部比她大。"噗"穿着中性，发型类似时兴的中性款式，五官说不上精致还是粗糙。她穿着件带士官条纹袖章的美军衬衫，别着一枚竞选新罕布夏州长的女候选人的宣传扣。盖普惊讶地发现，要竞选州长的是莎莉·德夫林。他想知道她有没有赢！

"你好啊，'噗'。"盖普说，看见她往后一缩，因为显然再也没人叫她这个可恨的昵称了。"班布里奇。"盖普咕哝着，但现在示好已经太晚了。晚了很多年。从那个盖普咬掉癫子的耳朵、在史第林学校校医院侵犯库西的晚上，从没去她婚礼也没去她葬礼、根本没爱过她的时候，就已经晚了。

无论"噗"对盖普或其他男人怀着什么深仇大恨，现在她终于可以任意处置她的敌人了。

萝贝塔的大手拍在盖普的手背上，她粗声粗气催他："离开这里，快，别说一个字。"

"这里有个男人！"班布里奇·珀西对着护理学校大厅里默哀的人们大叫。连在台上不知如何是好的艾伦·詹姆斯主义者，都疑似发出了一声咕噜。"这里有个男人，""噗"叫道，"他是T. S. 盖普。盖普在这里！"

萝贝塔想带他上走道。一名近端锋的主要作用是阻挡，其次才是带球过人，然而就算是从前的罗伯特·马尔登，也无法拨开那么多女人。

"拜托了，"萝贝塔说，"让我们走吧，求你们了。他是珍妮的孩子，你们必须了解，她唯一的孩子。"

我唯一的母亲！盖普心想，他贴着萝贝塔的背艰难往前闯。他感到"噗"针一样的爪子抓过他的脸。她一把抢下他的假发，他又把它抢了回来紧紧抓在大胸前面，好像很紧张假发似的。

"他把我姐姐操死了！""噗"哀号道。她究竟是怎么会对盖普有这种印象的，他永远无从得知，但珀西显然坚信不疑。她爬过盖普刚刚坐的椅子，转移到他和萝贝塔身后，他们俩终于挤上了过道。

"她是我妈妈。"盖普经过一个女人时说。这女人看来即将成为母亲。她怀着身孕。盖普在她鄙夷的脸上看到理智和温柔，也看到了克制和轻蔑。

"让他过去。"怀孕的女人小声说，不过不带多少感情。

其他人似乎比较有同情心。有个人嚷着他有权来这里，不过还有一些嚷嚷声，一点儿同情心都没有。

走到过道远端时，他感到自己的假胸被人揍了，他伸出手去拉萝贝塔，却意识到她已经（用橄榄球的术语来说）退出比赛了。她被放倒了。几个穿着深蓝呢大衣的年轻女子似乎坐在她身上。盖普忽然想到，他们大概以为萝贝塔也是个扮成女人的男人，她们验明萝贝塔女儿身的过程可能会很痛苦。

"盖普，走！"萝贝塔喊道。

"对，倒是跑啊，你这个小浑蛋！"一个穿着呢大衣的女人粗声粗气地说。

他跑了。

他差点儿就要跑到大厅后面熙攘的女人那里了，然而就在此时他被人击中，那人准确地击中了想击中的部位。自从很多年前在史第林接受摔跤训练以来，他还没被人打到过蛋，他发现自己已经忘了这会让人彻底动弹不得。他遮住那里，一边屁股着地，蜷着身子躺倒在地。她们还想把假发从他手上夺走，还有他的小提包。他紧抓不放好像被抢劫了。他感到几只鞋踢了自己，还挨了几记耳光，然后一个老妇薄荷味儿的呼吸喷上他的脸。

"加把劲儿站起来。"她温柔地说。他看到她是个护士。真护士。胸前没有绣着时髦的心形，只有一块小小的蓝色铜铭牌，她名叫R.N.云云。

"我叫多蒂。"护士对他说，她至少也有60岁了。

"你好，"盖普说，"谢谢，多蒂。"

她抓住他的胳膊，带领他快速穿过余下的暴民。有她在，似乎就没人想弄伤他了。她们放他走了。

他们出了护理学校大厅，多蒂护士问他："你有钱坐出租车吗？"

"有，我想。"盖普说。他检查了一下那恶心的提包，钱包还好好的。他夹在腋下的假发更为凌乱。盖普自己的衣服在萝贝塔那儿，他看不到一点儿萝贝塔能从第一场女性主义葬礼脱身的迹象。

"把假发戴上，"多蒂对他说，"不然，别人会误会你是易装癖。"他艰难地戴上了假发，她从旁协助。"人们对易装癖很粗暴的。"多蒂又说。她从自己一头灰发上取下几枚发夹，把盖普的假发固定得更牢。

她说，他脸颊上的抓痕很快就会止血了。

护理学校大厅外的台阶上，一个和萝贝塔差不多高大的黑人女子，冲着盖普挥了挥拳头，不过什么都没说。也许她也是个艾伦·詹姆斯主义者。其他几个女人聚在那里，盖普害怕她们在盘算要在光天化日之下攻击自己。古怪的是，这组人旁边站着个流浪儿似的女孩儿，也许是刚成年的孩子，她似乎和她们没有关系，她一头颜色驳杂的金发，目光锐利，大眼睛和沾了咖啡渍的盘子一个颜色，像嗑药或者长期痛哭流涕的人的眼睛。盖普被她的目光瞪怕了，冷得哆嗦，她似乎真的疯了，大概是女性主义运动中的打手，她那过大的提包里说不定有把枪。他抓紧自己的破包，想起来起码钱包里装满了信用卡，有足够的现金打车到机场，可以用信用卡买机票飞往波士顿，回到家人的怀抱。他希望可以摆脱怀中这对浮夸的乳房，但它们还在那儿，就好像天生就在似的，而且他也好像生来就穿着这套松紧有致的连体衣似的。这就是他所有的行头了，必须得撑过去。盖普从护理学校的骚乱中逃出来，他知道萝贝塔还深陷痛苦的争论之中，说不定是战斗。晕倒的人和被揍伤的人被架了出来，更多警察入场。

"你母亲是一流的护士，让每个女人自豪，"多蒂护士对他说，"我敢说她也一定是个好母亲。"

"的确如此。"盖普说。

这位护士给他叫了辆出租车。他看了她最后一眼，她离开路沿，朝护理学校大厅走了回去。其他站在大楼外面台阶上看起来很有威胁感的女人，似乎没兴趣占她便宜。更多警察赶过来。盖普找寻着那个奇怪的大眼睛女孩儿，但她不在那群场外的女人中。

盖普问司机谁是新当选的新罕布夏州长。他努力掩盖自己低沉的嗓音，但司机见怪不怪，对盖普的嗓音和外形毫不惊讶。

"我之前不在国内。"盖普说。

"你什么也没错过，甜姐儿，"司机对他说，"那娘们儿崩溃了。"

"莎莉·德夫林？"盖普说。

"她垮了下来，就在电视上，"司机说，"她因为刺杀失控了，控制不了自己。她在演讲，但是根本讲不下去，你知道吗？"

"我觉得她就跟个白痴似的，"司机说，"要是她就这点儿自控能力，那可当不了州长。"

于是盖普看出了呼之欲出的女性失败模式。也许卑鄙的现任州长就曾说过德夫林女士控制不了情绪，因为"女人就这样"。莎莉·德夫林，因为对珍妮·菲尔兹表现出激动的情绪，而当众出丑，于是便被人认定不够有能力担任州长，天晓得州长有些什么鬼职责。

盖普感到耻辱。他为其他人感到耻辱。"依我看，"司机说，"有必要搞一场枪杀，来让大家知道女人不能干这个，你懂吗？"

"闭嘴，给我开车。"盖普说。

"亲爱的，你看，"司机说，"我可忍不了被人骂。"

"你这个浑蛋白痴。"盖普对他说，"要是你不乖乖闭嘴、把我送到机场，我就要报警说你想摸我。"

司机把油门踩到底，愤怒地闭嘴开了好一阵子，希望速度和莽撞会让乘客害怕。

"你要是不开慢点儿，"盖普说，"我就报警说你想强奸我。"

"操你妈的怪胎。"司机说，不过他放慢了速度，一个字也没说开到了机场。盖普把小费放在出租车的引擎盖上，有一枚硬币滚进了引擎盖和挡泥板之间的缝里。"操你妈的女人。"司机说。

"操你妈的男人。"盖普说，他觉得情绪复杂，觉得自己尽到了让性别战争继续下去的责任。

在机场，他们对盖普的美国运通卡提出疑问，要他出具别的身份证明。无可避免地，他们问他首字母缩写T和S代表什么。航空公司售票人员显然对文学界一无所知，不知道谁是T. S. 盖普。

他告诉售票员，T是蒂莉的首字母，S是指莎拉。"蒂莉·莎拉·盖普？"售票员问。她是个年轻女子，显然不喜欢盖普奇怪妖娆像妓女似的装束。"没有东西要托运，也没有随身行李？"她问盖普。

"没有，什么都没有。"他说。

"你有外套吗？"这位空服人员问他，还傲慢地打量了他一下。

"没有外套。"盖普说。他的低沉嗓音让空服人员一抖，"没有包，没有要挂起来的东西。"他微笑着说。他感到他有的只是这对假胸而已，萝贝塔为他制作的惊人奶子，他弯腰佝偻着走路，想让胸部没那么高耸。不过并没有用。

他一选好座位，一名男子就选择坐在他旁边。盖普朝窗外看去。乘客仍旧在快速跑向飞机。在他们当中，他看见了一个流浪儿似的、驳杂金发的女孩儿。她也没穿外套，也没有随身行李。只有一个装得下炸弹的大提包。盖普感到"底蛤蟆"散发出的浓厚气息，它那屁股蠢蠢欲动。他看着过道，这样就能看到那女孩儿坐哪儿了，但他正好和选择他身边走道座位的猥亵男子打了个照面。

"可以的话，等我们上了天，"男子会意地说，"我可以给你买杯小酒喝？"他那眼距很近的一对小眼睛，紧紧盯着盖普青绿色连体衣歪斜的拉链。

盖普心中为一种特别的不平占据。他可没有邀请别人来解剖自己。他本来希望能静一静，和长相宜人又聪慧的莎莉·德夫林这位败选的新罕布夏州长竞选人聊聊天。他会告诉她这个糟糕的工作配不上她。

"你那身衣服真不错。"盖普猥亵的邻座说。

"给我闭嘴。"盖普说。说到底，他是那个多年以前在波士顿电影院划伤调戏者的女人的儿子。这男子挣扎着想站起，但不行，被安全带扣住了。他无助地看着盖普。盖普靠向男子被扣住的大腿，他被自己的香水味熏得无法张嘴，这才想起来萝贝塔给他喷了很多。他正确将安全带搭扣解开，啪地一下就解放了男子。然后盖普对这男子通红的耳朵恶意地低吼："等我们上天了，宝贝，"他悄悄对这吓傻了的家伙说，"你自己去厕所解决。"

这男子离开了盖普身边之后，这个走道座位就空了出来，等着其他人来。盖普挑衅地看着空座位，看看哪个男人敢坐过来。有个人靠近盖普，动摇了他的一时自信。她非常瘦，孩子般的手瘦骨嶙峋，抓着自己过大的提包。她没有先问一声，径直坐了下来。今天的"底蛤蟆"是个很年轻的女孩儿，盖普想。她伸手进包里拿东西，盖普抓起她的手腕，放在了她的大腿上。她没什么力气，手上拿的不是枪，甚至也不是刀。盖普只看见一个本子和一支铅笔，笔上的橡皮头被咬得只剩一小块。

"对不起。"他轻声说。如果她不是个杀手，他猜自己知道她是谁了。"为什么我的人生充满了话讲不好的人？"他曾经写过，"或许只是因为我是作家，所以总能留意到身边受损的声音？"

这个在飞机上坐他身边的非暴力流浪儿快速写下什么，递给他一张字条。

"是，是，"他疲倦地说，"你是个艾伦·詹姆斯主义者。"但这女孩儿咬着嘴唇，猛摇头。她把字条推到他手里。

"我叫艾伦·詹姆斯。"字条告诉盖普。

"我不是艾伦·詹姆斯主义者。"

"你就是那个艾伦·詹姆斯？"他问她，尽管毫无必要，他自己也知道，只要看看她就应该知道了。年龄对得上，不算太久之前她还只有11岁，被强暴并割掉了舌头。脏盘子似的大眼睛近看起来并不脏，只是充满了血丝，也许因为失眠。她的下唇凹凸不平，好像被咬过的铅笔橡皮头。

她写下了更多的字。

"我来自伊利诺伊州。我父母最近死于一场车祸。我来东部找你母亲。我给她写了一封信，她真的回信了！她的回答棒极了。她邀请我和她住在一起。她也叫我去读你的所有书。"

盖普翻着这本小笔记本，不住点头，不住微笑。

"但你母亲却被杀了！"

艾伦·詹姆斯从硕大的提包里拉出一条棕色印花头巾来擤鼻涕。

"我就和纽约的一个妇女组织住在一起。但我早就已经认识了太多艾伦·詹姆斯主义者。我只认识她们，我每年都收到上百封圣诞卡片。"她写道。停下来等盖普读完这行字。

"是，是，你肯定得收到不少卡片。"他鼓励她。

"我当然去了葬礼。我去是因为知道会见到你。我知道你会来的。"她写道，停下笔对他微笑。然后她把脸埋进了那条棕色的脏头巾里。

"你想见我？"盖普问。

她猛地点了点头。从大包里拽出一本残缺不全的《本森哈沃眼中的世界》。

"我读过最好的写强奸的小说。"艾伦·詹姆斯写道。盖普吓得一哆嗦。

"你知道我读了多少遍吗？"她写道。他看着她饱含泪水的崇敬眼睛，摇了摇头，和艾伦·詹姆斯主义者一样沉默不语。她摸了摸他的脸，她像孩童一样笨手笨脚。伸出手指让他数。一只小手的全部手指，加上另一只的大部分手指。她读了八遍他这本烂书。

"八遍。"盖普咕哝着。

她点了点头，对他微笑。现在她重新在飞机座椅上坐好，就好像人生圆满了，现在坐在他身边，前往波士顿，要是不能和她在伊利诺伊州就崇拜的女人一起，这个女人的独生子也起码能凑合。

"你上过大学了吗？"盖普问她。

艾伦·詹姆斯伸出一根脏脏的手指，做出一个不开心的表情。

"一年？"盖普猜测道，"但你不喜欢。没念下去？"

她重重地点头。

"那么你想做什么呢？"盖普问她，差点儿没能忍住那句：等你长大以后。

她指了指他，红了脸。她真的碰到了他那对恶心的胸。

"作家？"盖普猜道。她放松下来微笑着。她的表情似乎在说，他很容易就能理解她。盖普感到喉头一紧。她让他想起曾经读到过的那些命运悲惨的孩子，那种产生不了抗体的孩子，没有天然免疫力来抵抗疾病。要是他们不生活在真空室里，第一场普通的感冒就会要了他们的命。这里坐着伊利诺伊州来的艾伦·詹姆斯，不在她的救命袋里。

"你的双亲都死了吗？"盖普问。她点了点头，再一次咬了咬被咬破了的嘴唇。"你没有别的家人吗？"他问她。她摇了摇头。

他知道他母亲会怎么做。他知道海伦不会介意，而且萝贝塔当然也会帮忙。而那些曾经受伤现在痊愈的女人也会以她们的方式帮忙的。

"这样的话，你现在就有一个家了。"盖普对艾伦·詹姆斯说，他拉起她的手，听着自己提出这个邀请也哆嗦了一下。他听到他母亲话语的回音，她老扮演的那个肥皂剧角色：《好护士历险记》。

艾伦·詹姆斯闭上眼好像乐晕了。空姐提醒她把安全带系好，她也没听到。盖普帮她把安全带扣紧。在往波士顿的短程航班中，这姑娘一股脑儿写下了自己的心里话。

"我恨艾伦·詹姆斯主义者。"她写道，"我永远不会这样作践自己的。"

她张开嘴指着空荡荡的内部。盖普吓得一缩。

"我想说话。我想说所有话。"

艾伦·詹姆斯写道。盖普注意到，她写字用的那只手的拇指和食指磨出了茧子，轻易就比另一只手上没写过字的手指大上了两倍。她写字锻炼出来的肌肉是他前所未见的。艾伦·詹姆斯没有作家特有的手指痉挛，他想。

"想说的话源源不绝。"

她写道。她等着他逐行肯定。他点头，她继续。她把一生都写了出来给他看。她高中的英语老师，唯一对她好的人。她母亲的湿疹。他父亲把那辆福特车开得飞快。

"我读了所有书。"

她写道。盖普告诉她海伦也读了很多书，他觉得她会喜欢海伦的。这孩子看起来充满希望。

"你小时候最喜欢哪个作家？"

"约瑟夫·康拉德。"盖普说。她表示赞许。

"简·奥斯汀是我最喜欢的。"

"那很好。"盖普对她说。

到了洛根机场她已经昏昏欲睡了，盖普扶她走上过道，填写租车必要的表格时让她靠在柜台上。

"T. S.？"租车公司的人问。盖普身上有一只假胸溜到了一边，租车公司的人流露出忧虑的神色，害怕这一整具青绿色的身体会炸开。

在开往北边史第林的黑乎乎的路上，艾伦·詹姆斯像只小猫睡得昏沉，蜷曲着身子躺在后座。盖普从后视镜里观察到她一只膝盖擦破了皮，而且这姑娘睡觉时吮拇指。

珍妮·菲尔兹的葬礼终究办得很得体，有一些关键的信息从母亲传到了儿子这里。他正扮演着照顾别人的护士角色。更关键的是，盖普终于理解了母亲的天赋：她的直觉总是正确，珍妮·菲尔兹做的事总是对的。有一天，盖普希望，他能看出母亲的教诲和自己的写作之间的联系，但这是一项私人目标，如同其他私人目标一样，需要点儿时间。重要的是，这辆车正朝北驶往史第林，真正的艾伦·詹姆斯正在他的照看下熟睡，盖普决定，自己要变得更像母亲珍妮·菲尔兹。

这个突如其来的想法，要是能在他母亲活着的时候出现，一定会让她非常高兴。

"看来，"盖普写道，"死亡，并不喜欢等到我们准备好才到来。只要一有机会，死亡就乐意放纵自己戏剧化的本事。"

于是盖普卸下防备，对"底蛤蟆"的感知也消散了，起码从抵达波士顿起就没有这种感觉了，他就这样踏入了岳父厄尼·霍尔姆的家，怀里还抱着熟睡的艾伦·詹姆斯。她可能19岁了，但抱起她还是比抱邓肯容易些。

盖普完全没想到会看到鲍吉尔教导主任灰白的脸，他独自一人在厄尼昏暗的客厅里看电视。这老主任马上就要退休了，似乎对盖普穿得像个妓女没什么意见，倒是被睡着的艾伦·詹姆斯吓了一大跳。

"她……"

"她睡着了，"盖普说，"其他人呢？"刚问出口，盖普就听到了"底蛤蟆"在这栋安静的房子冰冷的地板上发出的冰冷的震耳欲聋的跳跃声。

"我尽力联络你了，"鲍吉尔主任对他说，"是厄尼。"

"他的心脏。"盖普猜道。

"对，"鲍吉尔说，"他们给了海伦什么药帮助她睡觉。她在楼上。我想我得待在这儿等你回来，你知道的，这样孩子们要是醒过来想要什么东西，就不用吵醒她了。我为你难过，盖普。这类事情总是祸不单行，起码看起来是这样。"

盖普知道鲍吉尔也曾经很喜欢他母亲。他把熟睡的艾伦·詹姆斯放在客厅的沙发上，关掉了恶心的电视，电视光把女孩儿的脸照得发蓝。

"他是睡着的时候走的吗？"盖普问鲍吉尔，扯下自己的假发，"是你在这儿发现厄尼的？"

这会儿可怜的主任显得很紧张。"他是在楼上的床上，"鲍吉尔说，"我朝楼上喊，但我知道还是得上楼去找人。把别人叫来以前我帮他稍微收拾了一下。"

"收拾？"盖普问。他拉开可怕的青绿色连体衣的拉链，扒掉了自己的乳房。老主任大概以为这是这位现在当红的作家常用的出行伪装。

"求你永远别告诉海伦。"鲍吉尔说。

"告诉她什么？"盖普问。

鲍吉尔从鼓鼓的背心下面取出一本杂志。是刊有《本森哈沃眼中的世界》第一章的那期《胯下风光》。这本杂志看起来被翻烂了。

"厄尼正在看着这个，你知道的，"鲍吉尔说，"他心跳停的时候。"

盖普从鲍吉尔那里接过杂志，想象着厄尼·霍尔姆死亡的场景。他心脏停顿时正对着敞开的水獭图片自慰。盖普在史第林念书那阵有一个笑话，说情愿自慰而走。所以厄尼就这样走了，好心的鲍吉尔把教练的裤子拉上，藏起杂志不让他女儿看到。

"我必须得告诉法医，你知道的。"鲍吉尔说。

盖普母亲以前打过一个难听的比方：好像一阵眩晕冲上他脑袋。但他没有对老教导主任吐露。色欲又击败了一个好人！厄尼孤独的人生，让盖普难受。

"你妈妈，"鲍吉尔叹息道，他在照进漆黑的史第林校园的冰冷廊灯下摇着头，"你妈妈是个特别的人。"老人默想了一下。

"她是个真正的斗士，"思绪不清的鲍吉尔带着骄傲说，"我还留着她写给斯图尔特·珀西的字条。"

"你以前总是对她很好。"盖普提醒他。

"一百个斯图尔特·珀西都比不上她，你知道的，盖普。"鲍吉尔说。

"肯定比不上。"盖普说。

"你知道他也走了吗？"鲍吉尔说。

"'炖肥肉'？"盖普说。

"就在昨天，"鲍吉尔说，"病了很久了，你知道这通常意味着什么，是吧？"

"不知道。"盖普说。他从来没想到过。

"通常指癌症，"鲍吉尔沉重地说，"他得癌症很久了。"

"这样啊，我为他难过。"盖普说。他想到了"噗"，当然还想到了库西，还有他的老对手癫子，梦里还能想起它耳朵的滋味。

"史第林教堂会有点儿紧张混乱，"鲍吉尔解释说，"海伦会讲给你听的，她懂。斯图尔特的仪式放在早上，厄尼的在同一天晚些时候。还有，当然，你知道珍妮的事吧？"

"什么事？"盖普问。

"纪念会的事。"

"老天啊，不是吧，"盖普说，"这里也要办纪念会？"

"这里也有女孩子的，你知道，"鲍吉尔说，"我应该叫她们女人的，"他摇着头补充道，"我是不懂，她们都小得很。我眼里都是女孩儿。"

"学生？"盖普问。

"对，学生，"鲍吉尔说，"女学生投票说要用她的名字命名校医院。"

"校医院？"盖普问。

"这个嘛，它从来没有个名字，你知道的，"鲍吉尔说，"我们大部分楼都有个名字。"

"珍妮·菲尔兹校医院。"盖普无动于衷地说。

"还挺好的，对吗？"鲍吉尔问，他不确定盖普会怎么想，但盖普并不关心。

在这个漫长的夜晚，小珍妮醒了一次，盖普从海伦温暖熟睡的身体旁爬起来时，他看到艾伦·詹姆斯已经找到了哭泣的婴儿，并在温奶瓶。她没了舌头的嘴里轻柔地发出奇怪的咕咕声，对婴儿来说很适合。她在伊利诺伊时曾在一家日托班打过工，她在飞机上写给盖普看过。她知道照顾婴儿的方方面面，还会发出像他们一样的声音。

盖普对她笑了笑又回去睡觉了。

早上他对海伦说了艾伦·詹姆斯的事，然后他们讨论了一下厄尼。

"我一想到你母亲，"海伦说，"就觉得他睡觉的时候走是好事。"

"是的，是的。"盖普对她说。

邓肯被介绍给艾伦·詹姆斯认识。一只眼和没舌头，盖普想，我的家这样就完整了。

萝贝塔打来电话描绘自己被捕经过时，邓肯向她讲述了厄尼的心脏病发，他是这个家里最不累又能讲话的人。

海伦在厨房垃圾桶里，发现了那件青绿色的连体衣和硕大饱满的胸罩，这似乎让她开心了些。那双樱桃红的胶靴还比较适合她自己，但她还是扔掉了它们。艾伦·詹姆斯想要那条绿色的丝巾，海伦带她去买了很多衣服。邓肯要来了那顶假发，戴了差不多一整个早上，让盖普心烦。

鲍吉尔主任打电话来问有什么可以帮忙。

一个新上任的史第林学校实物资产管理部主任，来家里找盖普商议。解释说厄尼一直住的是学校的房子，一旦海伦觉得方便的时候，需要将他的东西搬出去。盖普知道原本史第林家族的房子，也就是米姬·史第林·珀西的房子，几年前就归还了学校，作为米姬和"炖肥肉"的赠礼，为此还办了一场庆祝仪式。盖普告诉实物资产管理部主任，他希望他们能给海伦和米姬一样多的时间搬走。

"哦，我们会把那些东西给卖了，"这人对盖普坦白说，"烂东西，你知道的。"

盖普印象中，史第林家族的房子可不是烂东西。

"可是这房子那么有历史意义，"盖普说，"我觉得你们应该想要才是，说到底都是赠礼。"

"管道都不行了。"这人说。他意思是管道之所以会不断老化，是因为米姬和"炖肥肉"放任不管，这房子才糟蹋到这个地步。"这老房子也许挺可爱什么的，"这年轻人说，"不过学校得往长远看。我们这儿已经够古色古香的了，可不能把校舍基金都扔进历史里沉掉。我们需要更多能用的房子。无论你对那古宅做什么，都不过是一栋家庭住房罢了。"

盖普告诉海伦史第林·珀西的房子要被出售，海伦崩溃了。她当然是在为父亲哭，也为所有这一切哭，但一想到史第林学校根本不想留下那栋他们童年时代觉得顶豪华的大宅子，盖普和海伦就伤心欲绝。

然后盖普不得不和史第林教堂的风琴师打声招呼，以免早上"炖肥肉"葬礼上的音乐再次在厄尼的葬礼上响起。海伦很看重这个，她相当难过，所以盖普就不再质疑这是不是有意义，乖乖去跑腿了。

史第林教堂是一栋低矮的楼房，原本想建成都铎风格。教堂四周常春藤蔓生，这建筑物就好像自己从地里戳出来似的，努力要挣破这层层叠叠的藤蔓。他偷偷往这散发着霉味儿的教堂里张望时，身上穿的那套约翰·沃尔夫的细条纹西装长长的裤管就拖到了脚下，他一直没有把这套西服交给裁缝改小些，只好一直自己尽力提着裤管。第一阵悲伤的管风琴音乐，一阵烟似的飘过盖普的耳朵。他以为自己来得够早了，但让他害怕的是"炖肥肉"的葬礼已经开始了。前来观礼的都是老人，几乎认不出是谁，都是史第林学校圈里的老古董，他们无论谁的葬礼都去，好像带着双份儿同情，料到自己的葬礼也不远了。盖普想，有人出席这场葬礼是因为米姬是史第林家族一员，斯图尔特·珀西自己根本没有朋友。教堂的长凳上坐满了寡妇，那些老女人戴着带纱的小黑帽，好像头上落了黑色的蛛网似的。

"你在太好了，杰克。"一个一身黑的男人对盖普说。几乎没人注意盖普溜了进来，坐到后排长凳上，他打算熬过这阵折磨以后再去找风琴师。"我们抬棺材的人手不够。"这男人说，盖普认出他是殡仪馆的灵车司机。

"我不是抬棺人。"盖普小声说。

"你不是也得是，"司机说，"不然我们永远不能把他弄出去，他是个大个子。"

灵车司机身上散发着雪茄味儿，但不用他多言，盖普只要看看史第林小教堂洒满阳光的长凳上坐的人，就知道他说得没错。仅有的几个男人的白发和光头闪闪发光，长凳上挂着的拐棍一准儿有十三四根，旁边还停着两部轮椅。

盖普任由司机抓起他的胳膊帮忙去了。

"他们说会有更多男人的，"司机抱怨道，"但一个身强体健的也没来。"

盖普被领到和家属席隔了一条走廊的前排长凳那里，他惊恐地发现一个老人摊平躺在他要坐的长凳上，珀西家属所在的长凳上有人向盖普招手，于是他发现自己坐到了米姬身边。有那么一刻，盖普怀疑，长凳上躺着的是不是另一具遗体，排队等着办葬礼。

"那是哈里斯·斯坦菲尔叔叔。"米姬小声对盖普说，她点了点头，指走廊对面在长凳上睡得好像死人的男人。

"是贺瑞斯·索尔特叔叔啦，妈妈。"米姬另一侧的男人说。盖普认出他是"斯图威二号"，珀西家最大的孩子，唯一还活着的男孩儿。他在匹兹堡从事和铝制品有关的工作。"斯图威二号"在盖普五岁之后再没见过他，一点儿看不出他认出了盖普。米姬也没有认得出任何人的迹象。她又干瘪又苍白，脸上长着不小的斑，纹路又深，跟花生壳似的，她脑袋忽然一抖，在长凳上一动，好像一只鸡在决定要啄什么。

盖普看了一眼就知道扶棺人是"斯图威二号"、灵车司机还有他自己。他怀疑他们不行。没人关爱到这种地步多惨啊！他想，他看着斯图尔特·珀西的灵柩，灰色的船型，还好合上了。

"不好意思，小伙子，"米姬小声对盖普说，她戴着手套的手

516

轻轻搭在他手臂上，好像珀西家族的一只鹦鹉，"我想不起来你叫什么。"她优雅地步入了老年。

"呃。"盖普说。他在"史密斯"和"约翰"之间徘徊不定时，一个词语溜出了他的嘴。"斯莫恩斯。"他说，吓了米姬和自己一跳。"斯图威二号"似乎没有留意。

"斯莫恩斯先生？"米姬问。

"对，斯莫恩斯，"盖普说，"斯莫恩斯，六一届的。珀西老师教我历史《我亲历的太平洋战争》。"

"哦，对了，斯莫恩斯先生！你能来真有心啦。"米姬说。

"我为您难过。"斯莫恩斯先生说。

"是，我们都很难过。"米姬谨慎地看着半空的教堂说。某种痉挛让她整张脸都颤抖起来，脸颊上的松皮轻轻发出拍打声。

"妈妈。""斯图威二号"提醒她。

"是，是，斯图尔特。"她说，她对斯莫恩斯先生说，"真遗憾，我们的孩子们没有到齐。"

盖普当然知道，"小朵皮"不堪重负的心脏已经弃他而去，威廉丧生战场，库西死于生产。盖普猜她大概也知道可怜的"噗"在哪儿。让他松了一口气的是，班布里吉·珀西此刻不在家属席。

在珀西家剩余成员坐的长凳上，盖普回忆起从前的一件事。

"我们死了以后会去哪儿？"库西·珀西有一次问她母亲。"炖肥肉"打着嗝儿离开厨房。所有珀西家的孩子都在：将来会上战场的威廉、心脏正在囤积脂肪的"小朵皮"、无法生育的库西，她的重要生殖管道会缠绕、转行铝制品业的"斯图威二号"。只有天晓得什么事将会降临到"噗"身上。小盖普也在，在这华丽的史第林家族大宅的郊区厨房里。

"这个嘛，死了以后啊，"米姬·史第林对连同小盖普在内的孩子们说，"我们都会去一栋大房子，和这座房子有点儿像。"

"不过要更大。""斯图威二号"严肃地说。

"能这样就好了。"威廉担忧地说。

"小朵皮"不明白这是什么意思。"噗"还太小，不会说话。库西说她不信，只有上帝知道她会去哪儿。

盖普想到那巨大华丽的史第林家族祖宅现在正挂牌出售。他意识到自己想买下来。

"斯莫恩斯先生？"米姬用手臂捅捅他。

"呃？"盖普说。

"棺材，杰克。"灵车司机轻声对盖普说。"斯图威二号"的身子在他旁边往前突出，他正严肃地看着放着他父亲遗体的大棺木。

"我们要四个人，"司机说，"起码四个。"

"不用，我一个人可以扛起一边。"盖普说。

"斯莫恩斯先生看起来非常强壮，"米姬说，"个子虽然不是特别高，不过很壮。"

"妈妈。""斯图威二号"说。

"是，是，斯图尔特。"她说。

"我们需要四个人。就这么回事。"司机说。

盖普不信。他抬得起来。

"你们俩抬另一边，"他说，"走起。"

"炖肥肉"葬礼的观礼者发出屠弱的嘀咕声，传到盖普耳中，他们骇然看着这口明显抬不起来的棺木。但盖普信自己。里面放着的就是死亡，当然很重。他母亲珍妮·菲尔兹的重量、厄尼·霍尔姆的重量，还有小沃特（他们当中最沉重的一个）的重量，天知道他们加在一起有多重，但盖普在"炖肥肉"的灰色炮舰型灵柩边安插稳当，他准备好了。

主动出来当关键的第四个抬棺人的，是鲍吉尔主任。

"我从来没想过你会来。"鲍吉尔对盖普耳语。

"你认识斯莫恩斯先生？"米姬问主任。

"斯莫恩斯，六一届的。"盖普说。

"哦，对了，斯莫恩斯，当然记得。"鲍吉尔说。然后，这位曾经接到鸽子的罗圈腿史第林学校纠察，和盖普还有其他人一起抬起了棺木。就这样他们送"炖肥肉"走上了下一程。或者应该说送他去另一栋房子，希望比原来的更大。

鲍吉尔和盖普跟着跛脚蹒跚落在后面的人，这些人要走去坐车前往史第林墓园。等到身边没有年迈的观礼者以后，鲍吉尔就带盖普去了巴斯特简餐烧烤店坐下来喝咖啡。鲍吉尔显然接受了盖普晚上变装、白天改名的习惯。

"啊，斯莫恩斯，"鲍吉尔说，"也许现在你的生活该定下来了，你会幸福富有。"

"起码会富有。"盖普说。

盖普完全忘了要请风琴师在霍尔姆的葬礼上不要演奏"炖肥肉"葬礼上的音乐。盖普本来就没关注音乐，他不会听出是一样的。而海伦反正没出席上一场葬礼，她不会知道是否一样。盖普清楚，厄尼也不会知道。

"你们为什么不和我们待久一点儿呢？"鲍吉尔问盖普，主任强壮粗短的手抹过巴斯特简餐烧烤店朦胧的窗户，他说的是待在史第林校园，"我们这儿，真的也不是什么坏地方。"

"这儿也是我唯一熟悉的地方。"盖普淡淡地说。

盖普知道他母亲曾经选择过史第林一次，起码选择在这儿养大孩子。盖普也知道珍妮·菲尔兹的直觉很准。他喝光了咖啡，热情地握了握鲍吉尔主任的手。他还要熬过另一场葬礼。然后，他会和海伦一起考虑将来。

第18章

"底蛤蟆"的习性

尽管海伦受到了史第林学校英语系最热切的邀请，她还是犹豫不决是否要在这里教书。

"我还以为你想重执教鞭呢。"盖普说。但海伦还要等上好一阵子，才肯答应在这所她小时候还不收女生的学校教书。

"也许，等到珍妮大到可以离家的时候，"海伦说，"现在，我挺乐意看书的，就只是看。"作为一个作家，盖普嫉妒又不信任像海伦这样读了这么多书的人。

而且让他们担忧的是，他们都发展出一种恐惧心态，他们在此谨慎地思考自己的人生，好像真的多老似的。盖普当然一直以来都有种保护孩子的执念，现在他终于发现珍妮·菲尔兹想继续和她儿子住在一起的老观念并不算不正常。

盖普一家在史第林住下，他们有花不完的钱。要是海伦不想做，她可以什么都不用干。但盖普需要做点儿什么。

"你就写东西。"海伦疲劳地说。

"想停笔一段日子，"盖普说，"也许永远不再写了。起码要停一阵子。"

　　这确实让海伦震惊，觉得是早衰的征兆，但她也和他一样焦虑，和他一样想保住理智等已经拥有的东西，而且她知道他跟自己一样了解夫妻之间爱的脆弱。

　　他跑去史第林体育部提出要接替厄尼·霍尔姆，对此她什么都没说。"你们不需要付我钱，"他跟他们说，"钱对我来说不重要，我就是想当摔跤教练。"他们当然得承认他能胜任。如果没有人来接替厄尼的话，原本强大的摔跤队就会开始走下坡路。

　　"你一点儿钱都不想要？"体育部主席问他。

　　"我一点儿钱都不需要，"盖普对他说，"我需要的是有事做，除了写作以外的事。"除了海伦，没人知道T. S. 盖普只学会了做两件事：他能写作，他能摔跤。

　　海伦可能是唯一明白他（此刻）为什么无法写作的人。她的观点后来会由评论家A. J. 哈姆斯表达出来，哈姆斯说随着盖普的作品越来越类似他的个人生活史，品质就渐渐低下去了。"随着他越写越带有自传性，作品就越来越狭隘，而且，这么做让他变得越来越不自在。就好像他明白，不仅仅作品带有更多个人的痛楚，因为搅扰回忆，而且这作品从各方面来看，都越来越浅陋并且缺乏想象力。"哈姆斯写道。盖普已然失去了诚实想象人生的自由，他非常年轻的时候，以优秀的《格里尔帕策民宿》向自己和所有人证明，他有自由想象的潜力。在哈姆斯看来，盖普现在只能通过回忆来做到忠实于内心了，而且这种和想象迥然不同的写作方式，不仅有害心理健康，成果还远远差强人意。

　　不过哈姆斯这种后见之明是容易的，海伦在盖普担任史第林学校摔跤教练那时，就洞悉了他的问题。他们都知道，他和厄尼差得远了，但他能带出一支不错的摔跤队，他手下的摔跤手赢的比赛一定会比输的多。

"试试写童话故事。"海伦建议，她比他更常思考他的写作事业。"试着编故事，整个故事完全靠编出来。"她从来没说"像《格里尔帕策民宿》那样"，她从来没有提起，尽管她知道他现在也同意自己：这是他写过的最好的故事。不幸的是，那是他的处女作。

盖普只要一试着写，他就只看见自己人生中无聊又未经开发的事实：新罕布夏灰色的停车场，沃特一动不动的小身体，猎人发着油光的外套和红帽子，还有无性别感的"噗"自以为是的狂热。靠这些画面，什么也写不成。他花费大量时间侍弄新房子。

米姬·史第林·珀西从来不知道，谁买了她赠送给史第林学校的祖宅。要是"斯图威二号"有朝一日发现的话，他起码够明白事理到永远不把这事告诉他母亲，她对盖普的记忆和对好人斯莫恩斯先生的新印象搅和在了一起。米姬·史第林·珀西，死于匹兹堡一家养老院，因为"斯图威二号"身在铝制品业，之前就把母亲搬到离该金属产地不远的一家养老院里。

天晓得"噗"身上会发生什么事。

海伦和盖普修补了史第林老宅，校友圈里很多人都这么称呼这栋房子。珀西这个姓氏很快被人淡忘，现在大部分人的印象里，米姬的名字总是米姬·史第林。盖普的新家是史第林校园内外最古典的地方，史第林的学生带家长或有意申请的学生参观校园时，很少说"这是作家T. S. 盖普的家。原来是史第林家族祖宅，建于1781年"。他们的介绍更调皮，他们总是说："这是摔跤教练住的地方。"家长会礼貌地互相看看，有意就读史第林的学生会问："那么摔跤在史第林很受重视咯？"

很快，盖普想，邓肯就会成为史第林的学生，盖普期待这一天，他为之高兴，一点儿不觉得丢脸。他虽然希望邓肯能出现在摔跤室里，不过也很高兴邓肯找到了属于自己的地方：游泳池，由于他的个性或视力，也许两种因素都有，泳池让他感到非常自在。邓肯有时会来摔跤室看看，他刚从泳池上来，还裹着毛巾，有点儿发抖，他坐在其中一台暖风机下的软垫上取暖。

"你怎么样？"盖普会问他，"你身上不是湿的吧，是吗？别把水滴到垫子上，好吗？"

"不会，我不会的，"邓肯会说，"我挺好的。"

海伦更常来摔跤室。她又重新开始读所有书，而且她会来摔跤室读书，"好像在桑拿房看书。"她总这么说，偶尔因为特别响的摔打声或喊痛声放下正在读的东西，抬起头来看看。在摔跤室里看书唯一的坏处，就是眼睛会不断起雾，这一点以前就让海伦觉得麻烦。

"我们准备好步入中年了吗？"有一晚，海伦在他们美丽大宅里的前厅问盖普。晴朗的夜晚，在前厅可以看到珍妮·菲尔兹校医院亮着灯的方形窗户，还可以看到远处校医院辅楼前的青黑色草坪，被楼门上的孤单夜灯照射着，盖普小时候就住在那里。

"耶稣基督，"盖普说，"中年？我们已经退休了，这就是我们的现状。我们一起跳过了中年，直接进入老年人的世界。"

"这让你难过吗？"海伦小心地问他。

"还没，"盖普说，"一旦我开始为这个难过，我就会做点儿别的，或者无论如何做些什么事。我发现，海伦，我们领先所有人，我们可以不上场好一阵子了。"

海伦已经对盖普的摔跤术语感到厌烦，但她毕竟从小听着这些词语长大。对海伦·霍尔姆来说，这些话就好像耳旁风一样。而且尽管盖普没有写作，她觉得他看起来挺高兴的。她晚上阅读，盖普看电视。

盖普的作品，已经为他赢得了令人匪夷所思的名声，也不算和他对自己的期许相差太远，还比约翰·沃尔夫的预期更为奇怪。尽管盖普和约翰·沃尔夫，都对《本森海沃眼中的世界》因为政治意识同时被人欣赏又为人所不齿感到尴尬，不过这书的盛名，还是让读者重新关注起盖普的早期作品来，哪怕是由于误解。盖普礼貌地婉拒了到大学演讲的邀请，他们希望他代表所谓女性议题的一方或另一方，而且，也希望他谈谈和母亲及其作品的关系，还有他赋予书里众多人物的"性别角色"。他称之为"艺术为社会学和心理学所害"。但也有差不多数量的邀请，只希望他朗读自己的小说，偶尔他会接受这类邀请中的一两个，特别是海伦想去的地方。

盖普和海伦在一起很幸福。没有再对她不忠，他很少产生那种想法了。也许因为和艾伦·詹姆斯的接触终于让他不再对年轻女孩儿想入非非，至于和海伦年纪相仿或更年长的女性，盖普锻炼出一种意志力，这对他来说并不特别难。他的人生已经被欲望影响得够了。

艾伦·詹姆斯被强奸并割去舌头时11岁，搬入盖普家时19岁。她马上就成了邓肯的姐姐，也是邓肯羞于与之为伍的残疾人一员。他们非常亲近。她帮邓肯做功课，因为她擅长读写。邓肯让她喜欢上了游泳和摄影。盖普在史第林大宅里搭了一间暗室。他们在暗室里一待就是几小时，不停地洗照片。邓肯因为镜头孔和打灯喋喋不休地咕哝，艾伦·詹姆斯则发出不成字词的"哦"和"啊"。

海伦买给他们一台摄影机，艾伦和邓肯合写了一个剧本，亲自演出，说的是一位盲王子因为亲吻一个清洁女佣恢复了部分视力。他只有一只眼睛好了，因为女佣只让他吻了她的脸颊。她太害羞，不肯让任何人吻她的嘴唇，因为她丢了舌头。尽管他们身患残疾，身有缺陷，这对年轻恋人还是结婚了。这个错综复杂的故事以哑剧形式演出，配了艾伦写的字幕。邓肯后来说，这部片最好的地方只有七分钟长。

海伦照顾婴儿珍妮，艾伦·詹姆斯也帮了大忙。艾伦和邓肯很会照顾这孩子，盖普星期天下午会带她去摔跤室，他声称在那里她可以学走学跑，跌跟头也不会伤着自己，不过海伦说这会给孩子造成一种错误印象，以为脚下的地面踩上去像几乎不稳的海绵。

"不过这个世界的触感就是这样的。"盖普说。

自从他不再写作，盖普生活中唯一和外人之间的摩擦，是和他最好的朋友萝贝塔·马尔登。但萝贝塔并不是摩擦的起源。珍妮走了以后，盖普发现她留下的遗产可观，而珍妮好像为了给儿子找麻烦似的，已经指定他作为她的遗嘱执行人，负责处理她庞大的财产和犬首湾给受伤妇女准备的大宅子。

"为什么是我？"盖普嚷道，"为什么不是你？"他对萝贝塔哇哇大叫。但萝贝塔对自己不是遗产执行人感到很受伤。

"我不懂。真的，为什么那么多人当中，"萝贝塔也这么说，"竟然会选了你？"

"妈妈故意刁难我。"盖普断定。

"或者说她是故意要让你思考，"萝贝塔说，"多好的妈妈啊！"

"哦，老天。"盖普说。

他一连好几个星期都在为珍妮的一句遗言伤脑筋，那是她关于如何使用她的钱和海湾大宅的声明。

我想留下一个地方让配得上的女人可以去平复心情，简单做自己，和自己相处。

"哦，老天。"盖普说。

"要成立一个基金会？"萝贝塔猜。

"菲尔兹基金会。"盖普提议。

"太棒了！"萝贝塔说，"对，颁给妇女奖金，还让她们有个去处。"

"去做什么？"盖普说，"拿了奖金要干吗？"

"要是她们认为必要的话，用来康复；要是她们需要，就用来独自待着也行；"萝贝塔说，"要是她们想，就去写作，或者去画画。"

"或者成立一个未婚母亲之家？"盖普说，"设一个'康复'奖金？哦，老天。"

"严肃点儿，"萝贝塔说，"这很重要。你看不出来吗？她想让你理解女性的需求，她想让你来处理这些问题。"

"还有，由谁来决定哪个女人'配得上'？"盖普问，"哦，老天，妈妈！"他叫道，"我可以为这破事拧断你的脖子！"

"你来决定，"萝贝塔说，"就得这样才能让你思考。"

"你来决定怎么样？"盖普问，"萝贝塔，这种事你在行。"

萝贝塔显然陷入两难。她也和珍妮·菲尔兹一样想教育盖普和其他男人懂得女性需求的合法性和复杂性。但她也觉得盖普会把事搞砸，而且她知道自己会做得很好。

"我们一起来，"萝贝塔说，"就是说，你来负责，但我会从旁指导。我觉得你犯错时会和你说。"

"萝贝塔，"盖普说，"你总是告诉我我在犯错。"

萝贝塔极尽卖弄风情之能事，吻在他嘴唇上，还搂住他的肩膀。两者都那么用力，让他吓得往后退。

"耶稣基督。"盖普说。

"菲尔兹基金会！"萝贝塔叫道，"一定会很棒的。"

于是这种摩擦，持续发生在T. S. 盖普的生活里，要是一点儿摩擦没有，他说不定会丧失对世界的感知和理解。他不写作的时候，是摩擦给了他活力，萝贝塔·马尔登和菲尔兹基金会，最起码给他提供了摩擦。

萝贝塔成了驻扎在犬首湾的菲尔兹基金会总管，这栋大宅变成兼具作家营、康复中心和生育指导诊所的地方，还有几间日照充足的阁楼房间，给画家提供了光线和僻静。一旦女人们知道，有这么个菲尔兹基金会的存在，就有很多人想知道谁够格获得援助。盖普也不知道。所有申请人都写信给萝贝塔，她招募了一小批女性员工，这些人轮番对盖普又爱又憎，但她们总是和他起争执。每个月有两次，萝贝塔和董事会成员都要在闷闷不乐的盖普的参与下聚在一处，遴选申请人。

天气好的话，他们会坐在犬首湾大宅暖洋洋的侧门廊，但盖普越来越抗拒去那里。"那群驻扎在那里的怪胎，"他对萝贝塔说，"让我想起从前。"于是他们在史第林的史第林祖宅也就是摔跤教练家里碰头，盖普觉得在这里和这群咄咄逼人的女人见面稍微舒服点儿。

要是能在摔跤室见她们，毫无疑问他会更舒服。不过就算在那儿，盖普非常清楚，从前的罗伯特·马尔登也会让他得分艰难。

528

第1048号申请人名叫查理·普拉斯基。

"我以为申请人必须是女的，"盖普说，"我以为起码这一条是板上钉钉的原则。"

"查理·普拉斯基是女的，"萝贝塔对盖普说，"她只是一直叫查理。"

"我得说，就凭这一点，她就不合格了。"有人说。那人是玛西娅·福克斯，她是个瘦削的诗人，常常和盖普交锋，尽管他欣赏她的诗歌。他永远做不到那么简练。

"查理·普拉斯基想要什么？"盖普机械地问。有一些申请人只想要钱，有一些想在犬首湾住一阵。还有一些想要很多钱并且得到犬首湾的一间屋子，永远住下去。

"她只要钱。"萝贝塔说。

"要钱去改名吗？"玛西娅·福克斯说。

"她想辞职去写一本书。"萝贝塔说。

"哦，老天。"盖普说。

"建议她别辞职。"玛西娅·福克斯说，她是那种憎恶其他作家的作家，还恨想当作家的人。

"玛西娅连死掉的作家也恨。"盖普对萝贝塔说。

但玛西娅和盖普，都读了查理·普拉斯基女士投递来的书稿，他们一致同意，她应该保住任何她能找到的工作。

1073号申请人是微生物学的副教授，也想休假写书。

"写小说？"盖普问。

"分子病毒学研究。"琼·阿克斯说，她原本在杜克大学医学院任职，现正请假做自己的研究。盖普问过她在研究什么，她神秘地告诉他，她对"血液中隐藏的疾病"感兴趣。

1081号申请人的丈夫死于一场空难，生前没有上保险。她有三个不到五岁的孩子，还需要更多学时才能完成法语专业硕士课程。她想重返学校，取得学位，找个像样的工作，她需要念书的钱，还需要足以收容她的孩子还有一个保姆的犬首湾房间。

董事会成员无记名投票决定，奖给这个女子足够完成学业和支付住家保姆的钱，但孩子、保姆以及这名女子，必须得住到她想攻读学位的地方。犬首湾不适合孩子和保姆。那里有的女人，只要一看到孩子或听到孩子的声音就会发疯。还有的女人的人生曾经被保姆毁掉。

这是个简单的决定。

1088号申请人造成了些分歧。她是谋杀了珍妮·菲尔兹的男子的前妻。她有三个孩子，其中一个在少年工读学校，自从她的丈夫，也就是谋杀珍妮·菲尔兹的凶手，被新罕布夏州警察发射的火力弹幕和其他在停车场转悠的带枪猎手击毙之后，赡养费也断绝了。

死去的那位肯尼·创肯米勒离婚不到一年。他跟朋友说起过赡养费要了他的老命，女性解放毁了他老婆，所以她才和他离婚。帮创肯米勒太太打赢这场官司的律师就是个纽约的离婚人士。肯尼·创肯米勒13年来，几乎每个星期起码要打老婆两次，还在各种场合在身体上和精神上虐待过他三个孩子中的每一个。但创肯米勒太太在读到《珍妮·菲尔兹自传：性生活有问题的人》之前都不够了解自己，也不懂自己可能拥有的权利。这本书让她开始想到自己忍受每周的暴打、孩子被虐待，其实都是肯尼·创肯米勒的错，13年来她都以为是自己有问题，以为自己命该如此。

肯尼·创肯米勒把他妻子的自我教育怪在妇女运动头上。创肯米勒太太以前一直是新罕布夏北山镇的一个自由职业者——发型师。一等法庭强制肯尼搬出他们家，她就马上成了个正式发型师。但现在没了给镇上开货车的肯尼，创肯米勒太太觉得，光靠做头发养活一家人很困难。在她字迹潦草的申请书上，她写道她被逼无奈，委屈自己来"维持生计"，而且她不介意以后还要继续委屈自己。

创肯米勒太太一直没有透露她的名字，她表示明白董事会对她丈夫的厌恶强烈到会对她产生偏见。要是他们无视她的申请，她能够理解。

约翰·沃尔夫是荣誉董事成员（被硬拉下水的），全因他精明的经济头脑，他立马表示对菲尔兹基金会来说，没有比奖励"这位不幸的珍妮·菲尔兹的谋杀者的亲属"更好更广的宣传了。会立即成为新闻，奖金会回本，约翰·沃尔夫肯定，因为基金会一定会收到无以计数的捐献款项。

"我们收到的捐献够多了。"盖普闪避着说。

"要是她不过是个妓女怎么办？"萝贝塔指不幸的创肯米勒太太，他们都盯着她看。萝贝塔在他们当中有优势：既可以像女人那样思考，又可以像费城老鹰队球员那样思考。"稍微想一想吧，"她说，"假设她只是个荡妇，一直在委屈自己，从来如此，根本不在意。这样一来，忽然之间，我们就会成为笑柄，然后我们就上当了。"

"那么我们需要人品担保。"玛西娅·福克斯说。

"什么人得去见一下这女人，和她聊聊，"盖普提议，"看看她是不是值得尊敬，是不是真心努力想独立生活。"

他们都盯着他看。

"这个嘛，"萝贝塔说，"我可不想去验证她是不是个妓女。"

"哦，不，"盖普说，"我不去。"

"新罕布夏北山镇在哪儿？"玛西娅·福克斯问。

"我不去，"约翰·沃尔夫说，"我也不常在纽约了。"

"哦，老天，"盖普说，"要是她认出我怎么办？有人真认得我的，你们知道的。"

"我很怀疑，"茜尔玛·布洛赫，一个盖普讨厌的心理辅导社工说，"最有动力去读自传比如你母亲那本的人，几乎不被小说吸引，或者很偶然才会读小说。也就是说，要是她读过《本森哈沃眼中的世界》，也只是因为你才读的。这也不足以让她读完，无论哪种情况，再加上她毕竟是个发型师，她一定会觉得困难就不读了。而且也不会记得封面上你的照片，只可能对你的脸有个模糊的印象（当然了，你的脸上过新闻，不过只出现在珍妮被刺杀那段时间）。在当时，珍妮的脸肯定会被人记得。这种女人看很多电视，她不是个会看书的人。我十分怀疑这种女人会记得你的样子。"

约翰·沃尔夫对茜尔玛·布洛赫翻了个白眼。连萝贝塔也翻了白眼。

"谢谢，茜尔玛。"盖普冷静地说。一致决定盖普去探访一下创肯米勒太太，来裁定她的品性具体如何。

"起码弄清楚她叫什么。"玛西娅·福克斯说。

"我赌她叫查理。"萝贝塔说。

他们接着讨论行政报告：目前犬首湾住着谁，谁即将期满离开，谁即将搬入，以及存在什么问题，如果有问题的话。

目前有两位画家，一位住在南边阁楼，一位住北边阁楼。南边的这个画家，羡慕北边这个画家房间里的光线，有两星期她们关系很糟，吃早饭的时候不和对方说任何话，还指责对方拿了自己的邮件，如此等等。然后，看起来她们成了爱人。现在只有北边阁楼的画家，多少还画点儿东西，是以南边阁楼画家为模特的习作，南边阁楼的画家，整天沐浴在好光线里摆造型。她在楼上裸体的行为，起码影响到了一个作家，她是从克利夫兰来的反女同性恋编剧，很敢说，她说，因为海浪的声音她睡眠不好。一定是那对爱人做爱的声音让她睡不好的，她被人说"管得太宽"。不管怎样，自从有一次，另一个驻村作家提议，整个犬首湾的住客，都大声朗读这位剧作家正在创作的作品片段，她就不再抱怨了。这招对全部人很管用，楼上的住客现在很高兴。

这"另一个作家"是个不错的短篇小说作者，盖普一年前兴奋地力荐过她，不过她马上就要搬出去了，她的居住合约要到期了。谁会搬进她的房间？

那个丈夫自杀、婆婆刚刚赢去了孩子抚养权的女人怎么样？

"我跟你们说过别接受她的。"盖普说。

那两个某天不请自来的艾伦·詹姆斯主义者如何？

"现在给我等一下，"盖普说，"什么情况？艾伦·詹姆斯主义者？不请自来？这是不允许的。"

"珍妮以前总是让她们进门的。"萝贝塔说。

"现在是现在，萝贝塔。"盖普说。

董事会的其他成员多少都同意他，艾伦·詹姆斯主义者不太讨人喜欢，其实她们从来没被人喜欢过，她们的激进做法（现在）看起来越来越陈腐可怜。

"不过这几乎是传统了。"萝贝塔说。她描述这两个"老"艾伦·詹姆斯主义者在加州过得很不好。很多年前她们在犬首湾待过，萝贝塔分辩说她们的回归是一种情感上的疗愈。

"耶稣基督，萝贝塔，"盖普说，"甩掉她们。"

"你母亲以前总是照顾这样的人。"萝贝塔说。

"起码她们会很安静。"作家玛西娅·福克斯说，盖普真心欣赏她的言简意赅。但只有盖普一个人笑了。

"我觉得你应该让她们走，萝贝塔。"琼·阿克斯博士说。

"她们实在讨厌整个社会，"茜尔玛·布洛赫说，"这种情绪会传染。但另一方面，她们几乎是这个地方的核心精神。"

约翰·沃尔夫翻了个白眼。

"有一个医生在研究癌症相关的堕胎。"琼·阿克斯说，"她怎么样？"

"对，把她放在二楼，"盖普说，"我见过她。她会把所有想上楼的人吓个屁滚尿流。"萝贝塔皱起了眉头。

犬首湾大宅底楼面积最大，有两间厨房和四间完整浴室，可以住12个人，楼下私密性很好，还有多间空房，萝贝塔现在叫它们会议室，它们是珍妮·菲尔兹还活着的时候的客厅和巨巢。还有一间领食物和邮件的大餐厅，还有无论谁想找人陪伴，都会整日整夜聚集在这里。

这是犬首湾社交最活跃的一个楼层，尤其不适合作家和画家。对有自杀倾向的人却是最佳楼层，盖普告诉过董事会："因为她们不能跳窗，得逼着自己去海里死。"

但萝贝塔以强硬手腕和既像母亲又像近端锋的作风管理此地，

她几乎可以劝服任何人不要做任何事，而且就算她自己不行，她也指挥得动其他人。她成功和地方警力结盟，是珍妮从来没能办到的。偶尔伤心欲绝的人由警察捡回，要么在海滩上很靠近海的地方，要么是在村子里的海边栈道上号啕大哭，她们总是会被和善地带回来交还给萝贝塔。犬首湾的警察都是橄榄球迷，对前罗伯特·马尔登凶猛的锋线进攻和阴狠的前场阻挡满怀敬意。

"我想提出一项动议，任何艾伦·詹姆斯主义者，都不得从菲尔兹获得资助和安慰。"盖普说。

"赞成。"玛西娅·福克斯说。

"这个有待商榷，"萝贝塔对全部人说，"我觉得没必要设这条规定。虽然我们不支持这种基本上被公认为愚蠢的政治表态，但是不代表这些没有舌头的女人当中不会有人真的需要帮助。我得说，事实上，她们已经明确表示需要住处了，我们以后会继续接到她们的请求。她们真的需要援助。"

"她们是疯子。"盖普说。

"这么说太笼统了。"茜尔玛·布洛赫说。

"世界上多的是有生产力的女人，"玛西娅·福克斯说，"她们没有放弃自己的声音。事实上，她们在为发出声音奋斗，我不主张奖励愚蠢的行为和自己制造的沉默。"

"沉默中有美德。"萝贝塔争辩道。

"耶稣基督啊，萝贝塔。"盖普说。而且他看到了这个黑暗话题的光明面。出于某种原因，艾伦·詹姆斯主义者比起世界上的肯尼·创肯米勒们让他更气，而且尽管他看出艾伦·詹姆斯主义已经退潮，但对他来说，她们消失得还不够快。他希望她们滚，不仅希望她们滚，还希望她们丢脸。海伦跟他说过就她们的为人来说，他对她们的憎恨太过头了。

"她们的所作所为，就只是疯狂和一根筋罢了，"海伦说，"为什么你就不能不理她们，让她们去呢？"

但盖普说："我们去问问艾伦·詹姆斯。这样公平了吧，不是吗？我们去问问艾伦·詹姆斯她本人对艾伦·詹姆斯主义者的看法。耶稣基督，我愿意公开发表她对她们的看法。你知道她们给她什么感觉吗？"

"这太私人了。"茜尔玛·布洛赫说。她们都见过艾伦，都知道艾伦·詹姆斯憎恨自己没有舌头，也憎恨艾伦·詹姆斯主义者。

"我们暂时不要说这个了，"约翰·沃尔夫说，"我提议我们搁置这个议案。"

"妈的。"盖普说。

"好，盖普，"萝贝塔说，"我们来投票，就现在。"他们都清楚他们会否决他的动议，会去掉这条动议。

"我撤回我的动议，"盖普没好气地说，"艾伦·詹姆斯主义者万岁。"

但他并没有撤回这项议案。

正是由于疯狂，他母亲珍妮·菲尔兹才会死，是因为极端主义。因为自以为是，狂热可怕的自我怜悯。肯尼·创肯米勒只是一种特殊的白痴：一个真心相信自己的恶棍。他太过盲目地可怜自己，以至于会把为自己的失败提供思想的人视作仇人。

而艾伦·詹姆斯主义者又有什么不同呢？她们的姿态不也一样咄咄逼人，又对人类的复杂性一无所知吗？

"算了吧，"约翰·沃尔夫说，"她们没有谋杀任何人。"

"还没有罢了，"盖普说，"她们有杀人的素质。她们有本事作出不经过大脑的决定。她们相信自己再正确不过了。"

"要杀人还要别的条件。"萝贝塔说。他们任由盖普生他的闷气。除此之外还能做什么？容忍无法容忍的人可不是盖普比较强的地方。疯子让他发疯。就好像他本人憎恨他们听凭疯狂控制似的，一则也是由于他自己时刻需要控制自己才能理智行事。当有人放弃理智的努力，或者无法保持理智时，盖普就会怀疑他们不够尽力。

"容忍无法容忍的人是时代对我们提出的艰难任务。"海伦说。尽管盖普知道海伦有智慧，也经常比他有远见，但他宁可艾伦·詹姆斯主义者消失在视野范围之内。

她们当然也宁可他完全消失在视野范围之内。

关于盖普和他母亲的关系以及他自己的作品最激进的批评，就来自各种艾伦·詹姆斯主义者。她们惹他不爽，他也反过来惹她们不爽。很难说清这是如何开始的，或者是否应该开始，但盖普会在女性主义者当中引起争议，主要就是由于艾伦·詹姆斯主义者的刺激，而且盖普也反过来刺激她们。由于同样的原因，盖普被很多女性主义者拥戴，也被同样多的女性主义者厌恶。

至于艾伦·詹姆斯主义者，她们对盖普的评价跟她们的行为一样直白：也就是她们割掉舌头是因为艾伦·詹姆斯被割掉舌头。

讽刺的是，正是艾伦·詹姆斯本人加剧了两方之间的长期冷战。

她一直习惯给盖普看自己写的东西：很多故事、对父母和伊利诺伊州的回忆、她的诗歌、关于无法说话的比喻描写、她对视觉艺术和游泳的喜爱。

"她是真有写作才华，"盖普不停地告诉海伦，"她有能力，而且也有热情。我相信她也会有耐力的。"

海伦对"耐力"这个词左耳进右耳出，因为她替盖普担心，怕他已经放弃了自己的耐力了。他当然有能力，也有热情，但她觉得他也走了一条窄路，被误导了，而只有耐力能让他重返其他路径。

这让她难过。目前，海伦一直想，只要盖普对任何事有热情，她都会满意，摔跤，甚至是艾伦·詹姆斯主义者。因为，海伦相信，精力会产生精力，她想迟早他会重新写作的。

于是当盖普因为艾伦·詹姆斯的一篇论文兴奋不已时，海伦没有太过积极干涉。那篇文章是《艾伦·詹姆斯：为什么我不是艾伦·詹姆斯主义者》。很有力、感人，盖普都落泪了。文章回顾了她被强暴的经历，这件事给她带来的痛苦，给她父母带来的痛苦，这让艾伦·詹姆斯主义者的做法看起来是一种对非常私人的创伤的模仿，狭隘又彻底政治化。艾伦·詹姆斯说艾伦·詹姆斯主义者只是延长了她的痛苦，她们把她弄成了非常公开的受害者。当然了，盖普对公开的受害者没有抵抗力。

当然了，公平些说，艾伦·詹姆斯主义者本来的意图就是将残忍威胁女人和女孩儿的恐惧公开。对很多艾伦·詹姆斯主义者来说，模仿可怕的割舌并非"彻底政治化"。而是一种最个人化的认同。有些情况下，艾伦·詹姆斯主义者也遭遇过强暴，她们的意思是，她们感到仿佛自己丢了舌头。在一个男人的世界，她们感到好像被永远噤声。

不过没人否认这个组织充满了疯子。连一些艾伦·詹姆斯主义者自己，也不能抵赖。说这是一个由极端女权主义者组成的具有煽动性的政治团体，大体上是没错的，她们经常拉低周围其他女性和其他女性主义者的极端严肃性。但艾伦·詹姆斯对她们的攻击，没有考虑到她们当中的个别人，就像艾伦·詹姆斯主义者作为一个行动团体以前也不考虑艾伦·詹姆斯一样。她们没有真正想过一个11

岁的女孩儿，更想私下克服自己的恐惧。

每个美国人都知道艾伦·詹姆斯是怎么丢了舌头的，除了现在正长大的年轻一代，他们经常把艾伦误认为是艾伦·詹姆斯主义者，这种混淆让艾伦最痛苦，因为这表示她有自己割舌的嫌疑。

"她会生气也无可厚非，"海伦对盖普评价艾伦的论文，"我毫不怀疑她需要写出来，说出这些话也对她大有裨益。我和她说过。"

"我和她说过她应该发表出来。"盖普说。

"不，"海伦说，"我真的不觉得应该这样做。这能有什么好处？"

"什么好处？"盖普问，"嗯，这是真相。而且也对艾伦有好处。"

"那对你有什么好处？"海伦问道，她知道他想要艾伦·詹姆斯主义者公开受辱。

"不发表好了吧，"他说，"好，好。但她是对的，妈的。那帮蠢货应该要听听原版怎么说。"

"但为什么呢？"海伦说，"对谁有好处？"

"很好，很好。"盖普咕哝着，尽管他心里一定知道海伦是对的。他告诉艾伦她应该把论文束之高阁。艾伦有一个星期没和盖普或海伦说话。

直到约翰·沃尔夫打电话来，盖普和海伦才知道艾伦把文章寄给了他。

"我该怎么做？"他问。

"老天，寄还给她。"海伦说。

"不，妈的，"盖普说，"问问艾伦她想怎么处理。"

"老家伙本丢·彼拉多，在'金盆洗手'了。"海伦对盖普说。

"你想怎么处理？"盖普问约翰·沃尔夫。

"我？"他说，"我完全无所谓。但我肯定是能发表的。我是说，写得不错。"

"这不是这篇文章能发表的理由，"盖普说，"你知道的。"

"好吧，不是，"约翰·沃尔夫说，"但文章写得好也挺好的。"

艾伦对约翰·沃尔夫说她想发表。海伦努力劝她别发表。盖普想置身事外。

"你不可能置身事外，"海伦对他说，"你知道不用说话就能得到你想要的结果：这篇痛苦的檄文会被发表。这就是你想要的。"

于是盖普去找艾伦·詹姆斯谈话了。他跟她讲道理的时候尽量表现得很激动，对她说为什么她不应该公开说那些。这些女人病态、可怜、困惑、受尽折磨，被虐待过，现在则自我虐待，但谴责她们又有什么意义呢？再过个五年就没有人会记得她们了。她们再递出字条，人们会说："什么是艾伦·詹姆斯主义者？你是说你不能说话？你没有舌头？"

艾伦看上去忧郁又坚决。

"我不会忘记她们的！"

她写给盖普看。

"5年以后不会，50年以后也不会忘了她们，我会像记得我的舌头一样记得她们。"

盖普喜欢这女孩儿爱用老派的标点符号。他温柔地说："我想，最好还是不要发表了吧，艾伦。"

"要是我发表的话你会生我气吗？"

她问。

他承认自己不会生气。

"那么海伦呢？"

"海伦只会生我的气。"盖普说。

"你这样会把别人惹得太生气的，"海伦在床上对他说，"你把她们都惹火了。你在煽风点火。你应该让她们去。应该顾好自己的事，盖普。就顾好你自己的创作就好了。你以前说政治运动很蠢，而且一点儿意义也没有。你以前是对的。是很蠢，真的一点儿意义也没有。你这么做是因为这比坐下来从头开始编出什么东西来要容易。而且你清楚这一点。你却在忙着给整栋房子打书架，给地板打蜡，在花园里胡搞，老天啊。

"我嫁的是个临时勤杂工吗？我没有期望你会变成个革命斗士啊。

"你应该在写书，让其他人去打书架。而且你知道，我说的是对的，盖普。"

"你是对的。"他说。

他努力回忆是什么让他想象出了《格里尔帕策民宿》的第一句话。

"我父亲在奥地利旅游局上班。"

这是打哪儿来的？他绞尽脑汁思索类似的句子。能想到的只是这样一句话："这男孩儿五岁，他的咳嗽，似乎比他骨瘦嶙峋的小胸腔更深。"他能想到的只有回忆，这样写出来的是垃圾。他已经没有纯粹的想象力了。

他连续三天在摔跤室做重量训练。以此来惩罚自己吗?

"又在花园里胡搞了,可以这么说。"海伦说。

然后他宣布有任务在身,要为菲尔兹基金会跑一趟腿,去新罕布夏的北山镇。好决定菲尔兹基金会的钱是否会浪费在一个姓创肯米勒的女人身上。

"又在花园胡搞,"海伦说,"打更多书架,更多政治活动,更多改革运动。这就是不能写作的人做的事。"

不过他还是去了,当约翰·沃尔夫打电话来说,一个读者颇多的杂志准备发表艾伦·詹姆斯的《艾伦·詹姆斯:为什么我不是艾伦·詹姆斯主义者》时,他已经不在家了。

约翰·沃尔夫在电话里的声音,和那个老东西一样冰冷、隐形、快速弹着舌头,那东西是"底蛤蟆",这就是了,她想。但她不知道为什么,暂时还不知道。

她把这消息带给了艾伦·詹姆斯。她马上就原谅了艾伦,甚至还允许自己和她一起欢呼雀跃。她们带着邓肯和小珍妮开车去海边。买了艾伦的最爱——龙虾,还给盖普准备了足够的扇贝,他不是那么喜欢龙虾。

香槟!

艾伦在车里写道。

"香槟和龙虾还有扇贝配吗?"

"当然,"海伦说,"可以配。"她们买了香槟。在犬首湾停了一下,邀请萝贝塔一起吃晚饭。"爸爸什么时候回来?"邓肯问。

"我不知道新罕布夏北山镇在哪儿,"海伦说,"不过他说,来得及赶回来和我们一起吃饭。"

他也是这么跟我说的，艾伦·詹姆斯说。

新罕布夏北山镇的纳内特美发屋，实则是肯尼·创肯米勒太太的厨房，她名叫哈丽特。

"你是纳内特吗？"盖普站在门外台阶上害羞地问她，台阶上结着盐霜，半融的污雪嘎吱作响。

"这里没有纳内特，"她对他说，"我是哈丽特·创肯米勒。"她身后是昏暗的厨房，一条大狗身子往前挣扎拉扯，发出嗥叫，创肯米勒太太猛然用自己的大屁股往后抵着要往前冲的畜生，以防它扑到盖普身上。她带着伤疤的苍白脚踝挤开了厨房门。她穿着蓝色拖鞋，身子消失在长袍里，但盖普能看出她身材高挑，而且刚才在洗澡。

"那个，你给男人做头发吗？"他问她。

"不做。"她说。

"但你肯吗？"盖普问她，"我不相信剃头师傅。"

哈丽特·创肯米勒怀疑地看着盖普的黑色针织滑雪帽，拉到耳朵下面，罩住了全部头发，只有短脖子后面能看见一绺绺厚实的头发长及肩膀。

"我看不见你的头发。"她说。他把滑雪帽摘了下来，他的头发因为静电张牙舞爪，在冷风中缠成一团。

"我不止想剪个发。"盖普口气平淡地说，看着这个女人哀伤憔悴的脸和她灰色眼睛周围柔和的皱纹。她自己金色的头发褪了色，上着卷子。

"你没预约。"哈丽特·创肯米勒说。

这个女人不是妓女，他一眼就看得出。她很累而且怕他。

"那你究竟想怎么弄头发？"她问他。

"就稍稍修剪一下，"盖普，"不过我喜欢里面有一束带些卷的。"

"一束卷的？"哈丽特·创肯米勒问道，努力对着盖普那一头特别直的头发想象，"你的意思是要电烫的那种？"她问。

"那个，"他羞怯地伸手捋过自己的一头乱发，"你可以怎么弄就给我怎么弄。"

哈丽特·创肯米勒耸了耸肩。"我得换身衣服。"她说。那条健壮的坏狗，硬把大半个肥身子挤到了她两腿之间，它那张大丑脸伸到了防风门和大门之间，盖普紧张起来，怕遭到袭击，但哈丽特·创肯米勒唰地抬起腿，硕大的膝盖出其不意敲在它口鼻上。她还用手揪住它脖子上的松皮转了一下，狗便哀哀叫着，身子一软撤到了她身后的厨房里。

盖普看到，结冰的院子地面，就是一幅大坨狗粪镶嵌在冰里的马赛克。院子里还停着三辆车，盖普怀疑它们还跑不跑得动。还有一座柴堆，不过没有好好垒起来。还有一根电视天线，大概从前是安在屋顶上的，现在则靠在屋子米白色的铝制墙板边，它的线路好像蜘蛛网似的伸进一扇破了的窗里。

创肯米勒太太往回退了几步，给盖普开了门。进了厨房，他感到被柴炉烘得眼干，这里混杂了烤饼干和洗头水味，其实，这间厨房看起来也被厨房用具和哈丽特做生意的用具分割。这儿有一个粉红色的水槽接着洗发管，有番茄浓汤罐头，周围一圈灯泡的三面化妆镜，摆着香料和嫩肉粉的木架，一排排软膏、乳液和凝胶。还有一把钢凳，上面的钢杆子挂着一只吹风机，活像一把电椅。

那狗跑没影了，哈丽特·创肯米勒也是，她溜去穿衣服，她那坏脾气的同伴看起来也和她一起走了。盖普梳理了自己的头发，他看着镜子好像想努力记住自己似的。他想象着自己就快被改造，被弄得没人认识了。

随后通往外面的大门开了，一个穿着件打猎服戴着红色打猎帽的大个子男人走了进来，他抱着一大堆木柴，走到柴炉那里放下了手里的木箱子。那狗原来刚才就蜷在离盖普颤抖的腿几英寸的水池下面，现在很快跑出来拦住这男人。它安静地耷拉着脑袋，连叫也不叫，这男人是这儿的熟人。

"去躺下，你他妈的蠢东西。"他说，这狗就听话照做了。"迪基，是你吗？"哈丽特·创肯米勒从房子的不知什么地方叫道。

"你还在等其他什么人吗？"他嚷嚷道，然后他转过身看到了站在镜子前的盖普。

"你好。"盖普说。这叫迪基的大个子瞪着他。他50岁左右，他的大红脸看上去被冰刮伤了，因为对邓肯容貌的熟悉，盖普马上看出这男人有一只玻璃眼珠。

"好。"迪基说。

"我这儿有一个客人。"哈丽特叫道。

"我看到了。"迪基说。盖普紧张地摸了摸头发，好像这样就能对迪基暗示他的头发对他来说多要紧似的，所以才大老远来到新罕布夏的北山镇纳内特美发屋，迪基一定觉得，剪发的理由太简单了。

"他想烫卷！"哈丽特叫道。迪基没有摘下红帽子，但盖普清楚地看得出，这男人是个秃子。

"我不知道你到底想干什么，伙计，"迪基对盖普小声说，"不过你除了烫个卷发什么都别想要，听到没？"

"我不相信剃头师傅。"盖普说。

"我不相信你。"迪基说。

"迪基，他什么事都没干。"哈丽特·创肯米勒说。她穿上了非常紧身的青绿色休闲裤，让盖普想起了他扔掉的那条连体裤，她还穿了印花上衣，印满了新罕布夏不生的花。她用印着植物的头巾把头发绑在后面，花样和上衣不配，而且她还化了妆，不过倒不太浓，她看起来很"和气"，好像一个还乐意拾掇自己的母亲。盖普猜，她比迪基年轻几岁，不过也不会小到哪里去。

"他可不想烫什么卷，哈丽特，"迪基说，"他让人玩他的头发干什么呢，嗯？"

"他不相信剃头的。"哈丽特·创肯米勒说。有那么一刻，盖普怀疑迪基是剃头师傅，不过很快打消了这个想法。

"我实在没什么恶意。"盖普说。他已经见了要见的，他想告诉菲尔兹基金会给哈丽特·创肯米勒所有她需要的钱。"要是让谁不舒服了，"盖普说，"我这就走。"他伸手去拿放在空椅子上的连帽外套，但那条大狗已经把外套给按在了地上。

"请别走，你可以留下。"创肯米勒太太说，"迪基只是在关照我。"迪基似乎有点儿惭愧，他站在那儿，一只穿着大靴子的脚踩在另一只上面。

"我给你带了点儿干柴火来，"他对哈丽特说，"我猜我应该敲门的。"他在火炉边噘起了嘴。

"别这样，迪基。"哈丽特对他说，然后深情地在他的粉红色的大脸上印了一个吻。

他离开厨房的时候最后瞪了一眼盖普。"祝你理出个好发型。"他说。

"谢谢。"盖普说。他说话的时候，那狗咬着他的外套甩来甩去。

"到这儿来，别这样。"哈丽特对狗说，她把盖普的外套放回了椅子上。"你想走就走，"她说，"不过迪基不会来烦你的。他只是关照我。"

"是你丈夫吗？"盖普问，尽管他知道不是。"我丈夫是肯尼·创肯米勒，"她说，"人人都知道，不管是谁，都知道他。"

"我知道。"盖普说。

"迪基是我哥哥。他不过是担心我，"哈丽特说，"自从肯尼走了以后，老有些男人来瞎闹。"她在盖普身边的明亮的镜台上坐了下来，她那青筋暴起的长手搁在青绿色的大腿上。她叹了口气。开口说话的时候，眼睛没瞧盖普。"我不知道你听说了什么，而且我也不在乎，"她说，"我做头，只做头而已。要是你真要做头发，我就做。不过我可不做别的，"哈丽特说，"不管别人跟你说了什么，我可不胡搞。光做头发。"

"光做头，"盖普说，"我只是想做头发，就这么多。"

"那就好。"她说，仍旧没有朝他看。

镜子的包边下面卡着一些小照片，贴着镜子。有一张年轻的哈丽特·创肯米勒的婚礼照片，和她的丈夫肯尼一起咧着嘴笑，他们在别扭地把一块蛋糕大卸八块。

另一张照片上，怀孕的哈丽特·创肯米勒抱着一个小婴儿，还有一个跟沃特差不多大的孩子把脸靠在她屁股上。哈丽特看起来虽然累不过毫无畏色。还有一张迪基的照片，他旁边是肯尼·创肯米勒，他们俩站在一头被开肠破肚挖去了内脏的鹿旁边，那鹿被倒吊在树枝上。这棵树就在纳内特美发店的前院。盖普很快认出这张照片，珍妮被杀之后，他曾在一本全国性的杂志上见过。这张照片显然对头脑简单的人直白地说明了，肯尼·创肯米勒是个天生杀人狂：除了杀珍妮·菲尔兹，他以前还杀过鹿。

"为什么要叫纳内特？"盖普后来问哈丽特，他终于敢只看着她慢吞吞的手指，而不看她悲哀的脸或自己的头发了。

"我觉得听着有点儿法国味。"哈丽特说，但她知道他是从外面的大世界来的，新罕布夏北山镇以外的地方，于是自嘲地笑起来。

"嗯，真有，"盖普说着和她一起笑起来，"有那么点儿意思。"他又说，于是他们都友好地笑着。

他起身离开时，她用海绵把狗留在他外套上的口水给擦了。"你连看都不看看吗？"她问他。指的是他的发型，他吸了口气在三面镜里直面自我。他觉得，他的头发，好看极了！还是他原来的发型，一样的颜色，甚至连长度都没变，但就是如此贴合他的头形，这辈子还没这么合适过。他的头发紧贴着脑袋，然而还是轻盈蓬松，里头有点儿卷，让他断过的鼻子和粗短的脖子没那么显眼了。盖普从没想过自己的脸会这样合称。这当然也是他平生第一次去美发屋。其实，直到和海伦结婚前，都是珍妮给他剪的头发，之后由海伦剪，他连理发店都没去过。

"很不错。"他说。他缺掉一块的耳朵被精心遮住。"哦，去你的吧。"哈丽特乐不可支地轻轻推了他一下，但他会把她的手艺告诉菲尔兹基金会，不提这挑逗性的推搡，一个字也不提。此时他想告诉她他是珍妮·菲尔兹的儿子，但他知道这么做完全出于自私心理，为了感动他人。

"占任何人情感弱点的便宜都是不公平的。"好辩的珍妮·菲尔兹如此写过。于是盖普的新教条是：不要利用别人的情感。"谢谢，再见。"他对创肯米勒太太说。

迪基在门外的柴堆挥舞斧子劈柴。他干得很好。盖普出现时他停下手中的活儿。"再见。"盖普对他喊，但迪基朝盖普走来，带着那斧子。

　　"给我瞧瞧你这发型。"迪基说。

　　盖普一动不动让迪基观察自己。

　　"你是肯尼·创肯米勒的朋友？"盖普问。

　　"是啊，"迪基说，"我是他唯一的朋友。是我介绍他和哈丽特认识的。"盖普点了点头。迪基注视着他的新发型。

　　"真是场不幸。"盖普说，他指发生的所有事。

　　"不错啊。"迪基说，他指盖普的头发。

　　"珍妮·菲尔兹是我母亲。"盖普说，因为他想说出来，而且他很肯定没有占迪基情感的便宜。

　　"你没告诉她吧，是吗？"迪基说，用他的长柄斧指了指屋子和哈丽特。

　　"没，没。"盖普说。

　　"那就好，"迪基说，"她一点儿不想听到这个。"

　　"我也这么觉得。"盖普说，迪基点头表示认同。

　　"你妹妹是个好女人。"盖普又说。

　　"她真的是，真是。"迪基重重点头。

　　"那么，再会了。"盖普说。但迪基用斧柄轻轻碰了碰他。

　　"我是射死他的其中一个，"迪基说，"你知道吗？"

　　"你射死了肯尼？"盖普问。

　　"我是射死他的人当中的一个，"迪基说，"肯尼疯了。总有人要射死他。"

　　"我为你难过。"盖普说。迪基耸了耸肩。

"我喜欢那家伙，"迪基说，"但他因为哈丽特发疯了，也因为你母亲发疯了。他不可能变好的，你懂的，"他说，"他对女人的态度有问题。永远有问题了。看得出来他永远没法克服。"

"可怕。"盖普说。

"再会。"迪基说，他转身走回柴堆。盖普转身走向他的车，穿过满院子冻屎。"你的头发很好看！"迪基对他喊。这句评语听着发自内心。盖普从驾驶座对迪基挥手时他又在劈柴了。哈丽特·创肯米勒从纳内特美发屋的窗户里对盖普挥手——他非常肯定她无意怂恿挑逗他。他穿过北山镇回家，在一家餐车饭店喝了杯咖啡，在一座加油站加了油。每个人都观赏着他漂亮的头发。盖普在每一面镜子里观赏自己漂亮的头发！然后他开车回了家，正好来得及一起庆祝艾伦初次发表作品。

就算这件事让他和海伦感到不安，他也不会承认。他一直挨到龙虾、扇贝和香槟都给消灭光了，也没等着海伦或邓肯评价他的头发。直到他洗碗的时候，艾伦·詹姆斯才递给他一张潮湿的字条。

"你理了发？"

他愤愤地点了点头。

"我不喜欢。"海伦在床上对他说。

"我觉得好看极了。"盖普说。

"不像你。"海伦说，她尽自己最大努力把他的头发揉乱，"好像尸体的头发。"她在黑暗中说。

"尸体！"盖普说，"耶稣基督了。"

"好像殡葬人员收拾好的遗体，"海伦说，几乎发疯似的用手梳他的头发，"每一根都各就其位，"她说，"太完美了。你看着不像活人！"然后她哭了又哭，盖普小声对她说，想找出问题所在。

盖普并没有像她一样感到"底蛤蟆"蠢蠢欲动，起码这次没有，他安慰了她一遍又一遍，然后和她做了爱。她终于睡着了。

艾伦·詹姆斯的论文《艾伦·詹姆斯：为什么我不是艾伦·詹姆斯主义者》似乎没有立即引起争论。大部分读者来信都要等上一阵才会被刊登。

不出所料有人寄给艾伦·詹姆斯私人信件：来自白痴的安慰，病态男子的求欢，都是些蛮横丑恶的反女权主义者和想引女性上钩的人，盖普警告过艾伦，这些人会觉得他们站在她这一边。

"人们总是选边站，"盖普说，"在任何问题上都会。"

艾伦·詹姆斯主义者没有寄来一个字。

盖普率领下的史第林摔跤队，在第一个赛季决赛前，取得了八胜二负的战绩，决赛对阵劲敌巴斯学校的坏小子们。当然，这支队伍的主力，是一些厄尼·霍尔姆调教了两三年的摔跤好手，但盖普也让每个人保持住了好状态。他努力通过一节节重量训练课估计即将到来的和巴斯对决的胜负，他坐在大宅的厨房桌边，回忆着史第林家族的第一代成员。此时，艾伦·詹姆斯忽然哭着冲进来，拿着一个月前发表她作品的杂志的最新一期。

盖普想他早应该提醒艾伦，小心杂志就是这个德性。他们当然发表了一篇由一批艾伦·詹姆斯主义者写的冗长的书信体论文，作为对艾伦大胆宣布她感到被她们利用并讨厌她们的回应。这就是那种杂志乐见的争议。艾伦尤其感到遭到了杂志编辑的背叛，编辑显然透露给艾伦·詹姆斯主义者，艾伦·詹姆斯现在和臭名昭著的T. S. 盖普住在一起。

然后艾伦·詹姆斯主义者，就死咬住这点不放，说艾伦·詹姆斯这个可怜的孩子，被男性恶棍盖普洗了脑，站到了反女权主义者的立场。盖普这个背叛他母亲的逆贼！嘻皮笑脸地利用女性主义运动！在各种来信中，盖普和艾伦·詹姆斯的关系，被描述成"引诱""卑鄙"和"见不得光"。

"对不起！"

艾伦写道。

"没事，没事。不是你的错。"盖普让她放心。

"我不是个反女权主义者！"

"你当然不是。"盖普对她说。

"她们把每件事都弄得黑白分明非此即彼。"

"她们确实如此。"盖普说。

"这就是为什么我恨她们。她们逼着人人都像她们一样，不然就在与她们为敌。"

"是，是。"盖普说。

"真希望我能说话。"

然后她身子一软，哭倒在盖普肩上，她愤怒的无言哭声，惊起了在大宅远端书房的海伦，也招来了暗房里的邓肯，叫醒了正打着盹儿的小珍妮。

于是，盖普愚蠢地决定正面和她们交锋，这些成年疯子，这些虔诚的狂人，就算她们选择的符号拒绝她们，她们也要坚持自己比艾伦·詹姆斯本人更懂得她。

"艾伦·詹姆斯不是一个符号，"盖普写道，"她是强奸案受害者，在她还没有长大到能够自己想清楚性和男人的年纪，就遭人割坏了身体。"他这么开了头，写得收不了手。他们当然照登不误，乐得火上浇油。这也是T. S. 盖普自著名的《本森哈沃眼中的世界》之后第一回发表任何东西。

实际上，这是第二篇。珍妮死后不久，盖普在一本小杂志上发表了他第一首诗，也是唯一一首诗，一首关于避孕套的怪诗。

盖普感到，他的人生被避孕套给毁了，这个男性用具，让他和其他男子不用面对欲望的后果。盖普觉得，我们终其一生都被避孕套跟踪着，避孕套一大早等在停车场，避孕套在海滩被玩沙子的孩子发现，避孕套用来传递信息（有一条捎给她母亲的信，出现在校医院辅楼的他们小小的侧翼房间的门把手上）。史第林学校宿舍马桶里没冲下去的避孕套。公共便池里躺着光滑得意的避孕套。有一回，周日报纸附赠避孕套。有一回，避孕套出现在车道尽头的邮箱里。还有一回，避孕套出现在老沃尔沃的换挡柄上，什么人用了这辆车一整个晚上，不过不是开车。

避孕套就像蚂蚁发现糖一样能找着盖普。他走了很多路，去了别的大洲，看啊，在那儿，陌生的酒店房间里本来应该完美无瑕的坐浴桶里……看啊，在那儿，出租车后座，避孕套好像从一条大鱼身上摘下来的眼睛……看啊，在那儿，从他的鞋底望着他，不知道是在什么地方踩到的。避孕套从任何地方都能找着他，邪恶地吓他。

避孕套和盖普很有渊源。他们不知怎么从一开始就是在一起的。他常常想起第一次看见避孕套时所受的惊吓，那炮口里的避孕套！

这诗还算可以，不过几乎没人读过，因为太恶心了。读了他关于艾伦·詹姆斯对战艾伦·詹姆斯主义者那篇文章的人要多得多了。因为是新闻，是当代事件。遗憾的是，盖普知道是因为这比艺术更有趣。

海伦求他别上钩，别卷进去。甚至艾伦·詹姆斯都说这是她的战斗，她没有请他帮忙。

"又在花园里胡搞了，"海伦提醒他，"搭更多书架。"

但他写出了愤怒，还写得很好，他将艾伦·詹姆斯想说的话更肯定地表达了出来。他雄辩地为受连累的受苦女性发声，艾伦·詹姆斯主义者那种"极端的自残"是"那种败坏女性主义名声的大粪"。他无法抵制写下来的冲动，尽管他写得很好，海伦还是正确地指出："这么做是为了谁？哪个严肃的人还不知道艾伦·詹姆斯主义者是疯子？不，盖普，你这么做也不是为了艾伦，是因为她们。你这么做是为了他妈的艾伦·詹姆斯主义者！你这么做是为了惹她们。为什么？老天啊，再过一年就没人会记得她们了，或者不记得她们为什么这么做。她们不过是一时的热点，一个愚蠢的热点，但你就是不能让她们去。为什么？"

但他对此老大不高兴，带着预料中对忠言的态度，无论如何都不肯听。他也在思考，自己是不是做错了。这种感觉，把他和每个人都孤立起来，连艾伦在内。她已经准备抽身了，很抱歉自己点了这把火。

"但是，是她们先点火的。"盖普坚持说。

"并不尽然。是第一个强奸别人、还要伤害她让她不能说话的人，是他先点火的。"艾伦·詹姆斯说。

"好，"盖普说，"好，好。"这姑娘悲惨的真话让他难过。他难道不是只想维护她吗？

史第林摔跤队在赛季决赛横扫巴斯学校，以九胜二负的成绩在新英格兰地区巡回赛中，取得第二名的团体奖杯，并且获得了一个个人冠军头衔，是一个盖普花了最多工夫训练的167磅的摔跤手。但赛季结束了，盖普这个封了笔的作家又一次拥有了太多空闲时间。

他老去看萝贝塔。他们没完没了地打壁球，三个月里他俩加起来打坏了四支球拍和盖普的左手小指。盖普一个漫不经心的向后挥拍，让萝贝塔的鼻梁给缝了九针，萝贝塔自从不在老鹰队效力之后还没缝过针，她破口大骂。而萝贝塔在打一个对角球时，她那大长腿的膝盖碰伤了盖普的胯下，让他蹒跚了一个礼拜。

"说真的，你们俩，"海伦对他们说，"你们为什么不私奔去来一场热恋。还安全点儿。"

不过他们是最好的朋友，而且就算盖普或萝贝塔产生了这种欲望，他们很快就会用笑话打发过去。再说了，萝贝塔的爱情生活起码还算冷静有序，就像天生的女性一样，她珍惜隐私。而且她很享受在犬首湾菲尔兹基金会专制独裁，萝贝塔把自己的性需求留给了纽约城里常见的风流韵事，她冷静地留着几个心痒痒的爱人，以备忽然造访幽会。"这是我可以控制感情的唯一方法。"她对盖普说。

"这办法够好的，萝贝塔，"盖普说，"不是每个人都那么幸运，能分而治之。"

于是他们更常打壁球，天气暖起来，他们就在从史第林到海边的蜿蜒马路上跑步。有一条从犬首湾到史第林的路正好六英里，他们常常从一座大宅跑到另一座。萝贝塔有事去纽约时，盖普就一个人跑。

一天他一个人跑到接近离犬首湾一半路程的中点，他掉头跑回史第林，此时一辆脏兮兮的白色萨博经过了他，似乎减慢了速度，然后加速开到他前头消失在视野范围之内。这是唯一的奇怪之处。盖普跑在路左边，所以能看见迎面开过来离他最近的车，那辆萨博从右边经过他，开在正确的车道，没什么奇怪的。

盖普在想即将在犬首湾举行的朗读会。萝贝塔说服他，为菲尔兹基金会的人和她们的客人朗读，他再怎么说也是基金会主席，而且萝贝塔经常组织小型音乐会和诗歌朗诵会之类的，但盖普对此心存不安。他讨厌朗读会，特别是现在要对着女人读，他对艾伦·詹姆斯主义者的谩骂，让很多女人觉得粗暴。大多数严肃的女性当然都同意他，但大部分也有足够智慧看得出他对艾伦·詹姆斯主义者的批评中夹杂个人报复，比理性更强烈。她们感到他身上带有杀人本能，基本是男性固有的不容忍态度。正如海伦所说，他对不能容忍的人太不容忍了。大多数女性，当然都觉得盖普写出了艾伦·詹姆斯主义者的真相，但这么粗暴真的有必要吗？用盖普的摔跤术语，他错在不必要的粗暴动作。就是他的粗暴让很多女性存有戒心，哪怕他朗读会的听众不限女性，主要在大学，现在那里粗暴似乎不流行，他也能感觉到静默的讨厌。他成了当众发脾气的男子，他证明了他可以很残忍。

　　而且萝贝塔叫他别读性爱场面，并不是说菲尔兹基金会的人怀有敌意，但她们的确怀有戒心，萝贝塔说。"除了性描写，"她说，"你还有很多别的场面可以读。"他们谁都没提他可能有什么新写的东西可读。主要由于没有什么新东西可读这个缘故，盖普本来就越来越不乐意朗读，任何地方办的都不喜欢。

　　这天盖普跑到了一座牧场放养安格斯黑牛的小山丘上，这是史第林和大海之间唯一一座山丘，他已经跑过了两英里。他看着牛群对着自己的蓝黑色的鼻子，好像安在一座低矮石墙上的双管枪。盖普总是对牛说话，他对它们哞哞叫。

　　那辆脏兮兮的萨博此刻正向他驶来，于是盖普挪到了满是尘土的路边软地，有一头安格斯黑牛对着他哞哞叫，另外两头则从石墙边躲开。盖普的眼睛盯着它们看。萨博开得不太快，不像危险驾驶。看来没理由小心。

全靠记忆救了他的命。作家有着选择性的记忆，幸运的是，盖普选择记住了脏兮兮的萨博第一次从另一个方向经过他时曾放慢速度，也记得司机似乎在后视镜里和他对视。

盖普的目光从安格斯黑牛转开，看着不发一言的萨博的发动机熄了火，在软路肩上对准他直直滑行而来，这团安静的白色后面抛出一条沙尘，扬起在缩着头专心致志的司机头上。司机把萨博对准了盖普，那画面最接近盖普想象中正在执行任务的球形塔炮射手的样子。

盖普跳了两步到了石墙那里，然后撑着它翻了过去，却没有看见石墙上方有一条电篱笆。他的身子掠过篱笆时感到大腿上一阵刺痛，不过他还是翻过了篱笆和墙，跌在湿润的绿色麦茬地里，那里遍布着啃着麦梗的安格斯黑牛群。

他面朝下躺在湿地上，听到干燥的喉咙里臭嘴"底蛤蟆"在呱呱叫，听到安格斯黑牛一哄而散，从他身边逃开的如雷蹄声。他听到脏兮兮的白色萨博撞在石墙上、发出金属和岩石碰撞的声音。两块和他的头一样大小的石块，无力地在他身边弹起。一头眼神野蛮的安格斯黑牛没有后退，但萨博的喇叭被压到了，也许这持续的喇叭声让牛没有冲上来。

盖普知道自己活着，他嘴里的血只不过由于咬到了嘴唇。他顺着墙摸到冲撞现场，受到猛烈撞击的萨博嵌在那里。汽车司机丢掉的可不止是舌头。

她四十来岁。萨博的发动机让她的大腿抬了起来，绕在撞坏的方向机柱那里。她手上没有戒指，短手指被这个严冬冻红了，也许不止刚过去的这个冬天，而是她度过的每一个冬天经年累月造成的。萨博的驾驶座车门门柱或者挡风玻璃的边框砸在她脸上，把她的一边太阳穴和脸颊压凹下去。这让她的脸往一边歪着。她棕色的头发沾满了血，温暖的夏风从洞开的挡风玻璃上的洞里吹乱了她的发丝。

盖普看了看她的眼球，知道她已经死了。他看了她的口腔，知道她是个艾伦·詹姆斯主义者。他也看了看她的包。只有可以想到的本子和铅笔。还有很多用过没用过的字条。其中一张写着："你好！我的名字叫……"

另一张写着："你咎由自取。"

盖普想象她本来想等他被压死在路边以后，就把字条塞在他血迹斑斑的跑步短裤裤带下面。

还有一张字条写得近乎诗意，是报纸会喜欢用并反复采用的。

"我从未被强奸，从没想这样。我从未和男人在一起过，也从没想这样。我整个人生的意义就是为了分担艾伦·詹姆斯的痛苦。"

哦，老天，盖普想，但他把这张字条和她的其他东西放在一起等着被发现。他不是那种会隐藏起重要信息的作家，也不是那种人，哪怕这些信息毫无理智。

他手撑着翻越石墙和电篱笆的时候，胯下的旧伤加剧了，但他还能朝小镇的方向慢跑，直到一辆送酸奶的卡车把他接上车，盖普和酸奶车司机去了警署报案。

酸奶车经过车祸现场往前朝盖普开去。此时那些安格斯黑牛从石墙缝溜出来，围着脏兮兮的白色萨博打转，俨然巨型的葬礼默哀者，环绕着死在进口车里的脆弱天使。

也许这就是我感到"底蛤蟆"的原因，海伦躺在熟睡的盖普身旁想。她拥抱着他温暖的身体，她缩在她自己笼罩着他全身的浓郁性感气息中。也许那死掉的艾伦·詹姆斯主义者就是"底蛤蟆"，现在她不在了，海伦想，她把盖普箍得太紧了，他醒了过来。

"怎么回事？"他问。但海伦就如艾伦·詹姆斯那样一言不发，她抱紧了他的臀部，她的牙齿在他的前胸打战，他抱紧她，直到她不再发抖。

一位艾伦·詹姆斯主义者"发言人"评论说这是孤立的暴力行径，并非得到艾伦·詹姆斯主义者协会批准，但显然是被"T. S. 盖普那种典型男性侵略性的强奸犯人格"所激怒。艾伦·詹姆斯主义者宣称，她们不对这起"孤立行动"负责，但她们也并不特别震惊或特别抱歉。

萝贝塔对盖普说，在这种情况下，要是他不想来为一群女人朗读，她能够理解。但盖普还是在犬首湾为一众菲尔兹基金会会员和她们请来的客人朗读，不到一百号人舒适地聚集在珍妮祖屋阳光丰沛的房间里。他读了《格里尔帕策民宿》，读之前这样介绍说："这是我写过的第一篇东西，也是最好的东西，我都不知道是怎么想出来的。我想这故事讲的是死亡，我写的时候都对此了解甚少。我现在更懂得死亡了，却一个字都写不出来。这个故事里有11个主要人物，七个死了，一个疯了，一个和另一个女人跑了。我就不透露剩下两个会怎么样了，但你们看得出要在这故事里活下来机会不是太大。"

接着他为他们读了起来。有些人笑了，四个人哭了，很多人在擤鼻涕和咳嗽，也许因为海边空气潮湿，没有人离开，所有人都鼓了掌。一个坐在后排钢琴边、较年长的女人全程都在沉睡，不过最后连她都鼓了掌，她因为掌声醒了过来，便愉快地加入了大家。

这件事似乎让盖普有了精神。邓肯也参加了朗读会，这是他最喜欢的父亲的作品（其实这是极少数他被允许阅读的父亲的作品）。邓肯是个有才华的小艺术家，他已经画了超过50张他父亲故事中人物的草图，盖普开车回家时他拿给盖普看。有些草图十分新鲜不矫饰，所有图画都让盖普大喜。老熊萎缩的侧腹裹住了那辆诡异的独轮车，厕所门下露出祖母柴棍似的颤颤巍巍的脚踝。梦男兴奋的眼睛里邪恶的使坏表情！西奥巴德先生美艳风骚的姐姐（"……就好像一直以来，他们都在策划着让这场荒诞的重新评级注定失败"），还有那勇敢乐观用手走路的男子。

"你画这些有多久了？"盖普问邓肯，他自豪地快要哭出来。

这让他精神大振。他向约翰·沃尔夫提议，制作一本特别版《格里尔帕策民宿》小说，由邓肯负责插图。"这个故事好得可以独立出本书，"盖普写信给约翰·沃尔夫说，"而且我也够有名能保证销量。这个故事除了在一本小杂志，还有一两本选集里登过，还从没被出版过。再说了，那些画都很可爱。而且这个故事真的撑得起来。"

"我恨作家开始靠名气赚钱，开始发表抽屉里所有烂文章，发表所有活该被人错过的旧货。不过这不一样，约翰，你知道这篇不一样。"

约翰·沃尔夫知道。他觉得邓肯的画新鲜不矫饰，但也不算特别好，这孩子还不到13岁，不管他多有才华。但约翰·沃尔夫一听说这个主意，也知道这是个很好的出版点子。当然为了保险起见，他也把这本书进行了"吉尔西·斯洛珀秘密测试"，盖普的故事，特别是邓肯的画以高分通过了吉尔西的审查。她唯一有所保留的是盖普用了太多她不明白的词语。

一本父子书，约翰·沃尔夫想，很适合圣诞节。这个故事悲哀温柔，满怀怜悯还微微带点儿暴力，也许能缓解盖普和艾伦·詹姆斯主义者之间的紧张。

盖普的胯部复原之后，一整个夏天他都从史第林跑去海边，每天都对沉静的安格斯黑牛点头致意。他们现在都享受着幸运的石墙带来的安全，而且盖普觉得永远和这些巨大又幸运的动物惺惺相惜。快乐地被放牧，快乐地被饲养。很快，有一天，会被屠宰。盖普没有想到它们被屠宰。也没有想到自己被屠宰。他留意着车子，不过并非太紧张。

"只是孤立的行动。"他对海伦、萝贝塔和艾伦·詹姆斯说。她们点头赞同，但萝贝塔一有空就和他一起跑。海伦觉得等天再冷下来，盖普能在迈尔斯·西布鲁克田径中心室内跑道跑步的话，她会更安心。不然等他重新开始摔跤，基本不到户外的时候也好。在海伦·霍尔姆的心里，那些温暖的垫子和那间四周都铺了软垫的屋子是安全感的象征，她就是在这样的暖箱里长大的。

盖普也一样期待新的摔跤季。他也期待父子俩共同创作的《格里尔帕策民宿》出版，一本由T. S. 盖普写故事、邓肯·盖普绘制插图的书。终于，有一本盖普的书是孩子和成人都能看的了！当然这也好像一种从头来过，回到起点重新出发。"重新开始"这个想法催生了一个多么大的假想世界啊。

忽然，盖普又开始写起来。

他首先写了封信给那家发表他攻击艾伦·詹姆斯主义者文章的杂志。在信中，他为自己的过激和自以为是道歉。"尽管我相信艾伦·詹姆斯被这些女人利用，觉得她们几乎不关心现实中的艾伦·詹姆斯,不过我看得出她们也多少真心诚意非常需要利用艾伦·詹姆斯。对那位需要帮助的暴力女性,她被激怒到想杀我,我当然对她的死起码要负部分责任。对不起。"

当然了,真正的信徒或相信至善至恶的人,很少接受道歉。在报章上回应的艾伦·詹姆斯主义者无一不表示盖普明显是在担心自己的安危,她们表示他明显害怕艾伦·詹姆斯主义者会不断派杀手(或男或女)来找他,不干掉他不罢休。她们说T. S. 盖普除了是头公猪,一个虐待女性的人,还明显是"一坨黄色的胆小鸡屎,没种"。

就算盖普看到了这些回应,外表看来他也毫不在意,很有可能他根本没看到。他写信去道歉,主要是为了自己的写作,为了清理桌面,而非心里过意不去,他是为了让脑子不再想着料理花园和打书架这类琐事,先前他在等待再次进行严肃写作时,把时间都用在这种芝麻绿豆的事情上。他想要和艾伦·詹姆斯主义者和解,然后忘掉她们,尽管海伦可忘不了她们。艾伦·詹姆斯当然也无法忘记,连萝贝塔只要和盖普一起出门就又警醒又紧张。

有一个好天他们往海边跑去,跑过了那个牧场大约一英里,萝贝塔忽然感到很肯定,一辆开过来的大众车里会是另一个杀手,她对盖普施以一个漂亮的横身阻挡,把他撞下软路肩,跌下12英尺高的沙堤,摔进了泥沟里。盖普崴了脚,坐在河床对萝贝塔狂吼一通。萝贝塔抓起一块石头威胁车里的人,里头坐满了从海滩派对回来的青少年,他们都吓坏了,萝贝塔说服他们给盖普腾个地方,把车开去珍妮·菲尔兹校医院。

"你真会恐吓别人!"盖普对萝贝塔说。但海伦对萝贝塔的存在很满意，她有近端锋对盲区冲撞和阴招的直觉。

因为崴了脚，盖普两个礼拜不能上路跑步，于是加快了写作速度。他在写一本他称为"父亲书"或"关于父亲们的书"，这是他在去欧洲之前得意洋洋地对约翰·沃尔夫描述的三项写作计划中的第一项，这本小说的名字会是《我父亲的幻觉》。因为盖普在凭空编造一个父亲，他感到更能触及那种纯粹想象的精神，正是纯粹的想象力点燃了《格里尔帕策民宿》。从那以后他走上了一条很长的岔路。他太过留意别的东西了，现在他称那个东西为"日常生活里的意外和死亡，以及随之而来可想而知的创伤"。他又重新变得自信满满，简直好像有本事编出任何东西。

"我父亲希望我们都过上更好的生活。"盖普开始写道，"但比什么更好呢？他不确定。我觉得他不懂什么是生活，他只不过希望生活能更好。"

和写《格里尔帕策民宿》一样，他也编造了一个家庭。他给自己编了兄弟姐妹和阿姨，还有两个叔叔，一个怪，一个坏。而且他感到自己重新成了个小说家，高兴地看着情节丰满起来。

晚上盖普给艾伦·詹姆斯和海伦读自己写的东西，有时邓肯也不睡觉，一起听，有时萝贝塔和他们一起吃晚饭，他也会读给她听。对所有与菲尔兹基金会有关的事他都忽然变得宽容起来。事实上，就因为盖普想多少给每个申请人一点儿什么，惹火了其他董事会成员。"她看着挺真诚的，"他老是说，"看，她从前过得很惨。我们的钱不是还够吗？"

"照这种花法可不够。"玛西娅·福克斯说。

"要是我们不对候选人筛选得比你严格些，"茜尔玛·布洛赫说，"就会损失。"

"损失？"盖普说，"我们怎么可能损失？"一夜之间，所有人（除了萝贝塔）都觉得盖普似乎变成了那种最软弱的自由主义者：他对谁都不作评价。但他满脑子都是关于他那个虚构家庭全部的悲惨历史，于是他充满了同情，在真实世界里也成了个软柿子。

　　盖普感到因为自己的旺盛创造力，珍妮的被害纪念日，还有突然死亡的厄尼·霍尔姆和斯图尔特·珀西的祭日都倏忽而过。然后摔跤赛季又展开了，海伦从没见他那么忙，全心投入，孜孜不倦。他又变成那个让她坠入爱河的年轻有决心的盖普，她感到如此被他吸引，以至于一个人的时候常常不明所以地哭泣。她太常一个人待着了，既然现在盖普又开始忙起来，海伦意识到自己无所事事太久了。她接受了史第林学校的聘书，这样一来她就能教书了，也能再次运用智慧思考自己的想法了。

　　她也教会了艾伦·詹姆斯开车，艾伦每周两次开车去州立大学，她在那里上创作课。"这个家可没有大到能容得下两个作家，艾伦。"盖普故意逗她。他们所有人是多么珍惜他的好心情啊！而且，现在既然海伦又开始工作，她也没那么焦虑了。

　　盖普眼中的世界里，一个夜晚可以很欢乐，而下一个早晨则会出现血光。

　　后来，他们（连同萝贝塔在内）常常会说盖普得以看到由邓肯·盖普绘图的第一版《格里尔帕策民宿》出版多么好，而且赶上了圣诞节，就在他看见"底蛤蟆"之前。

第19章

盖普走了之后

他喜欢尾声，这点在《格里尔帕策民宿》里已经表现出来了。

"尾声，"盖普写道，"不仅仅是死亡人数统计。尾声伪装成对过去的总结，实则是一种对未来的警示。"

那个二月的一天，海伦听到他吃早饭的时候和艾伦·詹姆斯还有邓肯开玩笑，他听上去确实对未来感觉良好。海伦给小珍妮·盖普洗了个澡，给她全身涂上爽身粉，头皮上涂好护肤油，剪了她的小手指甲，把她塞进沃特穿过的黄色连身装里拉好拉链。海伦闻得到盖普做的咖啡香，而且她听到盖普催邓肯上学的声音。

"不会要戴那顶帽子吧，老天啊，"盖普说，"那帽子连鸟都焐不暖和。现在可零下24摄氏度。"

"是零下11摄氏度，爸。"邓肯说。

"那是学术说法，"盖普说，"非常冷，就这意思。"那时艾伦·詹姆斯一定从车库门进来，写了一张字条，因为海伦听见盖普说他一会儿就过来帮她，显然艾伦无法发动车子。

然后大房子安静了好一会儿，海伦听到仿佛从很远的地方传来靴子踩在雪地里的吱呀声，和冷车慢吞吞发动的声音。"祝你今天一切顺利！"她听到盖普对邓肯叫道，他一准已经走下长长的车道去学校了。

　　"好嘞！"邓肯叫道，"你也是！"

　　车发动了，艾伦·詹姆斯要开车去大学。"小心开车！"盖普在她后面嚷道。

　　海伦独自喝了咖啡。有时候小珍妮自言自语的咿咿呀呀声让海伦想起艾伦·詹姆斯主义者，或想起艾伦生气的时候，但这个早晨没有。小婴儿安静地玩着一些塑料玩意儿。海伦可以听到盖普敲击打字机的声音，除此之外就没别的声音了。

　　他写了三个小时。打字机连续作响三四页纸，然后陷入沉默，长得让海伦想象盖普是否停止了呼吸。然后，当她忘了这茬儿或沉浸在阅读中时，或在忙着弄小珍妮的时候，打字机声又会响起来。

　　上午11点30分，海伦听到他打电话给萝贝塔·马尔登。盖普想在摔跤训练之前来一场壁球，要是萝贝塔能从她的"女孩儿们"当中脱身的话。盖普叫菲尔兹基金会的成员女孩儿。

　　"萝贝塔，女孩儿们今天怎么样？"盖普说。

　　但萝贝塔不能打球。海伦听出盖普口气里的失望。

　　事后萝贝塔会一遍又一遍重复说她应该去打的，要是她去打的话，她继续说道，也许就能察觉那件事要来了，也许她能在盖普身边保持警觉紧张，认出真实世界的踪迹，盖普总是忽略这些爪印。但事实上那天萝贝塔却无法打球。

　　盖普又写了半个小时。海伦知道他在写一封信，不知为何从打字机发出的声音里她能听出分别来。他写信给约翰·沃尔夫谈《我父

566

亲的幻觉》，他对这书的进展很满意。他抱怨萝贝塔对工作太过认真，身材都走形了，没有哪样行政工作值得占用像萝贝塔奉献给菲尔兹基金会那么多的时间。盖普说《格里尔帕策民宿》销量不好在预料之中，重要的是这是本"可爱的书"，他喜欢看着它，喜欢把它拿给别人看，而且它的重生让他重生。他说他期待下一个摔跤赛季比去年好，尽管他麾下有个新人重量级选手要做膝盖手术，而唯一的新英格兰地区冠军毕了业。他说和一个像海伦这样读这么多书的人一起生活，既烦人又激励人，他想写出让她合上其他书的东西。

中午他过来亲吻海伦，然后抚弄了她的乳房。他一边亲小珍妮，一边给她穿上沃特以前穿过的雪衣，沃特之前连邓肯也穿过几回。艾伦·詹姆斯一开车回来，盖普就开车送小珍妮去日托班。然后盖普出现在巴斯特简餐店，跟往常一样，喝一杯加了蜂蜜的茶，吃一个橘子、一根香蕉。这就是全部午饭了，之后他跑步或摔跤，他给一个英语系的新老师讲解写作，这个年轻人喜爱盖普的作品，他刚研究生毕业。名叫唐纳德·惠特科姆，他紧张的口吃让盖普感到亲切，他想起了廷池老师，还有他仍旧为之心跳加速的爱丽丝·弗莱彻。

这一天，盖普乐意和任何人谈论写作，而小惠特科姆则乐意听。唐纳德·惠特科姆会记得盖普跟他说开始动手写一本小说感觉如何。"就好比想要让死人复活，"他说，"不，不，不对，更像努力让每个人都永远活下去。连最后死掉的人物在内，让他们活着最重要。"最后，盖普才用了一种自己喜欢的说法。"小说家就是只看得到病危患者的医生。"小惠特科姆太敬畏这句话了，记了下来。

很多年以后，惠特科姆写的盖普传记，让其他想为盖普作传的人又嫉妒又鄙视。惠特科姆回顾说，盖普写作的"繁盛期"（他用了这个说法）乃是源于盖普觉得生命有限。惠特科姆说，那个艾伦·詹姆斯主义者，想用脏兮兮的白色萨博撞死盖普，这给了盖普一种必要的紧迫感重新投入写作。海伦也同意这个理论。

这想法还不坏，尽管盖普一定会笑话他。他其实已经忘了那个艾伦·詹姆斯主义者，而且他也没有再提防其他同党。不过潜意识里，也许，他曾感到小惠特科姆所表述的这种紧迫感。

在巴斯特简餐店里，惠特科姆听得入迷了，直到该去摔跤训练。盖普出门的时候（他把账单留给惠特科姆来付，这年轻人后来带着好意回忆道），撞见了鲍吉尔主任，他刚因为心脏不适住了三天医院。

"他们没找到什么毛病。"鲍吉尔抱怨道。

"但是他们找到你的心脏了吗？"盖普问他。

主任、小惠特科姆还有盖普都大笑起来。鲍吉尔说他只带了本《格里尔帕策民宿》去医院，因为故事很短，他通读了三遍。在医院读这个故事真难过，鲍吉尔说，不过他还是很开心地报告说自己没有做祖母那个梦，这样他就知道自己还能再活久一些。他说他很喜欢这个故事。

惠特科姆会记得，盖普听了这话变得不好意思起来，尽管他显然因为鲍吉尔的赞扬高兴。惠特科姆和鲍吉尔同他挥手告别。盖普忘了他的针织滑雪帽，不过鲍吉尔跟惠特科姆说，他来把帽子带去体育馆给盖普。鲍吉尔对惠特科姆说，他偶尔喜欢去摔跤室看看盖普。"他在那儿可如鱼得水了。"鲍吉尔说。

唐纳德·惠特科姆不迷摔跤，但他兴奋地谈起盖普的写作来。这一老一少都同意：盖普这人充满惊人的能量。

惠特科姆回忆起他回到宿舍楼的小宿舍里，努力写下所有盖普让他折服的地方，他不得不停笔，还没写完，该吃晚饭了。惠特科姆走去食堂的时候，他是史第林学校仅有的还不知情的人之一。是鲍吉尔主任在惠特科姆去食堂的路上拦住他的，主任眼眶红红的，忽然老了好几岁。主任把手套忘在体育馆了，他冰冷的手里紧捏盖普的滑雪帽。惠特科姆一看见盖普的帽子还在主任手里，就明白有事发生了，甚至在和鲍吉尔对视之前就懂了。

　　盖普刚快步走上从巴斯特简餐店通往西布鲁克体育馆及田径中心那条积雪的人行道，就想起了帽子来。但与其走回去拿，他还是选择加快步伐跑去了体育馆。不到三分钟他就到了那里，头已经很冷，脚趾也很冷。他先在热气蒸腾的健身房暖脚，然后才穿上摔跤鞋。他在健身房和队上一名145磅级的运动员略聊了聊。这男生的小指和无名指被粘在了一起，这样用手的时候就能得到点儿助力，健身教练说他的手只不过是扭了一下。盖普问照没照过X光，照过了，骨头没事。盖普拍了拍这145磅级选手的肩膀，问他重多少，他兴许撒了谎，说还超重大约5磅，盖普对他的回答皱起了眉头，然后就去换衣服了。

　　训练前他又来到健身房。"就只是擦了点儿凡士林在耳朵上。"健身教练后来回忆。盖普有一只耳朵正在发展成菜花耳，凡士林让他的耳朵光滑了些，他觉得这能保护耳朵。盖普不喜欢戴着头套摔跤，从前这些护耳用具不算摔跤必备装备，他觉得没必要现在才来戴。

　　他在开摔跤室门之前，先和一个152磅级的运动员一起在室内跑道跑了一英里。最后一圈盖普提出要赛跑，但这152磅级的选手剩下的力气比盖普多，最后比他快了6英尺。之后盖普和这152磅级选手在摔跤室里"过了几招"，热身性质。他轻而易举把这孩子摔倒了差不多五六次，骑坐在他身上长达5分钟。或者说直到这孩子看起来累了为止。然后盖普让他来反抱住自己，他让这152磅选手尽力按住自己，他从下面进行自卫。但盖普背上的一块肌肉很紧，无法伸展到他要的地步，于是他让这152磅的选手去和别人摔。他自己靠着软垫墙坐下，满心欢喜地边流汗边看着满屋子自己的队员。

他在演示第一套要他们做的练习之前，先让他们自己热身，他痛恨一起做柔软体操。"找个搭档，找个搭档。"他机械地说。然后又说："埃里克呢？找个厉害的对手，埃里克，要不然你和我练。"

埃里克是他手下133磅级别的选手，老在训练的时候浑水摸鱼，找自己的室友兼最好的朋友，一个115磅的候补队员来练。

海伦来到摔跤室的时候，屋里的温度已经高达30摄氏度，而且还在攀升。两两一组的男孩儿们已经在垫子上气喘吁吁。盖普专心地望了一眼秒表。他嚷道："还有一分钟！"海伦经过他身边时，他嘴里含着哨子，她就没吻他。

她会记得这只哨子，记得没吻他，活一日就记一日，而她会活很久。

海伦走到自己通常坐的摔跤室一角，这样就不太可能有人摔倒在她身上。她翻开了书。眼镜片起了雾，她用手擦了擦。那个护士从离海伦最远的一端进来的时候，她正戴着眼镜。但除非有身体摔打在垫子上发出巨响或有人的喊痛声非比寻常，她是不会抬头的。那护士关上了身后的摔跤室门，快速走过正在肉搏的人，朝盖普走去。盖普手里抓着秒表嘴里含着哨子，他把哨子从嘴里拿出来大喝一声："15秒！"这也是他所剩的时间了。盖普把哨子重新放回嘴里准备吹响。当他看到那个护士时，还以为是帮他逃出第一次女性主义葬礼的那个好心护士多蒂。盖普只是凭她铁灰色的发辫来辨认，发辫绕着她的头盘起，那当然是顶假发。这护士冲他微笑。全天下的人当中没有比护士更让盖普安心的了，他也冲她笑笑，然后瞥了一眼秒表：剩十秒。

他再次抬头看那个护士时，看见一把枪。他刚刚还在想他母亲珍妮·菲尔兹，想象着不到20年前她走进摔跤室时的样子。他想着，珍妮比这个护士年轻。要是海伦抬头看到护士的话，她没准儿会再一次误以为自己失踪的母亲终于决定现身了。

盖普看见枪时，他也注意到那不是一件真正的护士服，而是一件胸口绣着红心的珍妮·菲尔兹原创设计。就在那时盖普看到护士的胸脯，虽然很小但紧实，有着年轻人的坚挺，不是一个头发铁灰的老妇会有的，而且她的臀部太瘦，两腿太像小女孩儿。当盖普又看了看她的脸，这下子他认出了家族相似性：米姬·史第林传给她所有孩子的方腮，而那倾斜的额头则得自"炖肥肉"。父母的组合让每个珀西家孩子的头都状如破坏力极强的军舰。

第一枪打中了盖普嘴里的哨子，发出一声脆响，秒表也从他手里飞了出去。他坐在地上。垫子是暖的。子弹穿过他的肚子命中了脊柱。班布里奇·珀西射出第二枪的时候秒表上只剩不到五秒了，子弹打中了盖普的胸部，让坐着的他向后倒在了软垫墙上。受惊的摔跤手们只不过是孩子罢了，似乎一动都动不了了。是海伦擒住"噗"，把她按在垫子上不让她射第三枪。

海伦的尖叫唤醒了摔跤手们。其中一个候补的重量级选手按着"噗"的肚子把她压制在垫子上，从她身体下面掰过她拿着枪的手，他抬起的手肘打裂了海伦的嘴唇，但她几乎毫无知觉。那个小指和无名指用胶带绑在一起的145磅新人选手掰开"噗"的大拇指，把枪扳了过来。

就在此时她的骨头"咔嚓"一声断了，她大叫起来，连盖普都看到她发生了什么事，一定是最近做的手术。在"噗"张开大叫的嘴里，所有靠近她的人，都能看见密集的黑色缝线好像蚂蚁一样布满了她剩下舌头的根部。那个替补重量级选手受惊过度，以至于夹得她太紧，折断了她的一根肋骨，班布里奇·珀西最近的疯狂行径，是想成为一名艾伦·詹姆斯主义者，这一定让她很痛。

"屋！"她叫道，"啊伊妈屋！""啊伊妈屋"就是"操你妈的猪"的意思，但现在不是艾伦·詹姆斯主义者，不会懂"噗"说了什么。

那个145磅的新人摔跤手拿着枪伸直手臂，往下对着地上的垫子，然后又指向摔跤室的无人一角。"屋！""噗"怒视着他，但这男孩儿浑身发抖盯着他的教练。

海伦扶稳盖普的身体，他开始靠着墙往下滑。他知道，自己无法说话，也无法感觉，无法触摸。他只有一阵强烈的味觉和短暂的视力以及鲜活的记忆。

幸好邓肯对摔跤没有兴趣，盖普终于因此高兴了一回。因为邓肯天生喜欢游泳，他没看到这一切，盖普知道这会儿邓肯要不是刚出学校，就是已经在泳池里了。

盖普为海伦难过，因为她在现场，但她的气味离他最近，这又让他感到幸福。他尽情享受这股香气，夹杂在史第林摔跤室里其他的贴身体味之中。如果他能说话，他会告诉海伦再也不用怕"底蛤蟆"了。他惊讶地意识到，"底蛤蟆"不是陌生人，甚至不神秘，"底蛤蟆"是如此熟悉，就好像他一直以来都认识它一样，就好像

"底蛤蟆"伴着他长大一样。它像温暖的摔跤垫一样柔软，带着干净的男孩儿汗水味，就像盖普最初也是最后的爱人海伦一样。现在盖普知道了，"底蛤蟆"甚至可以长得像个护士：护士是熟悉死亡的人，被训练来对疼痛作出实际的反应。

当鲍吉尔主任手里抓着盖普的滑雪帽打开摔跤室的门时，盖普并没有产生这位主任再次到来主持拯救行动的幻觉，没有以为他又要来接住从校医院辅楼四楼掉落的身体，那上面的世界是安全的。而这个世界并不安全。盖普知道，鲍吉尔主任会尽力帮忙，盖普感激地对他微笑，也对海伦微笑，还有他的摔跤手们，有些人现在哭了起来。盖普慈爱地看着把"噗"压在垫上的替补重量级选手，盖普知道，这可怜的胖小子下个赛季日子会多难过。

盖普看着海伦，他唯一还能动的就是眼珠。他看见海伦努力想对他微笑。他努力用眼睛叫她安心：要是死了以后再也不会有生命了，怎么办呢？别担心。盖普死了以后还有生命，相信我。即便死后只有死（死而复死），也要感激小小的恩赐，比如说，有时性之后会产生生命。而且，要是你非常幸运的话，生过孩子之后还能有性生活呢！哦四的，就像爱丽丝·弗莱彻说的那样。盖普用眼睛说：只要你还有生命，就有希望获得力量。而且永远别忘了，还有回忆，海伦，他用眼睛告诉她。

"在盖普眼中的世界里，"唐纳德·惠特科姆后来写道，"我们有责任记住每一件事。"

盖普在他们能把他挪出摔跤室之前就死了。死时三十三岁，和海伦一样大。艾伦·詹姆斯才二十出头。邓肯十三岁。小珍妮·盖普即将满三岁。沃特要是还活着的话，会是八岁。

盖普之死，立即促使那本父子合作的《格里尔帕策民宿》第三、第四次再版。一个长周末，约翰·沃尔夫喝了太多，考虑要离开出版业，有时候，作者惨死造成的高销量让他感到恶心。但盖普能占据那么多新闻版面，又让他感到安慰。即便盖普不会想到，自己的死比自杀还更成功地奠定了他在严肃文学界的地位和名望。这对一个写过一个好短篇、三本长篇里也许一本半是好作品的33岁作家来说，算不错了。盖普不同寻常的死亡，事实上如此完美，约翰·沃尔夫一想到盖普会多么高兴就忍不住要微笑起来。沃尔夫想，这场死亡那么随机、愚蠢、毫无必要，带着喜感、丑陋和古怪，强调了盖普所有作品中世界的运转方式。约翰·沃尔夫对吉尔西·斯洛珀说，这个死亡场面，只有盖普写得出来。

海伦只有一次苦涩地说，盖普的死，实际上终究是一种自杀。"是从他的整个人生都是一场自杀这个意义上说的。"她神秘地说。她后来解释说她的意思只不过是"他太气人了"。

他让"噗"太气了，起码这一点毋庸置疑。

他让其他人想用小小的古怪方式纪念他。史第林学校墓地，有幸收容他的墓碑。和他母亲一样，盖普捐献了遗体。学校用他的名字，给剩下的一栋还没有以任何人命名的楼房命名。这是老鲍吉尔主任的主意。这位好心的主任说，既然已经有一栋珍妮·菲尔兹校医院了，那就应该有一栋盖普校医院辅楼。

后来这几栋楼房的功能有了些许变化，但是它们的名字还是叫作菲尔兹校医院和盖普辅楼。菲尔兹校医院，后来变成了史第林新医疗及检验中心大楼的老侧翼，盖普辅楼则主要用于储藏货物，成了堆放医疗器具和教室用具的仓库，也可以用来收治传染病患。当然了，再也没有那么多传染病人了。盖普或许会喜欢这一点，那就是用他的名字为一座仓库命名。他有一回写过小说"不过是一个储藏东西的地方，用来摆放小说家在人生中无法使用的有意义之物"。

他也会喜欢传染病这一点，毕竟：T. S. 盖普可能会把传染病想象成"是对未来的警示"。

　　爱丽丝和哈里森·弗莱彻会继续做夫妻，风雨同路，他们的婚姻之所以能够持续的一部分原因，就在于爱丽丝无法将任何事进行到底。他们唯一的孩子，一个女孩儿会学习大提琴这个巨大笨重、乐音如丝的乐器，她演奏得那么优雅，每次她表演完之后几个小时，那纯净低沉的琴声，都会加重爱丽丝的口齿不清。哈里森在很久之后，终于拿到了终身教职，在自己才华横溢的女儿成为职业音乐家之后，终于戒掉了和漂亮学生乱搞的习性。

　　爱丽丝永远不会写完第二本小说或第三、第四本，也不会有第二个孩子。她依旧写起文章来顺畅，现实中却烦恼不堪。她再也没有和"其他男人"发展出和盖普那种情愫，即便在她的记忆中，他的热情足够强烈到让她永远无法和海伦接近。而且哈里森对海伦的好感，随着他每一次快速终结的外遇而逐渐消失了，直到弗莱彻一家再也不关心盖普剩下的家人为止。

　　有一次，邓肯·盖普在纽约遇见了弗莱彻家的女儿，她刚在那座危险之都初次登台表演大提琴独奏，邓肯请她吃了晚饭。

　　"他看上去像他母亲吗？"哈里森问女儿。

　　"我不太记得他母亲了。"女儿说。

　　"他追求你了吗？"爱丽丝问。

　　"我觉得没有。"她女儿说，她第一选择并且最爱的伴侣，永远是那大屁股的大提琴。

弗莱彻夫妇，哈里森和爱丽丝两个都在成熟的中年死亡，圣诞节他们乘坐的飞往马提尼克的飞机坠毁了。哈里森的一个学生开车送他们去的机场。

"要是你住在新英格兰，"爱丽丝对这个学生坦白说，"你就欠自己一个在祥光下过的节。对不对，哈里深？"

海伦一直觉得爱丽丝有点儿疯疯癫癫的。

大半辈子都被叫作海伦·盖普的海伦·霍尔姆会活很久。她会变成一个皮肤黝黑的瘦削女子，面容吸引人，讲话精准。她有情人，不过从未再婚。每个情人，都因为盖普的存在而备感压力，不仅仅因为海伦顽强的记忆，还因为她很少走出史第林大宅，身边围绕着盖普留下的物品。比如盖普的书，所有邓肯拍的盖普的照片，甚至还有盖普的摔跤奖杯。

海伦坚持说，她永远不可能忘记盖普死得那么早，留下她独自度过大半辈子。他生前那么惯她，她说，这让她不可能认真考虑和别的男人生活在一起的可能。

海伦会成为史第林学校史上最受人尊重的老师之一，尽管她对这个地方一直保持着讽刺态度。她在学校里有一些朋友，不过很少：直到去世的老鲍吉尔主任，还有年轻的学者唐纳德·惠特科姆，他会像对盖普作品那样对她着迷。还有一个女人，雕塑家，她是犬首湾的驻地艺术家，经萝贝塔介绍认识。

对约翰·沃尔夫这个终生的老朋友，海伦在小处都原谅了他，不过从未完全原谅他成功捧红了盖普。海伦也继续和萝贝塔走得很近，她偶尔会和萝贝塔一起去纽约进行她著名的寻爱之旅。这两个人越老越怪，对多年来在菲尔兹基金会飞扬跋扈的态度心中有愧。其实，她俩对外部世界的风趣实时评论，几乎成了吸引游客的犬首湾一景，因为孩子们都长大去别的地方追求各自的人生，时不时当海伦在史第林感到孤单无聊，她就去珍妮·菲尔兹祖宅和萝贝塔住一阵子。那里总是很热闹。萝贝塔一死，海伦好像老了20岁。

到了有一些年纪的时候，她刚对邓肯抱怨最喜欢的所有同龄人都不在了，之后不久，海伦忽然为一种影响身体黏膜的病痛折磨。她会在睡梦中辞世。

她成功比很多残酷的传记作家活得久，那些人都在翘首盼望她死，这样就能飞扑向盖普的遗物了。她一直保护着他的信、未完成的《我父亲的幻觉》手稿、他的大部分日记和草稿。她告诉所有想写传记的人："读作品。忘掉作者的人生。"这是他会对他们说的话，一字不差。

她自己写了一些文章，在她的学术领域颇受重视。一篇叫作《冒险者在叙事中的直觉》，是对约瑟夫·康拉德和维吉尼亚·沃尔夫叙事技巧的比较研究。

海伦总是自认是有三个孩子的遗孀，他们是邓肯、小珍妮和艾伦·詹姆斯，他们都活得比海伦长，为她的离世痛哭流涕。盖普死的时候，他们还太小，受惊过度哭不出来。

鲍吉尔主任为盖普之死落的泪，几乎和海伦的一样多，他依旧像斗牛犬般忠诚顽强。退休很久了，他还夜袭史第林校园，因为无法入睡，正适合抓捕沿着人行道溜进来的潜伏者和抱着倒在海绵似的地上的爱侣，他们在软灌木丛下面，在美丽的老建筑旁边，等等。

只要邓肯·盖普还没毕业，鲍吉尔就一直活跃在史第林。"我是看着你父亲念完书的，孩子，"主任对邓肯说，"我也要看着你念完书。而且要是他们不拦着，我还要待到你妹妹毕业。"但他们最终还是硬逼他退休了，他们给自己举出很多他应该退休的理由，其中就有他习惯在礼拜时自言自语，还有他下了班还进行古怪的逮捕少男少女的午夜行动。他们还提到这位主任一再产生幻觉，他认为很多年以前的一个晚上，他怀里接住的是小盖普，而不是鸽子。鲍吉尔拒绝搬出校园，连退休了也不肯，除了顽固这一点，他还是成了史第林最受尊重的荣誉退休职工，也或许正由于顽固。所有学校典礼，他们都把他拖出来，让他蹒跚爬上台。他们向不认识他的人介绍他，然后再领他离开。也许因为他们要在这种场合展览他，所以才容忍他的乖张行为，比如鲍吉尔70多岁了，还自认为自己仍是主任，有时一连好几星期都这么相信。

"你是主任，真的。"海伦喜欢逗他。

"我当然是！"鲍吉尔嚷道。

他们经常见面，随着鲍吉尔越来越聋，他越来越常枕着好心的艾伦·詹姆斯的胳膊，她自有一套对听不见的人讲话的本事。

鲍吉尔主任，甚至还继续支持史第林摔跤队，他们的光辉岁月很快被大部分人抛诸脑后。摔跤手们，再也没能拥有一个像厄尼·霍尔姆那么好的教练，连和盖普差不多水平的都没碰上。他们成了一支常败的队伍，然而鲍吉尔一直支持他们，一直呼喊到最后一场比赛，直到史第林的男孩儿摔落在地，等着被对手压制。

鲍吉尔就死在一场摔跤比赛上。在一场无限级比赛中，双方难得势均力敌，史第林的重量级选手和同样精疲力竭且身体扭曲的对手，倒在地上用力挣扎，随着比赛时间越来越少，他们俩像搁浅的幼鲸一样，趴着争夺优势地位和决胜分。"15秒！"宣告员低沉地说。两个大男孩儿拼命挣扎着。鲍吉尔站了起来，跺着脚催他们。"神啊！"他用德语喊道。

当比赛结束，看台上的人都走空了，这位老主任还在，他死在了自己的座位上。海伦花了好一番工夫，才安抚住了敏感的小惠特科姆，让他控制住鲍吉尔之死带来的悲伤。

唐纳德·惠特科姆从来没和海伦上过床，尽管那些想写盖普传记的人，心怀嫉妒地散播这样的谣言，这些人都想把盖普的遗产和遗孀弄到手。惠特科姆，终生都好像个和尚般隐居，他几乎都躲在史第林学校里。能在盖普死前不久在这儿发现他，对惠特科姆来说是非常幸运的事。能和海伦成为朋友并且受她照顾，也很幸运。她相信，他比她还不加批判地爱戴她的丈夫。

可怜的惠特科姆一直都被人称为"小惠特科姆"，哪怕他不可能永远年轻下去。他的脸上从来没留过胡子，他那从褐色终于变得霜白的头发下面的脸颊永远粉红。他讲起话来依旧带些口吃，发出热忱的假音，他的手永远爱绞在一起。但海伦会把家庭和文学材料托付给惠特科姆。

他会成为盖普的传记作者。海伦通读了整本传记，最后一章除外，那一章惠特科姆等了很多年才写成，那是追悼她的章节。惠特科姆是盖普研究第一人，最后的盖普研究权威。邓肯常开玩笑说，他有着传记作者的温顺气质。他从盖普家人角度来作传，惠特科姆相信海伦告诉他的每件事，相信盖普留下的每张字条，或者海伦说是盖普留下的便条。

"生命，"盖普写过，"很可惜不是精心布局的老派小说，而是在该走的走了以后便突然结束。留下来的，只是回忆。不过就算是虚无主义者都有回忆。"

惠特科姆甚至连盖普最花哨矫饰的一面，都爱不释手。

在盖普的遗物里，海伦发现了这么一张便条。

"不管他妈的我死前最后说了什么，就请说我留下的话是：'我一直都知道，追求完美是致命的习惯。'"

唐纳德·惠特科姆不加批判地爱盖普，跟人家爱小狗和孩子一样，他说这番话真的是盖普的遗言。

"要是惠特科姆这么说，那么就是真的。"邓肯总是这么说。

珍妮·盖普和艾伦·詹姆斯也都同意。

这是家务事，不要让写传记的人碰盖普。

艾伦·詹姆斯写道。

"而且说这是他的遗言又有什么错呢？"珍妮·盖普问，"他欠大众什么？他总是说他只感激其他艺术家和爱他的人。"

那么现在究竟还有谁有份从他身上分一杯羹呢？

艾伦·詹姆斯写道。

唐纳德·惠特科姆连海伦的遗愿都衷心执行。尽管海伦留下遗愿时很老了，最后又病得突然，但捍卫她临终请求的人是惠特科姆。海伦不想和盖普、珍妮、她父亲、"炖肥肉"及其他人一起被安葬在史第林学校墓地里，她说镇上的墓地正合适。她也不想捐献遗体，因为她那么老了，遗体一定没什么用了。她对惠特科姆说，她想被火化，而且她的骨灰要留给邓肯和珍妮·盖普还有艾伦·詹姆斯。一部分骨灰下葬以后，剩下的任由他们处置，但他们不可以把骨灰撒在史第林学校的任何地方。海伦对惠特科姆说，要是让在她小时候不收女生的史第林学校得到她的任何一部分，她就会遭到诅咒。

她对惠特科姆说，镇上墓地里的墓碑上，应该就写她是海伦·霍尔姆，摔跤教练厄尼·霍尔姆的女儿，当年不准她念史第林学校因为她是女孩儿，不仅如此，还要写她是小说家T. S. 盖普挚爱的妻子，盖普的墓碑在史第林学校墓地里，因为他是男的。

惠特科姆严格遵照这个遗愿，让邓肯觉得特别好笑。

"爸爸该会多喜欢这个！"邓肯不停地说，"老天，我简直可以听到他的反应。"

珍妮·盖普和艾伦·詹姆斯总是说，珍妮·菲尔兹会为海伦的决定拍手喝彩。

艾伦·詹姆斯长大会成为一名作家。她就像盖普当年预料的那样"真有写作才华"。她的两位导师——盖普和他母亲珍妮·菲尔兹的灵魂，不知怎么让她无法承受，因为他们，她不会再写散文和小说了。她成了非常优秀的诗人，尽管她的作品流传得不广。

她优秀的第一本诗集《献给植物和动物的讲话》，会让盖普和珍妮·菲尔兹非常为她自豪，也的确让海伦非常自豪，她们是好朋友，也像母女。

艾伦·詹姆斯当然会比艾伦·詹姆斯主义者活得长。盖普的遇害，让她们更不敢抛头露面，而且她们多年来偶尔露个面都会大肆伪装，甚至自己觉得不好意思。

"你好！我哑了。"她们的字条最后这么写道。

或者是："我遭遇了意外，所以不能说话。但你看到了，我很会写。"

"你不是那种艾伦·什么主义者，对吧？"偶尔人们会问她们。

"那种什么？"她们学乖了。

她们当中比较诚实的会写："不是。现在不是了。"

现在她们只不过是不能说话的女人。她们当中的大部分人，都在私下努力寻找自己可以做什么。大部分都转而帮助那些也需要帮助的人。她们对帮助有缺陷的人很在行，也对帮助觉得自己太过可怜的人很在行。她们身上的标签越来越少，这些不能说话的女人，一个接一个用行动代表她们自己。

她们中有些人，甚至还因为自己所做的事得到了菲尔兹基金会奖金。

有些人，当然继续在这个很快忘了何为艾伦·詹姆斯主义者的世界继续努力当一个艾伦·詹姆斯主义者。有些人以为，艾伦·詹姆斯主义者是在本世纪中叶猖獗一时的犯罪团伙。讽刺的是，另一些人把她们和她们一开始抗议的强奸犯搞混了。一个艾伦·詹姆斯主义者写信给艾伦·詹姆斯，说当她问了一个小女孩儿知不知道什么是艾伦·詹姆斯主义者之后，就不再想当艾伦·詹姆斯主义者了。

"强奸小男孩儿的人？"那个小女孩儿回答道。

盖普遇刺后大约两个月，有一本写得很坏的小说流行起来。作者只花了三个星期写成，五个星期之后就出版了。这书叫《一名艾伦·詹姆斯主义者的告白》，这本小说的确让她们更为古怪或干脆消失了。这书的作者当然是个男人。他之前的作品叫《一个三级片皇帝的告白》，再之前的一本叫《一个儿童奴隶贩子的告白》，如此种种。这男人狡猾邪恶，每六个月就变出一个新东西来。

《一名艾伦·詹姆斯主义者的告白》里，最残忍的一个蹩脚笑话是，他设想女主人公是个女同性恋，她割了舌头之后才意识到，这样一来也就没人会想找她当爱人了。

这本粗俗垃圾小说的畅销，足以让一些艾伦·詹姆斯主义者难堪得想死。还真有些人自杀了。"在那些无法说明白自己想法的人当中，"盖普写过，"总是会有人自杀的。"

　　不过最后，艾伦·詹姆斯主动去找她们示好。她觉得珍妮·菲尔兹也会这么做。艾伦开始喜欢上和萝贝塔·马尔登一起去诗歌朗诵会，萝贝塔的声音低沉美妙。她会朗读艾伦的诗作，而艾伦坐在她身边看着，仿佛非常渴望能够念出自己的诗。这勾出了很多艾伦·詹姆斯主义者隐藏的心愿，她们也想说话。她们中几个人成了艾伦的朋友。

　　艾伦·詹姆斯从未结婚。她也许偶然结识过几个男子，不过更多的是由于对方也是诗人，而非因为他是个男人。她是很好的诗人，也是热血的女性主义者，坚信要像珍妮·菲尔兹那样生活，也相信要将T. S.盖普那种精力和个人视野用于写作。也就是说，她对自己的意见很坚持，不过也善待他人。艾伦终生都在和邓肯·盖普暧昧，他实际上算是她的弟弟。

　　艾伦·詹姆斯的去世，会带给邓肯莫大的哀痛。艾伦老了以后开始长距离游泳，刚好就在她接替萝贝塔成为菲尔兹基金会主席的时候。她慢慢能横游犬首湾宽广的湾口好几个来回。她最后也是最好的诗，采用游泳和"海洋的拉力"作为隐喻。但艾伦·詹姆斯还是那个从中西部来的女孩儿，永远没能完全理解底流的力道。一个寒冷的秋日，她太过疲倦，被底流卷走了。

　　"游泳的时候，"她写信给邓肯说，"我就想起从前和你父亲争论时，我那么有活力又优雅。游泳的时候，我也能感到大海愿意接触我，愿意接触我干瘪的身体中部、我内陆般的小心脏。你父亲一定会这么说，内陆般的小浑球，我敢肯定。但大海和我，我们又会互相作弄。我猜你会说，你这个风流家伙，这对你来说是性的替代品。"

　　弗洛伦丝·科克伦·鲍尔斯碧的人生，会是一场嬉闹的混乱。她最为盖普熟悉的名字是拉尔夫太太，她可没有什么性的替代品，或者说，她明显没有寻找替代品的需要。她倒真的取得了比较文学博士学位，也终于在一个很大又迷茫的英语系得到了终身教职，系上的人因为都惧怕她而团结起来。她在不同时期勾引并戏弄了十三个高级教员中的九个，轮番恩准他们上她的床，然后嘲笑他们，赶他们下床。她被学生称为"炸药老师"。这样一来，就算不能向自己证明的话，至少她可以向其他人证明，她有一个领域的自信并非来自于性。

　　她所有奴颜婢膝的情人几乎都不会提她，他们尾巴夹在腿里的样子，个个都让拉尔夫太太想起盖普曾经离开她家的样子。

　　她看到了盖普震惊的死讯之后，怀着同情给海伦写慰问信，是第一批写吊唁信的人之一。"他很有诱惑力，"拉尔夫太太写道，"我一直都很遗憾，也钦佩他什么事都没做。"

　　海伦还挺喜欢这女人的，偶尔两个人还书信往来。

　　萝贝塔·马尔登也和拉尔夫太太通过信，她请求得到菲尔兹基金会资助的申请被拒绝了。萝贝塔对拉尔夫太太寄到基金会的一张字条非常惊讶。

　　"去你的。"字条这么写道。拉尔夫太太对她们的拒绝可不领情。

　　她自己的孩子拉尔夫，死在了她前面。拉尔夫成了一名还不错的报纸新闻记者，不过和威廉·珀西一样死在了战场上。

班布里奇·珀西，最为盖普熟知的名字是"噗"，她会活得很久很久。一长串心理医生给她治过病，最后一个宣称自己治好了她，不过在经历了精神分析并出入一众精神病院之后，重见天日的"噗"纯粹由于太过厌倦康复治疗，才再也暴力不起来了。

不管她是怎么办到的，"噗"在很久之后平和地重新开始投身社交，她又重新和大众打交道。就算她不说话，也成为了社会里能正常运作的一员，多少变成无害且（终于）有用的人了。她五十多岁开始喜欢孩子，她特别能和智力有障碍的人一起做事，对他们很有耐心。因为这种能力，她经常同其他艾伦·詹姆斯主义者见面，她们也都因为种种原因接受治疗，或者起码改变很大。

"噗"在将近二十年间，都没有提起过她死去的姐姐库西，但她后来对孩子的喜爱，让她脑筋不清楚起来。她54岁时怀上了孩子（没人想得出是如何怀上的），又重返精神病医院接受观察，她确信自己会死于难产。这没有成真，"噗"成了一个全心全意照顾孩子的母亲，她继续和智力有障碍的人一起做事。幸运的是，她的孩子智力正常，她母亲的暴力往事后来会让她很惊讶，其实，她身上有库西的影子。

有人说，"噗"对那些想永远废除死刑的人来说，是个正面例子，因为她的改变相当见效。唯独海伦和邓肯·盖普不这么想，他们到死都希望，"噗"在史第林摔跤室最后喊出那声"屋"的时候就死了。

有一天"噗"当然会死，会在佛罗里达死于一场中风，她去那里看望女儿。海伦活得比她长，这让海伦觉得稍有安慰。

忠实的惠特科姆选择用盖普从前的说法，把"噗"描摹成"不男不女的废物"，那是盖普从第一场女权主义者葬礼逃出来之后对鲍吉尔说的："她的脸像只雪貂，心智被穿了19年的纸尿裤浸湿了。"

唐纳德·惠特科姆将那本盖普的官方传记定名为《疯癫与悲戚：T. S. 盖普的人生与艺术》，会由约翰·沃尔夫的合伙人出版，沃尔夫本人没能活着看到这本好书付印。他在最终让位前对这本书的精心制作贡献不少，相当于担任了惠特科姆大部分手稿的编辑。

约翰·沃尔夫在纽约死于肺癌，还算比较年轻的。他一生大部分时候，都是个谨慎小心甚至举止优雅的人，但他内心深处无法安定、无法释放的悲观，只是被他从18岁起就每天抽三包无滤嘴烟的行为掩盖了。像很多大忙人一样，约翰·沃尔夫抽烟抽死了，他们除了抽烟之外都维持着冷静自控。

他对盖普和盖普作品的作用是无可估量的。尽管他大概时不时觉得自己对盖普的名气要负责，是名气最终导致了盖普被残暴杀害，但沃尔夫成熟多了，不会沉浸于这个狭隘的看法。刺杀在沃尔夫眼中，是"这个时代越来越流行的业余体育活动"，而且他几乎称所有人为"具有政治意识的真信徒"，他们总是誓与艺术家为敌，因为艺术家不管多自大，总是坚持个人视野的优越性。而且沃尔夫也知道，并不仅仅由于"噗"·珀西变成了艾伦·詹姆斯主义者，或被盖普激怒，她对盖普的怨恨其实来自遥远的童年，也许被政治运动激怒，不过基本上就和她多年来对纸尿裤的需要一样根源很深。库西和盖普喜欢做爱，所以最终死了这个想法，深深植根于她的脑海。盖普最终因此死了，至少这是真的。

约翰·沃尔夫这个专业编辑，身处在这个崇拜时代性的世界，他最终坚称，最自豪的出版物就是盖普父子联手出版的《格里尔帕策民宿》。他当然对盖普早期的小说自豪，还说《本森哈沃眼中的世界》实属"命中注定"，考虑到这本书给盖普召来了暴力袭击。不过《格里尔帕策民宿》却让沃尔夫感到精神得到了提升，他把这本书和未完成的《我父亲的幻觉》手稿悲喜交加地看作"盖普重回写作正途"之作。多年来，沃尔夫都在编辑着这本未完小说混乱的第一稿，多年来他都在向海伦和唐纳德·惠特科姆请益，问他们对这本书的意见。

"我死了才可以发表，"海伦坚持说，"盖普不会发表任何他觉得没写完的东西。"沃尔夫同意了，但他在海伦之前就走了。剩下惠特科姆和邓肯来出版《我父亲的幻觉》，作者死后很久以后的遗作。

约翰·沃尔夫死前饱受肺癌折磨，那段日子里邓肯是陪他最多的人。沃尔夫躺在纽约的一间私人医院里，有时通过插进喉咙的塑料管抽根烟。

"你父亲会怎么说我这个样子？"沃尔夫问邓肯，"不像他写过的某个死亡场面吗？不是正好很恶心吗？他有没有跟你说过，那个死在维也纳鲁道芬纳豪斯医院的妓女？她叫什么来着？"

"夏洛特。"邓肯说。他和约翰·沃尔夫很亲近。沃尔夫甚至还渐渐喜欢上了他小时候给《格里尔帕策民宿》作的插画。而且邓肯也搬去了纽约，他告诉沃尔夫，第一个让他想当画家和摄影师的场面，就是从他办公室看出去的曼哈顿，就是纽约第一场女性主义者葬礼的那天。

约翰·沃尔夫在临终病床上口述给邓肯的信里，留话给自己的合伙人，说只要出版社还在那栋楼里，邓肯·盖普就可以进他的办公室看曼哈顿。

沃尔夫死后很多年，邓肯都在享受这项好处。一个新编辑搬进了沃尔夫的办公室，不过盖普这个姓氏，让那家出版社所有编辑都不敢怠慢。

多年来秘书们会走进来说："打扰一下，那个小盖普，又来看窗外了。"

约翰·沃尔夫花了多少工夫死，他就花了多少工夫和邓肯讨论盖普是个多好的作家。

"他本来可以是非常非常特别的。"约翰·沃尔夫对邓肯说。

"本来可以，也许，"邓肯说，"但是你还有什么新鲜的能对我说？"

"不，不，我没骗人，我已经没必要说谎了，"沃尔夫说，"他有眼光，而且他语言一直很不错。不过主要是眼光，他总是非常有个性的。他是分心了很长一段时间，不过他的新书又走对路了。他重新有好的写作冲动了。《格里尔帕策民宿》是他最迷人的作品，但不算最独一无二的，他那个时候还太年轻，还有其他作家可以写出那个故事。《拖延》是个很独特的点子，作为处女作长篇来看也很精彩，不过还只是处女作。《戴绿帽者的第二春》很好笑，是他所有小说里标题最好的，也很独特，不过这小说太形式主义风格化，也十分狭隘。当然了，《本森哈沃眼中的世界》是最独一无二的，哪怕它真是三级肥皂剧，说得没错。但它太生硬了，它是生食，食物是好的，不过非常生。我是说，谁想看那个？谁想找这种罪受？

"你父亲是个难缠的家伙，他从来一点儿都不肯妥协，但这就是他的好处了：他总是跟着自己的直觉走，无论直觉把他带去哪儿，终归是他自己的直觉。而且他有志气。天啊，他还只是个他妈的小屁孩儿的时候，就敢去写这个世界，愿意挑战。然后，有很长一段时间，像很多作家一样，他只能够写自己的事，但他也还是在写这个世界，只是还没想通透。他开始觉得老写自己写烦了，就又开始写整个世界了，他还只不过刚开始。然后耶稣啊，邓肯，你必须得记得，他走的时候还是个年轻人！33岁。"

"而且他充满能量。"邓肯说。

"啊，他本来还可以写出很多东西，毫无疑问。"约翰·沃尔夫说。但他又咳嗽起来不得不住了口。

"但他就是消停不下来，"邓肯说，"这样的话就算他活着又有什么用呢？不管怎么样他都会把自己消耗殆尽的，不是吗？"

约翰·沃尔夫摇着头，不过动作很轻微，不想把喉咙里的管子弄松，他继续咳嗽。"他不是这种人！"沃尔夫竭力说。

"他本来可以一直一直写下去？"邓肯问，"你真这么觉得？"

沃尔夫边咳边点头。他会咳死。

萝贝塔和海伦当然去参加了他的葬礼。造谣的人咬牙切齿，因为在这座纽约州的小镇里，人们经常以为约翰·沃尔夫照看的不只是盖普的文学遗产。认识海伦的人都知道她和约翰·沃尔夫不太可能好过。无论什么时候海伦听到别人说她和谁谁在一起，她只是一笑了之。萝贝塔·马尔登反应更强烈。

"和约翰·沃尔夫？"她说，"海伦和沃尔夫？你一定在开玩笑。"

萝贝塔的信心很有根据。当她时不时扑向纽约城找乐子的时候，也和约翰·沃尔夫幽会过一两回。

"想想看啊，我以前竟然还看过你玩球！"约翰·沃尔夫有一次对萝贝塔说。

"你现在还是可以看我玩。"萝贝塔说。

"我是说橄榄球。"约翰·沃尔夫说。

"有很多比橄榄球好的事情。"萝贝塔说。

"但你把很多事都做得很好。"约翰·沃尔夫对她说。

"哈！"

"真的，萝贝塔。"

"所有男人都是骗子。"萝贝塔·马尔登说，她知道此话不假，因为她以前就是个男人。

从前叫作罗伯特·马尔登的前费城老鹰队90号队员萝贝塔·马尔登会比约翰·沃尔夫，还有她大部分情人活得长。她虽然走在海伦前面，但她终于活到了适应自己的变性手术的年纪。将近50岁时，她跟海伦说，她同时深受中年男子的自大和中年女子的焦虑之苦，"不过，"萝贝塔又说，"这种角度也不是没有好处的。现在我总是在男人开口之前，就知道他们要说什么了。"

"但是我也知道，萝贝塔。"海伦说。萝贝塔发出吓人的低沉笑声，她老喜欢熊抱自己的朋友，这习惯让海伦紧张。有一次萝贝塔压碎了她一副眼镜。萝贝塔为人负责，这点成功压制了她的古怪，她主要是对菲尔兹基金会负责，她管理起基金会来太轰轰烈烈，以至于艾伦·詹姆斯给她起了个绰号——"能量上尉"。

"哈！"萝贝塔说，"盖普才是'能量上尉'。"

在犬首湾这个小社区里萝贝塔广受爱戴，从前珍妮·菲尔兹的祖宅，可从没如此被当地居民尊敬过，而且和珍妮比起来，萝贝塔对小镇事务热心多了。她担任了10年当地小学校的董事会主席，尽管她自己从没有过孩子。她组织成立了罗金厄姆郡女子垒球队，亲自担任教练和投手，这支队伍盘踞新罕布夏州榜首长达12年。曾经有那么一次，那个又蠢又卑鄙的新罕布夏州长提出，要让萝贝塔接受染色体测试，才能被允许参加冠军争夺战，萝贝塔提出就在比赛前州长应该见见她，就在投手丘见，"看看他是不是敢像个汉子一样打一架。"后来不了了之，政治人物总是如此。州长为比赛开球。萝贝塔的投球完封对手，也让染色体和所有说闲话的人闭了嘴。

多亏了史第林学校的体育主任，萝贝塔才能受邀出任史第林橄榄球队进攻线教练，但这位近端锋礼貌地拒绝了。"这群年轻小伙子，"萝贝塔甜蜜地说，"我会搞出大麻烦的。"

她一生最爱的年轻小伙子是邓肯·盖普，她像母亲、姐姐那样用香水和爱闷住他。邓肯爱她，他是被准许在犬首湾祖宅出现的极少数几个男性之一，尽管在邓肯勾引了那里的一个年轻诗人之后，萝贝塔生了他的气，几乎两年没有请他过去。

"有其父必有其子，"海伦说，"他很迷人。"

"这孩子太迷人了，"萝贝塔对海伦说，"而且那个诗人自己也把持不住。她对他来说，也太老了。"

"你听着很嫉妒啊，萝贝塔。"海伦说。

"这破坏了我的信任。"萝贝塔响亮地说。海伦也同意。邓肯道了歉。连那个诗人都道了歉。

"是我勾引了他。"她对萝贝塔说。

"不是，你没有，"萝贝塔说，"你不行。"

一个春天在纽约，她忽然邀请邓肯出来吃晚餐，冰释前嫌。

"我给你带来一个美爆了的姑娘，她是我的一个朋友，"萝贝塔对他说，"所以你得把手上的颜料洗干净，洗洗头，打扮一下。我跟她说你长得不错，我也知道你可以拾掇得不错的。我觉得你会喜欢她的。"

萝贝塔安排邓肯和自己挑的女人约会，她多少觉得好些了。很久之后大家才知道萝贝塔从前就痛恨和邓肯睡的那个诗人，这是这件事最糟糕的地方。

邓肯骑摩托车在离佛蒙特州一家医院一英里的地方撞车之后，萝贝塔是第一个赶到的，她当时正在更北边滑雪，海伦打电话给她，萝贝塔比她还早到医院。

"你在雪天开摩托车！"萝贝塔嚷道，"你爸爸会怎么说？"邓肯气若游丝。手脚都上了牵引架，他的一条手臂不得不被截去。

海伦和萝贝塔还有邓肯的妹妹珍妮·盖普，等了三天三夜，邓肯才脱离危险。艾伦·詹姆斯太过震惊，无法来和她们在一起等。萝贝塔一直在骂骂咧咧。

"他上摩托车干什么，只有一只眼？那是哪门子余光啊？"萝贝塔问，"有一边一直是瞎的。"

其实，事情是这样的。一个醉汉没在停车信号灯前停下，邓肯看见轿车过来的时候已经太晚了，他努力要躲开轿车，却已陷在雪里动弹不得，几乎成了那个醉酒司机的活靶子。

身体各处都断了。

"他太像他爸了。"海伦哀痛地说。但"能量上尉"知道邓肯在一些地方并不像他父亲。萝贝塔觉得邓肯没有方向。

邓肯脱离危险以后，萝贝塔在他面前崩溃了。

"要是你在我死之前就死了，你这个小杂种，"她哭道，"我也不活了！还有你妈，一定也活不下去了，还有艾伦，可能也想死，不过你可以肯定我是活不下去了。一定要死了，邓肯，你这个小畜生！"萝贝塔哭个不停，邓肯也痛哭流涕，因为他知道这是真的：萝贝塔爱他，因此发生在他身上的任何事，都让她特别脆弱。

珍妮·盖普还只是大一新生，她退学回家是为了在邓肯养伤期间待在佛蒙特陪他。珍妮之前以最优成绩从史第林学校毕业，等邓肯康复了她轻松就能再回大学。她主动要求担任医院的护工，而且她给邓肯提供了乐观的态度，他眼前有很长一段痛苦的恢复期。他当然对疗伤颇有经验。

海伦每个周末从史第林过来看他，萝贝塔去纽约照看他脏乱的住处兼工作室。邓肯担心，他所有的画和照片还有音响会被人偷。

萝贝塔第一次去邓肯的工作室兼公寓时，她发现一个瘦长苗条的姑娘住在那里，穿着邓肯那些沾了颜料的衣服，碗碟也不见她洗过。

"宝贝，搬出去，"萝贝塔用邓肯的钥匙开门进屋，"邓肯回到了家庭的怀抱。"

"你是谁？"这姑娘问萝贝塔，"他母亲？"

"他妻子，亲爱的，"萝贝塔说，"我总是喜欢年轻的男人。"

"他妻子？"这姑娘呆呆地看着萝贝塔说，"我不知道他结婚了。"

"他的孩子们正乘电梯上来，"萝贝塔对姑娘说，"你最好还是走楼梯下去吧。孩子都跟我差不多大个。"

"他的孩子？"姑娘说，说完她就逃了。

萝贝塔把工作室打扫干净，请了一个她认识的年轻女子住进来照看这里，这女人刚经历过变性手术，正需要一个新地方重新以新的性别开始生活。"这里最适合你，"萝贝塔对这个新来的女人说，"一个迷人的年轻男人的屋子，不过他要离开几个月。你可以照看他的东西，也可以幻想他，我会跟你说什么时候得搬出去的。"

回到佛蒙特，萝贝塔对邓肯说："我希望你收拾好自己的人生。不要再骑摩托车，也不要再把生活搞得一团糟，不要再和对你一无所知的女人交往了。和陌生人上床，我的天啊。你还不是你爸，你还没好好工作。要是你真是一个艺术家，邓肯，你就没时间搞这些破事了。特别是这种作践自己的破事。"

盖普走了以后，"能量上尉"是唯一可以这样对邓肯说话的人。海伦对他骂不出口。他能活着海伦就再高兴不过了，而珍妮比邓肯小十岁，她能做的就是崇拜他，爱他，不管他要花多久复原都陪着他。艾伦·詹姆斯热烈又带有占有欲地爱着邓肯，他让她太气，她会把本子和铅笔扔到空中，然后，当然，一个字也说不出。

"一只眼、一条胳膊的画家，"邓肯没好气地说，"哦老天。"

"你还有一个脑袋一颗心就知足吧，"萝贝塔对他说，"你认识多少两只手拿刷子的画家？你要两只眼睛才能开摩托车，白痴，不过画画只要一只就够了。"

珍妮·盖普爱自己的哥哥，就好像他既是她的哥哥，又是她的爸爸。因为她太小了，来不及真的了解自己的父亲，她在邓肯住院恢复期间写了首诗给他。这是年轻的珍妮·盖普写的第一首也是唯一一首诗，她没有她父亲和哥哥那种艺术细胞。而只有上帝知道沃特会有什么天分。

这里躺着大儿子，又瘦又长。
一条手臂还在一条手臂丢了。
一只眼睛亮着一只眼睛灭了。
家族的记忆，一击又一击。
这位母亲的儿子必须让
盖普造的房子毫发无伤。

这诗当然糟糕，但邓肯喜欢。

"这会保佑我毫发无伤。"他向珍妮保证。

那个被萝贝塔安排住在邓肯的工作室兼公寓里的年轻变性人，从纽约给邓肯寄来了明信片，祝他早日康复。

植物都很好，但火炉旁边那张很大的黄色油画变歪了，我觉得画布没有拉伸好，所以我就把画拿下来，和其他画一起斜靠在储物间里了，那里凉一些。我喜欢那张蓝色的油画，还有素描，所有素描都喜欢！还有一张萝贝塔跟我说是你的自画像，这张我特别喜欢。

"哦老天。"邓肯哼哼着。

珍妮给他读了约瑟夫·康拉德所有的作品，他是盖普小时候最爱的作家。

海伦有教书的职责在身，让她不用老担心邓肯，这对她有好处。

"这小子会把自己收拾好的。"萝贝塔让她放心。

"他是个年轻男人了，萝贝塔，"海伦说，"不是个男孩儿了，虽然他显然做起事来还是像个孩子一样。"

"他们对我来说都是男孩儿，"萝贝塔说，"盖普是个男孩儿。我以前是个男孩儿，变成了个女孩儿。邓肯对我来说，永远是个男孩儿。"

"哦老天。"海伦说。

"你应该开始运动，"萝贝塔对海伦说，"能让你放松。"

"拜托，萝贝塔。"海伦说。

"试试跑步。"萝贝塔说。

"你跑，我读书就好了。"海伦说。

萝贝塔一直在跑步。她将近六十岁的时候常常忘了使用雌激素，变性人士应该要终生使用以维持女性体态。因为少服了雌激素，加之跑步的强度加大，萝贝塔硕大的身躯就在海伦眼前变来变去。

"有的时候我真不知道你怎么了，萝贝塔。"海伦对她说。

"还挺兴奋的，"萝贝塔说，"我永远不知道自己会感觉怎样，也不知道会变成什么样。"

萝贝塔五十岁之后跑了三次马拉松，但她开始有爆血管的问题，医生让她别进行长距离跑步活动。26英里对一个五十多岁的近端锋来说负担太大，邓肯有时候和她开玩笑叫她"你这个老90号"。萝贝塔比盖普和海伦大几岁，看起来也苍老些。她又重新跑从前她和盖普跑的史第林和海边之间的6英里路线，海伦永远不知道，萝贝塔什么时候会忽然跑到史第林大宅，一身臭汗喘着气要冲澡。萝贝塔在海伦家留了一条大浴袍和几身替换的衣服，以备不时之需。正看着书的海伦抬起头来，就看见穿着跑步服的萝贝塔·马尔登，她那双传接球的大手里握着秒表，好像握着心脏似的。

萝贝塔死在邓肯被佛蒙特州医院收治的那个春天。当时她正在犬首湾海滩上进行短距离冲刺训练，但她停下来走到了大宅门廊上，抱怨脑袋里或太阳穴上有"噗噗"的声音，她说她无法准确说出发出声音的部位。她坐在门廊上的吊床上望着大海，让艾伦·詹姆斯给她拿一杯冰茶来。艾伦让菲尔兹基金会的一个会员，递了张字条给萝贝塔。

"柠檬？"

"不要，糖就行了！"萝贝塔叫道。

艾伦把茶端来，萝贝塔几口把整杯茶一饮而尽。

"太好了，艾伦。"萝贝塔说。艾伦去给萝贝塔拿第二杯。"太好了，"萝贝塔又说，"再给我一杯就像这样的！"她叫道，"我这辈子就要像那样的一杯茶。"

当艾伦端着冰茶回来的时候，萝贝塔·马尔登已经死在了吊床上。什么东西爆了，什么东西裂了。

萝贝塔的死让海伦受到了打击，她很难过，不过她还有邓肯要担心，总算值得感谢一回那场意外，让她能从悲痛中分神。艾伦·詹姆斯受到过萝贝塔诸多支持，因为忽然要接手萝贝塔在菲尔兹基金会的职责而没有过度哀伤，就像人们说的，前人留下的足迹，后来者追不上。她的前人的确有双12码的大脚。小珍妮·盖普和萝贝塔从没有像邓肯和萝贝塔那样亲密，还捆着牵引架的邓肯是最伤心的。珍妮陪着他，鼓励了他一次又一次，但邓肯记得萝贝塔，还有从前每一次她帮助盖普一家脱离困境，特别是邓肯。

他哭了又哭。哭得太多，他们不得不更换他胸前的石膏。

他那个变性人房客从纽约发了个电报给他。

既然R已经走了，我这就搬出去。要是你不喜欢我住
在这儿。我就走。我想问。能不能带走那张R的照片。R和
你拍的那张。我猜那个人是你，拿着橄榄球的。你穿着一
件写着"90"的过大的球衣。

邓肯从没有回过她的明信片，她那些关于植物生长情况和画的具
体方位的报告。因为老90号他这次回了电报，无论那人是谁，可怜又
迷惘的变成女孩儿的男孩儿，邓肯知道，萝贝塔一定对她很好。

他写信告诉她，请想住多久就住多久。但我喜欢那张照片。等
我能走路了，就再印一张给你。

萝贝塔曾经叫他好好做人，邓肯悔恨已经无法让她看到他办得
到了。他现在感到了身上的责任，不明白他父亲那么年轻就成了个
作家，还年纪轻轻有了孩子，有了邓肯，他是怎么办到的。邓肯在
佛蒙特的医院里制订了很多计划，大部分他都会做到。
他写信给艾伦·詹姆斯，她还因为太气他的意外不肯来看浑身
打着石膏和钢钉的他。

是时候我们俩都好好做事了，哪怕我还得花工夫追，
才能赶上你。90号走了，我们这个家更小了。让我们努力
不要再失去谁了。

他本来也想写信给母亲说要让她为他骄傲，但觉得这样说很
傻，而且他也知道他母亲多坚强，她历来都绝少需要人鼓励。于是

邓肯就转而把激情展示给小珍妮看。

"妈的，我们得有能量，"邓肯对充满能量的妹妹说，"你不认识老爸，所以就缺了这个。能量！你得靠自己去获得。"

"我有能量，"珍妮说，"耶稣啊，你以为我一直在干吗？就只是在照顾你吗？"

那是个星期天下午，邓肯和珍妮总是在医院的电视上看职业橄榄球赛。邓肯觉得，佛蒙特电视台那个下午转播费城的比赛，是又一个好兆头，老鹰队即将遭到牛仔队痛宰。然而比赛并不重要，让邓肯高兴的是赛前仪式。他们为近端锋罗伯特·马尔登降了半旗。记分板上闪烁着"90！90！90！"。邓肯注意到时代变了，比如说，现在到处都有女权主义者葬礼了，他刚刚读到内布拉斯加州就办了一场大型的。而在费城，体育主播可以不带窃笑地说半旗是为萝贝塔·马尔登降的。

"她是一位优秀的运动员，"主播咕哝着说，"拥有厉害的双手。"

"一个了不起的人。"一起主持的人说。第一个人又开始说话。"是的，"他说，"她为……"他搜肠刮肚找词，邓肯等着听为谁，为怪胎，为怪人，为性灾难，为他父亲和母亲、他自己和艾伦·詹姆斯。"她为有着复杂人生的人做了很多。"体育主播说，吓了他自己和邓肯·盖普一跳，不过他的语气庄重。

乐队开始奏乐。由达拉斯牛仔队对费城老鹰队开球，其后老鹰队会接到很多对方开球。邓肯·盖普可以想象，他父亲会欣赏主播聪明善良的字斟句酌。邓肯真的想象得到盖普和萝贝塔一起大叫，不知为何，邓肯可以感到萝贝塔在那里，能听到自己的悼词。她和盖普听到这条尴尬的播报时会很搞笑。

盖普会模仿主播说："她为重塑阴道做了很多。"

"哈！"萝贝塔会低吼。

"哦老天！"盖普会叫道，"哦老天。"

邓肯记得当盖普被杀的时候，萝贝塔·马尔登曾扬言要把变了的性变回来。"我宁可再当一个糟糕的男人，"她哭着喊着，"也不要知道世上真的有女人会对那个龌龊婊子的行凶而幸灾乐祸。"

"别说了！别说了！再也不要提到这个词！"

艾伦·詹姆斯潦草地写道。

"世上只有爱他的人，和不认识他的人，男人女人都有。"

艾伦·詹姆斯写道。

然后萝贝塔·马尔登——和他们认识，正式、严肃、宽容地奉上了她的招牌熊抱。

萝贝塔死了以后，犬首湾菲尔兹基金会一些能说话的成员，打电话给海伦。海伦再度压制住情绪，打电话告诉在佛蒙特的邓肯。她指导珍妮如何告知邓肯。珍妮·盖普遗传了她著名祖母珍妮·菲尔兹的细腻的床边护理姿态。

"坏消息，邓肯，"年轻的珍妮亲了她哥哥一下，小声说，"老90走了。"

邓肯·盖普经历了两场意外，但都大难不死：一场要了他一只眼睛，另一场夺走他一条胳膊。他变成了一名优秀的严肃画家，他在艺术价值有问题的彩色摄影领域算是先锋人物，他以画家对色彩的眼力和他父亲那种一以贯之的个人化视野发展出这种风格。可以肯定他不会创作无意义的图像，而且他的画有种怪诞感而又接近叙事性的现实主义，知道他家世的人轻易就可以说这种技艺与其说属于画家的，不如说是作家的，也很容易就批评他的作品太"流于表面"，他也的确得到了这样的批评。

"管他们这么说是什么意思呢，"邓肯总是说，"他们期望一只眼一条胳膊的艺术家能怎么样，又是盖普的儿子？难不成能毫无瑕疵？"

他毕竟有着他父亲的幽默感，而且海伦非常以他为荣。

他最著名的作品，是叫作《家庭相簿》的一系列油画，他一准画了有100幅。这些画，以他小时候眼睛发生意外之后拍摄的照片为蓝本。有萝贝塔、祖母珍妮·菲尔兹、在犬首湾游泳的母亲，还有下巴康复之后沿着海滩跑步的父亲。还有一组12幅小型油画，画了一辆脏兮兮的白色萨博，这个系列叫作《世界的颜色》。邓肯说，因为这个世界所有的颜色，都能在这12幅不同的脏兮兮的白色萨博的画上找到。

也有以婴儿珍妮·盖普为模特的画，有一组大型人像油画主要出自想象，而非根据照片。评论家说这空白的脸，或背对镜头重复出现（非常小）的人形是沃特。

邓肯不要孩子。"太脆弱了，"他对他母亲说，"我受不了看着他们长大。"他的意思其实是他受不了看着他们长不大。

由于他这么想，邓肯幸运地一生都没有孩子这个问题，甚至完全没担心过。他在佛蒙特住了四个月院之后，回到自己家，发现纽约的工作室兼公寓里住了个特别孤独的变性人。她让这个地方看起来好像有个真艺术家住着似的，而且不知她是怎么变成这样的，几乎像是被他的东西潜移默化了似的，她已经对他了解甚多。也仅仅因为照片就爱上了他。又一件萝贝塔·马尔登送给邓肯的人生礼物！而且还有人说她甚至还很漂亮，比如珍妮·盖普。

他们结了婚，因为如果世上只有一个男孩儿心底里对变性人毫无偏见的话，那个人就是邓肯·盖普。

"天作之合。"珍妮·盖普对她母亲说。她指的当然是萝贝塔的撮合，萝贝塔在天堂里了。但海伦自然担心邓肯，盖普死了以后，她连他那一份担心也接手了。而且自从萝贝塔死了以后，海伦感到她得承担所有的担忧。

"不知道，不知道。"海伦说。邓肯的婚姻让她焦虑。"那个死萝贝塔，"她说，"她总是为所欲为！"

"不过这样一来，就不会有意外怀孕的机会了。"

艾伦·詹姆斯写道。

"哦，别说了！"海伦说，"我还挺想要孙子的，你知道的。无论如何要一两个。"

"我给你生。"珍妮保证。

"哦老天，"海伦说，"不知道我活不活得到那时候，孩子。"

很遗憾，她不会在了，尽管她看得到珍妮怀孕，也得以想象了一下做祖母的滋味。

"想象一件事，好过回忆一件事。"盖普写过。

而且海伦打心眼里为邓肯的人生走上正轨高兴，就像萝贝塔打包票承诺过的那样。

海伦死后，邓肯和温顺的惠特科姆非常努力地整理材料，他们将盖普未完成的小说《我父亲的幻觉》整理出一个像样的版本。像父子联手版的《格里尔帕策民宿》一样，邓肯也根据《我父亲的幻觉》的内容创作了插画，一个父亲的肖像，他有志设计一个不可能的世界，在那个世界里，他的孩子们能安全幸福地生活。邓肯的插画主要都是盖普的肖像画。

书出版以后过了段时间，一个邓肯不记得名字的很老很老的男人来找他。这男人声称在写一本盖普的"批评性传记"，但邓肯觉得他的问题很惹人厌。这男人一再问他造成沃特死亡的意外之前发生的事。邓肯什么也不肯说（他也什么都不知道），这个男人什么传记材料也没得到，两手空空地走了。这人当然是迈克·米尔顿。邓肯之前就觉得这男人缺了些什么，尽管他不知道迈克·米尔顿少掉的是他的阳具。

这本他说要写的书从来没写出来，没人知道他后来怎么样了。

《我父亲的幻觉》出版后，评论界说盖普只不过是个"不寻常的作家"，一个"不错但不算杰出的作家"，他们似乎挺满意这么说他的。而邓肯丝毫不在意。用邓肯的话说，盖普是"独一无二的"而且"真有写作才华"。盖普毕竟从前就是那种强迫别人对他盲目忠诚的人。

邓肯称之为"一只眼的忠诚"。

他和妹妹珍妮还有艾伦·詹姆斯之间，有一条长期有效的暗号，这三个人亲密无间。

"这杯敬'能量上尉'！"他们一起干杯的时候会这么说。

"没有比变性人更好的性别了！"他们喝醉以后会这么说，偶尔会让邓肯的妻子尴尬，尽管她一定同意。

"你最近能量怎么样？"他们互相打电话或发电报时会这么说，来代替问对方近况如何。而且当他们能量充足时，会互相形容说是"身上充满了盖普"。

虽然邓肯活得很久很久，他还是死得毫无必要又讽刺，就因为他很有幽默感。他会因为自己的笑话而死，这也真是盖普家的人做得出的事。那是在一个他妻子的朋友——一个刚变性的人的一场类似以新身份示人的派对上。邓肯在短短几秒剧烈的大笑时，吸进一颗橄榄噎死了。这么死法真是可怕又愚蠢，但每个认识他的人都说，邓肯一定不会反对这种死法，也不会对他度过的人生有意见。邓肯·盖普总是说，沃特的死给他父亲带来的痛苦最大，比其他事对全家其他人带来的痛苦都大。而且不管哪种死法，到头来死总是一样的。"男人和女人之间，"正如珍妮·菲尔兹曾经说过的，"只有死亡是平等的。"

珍妮·盖普在死亡的战场上，比她著名的祖母接受过更多具体训练，她不会同意这种说法。年轻的珍妮知道，在男人和女人之间，即便死亡都不平等。男人死得更多。

珍妮·盖普会比他们所有人都活得久。要是她也在她哥哥呛死的派对上，一准儿能救他。起码她清楚地知道该做什么。她是个医生。她总说是在佛蒙特那家医院照顾邓肯的经历，让她打定主意转而学医，而并不是由于她那著名的祖母从前是护士，因为珍妮·盖普对祖母的认识都是听来的。

年轻的珍妮是个聪明的学生，像她母亲一样，她能吸收所有知识，而且可以重新输出学习到的所有东西。像珍妮·菲尔兹一样，她因为在医院转悠发展出了对人的同情，慢慢了解如何善待别人，并认清什么是医护人员办不到的。

她做实习医生的时候，和另一个年轻医生结了婚。然而珍妮·盖普却没有改姓，她仍旧姓盖普，而且在一次和丈夫之间剧烈的争吵中，她预见到她的三个孩子也都会姓盖普。她最终离了婚，不慌不忙再度找到结婚对象。第二个丈夫很适合她。是个画家，比她大很多，要是她家人里还有人活着的话，他们毫无疑问会挑剔地警告说，她这是在一个男人身上想象邓肯。

"那又怎么样？"她会这样说。像她母亲一样，她有自己的想法，像珍妮·菲尔兹一样，她保留了自己的姓氏。

那么她父亲呢？珍妮·盖普有哪点像这个她从来不认识的人呢？他死的时候，她毕竟还只是个婴儿。

这么说吧，她是个怪人。她坚持走进每家书店询问她父亲的书。要是这家书店说卖完了，她就要求订购。她有着作家对不朽的感觉：要是书还在印刷，还在书架上，作家就还活着。珍妮·盖普留下的假名假地址遍布全美，她订来的书总会被卖给某个人的，她如此推想。T. S. 盖普的书不会绝版，起码他女儿还活着就不会。

她也热心支持著名女权主义者，她的祖母珍妮·菲尔兹，但就像他父亲一样，珍妮·盖普没有存很多珍妮·菲尔兹的作品。她没有麻烦书店把祖母的自传留在书架上。

她像父亲最多的地方在于，她变成了这么一种医生。她把自己的医学脑袋用在了研究上。她不会开自己的诊所。只有生病了她才去医院。取而代之的是，珍妮多年来都和康涅狄格州肿瘤登记处密切合作，最终她会领导国家癌症中心的一个部门。一个好作家，一定会对每个细节又宝贝又担心。同样，珍妮·盖普也会花好几个小时留意每个人体细胞的习性。她像好的作家那样有志气，她希望能把癌症彻底弄清楚。从某方面来说，她也的确做到了。她会死于癌症。

像其他医生一样，珍妮·盖普也宣过神圣的希波克拉底誓言，希波克拉底被称为医学之父，她答应要把自己奉献给盖普曾对小惠特科姆描述过的那种事业，尽管盖普关心的是作家的志向（"……让每个人都永远活下去，连最后死掉的人物在内。让他们活着，最重要。"）。于是，癌症研究没有让珍妮·盖普丧气，她喜欢像他父亲描述小说家那样描述自己为：

"一个只看得到末期病人的医生。"

珍妮·盖普知道，在她父亲眼中的世界里，人人都必须充满能量。她著名的祖母珍妮·菲尔兹曾经认为，每个人无非是"外伤""重要器官""不在场的人"和"死定了的人"。但在盖普眼中的世界里，每个人都是末期病人。

马上扫二维码，关注"**熊猫君**"

和千万读者一起成长吧！

图书在版编目（CIP）数据

盖普眼中的世界 / (美) 约翰·欧文 (John Irving)
著；黄贞译. -- 南京：江苏凤凰文艺出版社，2018.4（2022.3 重印）
（读客外国小说文库）
书名原文：The World According to Garp
ISBN 978-7-5594-1661-2

Ⅰ.①盖… Ⅱ.①约… ②黄… Ⅲ.①长篇小说 - 美
国 - 现代 Ⅳ.① I712.45

中国版本图书馆 CIP 数据核字（2018）第 043730 号

盖普眼中的世界

[美] 约翰·欧文 著 　 黄 贞 译

责任编辑　丁小卉
特约编辑　任俊芳　　姚红成
装帧设计　陈艳丽
责任印制　刘 巍
出版发行　江苏凤凰文艺出版社
　　　　　南京市中央路 165 号，邮编：210009
网　　址　http://www.jswenyi.com
印　　刷　河北中科印刷科技发展有限公司
开　　本　890 毫米 ×1270 毫米 1/32
印　　张　19.25
字　　数　439 千字
版　　次　2018 年 4 月第 1 版
印　　次　2022 年 3 月第 2 次印刷
标准书号　ISBN 978-7-5594-1661-2
定　　价　78.00 元

江苏凤凰文艺版图书凡印刷、装订错误，可向出版社调换，联系电话：010-87681002。